双枪老太婆
陈联诗的传奇人生

林雪 著

中国青年出版社

1958年前后的陈联诗

1923年，陈联诗的画，署名"联诗玉屏女士绘"。

1927年，陈联诗画的工笔画《姜太公稳坐钓鱼台》。

廖玉璧烈士遗像，1925年摄于岳池。廖玉璧又名廖扶农、廖简文、廖永年，1902年出生在华蓥山下岳池县黎梓卫太阳坪一个佃农家庭，1923年在成都高等师范学校加入中国社会主义青年团，1925年加入中国共产党，建立并领导了华蓥山游击队。1931年，红四方面军建立了川陕革命根据地，廖玉璧为迎接红军发起了第二次华蓥山武装起义，1935年2月23日不幸被捕，在岳池县南门外英勇就义，时年32岁。这是他入党时的照片，照片背面是他亲笔写下的入党誓词。陈联诗曾将照片正背面撕开，分别保存，以防不测。

1936年夏，陈联诗奉车耀先同志之命赴苏联学习军事，途径万县时被捕入狱。这是1937年冬，陈联诗被营救出狱时的照片。

1939年，在重庆邹容路的一家照相馆里拍下了陈联诗女儿廖宁君的订婚照。
左起：陈联诗、林竹栖、林向北、廖宁君。

1948年华蓥山第三次起义失败后,陈联诗及家人退到重庆,隐蔽在歌乐山一座废弃的小学里,掩护了两百多名撤退下来的同志,并参与了营救渣滓洞白公馆被捕同志的工作。此为陈联诗与外孙林民涛的合影。

1951年,陈联诗与女儿女婿家的合影。左起:陈联诗、林民涛、廖宁君、林雪、林向北。

1954年，陈联诗成为重庆文联美术家协会的专业画家。1959年国庆十周年之际，重庆市对外宣传画册上登载了陈联诗画竹簾的彩照。

陈联诗口述史的部分原始资料,包括:1958年,重庆市文联指派重庆西南师范大学中文系学生杨淑敏、傅德岷记录下来的陈联诗口述史;1962年前后,林梅侠、廖宁君等人记录的关于陈联诗人生经历的采访稿、座谈会纪要。

1960年7月23日,陈联诗在重庆市第三人民医院去世,享年60岁。廖宁君捧着母亲的骨灰,心中无限感慨、伤痛。

目录

第 一 章	豆蔻年华	001
第 二 章	耕耘播火	028
第 三 章	初露锋芒	043
第 四 章	吃茶评理	073
第 五 章	六路追捕	082
第 六 章	血溅渝州	095
第 七 章	智闯山口	118
第 八 章	顺手牵羊	138
第 九 章	运枪迎枪	147
第 十 章	香火盛会	162
第十一章	法慧探营	176
第十二章	强夺界牌	192
第十三章	虎口救人	200
第十四章	风云突变	220
第十五章	三堂会审	235
第十六章	长歌当哭	253
第十七章	狱中运筹	266

第十八章	法慧之死	276
第十九章	孤雁归群	282
第二十章	八儿认母	289
第二十一章	祸起萧墙	307
第二十二章	暗度陈仓	322
第二十三章	夏林订婚	337
第二十四章	借佛化险	348
第二十五章	功败垂成	358
第二十六章	噩耗传来	368
第二十七章	纵横商界	381
第二十八章	生死离别	394
第二十九章	群龙寻首	405
第三十章	宝顶宣誓	428
第三十一章	清人清枪	441
第三十二章	晴天惊雷	458
第三十三章	卖枪救人	463
第三十四章	前路漫漫	476
后记	三代人一本书	483

第一章
豆蔻年华

1900年,我出生于川北岳池县罗渡溪乡陈家坝子,小时候不叫陈联诗,叫陈玉屏。

我们陈家是县里的望族,陈氏又是中国素有"义门"之称的大姓。明代万历年间,陈姓中的一支在战乱中辗转迁徙,经江南上元、江西九江、湖北孝感入川,最后散落在川北的顺庆府一带。一个名叫陈进江的后生寒窗苦读,终于金榜题名,在当科进士中名列前茅,被授予翰林官职,而后又外放为云南佥事道台。康熙八年,陈家的一支历经战乱流离之后,自贵州的遵义返回故地,重新占卜,选中岳池县城以东四十里的罗渡溪龙头山下定居,并将住地命名为"陈家坝新屋嘴"。陈家坝周围群山环绕,背后的龙头山渐次低头,东面的渠河在几里外的罗渡溪转了一个大弯后向南而去,正中了风水中"玄武(北山)垂头,青龙(东水)蜿蜒"的大吉。至民国初年,迁入蜀中的陈氏族人已经有十代,族中的"人物榜"上群英荟萃,既有德高望重的名师学者与地方官吏,更有国家重臣,有官至明朝的江南指挥使的,也有官至清初的怀远将军。

陈氏族人认为,本家之兴旺是因为"义门风范"源远流长,积德成福。陈氏族规明确规定，不能恃富欺贫，亦不能因贫扰富，对于鳏寡孤独等弱者，族人应该"贫者抚于善言，富者恤于财谷"。类似规矩，还有若干，小时候我当然不懂其中的意义，往后才知道，它们让我的童年免去了很多苦难。

五岁以前，我的生活还很幸福。我的爷爷陈上之是当地的大粮户，生有四个儿子，我的父亲是老大。他孝顺聪慧，在科举废除之前中了清末的秀才，还开了个药铺号脉行医，不但为家中增添了祖田之外的进项，还增添了不少施行义举的机会。清朝末年，皇权日渐衰败，西风东渐，改良声浪四起，地方上层层都要选举咨议议员，我父亲就是罗渡溪的议员之一。按照晚清朝廷的规定，这些参加议政却不拿薪金的议员，或者是当过官员，或者取得过秀才举人之类的功名，或者是拥有一定数额的资本，而我父亲当选最为重要的原因，想来还是他心地善良而且喜欢扶贫助困，对乡村事务主持公道，有着很好的名声。

好日子到我五岁那年便结束了——那一年我父亲去世，可是陈氏家族的"义门风范"依然被祖父过分地发扬光大。祖父喜欢交游又极好面子，家中时常宾客盈门，遇到有朋友诉说难处，便急人所急，拯人所困，慷慨借贷，不但不图回报，甚至不求偿还。支撑家庭的大儿子去世之后，祖父依然只顾着继续大手大脚地仗义疏财，没钱了就卖田卖土，加上老二老三两个儿子抽上了鸦片，很快就将家产败了个精光。可是卖光了田产的祖父不肯承认破产，继续帮买田人交纳田赋，以证明自己依然是个"绅士"，此事后来被传为笑谈。热衷于"面子工程"的祖父只给后人留下了很少的钱，我的幺叔搬到了渠河边上的罗渡溪街上，用这点钱去做了船运生意，日后也渐渐发达起来。可是对于我的母亲来说，分到手的这点钱完全不够支撑家用，她仅仅凭着替人做针线的微薄收入和当卖家中的物件填补开支，后来就把我的大姐和二姐送出去做了童养媳。我最小的妹妹最是漂亮乖巧，可是命不长，早夭了，家里就剩下我和母亲相依为命。

大约在我七八岁的时候，外公病重，我跟着母亲去县城探望。外公家姓康，家族中有一位名叫康以铭的祖先，在清朝嘉庆年间考取了翰林。嘉庆是乾隆皇帝的儿子，在位不过二十五年，时值十九世纪开端，中国还沉浸于盛世的余晖，可是到了这个世纪最后的那一年，嘉庆的孙媳妇慈禧太后不得不带着光绪皇帝逃往西安，任八国联军血洗了北京城。康家的境况也伴随着国力一起衰微，自康以铭往下不过四代，这个翰林之家就远离了功名学位。没有了功名的读书人只能算是潦倒文人，外公只好用钱去买了个"捐班秀才"，他的两个儿子却连买都还没来得及，朝廷就废除了科举。翰林府中吃穿用度依旧，人却一代不如一代，向上的锐气是完全没有了。厚道的大舅要供养自己的一个儿子和三个女儿，还有二弟一家三口。他小心地维护着那些养家的田产和先人攒下来的字画古玩，还得随时防范弟弟把家里的座钟啊、古玩啊什么的偷出去卖钱，然后去抽大烟。到了临终之时，外公眼看着围在身边的儿女子孙们，还免不了为他们担心：两个儿子虽说没有功名，却好歹还有些祖上留下的家产，最令外公不放心的是年轻守寡的女儿，也就是我的母亲。想到这些，外公长叹一声，吩咐大舅把家里的衣服杂物收拾一些，让我母亲带回去。

我在旁边突然说："我们不要。"

外公有些意外："为啥不要？"

我抬头看看母亲，朗声说道："我妈说的，人穷要穷得硬气，饿要饿得新鲜，要了人家的东西，就会让人家看不起。"

外公昏花的眼睛猛地一亮，一拍床沿，连声说："好、好、好！人穷志不穷，将来一定有出息，把她送进城来，让她读书！"

虽然我和母亲都不愿意寄人篱下，但是在读书这件事情上，我们都依了外公的意愿。这是因为，无论风云如何变幻，读书都是族中的第一要务。时至民国，全民读书之风更盛，不但男孩，女孩也要读书，陈家更不例外。何况我家两个姐姐都嫁了，只剩下我这块"读书的料"，现在又由外公发话，有舅舅家资助，真是天助我也。舅舅家的翰林府是县城里屈指可数的两层木楼，楼上的走廊悬空做了楼下的屋檐，岳池城里都叫它康家吊楼子。穿过花厅、厢房和天井，有个后花园，园中有假山还有秋千，我和康家的三个姑娘在读书之余，大都在这花园中刺绣绘画，嬉戏打闹，笑声传出墙外，常有调皮捣蛋的男孩趴在墙头偷看。这样的生活对于城里的闺秀们来说，是太正常不过了，可是对于刚刚从乡下来的我，显然不能忍受，于是我就开始捣乱，让外婆和舅娘大伤脑筋的第一件事情，就是缠足。

九岁的我还没有缠足，显然得益于我们陈家的新潮思想，可是这样的观念在康家却行不通。翰林府已经失了功名，不能再失了规矩，特别是给女儿缠足这样的规矩，否则会让已经不大荣耀的家人在族里族外更加丢脸。外婆是很喜欢我的，常对人说："别看我家玉屏命苦，没准什么时候重开新科，她就会中个女状元。"可是愈是喜欢，就愈得为我的将来着想，为了让拿不出嫁妆的外孙女儿将来能够嫁个好人家，更要缠足才行。外婆让舅娘拿来长长的布条，几个人把我按在长凳上缠足，缠完了还用针线密密地缝上，任我哭也好、闹也好，就是不理睬。我从小就任性，哪里受过这样的罪，一气之下悄悄找来一把剪刀，晚上用它剪开缝得密密麻麻的针线，再把布条剪成了碎片。这样干了几次，筋疲力尽的舅娘拿我没办法了，与外婆默默地在堂屋里坐了好半天，只得作罢。这个胜利让大家欢欣雀跃，几个表妹都闹着把脚放了，从此跟着我这个三姐进进出出，俨然把我当成了"首领"。

仅仅在我到外婆家十年之前，中国女孩的处境还很恶劣：她们不能有自己的姓名，不能继承财产，不能外出交友，不能祭祀祖先，更不能参与政事和国事，当然也不能上学读书。不过我们陈家却是例外。那些外出读书的年轻人带回了人权平等和女性解放的新思潮，族人认识到女子为国民之母，不可不学知识、不明事理。辛亥革命期间，岳池境内战火硝烟，革命党人忙于组织武装起义，用牛耳大炮轰走满清最后一朝官员，陈家的族人却热衷于慷慨解囊，筹办专门为女子启蒙的"鱼训女学"，族长亲自担任校长。民国建立后，首任县长前来"鱼训女学"监督考试，见学生成绩优良，便奖励了族长"钱百钏"，让他外出历游，增长见识。在这之前，县里也有了越秀女学，陈氏家族应邀派出杰出的子弟前去担任督学。越秀女学虽然只是四年学制的初小，总算是一所新式的学校。由于家庭败落，我是怀着发奋的志向去越秀女学读书的，刚刚读完一年级，中国就进入了民国，国民教育成为头等大事。民国二年，我们陈家一位嫁到大富豪周家的姑娘，死了丈夫又没有儿子，为了积德行善，便从家产中拨出一万二千块银元用于公益事业，捐到了越秀女学。这笔巨款使得越秀从一所初级小学升格到高级小学，学制由四年变为七年。这时我不读初小了，跳了三级上了新设的高小；又过了一年多，学校拿到了国家的教育经费，升级为公费就读的师范中专，更名为"岳池县女子师范学校"，再加学制三年。接着，我又不读高小了，在家里自学了一段时间，考进了岳池女师。就这样，我只花了五年半就读完了十年的课程，十七岁便从女师毕业。由于年年都考第一名，我年年都可以得到陈家姑婆在学校设立的奖学金，读书基本上没花舅舅家的钱，也就少了很多寄人篱下的卑下。

新式学校不再只背难懂的古文，而是增设了英语啊、自然啊、音乐啊、图画啊等课程，都很有趣，更重要的是有了体育课，不仅教授日本式操练，还教授拳术、举重、跳远甚至舞蹈。我顺势把头发剪短，成了学校的运动员。新式学校打破了传统对于女孩"行莫回头，语莫掀唇，喜莫大笑，怒莫高声"的规范，让性格明朗的我能够和表妹们进一步胡闹。按照小城的风气，女孩必须坐着带门帘的轿子上下学，可我就是不爱坐，还带着表姐妹们嘻嘻哈哈结伴逛街，上饭馆，进戏院。我们最"疯狂"的举动，是去后山看县（立）高（小）的男生打篮球。康家的姑娘们本来就长得一个赛过一个，又是生在书香世家，从前出门都是车来轿往，现在居然都在大街上抛头露面，自然引得舆论大哗。常常是我们一上街，后面就跟了一大群人，一些市井无赖乘机起哄打闹。这番景象，想来再是"开放"的小姑娘都会有些发怵，可我往街心一站，指着他们就是一通臭骂："你们做什么怪象？看什么稀奇？你家没有姐儿妹子吗？要看回家看去！"

亲戚们对于我的无法无天实在是忍无可忍，有位表兄跑到两位舅舅面前捶胸跺脚："大叔二叔，你们还是把几个女娃管管嘛。男女授受不亲，七岁不能同席，这些老祖宗立下的规矩，当真就不要了么？你们这样人家的女孩儿满街抛头露面地乱跑，成啥话哟？！"

我听说了，连忙把几个表妹喊上，跑到这位表兄家的大门口，指名道姓地把他喊出来，指着他大吵大闹："我们在街上走,关你什么事?"

"你守规矩?你咋不把满清的袍子穿出来呢?表嫂出门咋不拿块布把脸遮起来呢?"

"男女授受不亲?你那天咋跟一个女的亲亲热热、又接又送的?"

"男女授受不亲?你屋里也有女人嘛,你咋就要喊些男的到屋里来呀?"

"你和表嫂……"

表兄没想到自己堂堂一个大男人,却让几个小姑娘堵在自家大门口当场羞辱,而且观者如堵!他气得脸色发青,突然蹲在地上,捂住脸呜呜地哭了起来。闻讯赶来的大舅站在旁边,急得不知咋办才好,我们却得意洋洋,扬长而去。

后来有人对我大舅说:"别看你家那陈三姑娘,才呀貌的在这几个女孩儿中间数得上人尖子,可是心气太高,生成了个男孩儿的命,将来是要吃苦的。"

我从女师毕业之时,许多人家前来提亲,我却一心想走出小县城,去大地方求学,可是母亲不愿意。好在学校决定毕业考试前三名的学生留在学校任教,我和表姐康玉洁就占了三名中的两名,我就留在学校担任国文、自然和美术老师。之所以让我教授美术,是因为我的画儿画得好。我习的是晚清时期盛行的文人工笔画,又被称为"功夫画",这通常被看作国画的基础,得耐住性子一笔一划地勾勒线条,磨炼性情。我对于绘画的兴趣最早起于母亲教授刺绣时描绘的花样,后来又经过了学校一位张姓老师的指导,当然还与我的二伯陈淮南有很大关系。

陈淮南与我父亲是同堂隔房的兄弟,他不但学问做得好,还嗜好书画，家中藏有《芥子园画传谱》，闲时自己涂抹，还教我们姐妹几个作画配诗。二伯对我尤其看重，说是我的悟性好，只要持之以恒，将来一定会画有所成。我成长的时代，女性开始在革命中崭露头角，其中就有被孙中山先生称为"侠女"的秋瑾。自号"鉴湖女侠"的秋瑾流传下来一张照片，面目清秀却手持一柄利剑，英姿飒爽，快意恩仇，多好！我画得最好的是花鸟，最喜欢的却是《三国演义》中鲁莽的张飞、仗义英勇的关羽，还有《水浒传》里聚众造反的一百单八将，曾经花了很大的功夫将这些人物临摹下来，装订成册，在班上流传。

我在民国初年的世界里奔跑，世界和我一起在变化。县城里，有人从两百里外的重庆购回美国制造的缝纫机，开办了第一家机器缝纫店；一位军医自部队返乡，开始销售西药，为流传千年的中医树立起竞争对手。县里成立了邮政代办所，多年的私人邮政"铺递"被政府开办的"邮路"所替代；城里还有了铁木织布机和机制棉纱，柜台上摆出了比土布更为结实好看的"洋布"。更让人兴奋的，是县城里有了小型电影放映机，可以看到稀奇古怪的黑白无声片！当然了，随之而来的还有混乱。皇帝没有了，乱世枭雄们"你方唱罢我登场"，到处都是军阀割据和混战。一个军阀于1916年攻占了岳池县城，之后互争地盘的混战开始，最为激烈的时候曾经在一个月内换了两三个县长，换一次刮一层地皮……

清末民初之际，中国的学人中留学之风盛行，人们去得最多的地方便是邻近的日本。1907年，一位姓张的先生从日本归来，将县里的两座旧式书院改办为"岳池官立高等小学"，这便是后人称为"县高"的名校。岳池县高是一所男校，民国前教育经费还没有转为国家出资，学校便置有学田，办学经费充裕，不但给学生发服装，还提供伙食、灯油、茶水和书籍课本等方面的费用。除在本县招收学生，还录取周边地县成绩优秀者入学。县高的前身书院，是专门让那些准备科举的学子进修的地方，学校的教师多为川北地区的著名学者，所以"县高"的教学成就在川北一带很有些名气。当时的校长，就是县里的议员、我的二伯陈淮南。

旧式书院除了听课讲课，还有"博览群书""质疑请教"等内容，定期要开"讲堂"，堂上不仅老师要讲授知识，学生也要各抒己见，互相之间还有争论，许多真知灼见便从这样的争论中产生。民国后虽然书院都改为学校，可执教的大都还是旧人，加上"讲堂"正好切合其时争辩的风气，便顺势流传下来。校长陈淮南每逢星期一便要在家里开堂讲学，届时全县教育界一些出类拔萃的人物，连同他自己的得意门生和两个儿子，都要来听课，这对于我自然是个很大的诱惑。可是我的这位二伯毕竟是个老夫子，对于女孩子在大庭广众中露面，总还是有些犹豫，更何况他知道我是个喜欢生事的人。无奈我不肯放弃，二伯的女儿德贤跟我是要好的同学，也不断向她父亲争取，最后两方总算是想出了一个折中的办法：让我和德贤躲到门帘后面去听，二伯将这叫作"垂帘听课"。

我高高兴兴地和德贤一起往二伯家走，刚到大门口就碰见了德贤的大哥陈远光和另外两个男孩子。远光与我同年，不过大些月份，早些时候也曾经趴在翰林府的墙头上，偷看姑娘们打秋千，此时已经与康家的大小姐玉洁订婚，与我也算是亲上加亲的亲戚。想来是因为挨过我的讥讽，他站在那里大惊小怪地说："哟，陈玉屏，岳池县的大美人儿，怎么肯上我们家来了？"说着就拉着同学们嘻嘻哈哈地跑进了大门。只有一个大个子不笑，回过头来看了我一眼,自己却先红了脸。

我自来不把男孩子们当回事,怎么肯让他们来讥笑自己,正要发作,却被德贤一把拉住,问我认不认识那个大个子。我赌气说认不得,德贤一听笑了:"你怎么连他都认不得啊?他是我大哥的同窗好友,都叫他廖大汉,成绩是学校里最好的,还会吹箫、打篮球,你还难为过人家呢!"

德贤这么一说,我倒是记起来了。那年的端阳节,我和姐妹们一起去书院踢毽子玩,一群男孩子在后面跟着起哄,被一阵乱骂之后,所有的人都一哄而散了,只有他从后面追了上来。我正想这人的脸皮还真厚呢,他却拿出了一根黄瓜,说:"对不起,这是你们刚才跑掉了的,还你。"这一下,刚才还尖酸刻薄的姑娘们一个个都窘住了,最后我把手一挥,说:"我们不要了,送给你吃吧!"反而把他闹了个大红脸。后来有人告诉我,说这人是县高的篮球队长廖玉璧,再后来我和姐妹们去看男生打球的时候,真的看到过他。

我和德贤躲进了帘子后面听课,这个"廖大汉"给我留下了深刻的印象。廖玉璧高额、浓眉、宽鼻、阔嘴,目光却沉静得近乎腼腆。腼腆的男孩往往很讨开朗的女孩喜欢,更何况廖玉璧的腼腆并非拿不出场面,一旦触及国家民族之类的大事,他立即成了语惊四座的伟丈夫。说到国情,他激烈谴责北洋军阀"内附权贵,外结强邻",镇压爱国学生;说到近况,他一口一个"军阀混战,民不聊生",很多人附和他的讲演,这样的场面常常让我激动不已。

和我所在的女师相比,男生聚集的县高在校长陈淮南的倡导下,新潮的空气要浓厚得多,学校公开订有《新潮》《新青年》等进步杂志,提倡白话诗,还开演讲会。每当杂志上有了什么好文章和新观点，陈远光、廖玉璧和几个要好的同学都要到陈家来争论一番。一向心高气傲的我在一旁听得如痴如醉，尤其是对比自己还小两岁的廖玉璧更是钦佩得很。讲堂的学生不仅是听讲，每周还要作两篇文章，交给二伯批改，我便想方设法，将廖玉璧的文章借来一读。每每看罢他的文章，或者听了他与人的争论，我都要激动很久，甚至彻夜难眠。渐渐地，我往陈家的走动更勤了，总是希望能在那里看到廖玉璧，而且几乎每次都能如愿，想来他也是极希望在那里见到我的。

终于有一次，远光大哥悄悄递给我一封信。我打开一看，竟是廖玉璧写的，要求和我"见面"。

在这川北小城中，青年男女一无媒妁之言，二无父母之命，就私自去"见面"，若是传了出去，那可不得了！我再是我行我素，毕竟是从翰林府中走出来的姑娘，再说已经过了胡闹的年龄，说话行事不敢再像从前那样莽撞，拿到这封信吓了一跳，连忙去找德贤商量，谁知一向拘谨的德贤却诡秘地一笑："约会就约会嘛，有什么不得了的。"

我一时窘住了："你这个死女子，咋敢这样说话，要是传出去了，那可咋办！"

德贤一听，有些不以为然："你这个人，平时那么激进的，怎么一到关键时候就打退堂鼓了？你不是喜欢他吗？别错过了机会哟。"

我还要说什么，德贤却一摊手说："我实话对你说了吧，这事是我大哥和他一起商量的。"

对于那个趴在墙头上偷看女孩的家伙来说，出这样的主意是他的拿手好戏。

几天之后,二伯讲完课,到茶馆去了。远光大哥等人都散了,德贤连忙关了大门,把我拉进了自己的闺房,那个"憨大胆"正脸红筋涨地坐在那里等着呢。看见被自己的"恶作剧"弄得手足无措的两个好朋友,兄妹俩哈哈一笑,抽身要走,我一把拉住德贤,哀求说:"你们走啥嘛,大家在一起坐坐吧,又不是认不得的人!"于是兄妹俩就陪着,东拉西扯地说了些不着边际的话,趁二伯还没回来,连忙散了。

这件被后人视为小城中"开天辟地"的事情,就这么开了头。自那之后,廖玉璧常常买通学校的勤杂工给我送信,我也常常明里暗里和他见面。他给我讲《新青年》,讲孙中山,讲个性解放……这个曾经被我看作沉稳内向的人,发起议论来却如此滔滔不绝、热情洋溢,从前真是错看了他。

现在想来,要不是处在"新潮"的环境里,我们俩是不大可能走到一起的。我们只有一点相同,都是父亲早亡,而不同的地方则太多了。玉璧家里是佃农,祖父前四十年都租佃着大地主的田地耕种,很是贫穷。玉璧八九岁的时候就打着赤脚到地里去放牛割草,每到收获季节,地主上门收租逼债的情景,他一直都记得很清楚。后来他的祖父和叔叔发现长途贩卖生姜可获厚利,于是大量栽种,然后沿渠河运到重庆,再沿长江运出四川,到毗邻的湖北宜昌甚至汉口等地去贩卖,狠狠赚了几笔。不过四年,家里拿这些钱相继买了一百六十多亩田地,每年可收获五六千斤黄谷,这才有钱送十一岁的廖玉璧进私塾念书,两年后又把他送进城里,考入县高。尽管这样,被老师看作品学皆优的他,还是不能与我相比。旧时的读书人,尤其是像陈家和康家这样有根底的世家,是很看不起商人的,尤其看不起那些突然发了财的"暴发户",更何况廖玉璧家的那点产业比起我家的亲亲戚戚来,简直是拿芝麻比西瓜。再说了,我已经从女师毕业,不但取得了"举人"功名,还成了拿着俸禄受人敬重的"女先生",而廖玉璧本人连高小都还没有毕业,也就是连"秀才"的资格都还没有,无论是家世还是本人条件,都相差太远。事情闹开之后,不但我母亲不同意,连一向看重廖玉璧的二伯都感到很犹豫。康家的表姐妹们更是众说纷纭,说周围几个县里来给三姐你说亲的,都是有田有产的士绅子弟,有的还在北京、南京读书甚至做官,你完全可以"花中选花,好中选好"。再说廖玉璧比你还要小两岁,我们陈康两家的女子向来都是昂着头走路的,怎么能去找那矮一截的"小丈夫"……

所幸的是此时有人站出来支持这桩婚事,这个人便是我的堂叔陈徙南。如果说二伯陈淮南是陈家的"文臣",那么陈徙南就是陈家的"武将"。他很小的时候父亲亡故,靠着母亲勤俭抚养,才从成都大通师范毕业,加入了孙中山先生的同盟会,又参加了成都保路同志会的运动,本来热心教育的他从此投身革命。辛亥革命期间,他在岳池率领二百余名团丁起义,与省城的革命党遥相呼应,令当朝县令落荒而逃;后来随着时局起起落落,他几次濒于危险却又临危不惧,最终化险为夷。民国之后,陈徙南被授予少校营长,任岳池县第一任团练局长。有一次,一股土匪潜入县城,将赶场的农民当作枪靶打死后逃遁,他带领民团追赶,一举消灭匪徒80余人,从此名声大振。而后,陈徙南到被称作"匪窟"的邻水县担任县长,在从严治理的同时,听从他母亲"勿因贪功而枉杀无辜"的教导,不过几年的工夫,便将这个土匪成群的地方治理得秩序井然,且无一冤狱。古话说"一人得道鸡犬升天",可是陈徙南在邻水县做官的几年里,从来不让亲属到署上探望,更不曾为亲朋谋职,被陈家族人誉为"卓越尤不可及",是家族中公认的佼佼者,也是川北一带响当当的人物。

陈徙南显然早就从堂兄陈淮南那里知道了廖玉璧,对这个年轻人已经高看了一眼,现在听说他与我已经到了谈婚论嫁的时候,便站出来对我的母亲拍着胸口打包票,说:"这个廖玉璧,将来一定是个人物!"有了叔叔的撑腰,我一不做二不休,擅自将婚事订了下来。此事立即在四州八县闹得沸沸扬扬,都说我这样大户人家的女子居然不要媒人和聘礼,自己就和一个放牛娃儿订婚,实在是不成体统!

这样的过程对于廖玉璧,肯定是一个刺激。订婚次年,他便学着陈氏家族里的青年,和陈远光等人一起离开家乡,远走省城成都,到著名的高师附中求学,开始了获取"功名"的行动。临行之前,玉璧送给我一对玉镯,算是定情之物。

后来发展成为四川大学的成都高等师范学校,是四川当时最为著名的学府。校长吴玉章,手下聚集着一大批意气风发的人物:学监王佑木①教日文,张秀熟②是国文老师,恽代英③也来任过教,还有任正格④等一批留日归来的同盟会员。本来就激进的廖玉璧和陈远光等人,很快就在学校加入了学生会,接着又加入了王佑木发起的马克思主义读书会和中国社会主义青年团

---

① 王佑木(1887—1924),四川江油人,四川早期革命活动家,曾经受陈独秀、李大钊等人的委托,在成都创办"马克思主义读书会",成立了四川第一个社会主义青年团组织和第一个共产党组织。

② 张秀熟(1895—1994),四川平武县人。"五四"时期四川爱国学生运动领袖,1926年3月加入中国共产党。1927年任中共成都市委第一任书记和川西特委书记。

③ 恽代英(1895—1931),湖北武昌人,中国共产党早期青年运动领导人之一,黄埔军校第四期政治教官。

④ 任正格,留日学生,同盟会员。先后做过岳池县县长,邻水县参议员等。

(CY),在成都震惊一时的反对军阀侵吞、要求教育经费独立使用的运动中,他们也都是积极分子。我不断收到玉璧寄来的《新青年》《妇女周刊》《觉悟》《民国日报》等书报杂志,他还经常推荐自己喜欢的文章,其中的内容大都是关于社会主义、共产主义和无政府主义,还有大量关于苏联的介绍。如果时逢假期,这些信便寄到我在陈家坝子的老家,可是往往被罗渡溪街上的幺叔拦截。幺叔识字不多,便找了些识字的先生念读,读完了一律贴在堂屋的墙上,虽然对于信中的事情一知半解,却是逢人便炫耀自己的侄女婿是何等的好字墨!这些用鸡蛋清贴在墙上的信件,无论是我还是母亲都无法取走,好多年后玉璧牺牲,幺叔他老人家居然因为这些信件下了监狱,这是后话。

玉璧在信中热情洋溢地鼓动着我为国为民,尤其应该为妇女的解放做些事情,于是这一年的清明节刚过,我在岳池教育界发动了"驱除女师校长刘灼山"的斗争。

女师校长刘灼山是与我叔叔陈徙南换了金兰帖子的拜把子兄弟,也是同盟会的会员,当年与陈徙南一起出生入死,也为民国立下了功劳。可是他一旦成了女师的校长,就把学校当成了自己的"家天下"。如果说抽鸦片只是花他自己的钱,那么,带领全家来占学校便宜的那些事情,就很令人鄙视,打人和骂人更是令人愤恨。一次他居然打了拜把兄弟陈徙南的姨太太,还说"打了就打了,就当我打了我的兄弟媳妇——自己家里的人"!

清明节在师生们的纷纷议论中来临了。在这样的日子里,人们要请裱糊匠做些纸人纸马甚至房屋家什,拿到坟前烧了去,希望地下的先人们也能够拥有奴仆成群、车来马往的幸福生活,这也是地位低下的裱糊匠人们赚钱的好时机。可是令我没有想到的是,校长刘灼山居然喊住我说:"陈玉屏,今天下午你的那班学生不要上课了，给我老爹做些纸人纸马，清明节到了，我要去扫墓。"

他说话的口气，显然不是在对被老百姓供上"天地君亲师"牌位的老师，而是对自己家中的一个用人。我忍了又忍，才冷冷地说："我是来教书的，不是来给人做纸人纸马的。"

刘灼山的横劲又来了，把眼一瞪："做纸人纸马又怎么了？！就委屈你了嘛？你们教员是我请的，就得服我管！"

我心里的火已经积累很久了，一听这话全都爆发出来："你说什么？要服你管？！那好，我不干了！"说完一转身回到教室，把刚才的事情全部对学生抖搂出来，然后离开了学校。那时候一个姑娘家，得张聘书不容易，我一气之下退了聘，硬着头皮回到大舅家，把事情给他讲了。一向厚道的大舅，也气得在院子里走来走去，不住地说："退得好，退得好！人要活得有志气，此人如此不讲道理，要跟他理论理论。"

我和玉洁讨论了一夜，觉得不能这样便宜刘灼山。第二天我们俩回到学校，找到几位平素要好的同事商量，决定发动学生罢课，还要打刘灼山的"代邮快电"——拿后来的话说，就是到处发传单。学校的师生正在为陈徙南的姨太太挨打抱不平，现在又遇上我要辞职，马上就爆发了一场大抗议，每个班都选出了学生代表，要求教育局将校长撤职。大家拟出了刘灼山的"十大罪状"，诸如打骂学生和教员，贪污公款，全家人在学校吃饭不给钱，还有吸食鸦片，在学校为军阀选姨太太，强迫教员和学生做纸人纸马，等等，认为他不堪为人师表，更不堪为一校之长。

这份"代邮快电"印好之后，在全县张贴散发，女师全校都罢了课，"打倒刘灼山""刘灼山一日不出学校，学生就一日不上课"的口号喊得震天响。刘灼山眼看收不了场，就去把拜把兄弟陈徙南请来,让他来教训侄女我。德高望重的陈徙南当场表态说:"我愿意让刘校长教育我的女人,这是我们之间的事情,与大家无关,请不要再纠缠。"

我没想到叔叔会说出这样的话来,一时不知道怎么办才好,站在我旁边的玉洁挺身而出:"陈先生,您的话说得不对。您的女人要是犯了与我们大家无关的事情,应该由您自己在家里教育,怎么能够由校长亲自出马,在学校当着这么多的师生来打骂,这不是败坏学校的风气吗?"

陈徙南本来就只是为了敷衍刘灼山的面子,骨子里哪里愿意自己的女人在众目睽睽之下被别人打骂,趁机一走了之。刘灼山连忙又去请来县长和教育局长,官员们马上被全校的师生们围得水泄不通。我和玉洁站在最前列,拿着师生们列出的"十大罪状"与县长和教育局长展开谈判,声言除了罢免刘灼山,任何条件都不接受。刘灼山躲在教务室里不敢露面,最后只得卷起铺盖卷儿一走了之。

事情闹大了。虽然新任校长一再表示要继续聘任我和玉洁,可是我们都觉得再待在岳池没有什么意思了。玉璧和远光大哥从成都赶回来,几个人商量之后,决定同时结婚,再一起去南京念书。玉璧和我于1923年1月举行了婚礼,然后和弟弟、母亲分了家。我们卖掉了自己名下的部分田土,再借了一些钱,和远光大哥、玉洁表姐和一个叫岳刚的朋友,一起动身去了南京。

不久,徙南叔叔给我们寄来了五十块大洋,作为第二年的学费。

玉璧家所在的黎梓卫和我家所在的罗渡溪隔水相望,都是渠河东西两岸的重要码头。旧时这一带没有公路和铁路,交通主要依靠渠河水道，散布在两岸十二个乡场的鸡鸭禽蛋、肥猪粮食和竹席蚕桑等土特产品，还有从几十里外的华蓥山区运来的煤炭石灰和贵重药材，大都经过这两个码头进入渠河，运到两百多里之外的重庆，再沿长江出夔门，到汉口、南京、上海等大小城市，然后从这些城市运回各种日用商品。繁忙的水道把这一片变成了渠河上游最富庶的地区之一。

和那些志存高远的陈家子弟一样，我也怀着缤纷的梦想，在春夏之交的一个清晨，登舟远行。小船在渠河上前行，看山山绿，见水水清，五年的苦恋终于有了结果，现在又遂了心愿要去南京读书，一切都按照预先的设想在进行。我在心底喊着：再见吧，该死的岳池！再见吧，你这封建的堡垒，但愿这一去山重水远，永远不再回来才好！

本来顺了春夏天的水势，从黎梓卫到重庆不到两天的路程，可是为了躲避军阀的关卡和骚扰，玉璧却选择了先坐船到合川的石龙场，然后弃舟上岸，翻山沿小路走去重庆。住进了重庆千厮门码头附近的小客栈，我和玉洁就忙着要上街，可是却被玉璧拦在旅馆里等船票。我心里闷得慌，咕噜着说："岳池城里那么封建的地方，我都不怕，怎么到了文明的大城市还不能上街了？"玉璧说："你以为这大城市就比乡下好了？"说着把我拉到窗前，只见昏黄的路灯下几个穿红着绿的女人在游晃，不时有流氓地痞上去骚扰，把我吓了一跳：如此景象在岳池城也没见过，她们就是妓女吗？

这天晚上，我和玉洁突然被隔壁房间一个女孩子的惨叫声惊醒，我翻身下床，披上衣服就要出去，谁知一开门就被玉璧堵了回来。第二天才知道是军阀的大兵奸污了一个小姑娘。客栈里洗衣服的大嫂只是摇头："这些事情，多啊！多得很，不稀奇！重庆这地方，就这么糟！"

我完全没想到这个自己向往了很久的大城市，会是这个样子，心里真是有些害怕，成天脚跟脚地跟着玉璧，一步也不敢离开。就这样在旅馆里待了三天，终于等到了船票。大家都高兴得不得了，收拾着起身要上船，玉璧却一反常态对我说："我不坐这趟船了，你和远光大哥他们先走，我要到成都去会一个朋友，然后再来南京。"

我一听心都凉了："什么不得了的朋友，比我还要紧？！这兵荒马乱的年月，你就放心我一个人走？你那朋友的事情，给他写封信去不就成了？"

一向让着我的玉璧这次却只是笑笑，一边收拾东西一边说："那咋行？我跟人家约好了的，总不能不守信用吧？再说也去不了几天，很快就会赶上你们的。"说着悄悄地吻了我一下，真的就一个人走了。

看着丈夫远去的背影，我把眼泪咽进肚子里，只好和玉洁他们一起动身了。到了宜昌，远光和同行的岳刚去码头换船票，我和玉洁不敢乱走，又在旅馆里等着，忽然听见楼下闹哄哄的，就跑出房间来扶着栏杆看热闹。楼下站着一群穿得很漂亮的女人，一个在哭，另一个气势汹汹地挥着鞭子要打她，其余的人拉着那个哭泣的女人，拿着几朵珠花劝她戴上，旁边围着一群歪戴帽儿斜穿衣的滥兵。正在奇怪，突然一个兵猛一抬头，指着我们大声喊道："嘿，这上面还有两个好的！"说着便一窝蜂挤上来一二十个，手里还操着棍棒，嚷嚷着就要拉我们下去。

我和玉洁可是真的吓坏了，一边挣脱一边大喊着"救命呀！救命！"——刚好从外面回来的远光大哥和岳刚听见喊声，三步并作两步地奔上楼来，冲进那些滥兵堆里就和他们打了起来。接着老板带着两个伙计也赶来了，半是推拉半是劝地说了一大堆好话，才把我们两个人救了出来。老板气喘吁吁对着惊魂未定的我和玉洁说："你们这样的年轻女子，怎么敢出来到处露面？这些滥兵，什么事干不出来啊！"

我这回再也忍不住，扑在床上大哭了一场：要是玉璧在身边，怎么会受这样的欺侮！

一路上还经历了好些惊险，轮船才在一个黄昏进入了南京。我看着江面上那些飘飘扬扬的外国旗，已经没有了刚出发时的欣喜。这个乱糟糟的社会，真是应该彻底改造。可是怎么改造，由谁来改造，我却不知道。想起古书上有过"移风易俗""君子之德风"的说法，真希望什么时候出来个圣人，让这一切都在一夜之间变个样子。

江南佳丽地，金陵帝王州。南京作为六朝古都，其文学之昌盛，人物之俊彦，山川之灵秀，气象之宏伟，皆非其他古都能够比肩。与临江通海的南京相比，蜀山四围的四川就够边远了，岳池更是边远中的边远。我与玉洁跟在远光大哥后面，去夫子庙，上中山陵，游玄武湖，爬紫金山……一路惊叹。除了游玩，我们还去看望乡党，结交朋友。其中有一对郎才女貌的恋人，眼看就要成亲，听说我会画画，一定要讨一张。我与他们不熟，远光大哥说："这样吧，我与玉屏合作，她绘画，我赋诗，如何？"虽然同出二伯师门，远光大哥与玉璧不同。玉璧喜论家国大事，激昂慷慨，落笔惊风雷，文白夹议；远光却是鸳鸯蝴蝶，才子佳人，寻章叙柔情，喜为白话。他来为这样的一对玉人儿写诗，正合适。果然，归途中他哼哼唧唧，回到住处，落笔成句：

花飘落,花的不幸。
蝶儿见着她飘落,
蝶也不幸呵!
妒花的风雨,
将付与流水,
送她到茫茫大海去,
蝶儿您怎样呢?
"跟她到茫茫大海去。"

既然是新诗,就不能用旧式的工笔来画,好在写意我也不差。起笔自然是先画粉色的落花,右下一只侧面黑色大花的凤蝶衔住了最大也是最为鲜活的一朵,而后在左上又画了一只俯视的杏黄蛱蝶,看看有点压不住,就在下面又添了一只更小的蓝色蝴蝶。然后画水,我用绿色勾勒出水纹,配上散落的花瓣和水波中恍惚的轻红,就如落花散落在彩蝶纷飞的草地上,分明是一派明媚春光。

远光大哥看了,说:"我那点轻微的感伤,还真是挡不住你的青春明朗。"我说:"明明是祝福人家,却硬要添点'落花流水春去'的矫情,真是个小布尔乔亚!"他摇着头说:"真是画如其人啊,看样子我这样的小布尔乔亚,是抵不住你和玉璧的普罗大众哦。你们才是气势昂昂!"说着就将他那"感伤"的诗题写在我这春光明媚的画上,然后落款:"癸亥五月远光题 联诗玉屏女士绘 沉零钝若珍藏"。

源于喜欢与姐妹们联诗凑句,那时候我就有了笔名"陈联诗",只是不常用,于是远光大哥在其后加了"玉屏女士"几个字。

我们到南京快一个月了，玉璧和他的两个朋友才到。大家投入全部精力复习功课，准备各自投考学校。早晨四点半钟，我们就到东南大学的农场里去读书。这个农场在大学后门的北极阁，树林茂密，青草绿茵，一条小溪向东流去，桥下的荷花开得很好。来这里读书的人很多，我和玉璧认识了黄明、何超腾、何幻生等一批好朋友。这年秋天，远光大哥去了上海大学投考文科，抗战前夕回到重庆，与一群乡党联合创办了《四川日报》；跟随他的表姐玉洁先学时髦的英语，后来借着与我一起学画的底子，做了徐悲鸿的女弟子。许多人都认为我也会去学美术，可是我最后还是决定投考教育系，而后又转到物理系，这是因为孙中山先生提倡唤起民众，有"教育救国"和"科学救国"之说，却没有听说过什么"美术救国"。玉璧则放弃了数理化成绩的绝对优势，选择了学体育，理由是外国人骂我们是"东亚病夫"，我们的人民只有把身体锻炼好了国家才可能富强，这在当时叫作"体育救国"。朋友们有的进了文学系，因为他们相信社会舆论的力量；还有的人选择了政治，想做一个领导人民迎接"德先生（民主）"和"赛先生（科学）"的政治家；更有人去学经济，想当一个脚踏实地的实业家，开矿山，办工厂，强壮国家的经济命脉，击败帝国主义的经济侵略……他们相信用这些改良的方式，能够将祖国从帝国主义列强的蚕食中解救出来。

进了大学，学习更紧张了。我和玉璧白天各上各的课，晚上要做功课，余下的时间玉璧还常与黄明、超腾他们关在房间里开会，忙得连夫妻俩说话的时间都没有。当时我并不知道黄明是学校共青团的书记，只知道他家里很穷，没钱供他读书，他自己办了个刊物叫作《学诗》，就靠这个刊物卖点钱来维持生活。黄明这个人，平时对人热情谦和，可一旦争论起什么问题来，却是水清见底，不由得你不佩服。见他常和玉璧、超腾一起开会争论，我也想听听，但每次他们都把门闩上。有次不知咋的，一推门就开了，我走进去，他们一下子慌了，手忙脚乱地收拾桌上的书呀本子的。我觉得奇怪，就问他们在开什么会，几个人你看我、我看你的，支支吾吾说是在开读书会。我一听很高兴："读书会呀？我也来参加一个吧！"说着就坐了下来。他们口里说欢迎欢迎，可是接下来一个个都不开腔。我哑坐了一阵，玉璧不高兴了，瞪了我一眼："你今天不做饭了？"

我的脸一下子红到了耳根，站起来就走，心里却窝火得要命。看来他们是有事情瞒着我，可是凭什么？他们是学校里的进步分子，难道我就不进步吗？我和你玉璧自由恋爱，和刘灼山作斗争，这些都不算进步？做饭、做饭，你玉璧和我结婚，就想找个做饭的？！

寒假，玉璧接到岳池县邮政局长熊尧赏的信，回了一趟家，正月间还没回来，一封上海的信又到了。我想一定是玉洁表姐和远光大哥寄来的，就把信拆开，谁知里面是两本《向导》杂志，还附了一封短信，上面写着"简文兄，上次委托之事，不知办妥否……老肖大哥问你好"，剩下的文字，我看了半天也不知道说的什么。我心里更奇怪了。这廖简文，是玉璧在家乡的小名，在这里是没人知道的，何况这人的签名我也不认识，还有什么老肖大哥。

没两天，玉璧回来了，我把信交给他，还没说话呢，他就火冒三丈："你为什么要拆我的信？"

我莫名其妙地说："有什么拆不得？又不要你的。"

"你今后不要拆了！"

我想起他平时对我东躲西藏的样子，一赌气说："我偏要拆，拆了又怎样？"

"拆信不道德，你不知道吗？"

"嗬，这就算不道德了？那天下不道德的事情多得很呢！我问你，这信是谁写给你的？老肖大哥又是哪个？你成天什么事情都瞒着我，还说我不道德，我怎么不道德了？！"

这是婚后玉璧第一次对我发这么大的火，而且仅仅是因为拆了一封信。我委屈极了，气得哭了一场。半夜里，玉璧把我摇醒了，好言好语劝了半天，最后说："今后除了家信，朋友来的信你不要拆。这里面有些很重要的事情，你又不知道轻重，万一说漏了嘴，泄露出去了不好……"

说了半天，还是不让我知道他的事情。我翻身坐起来，瞪着他说："你告诉我，你们是不是在搞什么秘密组织？"

玉璧一愣，不知道说什么才好。

我说："你不说，我也不追问你，如果真有这事，我要参加。"

玉璧听了说："也不是不可以，只是有一点，不该问的事情，你不要问；到时候条件够了，我们大家会通知你的。"

说了半天，还是嫌我条件不够！我气得眼泪花花的，钻进被窝里不理他了。

玉璧用指头轻轻地刮了一下我的鼻子，这场风波就这样过去了。

1925年初，我在医院里生下一个女孩，借来南京的简称，取名宁君，又借来绕城的长江，小名江宁。有了孩子，又要读书，由于产后没休息好，我身体不大好，虽然请了保姆，还是应付不过来，多希望玉璧帮我一把。可是他更忙了，常常是半夜三更不回家。不久，上海的日本人枪杀了纱厂工人顾正红，传单很快发到了南京，学校好几天没上课。紧接着，上海学生和群众举行反帝游行，又遭租界巡捕开枪镇压，酿成"五卅"惨案，全国掀起反帝高潮。六月三日，南京东南大学成立了学生联合会，玉璧、黄明和何超腾都是学联的重要人物，成天忙着组织全校师生上街游行，给罢工的工人募捐。我把才三个月的宁儿交给保姆，揣上几个烧饼，也参加了游行募捐的队伍，和何超腾、何幻生他们编在一个组。每到一个街口，我们都要站上长凳去演讲。南京街头，人流从一条街涌向另一条街，口号声惊天动地，群众涌进大大小小的商店，把洋货统统拖出来，当众烧掉，到处烟雾腾腾，火光冲天。

九日早晨，玉璧很早就起身了，要和超腾、幻生、黄明他们到下关合记洋行开办的工厂里去，那里被日本人看得特别紧，直到此时还没罢工。玉璧叫我这天别去募捐了，中午准备六七个人的午饭。因为罢市，街上什么也买不到，我把存着的腊肉和豌豆、海带煮了一大锅，一直等到下午五六点钟，他们几个才兴致勃勃满头大汗地回来。我连忙倒茶倒洗脸水，这时才发现还有两个陌生人。一位穿着海苍蓝的洋布长衫，听玉璧说姓刘，叫刘披云[①]，是我们的岳池老乡；另一位外穿半新不旧的毛蓝土布长衫和长裤，里面穿着白土布汗衫，长着麻子的脸上满是汗水珠子。玉璧叫他把衣衫脱了凉快凉快，他直说不热不用脱。幻生说："你真不愧是个'处女'，脱了长衫怕人家笑话吗？"他看看我说："我怕密司陈说我没礼貌。"黄明说："我还没给你们介绍呢，你

---

① 刘披云（1905—1983），岳池人，1925年加入中国共产主义青年团，同年7月转入中国共产党。曾任四川省委常委兼宣传部部长、中共六大代表、中央教育部教学指导司司长等职务。

就开起玩笑来了。"说得大家都笑了起来。我这才知道那位不肯脱长衫的人，就是大名鼎鼎的萧楚女，刚从四川来。我在家乡读过他在《新蜀报》上发表的文章，玉璧对他也是很推崇的，没想到今天竟成了我家的客人。

刚刚才三个月的宁儿，看见屋里这么热闹，也手舞足蹈地在摇床里咯咯地笑。萧楚女走到摇床边把她抱起来，和几位客人呵呵地逗着，一边对我说："密司陈，老廖他们挺厉害啊！我和老刘从上海赶来，还准备帮着组织一些大的行动呢，没想到他们已经搞得轰轰烈烈了……"

我对萧楚女很钦佩，觉得他既风趣又有才华，还是玉璧他们"组织"中的重要人物，说不定那封神秘的信里的那位"老肖大哥"，就是指的他。可是以后就再没有见到他，听说他很快就回上海了。

萧楚女他们走了之后，形势很快就紧张起来，学联的成员很多被指名通缉，也有同学失踪，出去就没见回来。眼看风声一天天紧了，玉璧要我着手准备，随时都可能转移。一天，我到邮局去寄一封挂号信，催促家里寄点钱来，柜台里照例递出一张挂号单，我也照例在上面填上了自己的名字。出门的时候，一个军官盯了我两眼，我也没在意，径直回了家，然后换了件衣服，准备去学校。

刚刚走出大门，一辆汽车就在外面刹住了，一个兵从车上跳下来，对我说："请陈玉屏小姐上车。"

我心里咯噔一下，反问他："你找谁？"

"找陈玉屏。"

看样子这个兵还不认识我，我往巷子深处一指："陈玉屏没住这儿,在那边。"

那个兵一边往里走,一边说:"料定他两口子住在这里。"

我抱着宁儿,七弯八拐穿小巷到了学校。第二天一大早,警察又来了,可我们已经人去屋空。

这以后,我们连续搬了两次家,都不安全。眼看南京是不能待了,玉璧说:"组织上让我们先把孩子送回家,然后转移到上海去。"

我问是不是"老肖"的意思,玉璧点点头。

不久,我们启程回川了。这时何幻生已经离开南京到了上海。黄明也准备走,以后我们就失去了联系。大约是一九二七年下半年吧,玉璧在家乡临近的合川县遇见何超腾,才知道幻生已在上海"四一二"政变中牺牲了,听说是被"腰斩"的,死得很惨。超腾还告诉玉璧说,几乎在幻生牺牲的同时,萧楚女也在广州被杀害了。超腾自己,后来在万县死于刽子手王芳舟的屠刀下。

我们在南京的几个好朋友,都这样壮烈地走了。后来我才知道,他们都是共产党员。

第二章

耕耘播火

　　轮船逆着长江的滚滚浊浪，向西行进。风渐渐大了，吹起玉璧的头发，他站在船头一动也不动，他嘀咕了一句话，一句从前最不愿听的话：百无一用是书生。

　　在此之前，他确实相信书生是有用的。他认为只有书生才可以去接受新知识，宣传新思想，提出新主张，去向群众演讲，去向政府请愿……那些形形色色的救国理想，其表述的方式再是激烈，总的来说都是希望能够说服当局以国家的富强为重，在本质上都是改良的。可是现在，玉璧苦笑着对我说："我们都没用。除非手头有了枪，枪杆子才有用。"

　　我不喜欢枪。那黑洞洞冷冰冰的东西，令人想起军阀的滥兵和打人的警察。望着水天交融的远方，我的心还留在南京，留在中山陵，留在玄武湖和栖霞山，留在东南大学农场的小桥边。我指望自己还能够回到南京，或者去上海，去继续读书。

　　可是我回不去了，就此走上了一条完全陌生的道路。

　　一个黄昏，轮船驶进了朝天门码头——重庆到了。刚靠拢囤船，一群力夫就涌上来，挤进我们的房间，抢着要搬行李。

我紧紧地抱着孩子,玉璧忙去招呼,正在手忙脚乱的时候,忽然听见有人喊"廖大哥",抬头一看,竟是夏林。这个麻利的年轻人,头上包一条蓝布帕子,身穿一件没有袖子的麻布汗衫,腰间拴根棕绳,脚上穿双草鞋。玉璧一把拉住他:"你怎么到重庆来了?"

夏林推开一个力夫,伸手抓住我们的皮箱和铺盖卷:"嗨,一言难尽。走,上岸去再说。"

夏林和玉璧同在一个院子里长大,小时候一起放牛割草,又一起读了几年私塾,后来尽管没能和玉璧一起进县城读书,两个人却一直像亲兄弟一样,玉璧在南京时还时常念叨他。今天竟意外在重庆会面了,自然是很高兴,我们找到了一家小豆花馆子坐下,玉璧破例地要了一瓶酒。

一阵寒暄之后,夏林叹口气说:"大哥大嫂你们走了两年了,不晓得现在的世道有好乱,捐啊税的多得吓死人,连那些军阀滥兵揩屁股的草纸钱也要我们出!原来来收钱的是保甲长,本乡本土的,说点好话塞几个鸡蛋,说不定就过去了,可是现在干脆派个兵把你跟着,还要你管吃管住管草鞋钱。你们晓得,我老爹不在了,老娘靠帮人把我们姐弟拉扯大,前些时候我在广安新街帮寡妇幺婶跑腿,她老人家喜欢我,要收我做儿子,继承她那点家产。哪晓得夏家祠堂的族长夏三公想占她的家产,就暗地串通人要整我,害得我跑了回来。现在我屋头,糊三张嘴都不得了,哪里还有钱来交捐呀税的。狗东西的王尧!大哥你晓得的,他现时是阳合场的团总,又是资马十二场的民兵大队长,他站出来说话了,说:'老太婆你没得钱,你屋头两个大成人的儿女就不是钱吗?要么你那姑娘跟我做小,你就是我的丈母娘,我王尧一天有吃的你也有吃的;要么你那儿子就去当兵,还可以卖几个钱，等二天当官发财回来讨婆娘，免得遭土匪拉了去，落个人财两空。'"

　　夏林接着说："我老娘吓得发抖，当天晚上就打发我们姐弟两个跑了。我把姐姐送到合川姑妈家，求她看在我死去的老爹分上，给我姐找个厚道点的婆家，我自己就到了重庆，凭着力气挣碗饭吃。"

　　玉璧听了，沉默良久，最后说："不要紧的，你跟我们一道回去，以后自有报仇的机会。"

　　离开家乡两年了，真可谓江山依旧，人事全非。这两年四川遇上了特大旱灾，川北一带还遭暴风冰雹，庄稼只有三四成收获，灾民们饿死于路野，甚至易子而食。而此时的四川军阀们，已拥有十七八万条枪，拉起九个大山头，人人都想做"四川王"，为抢地盘打得昏天黑地。岳池县今天过狼，明天过虎，换朝官儿刮层地皮，别说是县城了，就是许多乡场也被搜刮一空。亲戚朋友来看望我们这两个从南京城里回来的大学生，说起自家的情况都直摇头。二姐夫说："三妹啊，说起来你们都不相信，这几年我们这个小小的岳池县，打打闹闹过了七拨驻军，眼下守着这一方的罗泽洲，更坏！两兄弟都抽大烟，强迫全县人民种鸦片，供他们去做鸦片买卖；你要是种了，他要收你的烟税，不种呢，他说你懒，要收你的'懒捐'。现在一年要征几年粮，稀奇古怪的捐啊税的多如牛毛。莫说是那些没家没业的，就是我们这些小户人家，也实在是交不起。说别人你们不晓得，石垭场的杜海金该有耳闻吧？交不起粮款，被先关后吊，现在一家人不敢落屋。"

　　婆婆抱着宁儿，也过来说："晓得你们在京城读书开销大，是该早些寄钱去，只是屋里头实在是没得钱，留给你们的三十多石谷子,全被滥兵们挑走了,还说没抵够粮款。你们还不晓得哟,院子里傅三爷一家断了粮,只有去吃观音土(白泥),拉不出屎来,五口人胀死了三口,现在傅三娘睡在床上,靠九岁的幺女儿每天讨饭回来养活……"

外有帝国主义的侵略,内有军阀的蹂躏,家事国事天下事,所有的事都乱得不成样子,连家乡也不是藏身之地。我心中乱极了,只想回到课堂里去读书,眼不见心不烦。

可是我没法走。

回家的第二天,玉璧就带上在南京买的一块衣料,说要上县城去看望邮政局的局长熊尧赏,再走走亲戚,还要到顺庆去办点事情。原说几天就回来,却是快一个月了不见人影。眼看快开学了,我急得不得了,前思后想几年来的一些疑惑,心里火不打一处来。在我心里,他从来就是个磊落的人,可是时不时被薄云轻雾缭绕,让人不怎么看得明白,更可气的是他的那些朋友个个都是明明白白,这云雾只是罩着我自己。这次一回来他就这样东奔西跑的,他到底打算干什么?

直到中秋的前一天,玉璧才回家了,一进屋就递给我一张照片,还指着照片上的字说:"你看看这个!"

这是一张他的半身像,照片上的他浓眉阔嘴,拿破仑式的头发盖过了耳朵,深色的西装里面领带都没有打正,白衬衣也还看得出皱纹。照片的左边,有一行字"勇敢奋斗",右边也有一行字"再勿怯弱"。下面还有一行字,"是年乃余人生之大转变也。民国十四年摄于岳池"。

玉璧看我还是莫名其妙的,就把照片翻了过来,背面写着这样几行字:"革命意志从此确定人生意义从此认清一弃以前梦想的爱的生活怯弱意志以我之身献诸人类社会不复为一个人而牺牲矣"。

我看看这张照片,再看看兴奋不已的他,更莫名其妙了。玉璧在屋里走来走去,很激动地说:"这是我给你的一张纪念照片。我是要你知道我今后人生的目的。革命工作是艰苦的,也是变幻莫测的,今后也许我在外面的时候很多。到那时候,你就拿出这张照片来看看,以慰思念……"

我感到一种不祥的征兆,他在南京那些最紧张的日子里都没说过这些话,怎么像告别词似的?

玉璧走到我面前,把我按在床边坐下,说:"我们不走了,留在家乡。"

我几乎跳起来:"为什么?"

他诚恳而委婉地说:"玉屏,你听我说,我们在家乡有许多事情要做。地主恶霸和军阀这样凶恶,老百姓的日子怎么过得去?我们走了,倒可以轻松自在,可是……"

"可是、可是!可是我们外出读书也是为了救国,大学毕业之后再回来服务桑梓也不迟,何必忙在今天?再说这么大的事情,为什么就不和我商量一下?以前我什么都听你的,不拆你的信,不开你们的会,可是这件事你为什么就不听听我的意见?"

当时的我真是气不打一处来。不、走、了!这三个字他说出来倒是挺轻松,可是对我该有多沉重。刘灼山被赶走之后,我在岳池教育界已经没有了立足之地,现在又不出去读书了,一个女人在这乱哄哄的穷乡僻壤,能做什么?做土地主廖家的大少奶奶吗?那才该叫人家笑掉大牙呢!

直到这个时候,玉璧还没有打算把自己的真实面目告诉我。他没有告诉我,自己在成都高师读书的时候,就已经加入了中国社会主义青年团,那次之所以扔下我独自去了成都,确实是不得已——他是回学校去转组织关系；他也没有告诉我，因为在南京五卅运动中的表现，现在他已经直接由青年团转入了共产党，给我看的这张照片，就是他和中共岳池支部书记熊尧赟一起，去顺庆正式接转了组织关系后的留影。可是现在，事情到了不得不说的时候了：为了配合孙中山先生北上的宣言，更为了防止四川的军阀与民团势力勾结起来支持北洋军阀，共产党在加紧策动军阀内部进步军官的同时，也加紧了对于民团武装的控制。玉璧因为在大学的体育系里专门学过"军事体育"这一章，已经被支部列入了赶走军阀势力、掌握民团武装的最佳人选。现在他们疏通了各方面的关系，趁着岳池各乡场改选的机会，已经把渠河沿岸资马乡十二个乡场的地方武装权力，从恶霸王尧的手中夺了过来。

玉璧不知道怎么才能够在不违背秘密原则的前提下，把事情对我说清楚，只好去搬救兵。

隔天，矮胖胖的邮政局长熊尧赟就来了，他身穿一件青花缎的马褂、头戴一顶博士帽，在门前下了滑竿，一进屋就打着拱，冲着抱孩子的我直喊："道喜！"

"孩子都这么大了，才来道喜？拿礼物来嘛！"我心里不痛快：玉璧一回来就往他那里跑，这不回南京的主意十有八九跟他有关系。

"这个礼物不小哟，廖大哥当官了。"熊尧赟说着，打开了手上的委任状。我打开一看，一张是政府发的，上面写着"兹委任廖玉璧为黎梓卫团总"，另一张是团练局发的，上面写着"委任廖玉璧为资马十二场民兵大队长"。

看来玉璧这一个月没有白跑，居然跑来了两份官职，管辖了渠河两岸十二个乡场的民团，手下有了一千二百名团丁，做了个

"千户侯"！知道民团是干什么的吗？在那个武力称霸的时代，这个原本维持地方治安的武装组织，已经演变为掌握地方实权的"团阀"，他们大都与军阀勾结起来搜刮民众，成为四川除了土匪之外的两大祸害。因此老百姓中有顺口溜："兵如梳，匪如篦，民团好比刀刀剃。"如果是别人，此事还情有可原，可廖玉璧他是什么人？是刚刚从五卅运动中下来的学生领袖，是高喊着"天下者我们的天下，国家者我们的国家"的热血青年！朋友们的鲜血还没有干，敌人的枪炮还没有凉，他居然就放弃了救国的打算，甚至放弃了读书的打算，去为军阀当了走狗！

我怒火冲天！

同来的另外一个人说话了。这人名叫刘铁，三十来岁，大个子，穿着青哔叽中山服，说话声音很响亮，眼神有些刺人。刘铁的公开身份是驻守在顺庆的军阀何光烈部队里的营长，他对我说："大嫂，我们是'醉翁之意不在酒'，各有各的打算啊。"

我没好气地说："你们能有什么打算？五卅运动闹得那么大都烟消云散了，难道你们还能把遍地的军阀怎么样？百无一用是书生，这是他廖玉璧自己说的。"

刘铁说："大嫂你说得不全对。五卅运动是过去了，可是全国整个革命形势还在继续发展。你看，国共两党合作起来，在广东成立了革命政府，我们四川的工人和学生运动，现在还轰轰烈烈啊。至于老廖说的话，我看也不全对，只有那些光是咬文嚼字的酸秀才才没有用。你们满肚子学问，工农满身的气力，还有的人手里有枪，还有的手里有印把子，想法子大家合在一起，还愁什么事情干不好啊？"

我有些疑惑起来："你们到底想要干什么啊？"

刘铁靠近来，比划着说："大嫂你看啊：现在你叔叔陈徙南,是县里的团练局长,玉璧在成都高师的老师任正格老先生,回来担任了县长,他们出山本来是想为乡亲们做点事情,做个垂名青史的青天大老爷,现在却在军阀罗泽洲的淫威下根本无法施展。举个例子:罗泽洲的大兵在街上估吃霸赊强奸妇女,他敢过问吗?大街小巷开烟馆摆赌场,他能干涉吗?老百姓埋怨,他们俩也憋了一肚子的气,现在把这两张委任状给了玉璧,就是给了我们印把子,希望能够联合起来,为老百姓做些事情。还有,为了防范军阀和土匪,许多村寨都修了碉楼寨子,各乡各场都组织了民团,置办了枪支。你想想,一支步枪就是百把块大洋,一支快慢机手枪四五百块,就拿现在的一石黄谷六块多银元计算,你算算那得要多少钱!现在有了这两张委任状,这些枪不都掌握在我们手里了吗?嗨,资马乡十二个场镇的民兵大队长,管了渠河两岸的这一大片风水宝地,一千二百多人和枪啊!有了权,有了枪,再加上你们的学问,还有我们这些武行中人的帮衬,就成了一股势力,用这样的势力去改造社会,总会比光去游行请愿有用得多吧?”

刘铁的一番话,让我对这些天玉璧他们的举动恍然大悟。我只是不明白,像他这样痛恨军阀的人,为什么还要在军阀何光烈的部队中当炮兵营长?

之后我才知道,这个何光烈是个极其暴戾的人,对于手下的官兵都如对奴隶一般,军中的不满早已经暗流涌动。此时玉璧在成都高师的校长吴玉章已经加入中国共产党,并担任了顺庆高中首任校长,而吴玉章的好友刘伯承,也在驻守顺庆的何光烈部队里当了团长。也就在此时,中共中央为了策应北伐战争,提出了"抑制四川军阀部队东下威胁武汉"的战略部署,吴玉章决定在顺庆与泸州两地策动军阀部队起义,何光烈的部队就是他认定顺庆"军运"的重点。于是刘伯承在这支部队里策动了一些中上级军官参加革命,其中的刘铁暗地里也是党员。当年吴玉章很看重的学生廖玉璧也顺势参加进来,与刘铁一拍即合,成了多年的好搭档。

本来已经有些灰心的我,被这个新的计划重新振奋起来,很高兴和玉璧一起留了下来。

玉璧当选了这两个职务,立即在整个岳池县里引发了轩然大波。按当时的惯例,担任地方团总的人,不但要有学历和财产,还应该德高望重,可是这次任命的却是才二十三岁的廖玉璧,而且还当过放牛娃。资马十二场的士绅们联名陈述,派代表到县里请愿,说玉璧"乳臭未干,不堪重任",同时呈上保举名单,请县长另派贤人。谁知任县长却说:"自古英雄出少年,他年轻不碍事,我不年轻就行了。"

有了县长撑腰,玉璧便大刀阔斧地干起来。士绅们不出费用,玉璧便动员母亲将祖父存在洋行里的股本退出,一共2800元,垫了民团的伙食费。这年的十月,走马上任的玉璧做了最得人心的一件事情:打击了一桩哄抬粮价的事件。那几年,毗邻的湖北省连年水灾,导致大量川粮外运。军阀们又在防区内自铸钱币,币制混乱加上战乱频繁,一些资本雄厚的商户趁机囤积操纵,哄抬物价,米价连年上涨。岳池有一姓祝的大户,在岳池县各乡大量收购大米,运往重庆高价贩卖,一时间五百石大米运到了黎梓卫码头。岳池县的米价哗啦啦就上去了,每石涨了八九块银元,比原先的一倍还多。常言说"一粮带百价",一时间所有的东西都在涨,市面恐慌,谣言四起。黎梓卫码头运米的船上米袋高筑,排成了长龙,让人看着心里都发慌。眼看这么多的大米就要从自己的眼皮下运送出去，玉璧派人去与那姓祝的打招呼，让他稍微顾及一下民众的生计，停止收购米粮，谁知此人自恃有的是钱，根本就没把这个才上任的年轻团总放在眼里。玉璧也是年轻气盛，想当初在南京连外国人都敢惹，难道还怕了你这奸商不成？于是一声令下，手下的民兵们呼啦啦将米船团团围住，全部扣留。

姓祝的火冒三丈，不信这个年轻的团总还翻得了天，他暗地里从罗泽洲手下找来个连长，带着几十个端着长枪的兵痞，在黎梓卫码头站成了个半圆，将民兵们围在河边。那连长歪戴帽子斜穿衣，挥着手枪喊着："姓廖的！马上把米船放喽！不然就消灭你！"

玉璧走上去说："这位长官，看样子我要是不放，您就要开抢？"

"那当然！"

"您调动这么多的弟兄来抢粮，不知道是奉了罗师长的命令呢，还是看在这位祝老板的私情？"

"你管不了这么多！"

"我是这一方的团总，怎么管不了？我既然敢扣船，也就敢与您长官一起，到罗师长那里去说说道理。我知道祝老板有钱，有钱可以去做那些正经的生意，也可以请你们去喝酒吃肉，何必非要从老百姓的嘴里来抢米？他把米价抬高了，对于你们驻军有什么好处？对于粮饷一向紧张的罗师长又有什么好处？我看他恐怕是个奸细，专门来给罗师长为难的！"

玉璧喊着手下牵马过来，一定要与那连长到罗泽洲那里去说理，说是"罗师长如果叫放船，这里马上就放，如果罗师长没这个意思，长官您就是包庇奸商，要拿话出来说！"码头上的老百姓围了里三层外三层，一听这话齐声起哄，说什么的都有。那些手头有枪的民兵们"哗啦啦"拉着枪栓，没枪的就举梭镖，还有人操起锄头篙杆，看样子不把事情闹大不肯罢休。

那连长本来就是拿了姓祝的钱过来吓唬一下民兵而已，哪里敢去罗泽洲那里去说什么道理，只好一挥手退了。玉璧觉得这些米放在这里夜长梦多，干脆一不做二不休，让民兵们把米扛上岸口，就地在市场上按照原价抛出，米价哗哗地就下来了，老百姓这才大大松了一口气。玉璧拿着这笔钱，一部分留作地方公益费用，另外一部分让人去重庆买了一批枪支弹药回来，真是一举数得。

那姓祝的当然是不甘心，找到任县长状告玉璧"以势压人，抢截商家米粮，还贪污粮款"。任县长心中正在为玉璧这一招叫好，就摆开架子说："我看人家廖团总没有错。人家给你打招呼在前，扣押米粮在后，再说他拿了粮款又不是自己私吞，而是作了公用。你吃回亏讨回乖，以后不要再目中无人，这次就算是为资马十二场的老百姓做了件好事，大家都会记住你的。"

既亏了理又亏了钱，那姓祝的就去罗泽洲处告状，说"黎梓卫团总廖玉璧拥兵自重，总会成了气候"。罗泽洲最怕的就是这一着，连忙来调玉璧的人马去大溪口一带"清剿匪患"。玉璧一打听，才知道这股"土匪"的头儿叫金积成，是夏林的好朋友，这回是杀了罗泽洲派下去收款的"提款委员"，拖着一帮弟兄上的山。玉璧一边去给罗泽洲回话，说是本乡没有土匪；一边派夏林前去"招抚"。没几天，金积成带着十多个弟兄投奔而来。这个金积成，黝黑面皮，络腮胡子，敦实勇猛，说起话来粗声大嗓，在以后的日子里和夏林一起，成了玉璧的左右臂膀。

刚刚上任的年轻团总廖玉璧，不仅为资马十二场的百姓，更为全县人民做了件大快人心的好事。不过两三个月的工夫，资马十二场区域内治安良好，既没有土匪的侵犯，又没有军阀的骚扰，更重要的是，从玉璧当上团总之后，这一带就没有摊派过任何捐税。人们对这个年轻的团总逐渐信任，"米船事件"之后更是好评如潮。我欢欣鼓舞，好多天都没睡好。

农民和士绅们都积极参与民团的组建，资马十二场的民团势力不断扩大，很快就成了气候，与罗泽洲对立的架势也日益明朗，风声开始紧了起来。

1926年的春节很快就要来了。这些日子尽管陈徯南在任县长的劝说下尽量韬光养晦，可是与罗泽洲的关系还是在迅速恶化，到后来，罗泽洲的军队换下来的烂枪，也以五十元一支的价钱硬派给团练局。陈徯南毕竟是辛亥革命的老将，实在忍不下这口气，在罗泽洲的军部会议上据理力争，居然被罗泽洲拍着桌子大骂了一顿，说他收款不力，剿匪不力，现在还违抗军令，拒不买枪，分明有"通匪"的嫌疑……陈徯南心里明白：再干下去恐怕要遭罗泽洲的毒手，于是不再与任县长商量，递了一纸辞呈。罗泽洲顺水推舟解了他的职，不久任县长也拂袖而去，罗泽洲立马派了自己的旅长刘瑞文驻守岳池，接任了县长职务。

罗泽洲扫除了异己，便在防区内开始预征五年田赋，同时发行一元、五元债券，加上原来摊的户口捐、壮丁费、冬寒费、清乡费、指名费、特别捐……每个县都是几百万元，资马十二场要缴四十多万元，农民与地主三七分摊，限定两个月内缴清。罗泽洲预征田赋的消息一传开，川北十四县民情激愤。组织上认为这是发动起义的好时机，决定启动各方面的力量积极介入。在川北一带威望很高的陈徯南，出面做了发起人，民团的首领们在重庆召开了秘密会议,决定用武装起义的方式驱除所有占据川北地区的军阀,实现地方自治。被罗泽洲逼迫得走投无路的陈徙南,在会上慷慨陈词,众望所归之下出任广(安)岳(池)方面川北第五路民军总指挥。由于陈徙南的活动,占据重庆方面的军阀刘湘从自身利益考虑,也令部下驻守岳池南面的合川县,答应除了给予军事物资等支持,必要的时候还要以武力配合。

玉璧在家里开了个隐秘的后门,和熊尧蕢、刘铁的往来更加隐秘而频繁。这段时间,他们常常带着纸笔和指南针,上华蓥山勘测地形,绘制地图。新年刚过,我家里来了一个神秘的客人——何光烈部队里的混成旅旅长杜伯乾。杜旅长对大家说:"陈徙南的起事地点不能在岳池城里,打算到你这儿来,你们准备得咋样了?"

刘铁拿出一张地图,边指边说:"杜旅长你看,这是一张华蓥山的地形图。华蓥山脉绵延六七百里,东接万县巫山,西连陕西秦岭,我们背靠的这一段是主峰。山上森林茂密,人烟稀少,地形复杂,还有五个大庙子,山顶上最大的宝顶寺,有七个大殿,少说也可以住千人以上。这些寺庙在山上都有庙产,完全可以自耕自食。山上每年十月开始下雪,积雪三四尺厚,第二年三四月才开始融化,这期间除了烤火守夜的和尚,几乎是人烟绝迹。这华蓥山上进可攻,退可守,是个作战的好地方。"

熊尧蕢也凑上来,在地图上比划着说:"三句话不离本行,听我这个跑邮政的说几句。华蓥山下水陆交通都很通畅。一条大路联通大竹、邻水、渠县、广安、岳池、合川等县,直达江北重庆,只要卡住这条路上的枧子沟和大溪口,就卡断了这几个县的陆路交通。至于渠河,那更重要。渠县开始到重庆这一截,水势平稳,河面宽阔,军需民用的物品,多靠这条黄金水道,沿河两岸码头很多,像黎梓卫、罗渡溪、马头溪、石龙场,都是些繁华口岸,若是在沿岸码头设上联络站,做好船夫和各处袍哥的工作,今后我们便会畅通无阻。"

玉璧拿一根筷子,边指边说:"我来说说我主管的资马十二场的情况。渠河经广安流过岳池,把东南角切下来,这就是河东七场。我们黎梓卫是首场,守住这个繁华之地,不但有利可图,更可以切断后山各场与外界的联系。由黎梓卫往前走,地主的石碉楼很多,其中的天宝寨和苏台寺地势险要,为兵家必争之地,大溪口是上山的要道,现在军阀都有兵把守。这河东七个场,是岳池与广安、合川几县交界的地方,又靠山边,山高皇帝远,是我们活动的好地方。至于河西五场,也很重要……"

我听得入了迷,盯着那张图说:"刘大哥你们真了不起,说得比我这个华蓥山下长大的人还清楚。"

刘铁说:"大嫂你这份夸奖我担当不起,这是玉璧在山上山边转了两个月,还到县里查了资料才画出来的。我们这位年轻的团总还有一套,把在学校学到的那些军事知识全用上了。杜旅长你看看这张图,画得多准确多仔细,简直是个内行。"

杜伯乾拿起图,边看边说:"了不起了不起,我们当了多年的参谋,专吃这碗饭还不一定画得这么好呢。你这个大队长,对那些团总的工作做得怎么样了?"

玉璧说:"资马十二场的民团完全能调动,团总中有一半靠拢我们,伍建中和骆雅洪两三个人对我心怀嫉妒却又无可奈何,只是见风使舵;只有王尧和尹元亨两个土豪靠不住。这两个家伙都是恶霸,王尧的资马十二场民兵大队长还是刚被我顶下的。"

大家谈了很久,最后由杜伯乾正式确定了起义计划。起义的口号是:"打倒军阀罗泽洲,反对苛捐杂税,实行地方自治。"

起义以军（阀）团（练）冲突为名义，以河东七场为根据地，以玉璧领导的资马十二场的民兵为基本队伍，加上何光烈部队中已经入党的中校军官屈元亮拉出的四百多人，还联络一些反对罗泽洲的地方势力参加，包括袍哥和绿林武装。起义军对外称"川北民军第五路军"，指挥所设在苏台寺，陈徙南任总指挥，杜伯乾任参谋长，屈元亮任副参谋长。玉璧负军事方面的责任，但不公开露面，以便在黎梓卫这个水陆码头稳住阵脚，保证民军的军需供应和情报侦察。刘铁负责队伍中党的工作，协同玉璧军事作战。熊尧襄还是在城里当他的邮政局长，收集情报，通报消息。

我被他们的计划鼓舞得摩拳擦掌，嚷嚷着："还有我呢！我干什么？"玉璧看了我一眼，有些为难。

我不高兴地说："早就听说你们有个了不得的组织，你们都够格，就只有我是个外人，只配为你们跑腿？你们也不要小看了我啊。在南京人生地不熟的，我不敢说大话，只有跟在他廖玉璧的后面跑，可是一回到这岳池，就有了我的用武之地了。我们陈家是个大族，亲戚朋友中读书的多，做官的也多，要办个什么事情，我陈玉屏也不比别人差呢！"

刘铁和熊尧襄一听，都哈哈大笑起来："好一个厉害的陈三姐，真是百闻不如一见，足见我们廖兄的福气了。来来来，从现在起，我们也不把你当外人，你当我们的后勤部长兼外交大臣行不行？"

事情就在这样的笑声中定下来，我的命运就此确定了。以后，什么南京啊、上海啊，还有东南大学桥下的荷花啊，都在笑声中远去了。

第三章

初露锋芒

1926年四月初八这天，民军起义的大会在黎梓卫街上正式举行。调来保卫会场的资马十二场民兵们，身穿杂色衣服，手持各式武器，在关帝庙内外驻得满满的。到会的有各乡民团团总、团政和地方民团负责人、地主乡绅及各个公口的袍哥大爷，还有从广安、岳池四十八场赶来开会的士绅和民团代表，共八十多人。陈徙南在会上一口气数落了罗泽洲的十大罪行，声明由于连年天灾，人民生活困苦，实在无力筹办苛捐杂税，只有拿起刀枪驱逐军阀罗泽洲，实行地方自治，才能死里求生。一个叫李元金的大绅粮，屡受罗泽洲敲骨榨髓之苦，当即在会上就出了四万元，作为民军军费。其他各场代表纷纷响应，又出了三万元，只有王尧、尹元亨几个劣绅，有的怕事，有的哭穷，一个子儿没出。当天晚上，代表们喝了血酒，赌了咒，各自回去做准备。出于通盘考虑，玉璧在这次会上没有露面。

黎梓卫会议之后，川北第五路民军的旗帜打出来了，"打倒军阀罗泽洲"的传单四处散发。屈元亮带着他的四百精兵强将，在岳池、武胜、合川连连打胜仗；黎梓卫和好几个乡场上的税务所都被砸了，票据扯得漫街飞舞；大溪口炭厂的工人和农民一起，还打死了一个提款委员……由当地的士绅和地方武装出面、共产党策动并参与领导的华蓥山区第一次武装起义，就这样在军（阀）团（练）冲突的旗帜下拉开了战幕。

事态发展得如此迅速，完全出乎罗泽洲的意料。他指派驻守在岳池的旅长刘瑞文，带了两团人直向河东七场扑过来。刘瑞文带着队伍到了黎梓卫，街上清风雅静的，连茶铺也没开门。他走到乡公所，除了两个守门的乡丁，就只有一个文书。刘瑞文气不打一处来："一排长！带上你的人，给我去把团总廖玉璧叫来！妈的都什么时候了，还这么悠闲！"

那排长带人来到太阳坪我家门前，我正铺开桌子上的一幅红布，给隔壁待嫁的幺姑娘画枕套，排长站在大门口喊廖团总，我出来说："你怎么跑到这儿来喊人啊？他早就去了广安了。"

"不对吧？昨天还有人见着他在街上走呢。"

"那我就不知道了。反正这两天他没回家。"我说完一扭身，回去画枕套去了。

那排长讨了个没趣，只好回街上去了。刘瑞文一听："不理你？她男人玩忽职守，闹出这么大的事情来，她还敢不理你？肯定是嫌你的官儿小了。张连长！多带点人，你去！"

张连长带了一个连，一百多个兵在田埂上牵成长线，浩浩荡荡来到了太阳坪，说是刘旅长一定要见廖大嫂。我心里好笑，跟着他到了街上，刘瑞文一见我就气不打一处来："廖大嫂，你的架子好大啊，战事这么紧，你的廖团总，到底去哪儿了？"

"去广安啦。"

"他手下的那么多人呢？"

"听说派出去给你们收款去了。"

刘瑞文站起来说："堂堂一个团总，就知道躲！陈徙南召集了广岳四十八场的民团在他地盘上开会,他干什么去了?"

我也站起来:"他不躲又能怎么办?一头是我的亲叔叔和他的恩师,一头呢是你们这些顶头上司,他年纪轻轻的,哪头都得罪不起,只好躲了。"

刘瑞文不耐烦了,连连摆手:"不说了不说了,事情闹得这么大,躲能躲得过吗?你马上去把他喊回来,就说是我找他,耽误了正事,军法处置!"

"你们到处都设的有卡子,我连广安城都进不去,怎么去喊?"

"王副官,发张通行证给她!"

我拿上通行证就往家走,出了后门翻过两道山梁子,到了山顶上的回龙寺,玉璧带着手下的三百民兵,正在等我的消息。玉璧拿到那张通行证,就交给了金积成,让他带上几个人冒充刘瑞文的兵,去广安找到卖药的"悦来医社",老板齐吉轩是自己人,已经准备了一千发手枪子弹。玉璧叫金积成再买上二十打电筒配上电池,和这些子弹一起,连夜要赶回来。

第二天快小晌午了,玉璧装着才从广安赶回来的样子,去见刘瑞文,刘瑞文一见他就发脾气,向他要钱要粮、要猪要菜……玉璧则是一味地叫苦,要什么没什么。眼看天都要黑了,刘瑞文拿他一点办法都没有,只好说:"那好,我的队伍不住你这儿了。我明天就去天宝寨,你派人去给我侦察一下情况,马上就去!"

刘瑞文要占的天宝寨,是平坝上的一处高地,寨子用大块的石头垒成,四周都有碉楼,壁垒森严,易守难攻,扼守着通往华蓥山的要道,刘瑞文要是占领了这里,就等于卡住了民军的咽喉。玉璧匆忙写了一封信,我把它缝在夏林的衣服下边里,让他连夜送往苏台寺,给陈徙南报信。

第二天上午,玉璧才去给刘瑞文回信,说是天宝寨派人去看过了,什么事情也没有。看着刘瑞文带上了他的两个团向着天宝寨去了,玉璧乐滋滋地回来,拉着我就上了回龙寺的山头,说是等着看热闹:陈徙南已经抢先占领了天宝寨,这下子刘瑞文要提着他的脑袋去见罗泽洲了。

三百多民兵和我们一起,挤在山头上闹闹嚷嚷的,说着说着炮声就响了,一听就知道是天宝寨里的那几门牛耳大炮。这些当年革命党准备用来攻打清朝军队的大炮,没想到现在派上了用场。紧接着,远远看见一面白色镶边的大黄旗扯了出来,中间是一个斗大的"陈"字。玉璧拉着我说,你快看,这就是我让你缝的那面旗子!

这面旗子看上去实在像水泊梁山上的山大王用的,可是革命的景象随着大黄旗迎风飘扬开来。天宝寨下杀声震天,牛耳大炮打得刘瑞文措手不及,一两千人的队伍一下子就涣散在野地里。此时寨门大开,刘铁带着一支人马冲了出来,刘瑞文的那些兵见势不好,纷纷往周围的庄稼地里钻,迎头就撞上了夏林和金积成——他们分别带着两支队伍,从周围的苞谷地里杀了出来。一时间,地里干活的农民、路边挑炭的脚夫纷纷操起梭镖矛子就冲上去,把刘瑞文的人马包围在山沟里,一片"穷人不打穷人,掉转枪口打军阀"的吼声,震得地动山摇。

战斗打了四天四夜,爆豆般的枪声时断时续,我在家里又要碾米又要送粮,忙得不可开交。玉璧有时也会匆匆跑回来,简单地跟我说说情况,或者是帮我出点主意。

按照事先的计划,玉璧一直都没有公开露面,他带的那三百民兵在刘瑞文的退路上设下埋伏,打得敌人漫山遍野地溃退。这次战斗缴获了两挺机枪，五百多支步枪，打死打伤敌人四百多名，活捉敌兵一百多人，民军自己只伤了三十多人，牺牲了四个人。胜利大大鼓舞了民军的士气，枧子沟一带的挖炭工人、资马十二场的农民，纷纷沿着小路避开敌人的卡子，到天宝寨来要求参加民军；那些不能打仗的老头老太太，提着鸡啊鸭啊来慰劳，还有个卖酒的小生意人，挑了一挑酒到天宝寨，一定要送给民军的战士们喝，不当面喝给他看他就不走，弄得大家怀疑他是不是敌人的探子，在酒里下了毒。旗开得胜的战斗，还鼓舞了整个四川的民团士气，不但近邻的合川、武胜、顺庆、渠县、大足、邻水等县的民团纷纷派人来联系，就连远在川南的安岳、乐至，川东的江津，川西北的巴中等地，民团首领也都积极响应。军阀们龟缩在岳池广安城里，三步一岗五步一哨，天不黑就关了城门。

罗泽洲气得七窍生烟，决定孤注一掷，把大部队都派给了驻扎在岳池的旅长刘瑞文，命令他一定要把民军消灭在天宝寨，这样一来，岳池县城里就只剩下一个团的兵力。刘铁和玉璧得到熊尧夐的报信，急忙赶往苏台寺民军指挥所，和陈徙南一碰头，都认为机不可失，失不再来，紧急在苏台寺召开会议。参加会议的首领中，有民军副参谋长屈元亮，还有绿林出身的团总龚冠一。

玉璧根据熊尧夐提供的情报，建议"围城打援"——先将天宝寨的部分队伍撤退到华蓥山脚下，把敌人的重兵再引得远一点，然后再派出一支人马埋伏在去县城路上的新城，攻城的战斗一打响，这部分敌人肯定要回头去增援城里，待他们走到新城，就给他一个迎头痛击。至于攻城那边，还得动用"声东击西"和"里应外合"的战术——先派出一部分人到城里潜伏下来，一旦总攻开始，城外的队伍先攻打敌人兵力比较弱的北门和西门，引起敌人的错觉并消耗他们的弹药,等到把敌人的重兵全都吸引过来,东门和南门的守备必定空虚,此时潜伏在城里的人再与攻城的队伍里应外合,一举攻下城池。

刘铁和玉璧都认为,应该抽调一批资马十二场的民兵,与屈元亮的队伍配合去做攻城的主力,因为这些民兵训练有素,屈元亮又是从正规队伍里出来的军官。可是玉璧手下的伍建中和骆雅洪两个团总,自来就嫉恨这个年轻的团总,总怕他的队伍抢了头功,极力提议龚冠一去。这个龚冠一,本是一个生意人,因为身强体壮,又有武功且枪法精准,被推任为当地的团总。前不久罗泽洲的一个连长到他的地盘内向一乡绅"借"去枪支不还,他这个团总出面索要还被骂了一顿,一气之下将那连长枪杀,在罗泽洲的追捕之下进了"绿林"。伍建中和骆雅洪坚持认为,龚冠一的土匪队伍善于打硬仗,到后来陈徙南也同意了让龚冠一去攻城,只是强调必须听从屈元亮的指挥。刘铁和玉璧怕伤了和气,也就没再坚持。事情决定了,玉璧派我回岳池城里去一趟,给熊尧夐报个信,准备内应。说走就走,我当天晚上就回到了舅舅家里。舅娘问我进城有什么事,我说黎梓卫那边打得厉害,回来躲几天。舅娘还不放心,问玉璧呢?我说他也不想担风险,紧接着也会过来的。第二天,我到邮局找到熊尧夐,把玉璧的信交给他,然后两人分头去准备。我在东门和南门上找了两家庙子,只说是家里要做道场,打杂的人多,要找个住处。

当天晚上,玉璧挑着一挑轻飘飘的灯草作掩护,带着夏林、金积成和四十多个挑选出来的精兵良将,陆续混进城里。然后玉璧去了熊尧夐家,其他的人按照事先的安排,分散住进了城东城南的两个庙子。

龚冠一和屈元亮各自带上自己的队伍,前来攻城。这位屈元亮在参加民军的队伍之前，就是军阀何光烈手下的中校军官，打仗指挥都有一套，可是那位占山大王龚冠一，只知道一味地逞强，根本就不顾事先商量好的计划，更不听屈元亮的指挥，人马一到就去强攻敌人守备很强的东门。他一没战略，二没战术，只知道又吼又闹地蛮干，打了两天两夜都没能攻下来。眼看着城墙上的机枪弹如雨下，人员伤亡不断增加，就连城外的老百姓也死伤不少，龚冠一气急败坏，公开对他的部下嚷嚷：只要攻进了城，大家放假三天，要玩要耍随便！

龚冠一的队伍现在就已经开始扰民，一旦真的进了城，还不大肆抢劫，闹出许多乱子来！玉璧赶紧写了一封信告诉陈徙南和刘铁，要求急派部队前来增援。信写好了，我要去送信，玉璧瞪我一眼，找了个通信员送到指挥部苏台寺。谁知两天后，还不见援兵到来。屈元亮久等援兵不至，看着龚冠一在那边咆哮，指挥着手下的那些兵在战场上乱窜，气得直跺脚：这哪里是什么民军，活脱脱一群土匪嘛。他打什么仗啊，抢人还差不多！

队伍最终没有等到援兵。后来才知道，那送信的通信员到了苏台寺民军指挥部，没见到陈徙南，就把信压在桌子上的砚台下面，也不给人说一声就回来了。等到陈徙南发现这封信，已经是两天之后，连忙派了五百多人前来支援，可是已经晚了。也就在这两天的时间里，敌人的援兵已经从广安顺庆等地源源赶到，而且兵分两路，一路在半路上拦截民军的援军，另一路赶往岳池城下，准备包围屈元亮和龚冠一的队伍。眼看大势已去，玉璧只得通知屈元亮，马上退兵。

岳池一解围，空气立即松懈下来，玉璧带着我和潜伏的四十多人出了城，往新城方向撤退。走在半路上，就遇到一个民兵来报，说是敌人的骑兵团长带了一团人，由毗邻的邻水县赶过来支援,在新场前面与民军原来准备打援的队伍相遇,打了一仗,抓了民军二十多个人。

玉璧停下来,看看我说:"给你叫乘滑竿,你先走。"

"为什么?"

"我们要在这里和他们打一仗。"

"打仗?我才不得走呢。"

"你没打过枪啊,很危险的。"

"那我就在一边看看,一不乱说二不乱动,看看都不行啊?"

我一脸的赖皮,夏林他们在一边捂着嘴好笑。眼看半下午了,玉璧拿我没办法,只好瞪了我一眼,带上人马赶往新场,在离场五里路的一片苞谷林里埋伏下来。

直等到日头偏西,敌人的骑兵还没影子,大家埋伏在苞谷林里,又闷热又饥渴。那苞谷叶子像锯片一样,把我的手上脸上都拉出一道道口子。我是第一次参加这样的战斗,心里有些紧张,悄悄地问身边的玉璧:"怎么还不来啊?"

玉璧看着前面的大路动也不动,从鼻子里"唔"了一声。

"会不会是……情报出问题了?"

玉璧连"唔"都不唔了,干脆不理。

旁边的夏林顺手扳了一根甜苞谷秆,一边啃一边对我说:"大嫂你心急了吧?咳,你们女人没打过仗,就知道着急。你听我说啊,连吃热豆腐都急不得,打仗就更急不得了。就是敌人急了你我也不能急,看谁的稳桩好,这就是廖大哥说的……"

玉璧转过头来"嘘"了一声,夏林下半截话卡在嗓子眼里,四周一下子安静下来,一阵"嘚嘚"的马蹄声由远而近。我从苞谷秆的空隙里看去,前面大路上飞来一路黄尘,眼看就到了射程之内,领头的那人骑着一匹枣红大马,半俯着身子往前冲,目光炯炯,威武雄壮!夏林把手中的苞谷秆一扔,伸手就去抓枪。谁知道那苞谷秆不偏不倚,正好打在旁边陈仁勇的头上。这个陈仁勇,人称"快乐神",平时就咋咋呼呼的,此刻头上挨了一下,以为是敌人的子弹,腾地跳了起来,大叫一声:"哎呀!"

陈仁勇话音未落,玉壁手起枪响,"砰砰"两枪就让那领头的团长栽下马来!众人一哄而出,把敌人全都拦进了苞谷地里。天很快就黑了,骑兵们一点防备都没有,在苞谷地里完全蒙了。别看他们在战场上耀武扬威,在苞谷林里可就成了龙游浅滩,虎落平阳,好多人连背上背着的马枪都没来得及取下来,就是取下来了也施展不开,至于刚才还威风凛凛的战马,在苞谷地里则是横冲直撞磕磕绊绊,一片混乱。骑兵们只好弃马扔枪,在苞谷林里乱钻,民军的战士不舍不饶,打着电筒穷追猛打。苞谷林里听不到枪声,只听见此起彼伏的喊声。这一仗除了打死敌人的团长,还打死了两个营长,和死伤的那些小兵小官们加在一起,敌人的伤亡有八十多人,民军则是大获全胜,无一人伤亡,还缴获了马枪一百多支,战马四十多匹,一人骑上一匹都还有剩余。金积成、陈仁勇他们五个人嫌不过瘾,跟着那些逃敌的屁股后头追,直到大家打扫完了战场,才每人又骑着一匹高头大马回来。

嘿呀,这就是打仗啊?!简直就像是篓子里抓鱼,院子里撵鸡嘛。我手舞足蹈,学着夏林拉住一匹大马就往上跨,刚一迈腿,那东西一昂头,就把我摔了个仰面朝天。玉壁报着嘴,一把拉我起来,一手拉着缰绳勒住马头,一手猛地一扶,我就坐在了鞍上。玉壁把缰绳塞到我手上,大喊一声"坐稳了!"照着马屁股就是一掌。马儿迈开四蹄,"嘚嘚"跑起来,吓得我差点从马上又摔下来。大家催着马儿往前跑,玉壁策马与我并肩前进,高声喊着:"抓紧缰绳!夹紧两腿!……"

我和大家一起跃马前进，突然想起了那个骑兵团长，他长得人高马大的，怎么说倒就倒了呢？他倒下的时候，我分明听见咚的一声，就像小时候我从高处跳下来头碰在一块石壁上，吓得大叫一声，震得脑瓜子都发晕。可是我没听见那团长大叫，一定也是摔晕了……虽然知道他死了，可是对于我来说，两者的感觉好像都是一样的。

不过百把里路，就进了民军的地界。大家慢下来，七嘴八舌说开了笑话。有的说，岳池城没有攻下来，正憋着一肚子的气呢，没想到这小子就给我们送慰问品来了。还有的说，送礼就送礼嘛，何必把命搭上来，没这个必要嘛。一向嘴拙的金积成大出了一口气，说，就这点东西也行啊，总算没白辛苦这么多天。

我第一次参加打仗，也是第一次学着骑马，乐坏了。后来我对骑马上了瘾，练出了真功夫。我会骑没有鞍子的马，背上光溜溜的，俗话叫"溜溜马"，诀窍是要练腿劲，双腿要夹得紧；还会骑双马，即两匹马并行，突然一跃，从这匹马跃到那匹马上。这些本事哪里是女子学的，更何况是翰林府出来的女子？好在我生性就有点野，又年轻好强，练起来跟玩似的，可是让外面的人知道了，越传越神，把我传成了个神人。

战火打打停停，各有胜负，最后民军的队伍都撤退到华蓥山上。罗泽洲在县里召开了团以上的军官会议，商量对付民军的办法，最后开来大军将华蓥山团团围住，要把民军困死在山上。时间一长，民军的枪弹钱粮都成了问题，特别是粮食。山边的粮食早已经被敌人搜刮干净了，有钱人跑到县城里躲了起来，老百姓自己都靠着吃野菜度日，对民军也是心有余而力不足。如果粮食问题解决不了，只好坐以待毙。

几个领导人坐在一起，商量粮食的事情。刘铁说："没粮食不行啊。兵马未动，粮草先行。这么大的队伍，一没吃的就军心不稳。何况民军中间的很多人，还不仅仅是粮食问题。"

屈元亮说："就是！最近我们的仗打得不好，岳池城没有攻下来，队伍又被包围，给养成了问题，各县的民团见风使舵，没有按照预先的约定前来支援。那些土匪和地主出身的首领，见陈徙南处处听从玉璧的意见，本来就心生嫉恨，现在更是从中捣乱，故意在两军阵前打出玉璧的旗号，说自己是廖玉璧的人，弄得罗泽洲说玉璧反水，下了对他的通缉令，家产也被查封了，要不然或许还可以想想办法的。"

玉璧原本闷在一边没开腔，见说到自己，才解释说："那些都是小事情。其实粮食也不是没有，关键是想点什么办法弄出来。我家里的粮食，一开仗就全部拿出来给大家吃光了，可是我们家依然佃着大地主张玉如家的田，准备给他家上租子的六十多石谷子虽然也被查封了，可都封存在两处。一处在我家里的仓房里，有三十多石，另外的三十石都封在不远的付家院子里，由我家的帮工苏老大守着。据我所知，张玉如在他小龙山的仓房里，还有一百多石谷子，是他准备向县府上交的公粮，要是能够和我家六十多石一起搞出来，倒可以救点急。不过得想想，怎么样才能够搞到手。"

大家一听都喜上眉梢，可是这么大一件事情，谁去呢？

我说："我去！"

我一副大少娘装扮：把头发挽成髻子，别了根银簪，身穿一件团花缎子短袄，本来想戴上玉璧送我的玉镯，又怕碍事，就算了。因为是去罗渡溪，得有个熟悉环境的人，就选了陈亮佐。陈亮佐是我娘家隔房的兄弟，叫我三姐，上过师范学校，当过教书先生,善于交际,人缘也好,很会出主意。他装成我的管事随行,又找了两个靠得住的民兵抬滑竿,每逢卡子我就坐在滑竿上,一连混过了四五道关口。快到黎梓卫的时候,天就要黑了。我叫陈亮佐去河边找上四五只熟船,准备装谷子,自己绕开场口,直奔太阳坪家里。

一进门,婆婆一看是我,又惊喜又着急地说:"你这胆子也太大了,到处都在抓你们,回来做什么啊!"

我一边分派一边说:"妈,我一没偷二没抢,谁怕谁啊。亮佐,你去找些人来,先把封在仓房里的谷子挑出来,我现在就去找刘月波。"

陈亮佐答应一声走了,我直奔盛家院子,去找新任的团总刘月波。这个刘月波,本是个不得势的酸秀才,又吃上了大烟,靠着在地方上包揽诉讼、替人打官司为生,爱偷偷摸摸占点小便宜,是个想钱又怕事的家伙。民军起义之后,玉璧带着队伍上了山,丢下了黎梓卫团总这个缺,地方上的事情没人管,叫谁谁都不敢接手,刘月波好歹通些文墨,就被拉出来垫背。先去找他,是防止他出来找麻烦。

我一跨进门就喊:"刘团总!"

刘月波吓了一大跳:"你……你回来了?!"

我一屁股坐在他的堂屋里:"是啊,回来了,地方上的事情,多承你维持。"

"临时的,临时的,都不干嘛,总得有个人出头。我怎么坐得稳呀,就等着廖团总回来……"

"我不是来和你说这些的。你不是一直催着我们要团谷吗?我就是来通知你,这就派人跟我去付家院子挑谷子。"

刘月波看着我,两只眼睛骨碌碌直转。

"实话跟你说，这些谷子反正都是被查封了的，不去挑了谁都捞不着。你把事情看穿点，就当什么都不知道。"

刘月波满以为是玉璧被通缉，我是来给他"塞包袱"的，连说好好好，这就喊人跟你们走。说着就叫出唐老六来，叫他再带上一个人。

我一看心中暗喜：这唐老六正是我们的人，另外那个也是同情民兵的，这样一来不但名正言顺，连一路上过关卡的保护人都有了。三个人商量好，先下我自己家里的那三十石被贴了封条的谷子，再去下张玉如存在小龙山那一百多石，最后下存在付家院子的那三十石。一行人走回太阳坪，陈亮佐已经指挥着几十个农民在仓房里忙开了。我叫住大家，让每人先挑一挑回家去吃，算是我送的，还叮嘱大家不要把谷子撒在地上，以免将来追查起来惹麻烦。这年月兵荒马乱，本来就没啥收成，起义一打响，又被罗泽洲的兵家家户户强行收缴，好多人家里几个月没见过米花儿了，这一挑谷子，怎么也有几十百把斤啊，好多人高兴得眼泪花儿直滚。大家把谷子挑回去又返回来，一路上蚂蚁搬家似的牵成了线线，悄声没气的，跑得飞快。

太阳坪这边安排好了，我又带人去小龙山开仓，遇到张家看守仓房的二管家，就说是奉了张大老爷的话来挑粮。那二管家张开手脚站成个大字，死死把着仓房大门大吵大闹，说是没见着张大爷的亲笔条子，要去乡公所报抢案。唐老六站出来，说你瞅瞅我是谁？我不就是乡公所的刘团总派来的么？我们刘团总说了，这谷子下得。二管家还是不让。陈亮佐一看：还软硬不吃了你？来人！把他绑起来，嘴巴里给他塞坨烂棉花！

付家院子就没这些麻烦。守谷子的苏老大是我家里的帮工，一见我就说："哎呀大少娘，我望你们可是把眼睛都望穿了！我们辛辛苦苦打下来的谷子,给狗日的军阀封了,硬是心疼得很。我天天等啊盼啊,我知道大先生一定会回来下这些谷子的。"

苏老大欢天喜地地拿来钥匙开了仓。陈亮佐上去一把扯去封条,一群人涌进去,三两下就把谷子全装完了。我想留点谷子给苏老大,可是他不要,说是山上那么多的弟兄,不能没吃的,再说这东西留不得,留下也是祸:"你们挑完了,就把我绑起来,到时候我就说我拦不住,没法子。嘿嘿!"

我只好给他留下二十块银元,然后叫陈亮佐找根草绳子把他绑了,放在床上。

鸡已经叫了头遍了,我带着挑子去上船,转身谢过唐老六,让他回去了。可是他不肯,说是上次廖大哥上山的时候,他没赶上,这回怎么也要跟着我们走。我想这一路上还有些卡子,有他在也方便些,也就同意了。

我叫陈亮佐先去河边看看风头,自己换了一身村妇的衣服,背上的小背篼里装了二十斤谷子,走在挑子后面。一行人在约定的地点与各路挑子会合,往河边上走去。快到河边的卡子了,只听见守兵在问:"挑的啥子?上哪儿去?"

唐老六说:"乡公所的,进城上团谷去。"

"为啥晚上才走?"

"白天刘团总没想起嘛,你龟儿子的,莫给老子扯怪叫。"

守兵正在和陈亮佐喝酒,又听到有乡公所的团丁唐老六一路,也就不再追究了。大家顺利地装好了船,问题又出来了:自从起义打响,沿河就戒严,一律要等天亮后才准开船,可要是真的天亮了,这船还能开吗?陈亮佐说没事,有老天爷帮忙,这月黑头里伸手都不见五指,我们轻轻地划,不要弄出响动来,走出黎梓卫就好办了。

船出黎梓卫不远,才到罗家垭口,天就粉粉亮了。我有些紧张,问陈亮佐怎么办,他说,你放心,我来。说着就听见有人在喊:"咳,船上装的啥,推过来检查!"

陈亮佐站在船头上,大咧咧地说:"我的货!已经在黎梓卫检查过了,要查你就上船来嘛。"

岸上的人一听:"哎呀是陈五哥啊,没事没事,你推起走就是。"

前面的罗渡溪更没问题了:场上我们陈家的人多,号称是"陈半场",陈亮佐因为读过师范,还当过学校的老师,能书会写,能说会道,当上了罗渡溪码头上袍哥"义"字号五爷、红旗大管事,吃得开得很。

船到了岳家溪,金积成带着民军的人装着赶场,早已经在河边等候。他跳上船来,把我拉在一边,说:"大嫂,运粮食的事情交给亮佐,我和你要去办另外的事情。现在山上急需要一笔钱去买子弹,这里有陈徙南写的几封信,叫你拿着去找这几个地主借钱。"

我拿着这些信,和金积成一起,直奔赛龙场。

起事以来,我东奔西跑,不是催粮碾米,就是传书送信,实在是太累了,这次又跑了一夜,本想好好睡一觉,现在也顾不得了。我一路走一路想:最近我们的仗打得不好,陈徙南指名的这些地主,不少是想从民军起义中捞好处的人,态度肯定也会有变化,这样贸然去了,肯定不合适。我心中无数,决定先到附近的魏家沟,让二姐帮着摸摸底。

我的大姐和二姐虽然是早早做了童养媳,其实都放到了殷实的人家。大姐放得远一些,婆家在邻县广安一个叫穿石孔的乡场上，姐夫开了家杂货铺，家境很是富裕；二姐放在离家不远的魏家沟，我管二姐的婆婆叫姨妈，显然是母亲家族的姐妹。魏家沟一沟的水田，二姐家四合头的大院子，立着气派的大瓦房，花园里养着鸽子，还种大片的玫瑰，春夏里玫瑰花开得满沟甜香，就把花瓣儿用蜂糖蜜了装在坛子里，用作待客的糕点和过年用的汤圆芯子。二姐夫魏嗣周，长得高高大大的一表人才，却又老实厚道得很，沟里家家户户都尝过他家的玫瑰蜜，就是这厚道的证明。我的大姐放得远，一旦母亲去世，二姐就是我最亲的亲人，亲到护我不分青红皂白的地步。二姐夫虽然也觉得凭着我和玉璧的学识门户，完全用不着去造反，可是后来也看在血亲的分上巴心巴肝为我们跑路，最后做了我们的死党。

我来到二姐家，把陈徙南的信拿出来，这家那家地指给二姐，让二姐先去打探。二姐吃了响午饭就出去了，夜深才回来，一看她垂头丧气的样子，我的心就凉了一半。

二姐说："我路过张玉如家门外，听见他在屋里发脾气，说廖玉璧的女人当真这么凶啊？我本来不想进去，又想到了屋门口不进屋，人家撞到了更要多心。张玉如一见我，气更大了，不请坐不倒茶，劈头就说：'你来得正好，你这个当姐姐的来评评理，陈玉屏昨晚带了几十个人到小龙山，把我仓里的谷子下得干干净净，一颗都没留，硬是比棒老二还要凶！'他的管事在旁边，说你们把他绑在灶台边，还塞了一嘴的棉花，塞得他气都出不来。我当时气也不是笑也不是，只说不拿给他们挑起走，还不是要被军阀来挑起走，反正都一样，说完就借故出来了。

"我又到徐龙吉那里去。他一听说你要去就吓慌了，直说来不得来不得，又说玉璧起事时在他那里借了两支枪，县府正在追查，他还脱不了手呢。边说边喊他女人拿了十块钱出来，说是给你作路费,请你走远点。我说我们又不是来要饭的,转身就出来了。

"最气人的是尹元亨,他本来就与你们不和,一听说你要去,就直眉瞪眼地说,现在到处都在捉拿你们,还敢去向他借钱,真是癞蛤蟆想吃天鹅肉!他还要我跟你说,知趣点远方发财,不然莫怪他对不住人……"

二姐顿住话头,叹了口气劝道:"算了吧玉屏,有衣穿有饭吃的,还去革啥命哟。"

正在生病的姨妈拄个拐杖出来,咳咳喘喘地说:"屏儿啊,你们那伙十个人九条心,谨防有人把你们卖了哟。再说你年纪轻轻一个女子,成天抛头露面在外头跑,现在到处大布告出起要捉拿你们,这样闹下去如何是了哦!"

我想的倒不是"如何是了",而是任务完不成回去无法跟刘铁和陈徒南交代,在玉璧面前也直不起腰。不到黄河不死心,我决定亲自去找大地主周怀堂。他是陈徒南的好朋友,陈徒南给他写了一封信,找他借一万元,愿拿自己的田作抵押。

吃过晚饭,我穿上二姐的一套雪青色的细毛葛衣服,和金积成还有二姐一起去了周怀堂的顺梁寨。二姐喊开寨门,进了周怀堂的黑漆门大院。这是一座走马转角楼的房子,厅房里燃着明晃晃的煤气灯,老远就听见搓麻将闹哄哄的声音。我问二姐他家什么喜事,二姐说没事,一年三百六十五天,天天都这样。

一行人走进周怀堂的房间,他正躺在床上抽大烟,听说我是东南大学的学生,又见我穿得很阔气,连忙站起身来,让座叫茶。门外挤满了看热闹的人,二姐说:"周大老爷,我有话跟你说,人多了不方便。"周怀堂吼开了门外的人,顺手关上了门。

我拿出了陈徒南的信。周怀堂看完了信,黄泡脸顿时塌了下来，摇着头长叹一声："这次仗打得不好啊，岳池没有攻下来，罗泽洲又派来大军包围。原想你们起事成功了，大家少缴些款子，现在我看算了吧。再打下去，劳民伤财，你们受不了，我们更受不了……"

周怀堂说话的时候，口水溅到我脸上，鸦片烟的臭气冲了出来，熏得人直想发呕。我装作喝茶移到桌边坐下，正色说道："周先生，去年罗泽洲派你六万元的指名捐，你没出过一分半厘，请问这是谁的功劳？"

周怀堂脸上一阵尴尬，换了口气说："当然当然，我没有受到军阀的压榨，应该感谢廖大队长；这次罗泽洲预征的所有粮款、债券和一切苛捐杂税，也由于廖大队长和陈徙南起事而归罢免，这些功德我们资马十二场的士绅和百姓们都是感激不尽的。如今民军有困难，我们当然应慷慨捐助，只是我眼下实在是心有余而力不足，就是当卖，也得找个主嘛！"

金积成在门外早已听得不耐烦，闯进来把手枪往桌上一拍："周怀堂你少啰唆，干脆一句话：是要命还是要钱？"

周怀堂吓得语不成句："这……这、这是怎么回事？"

"什么事你自己明白！老子们在外面拼命都受得了，你躺在这屋里吞云吐雾，还说什么受不了？"

二姐连拉带劝，把金积成拉出去了。有道是"水不激鱼不跳"，像他这种老滑头，金积成这一手也有好处。我说："周先生，你别怪这位弟兄火气大，他们为了你们免受军阀压榨，在前方挨饥受饿，你们却在家里大吃大喝，还有说不完的风凉话。不过你也是个明白人，要是起义军真的撤走，罗泽洲回来知道了你和陈徙南的关系，那时候莫说是六万元，就是倾家荡产，他也不会饶了你。"

他听了脸一沉,什么话也说不出来。我接着说:"有个活生生的例子,你可能也听说了。天宝寨的士绅林太昌,你知道吧?为了缴纳捐税,挨打受气,当尽卖绝,最后连妻子也成了抵押,被罗泽洲派人拉走了,现在只好沿街讨饭。周先生,到了那时候,恐怕后悔也来不及了!"

周怀堂的老爷气派没有了,连连说我晓得我晓得,只是眼下,眼下手边实在是没有现款啊。

我见他还想拖延,一下子站起来说:"谁不知道你周大老爷的底细。谷子堆得山样高,十年以上的陈土①少说也有万把两,只要你肯开口,要不了一杆叶子烟工夫,就这寨子里少说也要送个三万五万来。你若是信不过陈徙南,我拿田来抵押;若是信不过我,就用我二姐的田来抵押,我的田给她。"

他被逼得没法,只好说凑凑看,说着就要往外走。金积成用枪一挡,指着门口围着的那些男男女女说:"周老太爷,这点小事,就让他们这些奴才去办吧,我们大嫂难得来一回,你老太爷陪着,好好摆一会儿龙门阵。"

周怀堂听了眼睛一愣,半天才一顿足:"都是些死人吗?还不快去给他们拿来?一万!"

第二天,我叫二姐找了几个可靠的人来,将周怀堂送来的银元分散装在两副挑子里,表面放些小菜,剩下的银元绑在身上,滑竿里面也放了些,等到天黑才上路。赶到指挥部所在的苏台寺,已经快三更天。我将款子交给了徙南叔叔,谈了事情的全部经过。陈徙南很高兴地说:"劳苦功高,劳苦功高!我这个侄女硬是不简单,两件事情都办得漂亮!"

---

① 陈土即陈年鸦片。

我心里有些飘飘然，得意洋洋地看了一眼玉璧，不料他却只是冷冷地说了一句："还要学会打枪才行，不然太冒险。"

这个廖莽子娃，连句好听的话都不会说，不会打枪又怎么样？难道我陈玉屏就一辈子不会打枪了？

从起义一开始，对于玉璧的藐视就在一些人中间悄悄流传：这个放牛娃儿！这个败家子儿！这个招降纳叛的家伙！这个乳臭未干的小崽子！可是叔叔陈徙南还一个劲地夸他，事事都听他的主张，还到处说玉璧打仗比他这个总指挥还行，那神情就像是老子在夸儿子。这言外之意不是在说，连我陈徙南都比不上他，你们就更不行了嘛？

再说了，大凡要革命，总得海纳百川，林子大了什么鸟都有，虽然最初都枪口对着军阀，可是绿林图的不过是更好地做绿林，地主图的不过是更好地当地主，只有陈徙南和玉璧几个人，想的是国家和老百姓，让人觉得有些荒唐。如今天气渐渐冷了，雪下得很大，罗泽洲的大军步步紧逼，义军却连连败北。原来答应支援的刘湘不但不出兵，反而趁机扩大地盘，占领了邻水县；罗泽洲放出话，说只打陈徙南和廖玉璧，其余的概不追究，带人带枪反水过去的有赏有官做，撒手不干的保证生命安全。一些来历不明的人，在那些地主、土匪出身的首领中间活动，队伍中人心开始涣散。

十一月，在玉璧等人的一再催促下，陈徙南和刘铁在华蓥山下的大溪口举行会议，召集团参谋以上的几十个首领商量对策。会上，玉璧和屈元亮几个党员主张坚持到底，而一些土匪出身的首领闹着要散伙，还有的主张"顺水推舟"，与罗泽洲议和，接受招安……最后闹得不欢而散。

几天以后，义军中一直按兵不动的何生在西关叛变，投降了罗泽洲；攻打岳池一战中损耗最大的龚冠一把他的队伍拉到顺庆、蓬溪边境，又扯起了他的"棚子"当土匪。眼看大势已去，手中已有千把人且武器精良的屈元亮，带着他的人马到驻扎在长寿县的军阀范绍增①处暂且安身，以图后计。陈徙南退到重庆的军阀刘湘处，接受了刘湘给他的顾问的职务。在起义中屡屡坏事的两个豪绅伍建中和骆雅洪，也带着队伍跟随陈徙南投了刘湘，可是他们手下的民兵大多是资马十二场的人，都不愿意背井离乡去为另外一个军阀卖命，其中的陈仁勇既是陈徙南的侄儿，又是玉璧的干将，在民兵中一鼓动，一下子就带着九十多个民兵带枪跑了回来，留下的又阴一个阳一个地溜走。兵都跑光了，刘湘认为自己受了捉弄，下令捉拿，结果骆雅洪被关了监，伍建中逃到万县，陈徙南的顾问也当不成了，只得深夜化装出走。1932年冬，他在途经顺庆时被罗泽洲的部下抓住，剖腹杀害。

曾经震动全川的川北民军起义，就这样失败了。从辛亥革命走来的叔叔陈徙南，就此完成了他的使命，可是他培养并寄予厚望的玉璧，已经站直了，带着剩下的二百多人，坚持在华蓥山上。

就在民军苦战的同时，以牵制川中军阀、支援北伐而发动的顺（庆）泸（州）起义，由吴玉章和刘伯承在顺庆（今南充）发动了。这场在中共中央和中共重庆地委直接领导下有计划、有组织的军事行动，被认为是共产党为建立自己的武装所进行的首

---

① 范绍增（1894—1977），外号范傻儿，四川大竹人，川军第27集团军第88军师长，在军阀中以讲义气著称，曾经多次卖枪给华蓥山游击队。1949年12月率部起义。

次尝试，而此前由他们策划参与的川北民军起义，则可以被看作是这次起义的前奏。不久前在川北民军起义中担任参谋长的杜伯乾，转而参加了顺庆起义，成了其中的主力之一。

军阀罗泽洲趁起义部队立足未稳，出动大军占领了顺庆，把大本营也迁了过去，可是围在华蓥山的敌人并没有撤走，随时都可能上山围攻。玉璧带着弟兄们在冰天雪地中坚守，子弹、药品、粮食都快没有了，他派人拿着我从周怀堂那里要来的款子，急忙到重庆去买子弹。不过十来天，子弹买好了，送到合川与岳池交界的石龙场，来信叫山上赶快派人去接。玉璧自言自语地说："派谁去呢？"

我又站出来，说我去。

玉璧看看我，没点头："这次不是去家里下仓，而是去五十里外接应子弹，一路上关卡林立，万一被敌人拦截，就可能打起来，子弹可是不长眼。"

我说："怕什么？还要带上这么多的人呢。你要是不放心，就把你的那支'德国造'给我。"说着一伸手，把他腰间的枪扯了出来。

玉璧没想到我会来这么一手，忙说："你怎么能这样！"

我早看上这支"德国造"了。虽然驳壳枪遍地都是，可大多是那些军阀在自己的军械厂里仿造的，尽管也能够凑合着用，可是粗制滥造、歪瓜裂枣、奇丑无比，玉璧这支正宗的"德国造"，少之又少，听说当年北洋政府向德方签约购买的价格，就是58两白银一把。我把那枪拿在手里，只见枪身光滑平整，闪着蓝莹莹的光泽，光可鉴人，难怪有人又叫它"镜面匣子"。我东摸摸西捏捏，突然弹匣掉了出来，里面黄灿灿的全是子弹，20响嘛，20发子弹。玉璧连忙接住，心疼得不得了，嘴里嚷嚷说"你你你！"

我有些尴尬，玩笑说："原来这里还有暗机关啊？"

玉璧气得直跺脚，夏林在一边说大哥你就放心吧，有我和老金在，还轮得着她去动枪动炮吗？

眼看枪是拿不回来了，玉璧叹了口气，只好同意了。他盯着这支自己最喜爱的枪，嘴里唠叨着"我们的枪来得不容易，要像爱护生命一样爱护它"呀，还有"人在枪在，人亡枪毁，最后一颗子弹留给自己"呀……

我嘴里只是说："晓得了晓得了，你这个人话咋这么多啊？"说着就忙去换衣服。

我仍然是大少娘的打扮，和金积成、夏林一起，带了二十多人下山了。自己带枪下山，还是第一次，我兴奋得不得了，坐在滑竿上，走啊走的又把枪摸出来，用手帕把它擦得亮晃晃的，巴不得迎面来几个敌人打上几枪。快到石龙场了，金积成看我还在玩枪，就招呼快收起来，说是让人看到麻烦。我说碰到就打嘛，打倒几个算几个，免得你们那廖大哥看不起我。

夏林看我像个娃娃，忍不住说："你那样子就想打仗了？硬是爬都没学会就想飞，看打到自己的脚哟。我可是在大哥面前下了保证的。"

我一边瞄准一边说："莫说得那么神秘，打枪有什么了不起！你们成天乒乒乓乓的，看也看会了嘛。"

金积成听了一笑，正要说什么，夏林接过话头说："就是就是，老金别看你我都是队里数一数二的双枪手，等大嫂练神了，说打你老金的鼻子就不打你的眼睛！"说得大家哄堂大笑。

走到石龙场，天已经黑尽了。大家把一万五千发子弹装好，鸡就叫头遍了，上山还有五十里路，一定要在天亮之前赶过敌人的卡子。漆黑的夜，虽然没人说话，但二十几个人的脚步声也够响的，惹得一路上院子里的狗汪汪直叫。一家的狗叫起来，家家的狗便叫成一片，叫得人心里发紧。眼看天已经粉粉亮了，过了前面那个山坳，就是民军的地界，我松了一口气，可是又觉得这一趟就这么轻轻松松地过来了，真有些可惜。

突然，路边窜出两个兵来吼道："站住！啥子人？"

前面的金积成答道："赶场卖苞谷的。"

"赶场咋会这么早？！"

"老板叫我们早点卖了，还要回去做活路。"

那两个兵看见这么多人大摇大摆地赶路，手一挥，就让他们过去了。夏林紧紧跟在我后面，小声叫我不要慌，说话间就和我一起，埋着头从那两个兵面前走过。

"站住！"一个兵走到我面前，上下打量。夏林连忙凑上去，点头哈腰地说："长官，这是我大嫂，我哥这两天忙，叫我顺便把她从娘屋里接回来。乡下女人，没见识，你哥子抬个手……"

一个兵怪眉怪眼地说："乡下女人？我看比城里的少奶奶还嫩气呢。你那大哥也是，把这么漂亮的一个女人交给你这样标致的小叔子，就不怕她跟你跑了？"

此时我已经走出了十几步远，一听这话又站住了，只觉得浑身的血都向上涌，突然一撩衣襟拔出枪来，转身对着那家伙，扬手就是一枪！

枪没响。我一愣，才想起没有开保险，连忙用拇指一顶上了红槽，接着就扣动了扳机。这回枪响了，后坐力震得手臂一麻，吓得我惊叫一声，就要丢枪。说时迟那时快，赶上来的金积成一下子捏住了我的手连同那支枪，连扣了两下扳机，然后拉着我转身就跑，喊了声："老夏你掩护！"

夏林是何等眼快的人，早已几枪放倒那两个兵，指挥大家撤退。枪声惊动了山坳那边民军的哨兵，连忙火力掩护，把我们接了过去，两边乒乒乓乓地打了起来。夏林和金积成将我安排在一个山崖边叫我别动，连忙参加战斗去了。我才没有那么老实，随手抓起一支枪，也伏在一块石头后面打了起来。

大家居高临下地正打得热闹，忽然听到身后一阵呐喊，民军的队伍赶到了。玉璧举着一杆红旗，站在一块大石头上左右挥舞。我跑上去拉住他直喊："哎呀打得这么厉害，你还站在这里舞旗帜，不要命啦！"

玉璧回头一看是我，气不打一处来："我这是在指挥！你还在这里干什么？半罐水，只晓得给我惹事！"

我心里委屈，一转身又拿起枪：半罐水半罐水，难道我陈玉屏就只是个半罐水的料？这打仗有什么了不起，今天我就要打个痛快……

敌人被打退了，山坡上到处摆着死人。大家都去捡枪，收子弹，空气中弥漫着一股血腥味。我看着地上的几十具尸体，突然觉得有些害怕，想起那些吊古战场的诗文，不由得说了一句："活生生的人被打死了，好残酷啊。"

这话被刚刚下来的玉璧听到了，他冒火连天地说："这是战场，你不打死他，他就要打死你！起事以来他们打死了我们多少弟兄？你还在为他们发慈悲，真是小人恩惠，白白耗费了我两夹子弹！"

当着那么多人的面，我哪里受得了他的态度："我又不是你的出气筒，打了你的子弹有啥子了不起，我去捡来赔你就是。"说着就壮起胆子，要到死人身上去扯子弹。正好碰见夏林背着三支枪过来，一看见我就说："哎呀，大嫂，你是怎么在打仗啊，浑身都尽是稀泥。你看我们这些人,哪个像你?"

我正在气头上,冲着他没好气地说:"什么大嫂大嫂的,我自己没名字吗?今后一律叫我大姐!"

以后他们都叫我大姐了。

那天晚上我怎么也睡不着,半夜里悄悄爬起来,从枕套下面摸出玉璧的那支枪,轻手轻脚往外走,刚走到门口,就听见玉璧问了一声:"你干什么?"

我吓了一跳,站住了,半天才赌着气说:"我要去练打枪。"

玉璧听了,不说话,坐起来穿好衣服,拿上另一支枪,跟我一起出了门,来到营地后面的小树丛里。四面死一样寂静,一只猫头鹰不知道在什么地方"嚯嚯嚯"地阴笑,吓得我身上一层一层地起了鸡皮疙瘩。

玉璧带我走到一片空地上,叫我站住,自己却走到前面一棵孤零零的大树前,点上了一支香,然后过来,指着鬼火一样忽闪闪的香火头对我说:"哎,手这样伸直,别抖,眼睛从这里穿过这准星看出去,三点一线,瞄准。"

玉璧叫我手别抖,是因为那枪很有点重量——两斤半。男人们不当回事,我平时玩也不当回事,可是伸着手举枪练瞄准,时间一长就有点吃不住力。这枪尺把长,就是因为长,射程才远。别的手枪射程只有 50 米,可是它的有效射程是 150 米,像夏林他们这样的神枪手,一挥手可以打中 200 米外的树尖,瞄都不用瞄。还有人说它的射程是 1000 米,两里路,不过估计到那时候已经没有什么穿透力了,所谓"强弩之末,力不能入鲁缟"。当然了,我也能轻易就做到不抖,但是要在枪屁股上装上个木头的枪匣子——这枪之所以叫作盒子炮,就是因为这个装枪的木头匣子,必要的时候把它倒过来插进枪尾巴上,就可以靠在肩上当冲锋枪使——因为它的后坐力太大了。

玉璧说:"你今天为什么差点丢枪?就是因为后坐力。很多男人都把握不住,何况你根本就没有思想准备。"

"为什么它的后坐力这么大?"

"因为射速快啊——每分钟可以打出 900 发子弹,你要是打连发,弹匣里的 20 发子弹打完,只需要 4 秒钟!而且也是因为射速快,还导致枪口老是往上跳,不把握好,就容易打不准。"

"可是队伍里那么多人打枪,没有看见谁往枪尾巴上装木头匣子啊?"

玉璧说:"麻烦啊,打起仗来争分夺秒,谁还顾得上捣鼓那玩意?"

"那怎么办?"

"有办法啊。第一,你的臂力要足够强。第二你这样,对,这样手心朝上,把枪横过来就行了。你看啊,如果枪口往上跳,你打胸就会跳到脖子上,打头就跳到天上,但是你这一横,枪口就是左右跳,打不着左胸也打到右胸,打不到左边的人也打得到右边的人,反正左右都跑不脱。"

"哦。不过……如果我不是从左边往右打,而是从右边往左边打呢?"

玉璧笑出了声:"那还不简单?你把枪翻过来,手心朝下,不就能够反方向打了吗?"

我们一起都笑起来:是啊,我这么聪明的人,怎么连这个都没有想到?

可是我还有问题:"我看夏林他们带的两支枪,都把一支磨去了准星,那么贵重的东西糟蹋了,不可惜了吗?再说没有准星,怎么瞄得准?可是也怪哈,我怎么就很少看见他们瞄来瞄去的，一拔枪就打。"

"嗨，只要玩熟了，就可以打感觉。打感觉知道吗？朝那方向一挥手，就可以八九不离十。再说了，即使需要精确瞄准，留着一支枪的准星就够了。这枪的准星有点碍事，牵牵绊绊的，磨掉了它出枪麻利。出枪的速度很重要啊，战场上面对面，谁先出谁活命，这个速度你也得要练。"

我试着将枪插进腰里，突然抽出，那准星果然有点碍事。

我问："出枪速度到底要多快？"

玉璧说："我在学校上军事体育课的时候用秒表试过，一两秒吧。"

我张大嘴："那么快啊？"

玉璧说："不算快的。我有个同学，比我还快。我刚刚出手，他的枪已经指着我的鼻子了。如果在战场上，就这么零点几秒，我就完了。"

那一夜，我瞄得头昏眼花的，这才晓得夏林、金积成和玉璧他们的枪法都是苦苦练出来的。战场上的事情，不是他打死你就是你打死他，来不得半点虚的。再苦，也得练，我就不信别人能做到的事情，自己做不到。再说，话都说出来了，总不能让那么多人看笑话。我咬紧牙，先是伸着一只手练，后来觉得不过瘾，就在枪上绑块石头练；先是练手枪，后来就练长枪；先练右手，后来又练左手。练得手臂肿了又消了，消了又肿了，终于拿着枪不抖了。可是不抖是回事，打得准又是一回事，既打得准又打得快更不容易。

我练着练着，慢慢悟出了其中的道理：这打枪和画画，看起来是一文一武的两件毫不相干的事情，其实其中都只有一个奥妙——心要沉，手要稳，开枪的那一瞬间就好比画儿画到了关键之处，一定要屏住呼吸，千万慌乱浮躁不得。看来古人所说的"万物通达于心而圆融无碍"，真是有道理。

民军的子弹宝贵，瞄准练得八九不离十了，才能开始练实弹。没多久，我就宣布可以"考试"了。那天，夏林、金积成和双枪队的好多队员都来了，玉璧在一边远远地站着，抱着双手也不说话。

夏林问："大姐，你今天打什么？"

我说随便。

于是夏林就开始在几个树桩上摆石头。我退到百步之外，"叭叭叭"几枪，那几个小石头便飞得无影无踪了。有人不服气，直喊："退远点！退远点！"于是我又退，又打，又把石子打飞了。人群中"轰"地一下子"炸"开了，有人说她没练几天嘛，怎么就……又有人说，其实也不算什么，我们平时都是打香火头，只是这大白天，香火点着了也看不清；不过一个女人，又没有练多久，能打成这样也不容易了。

我回过头去狠狠地瞪了那人一眼，心里窝火得要命。一抬头，看见枪声惊起的一群麻雀正绕着树林子飞呢，一抬手，"叭叭叭"三枪，便打下一只小麻雀来。

人群里"哗"地响起了一阵掌声。我却急了，顿着脚说怎么三枪才打下一只！说着就换了左手，大声说："不算不算！再来，夏林，快帮我轰麻雀！"

夏林伸手按住我的枪，说："算了吧，大姐！早就晓得你的左手比右手打得好。你要是再三枪打下四只来，叫我们这些男子汉的脸往哪里放嘛。你看看大哥，眉毛都笑弯了。"

我一回头，看见玉璧在一边笑得合不拢嘴，手一挥说："行，今天我们大家给你开个庆功会，庆祝我们的队伍里，又多了一个女神枪手!"

虽然我的枪法都是玉璧亲手教授的,可是队伍里真正的军事教官是刘铁。他是正规的武行出身,军阀何光烈队伍中的炮兵营长,教大炮都不在话下,何况这些长枪短枪?用枪的本领,不只是枪法,除了玉璧说的出枪速度,还有拆装。为了运输方便,我们运送的枪支尤其是长枪,都要拆卸,一旦遇到紧急情况就要快速组装,投入战斗,所以组装速度也要练。练拆装也有方法:先是将手枪拆了摆在桌子上,蒙上眼睛摸着装;而后将拆散的零件装进布袋里挂在胸前,一双手在布袋里摸着装,一边数着步子,看谁组装完成的步子少。大东西运输更难,实在不方便拆卸的绑在干柴棒里,装成卖柴的挑着走,可是大多也得拆,更得学会组装,比如冲锋枪甚至轻机枪,拆了蒙在被子里,也是摸着装。小伙子们手脚都麻利,尤其是夏林,只听得"稀里哗啦"几声响,三五步就能把布袋里的枪装好。金积成自愧不如,却一直都不服气,可是每次比赛都差那么一点点,没办法。

兵者,凶也,善者不得已而用之。想当初我在南京读书的时候,虽然也发誓要以天下兴亡为己任,但只是上街游行喊喊口号而已,怎么也没有想到这辈子会与枪结上缘。

第四章
吃茶评理

去上面开会的刘铁回来了，传达了上级的指示：敌人把我们这么多人马困在华蓥山上，以后的困难会更多，决定分散隐蔽。

那天晚上，一大批起义中表现突出的骨干举行了入党宣誓。刘铁在宣誓仪式上宣布：从现在起，我们不再依靠地主士绅们来打天下，而是要在共产党的领导下，靠我们穷苦人自己。现在华蓥山农民自卫军正式成立，刘铁任政委，廖玉璧任队长。我们这支队伍以党员为核心，党员们一部分随下山的群众一道，分散到各乡各场去开展农民协会的工作，另一部分和玉璧留在山上，以图后计。

我还是负责后勤供应，因工作的特殊性，不能暴露身份，没有参加那天的宣誓仪式。

顺庆起义失败之后的军队，退去了泸州。占了顺庆的罗泽洲忙于参与刘文辉和刘湘叔侄的"二刘混战"，听说玉璧把剩下的几百人都遣散了，庆幸无后顾之忧，把围山的队伍也撤走了。

战火虽然停了，对玉璧的通缉令和封产令还没取消，最近黎梓卫新任团总刘月波伙同一个团政江豪元，把玉璧的母亲捉去关在碉楼里，扬言要三千大洋才放人。玉璧成天阴着脸，人都急瘦了。大家聚在一起想办法,刘铁决定让我先下山去,先把婆婆和家产夺回来再说。

刘铁说:"别以为这是你们的私事,其实也是我们的一着棋。你想,现在好多人都跑了,躲了,山上剩下的这些人,多数都是扯红了的,长期孤守在深山古庙里,就会变成聋子瞎子,只好等着挨打。我们都想好了,玉璧被通缉虽然对你有影响,但你毕竟没有完全扯红。你的关系多,做事胆大心细,如果这次能借救母的机会,想办法在黎梓卫站住脚,争取今后能够公开活动,我们的处境就会大大改变。"

我问怎么去做。刘铁说:"查封令和通缉令,都是刘瑞文赶走了任老先生,自己当县长的时候干的。现在刘瑞文跟着罗泽洲撤走了,听说新上任的毛县长是一个很看重封建礼教的老头子,对以往情况不熟悉。再说救婆婆,争财产,也是你做媳妇的本分,一定会得到乡亲们的同情。只要你沉住气,不让他们摸透你的虚实,谅他们也不敢对你咋样。"

玉璧一拍大腿,哈哈大笑起来:"老刘啊,你真不愧是个摇鹅毛扇的孔明。只是……"他看看我,有些为难——我又有了五六个月的身孕,这些日子到处奔波,本来就让人操心了,再去与那些土豪吵吵闹闹的,就怕出事情。可我不这样想,我望着玉璧,就冲着他多日不见的这一笑,冒这个风险也值得。

第二天我带着谭之中等六个兄弟,坐滑竿下山了,玉璧送了我一程,然后去了重庆。三月的华蓥山,夜风依然寒气逼人,满山竹竿茅草在风中此起彼伏,滚出阵阵涛声。我由两个兄弟抬着,飞快赶路,午夜时分才赶到太阳坪。

自从去年下了张玉如的谷子之后,好几个月都没回家了,罗泽洲的队伍来抄过好几次家,婆婆被刘月波他们拉走以后,屋里稍稍值钱的东西都被抢走了。弟弟不敢回家，弟媳一见我就哭着埋怨，院子里的人都来了，数落罗泽洲的队伍和土豪劣绅们是如何张狂，还说参加过起义的年轻人在家里蹲不住，都想上山去找廖大哥。我一肚子的气，打起火把去找邓大爷邓百光。这位黎梓卫街上义字号的袍哥大爷，手下有一百多个兄弟伙，出身倒也贫寒，和我沾着亲，也还有点正义感，去年起事时，他也在关帝庙赌了咒、喝了血酒的。我找到他，只说这次回来是替玉璧交割当团总期间的账目，还要请邓大爷就婆婆被"绑票"的事情，说几句公道话。

邓大爷听了，有些迟疑。我知道他怕担风险，就说："我还有事情找刘月波呢，县上都撤销了对玉璧的封产令和通缉令，他故意压着不宣布。"

"当真？"

"当然嘛，要不然我今天还敢坐在你面前吗？"

邓大爷这才放下心来，满口答应。我接着又走了几家，请出了替玉璧管账的唐光明，以及地方上的三老四贤。由于玉璧在任时很得人心，我又说得理直气壮，大家都愿出来主持公道，至少也可以看看风头。

一切安排妥当，天已经大亮了。我坐着轿子一路威风地赶到黎梓卫街上，在场口下了轿，让谭之中到轿行又喊了两乘轿子，先去茶馆里喝茶等着，自己直奔乡公所。街上认得我的人很多，都很惊诧，乡公所门口杵着枪杆守门的乡丁们，竟目瞪口呆，连拦都没有拦一下，任我大模大样闯了进去。我一脚跨进刘月波的房门，大喊一声："刘团总！"

刘月波正在抽大烟，连忙丢开烟枪，翻身从床上坐起来："你、你、你怎么又回来了？"

我一屁股坐下来："刘团总，我是回来投案的。"

"哪里哪里……你坐，你请坐，有事慢慢谈。"

"刘月波，我问你，县府已经撤销了我们的封产令和通缉令，你为啥不公布？"

"这这……"他想了想说，"我没收到公文呀！"

"没收到？你装疯！我再问你，你把我母亲拉到什么地方去了？"

"这……这不是我，是江豪元拉的。"

"我母亲就是犯了法，自有衙门管，你为啥私自关人，不送县府？你们还要罚她三千元才放人，这不是绑票是什么？光天化日之下，就这样无法无天？走，我外面预备了三乘轿子，我们一同到县府去，非把话说清楚不可！"

我气不打一处来，把他从床上拉起来，要他去县府说理。刘月波本来就是个欺软怕硬的家伙，吓得战战兢兢地说："咦咦咦，廖大嫂……本地人，有话说得清楚的嘛！你记不记得你们下张玉如家的谷子，我都是打了让手的哟！"

"那好啊，你通廖家的人，脱得了手吗？走走走，轿子我都是备好了的，地方上的人也请到茶馆里坐齐了，你今天不给我说明白，休想走路！"

我拉着刘月波出来，正好迎面碰到江豪元，便不由分说，把两个人一起拉到茶馆里，一路吵吵闹闹惊动了整条街，茶馆立即被围了个水泄不通。邓大爷他们都已经来了，黎梓卫各场的团政也基本上到齐了，其中有的参加过起义，有的见风使舵，见我理直气壮公开出面了，都向我点头招呼。管账的唐光明曾经垫了好几百元，一直出不了头，见我出面来报账，当然乐意；只有一个名叫青万福的团政，一直都对玉璧耿耿于怀，但他过去收款时吞过几百元，屁股上夹了屎，谅他也不敢说什么。

我打开账簿，对大家说："今天惊动各位乡亲近邻，不为别的事。为了避嫌，玉璧他到上海去了，他当了半年多的团总，还没有向大家报账。今天他来信，叫我替他公开账目，还请地方上主持公道的老前辈和乡亲好友，出来评评，看看他廖玉璧究竟是坏人还是好人，是不是像罗泽洲的通缉令上说的，是抢人的土匪？"然后把玉璧任内所办的事情一一数落，尤其是为了不增加地方负担，自己垫了二千八百余元办公益；还有因为力争减免罗泽洲摊派到大家头上的捐税借券，以致引起军团冲突；等等。最后我说："请大家评评，玉璧在任团总期间，究竟派过多少款，收过多少税，地方上发生过抢案盗案没有？现在的情况又怎样？"

很多人都边听边点头，有的说："是呀，那半年我们是过了点安稳日子。"

"廖团总人虽年轻，办事就是公道。"

"廖团总是一个好人，就是一根肠子杵齐天，办事不晓得转弯。"

我看同情的人多了，胆子更壮了："可是有人还说他是土匪，说他贪污，刘团总还私自把他母亲扣押起来，逼我们出三千元才放人。退一万步说，就算是玉璧犯了法，又与他母亲有何相干？这不是公开抢人吗？"

刘月波看很多人都点头，连忙说："这是江豪元拉的，与我无干，与我无干啊各位！"江豪元看势头不对，急忙说："这也不是我自作主张，我、我是奉县府的命令。"

"什么？你奉县府的命令，为啥不送县府，却要关在你的碉楼里？走走走，这里说不好，我们到县府去说。老谭，你再去叫十乘轿子，我请大家一起到县府去对质。"

刘月波紧张起来，团团转着四面作揖："诸位别急，马上，我马上派人把伯母送来。"

玉璧的母亲被抬来了。我把又黄又瘦的老人家从滑竿上搀扶下来，她一见我就眼泪汪汪地哭起来："玉屏啊，我还以为见不着你们了。他们把我关起来，成天骂我的儿子，骂我的媳妇，还不给我饭吃，说是不拿出三千元来，就把我饿死在他的碉楼里……"

我脸都气红了，赶上前去一把拉住江豪元的前襟，江豪元被拖了个趔趄，打翻了桌上的茶碗。我说："不行！你们这样对待我的母亲，简直欺人太甚！到县府打官司去，看看到底谁是绑票的土匪！"

大家都站了起来。唐光明说："刘团总，这个事情，你们做得亏理啊！"

邓大爷也站起来说："刘团总，这事你们到不得县府啊！到县府对证我们只有说实话哦，你们就是想敲诈嘛。玉屏，我看地方上的事就在地方上解决，大家都留点面子好不好……"

江豪元吓得不敢开腔，刘月波苦苦哀求不去县府，其他人也劝我就在地方上解决。看来到县府这一关倒是堵死了，可是还有另外一关：王尧。这个民军的死对头，现在已经卷土重来，又当上了资马十二场的民兵大队长，成了这一带的"土皇帝"，要是有人去向他报告我回来活动，那就麻烦了。好在这家伙可恶，好多团总也怕他，干脆一不做二不休，来个先发制人。我壮起胆子说："不到县府也可以，那就到王尧大队部去！"

江豪元听了，果然脸上青一阵白一阵，刘月波也拉着邓大爷的袖口直扯，让他向我说情。好几个团政都站起来说好话，我看他们个个都软了下来，松了口气，就说今天看在大家的面子上，不去也可以，那我母亲怎么办？

刘月波说："马上派人送回去！马上就送！"

邓大爷说："就这样随随便便送回家去？恐怕要挂红放鞭炮吧？"

刘月波对江豪元说："对对对，你快点去办！"

江豪元跑到街上买了几柄千子头的大鞭炮，扯了一丈二尺红绫挂在轿子上。我定了定神，觉得事情还不能就这么算了，便站起来说："大家为我的事情忙了一天，走，到馆子里去，我办招待。"

"江豪元，恐怕不能让玉屏招待啊。"邓大爷慢条斯理地说。

"江豪元，这个你不能推辞啊。"唐光明也补了一句。

刘月波拦住我："哎呀！使不得使不得！怎么你招待？江豪元！"他一努嘴，江豪元就站起来，准备到外面去包席。

我说："不忙，既然是你招待，普通席不行，要好的。"

"对！参席，参席！"刘月波很大方地说。江豪元低着头，灰溜溜地出去了。

席桌摆好了，我的主意也打好了。这江豪元是地方上一大恶霸，老百姓恨透了他，虽然他比起那些大恶霸来算不了啥，但是今天杀鸡吓猴，灭灭这些劣绅的威风也有好处。正想着，刘月波请我坐上席，又叫放鞭炮，我说不忙，还有事。

"还要怎样？"

"要磕头，头磕了才放鞭炮。"

江豪元的脸马上变成刷白，咚的一下坐在板凳上。满屋子顿时清风雅静的，一个个你望我我望你，都不开腔。

沉默了一会儿，邓大爷才说："玉屏，这样使不得。江豪元几十岁的人了，儿女都长大成人了。"

刘月波在旁边嘟囔着说:"就是,不要过分了。"

我本来气就没有平息,一听这话更是火上浇油,指着刘月波的鼻子说:"什么叫过分?我们拼死拼活卖田卖地为地方服务,现在被整得一家人妻离子散,到底谁过分?几十岁的老母在家安分守己,也要把她捉来关起,还要敲诈勒索,是谁过分?!刘月波,你今天非给我说清楚不行!"

刘月波苦笑着连忙解释,邓大爷也过来转圜,说:"玉屏,我看话明气散,磕头这事,就算了吧。"

"不行,非磕不可,不然就到县府去,或者到大队部去。"

"他几十岁了,你又是个女的。"

"女的又怎样,男人不是女人生的呀?我又不要他给我磕,是要他给你们磕,你们帮了他的忙,他不该领情吗?"

邓大爷听说要给大家磕头,不开腔了,只管抽他的水烟。

江豪元脸色变成了一张黄裱纸,泪水在眼眶里滚来滚去,哭兮兮地说:"我江豪元五十多岁了,连爹娘面前都没磕过头呀!"

邓大爷不耐烦了,站起来说:"好好好,不磕算了,扯不好到县衙门去扯!你们要我们做证,照实说就是了。饭也不吃了,我们走。"说着带头就往外走。

刘月波赶紧把他们拉回来:"慢慢商量嘛,走了怎么行……"

江豪元被逼得没法,在刘月波的拉扯之下,万般无奈地磕起头来,他随着我的手,指向哪方就磕向哪方。厨房里的大师傅和帮厨的人,都赶出来看稀奇。我的手指着看热闹的大师傅和帮厨的人,江豪元迟疑疑的,显然不愿意。我说:"你看不起大师傅是不是?他们不做饭,饿死你!"

他没法子,只好又"咚咚咚"地磕了三个头。大师傅弯下腰要扶他起来,被我挡住了,在场的人都忍不住好笑。最后轮到我自己了,看着他在自己的面前慢慢地跪下去,我指着他说:"江豪元,你几十岁的人了,今天来给我磕头没想到吧?告诉你,不要说磕三四个头,就是磕三四百个头,我也受得起,头也不会昏。"

江豪元一脸土色,鼓起一对牛眼睛,气得一头跑出茶馆,嗷嗷大哭。听说他回去就病了,好几个月都没去赶场。

第五章
六路追捕

　　我今天是出了口恶气,杀了劣绅们的威风,可通缉令和封产令都没有真正取消。黎梓卫离岳池城不过几十里路,这掩耳盗铃的把戏玩不长久,下一步必须假戏真做,弄假成真,越快越好。

　　我完全没把自己当成个孕妇,天还没亮就从床上爬起来,喊醒了谭之中,把罗泽洲发的债券、清乡费等账据都清齐,挑了一大挑赶到城里。天色尚早,街上的人也不多,我的轿子在康家吊楼子的大门口停下,谭之中上前去叫门。大舅一向有早起的习惯,亲自开门出来,一看是我,吓了一跳,忙把我拉进书房,压低嗓子连连说:"你好大的胆子,怎么跑到县城里来了?没看到处都贴着通缉玉璧的大布告?"

　　我说:"大布告又怎么样?总得讲个道理嘛。玉璧离任了,我来替他办移交,还要去见县太爷呢。"

　　大舅指着我的大肚子:"你看你,大起个肚子还到处乱跑,不要命了?"

　　我说:"大舅,我不出来未必叫玉璧出来?难道我们就一辈子不露面,永远出不了头吗?"

　　在大舅家好好睡了一觉,下午我就到邮政局找到了熊尧寰。

他一直没暴露,稳稳当当地当他的邮政局长。我把这次下山的任务和进行的情况告诉了他,请他拿个主意。

他沉吟了好一会才说道:"这位毛县长不是本地人,来岳池就任的时间也不长,平时深居简出,加上前一段时间罗泽洲在这里横行霸道,他基本上无所作为。按理说嘛,这通缉令和封产令都是前任县长下的,与他无关。他又不大了解情况,你若是说得他相信,做个顺水人情是有可能的。只是兵荒马乱,多一事不如少一事,更何况他连自己这顶官帽儿能戴多久都不知道,完全可能……"

我急了,说:"完全可能不理我是不是?如今事情已做到这地步,难道就前功尽弃,罢手不成?不行,来都来了,横竖我得见他一面再说。"

熊尧蕡又想了想:"这事忙不得。这样吧,你先回大舅家去写张呈子,我去探个虚实,今天晚上你等我的消息。"

当天晚上,熊尧蕡到大舅家来了,说是毛县长愿意见我。

只要他说了这句话,事情就有了希望。第二天上午,我换了身学生装,带着写好的呈文,让奶妈抱着打扮得干干净净的宁儿,到了县衙门,把一张写着"南京东南大学教育系学生陈玉屏"的名片递了进去。

过了一会儿,迎接贵客的中门打开了,一位副官模样的人满脸恭敬地出来,说毛县长有请。

走进中门,两边站着法警,其中有认得我的,一脸的惊诧。我跟着副官走进小花园,来到厅房,毛县长弓腰驼背地接待了我。看上去,这位县太爷五十多岁,留着仁丹胡,时令虽已到三月,还穿一件青丝葛的皮袍子,上面套一件深灰色粉团花马褂,戴一顶黑瓜皮帽,手上还提着一个铜烘笼。客套几句之后,他坐到太师椅上,把铜烘笼放到脚下,抱了根十八学士的白铜水烟袋,呼噜呼噜地吸起来。

看着这个冬烘老头,我悬起的心顿时落下一半,把呈文交给他,又照呈文的大意说了一遍,最后说:"毛县长,你是一县的父母官,这件事情请你秉公执正,弄个清楚。"

毛县长说:"你放心,我尽力维持。"说着打开呈文,看到上面写的玉璧怕事,早就跑了,便说,"啊,原来是个误会哟。"

我接上去说:"是啊,你老人家想想,去年起事的时候,这五路民军司令陈徙南是我叔父,玉璧是资马十二场的大队长兼黎梓卫的团总,不仅地盘是在叔叔的范围之中,情面上也是推脱不得。只是玉璧毕竟是个读书之人,回乡任职不过是为了服务桑梓,为民众做几件事情。虽说这件事情确因罗泽洲横征暴敛、搜刮百姓激起众怒,酿成冲突,但玉璧不愿卷入战乱纷争,只得一走了之,去了上海。毛县长若是不信,请看他最近才从上海写回来的家信。"我从身上摸出一封熊尧冀造的假信来,双手递了过去。

毛县长瞟了一眼信封上的地址,点头说道:"这倒不必要。不过廖玉璧一走倒不失为上策,不然要受牵连的。"

"可是走了也要受牵连啊。"我愤愤地说,"玉璧人虽年轻,但是牢记长辈及师长教诲,上任后体察民情,打击奸商以平市价,招抚游勇服务地方,不过半年光阴,偌大个资马十二场,既无兵患又无匪祸,士绅不受敲诈之苦,百姓亦能安居乐业,这些四方民众都有口碑,想必毛县长也是有所闻的。"

毛县长摸摸下巴,默默地点着头。

"古人言,木秀于林,风必摧之。玉璧书生意气,使得许多人不能像从前那样横行乡里,早就心怀不满,只是当时上有长辈们的信任,下有百姓拥戴,奈何他不得。战事一起,玉璧一走,这些人就跳了出来,一则为了报复,二则为了那两顶官帽,纷纷对他造谣中伤,甚至说他在华蓥山聚众为匪,最后致使罗泽洲听信了谣言,下了通缉令,查了我家的财产。这还不算,最近那些劣绅们还私设公堂,将玉璧五十多岁的老母拉去关在自家的碉楼里,要我家出三千大洋才放人,还说这是奉了县府之命……"

我说到这里,不由得眼圈发红,鼻子发酸。毛县长将手中的白铜烟袋往茶几上一顿,背着手在花厅里踱来踱去。

我停了停,继续说:"毛县长,我本是书香人家的女子,又随玉璧到南京东南大学读了书,多少见过一些世面,本不该和这些人一般见识。可他们实在是逼得我一家人走投无路啊。眼下这通缉令还四门高悬,许多人都说这衙门是来不得的,来了就出不去。可是我想,自古道罪不及亲,即使玉璧犯了该杀该剐的罪,也不应株连他的妻儿老小,更何况他是冤枉。现在他上有五十多岁的老母亲,下有我和他的孩子,全都生活无着,我身怀六甲,还得四处奔走呼吁,让上上下下都了解这段冤情。今天斗胆来见县长,一是带来了玉璧任职期间的各种债券和票据,替他办离任的移交,澄清他贪污公款的谣言,二来也是请县长为我们全家作主,救出婆婆,发还家产,也让我们夫妻团圆。"

毛县长一边听我的诉说,一边抽着水烟,好一阵才说:"这件事情我都知道了,可通缉令和封产令都是前任下的,我怎么好……"

我赶紧接上话头说:"前任县长是罗泽洲的旅长,如今已经跟随军队走了,过去的不过是军团冲突,混战一场而已,更何况玉璧根本就没有介入呢。"

毛县长把水烟袋往茶几上一放,说:"这样吧,你在一两天内做好一个请求撤销封产令和通缉令的呈文交来。这事要快,尽量在我的任期内解决,现在事情变化很快,我今天走明天走都不晓得……"

我想不到会这样顺利,忙站起来从奶妈手中抱过宁儿,朝着毛县长深深鞠了一躬,道了谢就要告辞。

毛县长客套了几句,突然想起了什么,问道:"你们乡上的团总说,你们把枪全部拿走了,可有此事?"

我听了一愣,一时不知怎样回答才好,突然想起身上还有张字条,连忙镇定下来,从口袋里摸出递给了毛县长,然后愤愤地说:"玉璧在任时,为了防匪防盗,地方自卫,筹建了民团武装。后来战事一起,他便只身远走,身后一切事务都由后任接管,就连他贴身用的两支枪,也由我亲手交给刘月波。不信你看,这是刘月波亲手打给我的收条。"

毛县长看了收条,很生气地说:"这还了得,谎报军情,非把他捉来关起不可!"

我赶快告辞出来,一直走到街上才站住,心里还扑通扑通乱跳。没想到当初硬塞给刘月波的那两支破枪,竟在今天派上了大用场。看来这毛县长虽然有些冬烘,却是个好老头,今天骗了他也是不得已的事情,什么时候革命胜利了,一定得给他老人家赔礼道歉。

吃过晚饭,熊尧蓂和谭之中赶紧清理账目,我则忙着起草请求撤令的呈文。三人忙了一个通宵,第二天下午才清理停当。我写好呈文,带上账目送到县府去,请毛县长派人核查过目,然后又带着债券税单,到征收局去办移交。

我找到征收局的林局长,将毛县长写给他的条子递过去。那姓林的看了条子和呈文,瞟了我一眼说:"你——来办这个移交？"

"是啊，廖玉璧到上海去了，我来替他办。"

姓林的拿起一扎债券在手中翻了翻，不阴不阳地说："这些都是上面派下来的粮款，你们拖欠一两年了，到现在一个子儿都没收起来，又原封不动拿来还我，有这么便宜的事？恐怕要拿点话来说吧？"

我知道他话中有话，但装着没听懂，正色说道："林局长，话不能这么说吧？你们发的这四十万元债券，是向老百姓借款，说是从民国十四年借到民国十九年。借与不借，还要看老百姓愿意不愿意，我们只不过是帮你们去借而已。现在人家老百姓不愿意借，难道要叫我们去抢？还要叫帮忙的人拿话来说，天底下怕没有这种道理吧？"

林局长一时无话可说，瞪了我一眼，拿起那些债券清点起来。等清点完了，他又跷起二郎腿，得意洋洋地说："这里面差了几千块票面，总是你们收了的，一定得赔出来！"

我站起来说："林局长，你戴这顶帽儿不是一两天了，好多事情心里都明白。军团冲突时罗泽洲派了一团人到黎梓卫来，把场上洗劫一空，我家也是多次被查抄，票据当然凑不齐了。不信你把老百姓叫来对质，若是说姓廖的收了老百姓一文钱，我当家什卖土地都赔给你，赔不起还有条命！"

正说着，熊尧赟一脚跨进门来，看到这情景心里就明白了大半，对我问道："怎么啦，毛县长亲自打的条子，还不管用么？"

姓林的知道这好处是"榨"不出来的了，黑起脸打了收条，签上了自己的名字。我从桌上拿起收条，抖了抖才揣进包里，咕噜了一句："真是官都好见，狗难打整！"然后才和熊尧赟一起走了。

我又写了个呈文,直接去找毛县长说:"这次承县长的情,还了债券,交清了账目。只是玉璧是离任团总,我又是个女的,我家垫款二千八百余元,还没有着落,请县长勒令现任团总征收,还给我们。"

毛县长听了我的话,又看了呈文,便在上面批着:"廖玉璧本人所垫出之款项二千八百四十五元,勒令当地团总摊派偿还。"他把呈文还给我,又说了一句:"你们的封产令和通缉令,我已下令撤销了。"

回到黎梓卫,我在街上公布玉璧任团总期内的账目,顿时被围得水泄不通,这个说:"盖了朱红大印,该他们出头了。"那个说:"哪有当团总不捞几个的,像廖团总这样自己垫钱出来的,硬是少有。"邓大爷在人群中大声说:"公事公办嘛,人家垫了钱,当然应该还……"

我和谭之中挤出了人群,走进乡公所,一眼就看见两个穿黑衣服的法警,正押着刘月波出来,我说:"刘团总请留步,这里有毛县长亲自批的呈文,说是我们垫的那笔款子,请你从公款中扣出。"

刘月波看了我一眼,垂头丧气地说:"我这官儿怕是当不成了,你去找后任吧。"

我心里明白,都是因为那两支破枪,这个专门欺软怕硬的东西,关他几天也活该。不过新任团总王守义,是个阴险毒辣的家伙,要从他嘴里掏出钱来,不是轻而易举的事,只是他若是想吃掉我们的这笔钱,也没那么容易。我和谭之中在街上的茶馆里找到王守义,他正在和团政青万福坐在一起喝茶,愤愤然地在说啥。

我拿出毛县长的批文对他说："王团总，我们垫出的那笔款子，县府批的由地方上付还，请你帮忙收一下。"

王守义拿着批文看了又看，一副为难的样子："哎呀！这么大一笔款子，又不是我经手的，你最好……"

坐在一旁的青万福说："是嘛，这种事情，谁欠谁还，你最好找前任去。"

"谁戴了团总这顶官帽儿，我就找谁；谁不愿戴这顶帽儿就滚下台，我就不找他。"

青万福把水烟袋往桌上一顿，站起来就要发作。王守义虽然脸上白一阵红一阵的，却拦住了青万福，干笑两声说："廖大嫂，万事好商量嘛，何必动火气呢。早先那些事情都是刘月波他们干的，我可没有对不住你的地方哦。我看这样吧，既然这事毛县长也说了，让各地摊派归还，总还要把大家叫拢来说一声，商量一下嘛，你看是不是缓两天？"

"我家里被罗泽洲抄过好几回，现已无隔夜之粮，这钱是缓不得的，你们先从公款里扣给我，再慢慢去摊派吧。"

"那……也得让我清理交接清楚了再说吧？你是看到的，刘月波刚刚离了任……"

我想也是，逼紧了反而显得不近情理，就说："那好吧，明天早上我听你的回音。"

这天晚上，刘铁从山上派下人来，说队伍要转到合川的石龙场，叫我和谭之中赶快回去。钱还没有拿到手，我哪里肯走，就让老谭先去把情况向刘铁汇报一下，让他心中有个底。谭之中横竖不干，非要和我一起走，他担心地说："大姐，那些家伙丢了脸，决不会就此罢休，现在又找他们要钱，等于虎口夺食，要比让江豪元磕转转头难得多啊！"

我不想听他啰唆，就说："这个我心中有数，你老跟我在一起，人多影子大，反而不好办事。再说你今晚上走，明晚上就可以回来，看你刘大哥怎么说，我等你的消息。"

第二天一大早，我刚起床，就来了个团丁在门外喊："陈先生，我们王团总说了，请你去领款子。"

我在屋里应了一声："知道了。"心里很有些得意：这些人都是属狗的，还是怕恶人，江豪元、刘月波都被我治住了，你王守义未必有三头六臂？

我匆匆吃完早饭，正在换衣服，外面又来了团丁在喊："陈先生，我们王团总把款子都收齐了，叫你赶快去领。"前两个团丁恐怕还没走拢场上，第三个又气吁吁地跑来说："陈先生，王团总说的，你再不去拿款子，丢了不负责哟！"

昔日一毛不拔的王守义，今天却如此着急要我去拿钱，这让我心里生了疑惑。我装得满不在乎地说："王团总有兵又有将的，钱在他手头都会丢吗？你回去跟他说，我人不大舒服，刚吃了药，下午才得上街。"

团丁走后，我在家坐卧不安，一时倒没了主意：若是去吧，这帮子地头蛇可不比毛县长，许多底细都知道得清清楚楚，要是随便被他们安一个罪名抓起来，款子拿不到不说，反而要给山上添许多麻烦。可山上那么多弟兄，吃的用的哪一样不等着要钱？眼下封产令虽然撤了，但兵荒马乱的，谁也不敢买我家的田地，想来想去，也就只剩下向王守义要钱这一条路了。这次任务完成不好，别说自己，就连玉璧的脸也没处放。起义后哪次任务不是做得圆圆满满的，难道这次还败在王守义手中了？

我越想越不服气，拿起衣服就准备出门，却听见有人在敲后门。门闩拉开，一个女人闪身进来，反手把门关上，上气不接下气地说:"屏姐,你赶快走,他们要害你呢!"

我定睛一看,这人瘦瘦弱弱的,剪一头短发,是中学同学蔡月娥,原先我们是要好的朋友,后来月娥嫁给了黎梓卫街上的地主段泉。一听她的话,我心中已经明白了大半,却一边让座一边倒茶,漫不经心地问:"谁要害我呀?"

"还有谁?就是王守义、青万福、江豪元他们几个坏心肝呀!"

我看了她一眼,没有开腔。

月娥知道我信不过她,停了停才说:"昨天你前脚刚走,王守义、青万福他们就在后头商量,说是黎梓卫码头都被你和廖大哥抹干吃净了,眼下廖大哥自己不出来,就支使你出来,把江豪元气得到现在还起不了床……"月娥偷看了我一眼又说,"他还说世上只有男州,哪有女县,如今你陈玉屏把阴阳都颠倒了,他们一定要为江豪元出这口恶气。"

"你是怎么知道的?"

"是段泉亲自听见的。昨天散了场,王守义、青万福到烟馆抽大烟,段泉正在烟床上睡着。他们一进去叫了段泉两声,又推了几下,段泉装作睡着了,动也没动,他们就开始商量:先叫你去领款,回去经过盛家院子时,预先躲在里面的人出来抢了你的钱,然后把你暗杀了。若有人来查,就说是土匪谋财害命。他们又商量,要是你不回家,不经过盛家院子,就在黎梓卫四周埋伏人,只要你出场口,就要整死你……"

现在我明白了,为啥上午接二连三地派来了几拨人。可是转念一想,月娥的话也未必能够全信。她虽然和我还沾点亲,姑娘时也相处得不错,起义时还给民军送过信,但一年多未见面了,人心隔肚皮啊。现在民军的处境又不好,她会不会和那帮人串成一伙，把我骗出去，找个地方"黑整"了呢？我不得不留上一手，说："不会吧？王团总还在帮我维持呢，再说县里都盖了朱红大印，我就不信他们吃了豹子胆。"说着就站起来，拿过手边的衣服就要走。

月娥见我真要走，连忙上来死死拉住，带着哭声说："屏姐，你去不得，去不得呀！我晓得你信不过我，但是我心头一直是记着你、佩服你的。你大起个肚子，一个人就是两条命，我不能眼睁睁地见死不救啊！你不晓得我心里多着急，生怕你中了圈套，好不容易扯了个谎，说找鞋样子才跑了出来。屏姐你要相信我，赶快想法子走……"

她眼泪巴巴地哀求着，又慌慌张张地走了。

蔡月娥刚走，又来两个团丁在大门外扯起嗓子干嚎。婆婆出去说我吃了药正在发汗，那团丁说："早晨不还是好好的吗？我们团总请她看戏呢。"

"回去给你们团总说，刚才医生打了招呼，说是这两天东奔西走得动了胎气，吃了药动不得，今天不去啦。"

团丁又走了，事情也真相大白了，看样子迟疑不得，真的要快走。可他们到处都设下了卡子，怎么个走法？想来想去，只有绕过黎梓卫，过白茄河到罗渡溪。我急忙走到大门口，正好看见邻居何家的孩子何明轩放牛回来，我连忙把他喊过来，耳语了几句。这娃儿挺机灵地点点头，放下牛草背篼转身就跑了。

由我家到白茄河只有八里路，不到一个时辰，明轩就回来了，对我说："表嫂，不得了，河中间有只船没有开，船上六七个人在摆龙门阵，河那边有两个人背着手走来走去，我看都不是好人。"

我说："你再到黎梓卫去看看，看场上两头和路上有人没有？"

明轩又跑了，我连忙收拾东西，今晚绝不能在家住了。我把衣服刚清理出来，明轩又跑了回来，连我都奇怪："这么快就回来了？"

"心急得很！表嫂，黎梓卫也不对，我看先来喊你的那两个团丁换了衣服坐在场口的一块石板上闲扯，还东张西望。"

我忙从锅里铲了一块麦粑放到他手里，又忙着把剩下的麦粑放进衣服包袱里。看看天都黑了，谭之中还没有回来，心里着急得很。

明轩狼吞虎咽地咽下一口麦粑，歪着头看着我说："表嫂，我晓得你和大老表都是好人。二天等大老表回来，我还要去投他呢。"

"投他干啥子？"

"干啥子？打恶霸和军阀，二天穷人才有饭吃。"

我连忙捂住他的嘴："娃儿家莫乱说，这种话说出去要砍脑壳的。明轩，走，跟我一起上回龙庙。"

"好，我给你背包包。"

我决定不等老谭了，简单向母亲交代了几句，就和明轩一起出了门。正是月黑头，伸手不见五指，我一向少走夜路，现在又挺着个大肚子，只得在又窄又滑的田坎上一步一步地挪着走，好不容易看见前面明晃晃的，心想一定是大路了，没想到一脚踩进水田里，水花溅起多高，鞋袜和裤脚都糊满了稀泥。明轩忙把我拉起来，牵着我的手，一步一步摸到回龙庙前。庙门关了，两个人又不敢喊门，就只好坐在庙门口。

天空乌云密布，夜风呼呼吹来，明轩光着一双脚板，身上穿得又单薄，冷得直发抖。我打开包袱拿了件夹衫给他披上，搂着这孩子迷糊靠了一会儿,就听到庙里的鸡叫起了头遍。我摇醒了明轩,两人从走马岭背后摸下河滩,叫住了一只船。船夫用篙杆往岸上轻轻一点,小船就漂向了河心。我一边挥手让明轩回去,一边长长出了口气,心里恨不得哼出歌儿来。

第二天天刚亮,又有个团丁来叫人,婆婆出去说:"走了。"气得那家伙跺着脚骂:"好大的本事!六路捉拿她都逃走了!"

我千辛万苦连夜赶到石龙场,满以为这次大获全胜,会得到嘉奖,却不料挨了一顿批。刘铁说我不该只顾一时出气痛快,忘了此行的目的,结果不但没在黎梓卫站住脚,反而使劣绅们联合起来对付我,任务没完成,还差点丢了命……

我一连两晚都没睡好觉。唉!看来这革命真是不容易啊!

第六章
血溅渝州

就在我下山去逼江豪元磕转转头的同时，玉璧也接到上级的指示赶到重庆，见到了中共四川省委书记兼军委书记杨闇公。闇公与玉璧曾经在成都高师同过学，那时候就熟。他对玉璧说："现在城市工作担子很重，考虑到你原来在南京搞过学生运动，把你调下来，以教书为掩护，主要搞学运。山上的事情就交给刘铁，待时机成熟以后你再回去。"

重庆的局势，比山上复杂。北伐战争正在取得重大胜利，国共两党合作的蜜月也将结束。国民党分成了两派：以宋庆龄为领袖的国民党左派和共产党始终在一起，他们与以蒋介石为首的国民党右派之间的分裂，眼看到了最后的时刻。江西、安徽等地频繁发生流血事件，重庆也出现了"打倒新军阀蒋介石"的口号和"共产党要军事占领重庆"的流言。四川的军阀们察言观色，决定倒向蒋介石一边。1927年3月24日，北伐军攻下南京，以英美为首的帝国主义集团为了掩护北洋军阀孙传芳的败退，命令军舰炮击南京下关，导致千余名和平居民伤亡。身为北伐军总司令的蒋介石却听之任之，激起了全国的抗议风潮。中共重庆地委和国民党左派决定：发动"重庆反帝大同盟"，于3月31日，在外国领事馆集中的打枪坝举行抗议集会。驻守重庆的军阀刘湘频频派人前来表态：会后群众不能上街游行。接着各种各样的威胁信息不断传来。杨闇公横下一条心：绝对不向军阀妥协。因为参加会议的人大都是些学者文人，才要玉璧这样"武行"中人下山，也算是做了些准备。

　　玉璧按照闇公的安排，全力投入大会的筹备和组织工作，忙了好几天。开会那天一大早，他就去了会场打枪坝。坝子倒是不小，三面都是几丈高的城墙，城墙外面是错落的民房，更远便是荒郊。与会的群众源源不断涌进会场，看来是历次集会中人数最多的一次。沿途的军警们荷枪实弹，戒备森严，其中还有些穿着杂乱的，显然是从附近的县调来的民团。会场边的城墙上坐着的那些人，一看就是带枪的便衣。玉璧已经是有过战争经验的人，心中不免有些紧张，如果这些军警真是奉命保卫领事馆的安全，那便罢了，可是万一有什么不测，几万人被居高临下锁定在城墙下面，后果不可想象。

　　快到十一点，与会的两三万人才基本到齐，会场按照前一天的布置，由工人纠察队和学校的童子军把守。维持会场的纠察队不断发现有便衣特务混入会场，有消息说会场的出口已经层层布满了军警。气氛越来越紧张，不能再拖了，国民党左派代表、学者漆南熏[①]走到了主席台前宣布开会："大家安静了，我们今天这个大会，是为了响应南京人民……"

　　入场口突然响起枪声，维持秩序的童子军应声倒下好几个，正在门口指挥群众进场的一位领导人身中几处刀枪，仆倒在血泊

---

　　① 漆南熏（1892—1927），重庆江津人，经济学家，四川国民党左派活动家，在此次"三三一"惨案中牺牲，年仅35岁。2003年被评为重庆历史名人。

之中。一时间有军官站出来，挥着手枪大喊大叫，外面的杀手冲入会场，场内埋伏的打手四起响应，满场都是打杀的喊声与呼天抢地的哭声。有群众向来路奔出，不料迎面全是便衣杀手与佩着臂章的军警，他们堵截刺杀，一条短短的街道顿时遍地横尸。人们退回来，向着高高的城墙扑去，又遭到城墙上便衣的袭击。一群一群的人不顾死活，推开便衣向着几丈高的城墙外面滚下去，又被埋伏的手枪大队的人举枪射击，一些兵痞趁机撕破那些女学生的衣服搜索银元铜元，近百丈长的城墙下面很快就堆满了尸体，很多都是十二三岁的学生……

大乱一开始，就有一群举着刀枪棍棒的暴徒扑上了主席台，举刀砍向正在讲话的漆南熏。玉璧见势不好，正要冲上前去，自己却被一群乱兵捉住，扯下他腰间一条打算改装用的黑丝帕绑了，七拉八扯地押出了会场。枪声喊声响成一片，所有的人都在奔跑，街面上的店铺关的关锁的锁，一座热闹的城市刹那间变得冷冷清清。玉璧被那四个兵押到一条僻静的小巷，这里一个人也没有，兵痞们突然叫玉璧站住："把你身上的衣服和皮鞋脱下来，快！"

玉璧低头一看，才想起身上穿的是临行前二姐夫送的里外一身新：一件直贡呢的新马褂，一件蓝哗叽的新长衫，新白布做的内衣内裤，还有一双新皮鞋——这才明白几个兵为什么当时没有砍死自己。他坦然地说："脱衣服可以，总要先把手给我解开嘛，要不然怎么脱？"一个兵迟疑了一下，上前把绑手的丝帕解开了，玉璧先脱了外面的马褂，再慢腾腾脱下了长衫，然后又弯下腰去脱鞋子，突然摸到了腰上的钱袋，里面有二十八块银元，也是临行前二姐夫送的。他灵机一动，将袋子扯了下来，哗的一声，银元就滚了一地，两个拉着他内衣衣袖的兵痞看着，当时就呆了，手一松，玉璧趁机将手从衣袖中抽出，拔腿就跑。

"人跑了，人跑了！"抓住两只空衣袖的兵惊慌地猛喊，想去追吧，又怕地下的银元被人家抢了。犹豫的瞬间，光着上身只穿着一条内裤的玉璧已经跑了好几十米远，才听见后面噼噼啪啪的枪声。

玉璧毕竟是学体育的，腿快，他拐进一条死巷，一个纵步翻过墙头，落地一看，前面是临江门，城门边有卫兵把守。他一转身，顺着旁边的一条小道跑上了城墙，后面的枪声喊声紧紧跟来，突然觉得头皮一热，一股血水就流了出来，糊住了眼睛。他伸手胡乱抹了一把，从城墙上跳出城外，没想到这一跳把裤腰带震断了，滑下的裤子把他绊了个趔趄。他两只手分别抓住两边的裤腰口，一使劲将内裤撕开扔了，赤着一条身子向前飞跑，渐渐感到呼吸困难，心里发慌。好不容易转过一片坟场，看见一座茅草房，他便一头撞进去，随手把门关上。

这是一家卖汤圆的小店，店主是一个三十多岁的汉子，姓周，人称周汤圆，见一个人光着身子慌慌张张地闯了进来，吓了一跳："先生你……"

玉璧说："让我躲一下，后面有兵追我。"

周汤圆一听，连忙把门关上，把玉璧拉进里屋，按到床边坐下，又把自己的棉袄脱下来给他穿上，玉璧坐在床边不住地喘气说："我们、今天、在、打枪坝、开民众集会……"

周汤圆什么都明白了，连忙扶着玉璧躺下，又把鼎锅里煮的汤圆水舀了一碗递上来。玉璧刚喝下一口，就觉得心头一热，头上的伤口涌出了一股血水，疼得要炸开似的。周汤圆忙解下自己头上的一条白布帕子，紧紧地给他把伤口扎起来。

玉璧在床上靠了一阵，便忍着头疼站起来，说："老兄，麻烦你了,我不能在这里久待,等一会搜索的兵来了,会连累你的。"

周汤圆一听慌忙说:"先生你走不得啊,你听外面还在打枪!你先躺下,我出去看看动静再说。"

"不,你不能去,外面乱得很,看飞子……"

"哎呀,先生,我怕什么?我挑起担子到处转都没事,这一带谁不认识我周汤圆?"

看见周汤圆真的要去挑汤圆担子,玉璧一急,吐出几口鲜血,好一阵才缓过气来,对周汤圆说了声"冷水"。

"先生,冷水要不得。你在吐血,心头一遇冷的,二天不好医。现在天都要黑了,你这个样子还能走到哪儿去?你要听我的话,安安生生躺在这里,我去给你请医生来。"

正说着,就听见外面有几个人大声武气地在说话,周汤圆忙把铺盖给玉璧塞紧,低声说:"先生你装成病人,千万莫开腔,我就说你是我的大哥……"

外面已经有人拿枪托砸铺门,一个兵在喊:"周汤圆,周汤圆!他妈的,死人!"

周汤圆口里喊着"来了来了",坐在床前没有起身。

另外一个兵又喊:"还有汤圆没得?"

周汤圆这才过去,慢吞吞把门打开说:"哎呀你们来得不巧,我今天生意都没做成,你们看嘛,这鼎锅头只剩了些浆水,倒还是热的。"

一个兵不满意地说:"不卖汤圆,关起门来做什么?"

"先生,人身都是肉长的,全靠一口气,这外面炮火连天的,关起门来都还怕挨飞子呢。"

一个年轻点的兵骂道:"不拿汤圆来吃,废话倒是一大箩。"

那飞子满天飞,偏偏就打在了你的身上?我看是豌豆子滚屁眼,没得那么遇圆(缘)儿!"说着几个兵就要走。

周汤圆跟上去问:"请问诸位,今天啥事打枪?这阵街上有人走动吗?"

"你问这个做啥?"

"嘿嘿,我们做小生意的,总是巴望着有点人气嘛。"

正说着,后面过来一个军官,一脸的凶相,见了这伙兵就吆喝:"哪个喊你们在这里吃汤圆?还不给老子追,跑脱一个革命党,就要你们脑袋搬家,看你们有几个脑袋!"

那几个兵吓得连忙走了。

夜里起更时分,周汤圆找了一乘轿子,把玉璧抬进城里找到了组织,一个叫老袁的同志马上就给岳池邮电局的熊尧赟打去电话,随后老袁派了六个人四支枪,用一乘滑竿将昏迷不醒的玉璧送回我的二姐家。时局这么紧张,再说我眼看就要生孩子,在二姐家也不方便,我赶紧将玉璧送到彪子山寨上叔叔陈祝武家里。

彪子山寨在陈家坝附近一座小山梁子上,修得倒也牢固,当年闹辛亥革命时,这里也是一个战略要地,寨子里的火药库里,至今还藏着十二门牛耳大炮和几千斤火药。寨里寨外,一大半住户都姓陈,只是后来许多住户都搬下山来照顾自己的田土,寨子里的房子大半都空着。我的叔父陈祝武,虽然知道我这个侄女和侄女婿都是"危险分子",但一向对我们都极好,再加上这里山高皇帝远,又是个没油水的穷寨子,不大招惹风险,养伤是个极好的去处。

玉璧一上床就一口一口地咳血。我哭着喊着问他怎么了,他只是淡淡一笑,然后吃力地摇摇手,话都说不出来。我急坏了,连忙与叔叔商量,一边派人去上马寺庙子里请专治外伤的康和尚,一边又叫人去请治吐血病的炳基叔。因为与外婆家挂着亲,我叫康和尚"和尚舅舅",他仔细看了玉璧头上的枪伤,双手合十地说:"阿弥陀佛,还好还好,没伤到要害。"说着就开了处方,让一直守在旁边的陈仁勇去捡药。不一会儿,陈仁勇满头大汗地提着药赶回来。和尚舅舅将药捣成细末调上水,敷在玉璧的伤口上,然后和炳基叔到堂屋里商量了一阵,出来对我说:"玉璧是干啥的,我们心头明明白白。刚才我和你炳基叔商量了,这两天我们都守在这里,只要不染风寒杂症,不出个把月,病情就会有起色。"

玉璧吃了和尚舅舅的两服药,咳血止住了,精神也稍好一些。

重庆那边送玉璧的人休息了两天,临走时我拿了四十元钱给他们做路费,又托他们给周汤圆带了五十元钱作为感谢。从此,周汤圆成了我们自己人,他那里也算是我们设在重庆的一个站口。

我送走他们回来,刘铁、熊尧赟也来了,坐在玉璧的床边,见他的脸色好了一些,都松了一口气,问:"听说那天我们的人和老百姓牺牲都很大,难道事先一点准备都没有吗?"

玉璧叹了口气:"准备倒是有的,就是没想到军阀会这样下毒手。"

紧接着有消息传来,玉璧的许多同志都在这场大惨案中牺牲了。主持会议的漆南熏从会场上逃脱后,被乱刀砍死在几里路外的两路口。第二天,重庆地委组织部负责人冉钧[①],被打死在重庆

---

① 冉钧(1899—1927),重庆江津人,1920年在法国加入中国社会主义青年团,1923年转入中国共产党,1923年赴莫斯科东方大学学习,1925年回重庆创办中法大学四川分校,1926年任中共重庆支部书记,在中共重庆地方执行委员会中负责组织工作。

天主教堂附近。三天后，杨闇公在开往汉口的船上被捕，敌人威逼利诱严刑拷打，都没达到目的，终于在4月6日晚上，在重庆市区的浮图关将他秘密杀害。闇公在刑场上不断地高呼口号，敌人就先用刀割去了他的舌头；闇公嗤之以鼻，敌人又用刀割去了他的鼻子；闇公怒目而视，并用手指戳向敌人，敌人又挖去了他的双眼，砍掉他的双手。他最后身中三弹，才倒了下去。这时的闇公，年仅二十九岁，他的夫人赵宗楷，是位学识人品都非常好的年轻女子，此时他们已经有了一双儿女。

玉璧一连几天都不吃不喝，我红肿着一双眼睛，在昏昏的油灯下守着他，想了很多很多。此前，我只觉得"革命"很时髦，很合自己的口味，只要由着性子闹下去，就会把旧世界闹个天翻地覆。可是现在，我才感觉到"残酷"这个词的含义，革命就是要在这种残酷中行进的。我又想起了玉璧刚刚回家时照的那张照片，想起了他说的那些当时叫人莫名其妙的话。我知道无论这条道路多么艰难，他都是要走下去的，哪怕有朝一日也会像闇公、冉钧他们这样。

可是，万一他真的有了个什么好歹，我会怎么样？我该怎么办？

想到这里，我突然觉得很恐慌。事情到了今天，已经不可想象自己的生活中没有他，两岁的宁儿和肚子里即将出生的孩子也不能没有爸爸。我从来认为自己和所有别的女人都不一样，此时却有了和所有女人一样的感觉。我想起这些问题就哭，哭了好多次，最后横下了一条心：不管怎么样，我都要跟着他走到底！不管他上刀山还是下火海，我都要跟着一起去，哪怕有一天会像杨闇公的夫人一样，我也不后悔。看着昏睡的丈夫，我突然有了一个感觉：在这条路上，他也不能没有我，他不能没有我支持，没有我陪伴，没有我帮他分担；他从事这种事业的能力、勇气和决心，我也应该有，就像阁公的夫人一样。

想到这些，我的心才慢慢平静下来。

"三三一"惨案发生的第十二天之后，蒋介石在上海发动了"四一二"政变，与共产党彻底决裂。以国共两党合作为标志的大革命曾经是那么轰轰烈烈鼓舞人心，没想到最后却在大屠杀中落下帷幕。工农兵学商都不"闹事"了，军阀们也不再去管什么国民党共产党，又腾出手来忙着争地盘去了，华蓥山区反而清静下来。

黎梓卫有一伙死对头守着，暂时还回不去。我干脆在彪子山寨上租下了叔父的两间房子，对外就说玉璧在上海得了吐血病回来，自己又生了孩子，陪着他在彪子山上养息。消息传出去，陈家的姊妹和往日的同学亲戚们纷纷送来枕套、被面、帐沿、门帘之类的东西，要我给她们画上花呀草的。那些待嫁的姑娘们非要守着画好才走，好拿回去绣作嫁妆，我常常晚上也不得消停。想想这些年来忙着读书救国啊、游行打仗啊，把画画都丢得生疏了，现在趁着难得的空闲捡起来画上几笔，倒也是件好事，所以来者不拒。再说，也可以借此压压空气，让人看看咱两口子，到底不过是读书画画的文人。

承蒙和尚舅舅和炳基叔细心调理，玉璧的伤慢慢有了好转，不过两三个月，就能够搬张竹躺椅在院子里，在春夏的阳光下津津有味地看《水浒传》。我生下一个儿子，取名彬儿，已经满月，看看天气好，也将桌子抬到屋檐下，拿出几幅丝绢画画。

中国画历来都用宣纸，到了宋朝，经济繁荣，喜欢绘画的宋徽宗便用起了皇家特制的素绢，文人墨客也就争相模仿，一时引

103

为时尚。与宣纸相比，丝绢更加滋润、细腻、结实，可以反复上色皴染，还可以清洗修改，更适合色彩丰富的题材，相传宋代王希孟绘的《千里江山图》，就可以清楚地看到绢画的真实面貌。可是普通的丝绢涸墨，不是拿来就可以下笔的，需经"三矾九染"，就是将白矾研成细面，用温水泡化再按比例调入胶水内，可使作画的色彩不混淆，有光泽。素绢在画之前用薄薄的轻矾水刷一道，画时就好落墨了，画完后再刷一道轻矾水，裱后就不会绷裂沾色。《红楼梦》里的惜春奉贾母之命画《大观园行乐图》，一时不知如何筹措，宝钗就给她数落了一大堆笔墨颜料及各项配品，其中就提到"矾绢的胶矾在外，别管他们，只把绢交出去，叫他们矾去"，可见讲究的矾绢技术，已经成为专门的工艺，也非一般人花费得起。到了民国，丝绢绘画依然在一些讲究的文人中流行。不过，也许因为工艺没有那么繁琐，也许是文人们懒惰，一些人将丝绢裱在细丝编织的竹帘上作画，行笔可以顺畅得多。可是我却不以为然，只在桌面铺上毡子，再将丝绢用两方镇纸压住，便可以在丝绢上行笔，自以为得意。

我的这几幅绢画，画的都是历史上的故事。一幅是《张良拾靴》，东汉的张良因为很谦恭地为黄石老人拾靴，得了一部天书，从此成为一代名士。人物花树都好画，就是桥下的河水有些死板。我心生一计，在河里画了一枚小石子，那水便围绕石子儿起了波纹，活泼起来。一幅是《计献貂蝉》，说的是西汉末年的司马王允巧用连环计，献上美女貂蝉，除掉凶残的大军阀董卓。董卓高官厚禄，虽然肥硕老态，却因为得了美女而喜形于色，衣着也用明黄大红，还得站在上首。王允官儿小，穿着素淡，表情有些复杂，让他侧身隐去大半个脸，显出坚毅神情即可。关键是那貂蝉，身为歌姬，地位卑下，若按国画规矩，更居下位。可是此女命如纸薄,心比天高,主动请缨,情怀高远。我将她半隐于大堂的屏风后面,虽然弱柳花容,心事重重,位置却比董卓和王允都要高出一头,这样安排才满意了。

手上正画的这幅,画的是大谋士姜子牙坐在渭水河边钓鱼,等待周文王前来访贤。画的左上,烟波浩渺,远山横亘,留出大片空白;右下一巨石平出江心,边上竹木围绕。史上说姜太公钓鱼,离水三尺,愿者上钩。可是姜太公稳坐钓鱼台,此画重要的是稳,若真的将钓竿横于水面,构图就散了。我在姜太公身边再画上两个童子,如此"底座"就扩展开来,然后将钓竿笔直立起,钓竿尖端与"底座"形成一个稳稳当当的正三角形。我禁不住立起身来,自顾自地叫了一声"好"!

突然听到一阵狗叫,刘铁和熊尧蕡走进了院子,还指着后面的两个人说:"玉屏,你看是谁来了?"

我抬头一看,走在前面的是上次起义的策划者之一杜伯乾,后面跟着的那位很年轻,仔细看了才认出来是金华新。金华新也是岳池党支部的成员,因为起义期间暴露了,便去了武汉,后来听说在全国学生总会里工作。我连忙放下笔,一边招呼,一边进屋去张罗茶水。等我出来,他们正在看我的画。杜伯乾边看边点头:"好,好,好一幅'不管风浪起,稳坐钓鱼台'!你们来看,这竹林的每一片叶,还有这姜太公头上戴的笠帽,肩上披的蓑衣,脚下穿的麻履……啊,还有这些山石水草,画得多细,一丝一缕都清清楚楚。下面这一块画得实,那边一块却虚得好,烟波浩渺,远山横亘,真可谓'疏可走马密不透风',那《封神榜》上不过寥寥几笔带过的渭水,被画成了这般景色,足见作者其胸怀也。"

杜伯乾说着,越发感慨起来:"不容易啊不容易。我听行家说,这工笔画就是功夫画。真得心细如发,心静如水,悟天地之灵感,观四时之变化,才得融会贯通,看出真功夫来。玉璧老弟啊,你这夫人,以前只知道是个天不怕地不怕的人物,今天见了,方知道还是有这般功底的一位丹青妙手!看这画,真想不到几个月前,她还在战场上奔走闯荡呢。"

刘铁一边插嘴道:"岂止是奔走闯荡!杜旅长,玉屏现在可不得了。她双手打枪,敢拿天上的小麻雀当靶子,双枪队里的那些小伙子们都不敢小看她呢。"

杜伯乾一听:"哦?那不成了文武双全的巾帼英雄了吗?加上这生花妙笔,那穆桂英也不能望其项背啊。玉璧老弟啊,你要小心哦,若是再敢小看我们这位红粉英雄,说不定哪天演一出《点将责夫》,四十军棍下来,把你这个杨宗保的'架子',拆得一干二净的!"

他们东一句西一句地拿我开玩笑,满院子哈哈冲天,惊得雀鸟一哄而飞。却不料熊尧冀在一边说:"我倒是记不清了,这姜太公身边,哪来的一男一女两个童儿啊?"

正说着,奶妈一手牵着宁儿,一手抱着彬儿过来了。刘铁看了,一拍巴掌:"嗨,这不是那两个童儿吗?有意思有意思,你的这幅姜太公,把你一家人都画上去了!"

杜伯乾和金华新这一来,就整整住了三天,每天都在屋里开会。我就在外面画画,逗孩子,给他们望着风声。事后玉璧告诉我,中央在武汉开会了,老金是回来传达的,现在决定把我们下一步的工作重点,放在宣传发动群众、在贫苦农民中组织农民协会的事情上来。玉璧很感慨地说:"我们上次起义,就是这件事没有做好,只是盯着那些地主团总手里的人啊枪啊,他们怎么会跟我们是一条心?一看好处捞不到了,就一哄而散,我们腹背受敌，吃了多少苦头。幸好，现在有了自己的一批骨干，今后我们要建立自己的基本队伍，靠自己的队伍来打天下。"

"那……眼下怎么办？"

"先把人撒出去，摸摸情况再说。"

玉璧头上的伤好了，身体还很虚弱，医生嘱咐还得好生静养。可是现在他静不下来了，很是为钱着急。万事离不得钱，要把人撒出去活动，拿什么做经费？我们自己的田已经卖得差不多了，再说现在就是卖，未必有人敢买。和刘铁他们商量，组织上也穷；再找那些地主借吧，根本不可能。玉璧为这事苦恼了许久，最后找来两个木匠，说要打一台新式的纺纱机子，纺洋线。他算过了，这种机子要比乡下的纺车快好几倍，一天要葛两饼纱，一饼纱线要赚十多块钱，让自己人来纺，自己人去卖，既可以赚到一笔可观的经费，又可以掩护许多人的工作。

我按照医生的嘱咐极力阻拦："你说得倒轻巧，你这洋机器，谁会使啊？"

玉璧大大咧咧地说："这个不用你担心，我在重庆就学会了，机器图纸就是我带回来的。"

这下子倒说神了：他三月二十三日下山去重庆，三十一日就受了伤，就那么忙天忙地的几天，就学到了这门手艺？再说买线子要本钱，钱呢？

"嗨，我都跟母亲说好了——起义的时候藏在别人家里的母猪，已经下崽了，再把圈里的肥猪卖了，凑的钱够买四饼洋纱，等木匠把机子一打好就开干。"

我知道是拦不住的了，看着他那张苍白的脸上飞扬的神采，长长叹了口气。

机子很快就打好了。大清早的，玉璧就喊上两个人，把它搬到寨子后面的坝子上，在摇车对面五六丈远的地方钉了几根木桩，然后牵上线子干起来。他一手撑着摇车，一手摇动车轮，随着摇车慢慢向前移动，三根洋纱便葛成了一根洋线。玉璧看着这些洋线，心里高兴极了，苍白的脸上大颗大颗地淌着汗珠。我连忙上前去，说："我来干一会儿，你歇歇。"他抹抹汗水放了手，却说："这活儿你帮不了忙，你撑不动的。"

我试了试，摇车果然纹丝不动，就只好坐在一边捯线了。

几天下来，玉璧显得很疲倦。我心里着急，说："你这样下去不是个办法，再说我们撒出去那么多人，你一个人干活，葛出的洋线够几个人卖？"玉璧听了也不说什么，接连几天早早收工，吃了晚饭就寨里寨外到处去转，夜深了才回来。

这天晚上天气闷热，看样子要下雨，我出去找人，见他在寨门口和几个农民说得正起劲，见我一脸不高兴地来了，连忙随我往回走，一边解释说这五黄六月，正是农闲时候，他邀约了寨子下面的一些贫苦农民来帮忙葛线，说好每人每天一升米，大家都很乐意。

果然第二天，坝子上来了二十来个人，玉璧教罢这个又教那个，大家嘻哈打笑地纺的纺摇的摇，引得一些婆婆大娘也来看热闹，屈二嫂也扭着腰来了。这个三十多岁的女人，梳着刘海，穿红着绿，一边大惊小怪地直嚷嚷，一边捡着地上的断线往腰包里塞："啧啧！我说廖大哥，你在外面读那么多书，堂堂京城里的洋学生，还回来葛洋线啊？哎呀呀，亏了你妈在屋里辛辛苦苦喂的那槽肥猪儿，拿给你来搞这种名堂，有好大个赚头嘛？"

玉璧心头正高兴，一边摇车一边说："二嫂，我们叔嫂家说笑，哪里说哪里丢，不兴翻脸哦。你嫌我赚钱不多，养不活你是不是？你还想我做官，去压迫人剥削人是不是？怕我养不活嘛，你就另外去嫁个当官的嘛,大丈夫能伸能屈,你当了官太太我决不生气……"

满坝子里的人没想到玉璧这样的读书人也会占女人的便宜,都哈哈大笑起来,旁边的徐大嫂插嘴说:"二妹,你好孬是个嫂嫂,莫要不知趣。人家廖大哥是客,你在这里东说西说的,看陈三姐不依你的。"

屈二嫂受了奚落,过来跟我说:"三妹,你说像你家廖大哥这种知书识理又跑过大地方的人,成天干这种婆婆大娘的活路,未必是长法吗?"

我笑笑说:"他养病没事干,葛线子混混日子。"

屈二嫂顺着话下了坡,一撇嘴说"这还差不多"。想必她那张快嘴,日后四处串话时也是这么说的。

葛线子的人多了,玉璧腾出手来,又捣鼓别的花样。他在寨子上买了些竹子,劈成篾条,找人编些筲箕、撮箕、竹篮子,出去又多了些遮手的买卖。这还不算,几天之后,他居然找了个姓文的叫化头到寨子里面来,让大家伙跟他学打莲花落。

这个文叫化头,口齿出了名地伶俐,心里装了许多套头,现在被堂堂廖团总认作师傅,好不神气,竹板一响就开始传授。他说:"我们要饭的,首先要学会讨好,一到主人家,先找好听的说,比如看人家住的是大瓦房,你就唱:主人家,你好气派,阁楼瓦房排对排,定是前世好施舍,金银财宝才滚滚来。"

陈仁勇说:"他要是不理会,叫个长年来撵你走呢?"

"那你就得讨好长年喽:老大哥你行个善,添碗稀饭送个钱,好事做了好事在,二世不再做长年。这话外头有音的:你要是不行善,二世就会再做长年,说不定还跟我一样,连长年也做不成呢。"

陈仁勇还不甘心:"他要还是不给呢?"

"那我们就不客气,耍赖皮了:'腊肉汤在锅里头滚,叫化子在门外头等,赏我一碗你添寿延,打我一顿你要倒霉……'"

大家都笑,说你这不是强要吗?文叫化头说:"什么是强要啊?我们张了口,你好歹总得给点嘛。再说我们叫化子虽然低贱,却也有用得着的时候。过年过节,娃娃满月,老人做寿,谁都希望我们舞龙灯,打花鼓,上门说句吉利话,讨个好彩头。总不能要人的时候就要人,不要人的时候,就用脚尖踢出几丈远吧?"

玉璧一边听一边琢磨:"你的这些套头好是好,可有的要改动一下。你老说穷人受苦受穷是天生的,是命中注定的,这就不对头。连《增广贤文》上都说过:黄河尚有澄清日,岂有人无得运时。你就把穷人看定了?万一时来运转,看穷人都团拢来,又真的都翻了梢呢?"

文叫化头笑着说:"我唱了这么多年,只图顺口,讨人喜欢,哪里想到这些道理?廖团总,你的字墨好,今天我倒拜你为师,你来编,我来唱!"

夏林在一边不以为然了,瞅瞅陈仁勇说:"廖大哥,你要改得合适啊,不然人家会说这哪里是什么叫化子啊,这分明就是那些喊口号的学生娃嘛。我在重庆当力夫的时候,那些学生可是见过的,只晓得举拳头喊口号,比起陈仁勇拉胡琴唱的孟姜女,差了一大截啊!"

陈仁勇受了奚落,冲上去和夏林扭成一团。玉璧倒是觉得这话有道理,改的时候也注意分寸,然后让我抄在本子上,分头教给出去的弟兄们。

七月初,玉璧召齐了各路的负责人,借口分派活路,四周放了哨，在寨子后面葛线的坝子里开会。大家先是七嘴八舌地汇报情况，完了玉璧就开始分派人马："大家要注意，我们现在的任务是侦察敌情，宣传组织群众，为以后的时机做准备。根据大家反映的情况，渠河沿岸的船夫船老板的工作要抓紧。陈仁勇，你带上四个人，装成算命看相跑江湖的，到赛龙场、石龙场及合川、武胜沿河的各个码头去活动，了解敌人的卡子和来往船只的情况，建立起可靠的联络点。一定要争取一部分船夫和船老板站在我们这边。谭之中，你带上十个人，装成收荒匠和叫化子，打起莲花落到乡下去，做那些贫苦农民的工作，尤其要说服那些德高望重、有号召力的中老年农民，让他们去发动大家参加农民协会，抱成团来对付地主恶霸。金积成，你跟炭厂的工人都熟，那里还有我们从山上退下来的一些人，你们一起去把工人都动员起来，那里的工人也苦得很。夏林，你还是跑黎梓卫、罗渡溪这一片，这里我们撤下来的人多，有了什么事情一定要团得拢来。另外肖家场、阳合场那边靠着山边，工作也要加强，特别是那个碗厂，很有几个工人跟我谈得来，都是靠得住的人。还有向老大，你的担子很重，你带几个人到重庆磁器口二十四兵工厂去学习造枪和修理枪械，学好了回来，我们自己开个兵工厂，就解决了个大问题；重庆那边都已经联系好了，有人和你们接头……"

会一开完，大家就分各路去办。为了接头方便，我出钱，让叔父在罗渡溪街上开了个栈房，来往的自己人就在栈房里领货接头，由我或者陈亮佐出面应付，只有小组长以上的干部才到彪子山寨上来，免得人多嘴杂影子大，惹出些不必要的麻烦。

天渐渐热了，玉璧的身体也慢慢复原，他常常把烂衣服、破草帽和莲花落等改装用的东西装在背篼里，和夏林、金积成甚至文叫化头一起出去。有一次，他化装成一个卖线的小商贩，刘铁装成个卖羊的，金积成抱一捆崭新的洗脸毛巾和手帕子，他们先说到地势险要的广安观音阁看看地形，后来就越走越远，干脆到渠县、邻水、大竹的东山西山走了一大转，走一路画一路的地图，还到乡间串院子，在河边找船夫。半个月以后回来，个个都又黑又瘦，衣服挂得褴褴缕缕的，连我都差点认不出人来。我心疼又埋怨，刚刚让玉璧换下衣服，守寨门的跃光叔跑上来，说来了两个陌生人，穿得烂兮兮的，死活要见玉璧，还说是从炭厂来的。我到寨门口，一个人老远就直喊"表嫂"，走到跟前一看，竟是上次送我逃出虎口的何明轩。娃儿长高了，只是又黑又瘦，我拉着他一边走一边问："你怎么会到炭厂里去的？到那种地方，你爹妈就放心？"

明轩说："我没办法啊。上次你逃脱后，王守义气坏了，不晓得从哪里打听到是我把你送走的，就派人来捉我；哪晓得派的人是我的一个远房表哥，暗地里送了信来，我当天就跑了出来，进了炭厂。"明轩满不在乎地像在摆别人的龙门阵，完了露出整整齐齐的牙齿笑笑，拉过身旁的一个大汉子对我说："表嫂，这位就是唐俊清唐大哥，我们的头儿，专程来找大老表的。"

我仔细打量那人，高大个子，黑脸，一双英雄眉，两眼挺有精神，玉璧曾多次提起过他，说他侠肝义胆，在工人中很有威信。这次来得这么急，一定出了什么事情。

果然，玉璧见到唐俊清，一开口就问："你们干起来没有？"

唐俊清说："干起来了。你走的第二天就按你说的干起来了，把老板龚静之围在炭棚子里，说这次塌窑压死这么多弟兄，总得拿话出来说。龚静之狡猾得很，说半山的那股水，年年夏天都要发的，时不时是要冲垮炭洞子压死人，这都是天意，来挖炭的人哪个不晓得？工人死了是损失，未必对我这个老板不是损失？你们问问华蓥山上那么多炭洞子，没听说要老板发棺材发抚恤金的。我们不依，把你讲的道理都搬出来，把条件也一款一款提出来。后来龚静之软口了，喊我们先把死人从洞子里拖出来再说。我们说若是不把棺材买好摆起，决不进洞子。他没法，只好喊人到场上去买了二十一口棺材。现在啥子条件都答应了，就是抚恤金没说好，我们要二十元，他只认十元。金积成还在那里，带着大家跟他磨，喊我来问问你，下一步咋办？"

何明轩也说："大老表，大家看见压死的弟兄太惨了，炭老板又这么可恶，都说愿讨口也不愿在这口血盆里抓饭吃。现在有二十多个人在罗渡溪街上，死也不回去。"

玉璧在屋里走来走去，好一会儿才说："龚静之答应了大部分条件，如果逼急了他会狗急跳墙。我们就在抚恤金上退半步也行。下一步嘛，那些出来的弟兄，老在罗渡溪街上逗留也不是办法，我看那些家中没牵挂的，态度又很坚决的可以留下来，我们想想办法，其余的还是回去，等待时机。"

何明轩嘟起个嘴巴："大老表，我不转去了，我要跟你在一起。"

玉璧对唐俊清说："老唐倒是莫转去了，你这回领了头，龚静之是不会放过你的。明轩，你还是去给老田作个帮手，把大家都团拢来，有事也好送个信来。"

明轩不高兴，转过身来怄气。玉璧笑笑，拿出一百发子弹两支枪来，把子弹和其中的一支枪交给唐俊清，让他转给老田，以防万一，另一支递给明轩："这下子没意见了吧？"

明轩摸着枪憨笑了一阵，突然一个马蹲，双手举着枪，咬牙切齿地说："龚静之，谨防你的脑袋！"

唐俊清带来的人，很快都安排了。玉璧想到陈仁勇联络渠河码头这一路的任务很重，就让唐俊清去看看，顺便带上工人中两个会拉二胡的，也跟着学学，就算打帮手。唐俊清到了石龙场，把两个弟兄安顿在茶馆里，在河边上找到了陈仁勇，这家伙坐在一根长板凳上，正在拉二胡。板凳头上插了把撑开的破纸伞遮太阳，一个木盒子里面放了些测字用的小纸卷，木盒下面压着张旧红纸，上写"赛诸葛"三个字。

陈仁勇的那副样儿，倒是装个舅子像个舅子：剃了个光头，穿了件灰布长衫子，还戴了副眼镜，拉着二胡，尖声尖气地在唱《孟姜女哭长城》。唐俊清问他算了几个了，他说才把摊子摆起，还没开张。唐俊清说你手艺到底咋样啊？他说，笑话，保证没问题。正说着，过来一只小船，船老板四十来岁，含了根叶子烟杆，看样子是做完活路收早工的。唐俊清背过身，说你老兄，你的财喜来了，我给你守摊子，你去给这个老板算一算，保证有搞头。

陈仁勇果然就去招呼，人家也果然就请他上了船。船老板问："你看我这个相，饿不饿饭啊？"陈仁勇一摇头说："饿啥子饭哟？老板你莫要自暴自弃，我看你就是个英雄相。你看你，龙眉虎眼，宽额大耳，活像梁山泊里的英雄好汉李逵。只要你肯干，好日子在后头呢。"

船老板一听就笑了："你这个算八字的倒有趣呢。实话跟你说吧，我撑了这么多年的船，腰也干弯了，背也干驼了，从来就没见过什么好日子。"

陈仁勇说："一个人干不行，要大家一起来干。你不信？实话跟你说了吧，我可是看到什么相，才说什么话，要是别人，我还不说呢。咳，我赛诸葛在渠县、大竹一带，谁个不知，哪个不晓,今天是初次来到贵龙码头,还靠你老哥传个名,来来来,你报个生庚,我先帮你算个八字,就算你我相识是缘分,不要钱。"

于是船老板就报了生辰,陈仁勇一边用手掐算,一边自言自语地念着甲子、乙丑、丙寅、丁卯……一直念到额头上冒出一颗颗汗,八字还没排出来。船老板一边看得好笑,递了杆叶子烟给他,说:"赛诸葛先生,我看你的万年历还没背熟,算了吧,先抽杆烟。"这边船上的唐俊清看着实在是好笑,忍不住走过去。那船老板一见他就喊:"唐大哥你好久来的?快过来烧杆烟!你哥子今天的运气好,在上这位是赛诸葛八字先生,刚才给我算了个翻身的命,你要不要也算一算?"

唐俊清"扑哧"一下笑出声来,陈仁勇先是一愣,接着脸"唰"地红到耳根子,跳下船来扭住唐俊清就不放,倒把人家船老板搞得莫名其妙。陈仁勇气呼呼地说:"好啊老唐,你们伙起来耍我!"

唐俊清回来说起,我也觉得有名堂,问他:"你认得那个船老板么?"

唐俊清哈哈一笑,说:"岂止我认得?说出来你们都认得,你还在人家手里接过一万八千发子弹呢,就是渠河上的老杨,杨巨百嘛。"

玉璧一听说:"果然是你老唐耍弄人家陈仁勇。老杨的关系只有你我还有谭之中三个晓得,这下子陈仁勇出丑了。"

唐俊清说:"自己人手里算什么出丑,要是惹起外人的怀疑就麻烦了。事后老杨跟我说,他真的以为陈仁勇是敌人派来的探子,正想要将计就计问他一问,说不定等天黑将他灌醉了,装个麻袋丢进渠河里呢!"

大家笑了一阵，说陈仁勇这个"快乐神"，真是大意失荆州。唐俊清说他现在不敢大意了，带着两个弟兄，正儿八经在场上的算命先生那里讨见识呢。

转眼一九二八年的中秋就要过了。我入了党，起个党内名字叫"梅溪"，只是后来少有用过。组织上决定让我到梁山去教书，也兼做一下那里学生中的党务工作。玉璧也通过关系找到了去岳池中学教书的差使，争取到了公开活动的身份。我带着两个孩子，先由水路到重庆；玉璧送我，一直送到合川。

秋水如练，透过清浅浅的渠河水，看得见鱼儿在石缝里游，时不时两只阳雀子相逐着从头顶上飞过，清婉悠悠地叫着，让人的心情跟天气一样好。玉璧抱着才一岁多一点的彬儿，用胡荏子扎着孩子嫩嫩的脸蛋儿，爷儿俩嘻嘻哈哈地打闹，逗得宁儿在一边直笑。我在一边看着，觉得结婚这几年，我们夫妇俩一直都是在风风雨雨紧紧张张中过着，像这样一家人融融乐乐在一起的时候，实在是不多。

玉璧逗了一阵孩子，抬起头来看看我，问我在想什么。我笑笑说："我们这两口子也真是的，一不缺吃二不缺穿的，守着一双儿女，安安稳稳过日子有什么不好？偏要去闹革命，亲戚朋友都跟着担惊受怕不说，夫妻俩还得劳燕分飞。"

玉璧听了，一直腰说："那好啊，我们这就回去，到县衙门去写个悔过书，不干了。然后呢，把夏林、金积成、陈仁勇他们这一大帮子弟兄们都遣散了，枪啊子弹的也都卖了，再把我们的田啊土的都买回来，剥削穷人，当地主去，让彬儿、宁儿也成天轿子来轿子去的，享享当少爷小姐的福！"

我看他越说越是神气，忍不住"扑哧"一笑，推了他一掌说:"那我当初还犯得上来找你?!"

玉璧趁势把我拥进怀里,轻轻地拍着说:"是啊,我要是那些公子哥儿,你也看不上我了。我这辈子,没别的路了,入了党,宣了誓,这条路是要走到底了。前面还不晓得有多少急流险滩呢,只是要连累你和孩子们了。"

我说:"什么叫连累啊?我不也入了党,不也宣了誓吗?九死一生,我们也要一起走到底。这一辈人完不了,还有孩子们,看到最后,谁斗得过谁!"

玉璧眼睛一瞪,伸出小指头:"此话当真?"

我一本正经地也伸出小指头,和他拉上了钩:"当然当真,我陈玉屏说话,哪回没作数啊?"

旁边的宁儿一看我俩孩子似的拉钩儿,连忙叽叽喳喳地伸着小指头扑了上来,还在咿呀学语的彬儿看见姐姐上来了,也跟着扑上来。一家人在舱里嘻哈打笑地滚成了一团,闹得小船东摇西晃的,外面船老板不知道出了什么事情,连忙探进头来,一看这情景,悄悄地打了个抿笑。

那时候,我想得真是简单。

第七章
智闯山口

我再次回到岳池,已经是一九三一年的秋天。

"九一八"事件已经爆发,日本占领了中国的东北三省,对整个华北地区虎视眈眈,国民党与共产党的内战,依然在南方打得热火朝天。当年被国民党绞杀得奄奄一息的共产党,已经星火燎原,组建起声势浩大的工农红军,不仅在两湖江西一带建立起苏维埃红色政权,而且扩大到了四川北部与陕西交界的地方,建立起川陕革命根据地。岳池也不再是罗泽洲的领地。早些时候,穷困潦倒的军阀杨森,趁着罗泽洲军中内讧,趁机出兵抢占了广安、岳池、顺庆等县,囊括了罗泽洲的防地,派出人称"向屠户"的向廷瑞驻守岳池,任"精练司令"。杨森绝处逢生,立即野心勃勃着手拉丁派款,搜刮地皮,一年预征十年十二年田赋,捐税多得吓死人。一时间,防区内百业萧条,官逼民反,"匪"患如蚁,仅华蓥山区的绿林武装数得出来的就有十七八股,还不算那些"毛毛土匪"。

上级组织已派人到岳池来开了党员大会,传达中央和省里的精神,要求在广泛的群众运动的基础上,积极筹建自己的武装,配合红军行动。县委正式将这个任务交给了玉璧、刘铁、金华新等人,并由玉璧具体承办,还决定把我从梁山调回来,继续搞后勤工作。我一回来,就想说服母亲,要卖掉自己名下的全部田产。母亲自然是不同意的,说你们把田土都卖了,将来吃什么?我说革命就是革军阀地主的命,若是自己也是有田有土的地主,那不是笑话吗?母亲还是不放心,说真的成功了那当然好,可如果和上次一样,一时又成功不了呢?我说那更得卖了,卖完了干净,省得军阀大兵又来抢啊封的,还绑票。这话说到了母亲的心坎上,说这也是个理,与其让他们糟蹋,还不如你们拿去筹建队伍,打这些狗日的。

玉璧拿着这些钱交给广安的齐吉轩,使卖药的"悦来医社"扩大经营,兼营电筒、电池等杂货,以保证起义后的医药等用品的供应。为了让自己人来往吃饭和住宿方便,又出一笔钱,在罗渡溪、赛龙场、肖家场等地开了栈房和饭馆,罗渡溪就由马福林负责。马福林原来是个走乡串场的木偶剧艺人,虽然见过些世面,为人却厚道诚实,打仗不见得行,守个栈房没有问题,给他的原则是除了自己人的吃住开销,赚多少都是他自己的,但是不能开垮。余下的钱大都用作购买枪支弹药。

两年多来玉璧做的那些深入扎实的群众工作,此时已见成效。从二姐夫的魏家沟、阳合场的碗厂,还有唐俊清的炭厂培养的一批骨干组成了基本队伍,成立了华蓥山游击队。由于杨森极端仇视共产党,游击队决定以打富济贫的灰色面目出现,对外称华蓥农民自卫军,外人看来不过又是一支绿林。这支队伍在华蓥山麓一打响,整个川北地区的绿林好汉和农民武装都起来响应,各处农民纷纷起来抗捐抗粮,打恶霸开谷仓。地主们有的躲在石碉楼里不敢出来,有的直往县城里逃,连一向自以为"处变不惊"的杨森,也为这种遍地烈火的局面感到大为恼火。

场面拉开了,枪支和弹药的供应又紧张起来。向老大和他带去的人在重庆二十四兵工厂还回不来,游击队只能简单修理一些枪支,再搜些铜钱制作些老土枪的子弹。玉璧让我带着夏林、唐俊清和另外三个人,组成一个小分队,到重庆去抢运一批枪支弹药回来。他叮嘱了又叮嘱:"过去你也运过几次枪,但是都没有这次走得远,要得急,又是第一次走旱路,沿途的联络站都还没有建起来。近来风声很紧,沿途关卡林立,一路上有事要多和大家商量。一定要抓紧时间,三天去三天回,派给你的五个人都是强手,一切听你招呼。"他停了停又说:"抽空到曾三姐那里去看看孩子。"

对于两个孩子的安排,最令我们夫妻俩为难。宁儿快读书了,彬儿也正是麻烦的时候,我这两年去梁山教书,一直把他们带在身边,可是现在不行了。放在家里让母亲照管吧,不放心,怕敌人抓不住大人来抓娃娃,再说玉璧的弟弟玉喜倒是个老实人,可他那女人总是埋怨受够了我们的牵连。商量了好久,觉得以后我会常常去重庆搞军需,总得有个落脚的地方,干脆就把孩子寄在曾三姐家。这个曾三姐,是我近两年在重庆来来往往认识的,寡妇人家,守着个独养儿子过活,虽然不大识字,却是古道热肠,肯帮忙,和我已经是换了金兰帖子的姐妹。她家房子也宽敞,除了一个没出嫁的妹妹敏言,平素没有旁人来往,把孩子放在她家,将来这里就是设在重庆的联络点。只是两个孩子太淘气,就请了一个叫韩嫂的保姆,和曾三姐一起看管。

之前再是战事繁忙,两个孩子也没有离开过身边,现在半年不见了,我心里也是怪想的,我瞪了玉璧一眼:"我是当妈的,看孩子这事,还用得着你说?"

玉璧笑笑,猛地拥我入怀,吻了一下,开门出去了。

已经是腊月二十头上，雨雪交加，路上不大好走。唐俊清和另外三个人扮成鸡鸭贩子，挑着装满鸡鸭和蛋的篾挑子走在前面。我扮成一个小地主家走人户的大少娘，上身穿了件团花袄子，脚上不敢穿胶鞋皮鞋，就依当地的习俗套了双麻窝子草鞋在布鞋上，有点不伦不类的。夏林背了个细篾背篼，里面放了些粗壳纸包的糖食和七七八八的土产，装成我的长年。一路上，他们几个说说笑笑，我却没有那么好的兴致，心里只是思忖着，怎么去见李大哥李荣华。

一直在为队伍买枪的李荣华，本是个木匠，后来进了绿林，由于慷慨仗义，打富济贫，人称"义匪"，在川北特别是广安、岳池、合川、武胜一带，很有名气。江湖上的人，不管闯了多大祸事，遇到多大困难，只要取得李大哥的一张名片，包你通行无阻，随便走到哪个码头，住下有饭吃，走时送路费。广岳一带的"下层人"每到穷途末路时，只要拜在他名下作一个兄弟伙，就可以遮风躲雨，一旦有了什么事情，他号召一两千人千把条枪没问题。他的势力成了军阀杨森的一块心病，好几次出兵想吃掉他，都落得损兵折将。硬的不行，又来软的，杨森委了他一个广（安）、岳（池）、合（川）、武（胜）四县联防司令官的空头衔，他也不推辞，只是称病不去上任，一直住在重庆。他与玉璧相识，很可能是由陈徙南介绍，上次起义还暗地派了二百人来参加，直到现在还有一部分人坚持下来。不过更为重要的作用，是他一直利用军阀部队中欺上瞒下的倒卖武器之风，在重庆为我们的队伍购买枪弹，我听过不少关于他的传说，却从来没有见面。

船到重庆千厮门码头，已是半下午了，一行人到悦和旅馆住下，旅馆的余老板是李荣华的兄弟伙，对山上下来的人有些照顾。夏林找到余老板，说要会李司令，余老板说李司令原来住在这里,近来感到这里不清静,在水巷子租了一间屋住着。旧时重庆没有自来水,家户人家吃水都请挑夫从大江里挑上来送进家里,这条水巷子是挑夫们从嘉陵江担水过路的巷子,路上一年四季都是湿漉漉的,我走不了几步,裤脚和双脚都沾满了稀泥。找了好久,才找到门牌号数。进了大门,发现这是一处砖木结构的旧式平房,天井里有一张条石砌成的花台,台上放了几盆兰草;堂屋的神龛上供了一张关爷的画像,古铜色的香炉里还燃着三炷香。正在打量屋里的陈设,左厢房里走出一个人来,穿一件酱色毛衣,一条马裤呢的青色西装裤,手上拿了一条花毛巾正在洗脸。夏林喊了一声李大哥,他连忙取下毛巾打招呼说:

"老夏是你们呀,进屋来坐,进屋来坐。"

这个人,四十来岁光景,很清瘦,却红光满面,两只眼睛奕奕发光。走进他的客房里,夏林放下给他带来的土产礼物:五斤赛龙场的挂面,六斤合川桃片,两坛黎梓卫的醋,然后指着我说:"这就是廖大嫂,姓陈,陈玉屏。"

李大哥连声说:"幸会幸会!你们啥时候到的,吃了饭没有?"

我把玉璧的信双手递给他,他扯出来晃了两下就揣进衣袋里。我心里正奇怪,却见他女人从厢房里出来了。这妇人,三十岁不到的年纪,矮胖身材,眉毛画得弯弯的,嘴唇抹得鲜红,站在那里上上下下地打量着我。李大哥板起脸,叫她去倒茶,待那女人进厢房去了,他才低声对我说:"我都晓得了,进货的事情,等一会再讲。"

一会儿,他女人捧着一个茶盘子出来,递给我和夏林一人一杯茶,又挨着厢房站着。李大哥看了我一眼,见我穿得不洋不土的,脚上糊满了泥,就立刻拿出二十块大洋递给他那女人说:

"去，小梁子百货铺里有做好了的衣服，快去买一套来，比你穿的要小一点，长一点，还要买双皮鞋，向大嫂比个样子。"

我忙说："李大哥，不要紧，我一会就回李子坝，家里还有衣服。"那女人也接口说："就是，我这里也有衣服鞋子，大嫂恐怕穿得。"边说边往内房间走。

李大哥有点生气了，喊了一声："回来！说买就买，你那衣服大得不得了，人家怎么穿得！"

我看在眼里，心想看样子这位李大哥脾气不大好。不料待那女人走出去以后，他换了口气对我说："大嫂，你不晓得我那女人的嘴巴，不稳当。"他这才又把信从衣袋里摸出来，问："廖大哥在信里说些啥子？"

我觉得奇怪："李大哥，你看信嘛。"

他把信纸看了看，笑着说："大嫂，不瞒你说，我不认识字。"

我这才明白，赶紧把信接过来说给他听："玉璧问候你好，又问这次进了多少货，还差多少款子，上面需用很急，特派我们来取，还要请李大哥大力协助。"

李大哥听了，摇摇头说："抱歉得很，这次没搞到多少货，总共只有一打手枪，三千多发子弹；人家倒答应了我六十支步枪，但是要一个星期以后才能回话。至于款子嘛，请转告廖大哥说，请他放心，上面能找多少算多少，不够的由我拿出来就是，我这里还扯得动。"

我听了心里想，六个人跑一趟，冒着风险运这点货，是少了点，可是看样子人家李大哥也有难处，总不能过于难为他。于是说："李大哥，这几年来你尽心尽力地帮助我们，山上的弟兄们都是感激不尽的。这次货少一点也不打紧，我们还要常来常往，只是上面催得急,你看怎么安排。"

李大哥想了一下,问来了几个人,我说连我六个。他又问走水路还是走旱路,夏林说走旱路可以早两天到。

李大哥说:"那就后天走吧。"

我一听,急了,问明天行不行。李大哥沉吟许久才说:"大嫂你不晓得,这一向你们北路打得很凶,江边上和沿路对上去的人货都防范得很紧。我看你们最好从临江门码头上船,到头塘再下去走旱路,这样稍微好出城一些。我本想找雷忠厚雷旅长派两个兵送你们这一截,偏偏他又不在家。不过这次廖大哥这么急,万一贻误了军机,就坏了大事。这样吧,我这里马上分派两个弟兄去办,明天找人送你们上船。"

说了一阵,天都快黑了,我和夏林起身告辞,约好明天在夏林他们住的旅馆里见。刚要出门,李大嫂提了一个纸盒走了进来,说走了多少铺子都找不到一套合适的衣服,只是买了一双皮鞋。我从身上摸出五块银元来,她半推半就地就要收下,李大哥白了那女人一眼,对我说:"廖大嫂你这样见外,我要多心了。"

我只好把钱收起来,心想改天买一节衣料送他女人就是。

出了水巷子,夏林伸了个懒腰说:"大姐你安安心心去看娃娃,这阵老唐他们恐怕把鸡鸭卖得差不多了,我们今晚上要好好生生吃顿馆子,再到又新大舞台去看场川戏。"

我说:"你就晓得耍,若是出了事情,你大哥要拿我是问的。回去跟大家说,看戏进馆子都可以,就是不能吃酒。"

夏林吊儿郎当地答应着,转身回旅馆去了,我坐着黄包车到李子坝曾三姐家去,看望两个孩子。这里到李子坝,还很有点路程,黄包车夫一路小跑,冷冷清清的大街小巷只有些卖烧腊的小酒馆和杂货铺亮着灯,穿着黑制服的警察沿街走来走去。我在一家小店子跟前喊住了车夫，买了一斤水果糖和两斤花生，算是给两个孩子的见面礼。

车到李子坝，已经二更天了。一进门，曾三姐就拉着我高声叫了起来："你这个背时的，舍得下来呀！"

她这一叫，惊醒了熟睡的宁儿，翻身起来喊了声妈妈，哇的一声哭着从床上跳下来，抱着我就不松手。我蹲下来捧起宁儿的脸，问她是不是想妈妈了，她抽抽搭搭地点点头，我一下子觉得鼻子发酸，眼里也湿浸浸的。半年不见，女儿长高了，也比在乡里时白净了许多；再看看睡得正香的彬娃，脸儿红通通的，嘟着个嘴巴像在跟谁生气。韩嫂打了盆热水过来，说："莫喊醒他，这娃儿受了点凉，今天还有点咳。"

我脱下满是泥浆的鞋袜，把脚伸进热水里，舒舒服服地嘘着气。曾三姐一边打发韩嫂找衣服，一边笑也不是气也不是地唠叨："看你穿些啥子哟，不三不四的，堂堂康家屋里的表小姐，泥呀水的糊得眉毛鼻子都看不清楚。你这个人呀，说也说不听，屋里不缺米不少盐的，硬要在外头乱跑，自讨苦吃不说，还要让别人替你担心。"

我烫了脚，又吃了韩嫂煮来的一碗鸡蛋酸辣面，浑身都暖和了，偎着被子坐在床上，大家摆些女人家的龙门阵。其实她们都晓得我和玉璧是干啥的，可是又觉得这个党那个派跟女人家又有啥子关系，只是图着姐妹间人缘好，大家互相帮个忙。韩嫂说："彬娃调皮，爱往马路上跑。宁儿倒听话，就是有点小气，有一次听说你到了化龙桥，大清早就悄悄地跑出去，从化龙桥街上一直问到河边的每一条船，天黑尽了，才饿着肚子哭哭啼啼地走了回来，真把我们急死了。"

摆了一阵娃娃，曾三姐又问："上回给你做的那件夹旗袍，可是上好的锦缎料子,这回到重庆咋不带来上街穿?"

我说:"那件衣服倒都说好看,只是过于富贵气。"

曾三姐一听这话,沉下脸说:"你这个死女子,当时那么欢喜,这下又说什么富贵气,莫不是又拿去送了人吧?"

我笑着说:"不瞒你老姐子说吧,在梁山教书的时候,一个学生的父亲死了办不起丧事,我就把那件衣服让给了一位平素很要好的官太太,钱给了那个学生回去买棺材。"我拉着她撒娇说:"三姐,你莫生气,我当时就给那个学生说,衣服不是我的,要谢就谢你,人家当真趴在地上给你磕了三个头。不晓得你那晚上搓麻将,赢了好多钱?"

曾三姐听了,叹口气说:"你这大手大脚的德行,啥子时候才改得了哦!"

大家说笑了一阵,各自去睡了,宁儿紧紧抱着我,扳都扳不开。我迷迷糊糊睡了一觉,梦里隐隐约约全是嘉陵江上船工的号子声,睁开眼睛一看,天都亮了,韩嫂已经做好了早饭,筷子、碗都齐齐崭崭地摆在了桌上。

我匆匆吃了饭,正要出门,彬娃醒了。小家伙揉揉眼睛坐在床上,呆呆地看着,我张开双臂呼唤他,他也不过来;我去抱他,他慌慌忙忙地直往后缩。

韩嫂生气地说:"这娃儿,咋连妈都不认了?"彬娃扁扁嘴,要哭的样子。我看宁儿还在睡着,怕惊醒了她要绊脚,忙说:"韩嫂你莫骂他,过些天我还要下来的。"说着咬咬牙,一扭头出了门。

到了旅馆,李大哥已连夜把雷忠厚找了回来,一起在房间里等着。雷忠厚是杨森的一个旅长,早年也是穷娃儿,后来生活无着,在河上当过纤夫,扯棚子进了绿林,最后被杨森改编,在杨森办的军政学校当过朱德和陈毅的学生。此人不但是一员骁将，而且以讲义气著称，在四川泸州之战和湖北打仙桃镇的战斗中立下过赫赫战功，还救过杨森的命。可是杨森只重视他的"杨家军"，对雷忠厚反而疑心重重，最后只给了他一个旅长的空衔，一直让他在重庆"坐冷板凳"。雷忠厚苦闷之后，也就看淡了，和李荣华成了最好的朋友，也和玉璧认识了，非常敬重玉璧的才学胆识，第一次起义时就帮着买过枪。

雷忠厚一见我，就打着拱直说："久仰久仰！不知道大嫂来了，饭也没请你们吃一顿。"大家寒暄了几句，雷忠厚告诉我子弹都装进了子弹带，和十二支手枪一起，大家都带在身上，保险一些。还直说给廖大哥带个话，这次的货不够，下回一定多搞一些。

临走时李大哥把我喊到一边，双手递给我一件东西，我打开一看，是件皮枪套，再打开枪套，居然是一支蓝莹莹、新崭崭的快慢机！

哇！快慢机！全自动驳壳枪！多少持枪人梦寐以求的枪！它比玉璧的"德国造"更先进了一步：既可以单发也可以连发，也不用专门去上红槽关保险，用拇指在枪管上划来划去就可以操作。玉璧多次对我提起过这种新式手枪，说它比冲锋枪划算——冲锋枪每分钟射出的子弹是1000颗，快慢机可以达到930颗；冲锋枪的有效射程是200米，快慢机可以达到150米，两者性能基本相当，可是快慢机要便宜很多，比起冲锋枪那大家伙，也要方便很多。

李大哥看我高兴的样子，也高兴，说："大嫂，初次见面，没有什么拿得出手的礼物，这是我刚刚到手的西班牙货，还没有打开过呢，就当见面礼吧。"

我把枪插进腰里，拉了拉棉衣遮好，这才朝着李大哥深深鞠了一躬："大谢！"

几个人收拾停当，趁着天色尚早，由雷旅长派的两个弁兵护着，由临江门坐船到了头塘。

唐俊清戴顶瓜皮帽，穿件灰布长衫，外面套件青布马褂，仍是个贩鸡鸭的行商；其余的人在空篾箩里放了些红绿花纸、年画和纸糊的笑罗汉头，像是赶回家去过年的力夫；我装成一个农妇，夹在他们中间。上了路，才下雨，我的一双布鞋糊满了稀泥，怪不好走，慢慢地就落在了他们后面。在离罗锅凼还有半里路的地方，有一个凉亭，夏林他们坐在凉亭里等着，看样子都等得有些着急了。唐俊清老远就迎上来说："大姐，不好了，罗锅凼住了一连人，卡子守得很紧，进出的人都要检查。"

"你怎么知道的？"

"在凉亭歇气时，听到过路的一个老大爷说的。"

"前两天从这里过，都没有军队嘛。"

"是呀，昨天才开来的。"

"是哪个的队伍？"

"听说是杨森廿军的。"

我被这突如其来的消息惊住了。罗锅凼是重庆到广安、上华蓥的必经之路，两边高山环抱，中间一条独路经过，在这里设了卡子，真是一夫当关万夫莫开。如今路上行人稀少，这一行人十分打眼，处在这眉毛底下，迈不过，躲不了，连往回走也不行了。大家在凉亭里商量了一阵，也没有想出什么好办法来，最后只得让唐老六到前面去打探一下再说。

唐老六解下了身上的手枪和子弹，挑了副空篾箩子，大摇大摆向场口走去。我从篾箩上拆了根竹片子，装着在路边撬草药，静观场口的动静。不一会儿唐老六走出场口,假装在田坎边小便,直是朝我们摆手,意思是不得行。大家一下子把头都转过来,你看我我看你的,半天没得人说话。

唐俊清闷不住了,把手中的半截烟锅巴一丢:"大姐,我们与枪共存亡,怕啥子,冲过去!"

夏林也说:"就是,跟甘军又不是没打过,打它个出其不意,请他几爷子过个热闹年。"

我说:"你们说得倒轻巧,事情哪有这么简单。你们想想,现在下雨路滑,对面是山,即使我们冲过了卡子,敌人使的是步枪,我们使的是手枪,他打得到我们,而我们打不到他,不是要吃大亏吗?何况一打响,人家一连人,场里场外一下子围拢来,恐怕要把我们全都煮在这锅里头。"

大家又不说话了。夏林眉头一皱,凑上来对我说:"大姐,硬冲不行,我倒想了个调虎离山之计,不知行不行。先叫唐俊清和唐老六将卡子上那几个哨兵招呼到场口边那个饭馆里去吃酒,我们设法从馆子后面绕过卡子混过去,如不行,就只有老办法,冲!"

"大姐怎么办?"唐俊清问。

"大姐先装成本地人混过卡子,只要你爬到对面那座山坡,我们就动手,不然你跑不赢。"

我想了一下,说就这样办吧,接着招呼大家将身上的枪弹捆紧点,做好准备。唐俊清敞开马褂,解开长衫的扣子,露出一件蓝色点点花的夹衫,疾步向前走去,走了一段路,夏林他们才挑着竹篓子,慢腾腾地吊在后头。

唐老六站在饭馆门前,看到唐俊清过来,大声喊:"王大哥,走快点,菜都冷了。"馆子门口站着四个兵,稀里哗啦一阵

129

地拉着枪栓,大声喊:"是啥子人?站住要检查!"

唐老六掉转头去对那哨兵说:"一起的,是我们一起,由重庆卖鸡回来。"说着上前几步,拿出一包烟来向四个哨兵各散了一支,然后拍着一个哨兵的肩膀说:"天气冷,走,喝二两。"

大冷天的,一听说喝酒,那几个兵你望我我望你地迟疑了起来。唐俊清到了跟前,也上前去打招呼:"出门人,四海之内皆兄弟。一回生,二回熟,走走走,大家不要客气,吃点耍酒。"

唐老六与唐俊清边说边拉,一个戴上等兵领章的对另一个哨兵说:"你守着,等我们吃了来换。"然后向其他两个把嘴一翘,跟着唐老六走进了饭馆。

我蹲在饭馆侧边的田坎上,手上在扯草药,耳朵就在听饭馆里的动静,然后随手扯了一把草药捏在手里,大大方方地向卡子走去。

"干啥子的?"那哨兵有气无力地问。

我漫不经心地说:"细娃病了,扯把草草药。"

"你是哪里人?"

我知道这一带姓罗的很多,就说:"我姓罗,就在那边湾湾头住。"

"检查。"那家伙嘴在说,手脚并没有动。唐俊清听见,就走出饭馆,假装在一个摊子上买花生,不转眼地瞟着这边:我身上插着两支枪,哪里经得住检查。亏得那哨兵心情不好,又见我一个妇道人家,一手拿个竹片,一手拿把草草药,把手一扬,就让过去了,唐俊清才放心地回到饭馆去。

我走进场口,在一个草堆上扯了一把谷草,胡乱做了一双防滑的草脚码子绑在脚上,又捡了一根竹竿撑着,拼命地往山上爬去。雨越来越大,满山的黄泥一见雨,真是爬一步滑一步,心越急路越滑,一连跌了好几跤,才爬上半山腰。忽听得啪啪几声枪响,回头一看,夏林他们丢了空篓子,直向山上跑来。

敌人的集合号不住地吹,大人细娃在街上东闯西碰,口哨声、呼喊声、啼哭声混成一片,家家户户忙着关铺门。不一会儿,场上的敌人已经召集人马,四五十个人散开,向山上围了过来。子弹呼呼地从我的头上飞过,好不容易看到夏林他们追了上来,却不见唐俊清。夏林拉着我边跑边说:"老唐在后面掩护我们,快跑!"

我拉着夏林的手爬过一个陡坡,还不见唐俊清的影子,心里很是着急,一边跑一边回头张望。忽然,唐俊清戴着瓜皮帽的脑壳从陡坡下冒了出来,我心里一阵惊喜,刚喊出一个"唐"字,那脑壳又不见了。眼看敌人已经追上来了,不住地喊:"捉活的捉活的!"夏林一看万分危急,连忙打出了一梭子弹,跑上前去扯着一棵小松树,将唐俊清拉了上来。

人都到齐了,又往山上爬了一阵,大家才在一个山崖边隐蔽起来,一个年轻人没有经过火线,有点胆怯地说:"大姐,我们跑吧?"

我有点冒火:"这么滑的路,你跑得了吗?何况还有敌人在后面追着打,更危险。"

不一会儿,敌人就追上来了,一群人手撑在地上,狗一样一步一步地爬着。他们人多拥挤,前面的刚到唐俊清跌跤的那个地方,脚一滑就滚下去,后面一长串人就像坛子碰坛子,稀里哗啦滚了一串。山下出现一个穿黄呢军服的家伙,骑在一匹黄色的高头大马上,挥着手枪老远地指着半坡上的那些兵骂道:"妈的,都这么不中用,还不给老子冲,冲上去!"

那些糊了一身泥巴的兵只得转过身来,又往山上爬,嘴里叽里咕噜地发着牢骚。就这样爬上来又滚下去，滚下去又爬起来，好容易上来了十多个人，站在那里指手划脚，得意得不得了。唐老六见了，有点沉不住气，扯出枪来就想打，我一把按住他说："不要慌，等人多一点儿再打，一枪一个，不能浪费子弹。"

敌人又上来了好几个，慢慢围了过来，眼看只有五十步的距离了。唐俊清用手拐子撞我一下，喊声"打"。这下子李大哥刚刚送我的快慢机发挥作用了：我们六个人都是双枪，噼里啪啦连打了两槽子弹，敌人立即慌作了一团，掉过屁股就往山下滚。常言说兵败如山倒，不管那骑马的家伙在下面怎样打枪怎样乱骂，丘八们还是泥糊糊地落了魂一般往下跑。夏林收起枪哈哈一笑："妈的，这些草包硬是不经打，可惜了老子这么金贵的子弹！"

已是黄昏时分，雨还在下，枪声却停了。山下的坝子上空无一人，出奇地冷清。我站起身来，催促大家收拾上路。夏林却盯着前面摆着的几具尸体，说哪有送上门的财喜都不捡的道理，说着就和唐老六一道，到死人身上去扯枪扯子弹，一边扯一边说："这回我们这么多人才运了这点枪弹，拿回去怎么喂得饱杨森的那些草包兵。嗨，这长枪我们也缺哦，打得比手枪远，远一半……"正说着他突然"唉呀"一声，大家连忙转头一看，原来是一个"死人"爬了起来，翘起个屁股直喊饶命。唐俊清一脚踢去说："你狗东西装死，把老子吓了一跳。"

那兵连忙说："不是装的，硬是挨了枪子儿呀。"夏林过来看看，觉得奇怪，走上去用枪口点着他说："你起来指给我看看，到底伤到哪儿了？"

那人连忙爬了起来，浑身上下一摸，愣了，连忙再摸了一遍，声音颤颤地说："天哪，我没有挨枪子儿，好好的，老天真是有眼睛！"

大家都笑了。夏林用枪点着他说:"说老实话,我不打你。你们到底有多少人?"

那家伙捣蒜一样地磕头:"没得好多,没得好多,我们那个连长心凶得很,说是一个连,其实连老弱病残炊事兵加上一起才五十来个人,平日里都像我一样,连枪都很少摸过,其余的编制和省下来的子弹,都叫他狗日的吃了空额。"

夏林又说:"这附近还有没有你们的卡子?"

那家伙说:"本来上面都喊要设卡的,可是今天都腊月二十八了,尽都懒心无肠的,只有狗日的连长想升官讨好,拍着胸口说只要我们来守着这罗锅凼,保证苍蝇都飞不过。"

夏林问完,把那家伙身上的枪弹搜光了,再撕破他身上的棉袄,扯出一团棉花将嘴堵了,捆在一棵大树上,然后说:"等你的狗连长来救你嘛。"说完就扬长而去。

一行人爬到一个山崖边,钻进崖腔里坐了下来。雨越是下得密了,打湿了我的衣服,也打湿了头发,我这才想起一天没吃东西,真是又冷又饿。唐老六摸出一串东西递过来,说:"大姐,这是专门在馆子里为你买的白糕。"我听了心里一阵欢喜,可是往嘴里一塞又连忙吐了出来:那白糕面上尽是泥巴。夏林见了又要笑话,忽听得远处有人说话。正在外面放哨的唐老六伸了脑壳进来说:"大姐,有一群人从后山上来了。"

大家立即扯出枪来,上好子弹,在崖边找地方隐蔽好,唐俊清和夏林摸到前面去看动静。又过了一阵,说话的声音越来越近了,还夹杂着鸡鸭咯咯的叫声,接着听见唐俊清在说:"伙计们,去不得,前面在打仗,我们都在这里等着呢。"

那群人停住了,叽里咕噜商量了一阵,一个年长点的说:"那我们也歇一下吧,反正路不好走,等天亮了再说。"说着这十几个鸡鸭贩子就和唐俊清、夏林一道过来，放下篾挑子，也在崖边上坐了下来。

夏林看着笼子里那些肥溜溜的鸡鸭，露出一副馋相，摸出几块银元凑过去说："老板，我们商量一下，把你那些鸡呀蛋的卖点给我们如何？"

有人说："老夏你莫多事，这半山上前不着村后不着店的，我肯信你把那鸡鸭就生啃了？"

唐俊清说："大活人一大堆，未必拿着这些好东西就没法子了？烧堆火来烤嘛，烤鸡烤鸭鲜得很呢，听说洋人就专门爱这样吃。"

唐老六说："你们就光晓得顾嘴巴，那山下还有几十个丘八等着的，烧起火来不是给人家报信指路吗？"

夏林听了一拍大腿："怕他个毬！没听刚才那兵说，他们连伙夫打杂的在内才五十多个人？"

大家觉得夏林说得在理，一起看着我。我想天黑下雨，路不好走，前面即使军阀没设卡子，村村寨寨晚上也都有民团守夜，现在是没法走的了。再说大家又冷又饿，敌情还这么重，不吃点东西也不行，倒不如按夏林说的办。至于敌人嘛，谅这几个草包也干不了大事，干脆一不做二不休，要整就整痛，也让杨森尝尝厉害。

夏林一看我同意了，高兴得手舞足蹈的，连忙招呼大家一起，四处去寻柴火。下了一天的雨，树枝树叶都湿淋淋的，整死点不燃；唐俊清跑到山边上一家人的屋后扯了干谷草来，才把火点燃了。大家燃起三个火堆，一堆在崖腔后面，和鸡鸭贩子围在一起烤，另外两堆隔了十多丈远，作为诱敌之用。

听说我们要买鸡买蛋，鸡鸭贩子们倒是很殷勤，一个小伙子嘴里直是说大家都是出门人，患难兄弟，说着就从鸡笼里逮出两只七八斤重的大红公鸡。夏林把钱递给他，年轻人硬是不要，推来推去，银元落在地上。一个长着八字胡、被叫作张大爷的，捡起银元放在夏林的衣袋里说："算了算了，这点小意思，就算是我们的一点敬意，看样子你们打了一天一晚，也太辛苦了。那些龟孙子今天遇到了硬火，打得好，我心里像喝了两碗糖水，安逸得很。"

我说："张大爷，这钱你们是一定要收下的，我们一不是杨森手下估吃霸赊的烂丘八，二不是乱抢人的土匪，你们若是不收钱，这鸡我们就不要。"

夏林趁势拉过张大爷的手，把银元放在他的手板心里头。张大爷看看这几个人，张着大嘴："请问你们是⋯⋯"

唐俊清说："不瞒各位了，我们就是华蓥山农民自卫军。"

张大爷惊奇地问："是不是廖大队长的队伍？"

夏林望了我一下，连连点头。

贩子们站了起来，张大爷摸着八字胡笑着说："啊！廖大队长的队伍，好得很！好得很！他才不睬祸事哩，专门和军阀恶霸作对，杨森的屁股他都敢摸，凡是廖大队长他们驻扎的地方，啥子捐呀税款的，免得干干净净的，老百姓算过了几天伸抖日子⋯⋯"

张大爷喋喋不休地说着，鸡鸭贩子们个个都兴高采烈的。那小伙子不声不响又从鸡笼里提出两只鸡来，用手将鸡脑壳一拧，然后三扒两抓扯去鸡毛，两手抓住鸡腿，啪地撕成两半，架在火上烤起来。夏林、唐俊清一看，也忙着杀鸡扯毛。又有贩子用长衫子兜来一包鸡蛋，也放在火灰里烘了起来。

鸡肉的香气在雨后的山林里飘荡，鸡蛋也在灰堆里爆得啪啪作响。夏林撕了块鸡腿子给我,我只觉得还没嚼烂便吞下了肚子,今天实在是饿狠了。大家正吃得起劲,忽听得啪啪两声枪响,鸡鸭贩子们一听有点作慌,夏林却啃着个鸡脯子说:"怕啥,我们躲在这崖腔里,大炮也打不着,等他几个爬上来再去收拾。"

大家不开腔了,只听见山下有人在说话,话音在黎明前的寂静中听得很清楚。一个声音在骂:"妈的,打死这么多人,咋个跟上头报盘?去,都去!把枪给老子捡回来!"

接下来几个叽里咕噜的声音,一个老点的声音说:"连长,等一会儿天亮了,喊几个民团弟兄一起去嘛,我们这几个人顶啥子用,上去了还不是送死?"

"胡说,你们硬要等到天亮了,让四面八方都晓得我老王手下一连多人,在几个跑单的共老二手下吃了败仗吗?万一漏到团长耳朵里去了,就把你几个的脑壳拿去抵!都过了大半夜了,那些共老二早就跑了,跟老子上去把枪捡回来!"

"哪里跑了嘛,你看山上还烧起火的。"

"多嘴,那是虚张声势,唱空城计!诸葛亮哄司马懿,这点计谋都不懂?"

几个丘八不开腔了,一会儿,山下燃起十多支火把,慢慢地朝山上爬来。唐俊清把夏林手上的鸡脯子扯来丢在一边,拿过一支从敌人那儿缴来的马枪,随我一起摸到离敌人近一点的地方,各自找好地形。

火把到了半山腰,在刚才打了一仗的地方停下了。夏林说:"大姐,你看他们挤成了一堆,正好一锅端。"话还没说完,唐老六的枪响了,一支火把晃了一下落到了地上,接着在大家的枪声中,火把撒了一地,只听得一片"哎哟"连天的叫唤。天已麻麻亮了,透过蒙蒙雾气,看得见那连长骑着马在山下边跑边吼叫。我将两支手枪插回腰里,从唐俊清手里拿过马枪,推上一夹子弹,瞄准那连长的影子,"啪"的就是一枪,那家伙叫都没叫得出来,就栽下马去。

我收起枪来,说了声:"你想升官,干脆升天去吧!"

鸡鸭贩子们在一旁看呆了,那张大爷半天才说出一句:"嗨呀呀,不得了,好枪法!好枪法!真是穆桂英转世,梁红玉再生。廖大哥的队伍中连女将都这么厉害,硬怕要登金殿坐龙廷。"

夏林和几个年轻人大摇大摆地去捡枪,一边说:"张大爷你还不认识吧,这就是华蓥山上谁个不知哪个不晓的……"

我打断夏林的话头,说:"还不赶快打扫战场,硬要等那些残兵败将把民团伙起来,扭到你走不了路么?"

夏林吐了下舌头,不说了。一个小伙子悄悄地扯着唐老六的袖子,说:"请问你们那位大姐贵姓?"唐老六瞟了我一眼,说:"姓陈,陈三姐。"

后来,双枪陈三姐的龙门阵传得越来越神乎,想来跟这些鸡鸭贩子们多少有些关系。

第八章
顺手牵羊

在罗锅凼耽误了一天，我有些着急，催着大家赶了一百多里路，天都黑尽了才到一个小镇。我们身上都带着枪，又挑着两副挑子的货，不能到镇上去住，商量了一下，决定绕道去玉宝观借宿一夜。玉宝观离镇上有五里路，只有一个守庙的老者，我们人多，只要看守得紧，不怕他去通风报信。

敲开大门，一个七十多岁的老者一跛一跛地走了出来，见我们这么多人有点诧异。唐俊清前去办交涉，老者直是摇头说："你们到前面镇上栈房里去住嘛，这里就是我一人，铺盖也没有一床多的。"

我说："老师父，我们是广安杨老太爷家里的。今年老太爷满七十岁，要做大生日，到重庆去办了一些干杂货回来，有一个力夫病了，走不得。"我转脸把唐老六盯了一眼，他就"哎啊"连天地叫唤起来。我接着又说："你老者行个善嘛，我们坐一夜都要得。"

庙老者仔细打量了我们一番，见都是粗布长衫老老实实的庄户人，就勉强答应了。我当时就给他两块银元，向他买两升米给我们煮晚饭，剩下的就作柴火钱。他喜欢极了，点了一盏香油灯，将我们引到客房里。这个房间像是很久没有住人了，扬尘吊得老长，满屋都是灰尘，两间大床铺满了乱谷草，各放了一床烂草席，一股霉气使人发呕。我们用扫把简单地打扫了一下，将挑子放好后，决定分班放哨。唐老六是第一班，他先出去了，其余的到灶屋去烤火烫脚。

我在灶边烧火，同庙老者摆龙门阵，问场上那些廿军的人，常不常到这里来。庙老者摇摇头说，"来做什么？什么都抢走了，连碗都抢走了，就剩下这几间屋。"说着就把锅里的热水舀在一个木盆里，招呼大家先烫个脚。

夏林一边烫脚一边说："大姐，今天太累了，昨晚又没睡觉，是不是到场上去买点肉打点酒，大家好生吃一顿？"

唐俊清和唐老六都说："要打酒，就该你老夏去跑路。你今天偷奸耍滑的，我们都轮流挑担子，你光是打着甩手走路。"

"只要有酒吃，跑路有啥关系。"夏林三下两下揩了脚，在碗柜里找了个酒罐，抬脚就要出门。

我往灶里添着柴说："夏林你还是忍点嘴，眼看都要到家了，莫出去惹麻烦。"夏林一听这话，提着酒罐愣在那里。满屋的人都看着我，不开腔。

庙老者端着米进来，见夏林提着酒罐，忙说："要打酒么？方便得很，前面幺店子就有，不过半里路。"

唐俊清走过来说："大姐，大家确实是累了，明天还要赶路，若是不放心，叫老夏就在幺店子里打点酒，你看要不要得？"

我看看大家疲惫的样子，也就不好再坚持，只是给老唐做了个动作。唐俊清笑笑，过去把夏林推到房间里去，下了他身上的枪和子弹，叫他快去快回。

水要烧开了，庙老者将米倒在锅里，又从地里扯来一些青菜萝卜，洗干净了倒在另外一个大砂锅里，放在火边煨着。隔了一阵，闷锅饭好了，夏林还没回来；又过了一阵，青菜萝卜都煮烂了，夏林还是没回来。大家早已饿坏了，我说不等他的酒了，先吃了再说。可是饭都吃完了，老者连锅碗都刷洗完了，夏林还是不见影子。大家就有点着急了。有的说这家伙莫不是到场上吃耍酒去了，有的说恐怕是喝醉了倒在冬水田里了。唐俊清看看我："该不会出事吧？"

我闷了一会儿，实在是放心不下，正要出去看个究竟，就听见放哨的唐老六在叫门。他一进门来就说："大姐，不好了，场上过来了一个人，看样子背着长枪。"

我说声"准备"，大家撩开长衫，扯出枪来，"咔嚓"几声都上了红槽，各自找好了隐蔽的地方。庙老者吓慌了，站在灶边发抖，只是念着"菩萨保佑、菩萨保佑……"

不一会儿，隐隐约约的脚步声由远而近，在门口停止了，接下来是打门的声音。庙老者战战兢兢地边走边问："哪一个嘛，这样晚来做啥子？"

外面不回话，仍在使劲打着门。老者一边应着，一边吃力地取下杠子，拉开门闩，只听得"哗啦"一声响，庙老者"哎哟"一声跌倒了。我心里"咯噔"一下，心想今晚上莫非硬要干一场？就凑近木板缝隙，看见一个人跨进门来，肩上挂着两支长枪。他弯下腰去，放下手里的罐子，用双手扶起老者，说了声："对不住，老师父，你受惊了。"

大家都从旮旯里走出来，又好气又好笑地望着进来的人。我冒火连天地说："夏林，你搞些啥子名堂？！"

这个捣蛋鬼吃得醉醺醺的，嬉皮笑脸地说："啥子事嘛，我今天立了一个大功,你不奖赏我,还要骂我。"

唐俊清气冲冲地说:"立啥子功?害得我们饿了半天,又受这一场虚惊。"

"你看嘛。"夏林将手上的长枪放在桌子上,又从肩上取下另一支长枪交给唐老六。唐老六接过枪一看,高兴地笑起来:"嘿!这还是点广货①,你是在哪里偷来的?"

"啥子偷来的哟!是场上李团总正大堂皇送我的。"

我一看他带了这样好的两支枪回来,越是起了疑心,问枪是怎么来的。夏林说:"忙啥,我还没吃饭呢。"说着就拿碗去添饭吃,还顺手从怀里拿出一包用粗壳纸包着的猪肉烧腊,用筷子向大家一挥:"来来,味道还不错。"

唐老六说:"你打的酒呢?"

"哎呀,你不提起,我还搞忘了。"夏林边说边走向大门口,将酒罐提过来。

"不忙,说清楚了再吃。"我将酒罐抢在手上,放在一边。

"要得嘛,我说了你一定要赏给我一个人吃。"夏林一面吃着饭,一面指手划脚地说开了:

"我走到前面的幺店子,酒卖完了。心想已经走了一截路,再多走几步,让大家喝几杯也好,于是就径直往场上走去。场口上,有一个小酒馆,快要收堂了。我进去,叫堂倌打了半斤酒,买了两块豆腐干,一个人慢慢地吃。斜对面四五丈远的栅子门口,有两个乡丁,一个坐在栅子跟前打瞌睡,另一个也是没精打采地靠在栅子上,枪放在右手弯弯里,手上提着一个烘笼。栅子门半开半闭的,场里边清风雅静,场口上也只剩下这一家酒馆还

---

① 广货,四川方言,指正规厂家生产的产品。

开着。我问堂倌啥子时候关栅子，堂倌说这一向不大清静，二更过后就要关。我边吃边想，这送上门的财喜要不要呢？正在捉摸不定，堂倌走上来问还要不要啥子，我说称两斤猪肉烧腊，明天好在路上吃。

"堂倌听说我要带在路上吃，就跟我摆起龙门阵来，说这里很不清静，经常是捐呀款的；前一场还在打锣，说是三丁抽一，五丁抽二，要抽去打华銮山的共老二。

"我问他山上的'共老二'到底有多少。他说多得很，听说有好几千人；我们的乡丁都抽调完了，找来他妈的一些大烟鬼来守栅子，枪都拿不稳，还要去防'共老二'，真是见他妈的鬼。

"我耳朵在听，心里就在打主意。"

夏林吃完了饭，燃上一支纸烟，左脚踩在板凳上，又比又划地说下去："我叫堂倌打了两斤酒，把切碎了的猪肉烧腊包好，算了账就出了酒馆，走进栅子旁边一个茅房，假装屙尿，暗中观察动静。不一会儿，酒店的铺面门关了，街上没有一个行人，守栅子的两个乡丁比先前更焉，瞌睡硬是上来了。我拿出一支纸烟，哼着《月亮弯弯照楼台》的小调，偏偏倒倒地走到栅子门前，放下酒罐，找那个站着的乡丁接火。

"那家伙把手上的烘笼向怀里一拖，偏着脑壳望了我一眼，待理不理地说干啥子的？我说你看老子是干啥子的！一步抢上前去，将枪夺了过来。坐着的那个家伙还在伸懒腰，我用枪对着他，顺手又将那支枪夺过来。我手里拿一支，另一支背在肩上，问他们要死还是要活。

"这两个草包乖乖地跪在地下，不住地作揖磕头，连声说要活要活。我说要活就不准声张，解下子弹带，回家种田去。边说我边解下两个家伙的绑腿，将他们捆在柱子上，还从他们身上撕下一块布，塞在他们嘴里，说委屈一下，不然你们的长官见了，不杀头也要坐监。随后就提着酒背着枪……"夏林说到得意之处，将左脚从板凳上放下来，嘴里哼着咚咚锵锵的锣鼓点，在屋里走了一圈，然后一个川剧里的拊掌亮相，摇头晃脑地唱道，"打道回府——"

大家一阵哄笑，都松了口气。有的说老夏这个精灵棍儿脑壳就是灵醒；还有的说这次回去，大哥一定会好好嘉奖。

夏林说："这点本事算啥，不过是跟大哥学来的，顺手牵羊而已。那回我跟着大哥到顺庆，遇到了敌人设在小坝子跟前的一个卡子，足足有一个班的人守着。大哥一边说：老弟，把胆子放雄点，一边装着怕冷的样子把手揣在怀里摸着枪，不惊不诧地走过去。那班长走过来喊检查，话音还没落地就挨了枪子儿。我们两个就把那一班人的枪缴了，还有五百发子弹。后来上山去，把这些枪弹送给小坝子游击队作了见面礼，人家高兴得不得了，就靠着这些广货色起了家，那回劫了敌人一大笔粮款呢。"

夏林像个细娃样，把下巴扬起多高，说得眉飞色舞的。周围听的人一片嘘声，连庙老者也吐着舌头说："我活了几十年，还没看见过这么胆大的人。"

夏林看看我，洋洋得意地说："大姐，这下该让我吃个醉吧？"

我沉思了一下，说："赶快走。"

全屋的人都望着我。唐俊清会意地点了点头说："对，要走。"

夏林还是不以为然："不要大惊小怪的，场上的乡丁都走了，剩下几个临时拉来的烟灰儿，谅他也不敢来，就是来了，也不要你们操心，包在我身上。"

我冒了火,在桌子上拍了一巴掌说:"啥子叫大惊小怪?你知不知道这样打草惊蛇,会弄得因小失大?你只晓得这个场上没有兵,你知不知道离这里只有十五里的肖家场就有杨森的一连人?山上都眼巴巴地等着我们的枪弹,要是出了事,你有几个脑壳?"

夏林不开腔了。唐俊清说声"快去准备",大家都回到房里忙着收拾担子,赶紧上路。我叫唐老六拿出一包米花糖和一斤白糖,送给庙老者,说老人家打扰了,以后有人来问,不要说我们来过,不然要惹麻烦的。老者忙说:"不会的,不会的,我晓得你们都是好人,菩萨会保佑你们一路平安。"

说话间,大家已经将夏林带回来的两支长枪和子弹都拆装好了,放在挑子里。我们辞别老者,又开始了紧张的夜行军。

整整两天一夜没好生睡一觉了,人困得不行,没担挑子的人,走路都迷糊糊的。我不断提醒前面的唐老六,不要带迷了路。好在天放晴了,星星繁亮,大家硬撑着,都后半夜了,才赶到大溪口我们的联络站唐二嫂家。

唐二嫂披衣起来,刚拉开门闩,夏林就一个跟跄扑了进去,差点没扑在二嫂子怀里,吓得她"哎呀"一声,待看清了,才上来把我拉住说:"你们终于回来了,今天下午廖大哥带了二十多个人,来打听你们的消息,我家唐老二也跟着,像是很急的样子,连水都没喝一口,又跟大哥走了。"

我心想出门由路,哪里是想好久回来就能够好久回来,就指挥大家把挑子放进屋里,然后和二嫂一起从外面抱了捆干谷草进来,将就铺在地上。几个小伙子话都没说上几句,倒在上面就呼呼地睡着了。这一带已经是我们的地界,可以放放心心睡觉,明天好上山。我拦住想要去烧锅的二嫂,也进屋去睡了。

一觉醒来，已经大天白亮，浑身都在痛，骨头像散了架一般，怎么也爬不起来。我就躺在床上，听着屋外的雀鸟儿叫得婉悠悠清亮亮的。又躺了一会儿，突然想起唐二嫂说的昨天玉璧带了那么多人匆匆地来又匆匆地走了，会不会真有什么事情？我翻身起来，走到堂屋里，夏林、唐俊清他们在干谷草上睡得正香。唐二嫂已煮好了饭在锅里焖着，坐在灶边帮唐俊清补那件刮破的长衫子，见我想要叫醒大家，连忙站起来说："让他们多睡一会儿嘛，都到了家门口，何必忙这一下。"

我叹了口气，还是把他们叫醒了。待到把地铺收拾了，唐二嫂给每人舀了碗苞谷糊糊，又从碗柜里拿出两个瓦钵，一钵是油炸海椒凉拌萝卜丝，一钵是华蓥山区的特产血圆子。唐二嫂还拿出一罐酒来说："打这点酒走了二十里路，本来是留着昨天晚饭给你们解乏的，晚饭没吃成，就早饭吃吧。反正都小晌午了，要不然夏林兄弟又有意见。"

我把酒拿开，说："二嫂你莫惯坏了他，哪有早上喝酒的道理，一会儿上山他大哥闻到酒气，又要怪我管教不严了。再说若不是他昨晚上贪杯，我们就歇在玉宝观了，害得大家一天跑了一百五十里路。"夏林叹口气，做出赌气的样子，呼呼地喝着苞谷糊糊。大家边取笑他边吃，三五下就把唐二嫂精心准备的饭菜吃个精光，然后一路说笑，来到猫儿寺脚下。

寺里除了几个年轻和尚，空荡荡的。正在疑惑，玉璧带人来了，一见我就气汹汹地说："你为啥要误一天的期？"

我莫名其妙地说："啥事这样严重？我们平平安安地把枪弹运回来，不说有功，你还要训人？"

他一听更火了："你有啥功？误了期，按规定要杀头！"

我上下看着他，拖长声音说："杀——头？谅你还不敢呢。"

"按军纪办事，我就有权杀你的头，你是领导！"

这一下真的把我惹冒火了："我是领导，领导又怎么样？总不是神仙吧？我们在路上，命都差点打掉了，还白白地给你缴了十多支步枪千多发子弹回来，不过就迟了半天，你就要杀我的头？你杀嘛！杀嘛杀嘛！我才不信，没死在罗泽洲和杨森的刀下，倒死在你廖玉璧的手头！"

唐俊清在一旁，闷了好一阵没开腔，见我们越吵越凶了，才站出来说："大哥，这确实怪不得大姐。我们在罗锅凼冲敌人的卡子，几乎打了一天一夜，打垮了敌人半个连，昨天又一点没耽误，整整赶了一百五十里路，才在唐二嫂家里歇脚。"

我看唐俊清把情况说清楚了，更不服气，转身就走，一抬眼看见夏林领着刘铁进来了，我冲着刘铁大声说："我不同他一起工作，我也不要他领导！"

刘铁说："玉屏你不知道，这几天敌人又在动了，我们刚刚才把队伍都从猫儿寺撤出来。玉璧怕你们在路上和敌人遭遇了，昨天专门带人去接应，回来的路上就和敌人打了一仗，唐老二还挂了点彩。他是担心你们啊。"

我愣了愣，可一时还是服不下这口气，就冲着玉璧说："你为啥不早说？！"

刘铁在旁边哈哈一笑："这下子话明气散了吧？"

第九章
运枪迎枪

从重庆运枪回来后，就过年了。接连几场大雪，把山路封得死死的，杨森派来围剿的队伍行动不了，就把兵撤回去了，扬言开了春再来较量。玉璧队伍集中在半山的猫儿寺，开始休整和练兵，我在山下料理完其他事情，才上来。

华蓥山上，林木深茂，流水潺潺，历来为佛教圣地，山上山下五个大庙子，平素香火都盛得很。每到寒冬，五个庙子的和尚，除了烤火守庙的，都集中到山腰的猫儿寺里，听住持方丈徐老和尚讲经说法，也顺便做些腌咸菜、霉豆腐之类的杂活，等开了春再分散开去，接待香客。这些寺庙不知是哪一朝哪一代修建的，大都依山傍势，错落有致地坐落在浓荫掩映的高坡上，那些精致的画栋飞檐，为沉寂的山林平添了不少神秘。再看寺内大殿里的菩萨、罗汉，都是鎏金彩塑，一个个面目鲜活，衣衫飞动，在川北一带都极有名气。从南京回来，玉璧就常来走动，和徐老和尚已经熟识；这次带了队伍上山来，借住庙里，大家闲下来常帮着和尚们挑水劈柴，开荒种菜，相处得不错。再说有自卫军的队伍在，杨森和向屠户也提不了庙产，徐老和尚也就不再说什么。

猫儿寺前面有个坝子，天气一放晴，坝子里就满是弄枪舞棍的队员们。有的头上包了白布蓝布撕成的帕子，有的戴着遮阳帽、瓜皮帽和从军阀大兵那里缴来的灰军帽，身上是乡下人穿的短袄长袍，脚上大都是自己用蓑草棕丝打成的草鞋，也有在脚上包野兔皮的。他们东一堆西一圈，有的在枪筒上吊块石头练瞄准，有的拿着梭镖、木棍在练刺杀，还有一个脱得只穿件单褂子舞三节棍，舞得那铁链挂着短棍上下翻飞，呜呜作响，引来一片喝彩之声。川东北一带，山穷水恶，匪患连连，为了自保，民间习武之风很盛，我们队伍里舞枪弄棒的人也不少，金积成和夏林他们都会一点。我也得学，其中就包括在屋瓦上踮起脚尖飞跑、从高处跳下悄无声息的"轻功"。有一次我们在一户人家的楼上开会，突然听见楼梯咚咚作响，知道是敌人来了，几个人就从屋后跳下来跑了。从二楼跳下来其实不难，可是那年月，一个女人跳楼翻墙之类的事情在老百姓看来就不得了，民间传得很神。

我穿过练武的人群，来到坝子的一角，见一群年轻娃娃正在这里打拳翻跟斗。我穿着棉袄都还觉得冷，这群年轻人穿着单衣还在冒汗，头上的戒疤一看就知道是平日里烧香拜佛的那群小和尚。

我正看得出神，听得旁边一阵哄笑，原来是夏林正带着几个小和尚，在一块一两丈高的岩石边往下跳，一个小和尚不得要领，跳了个脸扑黄土背朝天，正在一边呸呸地吐着满嘴的泥巴。夏林纵身跳下岩去，将那小和尚扶起来，双手揉着他的光头念叨："包包散，包包散，回去莫给爹妈看……"

正闹着，金积成过来了。二十七八的人，头发蓄起四五寸深，加上满脸黑蓬蓬的络腮胡子，活像个鲁智深。他对夏林说："老夏，你这细娃脾气，啥子时候才改得掉哦。"说着又拉过了小和尚:"你莫理他,听我说,打仗不光在平坝上打,不会爬山跳岩是要吃亏的。跳岩心头莫慌,身子要缩成一团,腰杆向前倾,脚尖先落地,像我这样,看懂了没有?要是像你先前那样,饿狗抢屎,若是栽到石头上,定是磕掉门牙,脑壳开花。"

金积成的话还没说完,小和尚又爬上岩边,蜷缩着身子一个箭步跳下来,落地时就势一滚,然后稳稳当当地站起来。他高兴得口里直叫着:"我会了,我会了,夏队长光晓得耍弄人家,还是金队长好!"

这小和尚十四五岁,瓜子脸,双眼皮,圆眼睛,眉清目秀的,说话尖声尖气像个姑娘家,怪招人喜欢。我问夏林:"这小和尚叫什么?"

夏林笑着说:"他呀,姓僧名和尚,外号人称'小电棒'。"

"你给我说点正经的好不好?"

夏林这才正儿八经地说:"他叫僧法慧,大哥这次在和尚中收了十二个弟子,他是十二圆觉中的头一个呢。"

我问什么叫十二圆觉,夏林摸着脑壳说:"这都是佛家的话,我也说不清楚,反正都是猫儿寺、黄龙寺、宝顶寺的和尚,有十二个早觉悟的先入了党。就这么回事。"

正说,那小和尚走过来,夏林指着我说:"法慧,这就是我平时常跟你们提起的大姐,外面也有人叫她陈三姐,听说过么?双枪陈三姐,百发百中呢。"

我打断夏林的话,笑着说:"法慧你不去烧香拜菩萨,跑到这里来做什么?"

法慧说:"我来锻炼嘛。大哥说的,锻炼好了,二天好去打恶霸地主、反动军阀。"

"那你是参加革命了哦?革命又苦又危险,你清清闲闲的和尚不做，为啥要来干这个？"

这可把他难住了，他望着地下，半天才脸红筋涨地抬起头来，结结巴巴地说："我，我也说不清楚，我要去敬香了。"说着转身跑开了。

山高夜深风冷，弟兄们在殿里烧起柴堆烤火，烤得暖和了才进厢房去睡觉，在地板上铺了厚厚的茅草和草席，几个人盖一床铺盖，挤得紧紧的，都说夜晚好睡得很。我才上山，跟大家还不大熟识，玉璧就带着到处走走，算是见了个面。晚香都烧过了，我又在各处走了一圈，想起刚才的火堆，就转到殿里去看看处理妥当了没有。才走到大雄宝殿背后，见夏林抱了床铺盖，正准备爬到守护神韦驮像下面的神柜上去，见了我嬉皮笑脸地说："嘿嘿……今晚上冷得很，找韦驮菩萨给我保镖，睡这个避风的地方。"

我一看急了："夏林你简直不成样子了！你大哥不是常跟你说要尊重宗教信仰，爱护庙宇菩萨吗？身为小队长，带头破坏纪律，你就不怕受处分！"

夏林已经在神柜上坐稳了，铺着被子满不在乎地说："大姐，你莫要大惊小怪的，这里的和尚跟别处的和尚不同，都变成革命和尚了。不信你把僧法慧喊来问，看他有没有意见。"

法慧突然从旁边钻了出来，细声细气地说："问我啥？"

夏林说："法慧，你来得正好，我问你，我在这里睡要不要得？"

法慧说："要得要得，这里又避风又热和。"

夏林故意看了我一眼，又说："可是有人说我侮辱了菩萨，和尚不答应呢。"

法慧也笑了起来，说："管他的，睁只眼闭只眼，只要不让我师父当面看见就行了。他这几天正吃药,不得出来的。"

我招呼法慧在火堆边坐下,他便打起盘脚坐在对面的蒲团上,一对圆溜溜的眼睛望着我。我问他多大了,他说十八岁。我愣了一下,又问他上山几年了,他说十二年了。我更吃惊了,心想这么一个机灵的娃娃,就有三分之二的时间在这深山古庙里度过,这十二年他是怎么过来的啊!

法慧拣根柴棍,拨开了用灰闭严的火堆,细声细气摆龙门阵。说他很小的时候,叔叔为了独占家产,逼死了他父母,又将他赶了出来,流落街头,后来被乡里当遗弃的孤儿,送上山来。有一年清明,他回去给父母上坟,走到半路被一个远房叔伯叫住,说娃儿你回去不得,你叔叔怕你回去清理家产,会整死你的,结果他又一路哭着回到庙里来了。法慧在庙里这些年,每天一早起来就是抹屋扫地,挑水打柴,他个子小,做起来还是有些吃力,但久了也就习惯了。他不好意思地笑笑说:"做活路都不怕,最怕的是念经。我人生得笨,记性又不好,光是念那个大悲咒,就不晓得挨了多少打哟。"

我问大悲咒是什么经文,法慧就念了一段,什么南无密多的,确实不好念又不好懂。大家笑了一阵,夏林说:"你们和尚这么迷迷糊糊地一天念到晚,到底有啥子用处?"

法慧说:"我师父说的,硬是很灵验呢。若是有哪个坏人想害你,你念动大悲咒,就会有神灵来保护你,一个拿着钢铲,一个拿着神鞭,把那要害你的人吓得跑都跑不赢。我的师父说,这就叫作人有诚意,神有感应。"

法慧说这些话的时候正正经经的,很虔诚的样子。我问他念了这么多年的经,到底见到什么神没有。他才像醒过来,长叹一口气说:"啥子神啊,廖大哥说了,这些都是虚的。我们天天念经，受苦的还是受苦。那些不念经的，享福的还是享福。佛法上说要普度众生，我看你们这些共产党带我们穷人闹翻身，打军阀，打土豪，这才叫普度众生呢。"

火要熄了，手脚有些僵，法慧站起身来，到灶房去抱了捆干松枝，三拨两拨，火就噼啪啪燃起来。我看着他单薄的身子说："法慧，你现在参加革命了，革命工作苦得很，要有思想准备才行。"

法慧笑着说："苦就苦嘛，不苦哪来的甜？原先我挑水觉得恼火得很，现在挑起来跑得跟飞一样。我们白天要跟夏队长他们一起练武，还要种地做咸菜，做庙里的打杂活路，晚上一样要站岗放哨，还抽空带着鸟枪出去打些野物，又练了枪法又给大家改善伙食。大姐你不晓得，我们腌的斑鸠和野兔香得很呢，明天请你尝尝。"

我听了大吃一惊，说："你们和尚不是吃素戒杀吗？咋敢拿枪到山上去打野物？"

法慧嘿嘿一笑："吃啥子素啊，早就开斋了。说到戒杀，我觉得还是廖大哥说得对，不能滥杀好人，可是对那些坏人，就该杀，杀一儆百，把他们杀绝了，老百姓才会有好日子，这不就是普度众生了吗？我二天把枪法练好了，就要去杀我的那个幺叔，给我爹妈报仇！"

我禁不住站了起来，看着法慧那张被火光映得红闪闪的脸膛，觉得这个下午还像小姑娘一样的小和尚，咋就变了个人呢？

天气渐渐暖和了，沉闷的山林之间，浮出了轻烟一般的新绿。自卫军召集了队里的干部开会，讨论下一步计划。大家觉得眼下住在庙里，跟和尚关系不错，吃住都暂时不成问题，可是队伍却不能就这样养着，要拉出去跟各路武装一起配合行动，和杨森的廿军打仗才行。这几个月来，县委的同志们跑遍了各个绿林山头，交了不少朋友，也做了不少工作，自卫军就准备和武胜刁仁义的队伍联合。这位刁大哥，早先出身也很贫寒，还当过长年，后来被迫投身绿林，因为为人正直，也诚恳厚道，手下聚集了三四百兄弟伙。我们住在彪子山的时候，他就常来常往，请金华新在他的队伍里作过报告，也过来和玉璧谈过好几次，他说共产党里的人才多，学问大，于是入了党。他对玉璧推心置腹地说，愿意来当副手，联合起来打天下。

队伍扩大了，当然是好事，可是给养也得跟上才行，尤其是枪支弹药。这天正好打了一头大野猪，刘铁舀了一碗红烧野猪肉，把玉璧、夏林、陈仁勇和我喊到一起，又说到枪弹供应的情况。

玉璧说："我们原先用的土枪多，这种枪乡里好一点的工匠都可以造，子弹也可以自己找些铜钱来铸。可是现在杨森的兵工厂里，连捷克式轻机枪和马克沁重机枪都仿造得出来，我们老用土枪咋行？看来还是得把重庆兵工厂的向老大他们叫来商量一下，大家想想办法。"

刘铁说："现在把向老大他们扯回来倒容易，但是沿途查得这么紧，修理枪械的机器设备运不回来，也等于零。听说杨森为了建立自己的兵工厂，组织了四十多个人，还伙同沿途的袍哥势力武装强运机床，遇到卡子便一手拿钱一手拿枪，经过几多险情才闯过刘湘设置的道道关口。"

夏林听了，从旁边拿过一支手挽子枪说："我们造枪不行，改造一下可不可以？这种枪是广货，又便宜，就是子弹装得少，打一发装一发，如果能够改装一下，像那种能装上五颗子弹的新式枪就好了。"

陈仁勇一旁听得兴起,一拍大腿说:"就是,我们现在的好枪太少了,好久把人马扯齐,找个机会跟杨森的主力好好打上一仗,让他送两挺机枪过来耍下子,管他马克沁牛克沁,都要得!"

夏林笑话陈仁勇:"刘大哥讲课你娃头儿没有认真听!马克沁牛克沁都是重机枪,三个人抬起跑,要不得。只有那捷克式才要得。捷克式轻机枪,刘大哥也讲过,记不记得?这东西轻,不过二十来斤儿,还可以用步枪子弹,虽然也是20发子弹的弹匣,但是比20响驳壳枪打得远啊,远三倍都不止!准头又好,威力还大,嗒嗒嗒!嗒嗒嗒!!声音好听!刘湘的兵工厂造得多,听说还买了好些广货。"

唐俊清路过,一听在说枪,也来凑个热闹:"捷克式不好用,瞄准都要歪起个脑壳,我觉得还是'格蚤①笼笼'安逸。"

夏林说:"啥子'格蚤笼笼'啊?土得很,是'手提花机关'!"

玉璧笑了,纠正说:"是冲锋枪!"

唐俊清摸摸脑壳:"我晓得是花机关,冲锋枪,只不过说顺口了,那东西就像乡下竹子编的格蚤笼笼,逮格蚤好用得很!那东西才轻省,五六斤儿,等于提只老母鸡。关键是可以用手枪子弹,更便宜。边跑边打,一扫一大片,过瘾哦……"

我在一旁不开腔,等他们说得差不多了才说:"我倒是巴望你们早点把枪械所建起来,把那些破损的枪支修了再用,免得我们打霜落雪都在路上,还诚惶诚恐地紧张死了。到了那个时候,

---

① 格蚤,四川方言,指跳蚤。

我也不装什么大少娘了,就当个战斗员,只顾打仗就是了。"

玉璧说:"你以为当个战斗员那么轻松?你看他们几个,哪个不是又当战斗员又当指挥员?"

我白了他一眼说:"当指挥员就搞不好。我这个人,又任性,又不守纪律,又是小姐脾气,爱和领导顶嘴。我当个战士,叫进就进,叫退就退,叫怎么打就怎么打,保证听话得很。"

刘铁一听就笑起来:"呵呵,那不成了马福林耍的那些木偶脑壳了吗?谁说你不会指挥?罗锅凼那一仗,那么惊险的场面都过来了。我和玉璧后来听说了,都替你后怕呢。"

大家说笑了一阵,又扯到正事上。刘铁说:"眼下李大哥不在重庆,枪是不好进货了,但徐清浦带信上来说,最近进了些子弹。你可能还要辛苦跑一趟。"徐清浦我也熟,罗渡溪人,留学日本归来,曾经在杨森手下干过,还进过杨森办的军事学校,家族和他本人在岳池县里都有些声望,在重庆也有很多关系,现在他虽然在重庆长住,却已经是入了党的自己人。

我放下筷子说:"什么辛苦不辛苦,刚才不过是几句笑话。参加革命以来,哪一次任务我推托过?只是听说自从我们打了罗锅凼,敌人的防卫更紧了,几乎场场镇镇都派了兵守卡子,再走旱路恐怕不得行。"

玉璧说:"我们商量过了,旱路不行就走水路。由重庆坐船到合川,绕过大路,到太平场就好办了。太平场的罗平精,已经正式参加了我们的队伍,也入了党,你这次把运回来的枪弹分一半给他。要是有什么难处,他会想办法。"

话是这么说,可是玉璧下来还是为我担心,背地里跟我说:"玉屏,运枪这工作,是太危险,又累。你要是吃不下来,就说一声,我们另外派人。只不过女的去方便一些,敌人不防。"

我说:"算了吧。这条路我熟了,关系都建立起来了,别人去反而摸不着头脑,要出事的。再说常跑这条路,我也能常去看看两个娃娃,我们这样当妈当爹,实在是……"

玉璧不说什么了,长长地叹了口气。

第二天,我和夏林、金积成等五个人,还是扮成鸡鸭贩子,运枪弹去了。这次搭的是一只运猪的船,虽然臭烘烘的,但是不受检查。春水发了,路上没有耽误,一天半就到了重庆。几个人从化龙桥上了岸,跟船老板说好回去还是赶他的船,夏林他们几个帮他拉纤。重庆已经有公共汽车了,我就坐着公共汽车去找徐清浦,再和他一起去见他的侄儿徐明生。徐明生此时在刘湘名下做参谋,见了我很高兴,说:"货早就准备好了,你们怎么现在才下来?"

我和他寒暄了几句,知道这次进了一批步枪和手枪子弹,还有十二支手枪。我说路上紧得很,步枪下次再说,这次就光要手枪和手枪子弹吧,就和徐明生约定,第二天一早在磁器口交货。

第二天还不见亮,货就送到了。可是我一见就傻了:没有子弹带!眼下关卡盘查这么紧,船上是藏不住货的,只有让夏林他们把子弹绑在身上才行,可是没有子弹带怎么办?

眼看天快亮了,我只好让夏林去喊开一家布店,扯了几丈白布来。大家将手枪和子弹装在一挑箩篓和一个细箩背篼里,面上盖了些糖食海带,挑到了河边,船老板早就等在那里了。因为说好夏林他们四个人帮着拉船,船主可以不请纤夫,所以很是客气,让把海带糖食放到后面的棚屋里,说是里面把稳些。我背着背篼进去,发现这里是船老板自己住的一间小屋,的确很谨慎,只是太小,两个人都转不开。

启程了。我推说自己不舒服,待在小屋里不出去,夏林他们在岸上拉纤,我在小屋里飞快地用白布缝着子弹带,然后把子弹装好。等夏林他们轮流上船来歇气时,我就出来"透气",让他们一个个在小屋里把子弹捆在身上。等全都收拾好了,我把盖面的海带糖食都装进背箦里,然后把那挑箢篼悄悄沉下河去,又将剩下的白布撕成几条,给夏林他们作了包头的帕子。

船到中渡口,有人喊"到岸边检查",那岸上的兵问船里装的什么货。船老板说没有货,只有一个女客。岸上又问女客是哪里人,船老板转过头来问我是哪里人。我说是合川人,船老板又照原话回了。一会儿,听见咚咚两声,跳上来两个兵,说既然没有货,又没客,咋会有这么多人拉船,要查查。说着就前前后后一阵乱翻,又到小屋里把背箦里的海带糖食全都倒出来,盘问了我一阵。这时候夏林他们几个,坐在离船头丈把远的岸边摆龙门阵,嘻嘻哈哈的声音传了多远。

两个兵没翻出什么名堂,悻悻地上了岸。船老板一个手势,夏林和金积成拍拍屁股站起来,喊了声号子,把纤绳搭在肩上开走。我看着满地乱七八糟的海带和白糖,长长地松了口气。

船到合川,大家谢过船老板,上岸。天已经黑尽了,合川盘查很严,不能住,几个人赶了一截路,到了新店子一个熟识的栈房。老板娘也算是江湖上的人,热情地打来洗脸水,又招呼上饭菜,端出来一大碗猪脑壳肉和红烧豆腐。几个小伙子晌午吃得简单,此时早就饿了,筷子打架般地在菜碗里进进出出。正吃得高兴,外面闯进来一群人。

我抬头一看,进来的都是便衣,为首的那汉子长得矮杵杵的,头上的青布帕子遮了半边脸,穿一件黑呢大衣,手一摆,袖子里便掉出一截枪穗子来。我递了个眼色,大家哗地站了起来,手把在枪把子上迅速散开。几乎在同时,进来的那一群人也把枪扯出来，把住了大门。唯有我仍然坐在桌子上方，没有动。

为首的那人逐个看了一圈，最后将目光落在我身上，上前两步，拖长声气说："请问这位大姐，做什么的，到哪里去呀？"

"过路的，回家去。"

"对不起，兄弟公务在身，要检查。"

"可以，拿手续来。"

那汉子叭的一声，将枪拍在桌子上："手续在这里。"

我双手一扬，也把两支枪扯出来，拍在桌子上，冷笑说："莫吓人，我也有，不找你借。"

那人一看，愣住了。夏林和金积成乘机上前一步，将他夹在中间，两支黑洞洞的枪口抵住他的前胸后背。他身后的那群人急忙想要上来抢人，已晚了一步。一时间，只听得"咔嗒咔嗒"，双方的枪都上了红槽，屋里的形势一下子紧张起来。

正在这个时候，老板娘端菜出来，一见这阵势连忙大声说："哎呀，是李大爷啊，快请坐请坐！你怕不认识，这就是廖大嫂嘛，又不是外人，咋个就动起武来喽！"

那李大爷眨巴着眼睛问："哪个廖大嫂？"

"嗨，说起你就晓得，华蓥山廖大哥嘛！"

那李大爷一听，连忙拱起手来对我说："误会误会，我李某人有眼不识泰山，冒犯了廖大嫂和诸位弟兄，大家受惊了！"说着向他的那群人一招手，都将枪收了起来。大家围着桌子坐下，互相通了姓名，原来他就是这一带有名的土匪头李志成。我记起原来玉壁说过，这位李大爷要带人来投奔我们的队伍，只是因为他野性太大，名声又不太好，所以没有接受。

大家寒暄了几句，李志成说："我们早就想要投奔廖大哥，还望大嫂引个路。"

我正色说道:"农民自卫军是老百姓的队伍,不能欺负老百姓。"

李志成听了,直说只要廖大哥肯收留,小弟一定是听招呼的;还说今晚要带着兄弟们去打一个地主的碉楼,请我和众位哥子莫要出去,谨防飞子。说完就带着一群人走了。

夏林问我,走还是不走。我想了想说,恐怕还是得走,要不然一会儿打响了,把军队引了过来,我们就要被夹在中间,那才冤枉呢。正说着,前面的枪声就响了,我叫大家赶快把子弹绑紧,猫着腰跑出店门。刚出场口就碰到跑过来的官兵,把枪栓拉得哗哗响,直喊:"是什么人?站住!"

夏林大声说:"我们是乡公所抓土匪的,那些土匪好凶啊,我们打不过,正要来请你们呢。"

一个军官听了,很得意地把枪一挥,喊:"后面快点!"几个人站下来等他们转过路口,拔腿就跑。一口气跑到太平场。夏林把大家引到场口大黄桷树下的草房外,一个中年汉子出来开门。夏林请他去通报罗大哥一声:"就说货到了,请罗大哥来点个数。"

我坐在草房里,等着回话。罗平精这个人,其实我早就听说过,他和玉璧是同学,一起去成都读书,也在高师加入了社会主义青年团,慷慨热血过一阵。我和玉璧去了南京之后,他家老人怕他在外面惹事,就将他召回来成了家,把偌大一份家产交给他主持,就不去读书了。罗平精这个人,本来就好朋友,重义气,读了几天洋学堂,便有了兼济天下的豪气,干脆仗着他家老人的财势,操起袍哥,当上了太平场"仁"字号五爷——红旗大管事。附近四乡八场甚至外县外州的公口弟兄,不管是认得认不得,只要找到太平场罗五哥,总是受到礼遇,有一顿饭吃。尔后他又买了些枪支,养了一些家丁,名气越发大了起来。常言道,"人怕出名猪怕壮",名气大了也麻烦。凡是过往的军阀驻军,派指名捐总少不了他家的份,一年到头捐呀款的没有了结过,土匪们也常来找他家的麻烦,害得他父亲常常躲在碉楼里不敢出来。他虽然年轻气盛,出门却也是家丁们前呼后拥,心中暗暗气闷。上次起义时,他虽然被老人挡着,没有跟着玉璧一起打出杏黄旗,但暗地里却派人送了枪来,不料后来被人告密,罗泽洲派兵来抄了他的家,还把他父亲捉去关起来,敲诈了一大笔钱财。

正想着,那汉子回来了,说是罗大哥有请。我们几个人跟着他走进场口,进了一个大院子,院子里林木参天,黑森森地有些瘆人。还在堂屋外面,就有人打着哈哈迎出来:"是大嫂吗?我一猜就是你,真是久仰久仰!不晓得你们今天到,有失远迎!"

我被迎进屋里,大家分宾主坐定,这才看清罗平精。只见他胖胖的,中等个子,紫色脸膛,卧蚕眉,说话像打雷一样,震得瓦格子都像在响,在这夜深人静之时,声音不知道会传出去多远。罗平精看出了我的担心,一摆手说:"大嫂你莫怕,这场上尽是我的人,我现在袍哥一个,又没扯红,他们哪里晓得我上过华蓥山,跟廖大哥挂上了呢。"

这人真是,越是不该大声说的话他越是要大声武气地说。我啼笑皆非地看了夏林一眼,夏林忙说:"罗大哥,正是因为你没扯红,所以还是谨慎些为好。人多嘴杂,杨森和向屠户的耳朵,长得很呢。"

罗平精还是满不在乎:"好好,不说了不说了,免得玉璧二天要刮我的胡子。大嫂你们这次都带了些什么货来?"

我说:"有一打手枪,还有些子弹。"金积成在一边插嘴说:"大哥说了,分一半给你们呢。"

罗平精听了,一拍蒲扇般的巴掌:"嘿嘿,我就等这句话。玉璧这个人就是够朋友,这才是些好东西呢。"

当天晚上,几个人在罗平精的大宅院里吃饱喝足,好好睡了一觉。第二天都要上路了,老罗才对我说:"开春了,杨森的队伍又开来了,黎梓卫和山边都已经开仗了,你们恐怕要小心,绕着走才行。"

以后我就带着这支小分队,专门负责去重庆运枪,途中自然会有许多故事,经过夏林的嘴添油加醋,一下子就传出许多神话来。这些神话在老百姓中间口口相传,我就成了身穿白绸大褂、骑着高头白马、腰上别着两支红绸手枪、神出鬼没的"双枪女侠陈三姐"。还说我能点石为将,撒豆成兵,一挥袖,巨石漫天而降,地动山摇;一抬手,双枪百发百中,说打鼻子就不打眼睛……我在路上偶尔听老百姓说起,真是哭笑不得,回来说怎么成了这样?玉璧一瞪眼:"你不是时时都想学梁红玉、穆桂英吗?怎么真的成了还不敢承认了?我们队伍里出了个如此厉害的女英雄还不好哇?看哪个还敢来招惹我的这位夫人!"

直到向老大带着他的徒弟从重庆的兵工厂回来了,队伍有了自己的枪械所,我们运送枪弹的任务才稀疏了些。到后来仗打得多了,阵仗扯得大了,枪支弹药的来源也多了,此事才慢慢停息。

第十章
香火盛会

华蓥山上这么多和尚要吃要穿要维持，主要是靠庙产。这些庙产都是上好的田土，雇人栽种收获，一向都有节余。现在我们这么多的人在山上，吃穿用度都多起来，眼看到了春耕季节，山脚下的豌豆胡豆都收成了，可是因为去年秋天都在打仗没有下种，自卫军就进入了青黄不接的困境。想要放水插秧吧，杨森的队伍还驻在山下，去打他，他不出来，不打他，他又时不时来骚扰，实在是讨厌。夏林烦了，说："这些龟儿子，打起来也没劲，干脆叫他们滚吧！"

于是大家把磨刀岭下面两个最深的山洞打通，开成了一个隧洞，派了二十多个人组织了一个小分队，晚上举着火把，从隧洞出来，朝邻水方向走，再穿过邻水地界的一个隧洞，又回转来，把衣服换一换，再走第二圈。这样转着圈儿，白天也在走，晚上也在走，就像戏台上曹操八十三万人马下江南一样，老是走不完，一直走了好几天。山下的敌人被搞糊涂了，都说廖玉璧在华蓥山的队伍到底有多少啊，怎么那么多天还没过完？

敌人这边还没闹明白，那边已经四面开花：邻水、武胜、岳池、广安……四处都打起来了，华蓥山反倒清风雅静的。这就给敌人一个错觉：廖玉璧的队伍真的开走了，开到外面去打仗了。没几天，山下敌人的营房不见了，诱敌计划成功了。

骗走了敌人，已经是四月天气，山上最早插下的秧子已经薅过了头道，更多田土还荒着。山上的田，大都是干田，还要灌水，就去人砍楠竹，对剖开打通竹节再连起来，把山泉水引到田里。一时间满坡上砍的砍，剖的剖，绑的绑，到处都是竹子和人，真是"人多好种田"。

玉璧派人下山去找秧苗，可秧苗找回来了，田还没犁，找到了犁头，又没牛，得用人去拉。这活路恐怕要个狠角色才拿得下来，大家都站在田坎上不动，唐俊清一挽袖子说："拉犁头，当老牛，你们都不愿意，我来！"说着就脱了鞋跳下田去，把绳子拉上了肩。可是唐俊清毕竟身子单薄了些，那犁头动也不动。

大家正在七嘴八舌，金积成过来了，一见唐俊清那脸红筋涨的样子，就发火："你们怎么光在田坎上说风凉话，又不下水？"

于是有人赌他："老金，你这个大块头，肯定比他得行！"

金积成二话没说跳下水，接过唐俊清手上的绳子就上了肩，一使劲，犁头就走了起来，田坎上顿时一片欢呼，人们喊着号子为他加油。接着几支犁头都下了水，两个人拉一副，你追我赶地使劲。这边一犁过，那边就有人拉着耙平整秧田，紧接着就有人下去栽秧子，其余的人去挖旱地，漫山遍野地点苞谷。

按当地的习俗，栽秧要唱栽秧戏，唱得越热闹秧子发得越好。有人就喊："马福林，把你的木脑壳戏唱起来！"马福林果然就把木偶戏台子搭起来了。玉璧一看来了兴致，砍支竹子做成笛子，悠悠地吹起来，陈仁勇拿把二胡坐在石头上，陪着夏林唱主角。夏林遇到这种场合，哪里还有不尽兴的？一会儿唱小生，一会儿唱花脸。有人在一边起哄："夏林，来个青衣！"他果然把嗓音一变，扭扭捏捏地唱起青衣来，惹得大家哄堂大笑。

笑完了，夏林做了个怪相，说："大姐，你把耳朵蒙上，我们要唱幺妹了。"

"唱什么幺妹？"

"就是元宵节耍彩船的车幺妹。不过嘛，栽秧子是野地里唱的，稍微要野一点。"

我说："那怎么行！这里就我一个人是女的？你们要尊重女性，不能唱野的。"

"嗨，唱幺妹就要像个唱幺妹的样子，不野有啥唱头？"正吵着，陈仁勇不耐烦了，一亮嗓子唱了起来："哥在坡前把秧栽，幺妹你绣房不出来……"

有人在喊："不要听他唱的那些怪眉怪眼的，我们欢迎廖大哥唱一个，唱个《目连救母》！"

玉璧被众人拉了出来，也不推辞，一仰脖子吼道："我们是——铁打的臂，铜铸的肩……"漫山遍野的人都给他打和声，唱得映山映坳……

一连几天，自卫军的人白天晚上都在抢种，没有月亮，就打火把。田里的黄鳝见了火光都钻出来了，大家就拿着竹片去夹黄鳝，又到坡上找了鱼香草来，用庙里的菜油煎了几大锅。正好徐老和尚念完经，也走出庙子来看热闹，眼看满坡的田土都满栽满插，喜得拢不上嘴。夏林见了他，连忙喊道："老师父，多谢你的菜油，快来尝尝我们煎的鳝鱼。"

徐老和尚一本正经地说："我看分明是黄鳝，你们硬要说是鳝鱼。阿弥陀佛，老僧不吃。你们在这里为革命流血，是大慈大悲为众生立大功的人，吃了不碍事的。"说着就在玉璧身边坐下来，很感慨地说："廖大哥，我们出家的人，本应跳出三界之外，可如今也是在劫难逃。你说说，自古以来，我们和尚就不问红尘中事，不服劳役，也不完官税，更没听说要提我们寺庙庙产的。可是现在，他杨森就要提，还容不得你说个不字。你廖大哥也是见多识广的人，该没听说过哪朝哪代的香客们上山来烧香，连香烛都要交税的事吧？可是现在就是要交！唉，这世道，也太不像话了，连和尚都不得安宁。细细想来，这'自古天下无义战'的话，也不完全对。只要人间有了劫难，上天总是要有对策的。你看，秦亡之后列国纷争，天下大乱，上天不是派了赤龙汉高祖下界，斩了白蛇，平定了天下吗？金兵进犯中原，佛祖不也是将大鹏神鸟遣下凡界，投生为岳飞大元帅，轰轰烈烈干了一场么？这些都是正义之师！就像你廖玉璧，你陈玉屏，本来生在富足之家，书香门第，却放着好日子不过，出来住岩洞，吃蕨根，为老百姓浴血奋战，你们不就是和岳元帅一样的正义之师吗？廖大哥，你们的难处，我都晓得，你们帮了我的忙，我也记在心里。我老和尚在山上几十年了，过去不管什么军队来，尽量地吃喝玩乐不说，还要抢些东西走。只有你们来了，才帮这样的忙啊。这样吧，不仅是这一坡的田土，今年所有的庙产收的租子，我都不要了，全给你们作军粮！"

我听了连忙说："这怎么使得，山上山下这五个庙的这么多和尚，一年都不吃饭了么？"

老和尚犟不过，就说："好吧，我替你们保管，要吃来拿就是。"

金积成说："这不行，我们几百号人光吃你，不是要坐吃山空了吗？我们自己还得多想些办法。"

坐在一旁一直没开腔的医生彭老幺突然说："我们喂猪好不好？我哥哥喂的老母猪要生了，我去要奶猪儿。"

忠厚的向老大连忙说:"好啊,我在家里喂猪就在行得很,这片山上,放他一百只猪儿都没问题。"

大家又七嘴八舌地出主意,这个说可以喂鸡,那个说鸡爱害瘟,还是喂鸭喂鹅的好,长得快,又有肉吃又有蛋吃……老和尚听了,呵呵地笑着,说:"办法还多,办法还多啊。比如每年六月,我们都要办香火会,一个香会赚的钱,可以让你们的人敞开肚皮吃个半年一年没问题。等天气暖和了,不办香会的时候我们就常常出去讲经说法,募功果,传华蓥菩萨的灵验。我们还要到外面领皇经来念。念皇经,施主要出供果钱,我们说供糖供果要天天换,不然不新鲜,菩萨吃了要生气的。"

夏林听到这里,扑哧一下笑出声来,玉璧瞪了他一眼,他连忙捂着嘴,怕老和尚生气。老和尚大度地说:"没关系,我们现在关起门是一家人。我们佛法普度众生,你们也是为人民造福,只不过我们是虚无的,你们是实在的罢了。夏林兄弟,你莫笑,常言说穷算命富烧香,你看那些抬着九品大香上山来的人,有几个是慈悲心肠的好人?为富不仁嘛,不使劲敲他一下怎么行?只是这话不能拿出去随便说就是了。"

这下子连玉璧也忍不住,和大伙一起哈哈大笑起来。

说话间五月就到了,这才是华蓥山上真正的春天。山绿了,水绿了,漫山遍野都是色彩缤纷的野花,香气扑鼻。粗壮的苞谷吐着红须,墨绿肥大的叶子在风中摆来摆去;块块梯田里的秧苗,绿得要滴出水来,也含苞吐穗,齐崭崭的真叫人喜欢。

一年一度的香火会也要到了,各个庙子里的和尚也正在忙碌着,准备接待香客。老和尚说的许多办法中,办香火会是最好的一个。民间相传,农历六月十九是观音菩萨得道的日子,华蓥山的香火会就从六月初开始，一直办到六月三十，热闹得全川北都出了名，不但附近的几个县连同重庆的香客都来进香，连周围团转的叫化子也要来个一两百人，不愁讨不到饭吃。一个香火会下来，光是香烛钱，山里的和尚们留够积蓄，吃个一年还有余有剩的。如果再想点其他办法参加进去，不但可以解决这么多人的生活，还可以做好多工作。问题就在于这么多人，怎么去做才能不出事。

玉璧几个人正商量，徐老和尚来了，满腹的心事，一坐下来就说："廖大哥，香会快了，你们的人，恐怕要让一下啊。"

刘铁笑着说："老师父，我们正商量这事呢。要让呢，也不是不可以；不过有我们在，你的香会恐怕还要兴旺些。你看，你们不是人手不够吗？我们的人可以装成老百姓，在山上摆摊卖小吃，唱戏凑热闹，把你的香会搞得红红火火的。香会红火了，说山上'闹共匪、毁庙子、砸菩萨'的谎言也就不攻自破了，以后不论是上来烧香的，还是请你们去讲经的，不也就多了吗？这'山上太平'的话一传出去，敌人也就不来骚扰了，我们不就可以平平安安忙秋收了吗？更重要的是，香火会办好了，我们的人化装成小商小贩，就能多赚钱，就能增加一部分收入，解决生活问题。当然对于我们还有更重要的一点，就是可以摸清敌情。比方说吧，那些抬上山来的九品大香上，不是有出功果的名单吗？"

"有的有的，凡是出了钱的，上面都有名字，前面是会首，一架香总有好几百个名字。"

"对呀，那些会首好多都是地方上的恶霸地主，这名单对我们的用处大得很呢。"

老和尚听了，一下子也悟过来，满心欢喜地说："对呀，我们抽签的签条上还要写劝世文，今年我们把劝世文也换个新调调，把穷人们都团拢来。"

还在五月二十几上，香客们就陆续上山了。沿山的路上，虔诚的人们抬着九品大香，那香架上扎着一层层漂亮的莲花，莲花心里插着九根小碗粗的大红烛。每抬香架后面，都跟着一大群香客，少则几十人，多则几百人，他们或者端着装满了香烛的香盘，或者手里举着三支一炷袅袅燃着的香火，人人口中念念有词，在平时冷冷清清的山路上牵起了一条从早到晚不间断的长龙。香烛燎起的烟雾中，还响着阵阵热闹的锣鼓声，响亮的唢呐吹得一家赛过一家；更有那些图喜庆的，请来了耍狮子龙灯的班子，引得一路的大声喝彩……

玉璧在彪子山上训练出来的那一大批人，这次全都派上了用场，各自化装成算命的、看相的、打莲花落的、说劝世文的以及力夫，在香客中活动。马福林在宝顶寺外的大坝子上唱起了他的木脑壳戏，戏文都是诸如《林冲夜奔》《武二郎痛打西门庆》《孙悟空大闹天宫》《哪吒闹海》之类的"造反戏"，香客们的喝彩声一浪高过一浪；而就在宝顶寺的大殿内，香烟袅绕，佛幡高挂，木鱼声声，徐老和尚带着徒弟们正抑扬顿挫地念经做法事。我自己带着一批队员，包括队员们的家属，将冰粉儿、凉粉儿、汤圆、醪糟等各种各样的小吃摊儿沿路摆得密密麻麻的。叫卖声伴着四处飘逸的香气此起彼伏，馋得那些上山下山的香客们吃了这家又奔那家，不是夸着川北凉粉儿如何辣得过瘾，就是说醪糟汤圆的味道怎么醇正，还都说今年的香会咋比往年都热闹啊，是不是佛祖昭示天下要太平了？

只有玉璧不露面，住在山下的唐二嫂家，每天听取汇报。

最露脸的自然是陈仁勇。自从几年前在石龙场算命出了洋相

之后,他扎扎实实用了点功,现在变得老练多了。他坐在我卖凉粉的摊子边,拉着二胡,拖声扬气地唱着《劝世文》:

> 劝世文,劝世文,领着一张回家门;
> 人生在世不一等,富的富来贫的贫;
> 贫富相差是何故?不是瘟疫不是神;
> ……

他这一唱,后面跟来一大串,有的问:"香客,你是哪一路的?"他头也不回,仍然眯着眼,拉着二胡,抬着头望着天唱道:

> 高高山,欢喜坪,草根泥巴胀死人;
> 穷人要想吃干饭,万万不能万不能!
> 星星亮,月亮明,老天点醒明白人,
> 若是要想得天机,去找——

唱着唱着就转过山口,不知去向了。

那年春天,川北各县正大闹饥荒,许多老百姓吃观音土芭蕉叶度日,陈仁勇这一唱,触动了许多人的心事,他们坐在我的凉粉摊旁边,你一语我一言地议论起来。唐俊清换了装,成了烧香的农民,跟一个身穿蓝布衫的香客边走边谈,来到我的凉粉摊子旁边,比了个手势,我就打了两碗粉。唐俊清对那香客说:"老兄,今年菩萨灵验呢,我去抽签,和尚说是翻身签,你呢?"

那个中年人向四周看了一看,说:"咳,和尚说我也是一支好签。"

"你那签上写的什么,说给我听听。"

那人悄悄凑到唐俊清的耳朵边说:"我抽的是'事在人为,人定胜天',不晓得是啥子意思。"

"和尚怎么跟你说的？"

"和尚说，'事在人为'嘛，就是一切事情，只要人肯去做，就有办法。比方说，我们穷人一年苦到头，还是吃不饱饭，要想吃饱饭就要站起来，翻个梢。唉，说是说啊，穷人要翻梢，谈何容易，除非是石头开花马生角哟！"

唐俊清呼呼地吃着凉粉，说："老兄，这就奇怪了，我抽的也是这支签，起初我也不肯信。那和尚说，信不信由你，这是菩萨显灵，不过两年，穷人就要翻梢了。我还是不信，就问他怎样才能翻梢。和尚说是天机不可泄露，可是又对着我的耳朵悄悄说，恐怕要动刀兵。"说到这里，唐俊清看看四周，凑近一步说："老兄，我看这刀兵二字，恐怕应在那'事在人为'上。"

正说着，旁边一个小伙子拿出一张字条，伸手递给唐俊清说："老兄，请你帮忙念一下。"

唐俊清打开一看，连忙向四周扫了一眼，然后轻轻念：

富人酒肉臭，

穷人吃草根，

要想不饿饭，

去找救命星。

唐俊清念完后，忙将纸条还给小伙子说："我看这救命星哪，怕指的是——"

那小伙子轻声说："在哪里呢？"

唐俊清说："唐僧取经，九九八十一难都取回来了，只要你诚心，哪有找不到的？"

几个人正在我的凉粉摊子边说着，就听见一阵喧闹，抬头一看，一架好阔气的九品大香抬来了。为首的身穿马褂，头戴一顶红结瓜皮帽,气势昂昂,后面跟着几十个抬着东西的香客,看样子是他的佃户。这位肥头大耳的老爷走上殿来,伸手要抽签。僧法慧上前拦住他说:"施主,请把马褂脱了,这是对菩萨不礼貌。"

这位老爷苦笑了一下,无可奈何地将马褂脱了,然后法慧递给他一个签筒。几个抬东西的佃户也上前来抽签,法慧笑笑,又递给他们另外一个签筒。佃户们有的求六畜兴旺庄稼好;有的求人口顺遂,诸事平安;也有的求爹妈长寿、为儿女免除病痛。法慧拿着抽出的签取来签票,他们你看我的我看你的,个个都高兴得很。有一个掩不住,就拿着签票上去,小心地对那会首说:"老爷,我抽的是翻身签,您呢?"

那位会首板着一张铁青的脸,不说话。法慧上前去,双手合十说:"施主,签好签坏,是自身的修炼,莫怪菩萨,请到'知客室'里面去休息。"

那会首哼了一声,恨恨地把那签票揉成一团,甩在地上。一个佃户捡起来,边看边念:

  混世魔王作恶多,
  灾难临头跑不脱;
  如不丢刀成佛果,
  死在眉睫徒奈何!

佃客们一个个都惊得目瞪口呆,互相看了一阵,有人说了一句:"看样子菩萨全都晓得了。"

会首勃然大怒,说:"什么菩萨?什么混世魔王?简直是胡说八道,我不相信,看我回去就死了?!"

法慧走上去对他说:"施主,你莫在菩萨面前吵。菩萨说的话,信不信由你。不过,花园洞的菩萨最灵验,你再去那里求个签看看。"

会首气呼呼地走了出去,在殿前停了一下,还是朝花园洞去了。

这花园洞,本名华严洞,取自佛经中著名的《华严经》,位于陡峭的磨刀岭上,下面便是鹞子崖。洞门口很小,一个人要侧起身子才能勉强通过,可是一旦进去,就不得不惊叹天地造化的神奇。这里古树参天,奇草遍地,铺满了苔藓的悬崖上,挂着大青大紫的藤蔓,各色野花点缀其间,清风吹来,异香袭人,是华蓥山上一个很有名气的好去处。花园洞内,也有一处庙宇,传说其中的菩萨特别灵验,只是为了验其诚心,前去朝拜的人必须通过一座索桥。这索桥也不知道是哪年哪月哪些人,用几根野藤扭成的,下面便是黑沉沉的深渊;当地的老百姓都说,心术不正的人,是过不了这座索桥的。我看那会首愤愤然的样子,连忙把陈仁勇和金积成喊了过来,让他们赶快抄小路到花园洞去一趟。

他俩应了一声,转身走了,可是不一会儿又回来了。我问怎么样了?陈仁勇笑笑,说:"行了,他升天了,到菩萨那里悔过去了。"

"是你们俩干的?"

陈仁勇说:"这号东西,造了那么多的孽,还用得着我们动手?他身后的那些佃户们,个个都恨他恨得咬牙,见他在索桥上走得战战兢兢的样子,干脆在后面一巴掌,把他打下去了。唉,也好也好,免得在这大斋大忌的日子里脏了我们的手,让菩萨怪我们心不诚呢。"

满山上进香的人都轰动了,都说是华蓥山上的菩萨显灵了!如今这世界上,作恶的人太多,通通要现世现报,菩萨绝不会饶恕他们的！这话在山上山下的香客中越传越神，恰好杨森的小姐太太们叫人抬着富丽堂皇的九品大香来朝山，刚走到山口，就被香客们拦住，半是劝阻半是威胁地说了一大通，吓得太太小姐们面无人色，硬是连山都没进就回去了。大家听说了这事，暗暗高兴了好几天。

又过了两天，都半下午了，趁着香客稀少了些，我和夏林在寺庙里走走，忽然听见后面的藏经楼有人吵闹。这藏经楼修在宝顶寺大殿后面的一个避风处，里面藏着古寺历代方丈收集的经书，寺中僧侣们一直视为珍宝，平时也不准闲人进去，每逢香会和大型佛事，都要派人把守。几个人转过回廊，赶到藏经楼前，只见守楼的法智正和四个人闹得不可开交。再看那四个人，说是进香的又没有拿香，说是抬滑竿的又不像是下力人，流里流气地径直往经楼上闯，慌得法智把住大门，直说："施主，楼上装的是经书，没有看头，真的没有看头。"

有一个人说："没有看头？偏要看看！"

"这上面不能进去！"

"为啥不能进去？里面安的巧机关？藏了'共老二'？"

"施主，不能乱说啊！我们佛门之地，向来清清静静的。"

夏林一看，连忙带了两个人上去劝架："老兄，算了吧！你也不看看这是什么时候什么地方，跟和尚都吵得架啊？走，吃酒去！我招待。知道吗？重庆的厨子上来办的素席，味道好得很呢！"

几个人被半拖半劝地到了殿前的饭馆里。夏林大手大脚地要了些素鸡素鸭，和他们大吃了一顿。天黑了，宝顶寺不留宿，夏林带着那几个人，要到猫儿寺去住。我喊过唐老六说："你跟着。"

天刚亮,唐老六回来了,说那些人带着枪。

"几支?"

"不清楚。夏林昨天晚上故意少租了一床被子,就和其中的一个合睡在一个被窝里,夜里把脚往那人的腰间一伸,就碰到了他腰间的短枪。"

我又问:"夏林有什么打算?"

唐老六在我的耳边如此这般地说了一阵,我想了想,说:"四个人太麻烦,要是拿不下来,就会把事情闹大,你去跟夏林说,只留住一个,留住那个带枪的就行了。"

唐老六答应了一声,走了。我连忙喊上金积成,又带上几个人,赶到花园洞的一个岩洞子里等着。都半下午了,一点消息也没有。金积成耐不住了,正想出去看动静,却一下子缩回头来,悄悄说了声:"来了。"

我连忙挤到洞口,看见夏林正和那人站在索桥边。那人不肯走,夏林一边说着什么,一边伸出手去,牵着他,一步一晃地过了索桥,然后朝着我们的岩洞走来。走到离洞口丈把远的地方,那人站住了,说不对吧,这里好像不是大路。话还没落音,金积成早像豹子一样蹿了出去,把他拖进洞来。一审,果然是杨森的师长夏炯派来打探消息的,还不止这四个,前后一共十六个呢。大家商量了一下,决定趁着天黑,把他押到山下唐二嫂家,交给玉璧好好审一审。谁知这家伙一出洞口,拔腿就跑,金积成赶上去使个绊脚,他一个踉跄,就栽下了万丈深渊。

唐老六看了,半开玩笑地指着他说:"好啊老金,你敢在菩萨面前杀生?回去给法慧说点好话,让他给你念本经,烧炷香,在菩萨面前好生悔过,要不然啊,哼!"

金积成两手一摊:"我哪里动了手啊?不是他自己栽下去的

吗？再说我这是替天行道，菩萨只有嘉奖我的，悔什么过啊！"

这次香火会，整整闹了一个多月，香客们口口相传，都说山上既热闹又太平，还说菩萨如何灵验。后面来进香的人就越来越多，各个庙里共收了将近一万斤菜油，九千多元香火钱，还不算大家摆小摊唱木偶戏赚的钱。自卫军利用各地的会首名册，初步掌握了地主们的情况，也找到了一些基本群众。香会过后，我们就和徐老和尚商量，除了一些老弱和思想还不开通的和尚留在庙里，其余的都分散下山，到各乡各县去化缘念经，既可以增加收入，又可以探听敌情，还可以适当做些宣传工作。

第十一章
法慧探营

进香会刚过,自卫军就把各个山口封锁起来,召开了华蓥地区整编会议,会议地点就设在华蓥山顶的宝顶寺。这是第一次起义失败后,各路人马的首次聚会,大竹、邻水、武胜、岳池、广安及附近各县联络的头领们都来了,我带着四十多人组成的双枪队,负责从山脚到山顶沿途的警戒和会场保卫工作。

上级组织派了老袁同志专门从重庆赶来主持了这次会议。当初玉璧在重庆"三三一"惨案中受了伤,就是老袁大哥派了六个人四支枪,用一乘滑竿送回来的。这几年玉璧忙着队伍上的事情,好久没去重庆了,和老袁大哥见了面,自然很亲热。罗平精从太平场赶来,他走不惯山路,偏偏又刚下过雨,爬上来竟滚得像泥菩萨一般。连好几年没露面的屈元亮,也和徐清浦一起来了,大家见了面都跟他开玩笑,问他什么时候跟范绍增打了"离婚"。来开会的许多人,都是自己的同志,另外一些人,虽然只是些绿林首领,但长期协同作战,有的还直接加入了自卫军的队伍,我大都也熟悉。

趁各县的代表还没完全到齐,党内的核心成员先开了个小会。会议由老袁大哥主持,照例先说形势:"现在日本人占领了东北，全国人民都在呼吁莫打内战，一致对外抗日，可是蒋介石反而集合了六十三万大军来围剿中央苏区，看来也只好打下去了。现在我们在江西的中央红军已经打败了敌人的三次大围剿，红四方面军也在鄂豫皖打得轰轰烈烈。上面说了，四川也要动起来，准备成立地下红军，把川北和陕西交界这一片建成川陕革命根据地，这次整编会议就是要把川北地区的地下武装都团拢来，准备这个事情。"

大家高兴得议论纷纷。刘铁挥挥手说："大家静一静，听我来说几句。这次整编的队伍，除了我们手中的一支，其余的大都是绿林袍哥武装，前一段时间我们对这些队伍的首领做了大量的工作，但目前许多人只是出于对我们个人的钦佩前来投奔，要把他们改造成识大体、顾大局的革命武装，还要做许多工作。我们初步研究了一下，总队要成立特别支部，十个支队的领导中都要有党员。"刘铁说到这里，看了我一眼说："陈玉屏同志带着夏林、金积成、唐俊清等人，成立一个特别小分队，平时负责军需运输，打起仗来就作机动队伍。总队成立之后，仍以华蓥山为根据地，广安、岳池、武胜、铜梁、合川、顺庆等县为活动地盘；邻水、大竹、梁平县为后备潜伏地区，我们的中心任务，仍然是打军阀杨森。"

大家议论了一下，表示没有意见。刘铁又说："我们还有件事情和大家商量一下，眼下杨森见我们岳池、武胜、广安三县的队伍都在联合行动，力量很大了，感到自己实力不足，也在想办法，打算采用三县联防的办法，先把岳（池）武（胜）广（安）三个县的地主民团武装联合组织起来，对付我们，现在得想个对策。"

徐清浦说："我摸了一下情况，敌人要组织三县的民团武装搞联防，可是现在没有人敢出来领头。一来是没人有当年陈徙南的魄力和威望，团不拢；二来谁也不愿夹在我们和杨森中间受气，弄得现在负责这件事情的师长夏炯很为难，不好向杨森交差。这事我倒有个想法：他们不干，我们来干。"

在场的人都面面相觑：我们来干？像夏炯这样的人，肯让我们来干？

徐清浦说："那有什么稀奇的？当年我们老廖，不就身兼二职，又是团总又是大队长，管了渠河两岸资马十二场一千多人和枪吗？"

有人不耐烦了："徐老兄，智多星！莫这样拐弯抹角的了，到底谁去合适，你明说嘛。"

徐清浦说："远在天边，近在眼前，我说就让屈元亮去。他和夏炯早年是同学，私交不错，虽然参加了上次起义，但毕竟只是和罗泽洲之间的冲突，跟杨森没有关系。再说失败后他就投奔了军阀范绍增，至今没有'扯红'。夏炯倒是知道他和老廖关系好，还想用他来套老廖，我们不如将计就计，反过去套夏炯。"

陈亮佐说："这个计好是好，只是听说夏炯人称'夏马刀'，专用马刀砍人，杀起人来眼睛都不眨，万一出点什么差错，可不得了。"

罗平精也觉得太冒险，再说成天在敌人鼻子底下小心翼翼的，也憋气："我们现在各地都有自己的队伍，还怕他几个团丁？若是谁敢来承这个三县联防的头，就干脆先打了他，杀鸡给猴子看看。"

屈元亮见大家争执不下，主要还是为了自己的安全，就站起来说："大家倒不必过于为我担心，变了牛就不怕拉犁头，变了泥鳅就不怕泥糊眼，只要是对我们组织有利的事情，我赴汤蹈火也要完成。夏炯这家伙是毒辣，疑心重，动不动就要杀人，不过他不像向廷瑞向屠户那样莽撞，还是有心计，晓得利害的。我倒有心跟他智斗几个回合，他那把马刀，倒不见得能砍动我这铁脑壳呢！"

大家议论了一阵，刘铁说："我同意这个办法，不过元亮一个人去，的确令人不放心。这样吧，听说岳池县的团练局长罗洪明，因为贪污粮款引起了公愤，又有人告他通共通匪，挑起他与夏炯不和，现在准备要撤换。我们不如参加竞选，把团练局长也抓过来。"

"人选呢？"

"人选倒是现成的，清浦就挺合适。他是留日学生，在岳池县里还有些声望，又进过杨森办的军事学校，与现任岳池县长严定礼又是世交，只要我们去活动，保证十拿九稳。"

大家争着发表自己的意见，都觉得这两件事情若办成了，许多事情会顺利得多。老袁大哥叫大家静一静，说："今天的事情，关系到我们整个部署的成败，就在座的几个人晓得，泄露了要受纪律处分的。元亮和清浦，你们从今天开始，不要在人堆堆里抛头露面，现在就从小路下山去。"

第二天，各路首领都到齐了，其中的刁仁义和罗平精都是党员，但是身份都没有公开，依然以绿林首领的面目出现。三十多个人的会议，就在宝顶寺的玉皇殿里举行，由玉璧和刘铁主持。刘铁一挥手，一个闹哄哄的大殿，立即静了下来，他提高声音说："诸位弟兄，自从上次我们联合打罗泽洲以来，又有好几年没见面了。现在罗泽洲倒是跑了，可是杨森更不是个好东西，看来我们对这些军阀只有一个办法：打。不打他，他就不肯让步，以为老百姓太好欺侮。杨森的力量，当然比罗泽洲大多了，这更需要我们大家联合起来。我们今天这个大会,惊动大家天远地远地赶来,就是要商量怎样联合,再推选出承头的人,一致行动。"

会上的几十位代表,顿时闹哄哄的。一个名叫陈伯斋的首领,发言很积极。这个陈伯斋,长工出身,为生活所迫走入绿林,带着十来个兄弟伙常在华蓥山区和岳池、广安一带活动。他站起来说:"老刘大哥,我想问一句,这回我们该不会像上回那样,只打军阀不打地主吧?我们早就听说人家江西那边,打土豪分田地,热火朝天的,农民的劲头大得很呢。依我看哪,先打十多二十个作恶多端的大土豪,粮也有了,钱也有了,气也出了,仇也报了,再拿着这些粮钱枪支去打军阀,那才叫一举多得。"

刘铁说:"怎么能像上次那样?上次是认枪不认人,只要有枪就入伙。现在我们在座诸位,都是和军阀恶霸有深仇大恨的人,队伍里也多是苦大仇深的农民兄弟。只是现在军阀的势力还很强大,我们如果先打地主,他们就会倒向军阀,给我们添麻烦,到时候分了田农民也不敢要。等我们的力量强大了,要像江西一样吼开打,发动大家来打土豪分田地,到那时候,我们也要成立红军。"

一听说要成立红军,大家都兴奋起来。陈伯斋一拍巴掌:"到那时,先打下岳池,再打下广安,看他杨森往哪里跑!"

罗平精扯着他那大喉咙,大声武气地说:"打哪里我都没意见,只是这次上山来,看见廖大哥和弟兄们太苦了,没吃没穿的,把身体搞坏了,这仗怎么打?干脆,把总机关设在我的太平场,我把房子都捐出来,我们都到坝子上去扯伸了打,也图个痛快。"

大家都笑了,陈亮佐说:"罗大哥,干我们这一行,不能光图痛快哟,还是得有个吃苦的思想准备。杨森又不是十天半月就垮了台的,目前敌人的势力这么大,全扯到平坝上去要吃亏的。"

金积成说:"是要有个吃苦的准备,大手大脚要不得。现在我们都要联合起来,成一家人了,我还是要给罗大哥提点意见。昨天他在山上打猎,不用火药枪用步枪,现在我们搞点子弹多艰难,这样浪费不应该。"

大家趁着话头,又给罗平精几个人提了些意见,说他们身为领导人,这两天不该带着人随随便便到坝上去逛,万一被敌人发现了,不但个人危险,也会暴露这次大会。罗平精先还满不在乎,后来见大家都认真了,自己也认真起来,表示以后一定要改:"现在参加革命了嘛,不能再像从前只是在家里操袍哥,还是要像个革命的样子。"

会议开了一整天,最后做出了决定,宣布原华蓥山农民自卫军经过扩充整编,正式更名为华蓥农民自卫总队,玉璧任大队长,刁仁义、罗平精、谭之中等十个人分任支队长。刘铁任书记的事情没有公开,但是下去的各支部书记的工作范围是明确了的。吃晚饭的时候,刁仁义站起来,端了只大酒碗高声说:"诸位弟兄,我还有几句话要说。我是个粗人,没读过书。这些年来,我带领弟兄们,冒着十恶九险闯荡江湖,也打了些劣绅,打了些军阀,但终究没闯出个名堂来。现在承蒙共产党看得起我们这些绿林江湖中人,邀约我们一起来干,还望廖大哥、刘大哥和在座诸位多多赐教。这次大会很重要,我们是不是也要赌个咒发个誓,有个具结?"

罗平精听了,大声说:"对对对,提公鸡来,我们要喝血酒!"夏林不晓得从哪里捉了只大红公鸡,一刀抹了,往每个酒碗里滴了鸡血。罗平精端起碗来，说："我若是暴露了组织，死无葬身之地！"说罢一口干了。陈伯斋说："我若是泄露了秘密，千刀万剐，五马分尸！"说完也一口干了。刁仁义把酒碗捧在手上，说："莫说那么多，谁泄露了打死谁！"说罢也一口干了。其他代表都站起来，重复刁仁义最后一句话，干了酒。

老袁大哥他们在一旁笑着，只是摇头，玉璧也笑，说："没办法，江湖中的人都这样，就算旧罐子里装新酒吧。"说罢也举起酒碗大声说："刁大哥的话说得对，凡叛逆者，不管在党不在党的，都要按纪律，严格处分！"说罢捧起酒碗，也一口干了。

酒席一直吃到深夜才散。

华蓥会议之后不出半个月，徐清浦就当上了岳池县的团练局长，屈元亮当了岳、武、广三县联防司令，各支队的负责人回去之后，都摩拳擦掌，遍地开花地打了起来。杨森恼火了，将他的部队分布到各县，形成一个大包围圈，企图切断自卫队各个支队的联系，先分而治之，再集中围剿驻在华蓥山上的总部。玉璧和刘铁研究了形势，决定选择桂花场为突破点，先打通到渠县和大竹后山的通道。

晚上，玉璧把法慧叫来，对他说："要给你派任务了，到桂花场去侦察一下，敢不敢？"

法慧一下子站起来说："大哥，入党宣誓那天我就说过的，革命不怕死，怕死不革命！"

玉璧拍着他的肩膀让他坐下来："不怕死当然好，可是还要有智有谋，圆满完成任务回来才是目的。这次之所以要你去，是因为你具备这个条件。桂花场是杨森第六混成旅罗润德的驻地，现在由一个叫林向侯的团长在那里驻守；他是梁山人，信佛。你先到你师父那里去，将梁山的双桂堂的情况摸仔细，然后就装成双桂堂的和尚,去桂花场化缘,把那里敌人的布防情况和地形摸清楚。记住,这是我们打破杨森包围的第一个缺口,又是你第一次单独执行任务,千万大意不得。"

法慧脸上泛起红光,很兴奋地使劲点着头,拉着夏林去商量具体细节去了。我看着他蹦蹦跳跳的背影,孩子似的,心里总觉得不大踏实。

玉璧说:"让他试一试吧,我们的人,都是这么练出来的。"

第二天清早,法慧身披袈裟,斜挂一个化缘用的劳什子口袋,手中敲着木鱼,念念有词地走到我跟前,很认真地说:"大姐,你看我像不像?"

我说:"像什么?"

"和尚呀。"

我忍不住笑了:"本来就是个和尚嘛,咋不像?快去吧,快去快回,一路要小心。"我一边说,一边送他出了山门,直到他的影子消失在密林之中。

三天过去了,法慧没有消息,我由担心变得有些焦躁,连夏林和玉璧都到山门外望了好几次。晚上,门外落着倾盆大雨,玉璧和夏林、陈仁勇他们伏在一张军用地图前,准备拟订攻打桂花场的第二套作战方案。都半夜了,我疲倦得很,站起来想去给他们弄点什么吃的,忽然听见门外有人轻轻喊了声:"报告。"接着就没有声音了。

我心里奇怪,以为是听恍惚了,过去试着把门打开,猛地扑进一个人来。这人满脸是泥,浑身上下的泥水直往下淌,只有两只眼睛在转。他见我怔怔地盯着,忙用袖子揩了下脸,我一看,高兴地叫起来:"哎呀,是法慧呀!"

屋里的几个人都站起来,七手八脚打热水拿衣服,忙了好一阵才把个清清秀秀的法慧打整出来。法慧人小，穿着陈仁勇的衣服就像钻进了一个大坛子里，拿了两个苞谷馍，边吃边谈侦察的情况。

那天法慧下了山，才知道敌人在桂花场周围到处都设了卡子，他费了许多口舌才进了场，敲着木鱼从场头走到场尾，从正街走到偏巷，发现一个大院子门口，站满了卫兵。法慧敲着木鱼念着经走过去，一个胡子拉碴的卫兵老远就喊他滚开。法慧不慌不忙地一躬身说："阿弥陀佛，长官你们行个善，和尚向你化个缘。"另一个愣眉怔眼的兵把枪一横，不耐烦地说："啥子长官不长官的，哪个不晓得我们是丘八。你晓得这是什么地方？团部重地！是你和尚能进来的么？"

法慧一听是团部重地，更不得走了，赖着他两个只是要化缘。那个胡子兵有些发毛，说老子都没得吃的，哪还有给你的？再在这里啰唆我就要……他边说边举起枪托，要打人的样子。正闹着，有人喊林团长来了，说着那林团长已走到法慧面前。他头戴顶博士帽，身上穿了件银灰色长衫，戴了副金丝眼镜，右手还拿了串佛珠。他后面跟了个女人，三十来岁，浓妆艳抹，穿红戴绿，金耳环金戒指闪闪发光，胸前却不伦不类地也挂了串佛珠。这一男一女走过来，两边的卫兵全都昂起下巴站得端端正正的。林团长环视了一眼，说："刚才是谁在闹事？"

那个胡子兵连忙立正说："报告团长，这个和尚不知趣，跑到这里来化缘。"

林向侯偏眼瞪了法慧一阵，从鼻子里哼了两声，说："吊起来！"

那几个卫兵一听，拥上来就要捆人。法慧急了，大声说："长官！行不行善由你，我和尚生在三界之外，不问红尘中事，又没为非作歹，为啥要捆我打我？"

林向侯冷笑两声："你分明是华蓥山的和尚，难道还瞒得过我不成？"

法慧说："长官，我看你面红体胖，定是官门中大人物；你又手拿佛珠，信仰佛法，难道不晓得诬赖好人是一大罪么？"

林向侯大吼一声说："我诬赖了你？那么我问你，你到底是哪里的和尚？"

"长官，不瞒你说，我是梁山双桂堂出家的，不信你看我口袋里的化缘簿。"

一个卫兵忙从法慧口袋里摸出化缘簿，那女人接过来翻翻，对林向侯说："团长，真的是双桂堂的，还是家乡人呢。"

林向侯瞅了法慧两眼，又说："我问你，既然是双桂堂的，你可知道双桂堂坐落何处，离梁山多远？"

法慧不慌不忙地答道："双桂堂在梁山西面三十多里的人和场境内，庙宇占地七十多亩，四周竹林茂盛，古树参天，香客终年不断。"

"双桂堂方丈是谁？庙产多少？和尚多少？"

"双桂堂方丈是慧宗长老，庙产有八百多亩，和尚有七百多人。"

林向侯见没有什么破绽，又说："和尚，我再问你，双桂堂特产是什么？哪一个菩萨最灵？"

法慧看他说这话的时候，那女人在旁边脸色绯红，心中就有了数："双桂堂特产是油炸锅巴，送子娘娘最灵，三州五府四邻八县的香客，要来朝贺求签，都是有求必应，添子添孙。"

女人一听，喜上眉梢，在林向侯的耳边说了几句，林向侯点点头，独自朝外走了。女人叫卫兵把法慧的手解开，换了张笑脸说:"和尚,团长军务在身,不得不问你。走,快进去,我有事要求你。"

法慧这下摆架子了:"太太有事就在这里吩咐,营盘之内是凶杀之地,哪里是我们出家之人进得的?"

那女人赔着笑脸,忙说哪里的话,有我担保,不打紧的。说着就领着法慧穿过营盘,进了她的房间,请坐倒茶,又端出一盘糖果,说她和团长都晓得双桂堂的菩萨最灵验,几次都想去求签,只因路上不清静,团长不同意。这回请小师父帮她许个愿,保佑团长高升,保佑她人财两旺……她停了一下,有点不好意思地说:"还求送子娘娘保佑我今年添个喜,我一定亲自去为她穿金挂袍唱大戏。"

法慧忙说:"阿弥陀佛,人在宫门正好修,太太只要肯做好事,功德积在儿女身上,包你多福多寿,多子多孙。"然后讲经说法,大摆了一气,眼看天都擦黑了,那女人心头高兴,说小师父你用了斋再走,说完就到厨房里吩咐去了。

法慧说到这里,大大出了一口气:"我这才敢放开眼睛,看这个房间。墙上挂着如来佛的像,还有些字画,看样子都是有些根底的人物写的。我再转过身来,却眼睛一亮,你们猜看见了什么?是华銮山的地图!那上面用红笔蓝笔画了些箭头,都指着我们猫儿寺、宝顶寺,这不正是他们的进攻路线吗?我狠狠地盯了那张地图一阵,把那些路线记牢了。见那女人还没进来,就装着要撒尿,出来在院子里转了一圈,看到院子后面的左右两角都有碉楼,楼上架有机枪;右边厢房是弹药仓库,左边厢房是营房……"

法慧说完了,歪着头对夏林说:"嘿嘿,夏队长,莫看你平时光取笑我,这回去打桂花场啊,没得我这个小电棒就不得行喽！"

　　法慧的任务完成得好，不仅是敌人的团部，连周围的设卡布防情况都说得十分详尽，当时就一一标上了地图。大家都很高兴，一向口紧的玉璧还夸奖了他几句，夏林摸着他的光脑壳，直是说我们的小电棒，还真的有出息。

　　情况侦察清楚了，可是什么时候行动还没定。这些天，同志们都忙着擦枪，加紧操练，法慧把庙上的和尚组织起来，一天到晚炒豌豆、胡豆和苞谷做干粮。我和夏林与另外几个同志又赶到重庆去，提前两天运回七千多发子弹，还买了两挺捷克式轻机枪，只等上面发布命令就行动。

　　这一天下午，我带着队员在地里浇菜，远远看见刘铁和玉璧边说边笑走进了山门。我心里一高兴，手里动得飞快，夏林奇怪了："大姐，看你咋一瓢一窝地泼，硬要把这些豇豆茄子都胀死么？"

　　我说："夏林，搞快点，没看见刘铁刘大哥请示上面回来了吗？说不定要打桂花场了。"

　　夏林伸长脖子一看，也来了劲，说："大姐，我来挑你来淋，我们今天早点收工！"

　　两个人急急忙忙淋完了那块菜地，挑起粪桶往回走，刚走到唐俊清住的屋子旁边，就听见他在屋里大吵大闹的。唐俊清这次去重庆运枪，在路上闪了腰，又淋了雨，回来就发高烧，由医生彭老幺守着，莫不是病又重了？我和夏林忙放下粪桶进屋去，见他还在喊："凭什么不要我？凭什么——"

　　夏林摸摸他的额头，说："老哥子，你今天松点了么？不好生听话吃药，像细娃样在闹啥？"

　　唐俊清不理他，拉着我的袖子说："大姐，我跟了你和大哥几年,哪次脓包过?这回这么大的事情,你们就瞒我一个人?"

我摸摸他的额头还滚烫,担心他在说胡话,就问:"我哪有什么事情瞒过你?"

他一拍床沿说:"你当我真的不晓得?你们马上就要出发去打桂花场了,这回是打大仗,陈仁勇都要去。"

夏林一听这话高兴得跳起来:"老兄,你安心养病吧,病好了少不得你打的!"话还没落地,人就没影子了。我也连忙说:"俊清,我和夏林才从菜地回来,真的不晓得这件事情。你这样子哪能出去打仗!等你病养好了,还怕没有仗打么?"边说边扶他躺下,给他盖好了被子,也急急出来了。

这回打桂花场,的确是一场大仗。自卫队集中了二百多人的兵力,其中先头部队八十人,分成四个小队,我就带领第一小队,跟在玉璧后面。队伍穿着从敌人那里缴来的军服,带着干粮和火把,擦黑时分从山上出发,在山路上高一脚低一脚地急行军。半夜时分,天空亮开了,满天的星星很是清朗,前面传来的口令,说已到了敌人的警戒线。大家熄掉火把,踮起脚尖,飞快地朝前走着,想到这是一场大仗,对方可是正正规规的一个团,心里都有些紧张。玉璧和夏林一路上倒是不慌不忙的,轻而易举地端掉了敌人的两个卡子,鸡叫头遍时,人马就到了桂花场。玉璧迅速分派了任务,我的一小队和四小队一起,由法慧带着直奔敌人的团部,冲进那个大院时,敌人还睡得直打鼾。陈亮佐、谭之中他们直扑两边厢房,只听见几排枪声,霎时间桂花场内外的枪声爆豆样响了起来。法慧带着我来到林向侯的住处,几个人立即散开将房间包围起来。夏林飞起一脚,将房门踢开,冲了进去,只听得里屋一声女人的尖叫。

我一步跨进去,用火把一照,见一个人用被子蒙住头,在床上缩成一团。我走上前去,掀开被子,一把将那女人提起来,问:"林向侯哪里去了?"

她披头散发只是干嚎。法慧急了,一步上前去,大声说:"问你的团长哪里去了?"

那女人一见法慧,猛地不哭了,眼睛死鱼样一翻,一软就倒在了地上。我一看愣了:又没打她,怎么就倒了?正发呆,玉璧冲了进来,指着大敞开的窗子说:"人都跑了,还不快追!"

我一看那窗子,才恍然大悟,连忙翻身跳出窗外,和夏林、法慧一起追了出去,追了好远,都不见人影,大家气喘吁吁地停了下来。法慧说林向侯短脚短手一身肥肉,怕跑不了这么快,一定是躲在什么地方了,几个人又赶快往回走。此时桂花场里里外外到处都是亮杆火把,枪声密集,杀声震天,满街都是急急奔跑的人影。我们一行人回到团部院子里,金积成、谭之中、陈仁勇他们正把俘虏一串一串地押在院子里集中,好多浑身上下光溜溜的,站在那里直哆嗦。原来只是听说杨森的兵晚上不准穿裤子睡觉,说是怕他们逃跑,我还不相信,现在才晓得是真的。

法慧在俘虏中走了一圈,没有找到林向侯,就有些着急,玉璧说一定藏在院子里,快搜。大家又围着院子走了一圈,走到左厢房侧边,忽然听到后面有鸡群在咯咯乱叫。玉璧一挥手,和夏林各走一头,两面包抄穿过厢房,直向后院奔去。我跟在玉璧后面,高举着火把照路,看见后院屋檐下的一个角落里,有一个石头砌成的大鸡笼,鸡在里面乱飞乱扑,一只人脚露在鸡笼外面。玉璧上去踢了一脚,喊了声:"出来!"

那人不动,夏林双手抓住那只脚使劲一拖,他像死蛇一般被拖了出来,长条条地躺在那里。玉璧踢了他一脚,那人"哎哟"

一声翻过身来，我举着火把一照，只见他脸上黑一团黄一块糊满了鸡屎，臭气冲天，熏得夏林打了两个喷嚏，捏着鼻子将他提起来。那家伙低着头，耍死狗，不说话。夏林气极了，两脚尖踢去，他还是不开腔。正在这时，法慧赶上来了，一见这人就指着他的鼻子大声说："大哥！这就是林向侯！"

那家伙听了浑身一颤，连忙说："不是不是，你们认错人了。"

法慧说："嘿嘿，林团长，我没认错人，你也没认错人。我的确不是梁山双桂堂的和尚，的确是华蓥山上的红和尚。你不是求菩萨给你添个喜吗？我们今天就给你送喜来了！"

林向侯怔怔地看着法慧，垂下头去，长叹一声，不说话了。夏林用枪点着他的脑壳，冷笑说："林团长，再打不过我们，也不要去钻鸡笼嘛！你看你堂堂一个大团长，今天变成了个鸡屎王！"

天色大亮了。玉璧将几百个俘虏集中在大院里，照例训了一场话，叫他们回家去好生种田，养家糊口，莫要再给军阀卖命；然后根据一些士兵的揭发，当场枪毙了两个作恶多端的营长连长，之后背着大批的战利品，押着林向侯回山了。

法慧背了一支缴来的长枪，得意洋洋地走在前头。陈仁勇逗他说："法慧，你要看相还得跟我学习！你那天说林向侯面红体胖，是大官相，就没看对嘛，这才十来天，他就成了我们的俘虏。"

法慧一摇头说："你晓得啥子哟，我是哄他的，要不然咋个进得了营房？其实那天哪，我一看就晓得他大祸要临头了：头顶上冒黑气！我师父说过，华盖青黑必主暴灾；这种黑气你们是看不见的，硬要我们这些多年打坐的和尚才看得出来。"

夏林听了一瞪眼："糟了，我正要和大哥商量，这回法慧立了个大功，回去给他说个乖巧的小媳妇，哪晓得你原来是个多年打坐的老和尚！完了，这个媳妇说不成了！"

大家哄的一声笑了，法慧羞得满脸通红，跺着脚直喊："夏队长你这个挨千刀的！"

第十二章
强夺界牌

打了桂花场，好戏就开了场。屈元亮和徐清浦带信来，说近来杨森不甘心屈居广岳，又打算把队伍扯出去参加军阀混战，广岳的治安就完全交给了夏炯。元亮叫玉璧再热热闹闹打上几仗，最好迫使夏炯讲和，以便我们抓紧时间进行整军，扩大队伍。

大家又把地图打开，目光不约而同都对准了界牌这个地方。

界牌在华蓥山的背后，属邻水县管，是广安、岳池、邻水三县交界的必经之地，一边是悬崖，一面是高山峭壁，只有中间一条独路；敌人又在附近大修卡子，企图阻断自卫队通往邻水的后路，断绝军需粮食的供给，这对我们是一个很大的威胁。打界牌和打桂花场不同，地势这么险要，只能智取，不能强攻，这就用得着早就安过去的一个"钉子"——唐二嫂一家。

唐二嫂的家，原来是自卫队安插在山边大溪口的联络点，我运枪来去都在她家里歇脚，她也常常上山来，要么看看唐二哥，帮着大家缝补浆洗，要么送个信通点情况。队员们都夸二哥好福气，娶了个这么贤惠的女人。几个月前，敌人来搜山，听人密告，烧了她家的房子。大家商量了一下，觉得既然已经暴露，还是迁远点为好，干脆就让她迁到界牌街上，开了个鸡毛店卖点小酒菜，又到敌兵营里接点衣服来洗，成为从山上到邻水的一个联络站。现在要打界牌了，玉壁就把唐二哥派了回去，让他和二嫂抓紧收集情报，又派了一个精干的突击队，悄悄移到靠近界牌的山边上，密密地放上岗哨，等着二哥二嫂的消息。

天气热起来了，山上的队员们轮流放着哨，剩下的要么听玉壁上军事课，要么抓紧早晚凉快的时候操练。我趁着有些空闲，粗针长线地帮着大家缝补一下衣服。这些小伙子成天猴儿一样，衣服不是拉个洞就是撕条口。俗话说"笑脏不笑补"，再说是干革命条件艰苦，洗干净补结实，让这些小伙子们精神些也好，总不能让人家说玉壁的队伍拖衣拖食的。

这天下午，太阳大得很，我和陈亮佐、陈仁勇、范永安几个坐在一个岩洞里边摆龙门阵，边给夏林的一条破裤子膝盖上重打补丁。陈亮佐自华蓥会议后，被派到刁仁义刁大哥的队伍里，担任了支队书记，这次带了刁大哥的一个小队，也来配合作战。我问起他在那边的情况，亮佐说："幸好我读过几天书，刁大哥自己不大识字，就是佩服知书识礼的人。他之所以愿意来投奔我们，就是说廖大哥和你都是上过京城太学堂，家里又不缺吃穿，还来和这些穷弟兄一起打军阀打恶人，这就了不起。他还说廖大哥没得半点架子，打起仗来计谋多，神机妙算的，打一仗胜一仗，便是像诸葛亮一样。"

我笑笑，说："刁大哥就是待人厚道，绿林中像他这样的人委实不多，只是他手下那几百弟兄五花八门的，不晓得服不服你管。"

陈仁勇说："大姐，这你就不晓得了，绿林中的人看重排把。你不记得当年亮佐在罗渡溪的公口里，是红旗大管事，排行第五把的陈五哥吗？来往的英雄豪杰跑滩兄弟，若是越城翻墙，不经陈五哥引见招呼,莫说接驾留客吃喜钱,恐怕还要走不到路,拿话来说的!"

正说得热闹,金积成来了,说大哥叫大家都过去,要开个紧急会议。大家连忙赶到玉璧那里,原来是唐二嫂来了,正在给玉璧汇报情况,说得又详细又清楚,玉璧满意得直是点头。等她说完了,我递了一碗水过去,说:"唐二嫂你打听到这么多情况,一定费了不少神。"

唐二嫂接过水笑笑说:"对付这些贪嘴好吃的东西,用不着费神。卖的酒呀菜的便宜一点,又准赊又准欠的,都爱往我们的店子里跑,二两黄汤一下肚,问什么说什么,哪有打听不到的事情。"

唐二嫂带来的情况表明,敌人驻在界牌的只有百把人,其余的二百人都散在外面设防清乡,现在去打正是时候。可是敌人凭借天险,在五里外的山口就设了卡子,平时场头场尾都有哨兵;营房在场东头的关帝庙内,又是个制高点,要像桂花场那样硬攻,显然是不行的。几个人研究了一下,决定先混进一部分人去,作内应。于是当场就点了将:唐俊清病好了,不去是不行的,他和陈亮佐带一批人,先由唐二哥安排,到界牌附近的群众家潜伏下来;我和陈仁勇、夏林几个人随后进界牌,听唐二嫂安排。界牌在要道上,又是大场,逢场天热闹得很,进出几十个人不惹眼。等我们埋伏好了之后,玉璧、金积成再带上队伍,装成去邻水的炭挑子进来,以三声枪响为号,攻下敌人营房。

商量停当,便各自行动。金积成带人到山上砍了些百莢竹来,十多个会篾活的队员连夜编炭篓子,都打的夹层底子,好藏枪,然后又拿些锅烟灰和泥巴,抹成很旧的样子。陈亮佐、唐俊清带了二十多个人，分别装成算命的、看相的、讨口的、帮短工的、卖针头线脑的……陆陆续续来到界牌附近的乡村，住在我们的队员和当地群众家里。我装成一个农妇，手上提了个竹篮子，两支枪装进竹篮的夹层里，面上放了十几个鸡蛋；夏林和陈仁勇挑了两挑水淋淋的小菜，和我一起顺利地进了界牌赶场，然后由唐二嫂安排隐蔽起来。

我住在二嫂家，夏林和陈仁勇安排在另一家。晚上，先到的陈亮佐和唐俊清都过来了，用张抹了烟灰的黑纸罩住灯，开了个会。现在潜伏在场内及周围的，有三十多个人。这里隔天赶场，算来玉璧、金积成他们后天到，必须明天晚上就要把人员全部调集拢来。我说："一下子进来这么多人，选的人家要可靠才行。"唐二嫂说："没有问题，这些丘八在这里驻了几个月，穷吃霸赊的，逢场天还出来抢人家的青春小女，又抓了那么多年轻人去修卡子，修得那么牢实，活像要驻个天荒地老的样子。场上的老百姓好焦心哟，早就巴望你们打过来呢，住两天算什么！"

第二天上午，平安无事地过去了。下午我正打算好好睡一觉，却被唐二嫂叫醒，说她才得到消息，明天在外面驻的敌人都要回来，说是换防。

我跳下床来："回来多少人？"

"将近二百人，听说还拉着大炮呢。"

我一顿足：糟糕，这事也来不及通知玉璧他们了，明天他要是懵懵懂懂带人撞进来，岂不是撞进了敌人的口袋里么？敌人这么多，我们咋打得过……

过了一会儿，几个负责人都到了，消息来得太突然，都吃了一惊。讨论了一阵，觉得不外两个办法：一个是今天晚上就撤；

一个是今天晚上就打,就这三十多人把界牌端下来。反正要赶在明天上午敌人的大队人马回来之前,我们的人马要全部离开这个地方。

要说今晚上撤,大家都不甘心,说费了这么大的力气,怎么就不声不响地撤了?不但老百姓很失望,将来也会被其他兄弟支队笑话。可是不撤,这三十多人怎么打得过他们一百多人,还要拿下制高点,赶在天亮前结束战斗?万一被敌人拖住,等他们的大队人马一赶到,岂不是把自己也白赔了进去?

说到最后,大家一致要打,可是我却犹豫了。这个"打"字说起来倒容易,可是有个什么万一,谁担当得起这个责任?打仗若不能凭借实力,就得凭借天时地利,而今敌人的兵力是我们的三倍,而且武器精良,地势又占着制高点,我们唯一占着的,只是天时:黑夜出击,趁其不备。

可是万一我们被咬住,这场战斗在天亮前结束不了呢?

时间一分一秒地在过去,我还是拿不定主意,唐俊清急得不得了,一顿足负气地说:"要撤还不容易吗?可是只要我们这一撤,日后就再也别想进来,等他们修牢了工事,这颗钉子就别想再拔掉了。"

是啊,界牌本来就是易守难攻,敌人再增加这么多的兵力辎重,我们日后是更难打了,于是我把心一横,说:"打是可以打,可是不能硬打,要筹划一下。唐俊清和陈亮佐先上关帝庙,用手榴弹把敌人赶出来,我带着另一批人在外面堵住,打它个耗子钻风箱,两头受气。"

天一黑,人都悄悄地集中了。起二更时,满街黑黢黢的,一点声响也没有,只有场头的哨兵魂一样荡来荡去。夏林和陈仁勇顺着墙根溜过去,两把匕首把敌人的哨兵摸了,我一挥手,唐俊清他们带着二十来个人往关帝庙飞奔而去，我带着剩下的人退到两头，各自找地形隐蔽起来。不一会儿，就听见关帝庙内打了起来，手榴弹炸得轰轰直响，火光冲天，夹着敌人的鬼哭狼嚎。突然一声巨响，关帝庙的大门被炸开了，敌人潮水一样冲了出来。我喊了声："打！"两头埋伏的人一齐开火，涌出来的敌人三面受敌，出不来又进不去，缩成了一团。

夏林一旦打顺了手，就得意忘形，欠起半截身子，提起手中的冲锋枪喊："大姐，快冲。"就在这时，我突然听到一种很清脆的枪声，忙喊了一声："机枪！"拉着夏林就地一滚，跑到一个坟堆后面。就在这一刹那，敌人以机枪开路，冲了出来，我两枪点倒那个端机枪的，几个人一齐开火，打倒一排敌人，其余的还是跑掉了。

夏林问追不追，我说别追了，快去增援关帝庙！说话间，陈仁勇带人捡起敌人丢下的机枪在后面跟着，一路冲杀到关帝庙前，看见唐俊清和陈亮佐都在收缴残兵了。

大家都会齐了，只有两个人受了点轻伤。几个负责人赶快碰头商量。陈亮佐说："这关帝庙虽然是个制高点，但没有退路，不能死守。"我说："可敌人一定以为我们要死守，再说丢了营房，明天不好向上面报账，他们会纠集人马杀回来。我们给他唱出空城计，封在里面打。"

大家觉得这个办法很好，连忙把枪支弹药都搬到外面埋伏起来。夏林说要装就装像，搬了两个死人拿着枪站在门口，又捆了好几个手榴弹，做成个绊马绳，安在庙下面的石梯上。

四更时分，天色转黑了，锅底一样，放哨的同志悄悄跑回来，说敌人来了。话刚说完，就听见一阵脚步声，一进场口就一路冲锋，直杀关帝庙。敌人冲到关帝庙的台阶下，被夏林安的绊马绳绊住，炸倒了好几个，爬起来又冲，三两下就扑了进去。谁知前面的进去一看，是座空营，知道上当了，又惊呼呐喊地退了出来。我大喊一声："打！"陈仁勇架起刚才捡来的那挺机枪，封住大门。敌人被拦腰截断了。陈仁勇、陈亮佐他们和庙里的敌人粘成了一团，我带着夏林等七个人追着退出来的敌人，一直打到了场外的野地里。天慢慢亮了，敌人看清楚我们人不多，转过身来打了个回击，想把我们几个人逼回场内去，自己也好与庙里的人会合。夏林连忙和我靠住一道土坡，背对背，对着回过头来的敌人就是一阵扫射，几个人倒在水田里，田里顿时泛起一片血红。突然夏林的冲锋枪不响了，接着是手榴弹爆炸的声音，我没回头，大声问夏林你怎么了？夏林骂道："他妈的，没子弹了……"

天色已经大亮，这仗是不能再打了，我一个点射打倒一个敌人，叫道："夏林你赶快去通知老唐他们撤出来，搞不好会被包起来一锅煮了的！"

夏林说："他妈的，我现在走不了啦！我走了你一个人堵不住的。"

我说："你这家伙怎么婆婆妈妈的，你再不走我就……"

"大姐你莫费口舌了，今天你说齐天我也不得走！"

我突然转过身，对着他脚下连开几枪，一边说："你走不走！你走不走！"夏林跳着脚连连后退，突然被什么绊了个仰八叉。

什么地方传来一阵响亮的冲锋号，接着枪声四起。夏林一愣，随即拍着屁股跳起来，朝一个方向叫道："是大哥和老金你们来了啊！哎呀这才是老天爷有眼睛啊！你们要是再不来，我即使不死在敌人的手里，也会被大姐她吃了啊！"

我看他那夸张的样子，想笑也笑不出来，一软身就靠在了土坡上……事后常常想起这一幕，自己都忍不住好笑。战争这东西，真他妈的怪，再是斯文呆板的人，只要一进入战场就会变得机智敏捷，胆大包天，也会变得粗野暴躁。想来当时我的样子一定很凶狠。

第十三章
虎口救人

界牌一仗，我们以少胜多，神出鬼没，确实把敌人打痛了。接下来把队伍化整为零，四处出击，声势造得很大，连一些绿林武装，也自称是华銮山廖大哥的队伍去打杨森。

屈元亮趁机找到夏炯，说："你委我个空头司令，要人没有人。那些大地主们都被廖玉璧打怕了，谁也不来了。他们不来，我就没有枪，这一没人二没枪，三县联防的治安怎么搞？"正说着，徐清浦进来听见了，说："屈司令你手中没有人，难道我手里就有人么？一个顺手的都没有，难怪从前的团务搞得不成样子，土匪成群，人心惶惶的。眼下乡绅们给我推荐了两个人……"于是说出刘汉民和段前迪来。

屈元亮说："段前迪我倒不清楚，这刘汉民我熟，当初我们一起在何光烈名下干过，他是炮兵营长，打仗得行呢。就看夏师长的意思怎么样。"

夏炯才到这里不久，不熟悉地方上的事情，还不是听他们说怎么样就怎么样；只是着急到处都在打，他这四面合围、分而治之的办法怎么就起不了作用。

屈元亮说："夏师长，你请坐下，听我慢慢给你说。廖玉璧这个人，你不了解。那年军团冲突打罗泽洲的时候我们在一起，他打起仗来有勇有谋，连我们这些专业军人都自愧不如，要不是当时有些土豪劣绅和土匪在里面扯拐，说不定他倒真的可以拥兵自重，成就一番事业了呢。"

夏炯听了，沉吟不语。屈元亮说："当然，按身份我是个军人，如今投在你和杨军长名下，叫我打哪里，就是亲弟兄也不能推辞，常言道，慈不带兵嘛。可是要说私人感情，你和玉璧都是我的好朋友，两个都是要强的人，我看最好是不要互相为难。若是你有这个意思，玉璧那头我派人去说合，你呢也不要把愿许重了，就许他个三防副司令，放在我名下，若有个什么不测，我来从中化解担待，你看怎么样？"

夏炯站起来在屋里走来走去，说："恐怕不得行。听说他是个真资格的共产党，杨军长是最恨共产党的。再说共产党也不像我们收编的那些土匪队伍，不好笼络。"

屈元亮说："现在谁说得清楚谁是什么党？你没听说范绍增范傻儿在长寿办学校，十几岁的学生娃儿问他地球是圆的，人为什么不掉下去？他答不上来，一拍巴掌就骂那个学生娃是共产党！廖玉璧就是廖玉璧，他有本事，拖出了这样大的一支队伍，四处的人都服他，又打富济贫深得人心。自古以来，对这样的人吃得掉就吃掉，吃不掉就要招安，否则要酿成心腹大患。你想想，杨军长现在一心盯着要掺和刘文辉、刘湘两叔侄争地盘的事，他是想把实力保存下来占大头呢，还是想就在这华蓥山里不明不白地消耗掉？拿你来说，如果不消打仗就能保得这一方清静，又扩大自己的实力，你又何必去耗粮耗钱地费那个神？"

夏炯用手卡着下巴，许久才"唔"了一声，说："像廖玉璧那样的人，上次我叫你去说，你都说他不愿意，现在未必就肯干么？"

元亮说："那阵恐怕是担心他的实力不足，要不起价钱，反而被你吃掉了，现在这个问题不存在了。你放心，他是大学生，最终图的还不是个建功立业，有个正当名分？就像现在各派军阀队伍中的许多人一样，未必还山林草寇了此一生？清浦你也是大学生，还留过洋，你说是不是这个道理？"

一直没说话的徐清浦，在旁边点点头，说："依我看嘛，这事还是要看师长的意见；师长若是点了头，元亮兄就去试试。说得成当然极好，夏师长你也用不着给屈司令派兵了；说不成嘛，就怪他自己不识相了，再打也不迟，先礼而后兵嘛。"

就这样，夏炯点了头。没几天，刘汉民和段前迪就到徐清浦手下报了到，一个当了县团练股长，一个当了庶务股长，把团练局的枪和钱都抓住了。夏炯哪里晓得，刘汉民就是刘铁，廖玉璧队伍中的刘政委，而段前迪也是岳池县的共产党员呢。

又过了几天，屈元亮找到夏炯，说："廖玉璧那边回话了，要收编可以，三防副司令也没得意见，可是有一条，队伍不能改编，要保持原班人马，而且要拨出地盘来整顿队伍。"

夏炯听了，鼻子里哼了一声，说："这怎么行？"

这话传了过来，玉璧听了也从鼻子里哼了一声，说："不行就打嘛，打他个口服心服。"

于是四处又热热闹闹打了起来。敌人被打得火起，就故技重演，又把玉璧的母亲抓了去，关在广安城的监狱里。

玉璧听到这个消息，咬咬牙，没吱声。我连夜赶到广安，用钱买通了管狱婆，给她老人家买了些被子、衣服和吃的；又告诉她，现在杨森、夏炯不比当初江豪元、刘月波了，玉璧现在一时还不能来救她老人家，请她别着急。

婆母流着眼泪说:"屏儿,我晓得,玉璧不能来,你也莫来。我反正一把老骨头了,再随他们咋个办。你们的路还长,该咋走还是咋走。"

我听了这话,再看看阴暗潮湿的牢房,觉得鼻子发酸,便转过头去,拿了几块钱给狱婆子,请她好生照看,将来还有重谢;然后给老人家深深鞠了一躬,转身走了。

玉璧咬着牙,拼命地找点子打仗,打敌人的卡子和驻防部队,常常拖着队伍一晚上跑几十百把里路。有一次,半下午才开饭,然后玉璧带了八十多个人,赶到一百多里路以外的广安观音阁,第二天上半夜回来,每个人身上都背了好几支枪。

大家打仗都起了瘾,听见打仗就来了精神。这天,徐清浦带信来,说何冬瓜何生带了一营人来阳合场,想在那里驻营,扎断我们下山的路。大家一听是这个第一次起义时的败类,一点没客气,在阳合场前面一个叫懒板凳的地方狠狠教训了他一顿,然后大摇大摆下了山,转移到合川的石龙场去了。

我带着小分队的同志们到罗渡溪,准备再到重庆去运一次枪弹。一到叔父开的饭馆里,就听见几个喝酒的客人正在扯开场子摆"飞毛腿巧打何冬瓜"的故事,说是何冬瓜的脚都被打跛了,还几乎被活捉了去,滑竿抬回来从罗渡溪过,惨兮兮的样子,街上的人都暗自好笑。那摆龙门阵的人摆着头很感慨的样子,说:"人家才十几个人打了他一营人,来无踪去无影的,你说那飞毛腿有多厉害,不晓得是哪条梁子上下来的好汉!"

叔父一见我来了,连忙让进里屋,抿嘴笑着问我:"又是玉璧干的事吧?"

我也笑笑,问:"何以见得?"

叔父说:"人家不晓得,我还不清楚么?他人又高大,腿又长,他走一步,别人要走两步,他在前面慢慢走,我跑步都跟不上。前年大年三十,他由重庆回来,二百二十里路,清早动的身,晚上还赶上我们家吃团年饭呢。只是这回何冬瓜没有服这口气,昨天他又带了兵从这里过,下巴昂起多高,说是要开进阳合场去大清乡。你晓得的,他和阳合场王尧那狗东西勾得紧,你要告诉玉璧和亮娃子,叫他们小心哟!"

叔父说的亮娃子,就是指陈亮佐,因为和我们家挂着近亲,全队只有他叫我三姐,叔父也特别关心一些。我不好告诉叔父队伍的行踪,只说是我们又不傻,等在阳合场挨打么?

正说着,队员朱老幺气喘喘地跑了进来,一见我就结结巴巴的,半天才说:"大姐,不好了,陈亮佐被敌人捉去了,今天上午遭的。"

我忙问:"是怎么遭的?人在哪里?"

"不晓得,听说在阳合场被何冬瓜的人捉到的。"

哎呀!落到这个死对头的手里,一定是凶多吉少了。亮佐已是我们很重要的干部,现在又身负重任,他可是万万不能有什么闪失。我急得直跺脚:"你说清楚嘛,究竟是怎么回事?队伍都撤了,他还到阳合场去做什么?"

朱老幺见我急成这个样子,忙说:"我也不清楚,大哥叫我赶快给你送个信,叫你一定拼命也要把人救出来。"

正在着急,夏林和金积成进来了,夹着亮佐的弟弟陈老二。我看他哭兮兮的样子,心头着急,说:"你哭啥子,赶快把事情说清楚,我们好商量个办法。"

陈老二抹了把眼泪,抽抽搭搭说了缘由。

陈亮佐自从派到刁大哥的队伍里,工作很有起色,除了在界牌配合打了那个大胜仗,还在刁大哥所在的合川、武胜地区频频出击，搞得敌人也很头疼。本来按计划，他这几天要回山来研究下一步的工作，可是我们打了何冬瓜之后，队伍撤到合川的石龙场去了；玉璧让陈老二到刁大哥那里去一趟，叫陈亮佐别回山了，直接到石龙场碰头。

陈老二叹口气说："哪知我到合川会到刁大哥，就听说哥哥到阳合场去了。我本想径直去追哥哥，又怕廖大哥着急，恰好在路上碰着周癞子，我就给哥哥写了条子，叫他藏在衣角里，让哥哥快回合川来。谁知我回到石龙场，就听说我哥哥遭了！"

"周癞子回来没有？"

"就是没有。"

"哎呀，糟糕！"

正在着急，唐俊清又跑来了，眼眶红红的，见我就说："大姐，陈亮佐被何冬瓜捉去了。听说明早上就地枪决。"

我头上像挨了一棒，看着屋子都像在打转转，好容易镇静下来，问："你怎么知道的？"

"马福林马大爷回来说的。"

"周癞子呢？"

"也遭了。"

"是怎么遭的？"

"周癞子到阳合场，满街都没有看到陈亮佐，却引起了敌人的注意。敌人的便衣侦探问他是哪里的，他说是买窖货的；问帮哪个买的，他说帮他的老板，罗渡溪的朱队长买的。本来就没有事了，他不走，呆头呆脑的，捏着衣裳角角，还在那里转。敌人就怀疑他，把他捉去，将衣服脱了，在灯下一照，就把信照了出来。敌人审问周癞子，他说是路上一个人给他的。敌人严刑拷问，他还是没有说，就将他押起，派人到离阳合场五里路的地方,将陈亮佐捉住了。"

陈老二捶胸顿脚地哭:"都是我不好,我不该叫周癞子去送信,是我害了哥哥,我该替他去死!"

金积成一跺脚:"莫说那些没出息的话!亮佐是我们一同起事的老同志了,哪能这么轻易死在他何冬瓜手里!我这就跑一趟,把队伍调回来,要不然,就我们这些人去劫法场!"

我摇摇头说:"你硬是个闯王,就晓得打!人家那么一大营人,我们这几个去不是自投罗网吗?再说若是真的用得着劫法场,你廖大哥他们自己就带人来了,还要我们在这里着急?"

大家不说话了,夏林在屋里走来走去,金积成双手抓着头发坐在小板凳上,唐俊清只叹气。朱老幺一看这场景,急得说话的声音都在发抖:"大姐,要赶快设法啊!"

时间一分一秒在过去,我脑子里飞快地转着各种方案,组织上既然叫我设法营救,一定是有什么线索,可是这线索到底在哪里呢?我见陈老二还在嘤嘤地哭,就说:"情况如此紧急,后悔着急都没有用,大家快想办法吧。老二,你哥哥在城里还有什么亲戚没有?"

陈老二哭着说:"有啥子亲戚啊!现在哪个还认你。"

"你嫂嫂呢?她也出来打听一下嘛。"

"她一天只晓得做活路,带娃儿,用根棒棒也打不出两句话来。她徐家娘屋里听说我哥当了'共老二',还不让她回娘家呢。"

正在山穷水尽之时,听他提起徐家,我心头一亮:徐清浦已接了团练局长,组织上叫我设法,恐怕就是指的这个路子。因为派徐清浦打入敌人内部的事,是绝对秘密的,一般同志都不知道,玉璧没有说明,他一定想到我猜得着。我往桌子上一捶,大声地说:"有办法了!"

大家一听,一个个把颈子伸得多长。我说:"城里新上任的团练局长是我的亲戚,我去找他。"

夏林说:"好,马上进城。"

唐俊清旋风一般跑出去,片刻工夫就把滑竿收拾好了。我忙着到里屋去换装,穿了件白府绸的上衣,下面拴了条果绿色的裙子,又叫婶婶拿把剪刀三下两下修齐了短发,乍看上去就像城里读书回来的女学生。收拾停当出来,大家都在门口等着我。可我一看天色都擦黑了,心里就冷了半截:"这里离县城还有八十里路,恐怕来不及了……"

唐俊清说:"啥子来不及!我们四个人,换班抬你,拼出命来也要救出人来。"说着不由分说,将我拉上滑竿,没等我坐稳就起了轿。

天快黑尽了,闷热得很,天边升起了一朵朵乌云,看样子要下大雨。夏林、金积成脱成了个光膀子,汗水像河沟里的水,沿着背心流。他们一手把着滑竿,一手甩得齐脊背高,张着嘴呼呼地出大气,后面唐俊清唐老六拿着衣服,一路小跑跟着。我直说:"夏林,让我下来走一截吧?"夏林累得话不成句地说:"救人……要……紧……"

就这样,八十里路,不过四个钟头就赶到了。走拢城门口,已经过了二更,城门关得紧紧的,金积成怎么叫也没有应声。难道这唯一的一点希望,就被这该死的城门化为乌有,陈亮佐就这样白白地死了不成?我心头火起,对着城门不顾一切地大喊道:"快开门!我要找你们团练局徐局长!"

这一喊,城门里果然有了响动。我掏出两个银元,从门缝里递给守城的卫兵,对他说:"请你带个口信给团练局长,说他的女儿从学校里回来了,路上因为轿夫生病,耽误了时间。"

那卫兵一见到白晃晃的银元，眼睛就亮了，连忙说："你等一等。"

过了一会儿，徐清浦果然来了，后面跟了一个卫兵。他从城楼上往下一看，我立刻仰头叫他一声："爸爸！"

他惊了一下，我又喊一声："爸爸，我回来了！"

徐清浦醒了过来，马上说："啊！快进来。"说着就走出城门，一见是我，忍不住好笑。我瞪了他一眼，让夏林他们在城外歇栈房，然后同他一道进了城。徐清浦把我引到一个旅馆里，对老板说："这是我的女儿，刚由学校回来，在团练局不方便，暂时在你这里歇一夜。"

店老板毕恭毕敬的，连忙给我安排了一个上等房间。我同徐清浦走了进去，一坐下他就问："有啥子要紧事？"

我说："无事不登三宝殿，没有要紧事，不会在深更半夜来找你。"接着就把陈亮佐被捕的事说了一遍，然后又对他说："事情很严重，看你想什么办法营救。"

他马上焦急起来，两手不停地搓着："时间这样紧，想什么办法呢？"

我说："明天早上陈亮佐就要遭枪决，是不是先把他们两个提到县城里来再想法子。"

我这一说提醒了他，他沉思后说："对，先把人从枪口下抢出来，再说下一步。只是不知道他们有没有口供。"

我说："听说都没有口供。陈亮佐一身被打得稀烂了，周癞子也受了刑，都没有说。"

他说："没有口供就好办，我马上给县长打电话，说这是一个要犯，叫何生解进城来问口供。"

我说："这事要快，不然保不住。"

他说:"当然,我马上就办,明天清早来回信。"

那天晚上,我无论如何也睡不着,脑子里像一团乱麻。我想起第一次起义失败后,一支由地主掌握的武装叛变,在投降敌人前,想打死玉璧去请功。是陈亮佐背着重伤的玉璧,在一个雪地的刺芭林里躲了两天两夜,最后才脱险上山。我又想起在山上那些困难的日子里,陈亮佐冒险去找粮食,替伤病员熬药,坚持晚上放哨……这个穷苦人家出身的青年靠他的一个叔叔供养,读了几年私塾,以后又考上师范学校,没有毕业就出来教书挣钱,养活一家五口。参加革命后,吃得苦,没私心,作战勇敢,办事稳重,上次打界牌若是没有他,我真的不晓得要撞出什么漏子。这样好的同志和兄弟,可千万不能……

好容易我才迷糊了一会儿,蒙胧中觉得一阵轻轻的敲门声从很远的地方传过来。睁眼一看,天已放亮,赶紧跳下床,把门打开,一看正是徐清浦。

徐清浦一进来,随手把门关上,然后说:"哎呀,好险好险。我回去摇电话,摇了三遍都不通,又亲自去找县长严定礼,知道何生送来一个呈文,说陈亮佐是共产党,要求明天就地枪决。"

"严定礼怎么说?"

"同意了。我看情况紧急,就对他说:对于共产党,不能就这样便宜了他们,我们要从一个人身上了解线索,一网打尽。说了半天,县长才同意把他押进城来,起初说明天早上打电话,我说明天早晨人已经枪毙了,还有什么用?最后我把电话接通了,严定礼找何生讲了半天。何生不同意,他说陈亮佐是个要犯,怕玉璧带队伍在路上来抢人。严定礼也有点犹豫。我说叫他多派人押送,我也派队伍去接。这样,严定礼才叫他明早一定送进城来，现在问题不大了，放心吧！"

我长长地出了一口气，心里的千斤大石头，咚的一下落了地。

我赶紧收拾东西出了城门，夏林他们早已在栈房外面等我了。徐清浦看看左右无人，拍着我的肩膀说："女儿，以后要注意，不要叫我爸爸，此地人要叫爹啊。"

我说："现在我不是你的女儿了。"

徐清浦笑着说："怎么？翻脸不认父了？"说得大家都笑了。

我们出了城，赶了三十里路，到了跳石桥，在一个饭馆里吃早饭。忽然看见从场口进来二三十个敌兵，拥着一架滑竿，滑竿上绑着一个人，中间又押着一个人，一跛一跛地走着。

夏林说："陈亮佐来了。"

陈亮佐脸朝下地绑在滑竿上，光光的背上烧起了血泡，听不见一声呻唤。周癞子上着五花大绑，还勉强一步一步地拐着走。我紧紧地看着，心里像刀刺一样的痛。

队伍走近了，我猛醒过来，叫大家都转过身来，谨防碰上了惹起麻烦。可是他们都像没听见，一个个用手摸着腰里揣着的枪，看着街上的敌兵一动也不动。

金积成恨恨地说："妈的，这几个龟孙算得了啥，我们干掉他，把陈亮佐抢走算了。"

我生气了，低声说："都给我转过身去，不准胡来！一切我都自有安排！"

大家默默地转过身来，听着身后杂乱沉重的脚步声慢慢远了，我才松了口气。要抢人当然容易，可是敌人很可能会因此对徐清浦起疑心。我们打进去一个人不容易，暴露了会坏大事的，好在已经把人从枪口下救出来了，慢慢再想办法吧。

过了两天，周癞子释放回来了。陈亮佐在几次审讯中都没有口供，原来的死刑改为四年有期徒刑，收了监。

救了陈亮佐，我们又赶到重庆去运枪弹。杨森卷入了刘湘和刘文辉的争战之中，把队伍开到川西资中一带去了，路上的警戒松了一些。收拾停当，我叫夏林他们先回去，自己陪着两个孩子和曾三姐多玩了几天，一晃就过了中秋。这期间，听说红四方面军已从湘豫皖根据地往川北陕南移动。我们的人在川北各县越是打得起劲，不但打甘军的驻军哨卡，还打通风报信作恶多端的土豪。为了尽量争取当地的一般士绅，我们大家就交换着地区打。玉璧把队伍扯到大竹和渠县去打土豪，打得热火朝天。

形势已经半公开了，岳池、广安城里，一夜间就贴满了"打倒杨森""打倒土豪劣绅"的标语，连岳池城内县衙的墙上，也贴上了捉拿杨森的"悬赏布告"。岳池县长严定礼更虚，每天半下午就关了城门，二更过后街上就不准人走动。

屈元亮见时机差不多了，就从我这里拿了一块江西苏维埃政府发的银元，去见夏炯："你看吧，当初我说去把廖玉璧拉过来你不干，还把人家老母亲抓来关起。现在听说红军要来，人家越是憋着气要报这个仇，连这种刻着镰刀斧头的银元都在广安岳池流传起来了。唉，听说向司令也要到渠县营山去布防，我名义上是个什么司令，手头却没有兵力，几支破枪能顶什么用？要是廖玉璧和老百姓们联起手来，和红军来个里应外合，你怎么向军座交代？"

夏炯半天没开腔，最后咬咬牙，同意谈判。于是由屈元亮出面，徐清浦又说动了县长严定礼和禁烟处处长尚贤生作中人，约定夏炯和他的副旅长叶济，与玉璧在岳池县府里进行谈判。谈判的结果是：委任屈元亮做三防司令，廖玉璧做三防副司令，共同负责岳池、武胜、广安三县的治安联防。夏炯全部同意了玉璧的条件：渠河两岸资马十二场重新划入玉璧的势力范围，在此范围内廿军的哨卡全部撤除，由自卫队派人守卫。夏炯还专门划了粮库，拨了军粮，说好了不干涉自卫队的内政，而对玉璧的要求，则是保证三县境内平安无事，不给他找麻烦。

玉璧根据组织上的指示，把岳池、武胜、广安、顺庆、合川的农民武装集聚在余家场附近的五个地方，然后从华蓥山上调了一小部分基本队伍，来到河东五场之一的余家场，和刁仁义、罗平精的队伍会合。一位姓傅的士绅，和我家挂着亲，把自己那座名为"楼外楼"的大院子让出来，做了三防司令部，暗地里却是我们华蓥苏维埃政府的地下机关——要知道这个地下苏维埃政府，可是川北第一家。玉璧、罗平精、刁仁义几位领导在这里办公，接待群众来访，还调来唐俊清做机关的保卫工作。近千名队员分散在场内场外的老百姓家里，把个余家场封锁起来，平时除了操练学习，还帮助老百姓组织农民协会，宣传革命道理，把自己编的苏维埃歌儿都唱上了街，俨然一个小苏区。

大家着手研究下一步的工作。玉璧说："我们在余家场的工作开展得不错，只是声势太大，各县来的队伍也渐渐在增多，夏炯恐怕早晚要察觉。我看等各路人马基本到齐了，我们就正式成立地下红军，等一旦红军进了川，就把旗帜亮出来，打它个首尾不相顾。"

屈元亮说："我就是想商量这件事呢。向廷瑞的队伍正式开到渠县营山挡红军去了，岳池城里很空虚，广岳两地只有个夏炯守着。到时候我们完全可以趁机起事，攻下岳池，给红军作个见面礼。"

大家议论了一下，都觉得这倒是个机会，就先把起义的时间定在年关前后。

屈元亮又说："现在看来，我们的时间很紧张，还有一件事，于公于私都很要紧，得赶紧办了才行：玉屏是不是要出个面，到广安去把你母亲接出来？"

玉璧听了，有些犹豫，说："夏炯虽然同意收编我们，但实际上是迫不得已，有戒心的。现在余家场铺了这么大个摊子，下一步的准备工作又很紧张，我们手边正缺人，若是把她也当成人质扣在广安，恐怕更麻烦。"

屈元亮说："如果你不去把母亲接出来，于情于理都说不通。我在夏炯面前多次说过，你本来无所谓什么党什么派的，就因为母亲被押进了监狱，才憋着一口气和他打。现在看来事情都化解了，你还不提出这个问题，不是让他生疑心，怀疑你别有所图？"

清浦也说："危险是有的，可是玉屏去了，名义上是救你母亲，实际上也是做给夏炯看，你廖玉璧的夫人都去见了他夏炯，还是诚心诚意相信他的。"

元亮看玉璧还是拿不定主意，就说："这样吧，我去找县长严定礼商量，他是夏炯的老部下，最好连他一起去，还拉上给你作保的那个禁烟处长尚贤生。我们都去给玉屏当保镖，还可以再摸一下夏炯的态度。"

玉璧实在想不出别的什么办法，也就同意了，只是对我叮嘱了又叮嘱，这一去不仅仅关系到我和母亲两个人的安全，千万要小心。

第二天，由我出面，屈元亮作陪，办了一桌酒席，请来了县长严定礼和尚贤生,还有徐清浦。屈元亮向严定礼介绍说:"这就是廖玉璧的夫人,这几年一直在外面教书,最近专程回来办理她婆母的事情,请严县长从中玉成。"严定礼一听,连忙站了起来,拱着手直说"幸会幸会",一边偷偷打量我的眼色。

大家又重新坐下。我说:"严县长,我这几年不在家乡,听说玉璧和政府之间多有些误会。可是我婆婆在家老老实实居家过日子,你们男人之间一旦有什么事就在妻儿老小身上做文章,我们可是冤枉得很啊!"

徐清浦给严定礼送了个鸡头,又给尚贤生送了块鸡腿,坐下来说:"廖大嫂,你莫生气,现在误会都解除了,廖大哥已经都成了我们的副司令了嘛,严县长会给你办理的。"

尚贤生也在一旁附和,说:"应该放,当然应该放。"

严定礼连忙说:"是的是的,我的确催问过这事,不信你问问尚处长,还有清浦!只是嘛,你母亲是夏师长关的,即使军部答应了,他夏炯不同意也不得行。这样吧,我这就给夏师长修书一封,你拿了去广安找他,跟他求个情如何?"

清浦说:"严兄,这恐怕不得行。俗话说打水要到井边,修书不如身到,你老兄最好亲自跑一趟。广安离岳池,也不过大半天的路程嘛。"

严定礼推托不过,只好答应了。

第二天,我和屈元亮一早到了县衙,只见门口荷枪实弹站了一个排。屈元亮问这是干什么。严定礼斜了我一眼,说:"路上不大清静,带点人方便些。"

屈元亮哈哈一笑,说:"县长真是谨慎,有我这个司令,还有副司令的夫人给你保镖,哪个敢来打扰?这一截截儿路都保不了险,还敢保三县的治安?"

严定礼尴尬地笑笑，把那一排人都撤了，只带了随身的两个兵，一起坐着滑竿上路了。到了广安，天色已经不早，严定礼说要到衙门里去歇，我和屈元亮坚持在街上栈房里写了号。第二天一早，几个人在一起商量，谁先去见夏炯。严定礼说："屈司令，你和夏师长有交情，你去一定说得通。"屈元亮说："不行，抓老太婆是县里出的面，人家廖大嫂先找到县里父母官，你再找上面，才合乎程序。"严定礼还要推辞，说："夏师长脾气不大好，你们是同学，好说些。"屈元亮说："我是他同学不假，可你长期做他的部下，若是不信任，咋会派你这个旅长到岳池来兼县太爷？"

我听得不耐烦，正色说道："严县长，我求你帮个忙这么难么？我是犯人的媳妇都不怕，你是集军政于一身的大员，还怕什么？这样吧，请您和尚处长先走一趟，我坐在这里等你的消息，夏师长若是发了脾气，你们就带着大镣捉我进班房去，我一点也不会怪你们。"

严定礼和尚贤生面面相觑，最后一起去了。我问元亮怎么临阵怯场。他摇摇头说："你不晓得，那夏炯脾气古怪，又生性多疑，风平浪静的，说翻脸就翻脸。余家场虽然离广安不近，可是最近闹得太红，要是夏炯听到了什么风声，我不是送进虎口里去了么？等他们去探探口气，也有个商量的余地。"

小晌午时分，严定礼和尚贤生来了，说："夏师长要见见廖大嫂。"

元亮问："你们是怎么对他说的？"

尚贤生说："严县长说，脑壳都进去了，还留个耳朵做什么！人家廖大嫂亲自来了，说明相信你师长，有诚意的。若是我们再不放人，就怕廖玉璧要起二心，还给人家留下话柄。"

屈元亮问:"你们还说了什么?"

尚贤生说:"还说你和廖大嫂晚一步才到。"

屈元亮又问:"夏师长怎么说的?"

他俩摇摇头,都说夏炯什么也没说。然后严定礼站起身来,一拱手说:"廖大嫂,我们的忙帮到这个地步,也算尽心了。今晚看你去跟夏师长怎么说,我们公务繁忙,就不奉陪了。"

严定礼他们回岳池了。我和元亮琢磨了半天,也不晓得夏炯安的什么心肠,但是事情到这个份上,总得硬起头皮去见见他。冬天白天短,吃过晚饭天就黑尽了。我仍旧教师打扮,跟随屈元亮穿过一个军警林立的大院,来到后厅。元亮叫我站一站,自己先进去了。我四周看看,院子里黑森森的,只有一个哨兵在阶下一动不动地站着,枪刺上冒着寒光,冷浸浸地逼人。一会儿,元亮出来,做了个手势,我便跟他进了客厅。夏炯穿着便装,见我进来,目光如刀一般扫了一眼,立即换上笑容,客气地让座叫茶。我也笑笑,欠身谢过了茶,就在楠木雕花的太师椅上坐下,没有言语。

屈元亮说了两句寒暄的话,就转入正题,说:"廖大嫂今天是特地为她婆母的事情,来求师长高抬贵手。"

夏炯一笑:"廖大嫂,你别多心,这事都怪我一向太忙,忘了,明天叫他们把老人家送出来就是了。"

屈元亮忙说:"就这么件小事,何必等到明天。师长你不知道,她在外面听到很多谣言,有人说她婆母受了刑,打断了腿,有的干脆说来迟了就见不到人了,把廖大嫂急得老远从梁山那边赶回来……"

夏炯听了这些话,又摇头又摆手,说:"那些都是乱说,我夏炯再下得手,也不至于在一个老太太身上出气。"说着端起茶碗,呷了一口放下,开口说:"廖大嫂……"

我微微欠起身子,说:"夏师长,我姓陈,陈玉屏。"

夏炯一听:"哦?哦,陈老师,陈老师!听说陈老师出身于岳池县里的名门世家?"

我笑笑:"不敢说是名门,不过是多了几缕书香。母亲祖上,曾在嘉庆年间中过翰林;父亲这边,也还算是小县里的一支望族。"

夏炯一边听我说,一边点头:"我还听人说,陈老师年轻的时候,是这里远近闻名的名媛才女,琴棋书画,无所不精,倾倒了这一方多少风流人物。"

我又笑笑:"夏师长言过了。其实那都是小城里那些没有见识的人编出来的流言。要说琴棋书画,不过是在学校教书才弹弹风琴教教学生,棋也下得不好,略知道些'马走日、象飞田'而已。只是这书画,倒是一直爱好,教书之人生平清淡,全靠它添些情趣。"

夏炯一听,站起身来连连说道:"好、好、好!我夏炯虽说是来此地不久,却对陈老师的画早有耳闻,不知道陈老师今天是否肯赏个面子,让我这行伍中人也开开眼界?来人!文房四宝侍候,为陈老师备案!"

不一会儿,画案便收拾出来。我站起身来,款款走上前去,用笔尖蘸蘸砚中的墨汁,问道:"不知道夏师长喜欢什么?"

夏炯一挥手:"我们军旅中人,图的就是一份豪气,画个关羽张飞或者梁山水泊里的好汉,看你的方便!"

我说:"夏师长,我们当年习画,不过花花草草,哪有闺阁女儿画那些舞枪弄棒的角色?这样吧,我想你们成年在外拼杀,图的还不是个建功立业,封妻荫子,我这就画一幅水墨牡丹,愿您前程似锦。"说着,便饱蘸墨汁,或酣畅走笔,或细心点染,不一会儿便大功告成。夏炯在一旁看神了,伸手便要来揭画,我轻轻挡住,在画上落了款,放下笔,这才说:"夏师长,忙不得,这宣纸吃墨,得晾一晾才行。"

不知道这夏炯是真的懂点字画,还是在附庸风雅,不绝口地只是称赞画得好,然后双方重新落座。夏炯话锋一转,突然说道:"听说你们武器很差,子弹也不够?回头我拨点款子去置办一些。现在局势乱得很,装备不齐怎么行。"

我欠了欠身,很斯文地说:"夏师长,我这几年都在外面教书,跟廖玉璧连书信都少有往来,这次是为了婆婆的事情才赶回来,办完了就要回去上课。你们公务上的事情,还是直接找屈司令和廖玉璧谈谈才好。"

夏炯看了我一眼,笑着点点头,又扯了些闲话,然后一挥手叫来卫兵:"看我只顾了跟陈老师说话了,正事还没办呢。去,把廖家老太太请到这里来。"

不一会儿,卫兵带着母亲进来了。老人家一见是我,就眼泪汪汪地扑了过来。我连忙起身扶住,说:"妈妈,你快谢谢夏师长。玉璧现在和师长都是一家人了,叫我来接你回家的。"

母亲听了,看看我,又看看夏炯,一脸的疑惑。夏炯在一旁得意地点着头,说:"陈老师你看,老太太不是好好的吗?"

我说了些道谢的话,就对屈元亮说:"屈司令,你和师长还有公事,我们就先走一步了。"

不料夏炯喊了声:"等等。"我一惊,回过头来,却见他叫过勤务兵,拿了二百块钱来,说:"陈老师,今天我们初次见面,多谢你的画了。这钱,算是我的一点小意思,是给老太太补补身体;另外呢,外面的栈房不干净,你们今晚上就在这里安排了吧。"

我这才松了口气，忙说："不麻烦了，我来的时候就把栈房订好了。"说着就扶着母亲出了大门，在街上拐角处叫了两乘滑竿，一口气连夜抬到罗渡溪一个亲戚家住下。

屈元亮后来告诉我说，我走了之后，夏炯颔首不语，若有所思，最后长叹一声："没想到啸聚山林的廖玉璧，娶了这么一位温文尔雅的夫人，真是百闻不如一见哪！看来此地民间关于她舞枪弄炮的那些传说，纯属子虚乌有了。"

说罢，屈元亮还直摇头："这简直是到老虎口边去办交涉，亏得玉屏稳得起，要不然别说是救老太太，只怕是她自己也走不了路的。人有时候就这么奇怪，她怎么一到夏炯面前，就如此斯文起来？"

第十四章
风云突变

听说红四方面军已从鄂豫皖根据地往川北陕南移动,川北各县的地下武装越是打得起劲,不但打廿军的哨卡,还学着江西那边打土豪劣绅。玉璧这个人,还是有点学生气,那些作恶多端的地主自然是要打的,比如在余家场就打了个给军阀通风报信的吴老肥,可若是但凡有点钱的就要划进土豪劣绅的范围,心里就有些过不去。想当初在华蓥会议上,一些绿林的首领也闹着要学着江西打地主,刘铁再三向他们说明不要把地主逼到军阀那一边,免得增加阻力。地主可都是些地头蛇啊,什么都知道,听说江西那边的地主不但死心塌地地帮着反共,还带着农民反水,一旦红军声东击西打了就跑,还乡团就回来反攻倒算,挨家挨户地杀人,群众工作很不好做。再说了,自己毕竟是个大学生,乡里乡亲的一传开,说你"大学生抢人",面子也没地方放。可是绿林首领的话也不是没道理:这么多人要吃要穿要打仗,军需给养从哪儿来?后来才想了个办法:大家都不吃窝边草,在附近的几个县交换着打。就这样玉璧还常常手下留情,只要钱物不杀人,而且按照江湖上的规矩,要给别人留点余地。到后来,连地主也给这拨人起了个外号,叫"广老二",意思是他们和一般的土强盗不同，见过世面，仁义。

救了婆母回来，我又到重庆去运了一趟枪弹，因为路上受了些风寒，一回余家场就病倒了，烧得厉害。玉璧要送我到城里屈元亮家去养病，说那里清静些，屈大嫂也好照看一下。我说："没关系，是太累了，歇两天吃两剂药就好了。"玉璧有些着急地说："最近有些情况你不晓得，夏炯对我们的意图可能察觉了。现在形势这么紧张，我们很可能要提前起事，你病成这个样子，怎么能够留在队伍里？"

正说着，屈元亮和刁仁义的女人都来了，是听说我病了，专门来照看的。玉璧松了口气，转身又忙他的去了。屈大嫂和刁大嫂围着我转来转去，我吃了两服药，又喝了点稀饭，昏沉沉地睡了两天，觉得好多了。

腊月初七的晚上，已经打过了十二点，正在徐清浦手下当庶务股长的段前迪，连夜送来两份党的重要文件：一份是党中央的政策指示，用白连贰纸石印，字极小，四寸长三寸宽的样子，有六七页；另一份是组织上给玉璧的密令，指示迅速整训好队伍，作好准备，以配合徐向前司令对通（江）、南（江）、巴（中）①的进攻。老段把文件递到玉璧手上，水都没喝一口就走了。第二天上午，玉璧一直都在看文件，快到吃午饭的时候了，一个人气喘喘地跑来说："城里变了！"

玉璧吃了一惊，手上的文件一下掉在桌子上。那人说："大哥，真的变了！屈元亮已经跳城墙跑了，他身边的几十个人全被

---

① 1932年冬，张国焘、徐向前等率领中国工农红军第四方面军主力16000余人，退出鄂豫皖根据地，奉命向西战略转移。12月经陕南到达川北，与当地革命武装会合，攻下南江、通江、巴中等县，开辟了川陕革命根据地。根据地范围为23个县，约600万人口。

抓了。"

玉璧站起来，两手撑着桌子，望着对面的那张作战地图。又跑进来一个人说："大哥，事情不好！徐清浦叫我送信来，昨晚上城里抓了几百人。现在夏炯、罗润德带了大队人马，马上就到。"

玉璧随手把文件交给我，叫我赶快收拾东西，自己跑出房间，军号声、哨子声、脚步声立刻响成一片。玉璧把队伍集合在场口的一个坝子里，站上一个土堆说："弟兄们！现在敌人已经从城里出发了，想一网把我们打尽。我们目前准备不够，粮弹缺乏，不能同敌人硬拼。赶快回去把驻地打扫干净，不要留一点痕迹，以免老百姓遭害……"

弟兄们回到驻地，急忙地收拾行李，打扫院坝，归还借老百姓的东西。忽然警炮响了三下，顿时枪声四起——敌人已经赶到了。我和屈大嫂、刁大嫂一起，由八个战士护着，随着队伍往外冲，跑着跑着就和队伍冲散了。我的病还没全好，这一跑一急就直冒虚汗，脸色苍白，靠着屈大嫂只是喘气。刁大嫂急得带哭声说："大姐，我们冲不出去就回去。他杀人总杀不完，男人们做的事和我们女人有什么相干……"

队伍已经很远了，枪声也渐渐稀疏，前面听得见敌人吆喝老百姓的声音，看样子是跑不出去了。我看看手里的两支枪，子弹也打完了，只好由屈大嫂和刁大嫂扶着，转回去在后街上一家老百姓家里藏了起来。屋里的人都跑光了，一锅饭焖在锅里，发出阵阵香气。我四下看了看，将两支手枪和川陕苏维埃银行发行的二百元纸币，放在床底下的一口烂铁锅里，让屈大嫂和刁大嫂到楼上藏好，自己也在厨房找个地方藏起来。

半下午了，敌兵开始一家一户地搜索，一批走了二批又来，在楼上搜出屈大嫂，一脚将她踢下楼来。屈大嫂滚在地上，口里鲜血直流，两个敌兵伸手在她身上乱摸，我实在忍不住了，从厨房里走出来，大喊一声："不准动手动脚的！"

那几个敌兵吓了一跳："你是谁？"

"我是这屋子的主人。"

几个敌兵不知从哪里拉来一个老太婆，指着屋里的三个女人问她认不认识。老太婆看看我，又看看屈大嫂，一时愣在那里。刁大嫂不晓得从什么地方钻出来，一下子跪在老太婆面前大声哭喊："妈，我是你的媳妇呀，你跟他们说，我是你的媳妇！"

老太婆扶起刁大嫂，点了点头。那些敌兵转过头来，盯住我和屈大嫂，两把雪亮的刺刀顶住了我的胸膛。我用手一挡，手上立即被划开一条口子，鲜血直流。一个敌兵说你还恶呢，抽出通枪的铁条子就向我打来，另一个领头的一挥手："给我检查！"两个兵挽起袖子就要上来。我两手一推，说声"莫忙"，接着就自己动手，解开棉袄，敞开衣服说："人人有六亲，个个有姊妹，你们看可以，不能动手脚，我一没有银子钱，二没有违禁物。看嘛，检查什么？"

几个兵你看我、我看你的，没有人敢上来。那领头的说："这两个婆娘恐怕不简单，押到罗旅长那里去！"说着就先出门走了。我掠了下头发，趁机转过头看看刁大嫂，又看看床底下。她憋住哭声，微微地点着头。

两个人被押到楼外楼玉璧住房兼办公的那间屋，一进门就看见肖心如毕恭毕敬地站在屋里，绑都没绑，我当时心里就咯噔地一下子。听唐俊清说，这人是队伍到了余家场才参的军，先在机关当通信员，后来因为他吊儿郎当，表现不大好，就下到支队里去了。看他这样子，莫不是出了问题？正想着，坐在椅子上的那个人转过头来,被大烟熏得黄泡肿脸的,一口黄牙之间安了两颗金牙,一对耗子眼睛总是偏着脑壳偷着望人。他一见我就死死盯住,问这问那的,一个敌兵说搞不清楚,这个女人歪得很。肖心如立即弯下腰去,在他耳边说:"罗旅长,她姓陈,陈玉屏,廖玉璧的女人。"

罗润德发出很奇怪的笑声:"啊,是廖大嫂,请坐,请坐。"他又指着屈大嫂问肖心如:"这位是谁?"

"屈元亮的女人。"

"哼,跑了男的,捉到女的。来人啊,先把她们带到关帝庙去。"

我们两个人被押到了关帝庙,上殿下殿里已经关了三四百人,地上密密麻麻坐了一大片。外面飘着雪,庙里极冷,一个老头子正把殿上的菩萨打来烧火烤,一边打一边骂:"谁说菩萨保佑好人,放他妈的屁!老子几十年来向它磕头,脑壳都磕肿了,还是穷,还是受气。妈的,我早就想把这个庙烧了,来,打!都打了,我心头才舒服……"

庙里的"二十八宿"都打烂了。庙内升起了浓浓的烟雾,烟气呛人。那个老头子见我和屈大嫂坐在冰冷的地上,冷得发抖,招呼我们坐近点,好烤火。他往火里添着木棍子,还在发气:"他妈的!这年头太不像话!把青杠木当成泡桐树来整。这么好的队伍,偏说是匪是'共老二',要撵走。他们正派?正派个毬!到处杀人放火,抢女人……"

旁边一个搭腔说:"就是嘛,李老头你看,我满满一篮子油炸麻花,也被那些穿二尺五戴乌龟壳壳的东西抢去吃完了,一个钱不给。我说了两句,就说我'通共匪'。我不晓得啥子叫'共匪',我只看见他们戴乌龟壳壳的,到处抢人。"

下面的人见上面烧了一堆堆的火,都走了过来围着烤火,一边七嘴八舌地议论着。人群中出来一个女人,走过来悄悄问:"陈先生,你怎么没走?"

我看是机关包饭馆的老板娘,反问:"你怎么也被抓来了?"

"哼,说我通共,把我拉来的。我不懂啥子'共',只晓得他们一拢,就翻箱倒柜地乱抢,把老娘的一对陪嫁瓷坛都抢走了。他们才是'老二'。"

我轻轻地问:"你家老板呢?"

她看了周围一眼,悄悄对着我的耳朵说:"走了。"

我看看周围都站着兵,对她说:"那就好。现在乱得很,你少说几句。"

她把嘴一撇:"我一个老娘,怕他什么?他咬我脑壳硬,咬我屁股臭!"

一个卫兵进来找到我,说罗旅长有请,然后把我带到罗润德住的房间里。屋里放了一架行军床,床上放了一床锦缎的被盖;侧边有一个网篮,篮里尽是些酒瓶子、罐头、画报等乱七八糟的东西;床边一个小木凳子,歪斜地摆着。罗润德一看见我进去,只是嬉皮笑脸地打招呼,拍着床沿让我坐。我一手把小凳子拖过来,背朝着他坐着。

罗润德说:"廖大嫂,你不要着急,岳池夏师长来电话,决定要放你。"

"随便。"

"没有问题,没有问题,只要你……"他离开床边,走到我的面前说,"夏师长说,只要你说出你们下面哪些是共产党,就放你。"

我说:"我是在梁山教书,为了母亲无故被关的事才回来的。这次才来余家场几天，夏师长他不是不知道。"

"你真的不知道？你的丈夫可是'共匪'的头子！"

我听见他说"共匪"二字，心头一股股的火直往上冒，说："什么'共匪'不'共匪'，我只知道他是杨森委的三防司令。"

"哼！三防司令？明明是想骗我们的人和枪来打我们，想得倒周到，我们的军长没有这样蠢！好，好，不谈这个。我问你：你住在什么地方？"

"楼外楼。"

"你认得哪些人？"

"我才来几天，只认识我丈夫。"

罗润德呼呼地出了两口气，瞪了我两眼，把门外的肖心如叫进来，问他："她是不是才到这场上来？"

肖心如对罗润德说："她是才来，她在害病。"

罗润德又问我："你不晓得其他情况，经常到廖玉璧那里去的人你总认识。"

我说："在他那里一天是进的千千，出的万万，我怎么认识？"

罗润德唰地站了起来，气呼呼地在屋里踱来踱去，最后愣眉愣眼站在我面前，不知道说什么好。

一个兵在门外喊："报告！"

"进来！"

那个兵进得屋来，立正说："报告旅长，廖玉璧的人正在文昌寨造饭。"

"立即集合，追！"

军号立即嗒嗒嗒地吹了起来，罗润德亲自带了两团人去追赶，出了门又把脑袋伸进来说："廖大嫂，识时务者为人杰，廖玉璧跑不脱喽……我走了,你就在我的床上睡。"

夜深了,寒风在窗外呼呼地吹。我在小凳子上坐着,心里焦急得很。玉璧他们怎么样了?不会被敌人追上吧?忽然想起还有两份文件揣在贴身的小荷包里,现在再不毁掉就晚了。我看看门外的守兵,把文件掏出一份来,喂在口里,嚼烂吞进肚里,再吃第二份。病还没好,天气又冷,胃里翻滚得难受,实在吞不下去了,我就把文件悄悄吐在手里,搓成一团,然后往外走。卫兵说你要干什么,我干呕着,说我要吐。守兵就把我带到厕所,在外面监视着。我把刚吞下的文件连同昨天吃的稀饭,一齐吐在厕所里,顺势把手心的文件再嚼烂,扔进粪坑,心里才稍微安稳些。

文昌寨离余家场只有二十里路光景。天亮时罗润德就回来了,人还没进屋就在外面骂开了:"他妈的,跑去鬼都没见到一个,给老子谎报军情!把报的人捉起来,枪毙!天气这么冷,让老子挨了一夜的冻。"

跟随的一个营长说:"旅长,这么冷的天,我看他们是跑不远的,我们追赶时听见廖玉璧的队伍在吼:有胆量的,上华蓥山!我看上山的成分居多。"

"上什么华蓥山,冰天雪地,他们就不怕冻死?你看,我们一来,他们就跑了,经不起打嘛!去传我的命令——队伍在附近分散驻下,把步哨放远点。廖玉璧的诡计多得很,凡是来往行人,都必须严格检查……"

罗润德把营长打发走了,进屋来和我胡扯,说什么"廖玉璧的队伍是些乌合之众,他是个亡命之徒,要不了几天就会被我捉来杀头"啊,什么"你这样年轻漂亮,又有才学,真是啊,一朵鲜花插在牛屎上"啊,还有什么"你只要做我的秘书,我保你做岳池女中校长"啊……

我不理他,心想真是癞蛤蟆想吃天鹅肉。

那家伙不知道厉害,嬉皮笑脸地把头伸过来,说:"有啥关系嘛,共产党,共产共妻。"

我抬手给了他一个耳光:"那你不去共你的幺妹?!"

罗润德退了两步,眼睛瞪得牛卵子大:"你……你……你敢打我?我要杀你的头!"

"枪毙杀头,随你的便。我头可断,志不可灭。"

罗润德气得直在屋子里打转转:"好!你不识抬举,你还硬,看你硬到什么时候。刚才接到师长的电话,说廖玉璧已经全军覆没,你还不死心。来人!"

几个兵站在门口,罗润德瞪了我一眼,大大地出了一口气,说:"去把关着的人,通通提出来审问,把那些通共的,通通枪毙。"

不一会儿,罗润德走到隔壁的房子里,只隔着一层木板墙,鞭打声和惊呼呐喊的惨叫声我听得清清楚楚。罗润德说:"把那老头子吊上去。"接着就听见刚才那个李老汉的声音:"你们这些畜生,有本事就枪毙我!"

罗润德从鼻子里"哼"了一声,说:"要枪毙你还不简单?我问你,你院子里扎的什么人?什么队伍?"

"我院子里扎的是三防司令,没有抢人,好得很。"

"有多少人?"

"人多得很,到处都是人。"

"哼,妈的,不打不招,给我吊。"又听见一阵"哎哟"的惨叫声,一下就没有声音了,只听见一个人在喊"松下来,松下来"。过了一阵,李老汉微弱的声音在说:"你们吊死我还是这样。三防司令是你们派来的,没有抢人,不是匪。"

"这老头肯定是个共产党！"

"啥子党，我不懂，我几十岁了，世世代代都是做庄稼。你们说他们是共产党，杀人放火，我没有看见。"

罗润德又叫吊上另一个老头，那老头惊叫了一声，什么也没有说，于是罗润德狂叫："拿火来，烧八团花！"不一会儿，听见香火在老人背上烧得滋滋的响声，一阵肉焦的气味穿进我的心。我跳了起来，冲到门口，被守兵挡了进来。我用拳头捶着门板大声喊，罗润德要的就是这个效果，根本不理会。

罗润德又吊打了很多人，什么也没有得到，就叫人把肖心如叫来，绑到"软板凳"上一压杠子，他就像猪一样嚎叫起来："我说我说，我什么都说。"

罗润德问他："谁是共产党，说了要钱做官都行。不说，就要你的命。"

肖心如一口咬出了六七十个名字，党内好多负责同志他都说了。我在这边听着，气得巴不得一枪打死他，不断地骂着："叛徒，叛徒！"

罗润德又问他："这里的机关叫啥名字？"

"华蓥苏维埃政府。"

"有多少人？"

"一两千人。"

罗润德把关押的老百姓叫了几个，问他们认不认得肖心如供出来的人，老百姓个个都说不认识。肖心如着急了，大声说："王老板你要摸着良心说话嘛，怎么会都不认识呢？那天我们去你的茶馆里吃茶，我对面那个人就是廖玉璧，我左边那个就是罗平精……"

茶馆老板说："有良心的人就不会咬人害人。你是哪个？我连你也不认识。"

我双手捏着拳头在屋里走来走去，心想我们受苦受累就是死了，也不能让老百姓活受罪啊，总得想个办法把老百姓救出去才行。正想着，罗润德进来了。他卷着袖子，手里拿根皮鞭，黄泡皮肿的脸上显出一条条血丝，活像一个刚刚从屠场里下来的屠夫。他倒在行军床上，对士兵说："网篮里有酒，弄点菜来！"

罗润德一手拿着酒瓶，一手拿着鸡腿，坐在床上喝酒啃鸡腿，还眯着眼听着隔壁老百姓的惨叫声，不时点点头。我看见他这副样子，早已气得头昏脑涨，转身就往外走，他连忙跳下床来拉住，我转过身来，一掌掀了他个四脚朝天。

罗润德没防到我这么大的劲，指着我说："你你你……"

我双手一抱，倚在门边，说："我怎么了？我好汉做事好汉当！不像你，抓不住廖玉璧就拿老百姓出气！你把老百姓都放了，有天大的事情，我陈玉屏一个人顶。"

罗润德听我这一说，从地下爬起来，埋着头想了好一阵。也许是捉来的老百姓，整了一晚上也没问出名堂；也许是那么多人，关着倒要人守，要饭吃，反而增加他的麻烦；但更重要的是放了那些没用的，抓住我这个有用的，说不定就名利双收呢。他喊进两个士兵来，说："你们都别闹了，劳神费力的！看在廖大嫂说情的分上，把他们全都放了！叫他们快滚！"

就在那天晚上，捉来的几百个老百姓都放了，屈大嫂也混了出去。想到临死前能为老百姓做点事情，我心中安稳多了。罗润德叫来一个老太婆，把我带到她家里，后面跟着两个兵。老太婆弄好了饭，请我吃，我哪里肯吃。那老太婆喊着我的小名说："三姐，我娘家也姓陈，我们是一家人，这饭是我做给你吃的，和罗旅长没关系的。"

听了这话，我才喝了一碗米汤。老太婆叹了口气说："我是带话的人，话还是得带到。罗旅长叫我来劝劝你，说只要你认承他的要求，他就马上恢复你的自由。"

我问什么要求。老太婆说："就是要你同廖玉璧离婚，给他当小老婆。"

"你告诉他，说我吃素，吃长素，要我重新嫁人，万万不能。"

老太婆很感慨地说："对，对！你不愧是我们陈家的好女儿，有出息，有志气！我这就去给罗旅长说，劝一个吃素的人开斋是有大罪的。"

陈老太婆把我送回罗润德屋里，那个想吃天鹅肉的癞蛤蟆正摆了一大桌菜等着，一见我回来，忙从网篮里拿出了茅台酒和葡萄酒，我看也不看他一眼。他听了老太婆的回话，见我真的敬菜不吃，敬酒不喝，问话不答，又毛了："你！陈玉屏！你不要不知好歹！没有拿刑罚给你受，就是我把你当人！你要放人，老百姓都放了，这都是赏你的面子。识相点，这样下去，对你没有好处……"

"随便你，一死了之。"

他敲着桌子磨了半天，突然说："好，好！不谈这个了。我这次全旅的人开来打廖玉璧，子弹打得太多，还有邻水界牌那一营人的枪也是廖玉璧缴的，只要他赔我三万元的损失费，我就放你。"

我说："放不放随你，赔不赔与我无关。不过我要告诉你，廖玉璧的家产早已卖光，我则是以教书为生。教书教书，十年不富，一日不教书，就要饿肚，我想捏三万个泥巴坨给你，泥巴都不是我的。"

罗润德气得脸红筋涨，一歪一歪地只是灌酒。

我被押到隔壁的一间屋里。天快亮的时候，对门罗润德的屋子里电话铃不断地响，我只听到他的声音："是，是！一定照办，一定照办！"

我想：这时候来电话，一定有要紧的事。说不定见我软硬不吃，要拿我祭刀了。果然，天一亮就有个兵来押我。我问到哪里去，那个兵说进城。我说："去对你们的旅长说，我有病，你们又把我打伤了，走不动，要枪毙就地枪毙。"

罗润德走出来，笑嘻嘻地说："枪毙什么呀！今天一早来电话，夏师长提你进城，走不动，就用我的轿子抬。"

我坐着罗润德的四人大轿，门帘子遮得紧紧的，后面跟着荷枪实弹的一个连。我坐在轿子里，一点劲也没有，昏沉沉的却又睡不着。想到革命还没成功，想到玉壁和同志们的安全，想到孩子们小小年纪就没了妈妈，今后托谁照顾……轿子走到石垭场歇气，几个无赖围过来，其中一个伸手来扯轿帘子，说："我们来看看，共老二的老婆是个啥样子？"

帘子刚揭开一条缝，我一口唾沫"啪"地吐在他脸上："看你祖先人！"那家伙捂着脸，连忙退出去，说："好歪好歪！"一个兵瞪了他一眼："自找的！莫说是你，我们旅长还挨了她的耳光呢。"

晚上进城了，两个士兵扶着我，说是到师部去，却往后山走。后山下面，是个大操坝，远远看去黑压压的一坝人，荷枪实弹的士兵围着操场站了一圈，个个枪都上了雪亮的刺刀。几个士兵横着枪，把周围的人群拦住，嚷嚷着说："挤什么挤？也想去挨枪子么？"

我一听，心里什么都明白了，停下脚来，使劲把两只胳膊从士兵手里抽出来。两个兵问："你要干什么？"我说："我要自己走！"说着不知怎么一下子来了精神，挺起胸膛，一步一步走进了操坝。

偌大的一个操坝，顿时静了下来。人群中开始了涌动，从小到大，到大起大落。涌到我跟前的人们停住了，又悄悄地往后退，后面的人又一潮潮地涌了上来……我看见那些士兵横着枪，拼命地张大嘴在吼，也看见人群中似乎有些熟悉的面孔，挥着手在向我喊。可是我却什么也没听见，只是在这汹涌的人的浪潮中，一步一步地向前走。

我突然想起那年，带着两个孩子到梁山去教书，玉璧随着小船送我。天气很好，两只阳雀相逐，叫得婉悠悠的。玉璧把我拥在怀里，轻轻地拍着，说他这辈子要沿着这条路走到底，只是要连累我和孩子们了。我说我也是入了党宣了誓的，这条路，我也要走到底。我们走不完，还有孩子们，我们子子孙孙跟他们斗，看谁斗得过谁！

现在，我正走在生命的最后路程上，前面不远，就是生命的尽头了。我看看四周，看着这退下去又涌上来的人潮，看着那些荷枪实弹声嘶力竭的士兵们，还有那些寒光逼人的刺刀，不禁笑了笑。我陈玉屏，一无顶天立地之躯，二无经天纬地之才，不过当年闺阁中一个习书绘画的弱女子。这些年和那些置天下黎民于水火之中的军阀们东拼西战，文也斗过了，武也斗过了，他们大都败在了我的手下。如今，又设了这么大的阵势来送我，人生能够如此，值！

土台上站出一个人来，喊了声："站住！"接着把手一扬，阴惨惨的杀人号声就响了起来。我转过头去，在黄昏暮色中看清了：那个扬手的人，正是夏炯。

一个提着手枪的兵拉过一个跌跌撞撞的人，和我并肩一排；那人还没站稳，就哼哼地软成一摊，听声音就知道是肖心如。那兵见他瘫在地上，又跑上来提着他的衣领，喊他跪好，摆了好一阵他才跪稳了；兵接着转过脸来，气势汹汹地对我说："跪下！"

我看了他一眼，没动，只是把胸膛挺了挺。兵愣了一下，转身跑开了。过了一会儿，两声枪响，肖心如哼都没哼一声，就软软地倒了下去。

身后响起了脚步声，又是那个兵跑了过来，大声叫我跪下。我瞪了他一眼，恨恨地说："要打就打，下跪不行！"说完又昂着头站在那里。

不一会儿，又是一声枪响，肖心如抖动了一下，被打得长伸伸地扑在地上。接着听见一个声音长吆吆地喊："带廖大嫂进去！"一个兵走上来抓住我的手膀子往外走，悄悄地问我："你吓到没有？"

我愣了半天，才回过神来，原来他们是绑我来陪杀场的！

这些混账东西！！

第十五章
三堂会审

我被一个弁兵押着，收进了女监，和我一起的，还有一个被误认作刁大嫂的女人江胡氏和她的小女儿。那弁兵把我交给狱婆，说了声，"好生照顾她，你们要钱以后我知道"，然后转身就走。我连忙转过头去，只看见他瘦瘦的一个背影。

这弁兵的话显然起了作用，狱婆收起了要去开门的钥匙，带我走过了那间闹哄哄的大屋，进了旁边的一个小间。这小间也关了五六个女犯，只有两个床，地上连草都没有。狱婆说监狱里有铺盖，可以用钱去租的。可是我们身上一个铜板也没有，就只有背靠背地在床边上坐着。江胡氏把她不满五岁的女儿用衣服包着，紧紧地抱在怀里。

夜又来了。牢房里跳蚤虱子多得起串串，咬得我全身奇痒。墙外的寒风一阵阵刮过，呜呜地作响。我手脚冰凉，思想却像脱缰的野马，漫无边际地奔驰……此时玉璧在做什么呢？他知道我还活着吗？金积成和夏林一定在暴跳，闹着要报仇……是谁出卖了组织呢？元亮倒是跳墙跑了，可清浦呢？还有金华新、刘铁……就这样恍恍忽忽地到了下半夜，牢房里一个女人突然翻身坐起来，大叫一声，我一惊，立即觉得心里空荡荡的，眼前一黑，就从床沿上栽了下去……

等我醒来，牢房里已是一片混乱。江胡氏紧紧把我抱在自己怀里，轻轻地哭喊着："大姐呀，你不能这样啊，你还有好多事要做啊！"我勉强睁开眼睛，看了她一眼，听见旁边有一个很浑浊的声音在说："醒了么？过来吃口鸦片吧，吃一口就会好的。"

牢门哗哗的一阵响，管狱婆进来了，边走边在吼："闹啥子、闹啥子嘛，深更半夜的！"旁边有人说："新收进来的，倒了，要点开水。"

管狱婆听了，叹了口气，转身走了，一会儿便提了开水来。有人把破碗里鬼火一样的桐油灯拨亮了，我喝了一口热开水，心头好受一些，就靠着江胡氏坐着。管狱婆拿着灯碗照照我，见我脸色苍白，直冒虚汗，就问江胡氏："这位陈先生，是啥子罪？"

不等江胡氏开口，就有人在旁边说："啥子罪？真正有罪的，会进这里来么？看这年纪，早该是有儿有女的人了，总是心头着急嘛。"

江胡氏点点头说："是的，她又在害病，四五天没吃东西了。"

管狱婆长叹一声说："陈先生，我看你是个斯文人。这年月要想开点，万事都急不得的。你倒是进来了，不晓得外面闹得何等的糟糕。初八那天，城里上上下下逮了好几百人，南街、东门、北门那一带，砍死那么多，到今天尸首都没有收得完。你想想，你好歹还有条命，只要想办法，还能活着出去嘛。"

管狱婆还在那里啰唆，我心里一阵发紧，又闭上了眼睛，只觉得在黑暗中，横七竖八全是那些没有人收殓的血淋淋的尸首。

天亮以后，管狱婆送饭来了，见我醒了，又挨过来坐下，轻轻地说："陈先生，你好些么？我虽然婆家姓袁，娘屋里也姓陈,说起来都是一家人,有啥事你尽管说就是。看你病成这个样子,我去给你找医生看看吧?"

我摆摆头,有气无力地说:"袁大娘,不用看,过两天会好的。"

她说:"那,我去给你买只鸡,炖了补一下?"

"我吃素,吃长素,不吃鸡。"

她点点头,说:"我也吃长素,那我去给你熬点冬苋菜稀饭吃。"过了一阵,稀饭送来了。江胡氏端着碗,眼泪汪汪地看着我。我想起她昨晚上的话,咬咬牙坐起来,勉强吃了一碗,心里熨帖多了。我谢过了袁大娘,心想这狱婆对我这样好,一定是因为那个弁兵打了招呼,可是那天我连他的脸都没看清楚。这弁兵是谁呢?

养了几天,自己觉得好多了,我这才开始熟悉周围的环境。这是座和衙门一起修建的旧城监牢,和大堂正成一个直角,靠在前头的女监连大堂上审犯人的呵斥声都听得很清楚。牢房四周高高的烽火墙一直接到房顶,终年四季一片漆黑,只有门上一个小风洞开着,仅容得下半张脸。从洞口望出去,外面有个小天井,放风的时候犯人就在这走道上和小天井里活动。川北的冬天常常是雨雪交加,外面一下雨牢里就返潮,湿得不得了,听说春夏天还会长出菌子来。冬天屋里阴湿,越是冷,可是牢房里的人越关越多,后进来的人不但没床,连草都没有一根,就在地上坐着,冷得发抖。狱婆狱卒见了,就来告诉你说监里可以租铺盖,还开得有当铺,于是犯人们就搜尽自己身上值钱的或者是一时用不着的东西低价当了,去租了脏兮兮的棉被来。监里的饭食也一定要在这昏暗的牢房里才吃得下去,里面的沙石杂物多得很,偶尔还会吃出虫子或小孩子的鞋袜之类的东西。每人每天十六两囚粮,发到牢里就只十四两,典狱官再扣一层,即使你吃得下也吃不饱。当然,也可以叫狱婆帮忙到外面买来吃或到馆子里吃包月,还可以像住栈房一样去住单间牢房,可是那都需要钱,有钱在这里什么都好说。我和江胡氏都是两手空空,她还带着个孩子,尽管狱婆子袁大娘很殷勤,可是也不知道她和那个弁兵安的什么心肠,只是每顿向她要点开水,把饭淘一下再吃。

牢房里每天晚饭后要放风一次,难友们都要出去换换空气,探望也大都安排在这个时候。这天我人不大舒服,还没有收风就进来了,刚躺在床上,就听见隔壁男监一个人悄悄在喊:"三姐,三姐!"声音很熟悉,又听不清楚。我正在猜测,看见墙上一根香火棍伸过来,这才发现墙上原来有个小洞,连忙走到墙边,对着那个小洞细声地问:"你是谁呀?"

那声音说:"陈亮佐。"

啊,陈亮佐,原来是亮佐!亮佐夏天从刁大哥那里返回山上时被捕,还是我带人连夜找到徐清浦,把他从敌人的枪口下救出来,收了监,没想到今天会在监狱里见面。我真是又惊又喜,连忙靠着墙洞问:"亮佐,你怎么样?县城里杀了这么多人,到底是怎么一回事?你刘大哥呢?还有县委的同志,都跑脱了没有?"

陈亮佐说:"出了叛徒。刘大哥,金华新,还有老段都被叛徒咬出来了,可是那家伙只知道名字不认识人,让夏炯一气之下砍了,现在没有人证,一时还定不了案。刘大哥叫我转告你,要沉得住气,说话要谨慎。"

事情闹得这么大,刘铁他们的被捕既在意料之外,又在情理之中,我长长叹了口气,说:"这个我知道。"

"刘大哥决定在监狱里成立临时支部,他做支部书记,指定你和我做小组长，你负责女监的斗争。对了，再问你一个事，听说刁大嫂没有被捕，怎么又跟你进来一个刁大嫂呢？"

我说："不是刁大嫂，是刁大哥手下一个营长江万顺的女人，叫江胡氏，被叛徒肖心如乱咬的。"

"她表现怎样？"

"还不错，过去经常帮我们做事。"

"那要注意，口供要改变，不然弄假成真，说成刁大嫂就难办了。"

我想了一下，说："对，改变她的口供。就说她是我请的保姆，武胜人，她丈夫姓李，她姓江，她外婆在赛龙场，敌人要是不信，就叫她外婆来认，你看怎样？"

"就这样。我给你找点笔墨过来，你给她做个呈文递上去。"

不一会儿，我从墙洞里接过笔墨，用瓦片磨了些墨水，写好了呈文，然后对着墙洞念给陈亮佐听了，他说可以。

一晃到了腊月十五，我和江胡氏被提出去过堂问案，大堂上坐着县长严定礼，脸黑得像戏台上的周仓[①]。他翻了翻我给江胡氏做的呈文，指着江胡氏喊刁大嫂，江胡氏没有答应。他又喊，江胡氏才说："我不是刁大嫂，我姓李。"

严定礼把惊堂木一拍，说："你不是刁大嫂，捉住你时为什么不说？"

"我说了，他们不听嘛。"

我站出来说："她根本不姓刁，是我的保姆，姓李，不相信你们就去查，查出来姓刁就杀我的头。"

严定礼把手一摆："带小孩来问。"

---

① 周仓，《三国演义》中关羽的部下，以面黑著称。

孩子被士兵一拉，惊叫唤哭起来。严定礼叫人拿了一块糖给她，把她哄住，问："你姓什么？"女孩连忙把糖放进嘴里，咕哝哝地学着妈妈教的话："姓李。"

"你爸爸呢？"

"没有爸爸。"

严定礼问了一阵没有结果，把江胡氏喊在一边，又提刘铁他们七个人来过堂。我想不是五个人嘛，怎么又变成七个了？正想着，就看见他们后面，还跟着两个人，一个是岳池县的教育局长陈建秋，还有一个是徐清浦的前任、前团练局局长罗洪明。严定礼指着他们问："陈玉屏，你认识他们吗？"

我说："都不认识。"

严定礼又问他们："陈玉屏，你们认不认识？"

罗洪明看了我一眼："听说她在岳池女中教过书，没有见过面。"

严定礼又问他们几个互相认不认识。金华新说："我开书店，陈建秋经常来看书，我只认识他。"

段前迪说："罗洪明是本县的团练局长，谁不认识？"

严定礼一拍惊堂木："你们都通共产党！"

陈建秋连忙辩解："不不，我一向都反共的，严县长可以调查。"

严定礼不理他："你呢，罗洪明？说！什么时候加入共产党的？"

"我呀，共产党不要。"

"说明白点！"

"我嘛，一是地主，二是团阀，是他们打倒的对象，要我做啥？"

两旁的人都哧哧地笑了起来。严定礼很狼狈，又拍惊堂木："你们都通廖玉璧！陈建秋，我问你，你是教育局长，你要是不通廖玉璧，那年为什么要聘他当教员？"

陈建秋连忙说："报告县长：我事先不知道廖玉璧是共产党，聘他作教员，是别人介绍、县府批准的，以后发现廖玉璧有越轨行为，还是我当面跟向司令报告的。后来向司令派人来拉他，也是我找人带的路，怎么说是我通廖玉璧呢？"

我这才知道自己去梁山教书以后，玉璧以合法身份在岳池女中教书，好好的却突然被追捕，半夜翻墙才跑脱，一直找不到原因，原来是这个坏蛋告的密！正恨不得吐他两口唾沫，却又听严定礼在拍惊堂木："陈玉屏，廖玉璧在哪里？你要交人出来！"

"他在哪里，我怎么知道？他不是你保荐的吗？你们派那么多兵都没有捉到，我到哪里去交人？"

"你同他在一道。"

"我何曾同他在一道？什么时候同他在一道？我在外面教书四五年了，这次回来，一是为了救婆母，二是为了同他打离婚，这事严县长你不是清清楚楚的么？"

严定礼噎了一下，连忙掉转话头："你既然同他打离婚，为什么又要救他母亲？"

我说："严县长，这事太简单了。结婚这些年来，他母亲待我很好，他现在又是你们的死对头，我不出面来救，谁来救？"

他又把惊堂木一拍，说："你强辩！"然后掉过头去问江胡氏："你是不是她请的人？"

"是她请的保姆。"

就这样东一句西一嘴地问了半天，也没审出个名堂，看来严定礼这个笨蛋，心里头确实没有底。可是我心里也没底啊：既然已经被叛徒咬出来了，刘铁他们几个为什么都没用刑？要抓共产党，怎么会把陈建秋和罗洪明给抓来了？问亮佐，他说组织上没来人，都不知道是怎么搞的。

事情是有些让人想不通。明明夏炯都被装进了口袋里了，再等几天的工夫，他周围的那些共产党就会与余家场的人马里应外合，拿下个岳池城简直是瓮中捉鳖，怎么反被夏炯一锅煮了呢？后来才知道，越是在大好的形势中，越是容易"大意失荆州"。事情首先就是因为一个叫刘迪的党员不谨慎。他被顺庆中心县委派到广安去传达迎红军的指示，一路上粗心大意，文件和笔记本都没收藏好，在岳池杨柳铺被清乡队搜了出来，县委的金华新和刘铁几个人都暴露了。虽然由于玉璧的特殊身份，笔记本上面没有他名字，但余家场声势这么大，夏炯就起了疑心。正好我们一个姓邵的军需官到夏炯那里去，为余家场的队伍领一千套棉军服，夏炯就叫一个妓女去勾引他，把他灌醉了，打听出驻在余家场的队伍，就是地下红军的游击队，而且趁着广岳城里空虚，马上就要去攻打岳池城。夏炯听了勃然大怒：原来这廖玉璧真的拿我当猴儿耍了，也不打听我夏炯是什么人！就派罗润德到余家场来清剿。夏炯抓了刘铁、金华新和段前迪，叫那姓邵的当场来认，可那家伙是顺庆人，和刘铁他们从没见过面，一个也认不出来。夏炯毛了，叫人把他拖到后山去，砍成了几大块，当时就挖了个坑，窨在那里。夏炯没想到自己堂堂一个师长，就因为一时的轻信，居然被共产党的几个小毛贼骗得差点被端了老巢，一气之下不但剿了余家场，还剿了余家场周围所有驻扎有玉璧队伍的乡场，许多人抓来，问都不问一声就砍了，杀得血流成河尸骨成山。有个信佛的老太太跪着劝他："夏司令啊，你不能这么杀人啊，菩萨说连杀猪都是在造孽，何况是人呢？杀人是有报应的，不报在今生，就报在来世；不应在你自己身上，就会应在儿女身上……"夏炯却说："我不信佛，信了就不会来干这一行。他廖玉璧敢来骗我，我就得杀个样子给这里的人看看！"

接下来，牢房里的传言一浪高过一浪，先说是队伍被打散了，玉璧、刁大哥、罗平精几个主要头目都被打死了，急得大家饭都吃不下。一会儿又说不是的，是开去的官兵被打死了一大半，后山上埋了个连长，他的女人在坟前哭得死去活来……一直到范永安来了，里里外外的事情才大致明了。腊月二十八那天，中队长范永安装成一个抬轿子的混进城来，说是进来看亮佐，实际上是来看刘铁、金华新他们，他和外面所有的人一样，完全没想到我还在。他眼睛红红的，好大一会儿才说："大姐，你还活着！都说你在岳池城被枪毙了。你二姐哭得死去活来，来收尸也找不到尸身，说是把你埋在大坑里了，又说把你丢下河了，现在家里乱哄哄的，正请人给你做道场。我们也以为你不在了，大哥气得昏倒了，金积成、夏林和陈仁勇他们几个，都哭得伤伤心心的。"

我心里酸楚楚的，说："你回去转告同志们，我死不了，我这条命还要留着找敌人的麻烦。永安，你们的情况怎样，快给我说说！"

范永安说："那天我们撤出了余家场，在文昌寨吃完了饭后，就一夜扯上了山。后来听说罗润德带人到文昌寨来，扑了个空。路上听说你遭了，我们都要打回去，大哥坚决不同意，说罗润德追我们都没追到，回去不正是钻进了他的口袋吗？这么大一支队伍，怎么能够感情用事？"

我看着他一身的破棉袄，说："这么冷的天，你们吃什么穿什么？"

范永安说:"夏炯重兵包围,又放火烧山,四面的卡子都堵得很紧,别说是粮食了,就连盐巴也没得吃的。好在邻水那边还可以走,廖大哥他们开了会,决定集合起来的队伍还是各家扯回原地去,刁大哥的队伍还是回合川。"范永安伸出他用破棉布包扎起来的双手,棉布上浸出了暗红的血迹,我双手接住,轻轻地一扒,永安就颤抖着"嘘"了一声,连忙缩了回去,嘿嘿地笑着说:"大姐,我们从上次起义就在山上,过惯了,也不觉得苦。只是有些人,比如罗平精,就不愿意住在山上,要扯到平坝子同敌人硬拼。大哥说上级党有指示,为了配合通、南、巴红四方面军作战,我们一定要在这边打,牵制敌人,这样才喊住了。我们现在采取麻雀战术,安地雷,设埋伏,敌人多了就跑,少的就吃掉,打得罗润德很伤脑筋,晚上瞌睡都不敢打。"

我又问:"既然是抓共产党,怎么又把罗洪明、陈建秋他们也抓来了?"

范永安笑笑,说:"他们狗咬狗嘛。陈建秋自恃是北京大学的学生,回来后又在罗泽洲的部下王元虎那里做秘书,到处趾高气扬的。有一次夏炯到岳池,召集地方上的士绅开会,一上台就在黑板上写了'赤化岳池'四个字,本来想吓一吓这些不大听话的士绅们,然后好派丁派款,清匪剿共。哪晓得陈建秋一听不买账,站起来说:'师长,你这样说不对啊,谁说岳池都被赤化了?我就是岳池人,我就一向坚决反共,我就没被赤化。'当时夏炯听了,笑了笑没说什么,陈建秋还很得意,可是当天晚上就被捕了。罗洪明呢,则是因为一直想保持自己的民团势力,不愿被向屠户改编才遭的。"

犯人们陆续往回走,牢房里要收风了,范永安连忙放低声音说:"大姐你千万别着急。他们留下你,是因为想抓廖大哥;留下刘大哥、金华新他们，也因为他们是重要人物，不好轻易就处决了。我们正在抓紧找关系，把刘大哥他们和你都救出去。你现在就当是得了场大病，有个地方来休养。"

不久，二姐找人给我带来了二十块钱，我拿了十块给袁大娘，剩下的托她买了些棉衣棉裤进来，好过冬。那狱婆高兴死了，拍着巴掌乐颠颠地说："天哪，我当了这么多年的管狱婆，还没有人这样大方，给我这么多钱！我今年要过个热闹年了。"

没几天，有几个犯人出去了，袁大娘打紧安排，把那几个女犯人都移了出去，小屋里就剩下我和江胡氏，以后就方便多了。

大年初五的早上，刚吃过早饭，袁大娘过来说，严县长的弁兵要会我。

我说："什么弁兵不弁兵，我认不得，不会。"

袁大娘说："就是那天送你进监的那个弁兵。"

这一提，倒引起了我的注意，不过转念一想，敌人的鬼名堂多得很，还是不会。袁大娘出去回话，一会儿又转来对我说："他说你不会，他也要来看你。"

话还没有说完，走进来一个人，穿一套灰布军装，斜背一把盒子枪，二十多岁的样子，瘦高个，看上去很精干，一进来就喊大姐。我把脸转开，假装没看见。这弁兵看看我，想说什么又停住了，转身说："袁大娘，你不出去照看，在这里守着我干什么？"

袁大娘笑了笑，一脸的诡秘，走开了。他这才移过来，说："大姐，你还不晓得，我叫李仲生，我专门来告诉你：现在华蓥山打了胜仗。廖大哥的队伍打垮了夏炯两团人，师部现在恐慌得很，各个卡子都增派了队伍.徐向前司令又进了川，看样子，四川就要红了……不过，我们这边牺牲的人也不少。"

我还是没理他。他停了一会儿,又说:"你到这里,还没有人来看你吧?不要紧,以后有我照顾。你缺不缺钱用?我这里先拿点去用吧。"说着,随手摸出了十块钱来递给我。

"不要。"

"大姐,我真的不是外人。"

看我还是不说话,他慢慢地将钱放进衣袋,又说:"牢房里的伙食不好,我给你在外面包好了送来。"

我不耐烦地回答:"不包。"

他只好强装笑脸说:"那,我以后再来看你。"

第二天晚饭后,我在走道上放风,李仲生又来了。我一见心头烦得要命,掉转头就往回走。他跟在后面很着急地说:"大姐,我有话跟你说。"

我进了牢房,背对着他站着:"有什么话就快说。"

他很委屈的样子:"请你不要多心,我真的是上面派来照顾你的。"

上面派来照顾我的,为什么组织上没有给我打招呼?自己说是就是了?也不看看眼下是什么时候,这样的把戏,哄三岁的孩子还差不多。我把头一摇,还是不理他。

他上前一步,轻声说:"屈元亮那天跳城墙逃跑,还是我放的信。年前腊月二十那天,我从严县长那里探听到他们又想要抓徐清浦,就在深夜装着查号去放信,徐大哥当晚就跑了,师部把徐大嫂弄来问了几次,正在四处探听哩。"

李仲生见我仍然不动声色,又长长地叹了一口气,说:"大姐,我知道你不信,这是徐大哥临走时交给我的任务,叫我照顾你,保护你。我的事只有刘政委、廖大哥和徐大哥知道,不信,你找人去问。"

他还要说下去，袁大娘走进来了，说："李仲生，你也该走了，我们收风了。"

李仲生叮嘱了几句，转身走了。我看着他的背影，心里仍然充满了疑惑，既然说刘铁刘政委知道，为什么没听亮佐说起？此时犯人们都回牢房了，亮佐那边也不方便，明天找时间，向支部汇报一下。

第二天吃过早饭，李仲生又来了，同行的还有两个人，说是严县长有请。我没说话，洗了脸，梳过头发，又换了件干净衣服，就说走吧。走出监狱，李仲生说："大姐，这两位弟兄你恐怕不认识。这是周辉同，这是黄锡成，都是严县长的内弟。"

我瞟了两个人一眼，只见那周辉同团团的脸，矮个子，很年轻，很结实。黄锡成三十岁左右，像农民，也不开腔，只是盯着我。我只顾往前走，李仲生赶上两步说："今天县长要在三堂上审问你，还有些师长、旅长，要你交出廖大哥。他们现在恐慌得很，杨森要把队伍开去打徐司令，廖大哥又在这边拖住了后腿，杨森叫夏炯派队伍去清剿，可是小队伍去，总是有去无回；大队伍去，又找不到影子。夏炯天天找严县长商量，决定在你身上想办法。今天摆的是鸿门宴，装好装坏都有，你千万要小心……"

走进衙门后面的三堂，空荡荡的。李仲生端了一把椅子来给我坐着，周辉同倒了一杯茶，然后和那姓黄的一起走了。透过窗花格子，西厢房里传来一阵阵搓麻将和大声武气说话的声音。

"嘿嘿，自古英雄爱美人儿，陈玉屏年轻漂亮，能说会画，我就不相信廖玉璧这样心狠。我们这叫作愿者鱼儿上钩来！"

李仲生说："这是杨森的侄儿杨汉忠，是个师长。"

"看牌，二筒！早就听说廖玉璧和陈玉屏感情很好，上钩倒是一定会来上钩的，只是上面催得太急，光是等不行。今天要说动陈玉屏，硬是要她开口动手，把字签了。"

李仲生说："这是张旅长张俊昌，对这个人要小心，一贯笑里藏刀。"

"唉，你们莫把陈玉屏看简单了。我跟她打过交道了，这女人，嘴巴狡得很，搞不好，恐怕还得放长线钓大鱼。"

这无可奈何的声气，一听就知道是严定礼。

"严老兄，你这人就是窝囊！一个女人都斗不过，还当什么县太爷。叫他们把刑具都给我搬上来，嘴狡就打板子！"

李仲生悄悄说："这就是向廷瑞向屠户。"

我给李仲生使了个眼色。他放重脚步，走进西厢房，大声报告说："人已经带来了。"里面嘈杂的声音戛然而止。一个穿呢子衣服的人首先走了出来，眼睛一瞅一瞅的，看那样子就知道是杨汉忠。他走到我面前，对着我看了又看："你就是陈玉屏？"

我一转身，不理他。他跟着转过来，死盯着我说："你老实说，廖玉璧在什么地方？"

我又转过身，还是不理他。李仲生在旁边瞪了他一眼，他才觉得自己有些失态，没趣地走开了。几个士兵走进来，把老虎凳、羊桷凳、绳子、杠子稀里哗啦摆了一屋，然后站在一旁。严定礼咳了一声，从屋里走了出来，拖着声气问："陈玉屏，那个铁窗风味——好不好受啊？"

……

"你——受够了没有啊？"

……

他连续问了三四遍，我用背对着他，一声不吭。他叫李仲生端把椅子，坐在我的对面，说："你——怎么不开腔？"

"我没有什么好说的。"

"你的这个问题,军长的意思是要你交人,要你把廖玉璧交出来。不然,就对你不客气!"

"你们把大队人马开去都抓不到,我关在牢房里,有脚无路,到哪里去找人?"

"我把你放出去找。"

"我有病走不动。"

"抬你去找。"

"抬去也找不到,天地这么大,脚长在他身上。"

杨汉忠叼着纸烟走过来说:"陈玉屏,莫装疯,廖玉璧就在华蓥山的毛桠口一带嘛。"

"你既知道,何必来问我。你自己去找就是。"

"这个这个……""瞅瞅眼"一愣,把大半截纸烟用力往地上一丢,又走开了。

严定礼过来说:"那你写封信去好不好?"

"我不会写。"

"哼!大学生,教员,还不会写信,真是滑稽。"

"滑稽的事还多呢。无凭无据,我犯了什么罪,要弄来关起?"

"算了吧,不谈这些大道理。这还不是为了你好、廖玉璧好、大家好!张旅长你说是不是?"

这个张旅长,显然就是张俊昌了。他手里捏着一串佛珠,笑吟吟地说:"陈玉屏,陈老师,你莫误会嘛,今天我们大家都是来跟你商量,想在夏师长面前给你和廖玉璧作保的。只要廖玉璧肯下山,我们保他做旅长。杨师长、夏师长、叶旅长,还有向司令,你们都可以具结是不是?再不信,可以找地方上的士绅和团总出来担保。现在我们已经把廖玉璧围在华蓥山,打不死也要饿死冻死。我们不为廖玉璧着想,也要为你着想,年纪轻轻的活守寡,那时候呀,我看你才受不了……"

我站起来,一口唾沫吐在他的脸上:"呸!无耻,下流!"

"你好大的胆子,敢骂人?拿板子来,打嘴!"向廷瑞捋着袖子,大喊大叫着扑过来,张俊昌连忙上来把向廷瑞往厢房里拉,一边说:"廷瑞兄,息怒、息怒!不要与女流一般见识。"

向廷瑞不肯罢休的样子:"不行!拿抬盒来上刑!我杀死那么多的共匪都不手软,不信制服不了她陈玉屏!"

"哼,莫说你拿抬盒杠子,就是杀我的头也就那么回事。你们只有强权,不讲公理,杀死我这样一个无辜的女人,算不得有本事。"

"一个无辜的女人?说得好轻巧。哪个女人有你这样泼,有你这样硬?你就是共产党!"

"你们都是当大官的人物,抓不到廖玉璧,就拿我一个女人来出气。我也不可能帮着去哄他来投你们的圈套。你们要杀就杀,我宁为玉碎,不为瓦全!"

"算了吧,陈玉屏,"向屠户挣脱张俊昌走到我的面前,用手指着我的脸,一字一顿地说:"啥子瓦全不瓦全,我要一刀一刀地剥你的皮,割你的肉,叫野狗扯得你五马分尸!"

向廷瑞暴跳如雷,几个人连忙把他拉进厢房,在里面叽叽咕咕商量什么。不一会儿向廷瑞出来了,狠狠瞪了我一眼,冲出门走了。张俊昌捏着佛珠,踱到我面前,不紧不慢地说:"陈玉屏,听说你也吃斋信佛?好,好,我们志同道合。佛经上说:救人一命,胜造七级浮屠。唉,你看你们两口子,鼓动那么多老老实实的老百姓,闹什么革命,讲什么共产主义,死了这么多的人,徒使老百姓遭受劫难之苦……"

我转过身来，看着张俊昌，也不紧不慢地说："张旅长，张善人，我是女流之辈，不懂什么革命、主义，也听不得那些满口仁义道德、一肚子男盗女娼的劝世文。我只想问一句，今天这么多师长、旅长济济一堂，来审问我，无非说我是共产党，是廖玉璧的同伙。只是不晓得，有没有人出来做证？"

严定礼过来，摊开两手说："嘿嘿，真是奇谈，这还要人做证么？廖玉璧是共产党的头子，这是没话说的了。你呢，是他的女人。他把岳池县都赤化了大半边，未必就没有赤化你？你不是他的同伙是什么？"

我说："严县长，你老人家好健忘啊。廖玉璧做三防司令，是你出面做的保人，这才几天？我们还在一张桌子上劝酒吃饭，你还同我一起到广安，在夏师长面前帮我说好话，放了我的婆母。难道你就忘了我在外面教书，就那两天才赶回来的吗？我跟廖玉璧早就断了关系，哪件事情上给他做过同伙？"

那些师长、旅长都不开腔了，只顾看着严定礼。严定礼脸上红一阵白一阵的，气急败坏地指着我："陈玉屏，你莫在这里混淆视听，这些都是屈元亮、徐清浦和你勾结起来哄骗本官的，他们都是共产党……"

我站起来，盯着他慢慢地说："是啊，我听说了。你的三防司令是共产党，副司令也是共产党；老团练局长是共产党，新局长也是共产党，还有底下的脚脚爪爪都是的。那么你呢？你就是好人了？你们合起做了些脱不了手的事情，到头来却在我这个几年没回岳池的女人身上打主意，到底是要哄骗哪个，只有你心头明白……"

严定礼两只眼乱瞟，揣摸周围那些人的脸色，黑黑的一张脸成了猪肝，口里叫着："押下去，快给我押下去！这个该死的共产婆……"

李仲生押着我往监里走,很高兴的样子。我问他:"有一个人从头到尾坐在一旁没开腔,那是谁?"

李仲生回想了一下,忙说:"那是叶济,叶旅长。"

晚上放风的时候,我悄悄找到刘铁,汇报了今天的事情,特别问到李仲生的情况。刘铁说:"李仲生确实是我们的人,是通过徐清浦介绍给严定礼背枪,打入敌人的内部探听敌情的。周辉同、黄锡成是严定礼的舅子,通过李仲生做工作,也是我们的人了。为了不出岔子,只有我们少数几个人知道,看来他们这次出力不小。"

我这才舒了口气,说:"这个李仲生也是,也不通过组织上接个线,莽莽撞撞地就跑来找我,我还以为是敌人玩的花招呢。"

刘铁说:"我现在是扯红了的,太打眼,他哪里敢通过我。不过你这样谨慎,是对的。"

后来杨森听说了这次审讯的经过,便从鼻子里"哼"了一声:"她陈玉屏会说,我杨森会关,看我们谁犟得过谁!"

于是,我就被不审不问地关起来了。

第十六章
长歌当哭

日子过得很快,论季节已是早春,只是牢房里潮湿,仍旧像冬天。当初为了摆脱罗润德的纠缠,我说自己吃斋吃长素,没想到袁大娘当了真,每到初一十五,还帮我到庙里去烧香还愿。我索性和她一起,半真半假做起了居士,每日里吃些清淡的饭菜,身体居然慢慢地恢复了。牢房里的日子太难熬,组织上这一阵子又没有派人来,外面的情况一点都不知道,只有等袁大娘来了,间或打听一点消息,摆些婆婆妈妈的龙门阵,只觉得自己这辈子,难得这么清闲过。

一天,袁大娘来对我说:"外边有人要会你,说是姓唐。"

姓唐?是谁呢?是唐俊清?不会。唐老六吗?也不会。他们都是战斗中得力的人,听说山上近来打得很凶,不会冒险到这里来。再说组织上指定联系的,只有范永安,哪里又钻出一个姓唐的来了呢?我对袁大娘说:"不要开门,先在牢洞口看看再说。"

袁大娘出去,把牢门关上了。我走到门口,见牢洞口露出了半边脸来,一顶博士帽还把眉毛都遮了。那人大声武气地说:"我是廖大哥派来看你的,他很担心你。"

"你是谁?"

"我姓唐,叫唐德彬,是广安的。大哥叫我给你带五十块钱来,请你打个收据。"说着就伸出手,递进一大包东西来,还故意抖得哗哗作响。

广安是有一个唐德彬,可是从来没有和我见过面,为什么组织上派他来呢?再说,现在山上很困难,怎么会给我这么多钱。我白了他一眼说:"你拿回去,我不要,我和他断绝关系了。"

那人一听急了,大声说:"那怎么行,廖大哥把任务交给我,我冒了好大的风险才进来的啊。"

他这一喊我更怀疑了:我们的人哪有这样莽撞,在敌人的监狱里大喊大叫的?正要再说点什么,就听见外面有人悄悄地说:"人长得还漂亮。"

我心里全明白了,伸手接过递进来的那包银元,照着那半边脸揍出去。那人一让,银元落到地上,滚得叮叮当当的遍地都是,外面的人直说:"啊啊!好歪好歪!"那个自称是唐德彬的人还不死心,又扑在牢洞口说:"你不收嘛,就写个'退还',落上你的名字也要得,要不然叫我回去,咋个扯回销?"

我说:"你手头有钱,还怕扯不了回销?你再不走,我就叫人抓你进来关起!"

他还想说什么,江胡氏在一边说:"你真的还不走么?"说着就直起嗓子,直喊袁大娘。那家伙一听慌了,连忙说:"我走我走。"说着就和外面的两个人一起慌慌张张把钱捡起来跑了。

我和江胡氏在屋里,捂着嘴笑得直不起腰来。袁大娘进来,问我们笑啥,江胡氏说:"袁大娘,你没钱花了就找陈先生要,她的名字值钱得很,人家给五十块大洋请她写一个都不得行。"

袁大娘听了愈是莫名其妙:"刚才那些人来找你写字了?出了五十块钱?"

我哼了一声："陈玉屏三个字，现在是一文不值，千金难买。老虎凳、大杠子摆在面前都没落笔，这五十块钱算什么！"

第二天上午，亮佐说刘铁、金华新他们要解到广安去释放了。我听了觉得奇怪：释放就释放，为什么一定要解到广安去？

亮佐笑笑，神秘地说："哄你做什么。人家段前迪的舅娘王胡氏，是杨森的侄儿杨汉忠的丈母娘，组织上正设法通过这个关系，准备花上一万二千元，先把他们几个人都活动出去。现在王胡氏把杨森周围的人都说通了，除了她女儿去找杨森几个宠爱的老婆说情，凡是与杨森挨得拢的人，像杨森的老丈人刘老太爷、朱彩壁参谋长、杨汉忠等都去说情。王胡氏光是请客送礼活动费就花了好几百元。听说杨森的口没有先前紧了，说可以考虑考虑，带到广安来审讯后再说。人家王胡氏，今天也要跟着去。"

正说着，有人喊收风了，接着外面一阵嘈杂，我连忙走到牢洞口，见刘铁、金华新他们都出来了，个个都高高兴兴的样子。我不能暴露和他们的关系，不能喊，不能和他们告别，只是噙着眼泪笑。刘铁走过我的牢洞口，也停下来，笑笑，然后高兴地举起戴着镣铐的手，大声说："再见了弟兄们，多保重……"

监牢里的每个牢洞口都打开了，伸出许多枯瘦的手，向他们挥动。

刘铁他们走了。江胡氏叹口气说："他们这一去，也不晓得是凶是吉？"我听了想安慰她，却什么都没说，只觉得心里有些空空的，说不出来。

时间度日如年般地过去，刘铁他们走了好几天，却一点消息也没有。这天中午，李仲生慌慌张张地走进牢房，见了我，一下子就哭了起来,说:"大姐,他们遭了。"

"谁遭了?"

"刘大哥他们遭了!"

我心里咚的一下:"不是说要释放吗?"

"先前是说好要放的,可是人一解到广安,就关到教育局。大姐,你想教育局那是啥地方啊,那是夏马刀的队伍驻扎的地方。就在刘大哥解到广安的那天晚上,夏马刀亲自审问,要刘大哥他们交出岳池、广安共产党的组织,要交出廖大哥,要咬你是共产党。刘大哥狠狠地痛骂了夏马刀一顿,骂得夏马刀像疯狗样直喊给我打,给我烧,于是那些爪牙们就给刘大哥'背火背篼'。刘大哥的声气都骂哑了,昏倒在地上,他们又用冷水泼在他的脸上。等醒过来,夏马刀又要他咬出谁是共产党。刘大哥说:'你休想利用我的口,去杀别人的头。我认不得这些人,你要杀就杀,休想在我口里得到一个字。'夏马刀就叫人拿洋油来灌鼻子。那晚整到半夜,用洋油和海椒面灌鼻子、坐抬盒、撬杠子……所有的刑罚都用尽了,夏马刀还是一无所获。"

我心碎了,摇摇手,不忍再听下去。牢房里轻风肃静,只听见江胡氏轻轻的抽泣声。好一阵,我才颤着声音问:"以后呢?"

李仲生擦干了眼泪,坐在我的床边,又继续说:"就在刘大哥受刑的第二天,杨森召开会议研究对他们的处理办法。杨森问夏马刀审讯的情况,夏马刀摇了摇头说:不招。杨森接着说:日前徐向前进了川,一来就占领了通南巴,又向达县、渠县进发。田颂尧的守卫部队一触即溃,望风而逃。又说他们的驻地营山、渠县眼看也很吃紧,马上要抽调部队去驻守。这次抓来的这些人,都在地方上有些声望,要是没有口供就杀了,恐怕民心动荡。再者,华蓥山的共匪四处骚动,若不立即设法对付,将来腹背受敌，更不堪设想。杨森还说，依他意见，应该软硬兼施，清剿与诱敌双管齐下。他希望说服刘大哥投降，再用刘大哥去招降。夏马刀听了，立即站起来说：军长，不行呀，刘铁口很硬，用毛铁也撬不开他的嘴，昨晚上啥子刑罚都用尽了，他一个字也没说。向屠户也说：对付共产党，没有别的办法，只有杀、杀、杀！其实捉来的也并不都是共产党，像陈建秋、罗洪明之流，他们也恨共产党，共产党也不会要他们。不过，他们是地方上的一些不稳分子，不管派粮派税经常捣蛋，一起用共匪或通匪的名义杀掉，也好杀一儆百。

"最后，杨森叫再用软套子试一试再说。于是，夏马刀就把刘大哥他们从教育局迁到杨森军部考棚里面关起。在这几天，刘大哥又受了两次刑，还是像以前一样，一个字没说；金华新、段前迪和其他两个同志也像刘大哥那样豪气。可是陈建秋、罗洪明就不同了，他们见到刑具就吓垮了，特别是陈建秋，还没坐上抬盒就叫喊，说是愿意交代。可是他说什么呢？共产党认得他，他认不得共产党。敌人是要廖大哥下山啊，他们有这个本事吗？敌人想要开口的不是他们，而是刘铁、金华新这些同志，可这些人又偏偏不开口，真把这些混蛋气惨了。听说向屠户和夏马刀到杨森那里去奏本，一个说不杀这七个人，他的司令官不当了；一个说不杀这七个人，他的师长不干了。杨森见刘大哥他们软硬都不吃，部下又这样恼怒，也就点了头。"

刘铁、金华新、段前迪他们在广安牺牲的事，当时非常轰动。从被关押的考棚出来，经过小东街、龙头街直到刑场白花山，沿途街道两旁都是人山人海。要押赴刑场时，陈建秋哀求堂上的监斩官，他要留个遗嘱。一个士兵拿了一张白纸和笔墨，他泪流满面，不住地摇着头，颤颤抖抖地写道："我一生反共，其结果反以共匪污我，实因我读书太多，有时言语不慎，致遭今日惨祸。誓愿陈氏子孙，今后以务农为本，或可免于乱世……"罗洪明则要了两碗酒一饮而尽，对监斩的人说："把标子拿过来看看，我罗洪明是犯的何等罪。"监斩的人将标子抽下，甩在他的面前，他看到"私通共匪罪犯一名……"的字样，就哈哈大笑地说："这还差不多！共匪倒还认得几个，说我是共匪，那就死也不瞑目。"他长长地叹了一口气，又说："夏马刀呀夏马刀，去年此时，我是你的座上客，今日此时，我就成了你的刀下鬼。"说着一面摆头，一面泪流满面。

只有五个共产党员挺胸昂头，唱完了《国际歌》，就呼口号，呼了口号，又唱《国际歌》。一路上很多人看不下去，都悄悄地走了。到了白花山快临刑时，刽子手叫刘大哥他们跪下。刘大哥正气凛然地说："我生为正义人，死为正义鬼。要想我在你们军阀反动派面前跪下，万万不能！"就这样，几个同志都站着牺牲了。

这一天，是一九三三年二月八日。广安城内，贴满了勾满红笔的布告。

一连好几天，我都昏沉沉的，回想八年来的许多事情，都一幕幕地从眼前浮起。我迷迷糊糊地听见江胡氏在喊大姐你醒醒，你看谁来了。我睁开眼睛，看见刘铁坐在身边，正温和地笑着。我说刘大哥你来了，我就晓得他们乱说的，红军都进川了，你怎么会去死……

江胡氏在一旁哭着说："大姐你再好好看看，看看这是哪个？"

"哦，你不是刘大哥，是老金，金华新嘛，我咋个认不得！你刚才叫我念入党誓词……哎呀你看我，昏的，你是老段嘛，昨晚半夜还送文件来……你放心，文件我都处理了，嚼烂了，吐在茅坑里了……"

我心里有许多话，都想说，可是说不出来。坐在床前的那个人呜呜地哭出声来，使劲摇着我说："大姐，你不要这样，你睁开眼睛看看，我是永安哪……"

我猛地坐起，一看真是范永安，他抓住我边哭边说："大姐，你不要难过，大哥比你更伤心，我跟他这么多年，从没见他这样伤心过，吼吼地大哭大嚎……山上的弟兄们开了追悼会，大哥带头发了誓，说是此仇不报，决不生还……刘大哥，他是个好人……"

我只觉得眼前一黑，又倒了下去，恍惚中听见江胡氏在说："大烧大热的……三天了……"

天气渐渐暖和了，在江胡氏的精心照料下，我咬着牙，让身体一天天在恢复。看见她带着孩子整天忙上忙下的，我心里过意不去，说："你真的成了我的保姆了。"她说："保姆就保姆嘛，免得成天闲着，心慌的。"

六月的一天，牢房里突然嘈杂起来，都在说敌人开了大队人马到太平场，把罗平精抓到了。我心里很着急：罗平精明明在山上跟玉璧一起，又跑回太平场做什么？早先是听范永安说他不安心在山上，经不住磨，一心想要把队伍拉回坝上去硬打，可是玉璧的话他一直都是听的啊。这个人作战勇敢，在山上进步很大，就是总有点爱自由行动，怎么又出拐了？

正在揣想，李仲生匆匆进来了，一见我就跺脚说："罗平精遭了，在太平场遭的，都已经解进城了。"

大家都沉默不语，牢房里静得连掉根针都听得见。忽然，外面急急忙忙跑过一群人,我连忙从牢洞口往外看,只见前后几十个兵端着枪,不住地喊:"让开让开!"

罗平精那矮胖的身子五花大绑,挺胸昂头地边走边骂:"你们把老子逮住,充其量就是杀头。老子死了儿子会报仇,我儿子死了孙子会报仇,总有一天会把你们这批王八蛋杀干净……牢房?你们以为进牢房就把我吓倒了吗?不得行!这是老子的栈房,老子是来休息的!"

隔壁男监一阵喧哗,罗平精被推进去了,接着又听见叮叮当当锤脚镣手铐的声音。李仲生连连跺脚说:"这是在上重镣,他十有八九是活不成了。大姐我们要赶快想办法,看看还有什么办法没有……"

我也很着急,嘴里却在安慰他说:"罗平精家里有的是钱,说不定严定礼这家伙瞎子见钱眼开,他现在不是正催不齐粮款吗?"

仲生说:"那我再去打探一下,听听严定礼的口气。"说着往外走。我忙说:"仲生,你要小心哪,我们的人遭了这么多,你不能……"

仲生点点头说:"大姐,我晓得。"

我守着牢洞口,只见走廊上的守兵跑来跑去的,人数足足增加了一倍,那些管监的也很紧张,在男监里进进出出。过了一会儿,人声稀疏了,典狱官和男监的管狱头李老尧大声说着什么,又听见陈亮佐的声音在说:"为人嘛,瞒上不瞒下,你们给罗大哥维持一下,把镣铐给他下了,相信你们要的钱,他是出得起的。"

罗平精说:"你们要多少?"

有个家伙说:"二百块!"

罗平精笑了两声说："就这点钱？没问题，我喊人拿来就是。典狱官，另送你一百块！只是我罗平精还没有吃饭，你们给老子买些来，我就是明天死了也不能成个饿死鬼。还有酒，拿酒来，好，算我的。一齐招待！"

第二天放风，陈亮佐见到我的第一句话就是："大哥开会去了。"

玉璧接到上级指示，到阆中开会去了，他前脚一走，罗平精就扯了一部分人回太平场，说是要给刘大哥报仇，去和敌人痛痛快快打一场。可是他刚到家，就被发现了，敌人把他家团团围住，他赶快进了家里的地道。敌人进来搜了两次，都没发现，后来都出大门了，他才和另外一个人偷偷爬出来。不料那人因为紧张，枪走了火，敌人马上就折回来，罗平精见自己跑不掉了，连忙把地道口隐蔽好，就这样，他被捕，那人脱险了。

罗平精被逮捕后，罗家和他的丈母娘家到处活动，说要钱有钱，要多少给多少，这可喜坏了县长严定礼。本来这些天，红军在通南巴打得厉害，连刘湘那个叫作"刘神仙"的军师，都差点被红军捉了去。而夏马刀的队伍，此时已开上了前线，严定礼驻守岳池的兵力，不过一团人。他最怕的是廖玉璧的队伍来攻城，最大的希望是替杨森把粮款收齐，好交差，因此极力主张不杀罗平精，既可以敲诈一大笔钱，又不惹怒廖玉璧。可是消息传到夏马刀那里，他不干，说是前次被罗平精和玉璧在山上打得好惨，不杀不足以平心中之恨："如果严兄怕杀了罗平精在老百姓中间引起骚乱，那就不以共产党的罪名，以土匪的罪名杀就是了。"

罗平精进来的第三天，被提出去过堂。严定礼坐在大堂上，把惊堂木一拍："罗平精，你家是大绅粮，为什么当土共？你为什么通廖玉璧？招来！"

罗平精走上去，吐了一口唾沫说："放屁，什么土共不土共，什么通匪不通匪，我不懂！廖玉璧与我的交情是众人皆知的，你逮到我一个罗平精，还有一个廖玉璧！你杀了我罗平精，我们还有无数不怕死的人，你抓得完、杀得尽吗？"

严定礼黑起一张脸，结结巴巴地说："这……这个不谈，你们为什么在外面乱抢人？"

罗平精又冷笑了一声，说："哼，你简直是血口喷人。你说，我抢了谁家，抢了谁人，抢了你家幺妹吗？"

严定礼气得暴跳如雷，站起来把惊堂木狠狠地一拍，咬牙切齿地说："打嘴！"那些士兵抢着绳子扑上来，却被他飞起一脚踢倒一个，然后双手叉在腰间说："妈的你们要打？要打老子就打滥！"

严定礼一个劲地拍着他的惊堂木："罗平精你这样要刁，不是土匪共老二是什么？给你父亲派的指名捐，为什么不缴？"

"前账未清，新账又来，我父亲都被你们整死了，还拿什么来缴？"

"你为什么把枪送给廖玉璧，把谷子送给他的队伍吃？"

"我不送给他，就要被你们抢，送给他还有个人情，你们抢了，反转来整我！"

"你为什么……要跑上山去当土共？"

"啥子土共洋共的，我不懂！你们抄了我的家，还要通缉我，逼得我无路可走，我不跑上山去，还在家里等死不成？"

严定礼见他如此嘴硬，跺着脚大吼："你要晓得，逮你的不是我！是军部，军部！"

罗平精下堂来，一路骂着回牢房，声音震得瓦格子都在抖："你们大家听着，说我罗平精抢人，是土匪，真是笑话！我罗平精三千多石田土,历来只有土匪抢我!我又不缺吃又不缺花的,还用得着去抢么?……"

袁大娘正在我屋里,叹口气说:"就是嘛,岳池县里哪个不晓得罗大爷,'罗大肥猪',大粮户,他会去抢人?鬼话!"

晚上,周辉同来了,说起罗平精,只是摇头:"像他这样一点都不肯下软着,甚至不肯闭一下嘴,恐怕真的是没办法救了。罗平精今天下堂来,看见他家里的人就说:我是活不成了,莫把我的钱拿去跟军阀办交涉,我还有大用场。我死了你们不要收尸,让大家都来看他们的罪恶……唉,刚才严定礼还跟我说,他当了这么多年的官,审过也杀过不少人,没见过罗平精这样豪气的。还说这些人也真怪,不管是有钱的还是没钱的,怎么一跟共产党沾了边,就把自己的性命看得这样轻?"

正说着,袁大娘捧了一捧银元走进来说:"陈先生,这是罗平精叫我给你送来的。我说你吃素,不用钱。他说吃啥子素哦,我晓得,你给她拿过去,就说是我叫你拿的。"

我心里直是叫苦:罗平精你好大意啊,叫管狱婆给我送钱来,不是暴露了我们之间的关系吗?于是就说:"袁大娘,你给他送过去,说我有钱用,叫他注意身体。"

不一会儿,袁大娘又来了,说是罗平精多心了,问你为什么不要他的钱。又说不要钱,就叫我给你买成东西。

我无可奈何地把钱收下,顺手给袁大娘两块。袁大娘接了钱,低声问:"罗平精和廖先生很好?"

"是呀,他们过去是同学。"

隔天,我找了个机会告诉陈亮佐:"叫罗平精不要让管狱的送东西来,我的案情这么重,会牵连他的。还叫他不要光骂人,在这里骂没有用,还不利于我们为他做工作。"

亮佐说:"我都跟他说过了,他说没有想这么多,只想给你钱,可能对你有帮助,还说自己反正是活不成了,都是没听大哥的话,死得太憋气,骂一骂心头才好受。"亮佐叹了口气说:"罗平精这个人,啥都好,就是太鲁莽。"

又过了两三天,监里正在吃早饭,忽然来了一队兵,径直往男监走去。我立即放下碗筷,把耳朵贴到墙洞边,先听见开锁的声音,又听见牢门哗地打开了,一个人高声喊道:"罗平精,给你道喜!"

罗平精一下子跳起来:"道你妈的喜!老子晓得死期到了!给老子把脚镣砸了,让老子自己走!"接下来是砸脚镣的声音,一群人拥着罗平精走出了牢房。我连忙扑到牢洞口,只见罗平精在牢门口站住,对管狱的李老尧说:"莫忙,我有个亲戚在女监里,我要去看她一下。"说完用手扒开一个兵,向我的牢房走来。我看着他,心里难过极了,闷了半天,竟说出了一句莫名其妙的话:"罗大哥,今天脱法了。"

他摇摇头,说:"大姐,我死了不足惜,只是……"

我觉得鼻子发酸说:"罗大哥,你有什么事,尽管说。"

他抬起头来,眼圈有点红,说:"大姐,我是有事情要托给你。一是现在我们很困难,我的财产都交给上面。再是你今后出来,去看看我的女人,常开导开导她,把娃娃带走,交给上面,不要留在岳池……"说着声音发哽,几颗泪水流了下来。

那些兵见他还不走,就过来不耐烦地说:"什么上面下面的,快走快走!"罗平精一下把头昂起来,气势汹汹地说:"妈的,你凶什么?你们这批走狗,你们今天拿到刀把子,可以杀我的头;二十年后老子会拿刀来杀你们的头!"

我说:"罗大哥,放心吧,你托的事我一定给你办到。"

罗平精回过头来，说："谢谢你，大姐。"接着被一群士兵推着，边走边喊："岳池县的父老们！他们今天以'土匪'的罪名来污我，杀我罗平精，明天同样会以'土匪'的名义来杀你们的。快快起来！把杨森军阀土皇帝赶出广岳去……"

阴惨惨的杀人号声响起来了，夹着罗平精断断续续的叫骂声。后来听李仲生说，有士兵想拿布去堵他的嘴，他头一摇就挣开了；到了刑场，刽子手叫他跪下，他不跪，那些兵上来拉他，他就用头撞，用脚踢。那刽子手慌了，挥起刀一阵乱砍，砍了几刀才砍掉了他的头……

罗平精牺牲的时候，才二十九岁。

第十七章

狱中运筹

一天袁大娘引来一个人，我一看大吃一惊，鼻子一酸，眼泪差点就掉了下来。

来人竟是曾三姐。

姐儿俩拉着手掉了好一阵的眼泪，我才问她是怎么知道的，两个孩子可好。曾三姐强作笑脸说："这回是夏林兄弟下来给我带的信。你放心，两个娃娃都好，我把宁儿托给韩嫂，带着彬娃上来，又怕那些黑心肝晓得，不敢带来给你看。"

我听了很感动，说："不但彬儿和宁儿不要来，你也不该来。托你带孩子本来就够麻烦你了，你专门上来看我，更会受牵连。"

曾三姐说："我才不管什么牵连不牵连。我是来救你的，你该记得我家五妹敏言吧，她常听你摆龙门阵，佩服你不得了。现在敏言要嫁人了，男方叫雷青成，听说是个什么官儿，和刘湘熟得很。敏言逼着他要把你救出来，说要不然就不过门。雷青成现在正找刘湘设法呢，你看这是他给你写的信。"

曾三姐说着，摸出一封信来，上面写着简短的几行字，大意是说：屏姐你不要着急，我听敏言说过你，心里也很钦佩。我救你就如救我自己，一定尽力设法，希望你为国家前途保重身体……字写得不错，文辞也很流畅，连国家前途也写上了，看样子是个有点血气的人。可是他到底当的什么官呢？怎么会和刘湘很熟？问曾三姐，她嘿嘿一笑，说："我不识字，也不晓得他是个什么官，只要他能救你出来就行。要不然敏言就不嫁给他。"

曾三姐在岳池住了些时候，每天来陪着我摆龙门阵，说起她的独生儿子曾繁彬都十六岁了，学了无线电技术，现在邻水电台工作。我听了心里一动，就说："我二姐的女儿魏祠照，也快十六了，人长得怪水灵的，还没说人户。三姐你要是不嫌弃，我们打个亲家怎么样？"

曾三姐到了二姐家，看了姑娘，觉得很满意。可是我二姐却不大愿意，一是觉得曾繁彬没读过什么书，二是嫌她家里孤儿寡母，过于贫寒。玉璧知道了，就给我带了信来，叫我劝劝二姐成就了这门亲事，对个人对革命都有好处。二姐倒是很听劝的，就这样我成了繁彬和祠照的媒人，和曾三姐朋友之上又成了亲戚。

曾三姐说成了媳妇，高高兴兴地走了。接着牢房里又多了一个常客，这就是彭杰。彭杰是个贫民，因为姨妈是杨森的姨太太，他跟着这个姨爹，当了个小勤务兵，一年到头只有一碗饭吃。他父亲六七十岁了，还给杨森看公馆的后门，却常常连饭都没有吃的，吃管家倒给他的猫狗饭食。彭杰很伤心，说自己没出息，连老父亲也供不起，一气之下就到严定礼这里来背枪。严定礼看他是杨森的内侄，就叫他做了副官。他一到岳池，就邀着周辉同、李仲生来看我，见面就说："大姐，我的女人也姓陈，我常听炳秀哥提到廖大哥，我们就认个亲戚吧。"

他提到的陈炳秀，是他的舅子，也是我陈家的族弟，要论亲戚，还是扯得上的，只是我怎么会和他这样的人随便认亲戚。看着他那张很认真的娃娃脸,我气也不是笑也不是,就没有开腔。周辉同在旁边说:"大姐,没关系的,这是我们的穷朋友,都是一色人物。"

彭杰立刻笑着说:"对,一色人物,穷人,穿二尺五,背枪。大姐,说真的,我就想到廖大哥的队伍里去,可他来无踪去无影的,实在不好找。有人在南部、顺庆看到他,也有人在武胜、大竹看到他,还有人在渠县、三汇也看到他,还听说他在花桥打死一个恶霸乡长,在桂花场也打过一场大战。这次我来岳池,就专门去桂花场打听,可是没有打听到。"

周辉同说:"你这个做副官的,找他做什么,莫不是想去逮他,抢个头功吧?"

彭杰嘟起嘴巴,委屈地说:"怎么会?你把我说成这么不值钱。"

李仲生笑着说:"虽说你不是逮他,也绝对不是去投他。你有那么好的一个姨爹,军长啊。"

"哼!啥子姨爹?狗日的烂军阀!成天气我姨妈,气得她三天两头都生病。"

县衙里的事情本来就不多,严定礼又不敢吩咐彭杰做那些杂事,他就更清闲一些,没事就跑到我这里来摆龙门阵。谁也不敢管,让他在我屋里随进随出,加上李仲生、周辉同、黄锡成都常来常往,袁大娘白天里干脆连我的门也不锁,也不来过问。

天气渐渐热了。范永安来了一趟,说现在我们四处出击,人手不够,能不能设法把陈亮佐弄出去。范永安走了之后,我找陈亮佐、李仲生商量了一阵,决定让陈亮佐做张呈子,找彭杰出来作保。

第二天,我对彭杰说:"找你保个人,你愿意不愿意?"

他连忙问:"保哪个?怎么不早说?"

我说:"男监的陈亮佐,是我远房的一个兄弟,家里有妻室儿女,全靠他教书挣点钱过活。现在他关在这里,家里衣食无着的。"

"他是什么案情?"

"咳,是去年赶阳合场,在路上被当成嫌疑犯抓来的,到现在也不审也不放的,还不是想榨点钱?你就说是你女人的堂哥,从前不晓得,昨天碰到他家里来人看他,你才知道的。"

彭杰直是点头,说:"我去试试看。"

周辉同在一边说:"什么试试看?大姐托的事情,你要努力办。我们都可以证明,人家关了一年多没出过事,规规矩矩的。"

第二天刚吃过早饭,陈亮佐的呈文还没有送上去,彭杰就笑嘻嘻地来了,说:"有把握!严定礼问我是不是真的,敢不敢担保,我说当然担保,他就答应了。"

果然,严定礼当天就提案过堂。陈亮佐照着编好的一套说了一遍,严定礼说:"你找一个保人。"陈亮佐看了一下周围,指着彭杰说:"啊,彭大哥在这里,我找他保。"严定礼就问:"彭杰,你保不保?"彭杰说:"我当然保,我的亲戚嘛。"

就这样做了个过场,陈亮佐就被释放了。事后我送了件衣料给彭杰作为酬谢,起初他不要,推辞了好一阵才收下了。李仲生当着他的面表扬说:"彭杰你不错,讲义气,这件事情办得漂亮。"

彭杰很得意地晃晃脑袋,又看了我一眼,故作委屈地说:"就是嘛,人家巴心巴肝的,还信不过人家,这下子该不会说我要去抢什么头功了吧!"

周辉同说:"看你得意的样子!其实你不过顺水推舟、举手之劳罢了。若是去说动你那个军长姨爹,让他把你大姐放出去,才算你娃娃真的有本事。"

彭杰被周辉同这么一激,倒认起真来,说:"明天我就回广安去,去跟我姨妈说,保不准会起点作用呢。"

大家听了都笑,彭杰越是着急起来:"不是开玩笑,我真的要回广安去。听说现在形势紧得很,徐向前的队伍打得很厉害。杨森在广安四处招募新兵,说不定什么时候要开拔。我去打听点消息,要点钱来给大姐用也好。"

我口里说着彭杰你就不要为我费心了,没有用的;一边看了黄锡成一眼。黄锡成就说:"大姐你莫管那么多,我也跟他一路,去广安玩玩。"

过了六七天,彭杰回来了,一见面就说:"大姐,不得了!"

"什么不得了?"

"红军啊!红军不得了。红军打垮了田颂尧,连前些时候失守的通南巴三县都收复了,还攻进了廿军驻守的营山和渠县。夏炯那么恶的人,和杨汉忠一起跟红军一接火就溃败下来,一个团长被俘了,一个团长被打死了。现在杨汉域[1]和李朝信[2]在营山的防线也被红军击破,兵败如山倒,连营山县城都丢了。红军打进了渠县和蓬安,听说先头部队已直抵花桥,花桥离广安城只有九十里啊!现在军长正在成都开会,电报一个接一个地打回来。广安城里紧张得不得了,那些军政长官的太太们都吓慌了,正在找船,要跑重庆!"

"你姨妈呢?她跑不跑?"

彭杰摇头叹气地说:"她敢自作主张吗?还不是要等杨森回来。我趁机把你的事情说了,让她给自己留条后路。她说军长这

---

[1] 廿军第三混成旅旅长。

[2] 廿军第二混成旅旅长。

两天就要回来,她一定去说。"

我听了这些话,心里好高兴,又问:"黄锡成呢,怎么没看见他?"

彭杰听了,有些惊讶:"黄锡成还没回来么?他说是有点事情,从我姨妈家出来就分手了啊。"

黄锡成一出广安,就去给玉璧送信,玉璧赶快调集队伍,在适合伏击的罗渡溪两岸布置人马,准备袭击敌人运送家眷细软的船队。殊不知刚把队伍带到渠河边,船队就来了。部署在对岸的队伍还没赶到,他自己带的人又不多,马上动员了邻近的老百姓,拿着锄头扁担沿途去追船。队伍在罗渡溪打了一仗,没拦住,又赶到下面的金山寺,打烂了一只船。眼看水面渐渐宽了,敌船只要下了滩就没法再追了,这时有人在喊:"中间那只大船上,就是夏炯、向廷瑞的老婆,他妈的杀了我们那么多人,让她们都拿命来抵!"已经做了中队长的谭之中,一听这话就急了,跳上一只小船就向敌人冲过去,这边夏林连忙组织机枪掩护。玉璧之所以把伏击的地点选在罗渡溪,就是因为这里的水面相对狭窄,小船三两下就靠拢了。老谭一个箭步跳上了大船,船上的人吓得哭爹喊妈,直朝水里跳,可老谭他自己,却被船上的护兵一梭子弹打中,一晃几下,栽到河里,过后把他抱到岸上,才发现身上的枪眼密密麻麻,筛子一样。夏林见老谭死得这么惨,敌船却跑掉了,气得不得了,带了几十个人回到罗渡溪,把那个什么市镇管理处打得稀烂,巡官汪海洋被打死了,还打伤了两个巡警。此时的罗渡溪,可是不比平常,四乡八场和邻近几个县的豪绅巨富们忙着跑重庆,听说水路保险些,都带了金银细软住在罗渡溪的栈房内等船,现在也被夏林他们通通轰了出来,财物全部没收,大有收获。后来说起这事,夏林还是觉得可惜,若是这信再送早一点，把船上那些金银细软都截下来，跟军阀打上个十年八年，都不愁军需了。

罗渡溪一仗，敌人成了惊弓之鸟，一夜之间，各个乡场都贴出了"打倒土豪劣绅""打倒封建军阀""欢迎红军消灭杨森""工农红军万岁"的标语，这些标语都用鸡蛋清作糨糊，多少年之后也撕不掉。纸和鸡蛋不够用，岳池城里的学生们悄悄成立了"粉笔队""木炭队"，用木炭和粉笔写的标语上了县城里居民的墙壁和商家的铺板，甚至还写在了大路上。岳池城里盛传廖玉璧的队伍要来攻城，闹得一日数惊。

罗渡溪一打响，彭杰就惊诧诧地跑来说："大姐，罗渡溪打了一仗，是廖大哥带人去打的！"

我一瞪眼："你莫乱说。"

彭杰说："哄你做什么？刚才严县长接到电话，喊派兵去支援。我和周辉同说岳池城里就这点队伍，现在形势这么紧张，派出去了，你这县城还要不要？严县长就没有管。我们又劝他说，这廖玉璧也太厉害了，我们还是要给自己留条后路，以后凡是廖玉璧的队伍，就别去管。他说就是，陈玉屏还关在这里，怕要加些人守。李仲生说守什么，二天廖玉璧打进来了，你把陈玉屏一放，保准没得事。"

彭杰说得摇头晃脑的，逗得我也忍不住笑了。

我的牢房里也突然热闹起来，提着礼物的各色人物牵线般地进进出出，许多人我根本就不认识。有的穿得花枝招展，一来就三姐长三姐短的，说二天廖大哥的队伍进城了，麻烦我当姐姐的关照一下，就说她们那口子实在是没办法了才去吃那碗饭，请玉璧枪口下留条活路。我莫名其妙地说，你的那口子是吃什么饭的呀？她才支支吾吾地说，在廿军里当什么长。

我烦得要命，就对袁大娘说这些人一律不见。可是那些人一个个都是有头有脸的，她一个狱婆哪里拦得住。我说，那就麻烦你把门钥匙交到李仲生那里。可是那些人还是不走，在牢洞口守着说。我把牢洞口也关了，他们就把礼信堆在门口。晚上袁大娘开了门，抱着一堆礼盒问我咋办。我看也没看，一挥手说："分了吧，你捡两盒去，其余的都分给男监女监的难友们。"袁大娘抱着那堆礼盒直摇头，说："自从盘古开天地，还没有见过你这种犯人。"

形势如此紧张，在成都开会的杨森坐不住了，连忙赶回了广安。杨森在成都参加的是刘湘主持召开的紧急军事会议。此时的刘湘刚刚击败了他叔叔刘文辉，被蒋介石封为四川省主席，又有被红军打得焦头烂额的田颂尧拥戴，气盛得很。他将各路军阀召集来，提出了六路围攻川陕苏区的计划，给杨森封了个第四路总指挥。杨森回来后，立即把他的部队分成两部，轮流开赴前线，同时又抓民夫修碉堡，清查户口，搞保甲连坐，还办政治军事训练班，培养特务，忙得臭屁烘烘的。严定礼的县衙里也忙起来了。要打仗，就要粮草，要增加苛捐杂税，要搜刮民财，这一年光是农民的田赋，就预征了十二年，还额外指派了严定礼十万元军饷，要限期送到广安。县衙里的人都出动去催粮催款，连李仲生、彭杰他们，也一连好些天没见到影子。

这天下午，周辉同匆匆到监里来，说严定礼的十万款子收齐了，军部的提款委员也来了。严定礼踌躇了半天，觉得别人都不可靠，就决定派周辉同和李仲生带上一个手枪排，和提款委员一起押送到广安去。周辉同说："大姐，时间很紧急，我们又脱不了身，就先商量了一个办法，你看行不行。"说着就对着我的耳朵，如此这般地说了一阵。我想了想，觉得也不是不可以，只是太冒险。周辉同说:"不冒险咋行?十万粮款哪,怎么能让杨森拿去打红军?再说,杨森向来到处强收粮款,逼得好多农民弟兄都来投奔我们,我们山上正差钱用呢。"

"就你们三个人,再加上你说的那两个兵,万一拿不下来咋办?就是拿下来了,恐怕也没办法运上山去……"

"这个我们也商量了,黄锡成托词他要下乡催款,起身给廖大哥报信去了,到明天晌午山上的人差不多就到了,我们拖着走嘛。"

这一仗无论打得怎么样,周辉同和李仲生都不可能再回县城来了,大家处了这么久,一起干成了好几件事情,想到要分手,心里都挺难受的。周辉同拿了一包糖果出来,说:"大姐,仲生忙得很,又有那提款委员守着,就托我来告别了。我们走了,你自己要保重,要再有什么事情,就只有找彭杰了。"说完眼睛里泪光闪了闪,连忙扭头走了。我守在牢洞边,好久没说话。

第三天上午,彭杰急冲冲进来说:"大姐,不好了,李仲生和周辉同押送的军饷,昨天在岳门铺被劫了。也不晓得是什么人劫的,跟去的那一排兵和民夫,一个都没见回来!"

我问:"你们严县长呢?这么多款子不见了,总要派人去追查嘛。"

彭杰说:"追查?现在到哪里去追查?到处打电话,都没有下落,只听说那个提款委员被打死在岳门铺的茶馆门口。现在严县长正急得团团转,骂周辉同和李仲生是瘟猪!唉,也不晓得他们两个咋样了,生不见人死不见尸的,丢下我一个人,在这里……"

彭杰可怜巴巴的样子,让我笑也不是气也不是。

不久,严定礼被杨森撤了职,说是因为他掉了粮款,释放了陈亮佐这个政治犯,有通"匪"嫌疑,调回广安听候处置,岳池县长由张俊昌来接任。彭杰来看我,唉声叹气地说:"大姐,这次我跟着严县长回广安,还不知是凶是吉。听说周辉同、李仲生他们两个都跟廖大哥上了山,大姐你开个条子给我,我也去找廖大哥嘛!"

我看他眼泪汪汪的样子,心里很同情,但是这条子是不能开给他的。这年轻人虽然做了不少事,但是毕竟嫩了些,很多事情想得天真,社会关系又过于复杂,不适合到那么艰苦的山上去。我说:"彭杰,听大姐给你说,这条子我不能写,一来你廖大哥到处跑,你找不到他;二来万一被发现了,对你也不利。革命也不是一天两天的事情,你有这么好的关系,回广安去立稳了,将来有什么事给我们透个消息,用处大得很呢。革命工作多得很,哪里光是行军打仗?"

彭杰知道条子是拿不到了,抬起头来无可奈何地说:"大姐,我一走,你连个使嘴的人都没得了。你和江大嫂,各自要小心哪,有什么难办的事情给我捎个信来,我还会来看你们的。"他抓住我的手,摇着说:"大姐,你要相信我啊!"

我的眼睛有些湿了,说:"大姐相信你,你为革命做了这么多事情,大姐当然是相信你的。"

第二天,彭杰和严定礼一起回广安了。以后就一直没有见到他,再后来就音信杳然了。

第十八章
法慧之死

新官上任三把火,张俊昌一上台就撤换了许多乡长保长,重新安排了一批自己的爪牙,然后就大量逮捕人。几天工夫,监狱就装满了各处新来的犯人,没有铺位就睡在地上。

这天门外一阵嘈杂,江胡氏跑到牢洞口一看,叫道:"天哪,怎么连和尚也抓进来了?!"我连忙跑过去,见那和尚正从牢洞口走过,尽管一张脸被打得青一块紫一块的,我还是差点喊出声来——是法慧!法慧的袈裟被撕成了条条,走路也一跛一拐的,像是虚弱得很。

怎么连他也被抓进来了?山上到底怎么了?陈亮佐呢?周辉同和李仲生呢?还有玉璧……情况一点都不了解,真是急死人了。

袁大娘进来了,我说:"你快去问问那和尚是怎么遭的?真是造孽!怎么连和尚也抓啊?"袁大娘叹了口气,悄悄说:"陈先生,你不晓得,张县长比严县长凶,凶得多!听说这个和尚是在阳合场化缘时遭的。还有两个跟他一路,想跑没跑脱,打死了。还不是那个黑心子王尧干的?说杨军长早有密令,华蓥山的和尚没有一个好的,不是共匪也是通共,一个都不准放过。"

晚上，袁大娘照例来念经，我心头一动，说："袁大娘，你我都是信佛的，可是我们没有经念。现在男监有了个和尚，去求他写点怎么样？"

袁大娘听了很高兴，说："求他写啥子经呢？"我想了想："就写《心印经》吧。这部经书是解冤解仇的，这监狱里，冤死鬼好多啊！"

袁大娘听了，直说"要得要得"，转身就要走。我说："你这样突兀兀的，人家怎么会写？我给你写个条子，写几句客气的话，礼仪要做到嘛。"说着就随便写了两句话，后面落上"陈玉屏"三个字。袁大娘喜颠颠地拿走了，一会儿回来说："和尚看到了，点了头，只是他伤得很重，看样子要过两天。"

两天过去了，没看见法慧抄来的经书。又过了两天，刚刚吃了早饭，就听见男监那边有人在喊："提僧法慧！"我走到牢洞口，法慧已经走过了，看着他的背影，想到他那本来就很弱的体质，心里一阵阵发紧。一会儿听得大堂内一声惊堂木响，接着是张俊昌的声音："僧法慧，你见了本官为什么不下跪？"

僧法慧说："我们出家人，只能跪在佛爷面前，不跪官。"

张俊昌发火说："哼！不跪就给我打！"

传来一阵噼噼啪啪的皮鞭声，江胡氏的孩子吓哭了，紧紧地抱着妈妈。大堂上张俊昌又一拍惊堂木："我问你，华蓥山有多少和尚参加了共产党？哪些人和你是同党？宝顶寺上的红旗是谁插的？"

"我们和尚，跳出三界之外，不问红尘中事，不晓得你们这个党那个派的。"

"不晓得？廖玉璧打桂花场，就是让你们和尚做的探子。"

"谁做了探子，要有证据，不能平白诬栽我们。我们平生不做亏心事,半夜敲门心不惊。"

"不做亏心事?你们那两个和尚为什么要跑?"

"你们处处诬栽好人,要害死好人,好比狗撵兔子,为什么不跑?"

"胡闹!给我上刑!"

接下来就听见搬老虎凳和上杠子的声音,后来听见法慧"哎哟"叫了一声,一下子气没有了,一个士兵就喊:"拿水来!"歇了一阵又听见法慧哑嘶嘶地叫了一声:"张俊昌,我认得你!"张俊昌拍着惊堂木直叫用刑,法慧又昏过去了……

一个多钟头之后,法慧被两个士兵抬了回来,一双脚杆完全被打烂了,糊满了血迹,看见的人没有不流泪的。

晚上我睡不着,点着一盏油灯,望着墙壁出神。袁大娘走过来,轻轻地说:"陈先生,都打三更了,还不睡?"说着在床边坐下,叹口气说:"早先听说张县长也是信佛的,怎么敢把一个吃斋把素的和尚捉来,打成了这个样子?他就不怕佛祖降罪,现世现报么?"

我咬着牙说:"他们这帮子人都要遭现世报的,一个都跑不了!"

日子一天天过去,法慧的经书还没有写过来。我的心里沉甸甸的,有点怕听到关于他的什么消息。又过了十来天,袁大娘惊慌慌地跑来,说:"不好了,军部来了命令,说华蓥山的和尚不管是好人坏人,逮到就通通要枪毙。陈先生,那和尚分明是活不成了!"

第二天,法慧又被提去受审了。大堂上,只听得张俊昌拖长声气说:"僧法慧呀,你看,军部的命令都来了,要枪毙你。你这么年轻,何必一定往死路上走?招了吧!啊?"

法慧也慢慢地、声音很清晰地说："对我们和尚，不消用死字吓唬。死就是生，生就是死。生为普度众生，生而无愧，死为弘扬善德，我决不后悔。只是佛门有句话，叫作恶有恶报，善有善报。我和师兄弟逃不出这个劫数，你们这些恶人也一定没有好下场的。"

"好你个小和尚！看你年纪不大，嘴头倒硬，死都到眉毛尖了，还不肯招么？！"

"我佛门中人，不打诳语，宁死也不能昧着良心说话。"

这一次，没有动刑，可是法慧已经明白自己的处境了。他被人架着从我的牢洞口经过时，回过头来笑了一笑，我的眼泪顿时就涌了上来。吃过午饭，我对袁大娘说："和尚伤得那么重，我们不能光是请人家抄经书，还是给他送点钱过去，好让人家买些什么，补补身体。"

袁大娘拿着钱过去，一会儿又过来，说："和尚说了，多谢你陈先生，请我用这些钱，给他买些檀香。"

我说："那他一定是要烧香敬佛了，也算是替我们许个愿。你就帮了这个忙吧，剩下的钱，还帮他买点糖果，敬神也要用的。"

檀香和糖果都买回来了，法慧又请袁大娘帮他打了一桶水，洗了脚，擦了身，接着又点起油灯抄经书。袁大娘过来说起，感动得不得了："这个和尚这么虔诚，来世一定要大富大贵的！"

我听了，也松了口气。

第二天清早，天还没有亮，我就被袁大娘摇醒了，她哭丧着脸说："和尚死了！"

我只觉得脑子里轰的一声，差点栽下床去，慌得江胡氏一把抱住。我再也忍不住，抱着江胡氏失声痛哭，心里喊着："法慧，你还是个孩子，还是个孩子呀……"

几个女犯人，都陪着我掉眼泪，女监里一片唏嘘之声。好一阵，江胡氏才问袁大娘："不是说昨下午好了些，在帮你们抄经书了吗？"

袁大娘叹息一声，在我床头坐了下来："听管男监的李老尧说，昨晚和尚把经书抄完，就请人扶他起来，从随身的褡裢里找了套干净的袈裟出来换了，又把檀香点燃，放在长凳上，接着把糖果也放了几颗在长凳上，余下的都分给了难友。一切收拾停当，和尚又请人帮忙，吃力地打着盘脚坐好，然后朝大家笑笑，很感激的样子，双手合十，念了声'阿弥陀佛'，就闭上了眼睛。开始大家都以为他在拜佛烧香。后来一炷香都燃完了，还见他闭着眼睛一动不动。一个大胆的就去摸，周身已经冰凉了，只是脸上带着笑容，跟活着的时候一样……"

袁大娘说着，把一个白布包递过来。我打开一看，是法慧抄的《心印经》。如姑娘一样娟秀的笔迹，让我想起在猫儿寺第一次见到他的样子，泪水止不住往下淌。

这一天，我永远不会忘记，一九三三年的十月十八日。天气阴沉得很。一个年轻的和尚死在隔壁的监狱里，他还不满十九岁。

他是一个共产党员。

张俊昌用严刑打死了一个和尚的事，马上在监内外传开了。人们把法慧的死愈传愈神，都说这是个虔诚的好和尚，如今天下大劫，佛祖派他下界来体察民情，现在成了正果，乘着高香升天去了，哪里会等着来挨那一刀之苦。还有人说，杨森、张俊昌冒犯了佛祖，怕是立马要遭报应了。听说人家红军就是佛祖派下界的天兵，正月间在通江打败了田颂尧，刚刚又在达县、宣汉打败了刘存厚，什么制币厂、兵工厂、被服厂都落在了红军手里，这下子啊，该杨森去挨刀了。他张俊昌还说自己是信佛信教的，大家睁大眼睛看他的下场吧。

张俊昌的老婆听了这话，心里害怕了，找到袁大娘问情由。袁大娘添枝加叶地说着法慧的好话，着实把她吓唬了一番。那女人直是求着袁大娘想个办法，袁大娘说："女监里的陈先生，得了和尚升天前传的真经，一定是位能够逢凶化吉的贵人。听说她会画佛像，你不如去求她画上一幅，挂在屋里天天朝拜，说不定佛祖见你心诚，会发了慈悲呢。"张俊昌的老婆就提着礼信，一把鼻涕一把泪地来求我。

我想着法慧的死，心里怎么也消不下这口气，不理她。后来袁大娘帮着说好话，我转念一想，利用这个机会，让这女人管管那张俊昌也好。于是就给她画了一幅，还在两边写了"放下屠刀""立地成佛"几个字。那女人高兴得不得了，果然拿回去挂在堂屋里，一天三炷香，还拉着张俊昌一起磕头作揖。张俊昌的女人出去一宣传，县府里一些幕僚的太太小姐们也来了，或者求我画佛像，或者是画枕套被面鞋面子什么的，牢房里整天油灯通明。大家都趁机做些针线，我也好给那些官太太们摆些扬善抑恶的道理。张俊昌的女人听了我的话，今天缠着张俊昌要放这个，明天缠着他要放那个，没多久就放了好多人出去。听说还为了放我，跟张俊昌大吵大闹，说若是不放了我这样的贵人，就赎不了打死和尚的罪过。

第十九章
孤雁归群

转眼间,腊月又来了,牢房里的人像走马灯一样地换,又只剩下我和江胡氏两个人了。腊月十一,是我进来一个对年的日子,我几乎一夜没睡,想着一年来在这牢房里经历的许多事情,想着刘铁、金华新、段前迪、罗平精和法慧,又想到李仲生、周辉同还有彭杰……整个脑子乱糟糟的。刘铁牺牲了,自己又不在山上,党内党外的事情玉璧都要管,队伍发展得这么快,参加的人又这么复杂,他管得过来吗?那么多人在山上,粮食给养跟得上吗?唉,自从拉起了队伍,就没有一天不为钱操心,先是去找那些地主借,后来又卖自己家里的田,然后想借夏炯的粮饷养我们的队伍,反而被人家套进去,现在……好在截了那十万粮款,怎么也够他对付些时候……

正想着,袁大娘走进来,笑嘻嘻地说:"陈先生,给你道喜!"

我和江胡氏听了,都一惊,随即镇定下来,我翻身坐起说:"道什么喜,要枪毙就明说,我进来就晓得有这么一天,不忌讳的。"

袁大娘还在笑,说:"真的是道喜,今天要放你。"

"放我也好，枪毙我也好，我都没得话说。"

袁大娘有些急了，说："真的放你，是军长打电话来喊放人的。"说罢便急匆匆地走了。

我瞪了她的背影一眼，心想这个狱婆都当老了，怎么还不明白事理？现在杨森被我们打得这么恼火，怎么会放了我？我起身去把剩下的钱清点出来，交给江胡氏。江胡氏吓坏了，抓住我哭着说："大姐，咋办？咋个办嘛，你快说啊！"

我平静地说："没关系，你要坚持着，就是给你受大刑，你也不要暴露，始终说是我的保姆。这钱给你娘儿俩留下作生活费用，如果有剩，二天就交给组织上。"说着又把仅有的两件衣服递给她说："这两件衣服你拿去穿，好好带着孩子，要爱护身体。如果我们有人来，你告诉他们，说我没有做对不起人的事，我的尸体收不收没关系，叫他们狠狠地打敌人！"说着走到洗脸的地方，把脸和手洗得干干净净的，然后又用梳子仔细梳头，想把自己打扮得干净利索的，上刑场也显得有精神，喊起口号也才有劲。牢饭送来了，江胡氏端着碗眼泪汪汪地说："大姐，我叫袁大娘去外面给你买点东西吃……"

我摆摆手说："不要乱花钱了。"话还没落音，外面闹嚷嚷地来了一群人，两个士兵大声说："提陈玉屏！"

我挺起胸脯，昂着头，精精神神走了出去。一走出牢门，就看见张俊昌的老婆迎上来，把一根大红绸子搭在我身上，笑嘻嘻地说："恭喜你，陈先生，你今天脱法了！"

我正在发愣，又见袁大娘点燃一饼鞭炮，走到我面前说："真的，陈先生，真的是放你。"

江胡氏在牢房里呆呆地看着，突然醒悟过来，跑到门口抓住袁大娘使劲地喊："袁大娘，你再帮我买点！再帮我买点鞭炮啊！"

鞭炮噼噼啪啪响起来了，炸得红色纸花儿到处乱飞，难友们都站在牢门口朝我挥手。县府的人听见鞭炮声响也跑出来看热闹，几个熟悉的法警，和那些求我做花画像的太婆都笑嘻嘻的，说恭喜我，老天有眼，好人终归有好报的。

我实在弄不懂这是耍的啥子把戏，不动声色地走到大堂上。张俊昌看见我来了，堆起一脸的假笑说："陈玉屏，我接军长来电，放你！"

我愣了愣，问道："要不要保？"

"军长的电，要什么保？"

我松了口气，又立即想到江胡氏，说："今天是腊月十一，这莫须有的罪名，算起来把我整整关了一年了。现在我出去了，可是我的保姆呢？"

"那不行，军长只说放你。"

"保姆是因为我才被捕的，既然我都可以放，为什么保姆就不能放？"

"军长没有命令，不能放。"

我说："法律上不是有假释一条吗？我可以保她。"

"那——非要连环保不可！"

"多少人我都找！"

张俊昌一下就哽住了，停了一会儿说："十家连保。"

这张俊昌明明是在刁难，我刚刚出大牢，哪里去找十家连保？我想了半天，决定一不做二不休，先到烟馆里去找了几个烟鬼，又到江胡氏的侄儿媳妇——开一品店旅馆的老板娘王左氏那里去找了两家，总共凑够了十家，做了个保状递上去。当天晚上，江胡氏母女就被放了出来，第二天我就打发她带着孩子找丈夫去了，临别时她把口袋里的钱全部还给了我，眼泪汪汪地说了声："大姐你保重！"

正是数九寒天，天上飘着大雪。我一年没见过白天，走出监狱身子轻飘飘的，加上替江胡氏找保跑了半天，头晕得不行，就在一品店住了下来。我心里明白，现在还不能走动，敌人不会那么轻易就放了自己，十有八九是放长线钓大鱼，用我去钓玉璧的。

果然，第二天就有几个兵到一品店，守着我说："你都出来了，怎么还不走？"

王左氏在旁边说："人家受了风寒，要请医生看病。现在一无钱二无亲的，你们撵人家走哪里去？"

有一个兵说："嘿，她的亲戚不是很多吗？"

我没说话，心里陡然感到一种从未有过的悲凉。

是的，这小小的岳池城，是我从小读书长大的地方，这里的每一条街、每一条巷，都有我的亲戚、朋友、同学和熟识的人。出了这牢房，转过几条街，就是那座被称为康家吊楼子的大宅子，那里有过疼爱我的外公、大舅，还有那些无忧无虑的姐妹们，使得这座古老的宅子，在我心里从来都珍藏着一种亲切和温暖。可是这一切，都永远成了过去。自打我从梁山回来和玉璧一起上了山，大舅家里就担惊受怕，满门的亲戚朋友们大都愤然作色，说是一个书香门第的纤纤女子，那么好的天分不去读书教书做学问，却去和那些草头王们一起聚众造反，成天被官府贴着大布告四处通缉，左一个"共匪"右一个"共匪"的，真是丢尽了祖宗的脸！大舅软硬兼施，劝说无效，一气之下和我断绝了关系，还不要表姐妹们和我往来……

我看着门外，阴沉沉的街道上飞着漫天的大雪。姐妹们的笑声从此消失了,那个快乐的、喜欢捣蛋的女孩也消失了。这座曾经宠坏了我的小城,现在板着一张冰冷的脸。欢迎我的是另一个世界,那里艰难、贫穷,却很温暖,那里有着许多许多的人,正等着我盼着我,他们成了我真正的亲人。

张俊昌当然不会轻易就相信了王左氏的话,那几个兵还是轮流在店里晃。我住在店里也不动,等待着组织上派人来接。

腊月十三下午,我正在屋子里烤火,忽听得门外来了一帮人,其中一个大声地说:"老板娘,登个号!"我听出这是陈亮佐的声音,连忙出来一看,果然是他们来了。

陈亮佐看见我出来,就递了个眼色,然后对王左氏说:"老板娘,我们把扁担放在这里,到街上去吃点东西!"

陈亮佐他们出去后,我也对王左氏说:"王大姐,我出去走一走,散散心。"

王左氏不放心,说:"你才出狱的人,要忌风啊!"

"没关系的,不走远,就在这条街上。"

我跟陈亮佐走了一段路,来到一个僻静处,他四周望了望没有人,就轻轻地说:"今晚上在南门外麻柳桥等。"说完就走了。

我一下子觉得有些为难了。这路怎么走呢?一品店在东门门口,麻柳桥在南门外,从城外走吧,还有好几里路,从城内走吧,要穿大半个城,被人发现了怎么办?我埋着头往回走,一直没想出一个好办法来。跨进旅店,见火盆边坐着一个二十多岁的青年人,我一看是刘光弟——队伍设在城里的联络人,心里不禁一亮:他的家就在麻柳桥!我装着不认识,也在火盆边坐下。王左氏一边给我介绍,一边热心快肠地请刘大夫给我看病。刘光弟笑容满面地说"当然当然,我们做医生嘛,就是给人解病除痛的",说着就为我把脉,然后开了一张药方,趁着老板娘忙着接待客人,细声说:"马上从东门外边走,有人接你。"

天已擦黑了,我拿着药方要出去抓药,可是王左氏死活不肯,说:"大姐你不能出去,要忌风啊,我去把药给你抓回来。"我没有办法,又只得在她的店里坐着。吃了头道药,天已经黑尽了,又涌进来好几个住客。趁王左氏去招呼,我悄悄溜了出来,一阵快步出了东门,见后面没有人跟,就顺着城墙根儿放大了脚步,在转拐的一个小桥边见到了陈亮佐和前来接我的二十多位同志。亮佐把我拉上滑竿,用被子蒙上头,大伙抬起就是一趟小跑,连夜赶到了太平场。

后来才知道,我这次出狱,确实是曾三姐的妹夫雷青成费了不少力,而且是从刘铁他们牺牲后不久就办起的。他先是督着刘湘打电话到杨森的军部,军部说没有关这个人;又打电话找到严定礼,严定礼说陈玉屏在这儿是借监,没军部的命令不敢放;甚至还打电话找到了正在营山前线的夏炯,夏炯说要等和红军打完仗回来再说……这些电话都是刘湘亲自打的,据说前后共打了五次。曾三姐不肯罢休,和敏言带着我的两个孩子,三番五次去找雷青成;雷青成又联络了两个要好的军官,趁着杨森最近到成都刘湘那里开会,当面督着他放人,说我是他的亲戚。杨森的队伍最近和红军交锋老吃败仗,不得不背着刘湘和红军签订了互不侵犯的秘密协定,需要给自己留条后路;再加上关了我一年都没有什么结果,就打电话叫张俊昌把我放了,只是还让他要多留点心。

于是,张俊昌虽把我放了,还是派了兵在旅店盯梢。谁知道几个兵轮流在店里转悠,也没能看住我。那天晚上,张俊昌派人冒雪追了三十里,回来就把王左氏拉了去,要她交人出来。

王左氏说:"你们正大堂皇地把人家放出来,怎么又要追人家回去?脚长在她身上,我晓得她到哪里去了?"

张俊昌没办法,只好不了了之。听说没过多久,他就因为这件事情,被撤了职。

第二十章

八儿认母

华蓥山还和往年一样，积着厚厚的雪，听说我回来了，同志们从坡上又跳又喊地跑下来。跑在最前面的是一个男孩，一把抱住了我，不住地喊着："妈妈、妈妈！"这孩子七八岁，身上穿一件大人的棉滚衫，袖筒长甩甩的，腰上拴一根草绳子，破棉裤东一块西一块地露出发黑的棉花，脚上麻窝子草鞋用兔皮裹着，团团的脸上一双黑溜溜的大眼睛，清亮得很。我以为是儿子彬儿从重庆回来了，一把抱住他说："彬儿！你怎么到这里来了？爸爸呢？"

孩子两眼望着我说："妈妈，我是八儿。"

我吃了一惊："你不是彬儿？"

"妈妈，我是八儿啊。大爸爸出去开会去了，这些都是爸爸！"他指着夏林和向老大说："这是夏爸爸，这是向爸爸。"

同志们都笑了起来。我又把孩子仔细看了一下，见他额头上有一颗大黑痣，显然不是彬儿。正在疑惑，就看见夏林在一边又递眼色又摆手，还打岔："八儿你有妈妈了，就不到夏爸爸这边来了？看夏爸爸不要你喽。"

我不再说什么了。很显然，这孩子的身世里，也有一个辛酸的秘密。我拿出手帕，包住孩子满是冻疮的手，教他说："八儿，他们是叔叔，不是爸爸。"

八儿倒在我怀里，掏出一朵又蔫又皱的红梅花给我戴在头上，然后冲着夏林他们说："妈妈说的，我只有一个爸爸。你们捉弄我！"

大家笑得更厉害了。向老大认真地对我说："大姐，倒不是捉弄。开始是叫大爸、二爸、三爸、四爸，后来就七爸、八爸分不清了。反正大家都把他当成自己的孩子，就干脆都喊爸爸了。"

大家一起往向老大家里走去。这屋子我熟，以前是上山下山的交通站，向老大自打从重庆二十四兵工厂里回来，一家人都住在这里。向老大抱了一大堆柴来，燃起一堆火，夏林说："向大哥，今天大姐回来了，做点啥好吃的？"

"咳，你大嫂已经去挑豆子去了。吃豆花和豆浆稀饭。"

朱老幺一听，咂咂嘴说："依我说，要是能够搞点盐巴烧野鸡肉招待大姐，是最好不过了。"

向老大白了他一眼："朱老幺，我说你不是想招待大姐，是自己想吃。"

朱老幺噘着嘴说："就是我想吃，又咋个嘛？"

我问夏林这是怎么搞的，夏林说："几个月没有吃盐了。大哥说，不能乱花钱。"

我听了一摊手："这哪里是乱花钱？一两盐巴二两力，一个个牛高马大的小伙子，不吃盐巴咋行？老幺，你带上几个人跑一趟，去山边的幺店子里买点回来。"我拿出江胡氏还回来的五块钱，朱老幺接过钱，叫上几个人转身就跑。

坐了一年监回来，看见许多新面孔，一问夏林，才知道队伍扩大了许多，光这山上方圆二三十里内，就有二百人。人多了，春天玉璧到阆中开会，又专门招呼不准带枪下山，就没法找秧子回来栽插，到冬天粮食就紧张。截了杨森的那十万粮款，又说要打紧安排，所以钱也紧张。只是有的是仗打，就这一条，大家觉得很痛快。

天很快就黑了，向嫂子进来摆好桌子，果然是豆花和豆浆稀饭，这在游击队里是最上等的饭食了。八儿蹦蹦跳跳地抱着三个竹筒进来，倒出许多炒好了的豌豆、胡豆，焙干了的斑鸠、野鸡、野兔肉，还有豆腐、血圆子，都摆在我面前。我尝了一块，果然香得很，就放下了。八儿惊奇地说："妈妈，你不喜欢吃？这是叔叔们给我的，我专门给你留着的。"

我说："八儿，妈妈顶爱吃的，只是我们还有许多伤员叔叔，他们为革命流了血，给他们留着吧，他们吃了早点好，好了去打坏人。"

八儿听了只是点头，说："妈妈，那你二天要吃啊！"说着就抱着竹筒跑出去了。我看着他的背影，不由得又想起了自己的彬儿。

正要问八儿的身世，朱老幺他们一伙回来了，买了一大堆榨菜、冬菜、海椒面和盐，个个都喜笑颜开的。我看他们都瘦成那个样子，心里很不是滋味，就问："你们在山上，是怎么过的啊？"

夏林眨着眼睛说："过得好呢！大姐，你在牢房里只能盖被子吧？我们这里啊，盖的是毡毯，垫的也是毡毯。"

有人捅了他一下说："不要胡扯了，什么毡毯，我们盖的都是茅草。"

"床呢？"

"卫生床。"

"什么卫生床？"

夏林说："就是用白荚竹编的，上边盖茅草，下边烤火，热和得很。"

我听了诧异地说："你们敢在竹床下面烧火？燃起来怎么办？"

夏林说："怎么燃得起来呢？我们不是明火，是埋的火灰。"

朱老幺一口接过去，指着那一坝茅草地铺说："我们还睡连天铺呢，几十个人住在一起，挤热和。"

正说着，门外闯来十多个人，八儿眼快，一下就认出周辉同，跑上去一把抱住他说："周爸爸……啊，周叔叔。"

"你这小坏东西，怎么改口了？"

八儿嘻嘻地笑着说："妈妈说的，都是叔叔，只有一个爸爸。"

"你说谁是你的爸爸？"

"你们喊大哥的那个高大汉！"

"哈，这娃儿是机灵了。来！给周爸爸亲一个！"周辉同把八儿举起来嬉闹了一阵，然后跑到灶房里去转了一转，看见买回来的榨菜，高兴得不得了，撕了一块就往嘴里塞："这榨菜从哪里弄来的？"

李仲生一把抢了下来："要吃切成小块大家尝尝，哪有你一人吃独食的？"大家又是一阵好笑。夏林说："你们两个啊，真是自讨苦吃，在衙门里给严大爷做事，生活多享福，要跑到山上来受这份罪。"

周辉同嚼着榨菜大声说："好个屁，在人家胯底下过日子，那才是受罪！"

大家坐下来，摆了半夜的龙门阵，我这才知道周辉同他们在岳门铺带上来的人，改编成了一个中队，他任中队长，李仲生任副队长，现在驻在百子洞那边的炭洞子里。

我看了一转，问："怎么没看见金积成和唐俊清啊？"

夏林说："他们两个啊，都成了廖大哥的跟班了，跟大哥到顺庆、武胜开会，都好几天了，也不怕狗咬。"

我听了奇怪，问什么狗咬，朱老幺说："大哥走一处，狗腿子们就要咬一路，我们都成了'打狗队'了，不久前还到南部去打了一群。这才清静几天，看样子'狗'又要上山来了。"

半夜了，人都散了，八儿在我的怀里睡着了。我没有睡意，向夏林打探八儿的身世。夏林叹了口气说："大姐，说来话长啊。八儿的父亲，说来你也是知道的，太平场的周老大，党员、小队长。去年腊月余家场事变后，周老大来不及撤退，被叛徒出卖牺牲了。他女人病在床上，跑不动，也被敌人砍死了，隔壁蒋婆婆把八儿藏起来，才逃脱了匪军的毒手。匪军一走，八儿看到妈妈浑身是血，哇的一声哭倒在尸体上，拉都拉不开，说起那情景，真是铁人也要伤心哪。

"蒋婆婆找了乡亲们，把他妈妈埋了。可这孩子不死心，一天到晚在外面到处跑着找妈妈，一边跑一边喊，声音都哭哑了。后来他的叔叔周老二下山，才把他带到这里来。可他还是天天跑，到处喊，我们哄也哄不住。一次廖大哥来了，抱住他说八儿，不要哭了，我就是你爸爸，敌人打死的，是你奶奶、奶爹。记住，长大了要给他们报仇！八儿望着大哥，又问那我的妈妈呢？我在旁边说，你妈妈被敌人拉去关在岳池城里了；他问岳池城是什么样子，我说是有城墙围住的许多房子。他又问妈妈什么时候才能回来啊？我说等我们打垮了敌人，你妈妈就会出来的。从此他就缠上了我，有一次居然跟着跑到战场上来了。我冒火地说八儿你来干什么？他说打岳池、救妈妈啊！你看，这孩子把我们哄他的话，都记死心了。"

我搂着熟睡的八儿，四周静得出奇。

第二天，我起得很晚，夏林过来，说是都在等我开会。我来到会场，同志们都到了，一个瘦瘦的中年人一见我就伸出手来："你就是玉屏同志吧？你吃苦了。"

夏林介绍说，他就是组织上从南部派来的老唐，唐庆余。因为刘铁牺牲了，这边的战线又拉得长，他暂时来协助廖大哥工作。和老唐一起过来的，还有个侦察员，他们带来一个新的情况，说是敌人已经开了一个师的人出来，决定要在这个冬天彻底消灭我们的队伍。现在敌人从天池到大溪口一带，都在修营房，连界牌一带都在修房子，看样子是存心要和我们比个输赢。

老唐对我说："你出来得正是时候，这回敌人摆出这么大个阵势，老廖带着金积成和陈仁勇他们在天池那边顾不过来，大家都提议这边的事情你来负责。你看啊，虽然周辉同和李仲生他们这个队没有打过仗，可是夏林是个老同志了，你们俩就把这百把人接过来，守住毛桠口这二十多里的战线。"

我几乎跳起来："这怎么行？要招呼这么大个摊子，就我和夏林两个人？！"

唐庆余挥挥手："战争时期，没那么多讲究，现在我们的干部少，你终归是要走上这一步的。不会，怕什么？连吃饭都是学的呢！再说你手下好多人身经百战，都是打仗的高手，找他们商量嘛。我还有要紧的事情赶去重庆，现在敌人把得这么紧，走迟了会很麻烦。"老唐说完这话就走了。

夏林有些抱歉："大姐，你才回来，应该和八儿在家里好好休息两天。"我说："还歇什么啊！在监狱里歇了一年了，骨头都坐松了，再不打仗，恐怕是连枪都拿不稳了。"嘴上话是这么说，心里却不是滋味：天池离此地才多远？我坐了一年的牢房，现在死里逃生出来了，你廖玉璧居然找人带个话就交代了，你就不能过来看我一眼？

八儿在我怀里听得高兴，嚷嚷着也要去打仗，我拍着他的头，说："小孩子家不懂大人的事情，别插嘴。"八儿不高兴了，比划着说："我怎么不懂？我会上树当'望远镜'，还会学八哥儿叫。对了，夏叔叔还教我学跳岩，这么高的岩，我跳下来爬起来就跑，周叔叔他都不得行！"

一听他说学跳岩的事情，我又想起法慧来。要是法慧没死，这会儿保准和八儿是好朋友。

我在完全没有思想准备的情况下，被赶上了架，当起了三支队的支队长。别看我主守的战线只有二十多里路，可是包括了绵延起伏的大小山峰和多个路口，这样一来，联络和侦察工作就很重要，得抽出十多个人来，在各个大组小组之间跑动。我把一百多人分成四个大组，每个大组又分成了两个小组，分布在层层叠叠的山峦中，根据敌情随时聚散。为了不让群众遭受损失，也为了更好地消灭敌人，得把山边的老百姓都撤上山来。我考虑到，敌人正在为修营房的事情大伤脑筋，很容易就把老百姓留下的那些空房子当成首选的营盘，那时候我们动起手来就容易多了。

敌人的队伍开到山脚下，伸头探脑地侦察了几天都没事，果然就在那些空房空院子里安营扎寨，然后慢慢向山上试探。一天都晌午了，一连人来到山腰上的草棚里，看见向老大正在里面吃饭。那连长走进来，歪起脑壳看着向老大："山上这么多共老二，你还有心思吃饭？"

向老大头都没抬："什么共老二？我怎么一个都没看见？"

"我看你就是！说！你们有几个人？"

"就两个人，我老婆下山买米去了。"

"你是干什么的？"

向老大朝着门口的那挑炭篓子一努嘴："挑煤炭的。"

几个兵到屋里转了一圈，出来说："你胡说！这屋里连铺盖都没有，根本就不是你的家！说，你到底是干什么的？！"

向老大把碗一放，指着里面的烂红薯皮，气不打一处来："我们成年累月吃这东西，寒冬腊月都是烤着火过的，哪里还有钱去置办铺盖？"说着就去拿挑子，要出去挑炭。

那连长掏出手枪，抵着向老大的脑袋："妈的，老子大冬天的跑到这里来打仗都没使气，你天天晚上抱着老婆活得这样滋润，还使什么气？走，给老子带路，找共老二去！"

向老大被那些兵拖出来，一路上大声嚷嚷，闹得半匹山都听得见，这可把埋伏在旁边的我难住了。打吧，伤着向老大怎么办？不打吧，这可是整整一连人，要是上了山顶，居高临下，后面的事情可就麻烦了。我想了想，留下二十来个人在这里拦截，又派人去给夏林送信，其余的在竹林的掩护下，跟我找到一处有利地形隐蔽下来。

向老大吵吵嚷嚷带着敌人上来了，眼看到了射程之内，他突然向着路边的一丛没顶的茅草扑过去，一滚就不见了。我来不及思索，对着旁边的那两个兵就是两枪，两个家伙应声就倒。跟在后面的敌兵只听见枪响，没看见人影，不知道这枪声是从什么地方发出来的，吓得掉转头就跑，殊不知我留在下面的二十多个人已经包抄上来，安放在山里的石炮也一个个点燃了，四面八方都是人，打得他们直是转圈圈，最后打死了二十多个敌人。夏林没赶上这一仗，气得直跺脚，一不做二不休，决定把事情闹大些。

一天晚上,全队的人都来了,每个人揣上两块红薯,又拿上两支火把,待到十来点钟,漫山遍野都点起火把来。火光映红了山山岭岭,白天吃了亏的敌人不敢上山来,只是嘀嘀嗒嗒吹着集合号,把机枪架在房顶上,朝着山上扫射。我们也不还枪,就打着火把在山上走,这一组走过来,那一组走过去,累了就熄了火把,坐下来烧起火堆,烤红薯吃,吃完了又接着走。就这样走了半夜,敌人打累了,不开枪了,夏林带上一组人摸下山去,照着他的营房乒乒乓乓一阵打,敌人赶快又吹号,机枪又嗒嗒嗒地响起来。夏林一边撤一边吐口水:"呸,累死你娃!"

天亮了,大家坐下来歇气,看见山下敌人的营盘里冒起了缕缕炊烟。向老大咽了口口水,说:"我们还在这里挨饿呢,他们倒吃上了。妈的,再去揍他一顿!"夏林说:"你这个同志,还是得有点怜悯之心嘛,你吃红薯的时候人家都没歇气,人家吃顿饭你就气不过?吃饱了,我们慢慢地跟他再交手。大姐,你说是不是?"

我说:"要交手也不在今天了。敌人挨了这顿打,肯定要组织大部队还击,我们不吃眼前亏,得走。先到唐家院子那边去看看,那边的群众基础好,打起仗来踏实些。"正说着,八儿上气不接下气地跑上来:"妈妈快去看,他们在死人身上捡枪!"

我一拍脑袋:怎么把这事给忘了。把那么多的枪留给了敌人,让他们捡回去再来打我们,这不是作孽吗?看样子这一仗想不打也不行了:"向老大,你走前头。"

我们赶回昨天的战场,一队敌人正在那里捡枪,看样子是料定我们走远了,懒散散的一点要打仗的样子也没有。我指挥大家散开,三面包抄,一边打枪一边喊:"冲上去缴枪啊!多抓几个俘虏啊!打他个耗子钻风箱啊!"满山的雾气正浓,我们在雾气中呐喊奔跑,就像突然降临的天兵天将,敌人胡乱地打着枪,争先恐后地往山下跑。枪声喊声中,我隐隐听见一个孩子的声音,循着声音找了好半天,才听清楚是八儿在喊:"妈妈呀!夏叔叔!快来缴枪啊!你们快来缴枪啊!"我找来找去,在战场的一角看见八儿,他站在一块大石头上,手里抄起一支枪,正在稚声稚气地喊:"缴枪!缴枪不杀!!"我过去一看,禁不住吓了一大跳:大石头下面整整五个敌兵!那几个家伙居然头都没有抬一下,就把枪扔在一边。

战士们赶来把敌人押走了,我搂着八儿心里怦怦直跳:"八儿啊,只要他们中间有一个人是清醒的,你今天就没命了!"

八儿正在兴头上,挣脱了转身又跑,我一把没拉住,看着他在雾气里奔跑呼喊。战斗结束了,这孩子斜背着一条子弹带过来,正在努力地把两支枪往肩上扛,手里还提着双草绳断了的蒲草鞋。他人太小了,还没枪高,那两支枪杵在雪地上,拖都拖不动,累得小脸儿通红,嘴里学着大人骂着:"妈的,妈的!"我上去把他抱在一块大石头上站好,帮着他把蒲草鞋重新穿好,又帮着他把两支枪交叉着挎在胸前,八儿挺胸抬头地在石头上站稳了,咯咯地大笑起来。

硝烟弥漫的战场上,八儿的笑声清脆而又明亮。

天黑的时候,我们转移了。临走的时候,周辉同和夏林叫上几个人,把敌兵的尸体绑在树桩上,让他们手里拿着根竹棍子,直杵杵地站在那里。大家走了没多远,听见有枪声,一会儿枪停了,有人在大声说:"那几个人打了半天都不倒,他妈的!到底是人还是鬼啊?"

夏林、周辉同捂着嘴,差点笑破了肚子。回到营地,大家把种下的青菜头都拔了,煮了一大锅,一边吃着,一边商量着去唐家院子还有很长的路,让谁打前站。夏林想都不想:"让八儿去带路。这孩子机灵。八儿!"

八儿骨碌一下爬起来:"到!"

"你去当开路先锋。"

八儿一歪头:"啥子是先锋?是不是当领导啊?"

"我们行军,你打先行,这不是打先锋是什么?至于领导嘛,也算是吧。"夏林说着把一根野藤子拴在他的腰上,另外一头交到我手上,"你还是先把你妈妈领导好。"

我问夏林这是做什么。他说:"你这个当妈的,怎么这点都没想到?这山上到处都是雪,哪里去找路啊。不用这野藤子拉着,万一这娃娃一脚踩虚了,掉下岩去怎么办?"

天黑了,队伍出发了。雪光反射,将世界映照得惨白一片,大家灭了火把,悄悄在雪地里行进。雪越下越大了,脚踩在地上发出吱呀吱呀的声音,大片大片的雪花落在身上化成了水,冷风一吹浑身冰凉。翻过一道道山梁,再走过一条条山沟,到处鸡不叫狗不咬,死气沉沉。大家两天打了三仗,只吃了两块红薯和一堆青菜头,喝了两碗汤,饿得头昏眼花的。向嫂子的小毛只有四五岁,又饿又冷,拉着妈妈的手直哭,怎么也不愿意再走了。向嫂子把小毛背在背上,哄着她说:"小毛别哭啊,一会儿就到了唐二婶婶家了,你看看哥哥,走得多有劲。"

八儿受了表扬,有些得意起来,对着小毛直比划:"妹妹你再忍一下,到了唐二婶婶那里,我给你烧红薯吃好不好?烧个最大、最大的大红薯!"

小毛抽泣着,还是哭。八儿跳到前面,说:"我早就冷得很了,可是我不怕。妹妹你下来跳一跳吧,跳一跳就不冷了。"小毛当然不肯下来,可是也不哭了。

八儿走着走着,突然叫了一声:"注意!"

我吓了一跳:"怎么了?"

"天上明晃晃,地下水凼凼——水坑!"

小毛噗地笑了。

又走了一会,八儿又在喊:"注意啦:天上鹞子飞,地下一大堆——石头!"

"这边高,那边矮,下边一道弯弯拐——岩坎!"

……

我忍不住笑,这些都是那些走山路的滑竿匠提醒后面喊的号子,这娃儿,到哪里学的这些名堂?八儿得意洋洋,说都是跟着叔叔们走夜路的时候学的。

天亮的时候,队伍到了唐家院子。远远看去,院子死寂一片。这唐家院子住着几十户人家,清一色的都是些穷人,也是我们的基本群众,唐二嫂就是群众的带头人。这里的情况,敌人心里都有数,多次烧毁这个院子。烧完了,群众回来搭起棚子又继续住。自从打完了界牌,二嫂就回来了,可是现在不能冒失地去找她,敌人把山边围得这么紧,也不知道现在院子里的情况怎么样了。

夏林看看八儿,八儿拉着我的手直摇晃:"妈妈我去!"

我没吱声。八儿恳求说:"妈妈,你让我去吧,唐二婶婶的家我知道,夏叔叔他带我去过的。"

我考虑了好久,才问:"八儿你怕吗?"

"不怕。"

"敌人要把你抓去了怎么办?"

"我就说我来找我姑妈。"

"打你呢?"

"打死我也不说!"

我说:"那好吧。你快去快回。"

不到一个时辰,八儿就跌跌撞撞跑回来了,一见我就哭出声来:"妈妈!那边黄桷树上吊着两个人,一地都是血啊!"

"有敌人吗?"

"没看见。"

我不知道应该怎么办才好,愣了一会,突然拉起八儿就跑,还没跑拢就站住了:树下站着一群人,为首的正是唐二嫂。

唐二嫂怔怔地走过来,一下子跪在我面前,狼一样嚎叫:"大姐啊,他们把我的两个兄弟,都杀了啊!!"

到唐家院子杀人的敌人,就隔着一匹山梁扎营,只是不知道有多少人和武器,需要派个人下去侦察一下。大家商量了一下,觉得敌人对于青壮年提防得厉害,还是派向嫂子和八儿去。

向嫂子三十来岁,人长得漂亮,一张脸桃花水色,眼睛清澈见底。要不是因为妻子屡受恶人的欺负,向老大也不会拖着大毛二毛一双儿女,死心塌地要上山来跟着玉璧。夏林从灶房里抓来一把烟灰,撒得八儿一头一脸,再把他那身大人衣服脱下来,换上大毛穿的那身破棉袄,弄成个地道的小叫化子。我忙着给向嫂子化装,摸出一块地黄泡在开水里,再往向嫂子脸上手上脚杆上抹,只一会儿工夫,便生生地把一个美人儿变成了肿泡泡的黄脸婆。我递给向嫂子一个破竹篮子,再削块撬野菜的竹片,这娘儿俩就成了。向嫂子牵着八儿往外走,向老大脚跟脚地说了声"要小心",就背过身去。向嫂子的眼睛一下子就红了,我心里也不好受。敌人刚刚杀了人,一个女人带着个孩子,这一去生死未卜,万一出了什么意外,向老大他……我都不敢往下想。

快下午了,向嫂子还没有回来,向老大爬上了一棵大树向着山下张望，忽然他轻轻喊了声："你们看，八儿！八儿回来了！就在下面那拐弯的地方。"

话还没有落音，八儿就出现了，挎着个篮子走得一跳一跳的，一边还拿着根小棍子打着路边的衰草。接着向嫂子也出现了，身边跟着两个敌人。向老大脸都白了，夏林碰碰我："我们冲下去，把那两个家伙活捉了？"我说："别忙，再看看，没准他们后边还有人。"

向嫂子站住了，指指划划和两个兵说着什么，那两个兵咕噜了一阵，转身走了。八儿和向嫂子不慌不忙，一步一步爬上山来。

向老大伏在路边的茅草丛里，不等八儿走到跟前就蹿出去，一把将他拉到身边，接着向嫂子紧跑两步也进来了。向老大看着向嫂子，不知道说什么才好，夏林趁势将他一推，两个人就抱到了一起。

回到唐家院子，大家坐到火塘边，让向嫂子说说侦察得来的情况。向嫂子说："大约有两百多人吧。"八儿说："不对，肯定有三百人，两边的院子里都住满了，就中间的那个院子人少点。"

看来敌人是一个营，我们只有一百多人，还有几个轻伤员，偷营这一招是不行了，只有再把他们引出来，打一仗。

第二天，我和夏林、周辉同还有李仲生，就去看地形。打算把战场选在敌营前面一个三山环抱的窝凼里，到时候把人分成若干个小组，守住每一处山口，只给敌人留出一个口子，李仲生负责引诱敌人，让他们钻进来。夏林说："这回要把响动做大点，大点才引得出来。"周辉同说："他们不是修房子吗？我们就来搭棚子。"所谓的棚子，其实不过砍上几根竹子搭个架子，上面扎上些茅草，远远看起来像么回事情，搭上十多个，让敌人隐约看得见就行。到了晚上，我们还在棚子里生上火，大声嚷嚷，白天就让李仲生带着几个人扛着枪满山转，时不时朝着敌人的营房里放上几枪。一连转了几天，敌人终于开着队伍上山来了。雪太大了，一踩就齐了腿肚子，李仲生他们怕敌人不来追赶，还故意暴露自己，在山上跑来跑去。

为了打好这一仗，每个人都配备了一支长枪和一支手枪，就是子弹有点缺。我下了死命令，敌人不进山沟，不准放一枪一弹！在雪地里趴到半下午，才看见敌人进沟了，他们在雪地里慢慢地往上爬，时不时用步枪扫上一阵。这边也不吱声，由着他们打。敌人看看没啥动静，胆子大起来，吹起了冲锋号，顺着山沟往上冲，眼看领头的就要上了山梁，才听见一个军官大声喊："不对，这地形对我们不利，快撤！"

晚了！他的队伍已经完全进了我们的埋伏圈。李仲生的枪一响，他的小组就封死了后路，周辉同堵住了出口，我和夏林密密地封住周围的山口，子弹下雨一样在山沟里飞。敌人陷在雪地里，跑也跑不动，藏又藏不住，一群一群地往下滚，滚下去又被当官的挡回来，冲上来又得滚下去……眼看这仗没什么打头了，周辉同跑过来对我说："大姐，我们去抄他的营盘好不好？"

"好啊！"我把现场交给夏林指挥，和周辉同带了些人转身就走，赶到敌人的营盘里，火夫已经做好了晚饭，锅里还冒着热气。营盘里只有二三十个守兵，三两下就被收拾了，然后去清点战利品。哎呀，东西太多了！库房里堆满了粮食和被服，还有些武器弹药，全都是我们急需的。我让人去把唐家大院的乡亲们叫来帮忙。唐二嫂子和姑娘媳妇们一起，把敌兵铺盖里的棉絮拆出来，被筒子缝成口袋来装米；还有敌人准备过年的腊肉，能吃一个冬天的盐巴，买菜用的背篓，蒸饭用的甑子……全都收拾起来。八儿还在那营长的屋里找到一个皮箱,从里面扯出了一匹蓝布。我高兴坏了,这匹蓝布正好给八儿和大毛小毛每人做件新衣裳过年。

都后半夜了,夏林他们才带着队伍回来。每人都扛着好几支枪,还有大批的子弹,累得脸都白了,坐下来就喊要吃饭。唐二嫂子带人把饭端出来,哎呀,糙米饭、炒白菜、南瓜汤……菜里漂着大颗的油珠子,没想到廿军打起仗来,居然也有这么好的饭食!小伙子们饿坏了,一个个吃得狼吞虎咽,急得我直是招呼"慢点慢点,谨防吃出毛病来"。

李仲生嘴里包满了饭菜,嘟囔说:"大姐你就别操心了,没吃的才会出毛病呢。再说他们三百人的饭食,我们一百来号人吃,不使点狠劲怎么吃得完?那不糟蹋了吗?"

吃饱了喝足了,大家都不想睡觉,就在一起讨论今天的战斗。这一个营被端得干干净净,还得了这么多的过年货,真是乐死人了。我问:"那些俘虏是怎么处理的?"夏林说:"把他们集中起来,让他们自己说,怎么处理那些当官的。"

八儿在我怀里插嘴:"他们都说营长最坏,打人骂人,还克扣军饷,连他的老婆也欺负人;还有那个带着队伍来打我们的保长也坏得很。他们还说,只有那个姓方的连长对人还好,其他的都该枪毙!"

"那就都枪毙了?"

夏林说:"没有,就只枪毙了那营长和保长,还有个最坏的连长,其他的都让他们放下枪走了。临走的时候,八儿还给他们训了话呢。"

"是吗?八儿你给妈妈学学,是怎么训话的?"

八儿站在铺上,挺起个肚子,对着叔叔们指指点点:"老百姓把你们养大了,你们却为军阀当兵,来欺压老百姓,自己说:应不应该?!"

夏林他们学着俘虏的口气,低眉顺眼地齐声说:"不应该!"

八儿指着周辉同:"那你自己说,今后怎么办?"

周辉同跪在铺上,连连磕头:"放下屠刀,重新做人!重新做人!"说着突然跳起来,把八儿抱在怀里,朝着天上扔去,又接住,再扔,再接住。一屋人都哈哈大笑,笑声几乎把屋顶都要抬起来。

有了八儿,大家真快乐啊!

回到营地,大家还在欢天喜地,玉璧回来了。夏林、周辉同连忙拥着我迎上去,玉璧反而红了脸,一把拉过旁边的一位中年人说:"我来介绍介绍,这位是刘元贞同志,上面派来接替刘铁同志的工作的。大家就叫他老刘政委吧!"

我看这人,中等个子,挺和蔼的,不禁又想到牺牲了的刘铁。

几个支队长坐到一起,玉璧听了汇报,一拍膝头说:"打吧,好好再打几仗,过足瘾,很快就要打不成了。"

夏林问为什么,老刘政委说:"杨森被红军定在营山前线,动弹不得,加上老吃败仗,兵员不足,很快要把所有的队伍都开上去,这一片地方,他管不了啦。"

大家说了一阵,要散了,玉璧也站起来。夏林拉住他,一脸惊奇地说:"你走什么,不陪大姐了?人家可是等了一年了哦。出来才半个多月就指挥我们打了好几仗,你说她这个总指挥称不称职?"

从玉璧进来的那一瞬间起,我的眼睛就没有离开过他:他瘦了，猛然老了一头。一年了，就像过了半辈子，我在狱中，没有一天不想他，我知道他也是这样想我的。被捕后，敌人绑我去陪法场，我没有想到自己的生死，只想到他和两个孩子。军阀费尽心思耍花招，就是想用我当诱饵诱捕他，我没有上当，只是担心他会上当。范永安来看我说，知道我在突围时掉队被捕了，他气得当场昏死过去，我死死咬住嘴唇，就怕自己哭出声来；又知道他醒来之后坚决阻拦同志们打回去救我，最终没有落入敌人的陷阱，我才长吐了一口气，总算放下心来。这一年，他带着同志们拼命打仗，就是为了保护我，让军阀们怯于他的威名，不敢把我怎么样。这次营救我脱险，也有他和同志们的精心策划。这一年，我们夫妻俩谁都不知道谁明天会怎么样，真可谓生离死别。可是这样的离别之后，他见我的第一眼，犹如当年那个捡起黄瓜追上我的少年，居然是脸红！

这个廖莽子娃！

夜深了，玉璧拥着我，都不说话。好久，玉璧突然说："八儿，八儿今晚上，跟谁？"

我说："大概跟夏林吧。这娃娃，怪可怜，连衣服也没有穿的，打起仗来机灵得很。"

玉璧叹了口气，说："是根好苗苗，只是不能让他老跟着队伍。现在队伍的人多了，很容易出问题的。"

"那就找个机会带八儿去重庆吧，跟彬儿、宁儿在一起，去读书。"

玉璧没直接回答，只是说："他是个烈属子弟呢，没爹没妈的。"

我笑笑，把头埋在他的胸前说："我晓得，就当我给你多生了个儿子。"

第二十一章
祸起萧墙

过了年,杨森前线吃紧,果然把队伍全都开走了,岳池、广安一下子成了真空地带。玉璧又把队伍拉下山来,分散在余家场、魏家沟几个地方,打算用三个月的时间集聚各路人马,继续完成余家场没有完成的工作——整军。我正式担任第三支队队长,一个叫杜仁杰的同志做我的副队长,夏林当了支部书记,我们负责肖家场、赛龙场、罗渡溪一带的队伍。

我手下的几个中队中,扎在罗渡溪的苏连清、苏同久两弟兄不大稳当。这个苏同久,家里也是个大地主,父亲死于推翻满清的战斗,还有点威望,可他却在地方上为非作歹,去年因为赌钱发生口角,打死了杨森的一个连长,被迫拖了一部分人进入绿林。苏同久好几次想来投靠自卫军,玉璧和老刘政委都没同意,是他弟弟苏连清在第二支队任中队长,私下做了手脚才进来的。等到玉璧和老刘政委发现,生米已经煮成熟饭,只好派了范永安去做副队长,拨在我这个支队里,叫我和夏林好生管一管。

苏家两弟兄一见我就诉苦:"陈大姐,陈队长,我们的困难多啊!子弹没有,吃的没有,穿的没有,钱也没有,光叫革命、革命,难道革命就不吃饱饭,革命就不穿衣服?"

我把身上的二十块钱拿出来，放在桌子上说："话不能这样说啊。你们地里头还有青菜萝卜可以掺起吃，山上连青菜萝卜都没有，没有吃的。"

苏同久哗的一下把钱推开："你这二十块钱，拿来打鬼？我这队一百多人，还够不到一天用。"苏连清在一边帮腔说："就是啊，队伍里都是穷人，图的还不是有吃有喝？如果不让大家痛痛快快过几天快活日子，恐怕要出事情。"

看来这两弟兄连在一起，早晚会出麻烦，得给他们找点钱，先稳住再说。可是现在为了一个整编的安定环境，除了死对头，不主张动地方上的绅粮们，加上各方人马正在聚集，经费很吃紧，看这苏家弟兄的口气，又不是一两百块钱喂得饱的。我把所有能够想到的地方都想了一遍，最后决定到广安找大姐夫去借。和二姐相比，我与大姐的交道要少得多，可是依大姐夫的家境，看在姐妹的情分上，借个几百块钱还是没问题的。

苏连清听说我要去找钱，一张苦脸顿时笑烂了，连忙找了乘滑竿来："大姐你坐滑竿，快一些，我再把唐老八喊来，让他和老六两弟兄抬着你。"

一听说唐老八，我就皱眉头。这家伙是唐老六的弟弟，却与老六天上地下——好吃懒做又抽大烟。他几次缠着唐老六要加入自卫军，老六都不理他，最后不知怎么跑到苏同久的手下去了。可是转念一想，苏连清总是不放心，要派个人跟着，涉及两方的关系，去就去吧。

我到了广安，到齐吉轩的药铺里拿上电筒、电池和药品，又找大姐夫借了六百块钱，第二天清早就往回走。半路上唐老八忽然按着肚子，说痛得不得了。我拿了些救济药水给他吃，谁知他吃了药反而叫得更厉害。夏林没办法，拿过滑竿来说："你坐上，我们抬你。"

唐老八捂着肚子直摆手："不行不行！坐在滑竿上一抖更痛！"

我看他红头花色的，不像是什么不得了的急症，就说："那你在这里歇一会儿吧，我们在前面走着等你。"说完就和夏林要走。唐老八听了这话，一把拉住老六，哀求说："你们等我一下嘛，我一会儿就好的。"

眼看快晌午了，我决定到前面店子里吃了饭再说。夏林要了一斤凉拌猪脑壳肉，还炒了一大碗猪肝，唐老八见了喜上眉梢，一口气吃了许多。夏林白了他一眼："你那肚子，闻到肉香就不痛了？"他嘴里包着肉，唔唔地应着，只管吃。

吃完饭大家站起来要走，唐老八往地下一蹲，又哎哟连天地叫起来。我跺着脚说："我们回去还有许多事情，老是这样耽误时间怎么行？"夏林也生气了，说："我们不能老等他，身上带着钱，路上又不清静，走晚了要出事情的。"

唐老八哭丧着一张脸干嚎："你们行行好，等我一下嘛，我一个人在这里，出了事情咋办？"唐老六没办法，看着我，于是几个人又坐下。等了一阵，眼看路上行人渐渐稀少，我站起来说："不能再拖了，走！"

唐老八没办法了，哼哼呀呀跟在后面，一路上走走歇歇，走到离罗渡溪只有几里路的水口店，天就黑了。唐老八干脆说："我走不动了，就在这街上宿吧，你们在老陈陈义洲屋里等我，我去吃几口烟就来。"说罢风一样跑进了烟馆，拦都拦不住。

夏林说："我们原来说在罗渡溪把钱交给苏同久，还要带着这些东西回三块石寨上去，怎么能住这个地方？不管他了，还是赶路吧，起码要赶回罗渡溪才行，那里安稳一些。"

我心想反正离罗渡溪也不远了，先到陈义洲家吃了饭再说吧，好在也是我陈家的兄弟，人靠得住。谁知道饭还没吃完，就听见外面响起了杂乱的脚步声，陈义洲说怕是老八回来了，喊用人张嫂去开门。我一把拦住，抽出枪来走到门边，侧身取下杠子，刚刚拉开门闩，啪的一颗子弹就从耳边飞过，接着一群人冲了进来。我一闪身躲在门背后，等那打枪的一进来，拽住他的枪顺势一拖，再抵住墙根一使劲，就把他按到地下，枪尖子抵住他的胸口。

那家伙挣扎了几下，爬不起来，只是喘着粗气。我想看清是谁，可是灯光太暗，就说："老实说，是谁派你来的？"

那人说："你放了我，我决不打你，我若是说话不算话，走一步挨一炮！"

"好，把枪放下，我就饶了你。"

那家伙把枪甩在地上，站起来跑了。我看着他那背影，一下就醒悟过来：是岳池城南门外卖豆腐的杨老幺。他是个党员，他来干这种事情，一定是我们内部出了叛徒！包括唐老八！也包括苏连清、苏同久两弟兄！

我靠着墙根刚站起来，就被人扑上来按住，动也动不了，这才看见屋里已被一伙人造得稀乱。身上的钱还有药品和电筒之类的东西全部都被一帮人收拾起，喊了几个人挑走了。接着几个人上来，把我和夏林、唐老六的枪都缴了，押出了大门外。三个人互相看着，一时都说不出话来：敌人的千军万马都闯了过来，没想到如今却落在了几个叛徒的手里。

我站在那里，问道："要把我们拉到什么地方去？"

一个家伙说："自然有你该去的地方。"

夏林说："大丈夫做事要光明磊落，要打要杀就喊明，偷偷摸摸算不得好汉！"

另一个家伙恶狠狠地说："打死你撇脱得很，只是现在不忙。"

三个人被押着，在黑夜里高一脚低一脚地走着，我一脚陷在水田里，被唐老六扶起来，说："妈的，不晓得老八变得这么坏，等我逮住他，不亲手宰了他才怪！"

又走了一阵，走到一个草坪上，只听到前面山包上在喊："下面是什么人？"

"我们。"

"你们干什么去了？"

"逮敌人。"

我一听问话的是范永安，心里就冒了火，大声喊道："范永安，你给我下来，我陈玉屏有什么对不起你的事情，你伙起这些家伙把我当作敌人来整？！"

范永安一听，连忙说："是大姐吗？"说话间，一队人已经冲到面前，队伍散开，把这一群叛徒包围住，范永安冲上来骂道："妈的！谁叫你们这样胡搞？"

所有人都不说话。永安转过身去问苏连清："你说，这是怎么回事？"

苏连清支支吾吾地说："这件事……我……我不晓得。"

范永安上来两步，用枪抵住押我的那个家伙："说！谁叫你们这样干的？"

那家伙一昂头，很气盛地说："是苏队长，苏同久叫我们干的。不信你去问他。"

范永安说："你以为我怕去问他？告诉你们，一个个都要给我说清楚。简直是混账！"说着就和这群人一起，回三块石寨上去。

三块石寨是自卫军几个支队会合整军的地方，现在各部都已经陆续来了一些队伍，周辉同、李仲生、唐俊清、金积成等人也都带着人住在上面，人员有些杂，时不时有些小摩擦。这里原来的主人是二支队的徐月路，他也和苏同久一样才改编过来，原来就和苏同久有些勾搭。此刻，玉璧、老刘政委和刁大哥几位领导都到一个叫牛角井的地方开会去了，苏同久坐在寨子里指挥这件事情，如果闹起来，事情恐怕会弄得很复杂。我把范永安拉到一边商量，他想了想说："这样吧，大姐，你先在下面的哨卡上等我们，免得他们又说是你支使自己的人在闹事；我带着夏林他们上去，找苏同久问清楚。"

哨卡里的人进进出出。我一个人坐在火盆边烤火，一边考虑着刚才发生的事情，越想越觉得事情不妙。鸡叫的时候，一个家伙进来，在我旁边坐下，摸出枪来摆弄，我看他一眼，说："你仔细点，把枪尖子甩过去，谨防走火。"那家伙一瞪眼睛说："这就把你打倒了？我就不肯信！"说着就对着我把枪口抬起来。我见势不好，闪过身子，伸出手顺势将他的枪口往下一按，砰的一声枪响了，子弹刚好打在他的脚上，他抱住脚，哎哟连天地叫起来。

外面立即扑进来几个人，为首的正是周辉同："大姐，咋回事？"

我拍拍身上的灰站起来，说："你问他吧，我差点成了他的枪下鬼呢。"

周辉同一把抓住那家伙的领口，咬牙切齿地说："你想干什么？"

那人支支吾吾说是走火。周辉同圆瞪着双眼"唔"了一声，那人怕了，忙说："是苏同久苏队长，叫我装着枪走火来打……打死她的。"

周辉同气惨了，一挥手，几个弟兄就半拖半抬地架着那个家伙朝寨上走，周辉同一路日妈倒娘地骂着，到徐月路房前时已经跟了七嘴八舌的一大群人。周辉同把那家伙往地上一摔，说："徐队长，如今领导同志们都不在，我们都是客位，你是主人，现在人证物证都齐，这家伙要打死大姐，你说咋个办！"

徐月路摸着下巴，不开腔。苏连清挤了进来，一见那家伙脚上的伤口就说："周辉同，你们莫要仗着人多，血口喷人！明明是我们这位弟兄脚上受伤了，你却说他要打死陈玉屏，有什么证据？恐怕是陈玉屏想要打死他吧？啊？"

那家伙一听连忙改了口："就是！就是！是陈玉屏来抢我的枪，想要打死我！"周辉同气得飞起一脚朝那枪伤踢去，只听得"哎哟"一声，那家伙就疼得背过气去。这一下，苏连清带着手下的人扑过来，两边都哗哗地拉着枪栓，眼看要酿成大乱。

突然，徐月路大吼一声："把枪都给我放下！既然承认我现在是这里的主人，就得听我的！来人，先委屈各位一下，把两边闹事的人都给我押起来。王胖娃儿！你跑一趟，到牛角井去把开会的领导同志都请回来，解决问题！"

那个叫王胖娃儿的站出来，答应一声，转身正要走，却被迎面过来的范永安挡住了。他看了我一眼，又对徐月路说："王胖娃儿，他走得出去吗？现在四面的口子都扎紧了，说的不许任何人通过。还是我去吧，比起他来，我的面子还是要大些。"说完也不管徐月路同意不同意，转身就走了。

徐月路看看范永安，又看看苏连清，无可奈何的样子，接着又转过身来，阴阳怪气地对我说："廖大嫂，委屈你了，你就住我楼上的房子吧，让李仲生陪着你，放心了吧？你们都走开！该做什么做什么，莫在这里生事！"

我脚跟脚地跟着徐月路进了屋，说："徐队长，你处理事情要明辨是非，这样各打五十大板，放过了坏人你要负责的！"

徐月路往床上一躺，烧了口大烟才说："你们都说自己有理，动辄就要动炮火，叫我咋个明辨是非？昨晚上闹了一起，今天又来闹，闹得我瞌睡都没有睡好。"

我一听他说昨晚上闹了一起，就追着问："夏林他们呢？你也关起了？"

他把嘴一努说："都关起的，在隔壁屋里。"

"你咋能这样乱整！"

他坐起来，大声说："怎么叫乱整？你叫我咋个整？范永安不是去请领导同志回来解决吗？等你们廖大哥回来，你还怕说不清楚？你们夫唱妻和，到时候莫把我也扯进去啊。"

我气得一时说不出话来，停了停才问："那么苏同久呢？你也关起了？"

"当然，我徐某人做事向来公平。呶，你看都看得到，对面楼上。"

我还想说什么，李仲生拦住说："大姐，事情总有个具结的，你还是到楼上歇一会吧。"

我跟李仲生上了楼，一进屋就指着他说："你跟我说实话！别人都被关起了，为什么没有你，也没有范永安？你们两个搞的啥名堂？"

李仲生关上门，悄悄说："大姐，你不知道，事情变得很复杂，我们的人全都被徐月路软禁起来了。我得装成个'识时务者'，否则我们一个都动不了。现在他们把各路卡子都扎紧了，只准进不准出，可能有名堂，幸好老范出去了，给大哥、老刘政委报个信，也好有个准备。你先睡一会儿，我还要下去打听一下情况，让朱老幺来守着你。"

我睡了一觉起来，天都要黑了，四周清清静静的，一个人都没有。站在窗口往下看，刚好看见徐月路拿了两条纸烟，往对面苏同久的楼上走。我悄悄下楼跟着，看他进了苏同久的房间，反手掩上门。从门缝看去，徐月路把纸烟递给苏同久，然后说："事情都准备妥当了。"

苏同久说："好。一不做，二不休，要整就整干净，把几个头头一锅端了！"

徐月路笑了两声："苏大哥，你放心，今晚上我们就要下手。已经派了人在路上去拦截了，这阵恐怕都动手了。"

我一听这话，心里凉了半截，立刻把鞋子脱了，提在手中，轻轻地跑下楼，恰恰碰着李仲生和朱老幺慌慌张张地跑来。我连忙把他们喊到房间里，把刚才看到的情况说了。李仲生说："我也是来告诉你的，领导同志这阵都还没来，是不是老范没把情况估计够，在半路上中了他们的埋伏？大姐，现在情况很严重，徐月路和苏同久他们想把我们一网打尽，今晚上要请你开会，要把你送到岳池城里去。大姐，你走中间，我们保护你，有什么情况，你一听我喊'趴下'，就跟我一道往地下滚，我们冲出去。"仲生说着，把两支枪抽出一支来，交给我。

我愣了好一阵才问："夏林、辉同他们知道吗？"

仲生摇摇头。

"要赶快通知他们，一起做个准备，最好再找几支枪。"

仲生说："不容易了，我们现在一动就会引起他们的疑心，更不好办。"

我把枪拿在手里掂了掂，又还给李仲生，说："这枪就给夏林他们吧，现在多一支枪就多几分希望。你们尽量设法，多跑出去一个人，革命就多了一份力量，不要管我了，我给你们作掩护。"

三个人心里都难过，哽哽咽咽地好一阵说不出话来。好半天仲生才说："大姐你不要说这些，有我和朱老幺在，就有你在。"

大约二更时分，徐月路果真就来了，见我就说："廖大嫂，总队部请你去开会。"

"领导们都没来，开什么会？我不去。"

徐月路手一招，一下就涌进来八九个人，拉的拉，推的推，李仲生用枪筒戳了我一下，我说："走就走，徐月路你走前头。"

徐月路说："不行，你走前面。"

李仲生站在我身后，对徐月路说："怕什么，有我和朱老幺在后面押着的。"

此时的我，只恨自己手中没有一支枪。十来年枪林弹雨都过来了，连杨森的杀场都陪过了，没想到今天却栽在这两个叛徒手里！

刚走出两道门，就听见外边院坝里"噼噼啪啪"响起了跑步声，一下子火把、电筒把全院子照得通红，跑来的人一个个都气势汹汹的，院子里马上一片混乱，进来的人不断地喊："押起来！全部押起来！"

三个人闪进门角里，李仲生连忙递一支枪给我，准备趁机杀一条血路出去，突然听见有人在问："三姐呢？你们把她押在哪里了？"

我立即从门角里站出来，大喊了一声："亮佐！"

一个人答应着，拨开众人跑了过来，一看真是陈亮佐！他一把抓住我的手："三姐，你没什么吧？老范被他们截在路上，差点丢了命！我和大哥接到信，跑步赶来的。妈的！这些混蛋！"

仲生说："还没什么呢，你们要是迟来一步，大姐和我们说不定就被他们黑串了。这不，都押出来了。"

我说："别啰唆了，快去救夏林和辉同他们，都押在那边房子里。"亮佐连忙一挥手，带了几个人跑过去，一脚踢开房门，把夏林他们几个放出来。夏林拉住我的手叫了声大姐，就再也说不下去了。陈亮佐在旁边挥着手大喊："妈的，王八蛋！想不到我们内部还有这么多叛徒。押起来！全部押起来！到下面的坝子里，开大会……"

天已经大亮了。会场设在寨外的大草坪上，弟兄们有的站着，有的坐在石头上，右边是闹事的，左边是夏林、李仲生、周辉同带着自己的人，气氛很有些紧张。会还没有开始，徐月路就挨挨擦擦地挤到我身边说："大姐，凡事请多包涵，老弟是晓得感激的。"

我横了他一眼，没理他。

会议由刁大哥主持。他往大方桌后面一站，闹嚷嚷的草坪上，顿时清风雅静的。他说："我们闹革命是为了打倒土豪劣绅、军阀反动派，为穷人翻身，现在，我们队伍内竟发生自己人打自己人的事来了，这成什么话！今天一定要弄个水落石出，严肃惩办祸首，不然还成个什么革命队伍？现在请大姐说说事情的原委！"

我从头到尾还没说完，弟兄们就一个个摩拳擦掌大吼大闹。刁大哥把苏同久喊出来，问："你还有什么说的？"

苏同久很傲慢地说："没什么好说的。陈玉屏当队长，我就是不服，一个女人，想要领导我？"

刁大哥桌上一拍巴掌："胡说！陈玉屏是我们大家推选的，是组织上委派的，这么多年来她同我们一道出生入死，筹粮款，运枪弹，带兵打仗，文的武的哪行不懂，哪样不行？哼！你不服？那我再问你，廖大哥你服不服？"

"谁给我饭吃，谁给我烟抽，谁给我钱用，我就服谁。"

会场上又骚动起来，陈亮佐带着玉璧、徐清浦和一个身穿长衫留长发的客人进来，刁大哥连忙让座，把开会情况简单地向玉璧谈了几句。玉璧挥挥手让会议继续，然后和客人在桌边坐下。

刁大哥又问苏同久："要是没有饭吃，没有钱用，没有鸦片烟给你抽，你要怎么样？"

"我呀，东方不亮西方亮，有奶便是娘，远方发财！"

看样子，这个土匪秉性是改不掉了。刁大哥又提徐月路，这家伙一听喊他，吓得站都站不起来。刁大哥站起来，撩起袖子在桌上一捶，说："苏同久、徐月路！你们过惯了地主生活，一不如意就要造反杀人。你们这群叛徒，哪里是来革命的，分明是想来抓一把。大家说说，该怎么处置？"

"枪毙，枪毙，两个都枪毙！"

"把苏连清也拉出来，三个一齐枪毙！"夏林、周辉同带头捋拳扎袖的，眼睛都红了，大有不枪毙这三个人誓不罢休的样子。右边苏家两弟兄和徐月路的人，个个都显得很紧张，有的还提着枪悄悄站起来，想溜出会场。

不行，这三个人不能就这样草率地枪毙了，搞不好他们手下的人要乱，要跑，还要反水；要杀也得把工作做到家，把他们的队伍安排好再说。我站起来，大声说："同志们，请大家相信，他们三个人一定是要处理的，可是具体情况还有待调查……"

夏林猛地站起来一瞪眼："大姐你！"

那个一直没话的客人对玉璧说了几句什么，玉璧站起来说："大家静一下，我来说明一个情况，老刘政委到南部开会去了，组织上派杨云禄同志来协助我们进行整军工作，现在我们请杨同志给我们讲话。"

人群中有人拍了几下手，看见没人响应，就不拍了。杨云禄站起来，高声武气地挥着手："同志们！我同意陈玉屏同志的意见，杀人的事情，一定要慎重！同志们，我们是革命的队伍，我们的革命任务是什么？是打倒反动派。我们革命的敌人是谁？是军阀！现在革命尚未成功，敌人力量大大超过我们，大敌当前，我们就这样不团结，有什么好处呢？同志们，凡事三思而行，不要鲁莽行事，我们要冷静、冷静、再三地冷静！至于说到要钱嘛，也许是出于一时冲动，一时的误会，意气用事，是说得清楚的……"

台下一阵嗡嗡的，大家都莫名其妙：这人说起话来一套一套的，怎么三绕两绕就变了味道？我更是气愤——我哪里是这个意思？他一个当领导的说出这样没有原则的话来，真是岂有此理。我唰地站起来，正要开腔，忽听见李仲生在旁边对周辉同说："管他妈的领导不领导，不对的就要说。"接着把枪托在地下一杵，大吼一声："刁大哥，我不赞成！"

一时间大家都在喊"不赞成"，玉璧和徐清浦都站起来直挥手，会场却无论如何也静不下来。正在这时，范永安把那个自己打伤了脚的家伙押了过来，往主席台边一掀，说："这里还有一个。"

那家伙哭哭啼啼地说："不是我，是苏同久，是他叫我要打死大姐的。"

这一下如同火上浇油，周辉同跳上一根板凳，粗着喉咙大喊:"不枪毙他们,我周辉同不得干!啥子同志不同志?!刚才苏同久说得明明白白,供得起他烧大烟吃酒肉的才是同志,我们都是他的对头!"

李仲生也大声说:"就是嘛,他们明明是要杀死大姐,想整死领导,想叛变嘛。这样的叛徒都不枪毙,还叫什么革命?"

"就是,把他们绑了!"

"把苏连清捉出来!"

"枪毙叛徒!"

口号一阵接一阵,徐月路吓得跪在地上,不停地磕头。杨云禄急得一脸通红,站起来又坐下,坐下又站起来。玉璧和徐清浦、刁大哥又商量了一阵,徐清浦就对大家说:"今天的会就先开到这里吧。下午党员开大会。"

同志们都愤愤不平地回到寨上,夏林、李仲生、周辉同、范永安几个和刁大哥逗了一阵耳朵,然后一个个往外走。

吃过了午饭,召开党员干部会议,弄清了基本事实之后,要对开除苏连清党籍的处分进行表决,可夏林几个干部还没有来。玉璧正在奇怪,就听见外面响了三枪。他一愣,叫陈亮佐出去看看,陈亮佐却慢腾腾地磨蹭着;再看看刁大哥,也坐在屋角边不开腔。大家正在疑惑,李仲生、周辉同带头,夏林、范永安几个跟着进来了,一直走到玉璧面前,都把枪拿出来放在他前面的方桌上。

李仲生说:"各位大哥,把我们绑了吧。我们把叛徒打了。"

杨云禄站起来惊奇地问:"是苏同久?"

"不错。"

"你们、你们……你们简直是无法无天,无组织无纪律!"

刁大哥一口气接过去说:"啥子叫无法无天?!难道叫这样

的叛徒把我们的人杀完，把我们的队伍搞垮，就叫有法有天吗？打得好！打错了我负责，要杀，杀我刁仁义的头！"

刁大哥的话音一落，场上一片热烈的鼓掌声。玉璧站起来说："叛徒是应该枪毙的，否则不足以平民愤，不过李仲生你们不经组织的同意，就这样先斩后奏，是不恰当的，咱们下不为例。至于苏连清，应该也要枪毙的。"他看向苏连清，"看你稍有悔悟，暂时饶你一条性命，今后要改邪归正，好好为人。"

屋内五十多个党员干部一齐站起来，又是一阵热烈鼓掌。

后来老刘政委回来了，说到杨云禄，我问："这个人在红军里当了多大个官啊？也不讲个是非好坏，一来就指手划脚，好像不批评人，就显不出他的威风来。"老刘政委苦笑着摇摇头，说这个杨云禄，他也不大清楚，只听说是不久以前才由地方到红四方面军的，开始很积极，可是后来觉得行军打仗枪林弹雨地吃不消，又认为自己读得书，有学问，自大得很，在红军里面也是瞧不起这个瞧不起那个的，把关系搞得很僵，待不下去了。他听说我们这边兵强马壮很热火，就经人介绍想到这里来。老刘政委觉得他读书人刚参加革命，在正规部队里不习惯是可以理解的，再说这些年我们和上面的联系一直不通畅，走了不少弯路，杨云禄毕竟在红四方面军待了些日子，行军打仗不行，帮我们找找关系保持联络至少还可以，就同意了。

第二十二章
暗度陈仓

整治了苏同久和徐月路之后,自卫军对于内部愈是谨慎起来,让周辉同到罗渡溪去当队长,配合范永安多加小心。周辉同住在马福林的栈房里,见事就做,又勤快又能干,很快就和马福林的女儿好上了。他把这事跟组织上一汇报,老刘政委和玉璧也都同意,但是一定要按照当地的规矩,正式去向马福林说媒。玉璧一挥手:"这事去找你大姐,她一说,保成!"

我把马福林找来:"听说你家诚贞还没有订婚?"

"是呀,没有合适的。"

"你想给她找一个什么样的婆家啊?"

"当然要我们的人,党员更好。"

"搞革命工作要吃得苦,你看周辉同行不行?"

他想了想,说:"这人还行,经常来帮我做事,人也老实。"

"那你看这个人户放不放得呀?"

"我去问一下廖姑爷。"

我看他说了半天还是要问,就说:"问他不如问我呢。"

马福林点着头,笑得合不拢嘴。

这事就这样说妥了,周辉同走路都在笑,夏林几个见了心里不服气："看你这家伙憨痴痴的，怎么这事倒抢在我们的前头？你看我们几个，一不缺鼻子二不缺耳朵，怎么就没有妹子看得起呢？"

我白了他一眼："夏林你心慌了？男大当婚女大当嫁，下次有合适的我首先就考虑你。"

夏林一见说真了，忙说："大姐你别，我的命不好，脑袋吊在裤腰上干工作。你经手的妹子个个都是如花似玉的，跟我来吃苦，值不得值不得！"

周辉同自小被后娘逼出来，没家没业，也没什么积蓄，可他毕竟是几个骨干中第一个结婚的，又是倒插门的女婿，婚事一定不能办得太草率，让人家看不起。几个领导研究了一下，挤出一笔钱来给他置办贺礼：换了一对银戒指，扯了两套衣料，还置办了铺笼帐被，齐齐全全办了喜事。然后把他留在了罗渡溪，我带着队伍转移去广安境内的长生寨。

队伍要开拔了，周辉同赶来送行，眼浸浸的。我对他说："现在你的身份不是我们的中队长，而是马福林的女婿了，今后要注意隐蔽，守住这个码头，出不得问题。"周辉同点点头，悄悄地问："听说这次大哥只留了三百人在三块石寨子上，把大部队都拉到广安去，又要准备接受杨森的'招安'了？"

我说："你别乱猜，我们做事，总是有原则的。你大哥和军阀打了十年了，要想去当官，还等今天？"

其实周辉同的猜测并非空穴来风。此时玉璧确实在与杨森谈判，只不过不再以他廖玉璧的名义，而是以杨森和他部下从来都没听说过的"川北农民自卫军"的名义。杨森在前线伤亡惨重，要增加兵源，而他的侄儿杨汉印带着一个手枪团守着广安一座空城，本来就心慌，正想借着这个机会扩大自己的势力，就去乡下招兵。仗都打到这份上了，玉璧又派人到各乡场做工作，谁还会去为打红军的军阀当兵啊，杨森的招兵旗插了一两个月，鬼都不上门。这个时候，杨汉印的参谋长李希白说话了。李参谋长说："杨团长，这样下去，你什么时候才当得上旅长啊？还不如去捡个现成的呢。眼下军队都拉上前线打仗去了，地方上的治安没人管，又有人拉起专门打土匪的武装，而且四处串联，势力还不小。听说长生寨就驻了一支从合川那边过来的队伍，打的是川北农民自卫军的招牌，都是本本朴朴的农民，既不是共产党，也不像胡乱肇事的土匪，要是招募过来，简直是事半功倍的大好事。"

杨汉印一听说："好啊，这事就交给你去办，越快越好！"

杨汉印没想到，自己的李参谋长暗地也是廖玉璧的人。李希白带了几个人去和李仲生谈判，最后杨汉印痛痛快快就答应了这边所有的要求：

一、招安后，自卫军三个团的部队改称大队，不能分散整编。

二、指挥官自行委任。

三、枪弹粮款按月领取。

四、广安河对面的新街场划给自卫军驻扎，与杨汉印的队伍共同维持广安秩序。

在传达此事的干部会议上，老刘政委说："我们这次接受'招安'，有两个目的：一是我们这么多的人聚集在一起，军需给养一直是个大问题，和上次余家场整军一样，一旦计划成功，就能够用敌人的枪弹粮草来装备我们自己；二是队伍整军之后，杨汉印要开赴营山前线，我们就能正大光明地、大摇大摆地通过敌人的道道关卡，去和红四方面军会师。如果还没等他们开过去红军就打过来了，更好，反正要两面夹击他，跑不脱的。只是这件事情，要绝对保守秘密。就我们这几个干部知道，谁泄露出去，要军法处置。队伍到了那边，一律要严守营门，不得到允许，任何人都不得随便出入。"

玉璧一直在看两封信，这时候晃了晃信纸，严肃地说："还有一个问题一定要引起重视，就是内部的组织纯洁问题。上次苏同久的事情就是个教训。扩大队伍当然很需要，可是现在形势好了，什么人都可能混进来，现在有很多地方的队伍要来加入，审查这一关必须把紧。今后要学习江西的做法，对战斗员的政治宣传要加紧，除一个支队派一个支部书记，每个中队还要有一个政治指导员。"

大家说了一阵，就扯到"招安"的具体细节上。最后决定由我的三支队先去，报一个团的人数。刁仁义是团长，我改名为陈平，做一营的营长，夏林做我的副手，当支部书记；副队长杜仁杰做二营营长，苏连清拨在他名下，降职当了个排长，陈亮佐去做支部书记。其余的队伍都留在长生寨和岳池、广安的几个场镇，看看情况再说。

到新街场没几天，玉璧和老刘政委就过来了，喜滋滋地说向廷瑞从岳池送往廿军前线的军饷，又被我们截了。杨森打电话回来大骂他笨蛋，向廷瑞不服，报告说是杨汉印在长生寨招安的队伍，还没上前线就要截军饷，问杨森怎么处理。杨森正在火头上，就喊"清剿"。于是命令刚刚从岳池县长的位置上卸任的叶济亲自带兵打到长生寨来，叶济是无心打这一仗的，何况他也打不赢，没打上几枪就喊着"办交涉"。结果双方握手言和，临别时叶济还请玉璧有空到广安去玩。

我悄悄拉过玉璧说:"你真是手痒,怎么又去截款子?坏了大事怎么办?"

玉璧笑笑,说:"送到嘴边的肥肉,怎么能不吃,截了他又怎么样?向廷瑞不晓得是我干的,叶济后来晓得了,我也不怕他。一来他不是杨森的嫡系,杨森不重视他,二来雷忠厚也找他给我们买过几次枪弹,他有短处被我们捏在手里。"

我说:"你们这一截,只怕杨森要起疑心,原计划有变动了吧?"

他说:"变什么?叶济已经给杨森打了电话了,说人家长生寨的队伍全都开到新街去了,不信请军长去查问;不晓得是哪股土匪,打着人家的名义去抢的。"说着哈哈大笑起来。

正说笑,参谋长李希白过河来,说是杨汉印要为刁团长、陈营长和杜营长接风,因为临时有个要紧的事情走了,由他的丈母娘余老太太和如夫人余儿代为请客。夏林问什么是"如夫人",我说:"咳,就是姨太太。我不想和这些人打交道,刁大哥,老杜,还是你们去吧。"

不一会儿,李参谋长又过来:"老太太说了,一定要请陈营长过去,不去不开席。"看来这位老太太,礼信倒还是蛮周到。老刘政委说:"去就去嘛,光明正大的陈营长,怕他做什么?玉屏你的心细,我们现在缺这么多东西,不找他怎么解决?"

我说:"别的倒没什么,就怕他们看见我们队伍有女人带兵,会不会……"

玉璧说:"你还怕他看不起?女的就是女的嘛,穆桂英大破天门阵,佘太君百岁挂帅,不都是女的吗?我们队伍里有了这么个女将,正要叫他们开开眼界呢。"

于是我换了装,穿一件漂白布上装和青长裙子,一出门,队员们都惊诧诧的,说:"大姐你真是孙悟空七十二变,一会儿一个样。"我随李参谋长过了河,来到广安后街杨汉印的公馆前,门口已经站满了迎接的人,一个老太婆站在最前面,手里拄着一根龙头拐棍。李参谋长在我的耳边说:"这就是杨汉印的岳母余老太太,管事得很。"

老太太一见李参谋长陪着个女的来了,很有些不满意:"叫你请的陈营长呢?"

刁大哥笑着说:"这不是来了吗?"

老太太四处张望,直问在哪里。刁大哥说:"老太太您的眼睛真大,都到了面前都没看见?"

我看着他们说:"我就是陈平。"

所有的人都很惊奇:"陈平?是不是前几天在新街的安民布告上落名的那个陈平?"

"看这个样子,明明是个教书的女先生嘛,怎么会是营长?"

余老太太更是高兴,拉着我左看右看,突然想起,忙喊:"快进屋、快进屋!今天不讲究男桌女桌,都不是外人,一桌吃。"

老太太拉着我在身边坐下,席间不断问东问西的:"陈营长是什么地方的人啊?"

"重庆人。"

老太太点点头:"难怪和小地方的人不同。怎么又到长生寨来了?"

"咳,我们的队伍虽然在合川,可是和全川各地都有联系,这边要求我们来保护士绅的生命财产安全,我们就过来了。"

老太太突然想起了什么,又问:"陈营长你这么年轻,有没有,"她停了停,说出个新名词,"有没有爱人?"

"没有。"

我回答得这么干脆爽朗,大家都笑了。刁大哥看满桌的人都围着我在转,也有些得意:"在我们那一片,陈营长可是个文武双全的人物,不仅能带兵能打仗,还能写能画,好多歪人都怕她呢。"我生怕他喝多了说漏嘴,连忙说:"刁团长,您可别把我吹高了,掉下来我可受不了!"

说说笑笑吃了晚饭,杨汉印还没有回来,大家起身告辞,余儿无论如何要留我宿一夜,我想军需给养的事情还没办呢,也就顺水推舟同意了。晚上,我替余儿画了一对枕套,又替余老太太画了一幅佛像,接下来又摆了些女人家的龙门阵,没睡多久天就亮了。队伍里派人来催,再说这里毕竟为是非之地,也不知道杨汉印什么时候回来,我起身要走,余儿又拦着,一定要留吃早饭。三个人还在饭桌上,就听见有人咚咚进来,在堂屋里问:"太太呢?"

一个弁兵回答:"在房间里吃饭。"

"为啥不在堂屋里吃?"

"有客人。"

"谁?"

"陈营长。"

"清晨八早的,哪里来的陈营长?"

"昨天下午就来了,没走,在太太屋里歇。"

"什么?!"那人大吼一声。余老太太皱起眉头,放下筷子掀开门帘说:"我们陪陈营长吃饭,你在外面闹啥子?"

"啥子陈营长?老子认不到。"杨汉印扒开余老太太,冲进房来,我站起来说:"杨旅长您回来了么?我就是陈平。"

杨汉印一惊,愣在门口,李参谋长跟进来说:"旅长,不认识？这就是刁团长那边的陈平陈营长嘛。"

杨汉印的脸一下就红了，狠狠地说："把弁兵喊来，他妈的，话都不说清楚，差一点把陈营长得罪了。"

余老太太哈哈大笑地说："我当啥子事哩，原来是醋坛子打倒了。"

我看这个人，粗鲁得很，左眼睛瞎了，看起人来像木匠吊线一样，一副下流相，难怪外面喊他"印瞎子"。他女人在一边使劲帮着我说好话，杨汉印却像没听见，只是用一只眼睛死死盯住我，口里直说："陈营长，请坐、请坐！有什么事情尽管说，我会尽力去办。"

我沉住气，在他对面坐下，说："旅长，现在我们开来的人没有军服、铺盖，没有炊事用具，枪也不齐，最困难的是没有子弹。"

杨汉印唔唔地应着，然后拉着我要打牌，东说南山西说海的，已经中午了还没说到正题。我放下脸，要回团部去，他挡住门说："吃过午饭走嘛，我还有正事同你谈。"我问他还有什么话，他坐正了，摆出个架势说："这个、这个，你们是什么时候过来的？有多少人？"

"好几天了，有千把人吧。"

"那——你们的这个，自卫军，队伍成立多久了？"

"刚成立几个月，就拉到长生寨来了。"

"那你们的军需给养，都是什么人供给啊？"

"士绅啊。现在政府的军队都打共产党去了，地方上的治安没人管，土匪这么厉害，我们就成立了队伍，谁让我们提供保护，谁就提供我们的军需。"

杨汉印很满意，说："军长有命令，叫我马上把你们队伍开到渠县三汇镇去,那边共军打得很厉害。"

"既然这么急,为什么通行证和持枪证还不发下来?我们后面的人还在合川、武胜那边,要是老过不来,莫说到前线,恐怕要向后转哩。"

杨汉印心慌了,忙说:"陈营长,不着急嘛,只要有人,问题都好解决。这样吧:军服铺盖马上发,枪弹马上配,炊事用具马上找人给你们送来,通行证的事,我马上到军部去办。现在先发一个月的饷,好不好?你打个条子就行。"

我站起来,说:"那好啊,我这就回去开个清单。"杨汉印又把住门不让走,喊他女人去煮银耳。我真的有点烦了,一抬眼看见夏林跨进门来,冲我说:"陈营长,请你赶快回去,团部来人说,他们还没有米下锅哩。"

我松了口气,说:"旅长你看嘛,我在这里吃银耳,队伍还没有饭吃哩。"杨汉印看留不住了,转身对他的女人说:"余儿,把你的私房钱借出来,给陈营长带过去,先把今天的吃饭问题解决了,其余我跟着去办。"

我拿了二百块大洋,由余儿送到河边,刚过河就碰到李仲生,跺着脚说:"哎呀大姐!你是怎么搞的,大家都急坏了。"

回到团部,玉璧气呼呼地说:"你呀,真是老虎胆,廿军关你那么久,一旦有人认出来,我们全都遭殃。"

我斜他一眼说:"不是你喊我去的吗?"

仲生笑着说:"那也不能耽误这么久嘛,看把我们大哥急成什么样子了?"

我把交涉过程一一说了,马上叫来唐俊清,造了一份名册和物资需用清单,军服啊、铺盖啊、甑子啊、锅盖啊、锅碗瓢筷啊、洗脸帕啊……唐俊清一边写一边还对旁边的几个人说:"快想想还有什么没写到的！是猪就要整，要整就整够。这些东西今后不管在什么地方都要用，错过了这个机会，我们哪有这么多钱去买？"

名册和清单送去以后，杨汉印当天晚上就拨了二十口大锅下来，指定了出粮地点，军服也发了一部分，还送了两千块钱过来。

正在高兴，又有人进来报告，说叶济叶旅长派了一个副官和几个士兵，过河来要见刁团长。老刘政委说："仲生，你出去看看。"

李仲生出去，一看那副官居然是派在叶济身边的内线郑涛，跟在郑涛后面的两个兵一见他大吃一惊："哎哟！李副官，你在这里呀？"

李仲生一看，是原来岳池县衙里的两个人，想来一定是以为自己在岳门铺送粮款"死不见尸"了，就没好气地说："有啥奇怪的，看到骆驼就说是马肿了背，我到这里来不得？"

那两个兵见他脸色不对，连忙赔笑说："哪里哪里，我们是说，好久没看见你了。你们这里，嘿嘿，你们这里好谨慎啊，在自己的营盘里，还个个都插着双枪。"

李仲生不理他们，只和副官郑涛搭话，问有什么事情。郑涛说："叶旅长回广安了，请刁团长、杜营长和陈营长过去吃饭。"说着就把帖子送过来。

我拿着帖子，觉得有些奇怪："我们刚刚到了没几天，就这个请过来那个请过去的，再说我们是杨汉印的兵，和叶济又没什么关系，该不是在长生寨挨了你们的打，来给我们摆鸿门宴吧？"

玉璧看看请帖，倒也很精致，笑笑说："摆什么鸿门宴啊，这是叶济冒犯了我们，道歉来了。不过这个礼数不对了，虽说叶济回了广安就是主人，可是还有一说——'行客拜坐客'嘛。我们先到广安，应该我们请他，我们给他接风。"

老刘政委说："就是，好生铺排一下，请他来吃饭，老廖好趁热打铁，跟他好生摆谈摆谈。"大家商量了一下，完了玉璧说："仲生，你再去跑一趟，按我们刚才说的，请叶济过来吃饭。"

李仲生一皱眉："又叫我去呀？他要真摆的是鸿门宴，不就把我扣在那里了？"

玉璧说："你怕什么，我们这么多人驻在这里，连广安的城防治安都是我们包了的，真扣了，就去把你抢出来。"

李仲生想想，同意了，刚跨出门又转来，说："莫忙，夏林你要跟我一路。"

夏林讥笑他说："你怎么是这胆子，捡个螺蛳也要找个伴？"

"怕我倒不怕，只担心要是把我扣留了，连放信的人也没有，那才是失着哩！我就是捡螺蛳也要找个伴，走，一道走！"

叶济听说是这边倒请他，不敢答应。李仲生就说："叶旅长你放心，长生寨分手的时候，你不是请我们廖大哥来广安吗？你帮了廖大哥的忙，廖大哥要答谢你呢！"

叶济听说玉璧真的来广安了，更犹豫了。郑涛在旁边说："旅长，人家廖大哥是讲信义的。我们在长生寨打人家，一说办交涉，人家就停了火，你随口请人家到广安来，人家就来了。现在请你不去，要遭笑话的。何况这儿守在我们家门口，人家又是杨汉印的队伍了，未必当真就没个礼数？去吧，我和郑宁给你保驾。"

郑涛和郑宁是两弟兄，都是我们的人，两个枪法都好，平时练武拿天上飞着的小麻雀作靶子，弹无虚发，现在被叶济收成了干儿子，是他的贴身保镖。叶济见他俩都极力恣恿，只好同意了，天擦黑时穿了身便服，带着郑涛两弟兄过了河。玉璧在河边迎着，和他手挽手地走进营门，门口只有我和夏林，李仲生把枪藏在衣服里，倒背着手走来走去的，看上去谁都没带枪。叶济正发愣，老刘政委迎出来，双方做了介绍，就进屋了。夏林进进出出地忙，我坐在外面，听他们说。

玉璧说："叶旅长，对不起，前几天让你受了惊，受损失了。"

叶济说："哪里哪里，我手下的那些草包，怎么经得起你们打，是我不知底细，冒犯了廖大哥，请多多包涵。唉，你们的人，枪法真好，连一个小娃儿都会打枪。听说是您的小少爷？"

玉璧说："叶旅长，那不是我的孩子，是另外一个弟兄的，他父母都死在杨森手里，我就收养了。我的还小，一儿一女，在外面读书。"

叶济听了这话，不开腔了，停了一会儿才说："廖大哥，您也知道，我是端人碗受人管，身不由己啊。"

玉璧说："我知道，廿军是杨家的天下，你不是嫡系。别看杨汉印大字不识两个，糊涂蛋，可比你管用。你再替杨森卖死力，恐怕到时候还是和雷忠厚一样，丢在一边晾起来。"

提起雷忠厚，叶济不开腔了，他俩是好朋友，其心情可想而知。我笑笑，起身去厨房帮忙，然后点燃了洋油灯，请大家入席。叶济听说陈营长就是廖大哥的夫人，无论如何要我同席吃饭，我不想出这样的场合，就叫夏林去。夏林说："这明明是叫我去给他们斟酒劝酒嘛，我才不去呢，俊清你去。"唐俊清说："斟酒怕什么，只要对革命有利，斟酒就斟酒！"说着拉起夏林就进去了。叶济见我不上席,满座都是彪悍的男人,不免有些不放心,推说自己不会喝酒,滴酒不沾。玉璧看出了他的心思,说:"叶旅长,我平时也是滴酒不沾的,今天特别陪你喝点。"说着端起酒杯,一仰脖子先喝了,然后亮亮酒杯,叶济见了,也端着酒杯咕噜噜地喝下去。玉璧一看,大笑着说:"叶旅长,看喝醉了,过河跌在水里哟。"叶济放下酒杯,也笑了起来。

不一会儿,他们就下席了。郑涛把洗脸水端进招待室去,走出来说:"哈!今天我们旅长也向大哥学了,过去他一吃完饭就二郎腿一跷,纸烟一烧,今天大哥给他谈了话,规规矩矩的,从来还没有见过他这样规矩,真的。"

饭吃到了深夜才散。玉璧挽着叶济的手出来,大家一起送他到河边。叶济握着玉璧的手,突然说:"廖兄,你和我一起回去,我们再谈谈怎么样?今天听君一席话,真是胜读十年书啊。"

玉璧看看老刘政委,又看看大家。叶济忙说:"还有大嫂,老夏,你们都去玩一玩,有郑涛他们保镖,保证不会出问题。"

老刘政委说:"咱们是不打不相识。去吧,你们都过去陪陪叶旅长。明天早点回来,我守屋。"

叶济的公馆在广安后街,是原来杨森军部驻过的地方。叶济一大早就给家人打招呼:任何人来,都说自己不在。接着又叫郑涛两弟兄陪夏林、唐俊清打牌,太太陪我摆龙门阵,他自己和玉璧在内房继续谈话。

眼看都快小晌午了,唐俊清进来,看看我。我起身去内房,走到门口就听见叶济在问:"这么说来,将来买的田土也没有用处了?"

玉璧见我进来，说了两句应酬话就站起来告辞，叶济一定要挽留我们吃午饭，正在拉扯，杨汉印闯进来了。叶济没有料到，有些惊慌，又不得不介绍："这位，是，是廖大哥……"

玉璧站在那里，弯弯腰很谦和地说："廖简文。"我马上凑过去，挡住杨汉印的视线说："旅长，你来了，正要去找你呢。我们的军需，条子都上来两天了，还没发齐。弟兄们没有铺盖，都病了好几个了，您恐怕要催着点啊……"

我一口气说了一长串，杨汉印没料到会在这里见到我，忙回过头来，啊啊地应酬着，玉璧趁这当儿，悄悄地溜走了。叶济松了口气，也过来打帮腔，说："陈营长怕旅长一时凑不齐，正在找我想办法呢。我跟她说，杨旅长这个人讲义气，答应了的事情一定会办，我插在里面反而不好，你说是不是，杨旅长？"

杨汉印一屁股坐下来说："就是！陈营长你是见过大场合的人，急也不在这两天嘛。军需品，我都交代了，一样一样会给你们清点清楚，通行证嘛，已经到军部催去了，他们要你们上前线，不比你们急？你看你，瞧不起我嘛，有事直接来跟我说嘛，我不在找余儿和老太太也可以，她们成天说你的好话……"

我看他又纠缠不清，应酬了几句就要走，杨汉印连忙起身拦住，果真要留着在叶济家吃饭，要不就上他家去打牌。正在拉扯，夏林和唐俊清急吁吁地跑进来，说："陈营长，营房里有事，叫你快回去！"

杨汉印一挥手，说："什么大不了的事？！找你们刁团长去！"

夏林结结巴巴地说："是弟兄们打架了，就你才招呼得到。"

我叹了口气，说："旅长你看嘛，无事就要生非！我巴望早点开起走,有仗打就没得这些麻烦。失陪了,改天再到您府上拜望。"

当天晚上,叶济就派郑涛两兄弟送来一打手枪,五千发子弹。我问玉璧谈得怎么样,玉璧说:"从全国形势到刘湘和杨森的矛盾,还有他个人的利害,都说清楚了。现在就看他自己了。"

第二十三章
夏林订婚

新街场口上,有一家卖豆腐的店子,店主姓徐,老两口五十多岁了,几辈人都以做豆腐为生,家中没有儿子,只有个十七八岁的女儿,浓眉大眼的,倒也机灵活泼。队伍驻在新街,队员们常去他店里买豆腐,找徐大娘浆补衣服,怕有些人欺侮人家母女,空了我也常去看看,一来二去就混熟了。徐大娘拉着我亲热得很,说:"我们活了几十年,哪里去找你们这样好的队伍啊,买豆腐从不赊账,帮我们推磨,过豆腐,挑水……像自家人一样,进屋来,不乱说,不乱动,一口一个徐伯伯、徐伯母,洗洗补补是小事情嘛,也要给钱。你看你嘛,大小是个官儿,摆起家常来,就像亲姐妹一样;自从你们来了,我们这个穷店子,都增光了好多哟。"

徐大娘娘屋里也姓陈,与我认成了姐妹,徐大妹顺势叫我孃孃。我对徐大娘开玩笑说:"把你女儿拜给我,我带她到重庆去读书,要不要得?"

徐大娘一拍巴掌:"啊呀,那才好哩!我这女儿就是想读书,你们每回送豆腐条子来,她认不到字,不识数,要拿去问别人,真是苦死了。你喜欢她,就跟你好了。"

我把徐大妹拉在身边坐下,摸着她又粗又长的辫子说:"我喜欢这女儿,又大方能干又蛮得,不像那些大户人家的小姐。"

徐大娘叹了口气:"我们穷苦人家的女儿,就只晓得勤耙苦做,浆衣洗裳,这女娃命苦没有读到书,粗野得很。唉,这几年,人长大了,不敢到街上乱走。廿军那些军官丘八,尽是他妈的一些怪物!他们要是看上了哪家女娃,就要来抬人,经常逼出人命案啊。唉,要是你们能长住这里就好了。"

以往这个三口小家整天忙着干活糊口,自从我们的队伍驻扎在这里,就常听见屋里的笑声冲破了天。夏林经常去端豆腐,帮着推磨,很快就和一家人混熟了,嘴巴闲不住,就说笑话讲故事。大妹想听故事,嘴巴甜甜地说:"夏叔叔,你把衣服拿来洗嘛!夏叔叔,我给你补衣服嘛!"开初夏林不好意思,以后也不见外了,每次坐在一边说说笑笑,算是答谢。夏林的故事多,其中最精彩的,就是在山上站岗遇老虎。说的是一次在山岩下站岗睡着了,觉得有人在刨头上的草帽,迷糊糊往上一看,才是只花琅琅的大老虎:"那么大只老虎,我这把瘦骨头还不够给它当点心,别看我上战场眼睛都不眨,一看见老虎就吓得浑身发抖!老虎不知道这草帽下面是个啥东西,它研究呢,歪着脖子左一刨,我就向左倒;又往右边一刨,我就往右倒,正思量着怎么办,突然听见老虎一声大吼,从我头上一跃而下,树林里簌啦啦刮起一阵风,就听见有人惨叫。我操起枪跳下岩坎跑下去,看见一棵大树下扔着支枪,有人在大树上喊救命。我说,你是谁?下来!那人说救命的大爷,我下来,你别打我!我说你要是再不下来,我就走了,让老虎回来吃你!那人一听嗖地就抱着大树溜下来:原来是个军阀的大兵!"

徐大妹听入了迷,徐大娘夫妇俩也听得直嘘气。这样的故事听多了,大妹就有了想法,问夏林:"你们队伍里,有没有女的？"

夏林说："咋没有女的，你的嬢嬢还是个队长哩。"

"嬢嬢会打枪打仗吗？"

"怎么不会，你嬢嬢还会两手打枪哩。她带我们打了多少次仗，把杨森打得叽里哇啦的。不然，我们的队伍会开到这里来驻吗？"

"我想跟你们去，行不行？"

"行呀，只要你爹妈答应，向你嬢嬢一说，准行。"

徐大妹更高兴了，我每次去，她总是缠着，一定要跟我走。虽然这丫头顶逗人喜欢，再说我身边全是些大男人，有一个女孩跟着也有很多好处，但是人家老两口就靠这个丫头磨豆腐挣生活，将来还靠她养老，所以不过说笑而已。

一天晚上，徐家来了许多年轻妹子。徐大妹要夏林唱歌，夏林见了陌生姑娘不好意思，应付唱了几句，徐大妹说："夏叔叔，你唱得好，教我们唱嘛。"

夏林说："我不行，去找陈仁勇来，我都是向他学的。"

不多一会儿，陈仁勇来了，一进门就问有啥事情。我说："要你来教这些妹子唱歌。论辈分你是舅舅，说话要有个分寸，唱歌要有个高低，不要乱唱啊。"

徐大妹拍着手说："欢迎！欢迎舅舅唱一个嘛！"其他的女孩也跟着起哄。

陈仁勇一向是个厚脸皮，一看这阵势倒不好意思了，想了一下说："那我就唱个新编的山歌吧。"说着清清嗓子，就唱起来：

> 青杠叶，青又青，
> 妹送我郎去当兵，

>　　郎呀郎！当兵你莫投错门啊，
>　　要当就当自卫军，自卫军……

　　妹子们听了，捂着嘴直笑，有点害羞的样子。我说："他过去总是爱唱妹呀妹的，今天又唱起郎呀郎的来了，怪难听，另外换一个调门！"

　　陈仁勇做了个怪相，又唱起来：

>　　青杠树，皮皮儿薄，
>　　买个花猪儿养不活……

　　不等他唱完，妹子们笑得前仰后合的，直不起腰来，陈仁勇又唱又教，小小的豆腐店，差点没把房顶闹翻了。

　　第二天，陈仁勇把我拉在一边，悄悄地说："大姐，我看夏林和徐大妹两个有点那个意思。"

　　"不要乱说。"

　　"啥子乱说，明摆着的嘛，这个媒该你去做。"

　　"这怕不好，别人说我们看到好妹子就要带走。"

　　"咳，我们闹革命，难道都要当一辈子和尚不成？"

　　我还是有点犹豫："好像听她妈说过，要放有钱的。"

　　"有钱的？地主就有钱，将来我们把地主打倒了，她不就成了地主老婆了吗？那才是一朵鲜花插在牛屎上呢。不行，叫夏林胆大点，去求婚。"陈仁勇说着就把夏林拉过来。夏林一本正经地说："不行，现在我们革命这么艰难，不能弄个包袱来背起。"

　　陈仁勇说："包袱？人家又勤快又能干，怎么就成了包袱？"

　　"不，这不行，我们队伍不知哪天就开走了，我走了丢下人家谁管？还有她的爹妈怎么办？"

"那先订婚，二天有机会再结婚嘛。"

"二天，什么时候？我们开到什么地方也不晓得。要是我牺牲了，别人年纪轻轻的守活寡，那才问心不过哩。"

陈仁勇眼睛一瞪说："嘿，鹅颈子那么长也有个下刀之处，你咋简直像根四季豆不进油盐，连水都浸不进了？大姐，你说说他！"

我接着话头说："夏林你不能这样没有志气，还没结婚就说死。大不了再上华蓥山，带上她一起去打游击，把她交给我，一切由我负责。"

夏林不开腔了，低着个脑壳，半天才说："反正我做不了主，看大哥大姐你们怎么说，都行。"

陈仁勇指着夏林的鼻子说："这是什么话？明明是自己在自由恋爱，你怎么就做不了主了？这么一说，反倒像大哥大姐在包办你了？"

正说着，唐俊清也进来了，一听说这事，抓住夏林就乱嚷嚷。我说："别闹别闹，事情还没成，闹开了影响不好。"唐俊清说："大姐，莫说得那么严重，男大当婚，女大当嫁，正大堂皇的事情，有什么不好？我们今天不说破，过两天他们自己都会说破。不信你等着，夏林一天不去推磨，那徐大妹就要来找他。"

夏林有些急了："老唐，你莫乱说，我没那个意思。"

"嘿，没有哪个意思？人家对你那么好：'夏叔叔，你的衣服我给你洗了，你换不换？'还有，那天你同徐大妹到河边去洗衣服，洗了那么半天，都说些啥子？"

大家说七说八地起哄，夏林红着一张脸没处躲，我只好站出来解围："依我看，夏林今年二十八了，上回我给周辉同说媒的时候就答应过,下一个就是他。现在既然大家都认为徐大妹合适,就一起设法成全了。其实我看徐大妹也有意思,背后里可夸她的夏叔叔呢。我开她的玩笑,她还说,莫乱说,人家是干革命的,当队长,还瞧得起我们磨豆腐的小户人家?我看没问题。"

唐俊清立刻拍手打巴掌地说:"要得要得!我来当这个媒人。"我一听,就说:"正好,那你就去跑一趟徐家吧。"

唐俊清一看说真了,连忙伸了一下舌头说:"我才不敢啊,那老婆子厉害得很呢。"

陈仁勇说:"你这个人想吃猪脑壳,又怕做媒,想当泥鳅啊,又怕泥糊眼。这样怕狼怕虎的,你还革命呢!"

"哎呀,你莫说得那么深沉,我去!"唐俊清沉不住气了,转身就跑了出去。不过一顿饭工夫,他兴冲冲地跑回来说:"成了!"

大家都问他是怎么说的,唐俊清又比又划地说:"我刚走出门,就碰到徐老头来了,我就约他到营房隔壁的一个小酒店去吃酒,七说八说就扯到了他女儿的婚事上。我说徐老伯,你家大妹好人才,打算说个什么样的人户?他说我们穷人嘛,怎敢高攀,就是我那个老婆子,她要放个有钱有土的。我说我们队伍里那个夏队长,你认为如何?徐老头说:是夏老弟?很好嘛,他时常来帮我们推豆腐,子弟倒不错,不知他家里怎么样?"

正说着,夏林和陈仁勇进来了,唐俊清看了夏林一眼,一脸的坏笑:"头炮打响了,就不能错过机会。我对徐老头说:人家夏队长,家里是个大地主,有一千多石租谷,他又是个独生子……"

夏林生气了,当胸掀了唐俊清一掌说:"撞你的鬼!"唐俊清嘿嘿地躲着:"我逗你玩的。我对徐老头说:我们夏队长,虽是个穷人出身,却是个成大器的人,又是我们廖大哥最好的兄弟,情如手足。大哥为人义气,卖田革命,做事用钱从没分过彼此,大哥的家就是他的家,你用不着愁……徐老头听我这一说,醉醺醺笑呵呵地走了,他说今晚上就和老婆子商量,尽快给我回话。"

我站起来,拉上夏林就要去徐家,还没出大门就遇上陈亮佐,请我去会见邻水县那边队伍的领导,听说这事一拍巴掌:"我们在山上待了这么多年,这些光棍再不找个老婆,都要到宝顶寺去削发为僧了。再说快要和红军会师了,热闹热闹也是时候。大姐,你们要说成啊!那边的客人,就交给我了。"然后转身走了。

一大群人拉拉扯扯,才到了徐家门外,夏林就连头都抬不起来了。我说:"看你平时的嘴像丫雀子一样,今天咋这么没出息?你和陈仁勇推磨去吧,我和俊清去说。"

走进大门,就听见老两口正在商量。徐大娘摇着头说:"我们都几十岁了,还推得了几年磨?光是人好,没得点田产,大妹过去要吃苦的。"

徐老头说:"光有田产有什么用,要放个不成器的败家子,再多的田产也要除脱的。"

徐大娘抬眼见我来了,连忙起身让座,我接过一个小板凳坐下,说:"徐大姐,你不要愁,夏林是个有作为有志向的青年人,他为穷人打天下,干的是有出息的事。再说夏林从小和玉璧在一起,比亲兄弟还亲,我们有饭吃他就有饭吃,等革命闹成功了,分田分土,大家都有吃有穿。你两个老人家,还怕没有人养老吗?"

徐大娘听得眉开眼笑的,一拍我的膝头,说:"我这个妹子，就是会说，说的我都爱听。要得，你的见识广，老姐子我听进去了。唉，也好，早点了结这件事，好放心。这个世道，真不成话啊，没有出阁的姑娘放在家里，硬是提心吊胆的。"

说笑了一阵，我对着她的耳朵说："人生的大事，还是要大妹本人同意，你问问她。"

徐大娘嘴一努，说："这么好的女婿，她有啥说的？"

我以为她问过了，就说："这样吧：我们队伍一向都忙，眼下难得有这么一段时间的空闲，如果他们双方都没意见，你们老的也同意，事情我们就抓紧办。今晚上吃订婚酒，你们看要不要得？"

老两口眉开眼笑的，只是点头。我摸了两块钱出来，叫唐俊清上街去买点菜。徐老头说："这咋个使得，我去我去！"唐俊清抓起个菜篮子，和他一起走了。

徐大娘到灶房去准备晚饭，我站在窗子边，看夏林他们推磨。夏林勾起个脑壳，不开腔。徐大妹拿起木饭瓢儿添磨，陈仁勇一边推，一边跟她说笑。徐大妹看夏林不说话，就说："夏叔叔，你唱个歌嘛。"

夏林说："我唱不来。"

陈仁勇却故意说："啥子唱不来哟，他是不高兴。"

徐大妹莫名其妙："夏叔叔为啥不高兴？"

夏林把头掉在旁边，一脸通红地说："找你舅舅唱嘛，我真的唱不来。"

徐大妹走到夏林的身边说："你是不是饿了？我来推吧。"

我在窗口说："哪里是饿了，是你夏叔叔犯了军法，挨了手板，受了处罚。"

徐大妹用双手在脸上划一划的："羞啊，羞啊，这么大的人还挨手板。"

我看大妹像平时那样随便，倒半信半疑起来：徐大娘是不是还没跟女儿讲？

几个人东说西说的，飞快地推着磨。徐大妹一不小心，手被磨桩打着了，木瓢儿也打在地下了，一下子便撒起娇来："哎呀，把我的手打出血了，不给我医好不行！"

夏林有些着慌，在身上东摸西摸，我喊过他来，把手绢给了他，悄悄对他说："她老人同意了，她本人也同意了，你自己也跟人家谈一谈啊。"

夏林低着头，声音像蚊子一样："我咋个说嘛？"

推完了豆子，我帮着烧火，徐大娘点豆花，徐大妹舂海椒，夏林和陈仁勇摇豆腐。陈仁勇嘴不闲着："我来打个谜子你们猜：十人挽手上雪山，八人辛苦二人闲，只见雪花满天飞，面带愁容心喜欢。"

徐大妹眯着眼想了一下说："舅舅，我猜不着。"

陈仁勇说："我说给你听嘛，一个癞子。"说完后，望着夏林头上把嘴巴一努。

徐大妹望了望夏林的头："夏叔叔？头发那么深，哪来的癞子？"

陈仁勇说："你听我说嘛：癞子头上发痒，用双手去抓，两个大拇指不是闲起来吗？你看癞子搔起头来，眼睛眯一眯，额头皱一皱的，面带愁容，其实心里多舒服多高兴啊，你夏叔叔今天就是这样。你说他不高兴，其实他心里倒顶高兴哩。这叫'乐在其中'。"

徐大妹还是莫名其妙，问夏林："夏叔叔，你有好事？"

我在一旁想：糟了，这事情她妈没跟她说，女娃子还懵懵懂的，等会儿要想个办法，莫让人家脸上过不去。

豆花点好了，正要开桌，玉璧找来了，我把他拉到一边，刚刚说了个大概，金积成又跟进来。座位不够，徐老头叫徐大妹下席去端豆花。夏林提着酒壶对玉璧说："大哥，你吃不吃酒？我替你斟一杯。"

玉璧说："今晚上这杯酒，我是非吃不可了。"

金积成看看这个又看看那个，直问今晚上有啥名堂？陈仁勇瞟瞟夏林，又瞟瞟厨房，金积成恍然大悟地说："啊啊，我晓得了。老夏，来，我俩弟兄，今晚上要喝个痛快。"说着就端起酒杯，一饮而尽，又接过酒壶向桌上每人斟了一盅，然后说："我们同大哥一道快十年了，还没有这样欢欢喜喜地一道吃过喜酒。来，大家干杯，祝我们的大事成功，祝夏林永远幸福。"

正说着，大妹端了一满碗豆花出来，听见在说她和夏林订婚的事情，就愣在那里。我连忙起身，将豆花接了，放在桌上，拉过她说："大妹，这事情不是我当孃孃的包办，我和你爹妈都想你一定是同意的，对不对？"

大妹低着头，不开腔。我回头看看夏林，他盯住大妹，紧张得不得了。我摇摇大妹的肩膀，轻轻说："大妹，你莫害羞，这是正大光明的事情，要是同意呢你就点点头，不同意呢就……你说你同不同意？"

大妹的头，埋在我胸前，半天，才点了一下。

大家一下子欢呼起来。陈仁勇和金积成把夏林拉起来，就要他给大妹斟酒；接着唐俊清稳坐在那里，直喊："过来过来，谢媒人！"陈仁勇摆出架子，说："这事是我先提的头！夏林你过来，喊我声舅舅就是了……"

吃完酒，已经深夜了，也来不及买贺礼，总得有一个纪念。

想来想去，还是玉璧的主意，叫夏林解下系在腰上的一根红绫撕成两条，一条留给自己，另一条留给徐大妹。我说："这根红绫是我们在紧急时请救兵用的，你要好好保存，就是撕成渣渣，也不要掉了。"徐大妹提过红绫，立刻就拴在身上。

想到夏林跟自己这么多年，总算为他成就了一桩好事，我很是高兴。事后我问徐大娘："喝酒以前，你没有跟大妹讲吗？"徐大娘说："祖祖辈辈的老规矩，娘老子说了就算，要是事先同她讲，还不把她羞死啦。"

第二十四章
借佛化险

各地的队伍拿到了通行证,陆续集中过来,分散驻扎在广安城四周的乡场上,其中有两支广安的队伍,编入了我这个支队。一支是从广安代市场开过来的陈伯斋。陈伯斋是绿林中人,与玉璧的关系不错,也钦佩刘铁,上次华蓥会议的时候他就与罗平精等人一起来开会,也和我们一起打过仗,可是不入党。他的话说得直白:我和你们一条心就是了,万一出点什么事情,我这个绿林好汉,罪名也比你们共产党轻一篾片。还有一支队伍,是李荣华李大哥手下的钱公武,李大哥虽然常住重庆,但是老窝子在广安,堂口上一直都人强马壮,第一次起义的时候他就派了人来参加,这一次玉璧拉起这么大的声势,肯定是要来助威的。

到处都是自己的人,天天都有人来总队部联系工作,每顿煮稀饭都要下一斗米,队伍里一片喜气洋洋。

一天,玉璧和老刘政委来了,后面跟着一个穿长衫子的人。我一看,原来是杨云禄,许久不见,不晓得他又从哪里钻了出来,说是要在我的营部里协助整军工作。我一听,心头就起了个大疙瘩。果然没几天,在门口负责警卫的李仲生就不断给我反映,说这个人不守制度,天天都要出营门,不晓得在什么地方逛。

我说他是上面派来的人，总是干工作嘛，管他去哪里逛。仲生说："大姐，不对啊，我看见他和苏连清成天叽叽咕咕的，不知道在说什么。"

又过了一天，邻水的队伍开来了，刚刚安排好，杨云禄来找我，说："邻水那边的人不够。"

我心想：不够？不够做什么？不够打仗还是不够参加红军？他见我没开腔，又说："邻水那边很重要，那边作根据地，比这边好。"

尽开黄腔！邻水那边尽是崇山峻岭，哪有这边富足，哪有这边的群众基础好？我们在这一片苦心经营了整整十年，如今扯起了这么大的阵仗，多不容易。再说队伍集聚在这里，是要借路和红四方面军会师，连邻水的人都开了过来，还说邻水比这边重要？！

他发命令似地说："你们这部分人，要立刻开到邻水去。"

我问他开到邻水去做什么，去攻城吗？他盛气凌人地说："你别管，我指挥。"

我盯着他，真想吐他一脸口水。

他走了两步，又回过头来，指着我说："你们这支队伍困难多啊，你知道吗？都是各县调来的，团不拢！不调出去要出问题的！"

出问题？出什么问题？金积成和唐俊清天天都在下面转，怎么就没听他们说起？我立刻把他两个找来，把杨云禄的话说了一遍。金积成说："撞到他妈的鬼了！大家的情绪都很高，哪里来的谣言！"

这事过了没两天，就出了我们的队员刘子雄打架的事情。刘子雄到叶济那里办完事情去吃饭,和叶济手下一个叫陈厚儿的兵,因为几句话打了起来,陈厚儿一枪打掉了刘子雄半边耳朵,刘子雄捂着耳朵在广安城里撵了两条街。我立即叫人把刘子雄找了回来,又派唐俊清去给叶济解释。刘子雄很委屈,说:"那家伙侮辱我,说看我们饿得造孽,赏块肉给我吃,居然还开枪打我!我宁输脑袋不输耳朵,非打下他的耳朵不可!"

我说:"我们堂堂正正不受人家的欺侮,这当然是对的。只是怎么能打架?在城里撵了两条街,人家会怎么看我们?现在老百姓就是说我们纪律好,和军阀的兵不同,你咋能破坏这个印象……"

正说着,郑涛带着陈厚儿过来了,说是叶旅长叫来道歉的。我说:"道什么歉,我们的人也有不对,现在都是一家人了,有什么话说得清楚的,打架多伤和气。"

陈厚儿嬉皮笑脸的,上来拍拍刘子雄的肩膀,说:"就是嘛,你哥子我兄弟,都是出来混口饭吃,你为你的老板,我为我的老板,大家都穿一色衣服,当丘八。"

刘子雄一听又毛了:"谁跟你是一色人物?你才是丘八,老子当的是自卫军!你是为军阀,我是为老百姓,不要扯在一起!"

陈厚儿说:"你为老百姓?那你们投靠我们杨军长做什么?你这衣服,这枪,这吃的用的,哪一样不是我们发的?等两天,你们就要跟我们一样,上前线去填红军的炮眼儿,一样当炮灰……"

刘子雄眼睛一瞪,当胸就掀了陈厚儿一掌:"你说什么?!老子今天要打就打烂,非割下你那耳朵不可!"

我赶紧把刘子雄招呼住,一回头却看见杨云禄来了,在一旁阴阳怪气地说:"看嘛,我说要出事就是要出事嘛!人家是主人,我们现在是人家招募的队伍,你刘子雄要跟他撞,简直是拿鸡蛋碰石头。"

他这话一说,陈厚儿气焰更盛。刘子雄眼睛瞪得鸡蛋大,呼呼地出着大气,看样子马上就要发作。唐俊清一把将刘子雄拉走了,郑涛斥责着陈厚儿,一边向我道歉,也把人带走了。我心里冒火,转身就走,唐俊清赶上来说:"这杨云禄搞啥名堂?不但不主持正义,反倒在一边看笑话,还要来火上浇油,这简直是胡闹嘛!哼,还把我们比成什么鸡蛋,把军阀比成什么石头,放他妈的屁!大姐,我看这家伙,要坏事,我们恐怕要向组织上汇报。"

第二天,我正要派人回长生寨去请几位领导过来,刁大哥手下的江万顺就来了。自从他女人江胡氏跟着我在岳池坐了一年的牢出来,老江一见面就一口一个大哥大姐的,亲热得很,这次却是气鼓鼓的,说要带着队伍回武胜。我觉得奇怪,说:"老江,你好好的,为啥又想要回武胜?"

他很不高兴地说:"为啥?我们干革命,就是要打土豪,打地主,打军阀,可是队伍开出来这么久了,我们一次也没打仗,成天在敌人鼻子底下磨皮擦痒的,憋得慌。"说完转身就走。

江胡氏一直跟着她男人,我把她喊来,问:"老江这几天发什么疯,怎么又要带队伍回武胜?"

江胡氏说:"大姐呀,哪里是他要回去,他是为难。这几天杨云禄和苏连清他们过来,老跟他叽叽咕咕,要老江跟他们到邻水。老江说到邻水不如回武胜,冲着气就来找你了。"

我说:"这老江也真是糊涂,这种事情怎么能冲气?"

江胡氏连忙说:"大姐你放心,我会挡他的。"

几个领导都不在这里，出了这么多事情，看来得要赶快去汇报才行。我连夜赶回长生寨，刁大哥听说自己的部下要回武胜，很冒火："这个杨云禄，到底是干什么的，怎么到处戳烂事啊？上次在三块石我们要打叛徒，他来阻拦，这次正在关键时刻，他又来泼冷水。我要把江万顺弄回来对质，看他到底放了什么烂药！"

老刘政委问："江万顺过去表现怎么样？"

刁大哥说："表现一直不错嘛，是个贫农，打仗很勇敢，还在争取入党，他女人在余家场事变中和大姐一起被捕，坐了一年的牢，都没有影响情绪。"

老刘政委说："那就这样吧：把江万顺调回长生寨。杨云禄的情况，我们写个报告给组织上反映一下，今晚上就写。你们要注意监视他的行动。"

江万顺调回长生寨后，杨云禄就不见了，第二天托人带了个信过来，说住苏连清那边，了解情况方便些。苏连清现在是杜仁杰二营的人，住在城边负责广安城内的治安，我管不了，就把在那边当支部书记的陈亮佐叫来，要他注意两个人的行动。

正在铺排，陈伯斋来了，跟我说要请两天假，把留在代市场的一些后勤人员带过来，免得兄弟部队的人去了，磕磕碰碰地起摩擦。我叫他带两个人一道，路上要小心。谁知一会儿他就回来了，有些紧张地对我说："大姐，出事了！我刚走到河边上，就看见几个人在打架，把一个女人往河里拖。下去一问，才知是我们这边钱公武手下一个叫李芬的兄弟伙，女人被人拐走了，'拐子'就是杨森手下一个局长何鲜的亲兄弟。这边李芬不肯罢休，老钱就派人去办交涉，那边何鲜的兄弟不肯交人，两边就在河边打起来，老钱的人要把那对男女掀下河去。我怕影响不好，就把人带回来了。"

他停了停，又说："这是在我们的治安范围内，出了事情我们要负责任的。再说老钱是李荣华李大哥的部下，这事要是处理不好，也对李大哥的影响不好。"

说话间钱公武就来了，李芬的女人也被带了进来。钱公武见了我，一抱拳说："大嫂，给您添麻烦了。这个女人，坏得很，看不起我们，想去当官太太。何鲜的兄弟仗势欺人，两个都不是好东西，要不是老陈挡住，我的人早把他们掀下河了。"

我走到那女人面前，看她妖娆得很，就问："你说，到底愿意跟哪个？"

她撇着嘴，说："李芬又穷又歪，经常不落屋，还通共，我就是不跟他。"

我瞪了她一眼，心想这种眼浅皮薄的东西，留下来一定是祸害，陈伯斋真不该管这个闲事。于是就对钱公武说："钱大哥，对不起，因为这五十里之内，属我们的治安范围，所以把他们挡回来了。现在人交给你，随你去处置。"

第二天，陈亮佐过来告诉我，钱公武把何鲜的兄弟揍了一顿，又叫他出了一百二十块钱，一对银戒指，写了张保状，把那女人领走了。

我一听就说："糟了！这事恐怕要扯大。"

果然，当天下午，何鲜的兄弟就去广安县衙门告状，说土匪陈伯斋和老钱把他女人抢了，敲了一百二十块钱和一对银戒指才放出来，还告我把土匪陈伯斋窝起来。县府就派了四个法警过河来，指名要抓钱公武和陈伯斋。

我说："这里没有这两个人。"

杨云禄在旁边说："这关系到我们部队的荣誉，有没有都该让人家清嘛。"

我气极了，在桌子上大拍一巴掌："你说什么？！让人家清？清谁？谁是土匪？没有我的命令，看谁敢进我的营门！"

李仲生把腰间的两支枪扯出来，守卫的队员们哗地散开，在营门口站成一排，全都把枪举起来。杨云禄怔了怔，灰溜溜转身走了。那四个法警不敢造次，也走了。

我松了口气，转身叫金积成赶快把陈伯斋找来，连夜送走。金积成找了一转，没找到，我正在着急，陈亮佐气喘喘跑来说："大姐，糟了！苏连清找了几个人，悄悄把陈伯斋绑了，听说已送过河，要送县衙门。"

金积成一跺脚，说："哎呀，送进城就麻烦了！大姐，赶快想办法！"

我说："老金，快追！不准他们过河边的卡子。"说罢就带了夏林和十几个人追去。谁知追到河边，才知道人已经过河了。金积成毛了，朝守卡子的队员大吼："你他妈的饭桶！你不晓得那苏连清是坏人？咋让他把陈伯斋押过河？"

那队员嗫嗫地说："我们也看着不对头，可是一看杨……杨云禄也跟着，说他是领导，出了事他负责。他们又那么多人……"

夏林一下子跌坐在河边的石头上，摇着头说："完了完了，陈伯斋完了！都怪大哥当时手软，在三块石没一起毙了苏连清这个混账！"

我说："莫说泄气话，赶快设法救人。亮佐，叶济在没在城里？"

亮佐想了想，说："不在，好像连杨汉印都不在，只有他女人和老太太在家。何鲜的兄弟和衙门都勾结好了，陈伯斋这一去凶多吉少,说不定还要坏我们全局的大事。"

我一听杨汉印的老岳母在家,突然想起李希白说过这老太太爱管事,就说:"这样吧,都过河去。亮佐你去叫杜仁杰,你们几个去路上挡住陈伯斋;夏林、老金跟我去找余老太太。唐俊清,你赶快到长生寨,把几位领导请来。"

我带着三个人,直奔杨汉印的公馆。杨汉印的女人和余老太太正在床上抽鸦片,见我急匆匆地进来,忙起身迎住,问:"陈营长,出了什么事吗?"

我坐下来,把事情的大致经过说了一遍,然后说:"老太太,陈伯斋是我的参谋,我在这里用脑袋担保,他不会去抢人。老太太您是吃斋信佛的人,常言说救人一命,胜造七级浮屠。如今杨旅长不在广安,我又是客位,奈何这县衙不得,不晓得他们会干出什么名堂,只有来求您了。"

老太太从烟床上坐起来,说:"杨旅长不在,就无法无天了吗?这些畜生!难怪我昨晚上做了个梦,梦到糊墙壁,上面糊得光光生生的,就是下面糊不住,原来是他们在下面给我捣乱。"

我说:"老太太,事情很紧急,麻烦您老人家这就走一趟,去晚了说不定我的人就没命了。他们会夹着仇气黑打了的。"说完和余儿就扶着老太太往外走。刚转过一条街,就听见前面乱哄哄的,过去一看,正是跟我进城门的几个队员拦住了苏连清和杨云禄,后面是押着陈伯斋的那四个法警。杨云禄一见我,就直往后面躲。苏连清躲不住了,索性一昂头,不理会。

老太太问:"陈营长的参谋在哪里?"

五花大绑的陈伯斋一下子站了出来。

老太太一指那四个法警:"把人给我放了。"

那四个人看看苏连清,不敢动手。苏连清不认识老太太,昂着头说:"人是我绑的,衙门里的传票来传的,人家有公文,哪能说放就放?"

老太太走到苏连清面前,上上下下打量了他一番,说:"你是什么人?"

苏连清还是昂着头,说:"杜营长的人,专门负责这广安城内治安的。"

老太太又说:"你们那个杜营长,归不归杨旅长管呢?"

苏连清一听这话,噎住了,这才放下眼皮,看看眼前这位傲气十足的老太婆。余老太太盯住苏连清,慢慢地说:"你晓不晓得,杨旅长又归哪个管?"

苏连清打了个愣:"杨……杨军长。"

老太太又说:"还有哪个?"

苏连清不敢说了,后退一步,只摇头。余老太太逼住他说:"你咋连这点都不晓得?还有我嘛。杨旅长不在,他的一切事情都归我担待,你把人,给我放了!"

苏连清还想说什么,只听得一阵跑步声,杜仁杰来了,后面紧跟着陈亮佐。杜仁杰推开众人,看见陈伯斋被五花大绑绑在那里,伸手一个耳光,把苏连清打得倒退了好几步:"你这个坏东西,尽瞒着我干这些事!来人,把老陈的绳子解下来,把他给我绑了!"说着转过身来,对老太太一抱拳说:"对不起,余老太太,都怪我平时管教不严,惊动了您老人家,还望您在旅长面前,替我美言。"

余老太太一笑说:"哪里哪里,都是何鲜这个蠢东西,纵容他那二流子兄弟。等到旅长回来,会好好教训他的。"

我把老太太送回府上,说了不少感谢的话。老太太接过余儿递来的茶,喝了一口放下说:"陈营长,我看出来了,他们欺侮你是女人家，才敢这么放肆。我们女人不帮着女人说话咋行？今天这事，莫说是你占到有理，就是没得理，我也要帮你扳过来。"

我说："依得老太太的威风，真好比佘太君再世，也只有您才镇得住今天这个堂子。"

老太婆更得意了："你这话说得没志气！我看你镇不住，就是煞气不够！拿出我们女人的威风来嘛，这世界上的哪个男人不是女人管住的？是不是余儿？"

余儿掩住嘴，只是哧哧地笑。

走出杨府来，夏林不服气地直哼哼："什么女人管男人，分明是被我们大姐捏在手里耍弄了，还得意，这个鬼老太婆！"

我忍不住好笑："你的这个大姐，就不是女人么？"

夏林一愣，马上明白过来："是是是！我们大姐是个能干的女人。男人女人都归你管！"

第二十五章
功败垂成

老刘政委和玉璧都跟着唐俊清来了,一到就问:"叶队长呢?"我问:"哪个叶队长?不知道啊。"老刘政委有些急了,说:"上次你来长生寨,我们就打了个报告,没几天上面就派了叶队长下来了,说到你们这里来看看,都来了好几天了。"

我也急了,说:"上面来的人不见了,这还得了?!亮佐你快去查查!"

亮佐前脚一走,苏连清就被五花大绑地推了进来,后面跟着杜仁杰。老刘政委说:"把绳子给他解了,叫他说清楚。"

苏连清昂着头,说:"解了?不说清楚就解了?怕没得那么简单。"

金积成抽出把亮晃晃的刀,上去两下就把绳子割断,然后把苏连清按到板凳上坐下,说:"你莫不识抬举,大哥有话要问你,为啥把自己人绑去喂给敌人?"

苏连清说:"什么敌人?我们现在是人家招募的新兵,要服人家管。陈伯斋和钱公武招惹了人家,弄得县衙里出了公文说我们窝藏土匪,这不是坏了我们的名声吗?不绑了他,事情还要闹大,我这是顾全大局!"

老刘政委说:"照你的话看来,人家陈玉屏陈大姐还做错了,还是不顾全大局?"

苏连清看了我一眼说:"她的错,还多得很!上回刘子雄跟人家打架,也是她包庇下来,背地里还表扬说是不向军阀的兵低头,这不是怂恿我们的人出去闹事吗?依我看,她才该受处分!她这个支队长的职务,早就该撤了,人家上面有规定,女的就是不能当领导!"

老刘政委问:"女的不能当领导,这是哪个说的?"

苏连清说:"是杨云禄说的!人家从上面来,晓得这些规定。只有我们才不晓得,把我们瞒到。"

老刘政委说:"你说把她撤了,这个支队长谁来当呢?"

苏连清半天不开腔,突然一挺身站起来,说:"杨云禄说……"

话还没完,陈亮佐跨了进来,后面跟着一个陌生人,一进来就和老刘政委握手,然后坐下来,说:"这个杨云禄果然厉害,一眼认出我来,说是引我去见陈营长,就把我扣下了,就在你们的营房里关了这么几天,你们几个领导还谁都不知道!"

我一听,大惊失色,才知道这个人就是上面来的叶队长,前几天下来,刚刚走到河边上就被杨云禄扣住,软禁在苏连清的营房里。亮佐转过身去,对苏连清说:"莫把你那个杨云禄挂在嘴巴上了,他实在不够义气,把你一个人丢在这里,自己偷偷跑了。你们在一起策动干部反水,还把上面来的叶队长扣下来,这下子,你要拿话出来说了!"

苏连清听说杨云禄跑了,眼睛都直了,一屁股坐在板凳上。老刘政委脸都气红了,说:"这还了得,戳了这么多烂事,一跑就完了吗?亮佐,夏林,还有你们,马上分别去通知,开党员和干部大会!"

人都到齐了,黑压压坐了一屋,刁大哥也从城里赶回来了。老刘政委把事情的大致经过说了一遍,然后说:"当前形势很好,红军已经打到了川北,人人都身负重任。可是我们的队伍里却接二连三地出问题,刚才又报告杨云禄逃跑了。人跑了,可是事情要弄清楚。今天开这个会,就是请大家来,首先要辨明是非,都可以发言。苏连清你先说,你把你刚才说的那些话,都向大家说出来。"

苏连清听见喊他的名字,就发抖。同志们都吼了起来:"苏连清拿话来说!你要检举陈伯斋,你这不是给敌人当龟儿子?你要把我们的人往敌人那里送,你这不是出卖同志吗?你到底安的什么心?"

苏连清见大家吼凶了,忙说:"不是我,不是我!是杨云禄喊我绑的。他说借这事把人心搞乱,然后把大姐撤下来,让我去当支队长。"

范永安的哥哥范老大站出来说:"啥子杨云禄支使你,分明你们是一伙的。那天你和杨云禄来串我,说上面的规定,女的不能当领导,要想办法把大姐推翻,你当支队长;再把夏林拉下来,我来当中队长;还说老刘政委的官也当不长了,杨云禄要做政委,好多领导都要换下来。还说队伍到通南巴,有什么好,还不是跟人家当尾巴,等时机成熟了,我们就拉到邻水去,自己打天下。"

苏连清更慌了,忙说:"范老大,你不要往我身上推,诬赖好人!"

江万顺站出来,指着他说:"你是好人?这些话我也听你和杨云禄说过,你还委了我官做,说这次整军主要是撤换那些不称职的领导。我说我们的领导都是对革命巴心巴肝的,与大家同甘苦共患难，没有私心。你说，没有私心，为啥子叫陈玉屏做支队长？这不是玉璧的私心是什么？当时我就不同意，说陈大姐作战，有勇有谋，这是众所周知的。我的女人和她坐了一年的监，她吃了那么多苦都没向敌人屈服，她当领导是我们大家心服口服地推选的，也是上面委派的。他们见我不肯掺和，就想支我走，又来跟我说刁大哥当了团长，不打土豪，不革命了，也不要弟兄们了。又说队伍想到通南巴根本办不到，不如拖到邻水去，这里不自由又很苦，到了那边打游击，打土豪很痛快。这一点倒把我蒙住了。但是我不想到邻水，不想跟他们一伙，又怕介入是非，伤了两边和气，就向大姐提出要回武胜去。这是我的不对，我什么情况都晓得，就是没反映，我对不住大姐……"

先前跟着打和声的几个小队长也站起来，说："苏连清对我也是这样说的。苏连清还说不处分大姐，就要闹事。他还说不枪毙陈伯斋，就要把队伍扯出去干……"

杜仁杰对老刘政委和玉璧说："几个大哥都在这里，请处分我，怪我管教不严，他们胆子越来越大，最后居然把上面来的叶队长都关起来了。"

老刘政委说："怎么样？苏连清，你还有什么说的？"

苏连清低着头不开腔。老刘政委就叫范永安带了几个人，把苏连清押下去了。接着招呼大家静一静，现在请上面来的叶队长，把杨云禄的情况给大家说清楚。

叶队长说："杨云禄这个人，原本就是想到红军里来当官的，没想到红军部队里又苦又累，又不大受重用，就要求下地方，被派到这里协助工作。他一来，就发现这里的同志们不听他，硬是把苏同久枪毙了，于是就想把领导权夺过去。他先收集你们几位领导同志的材料，向上面打报告，说你们在三块石闹宗派，乱枪毙人。另外还附上苏连清写的一封控告信。后来组织上经过了解，觉得那次枪毙叛徒是对的，否则队伍就有瓦解的危险。杨云禄见领导权夺不过去，就到这里来伙同苏连清捣鬼，想先把水搅浑，再把队伍拉到邻水去，占山为王……"

下面哄的一声炸了堂，有人大声说："那不是要拉我们去当土匪吗？枪毙他狗日的！"

老刘政委挥挥手让大家静下来，说："这件事情，请大家放心，等抓到杨云禄，一起再做处理。只是我们大家包括我自己，都要从这件事里汲取教训……"

会又开了一阵，大家都发了言，几个领导都讲了话。最后由玉璧重申了整军的计划和纪律，将苏连清关押起来，派范永安去接管他的队伍。

又过了些天，营山传来消息，说李家钰、罗泽洲两支军阀队伍进犯仪陇、巴中，杨森耐不住了，又向红军发起进攻，在巴河的兰草渡被红军打得落花流水，一个团长一个营长当场被打死，四个混成旅官兵伤亡了一千多人。大家听到这个消息，都说这下好了，一定要调我们上前线了，我们快和红军会师了。各支队伍的领导人，成天忙于开会，发军装，准备干粮，打草鞋。各个营房都严密封锁了营门，盘查进出人员，不准走漏风声，以免节外生枝。

一天深夜，我突然被守卫在门外的李仲生叫醒，叫我赶快去团部开紧急会议。我穿上衣服赶到团部，见各路干部都神情紧张，互相打听出了什么事，是不是队伍要开拔了。过了一会儿，玉璧和老刘政委来了，玉璧往桌子旁一站，说："现在要告诉大家一个不好的消息，我们看守苏连清的卫兵也叛变了，已经在昨晚同苏连清一道投到杨汉印那里去了。刚才叶济派人来说，杨汉印已经急电杨森调兵,准备要对我们来个突然袭击,按照苏连清提供的名单,逮捕主要领导人和共产党员,然后强行改编我们的队伍,开到前线去打红军。叶济很惶恐,叫我们马上撤退,否则他也无能为力了。同志们,我们不能拖延了,大家准备赶快行动吧!"

大家都愣了,你看我,我看你,半天开不了腔。一个人说:"未必我们就这样撤退了?不跟红军会师了?"

马上就有人说:"就是嘛,现在广安城内外都是我们的人,连城内治安都是我们在管,杨汉印那点人,怕他个毬!"

又有人大声说:"现在就敢冲进他的公馆,把印瞎子一窝窝端了,然后押着他作人质,开动我们的全部人马,去和红军会师!这里到营山,才多少点路!"

大家闹麻了。老刘政委生气了,说:"你们咋个像细娃样,想得这么简单。大家睁开眼睛好生看看,这是在哪里?在广安,在杨森的军部,在敌人的心窝子里!现在,杨森的队伍在渠县,刘湘的队伍在长寿,王陵基的队伍在邻水、大竹、开江、万县,都在我们周围,我们即使把广安占了,能守得住吗?我们要突破敌人这么强大的后方部队,容易吗?当然,也不全怪同志们,有些情况没给大家传达。前不久,徐向前徐总指挥开会决定,红军将很快集中主力,先突破下川东万县一带,封锁长江咽喉,这边的防地要退缩。我们即使杀出血路,赶到通南巴,也赶不上红军了。那时候,我们又怎么办?"

有人站出来,说:"红军就这样把我们甩了?不要我们了?哪有这样不讲义气的老大哥?"

玉璧往桌上一拍巴掌:"不准乱说!今天传达的这个精神,我们做指挥员的首先要理解。红军打这么大一场战争,当然要有大的谋划，图的还不是解放全四川，解放全中国？！又不是打败仗。会师嘛，总会有机会的，红军还在四川嘛，再说总不能把所有的军事秘密都透给大家。现在情况这么紧急，大家要赶快回去动员部队做准备，刚才那种牢骚，绝不能带下去传播。"说完，就布置了撤退方案。

天已经亮了，我回到团部，忙着派人上街清查，办理对老百姓的赊欠和未了手续，自己抽空到徐家豆腐房去拿洗好的衣服。徐老头徐大娘听说队伍要走，泪眼婆娑地只是摇头叹气："妹子，你们这一走，我们就成了养不得鸡，养不得鸭，养不得好女娃的人了。"徐大妹拉着我，非要跟我走。我找出一对红色的枕套送给她，说："夏林一时还不会走，你们的亲事快点了结，结了亲才好在一起，免得别人有话说，我们很快就会见面的。"

大妹一直送我回团部。团部门前围着许多老百姓，一些小伙子跟着就进了队伍，不回去了；老头子、老婆婆提着鸡蛋挂面来送行，还往战士们身上搭红绫。我怕把敌人惊动了，劝了大家好半天，不要放鞭炮，可是队伍一出场口，后面的鞭炮就噼噼啪啪地放了起来，一直跟了两里多路才停。

队伍按着事先的计划分散了，夏林、唐俊清、陈伯斋带了一部分人扎在广安代市场一带，刁大哥的人依然扯回武胜，我带了一部分人回长生寨。眼看就要成功的这么大一件事情，却因为内部的几个败类而功亏一篑，大家心里都憋气得很。玉璧成天阴着脸忙这忙那的，连梦里也在叹气。我心里明白，眼下不但借路去和红军会合不可能，要等红军的主力队伍再从万县杀回川北也不现实。最危险的是红军这一走，军阀很可能抽出手来，把我们十年来苦心经营起来的这支队伍反手围住，那我们就成瓮中之鳖了。唉，以前队伍的人数虽然不多，却都是些有根有底的人，经过自己一手培养，品性都不错。现在规模大了，鱼龙混杂，什么人都有，要吃要穿不说，还要防止出事情，不容易啊。原以为带到红军那边就会轻松一些，现在不行了，眼下的局势严峻得很呢，也不知道上面有什么安排没有。

这天吃过晚饭，玉璧破例没有出去，闷坐在床边，不说话。

我说："你今天怎么了？有什么事吗？"

玉璧点点头，说："这次撤退后，要和红军会师就不容易了，要为今后做长期打算。组织上做了研究，决定派你到重庆去建立军需物资的供应站。这些年，我们一直都在为队伍的军需给养发愁，有时候真是吃了上顿没下顿，光是靠着打土豪也不是办法，再说好多人都帮过我们，总不能还没过河就拆桥吧。但愿你能够把这个问题解决了，也让我和老刘政委松口气。"

"这么大一件事情，就我一个人？"

"咳，重庆有雷忠厚和李荣义，他们与刘湘、范绍增的关系都不错。徐清浦也长住在重庆，和你共同负责。还有一个很重要的任务，就是利用雷青成的关系，掌握刘湘的情况。刘湘要是和蒋介石勾结起来，我们的处境就更难了。"

我想了一下，说："你呢？"

玉璧笑笑，看了我一眼说："怎么？还想把我也带上啊？"

他笑的时候很吃力，一脸憔悴的样子，真叫人心疼，我叹了口气，说："我又不是小媳妇，怎么会处处都想跟着你。只是我在你身边你都累成这样，我要走了，谁来管你啊？"

玉璧伸出手来，为我拂去脸上的一缕头发，看着我说："我又不是纸糊的，男人家嘛，再说也比你们女人家经得累。我倒是不放心你。你看你，当初嫁给我的时候如花似玉的，现在又是失眠又是胃疼，什么病都有了，还要担心两个孩子。这次去重庆，好好养病，找个教书的事隐蔽下来再说，啊？"

我一听，嘟着嘴说："搞了半天，你是叫我去重庆享福啊？我不去。"

玉璧做出一副大惊小怪的样子："享福？怎么会是享福？为这么大的一支队伍建军需站，还要搞情报，我还担心你拿不下来呢。再说，你以为我就舍得你走？不说别的，就时常听听人家夸夸我的夫人，心里也舒服嘛。"

这个人，别看在人前怪老实的，一句话没出口就脸红，一关上门这张嘴就没个正经的。我气也不是笑也不是，扬起巴掌就给了他一下。玉璧把我揽进怀里，此时此刻，我才真的觉得自己好累，只想清清静静地靠一会儿。

砰的一声，门被撞开了，八儿一头冲了进来，后面跟着没有拉住他的老刘政委。八儿一把抱住我："妈妈，陈仁勇叔叔说，你要到重庆去呀？我要去我要去！爸爸说的，让我和弟弟一起去读书，还说以后长大了，要送我到苏联去哩。"

这孩子正是读书的年龄，我倒有心带他到重庆，玉璧却说："这次不忙，你先把那边的工作安排好再说。"老刘政委也说："'望远镜'走不得，现在还有用处呢。"

八儿瞪着眼望望这个，看看那个，知道是没希望了，一赌气跑走了。

陈亮佐和金积成也进来了，陈亮佐拿出一张布告稿子交给老刘政委，说："老刘政委，你看看，我们这次走了，就不知道什么时候再回来。这布告要写得像个样子，才好让这里的人民永远记得我们。"

老刘政委笑着还给他说："怎么我一个人看啊？念出来，大家讨论讨论。"

陈亮佐把稿子念了一遍，大家讨论修改了几处，陈亮佐刻钢板，油印传单，派人连夜分头送出去，用鸡蛋清贴好。第二天李仲生来说，广安四城门、过街要道和新街上，一堆一堆的人围着看这张布告：

华蓥农民自卫军布告

诏得岳池广安，人民勤劳勇敢。终年勤耙苦做，难得饭吃衣穿。
可恨军阀杨森，广岳被他霸占。刮尽民脂民膏，惨杀同胞无算。
地主租重押重，又逢年年干旱。天灾人祸齐来，人民苦不堪言。
吃尽草根树皮，逼得妻离子散。我军为民起义，抗粮抗税抗捐。
首在除暴安民，人民秋毫无犯。转战川北十年，敌人闻风胆寒。
消灭杨森匪徒，我军责任攸关。为了人民安全，暂时撤出广安。
凡我广岳同胞，不要误信谣言。我军越战越强，杨森日落西山。
大家同心协力，配合我军作战。不与杨森合作，不受杨森欺骗。
不当壮丁差役，不缴田粮捐款。活捉杨森前来，奖赏大洋一万。
砍掉夏炯狗头，定赏大洋五千。杨森部下官兵，赶快回头是岸。
不要作敌帮凶，立即起义哗变。若再执迷不悟，人民决不姑宽。
我军说到做到，从不纸上空谈。特此布告通知，尚希广为宣传。

　　　　　　　　　　　　　　　　司令员：廖玉璧
　　　　　　　　　　　　　　　　　政委：刘元贞

第二十六章
噩耗传来

重庆，还是那样乌烟瘴气。城墙边上，大街小巷里，到处都是流浪儿和乞丐，街上又添了许多穿着制服的警察。

回到李子坝，曾三姐拉着我的手只是埋怨："岳池那鬼地方还没把你害苦么，咋个现在才下来！看你关了一年大牢，人都瘦成了这个样子，你的两个娃儿硬是把你想死了。"正说着，彬娃跳着回来了。孩子七八岁了，一进屋就跑过来抱着我的膝头，嘟着嘴说："妈妈，韩嫂好歪啊，她打我们！"宁儿从学校回来也紧紧跟着，怕妈妈又走了，好几天不去上学。李大哥、雷忠厚和一些熟人听说我到了重庆，都来看望，这个接风那个洗尘，好一阵热闹。

三姐的五妹杨敏言也来了。我出狱之后，敏言履行诺言，和雷青成结了婚，一直盼着我来重庆，见了就拉着手说："你再不来青成就要见外了，明天到我家里吃饭，我们给你压压惊。"

第二天，我和曾三姐备了礼，到雷青成家道谢。他和敏言住在黄家垭口一个幽静的小院子里，院里养了些花草，三间屋也收拾得干干净净。一开席，雷青成站起来祝酒，我答谢说："我是才从大牢里出来的人，承蒙诸位如此不弃，实在是感谢得很。"

雷青成立即说:"屏姐,你不能这样说话,我也是坐过军阀大牢的人。现在年轻人但凡有些头脑,想要往前走的,这种事情总是难免的,这对我们算不得什么耻辱,反而觉得是一种激励。"

接着坐下来吃饭。谈起我从岳池监狱出来的前前后后,雷青成很不以为然,说:"刘湘毕竟还是四川的'剿匪'总司令吧,上次杨森在他的军师刘神仙脚下还叩了头,未必就一点面子都不给吗?我找刘湘给杨森打了五次电话,东推西推的还是关了一年,末了总算放了出来,还这样搞明放暗吊线!"

杨敏言忙说:"莫说那些了,出来了就好。屏姐你这次到重庆,多住些时候,我三姐那里乱糟糟的,你就到我这里来住,清静得很,好养病。"

正说到这里,曾三姐来上菜了,在一旁说:"玉屏啊,这次回来了,莫说走不走的话,在敏言这里养好病,再让青成找个轻巧的事情做,好好照看你的两个娃娃,当妈的就要有当妈的样子,那些男人家的事情再莫去掺和,等他们自己去捣弄。"

大家一阵喧笑,都说曾三姐话丑理端,说得在理。

我当真在雷青成家住了两个月。他家里平时没有来客,只有敏言在家,没事就请隔壁王太太过来,搓几圈麻将。有时候,徐清浦和他的侄儿徐明生也过来搓麻将,明生是刘湘手下的参谋,是雷青成的同学,又是自己人,见面说话都很随便。听他们在牌桌上的谈话,现在蒋介石派人来游说刘湘,说中央红军和红四方面军在川南川北两面夹击,光靠川军可能抵挡不住,最好让中央军进川来。可是刘湘还是不想让蒋介石插足,只想把红军逼出四川,自己好继续一统天下,做他的"四川王"。不过看现在红军这个阵势,恐怕刘湘是抵不住的。

直到这个时候,我还不知道雷青成在国民党里是干什么的,只知道他从前跟着共产党走过一程,后来在万县被军阀抓去坐了大牢,出来之后不知怎么就进了国民党,好像做了个挺管用的什么官儿。后来国民党进川了,他在大特务康泽的别动队里当了主任,再后又到泸州做专员,反正官儿越做越大。但他也一直履行着自己的许诺,救过不少共产党员。

在雷青成家住了两个月,吃了不少的中药,我的身体基本复原了,就改用了很早以前用过的名字——陈联诗,由青成介绍到西南美专去教书,教古典文学。

这段时间,重庆的报纸上热闹得很。红军在万源城口打了大胜仗,又回过头来在通南巴地区痛击了杨森和罗泽洲的部队,据说让敌军伤亡两三千人。至此,由四川军阀组织的大围剿,已被红军全线粉碎。刘湘的日子不好过喽,蒋介石来电斥责,各路军阀趁机发难,成都的地方头面人物聚会,要求刘湘的"神仙军师"自裁,以谢川人。刘湘被迫于一九三四年八月二十三日通电下野,辞去四川"剿匪"总司令和川军军长的职务,由成都回到重庆。在内江椰木镇过渡船时,想到自己苦心经营了二十年的霸主大业就这样毁了,刘湘气得几乎去跳沱江。消息传来,一时间人心大乱。成都、重庆的官绅大户纷纷收缩资金,将大笔大笔的款项汇往上海,炒得申汇暴涨,在重庆寄出二百元,上海只能收到一百元。雷青成干脆连班也不去上了,天天在家里看武侠小说。

快到中秋了。学校的老师都忙着买月饼,备礼过节,我也得去给曾三姐买点礼品,还要为两个孩子添置换季的衣服。刚走出教室,传达室的老张就来了,说外面有人找。我出大门一看,是玉璧指定的联络人谭老五,脸色很不好,见了我怔怔的,半天说不出话来。我心头一紧:"忙问怎么了?"他哽咽着说:"夏林遭了。"

真是平地一声雷，震得我半天说不出话来，好一阵才问："怎么遭的？"

谭老五叹了口气，说："回李子坝再说吧，陈伯斋有信，缝在我衣领里。"

谭老五穿一身破烂衣衫，不方便和我在一起，我便让他先走一步，然后自己叫了一辆黄包车，手往前面一指："快点，出城。"

车子飞一样往前跑，我心里堆满了石头。夏林跟着我和玉璧都十年了，一向机敏，不晓得打过好多仗，连脚拇指都没破过皮，怎么会遭了呢？还有徐大妹，他们结婚了吗？夏林不在了，他手下还有那么多人，散了，变了，还是在我们手里？我越想越多，冷不防车夫停下来，大声问："你到底要到啥地方，都拉到化龙桥了。"

"我到李子坝，怎么拉到化龙桥来了？"车夫听了很不高兴，转身又拉起往回走，嘟哝着："你又不早说，冤枉多跑了三四里路。"

到了家，谭老五已在门口等着。曾三姐一看我的脸色，就问出了什么事情。我摇摇手，进屋关上门，用剪刀把谭老五的衣领剪开，取出一张二指宽的白连纸，上面密密地写着两行字：

老夏不幸于八月十日病故，一切后事由我二人负责，请放心。余无他事，详情由谭老五面告。

陈唐
八月十三日

我跌坐在那里，说不出话来。

大队伍撤离之后,夏林带着人仍然驻在离新街不远的代市场一带,唐俊清调去协助他的工作,陈伯斋也带着队伍驻在附近。这时营山前线正吃紧,敌人死守广安,根本抽不出人手来对付我们,何况我们和老百姓关系好,消息灵通,在代市场和新街一带很活跃。前一阵夏林和陈伯斋他们还带着人在新街帮助农民打谷子,连河对面广安城里的守兵,都看得清清楚楚。

离新街不过十一二里,有个夏家院子,立着夏家的祠堂,说起来也算是夏林家的老屋。夏林十多岁的时候因为生活无着,在这里帮他的寡妇婶娘夏周氏跑腿,夏周氏没有儿子,见夏林精灵,想收他来继承家业。可是夏家的族长夏三公一心想霸占夏周氏的财产,几次想谋害夏林,时值王尧又威逼夏林的二姐做小,夏林只得离开婶娘家,把二姐送到合川,自己到重庆下苦力。队伍驻在新街之后,夏三公心里害怕,几次来请夏林吃饭,夏林都不理他。这次听说夏林订了婚,他三公又找来,说你成年在外面漂泊,结了亲总要有个落脚处嘛,我给你把房子都收拾了,你带着大妹过来住。夏林还是不理他。夏三公就去找徐家两老,又找来夏林的姐姐,都去劝夏林,一些同志也觉得现在时局不安定,不晓得什么时候大部队都要撤,不结婚徐大妹怎么好跟他一起走。特别是夏林手下一个叫李仲凯的小队长,跑上跑下地热心得不得了,说是新房收拾好了,席桌也订好了,就只等花轿抬人。

夏林想想大家的话,觉得也有道理,勉强同意了,只是提出不准声张,一切从简,免得出意外。当天,陈伯斋和唐俊清都有事不能去,就叫夏林多带点人去,夏林大咧咧地说没事,都是自家的亲戚,最多明天就回来。可是谭老五不放心,还是带着人跟着去了。

下午,夏家用一乘小轿,把徐大妹抬到夏家院子,只办了五六桌，许多人谭老五都不认识，问李仲凯，说是夏徐两家的亲戚。拜了堂，又入洞房，就有许多人往屋里挤，先还以为是闹洞房的，可再一看怎么都是眼生的壮汉，谭老五几个人就急了，又挤不进去。就在这时候外面"啪啪啪"响了三枪，埋伏在四面的敌人一听枪声，全都扑进来，把夏林的房子包围起来。谭老五这才看清楚，夏林的洞房原来是个口袋屋，没退路的，这才知道上了夏三公和李仲凯这个叛徒的当。

"敌人的枪声很密，我们几个人根本没办法，子弹也没带够，三下两下就打完了，哪想到会出事！就赶快叫两个人回去给唐俊清报信，我在那里守着。这时候，夏林房间的墙上到处都是子弹孔，敌人使劲在喊捉活的捉活的，夏林偶尔打出几枪，一定就有人挨枪，他的枪法大姐你是知道的。可是我晓得，他身上毕竟只有两夹子弹，而敌人却有这么多，二三十个！突然听见轰的一声，后面的一堵墙垮了，我看见夏林拖着大妹就要跳出去，可是哪里晓得外面也有人。他一点枪，子弹没有了，就被敌人捉住了。

"满院子吃喜酒的人都跑光了，只剩下堂屋里那对大红蜡烛还烧着。夏林和徐大妹被敌人推推搡搡地往外走，突然听到一个孩子的哭喊声。原来是八儿，八儿哭着喊着，不知道从什么地方跑出来，抱着夏林的腿不放。一个家伙上去，扒开他的手，一脚把他踢了丈多远；八儿飞快地爬起来，喊着夏叔叔，又扑上去。夏林双手被扭着，看着八儿，不知道说什么才好，我看见他突然碰了大妹一下，大声说：'八儿你还不回去！'大妹一听，趁着混乱，随手解下身上的红绫丢给八儿，八儿突然不哭了，站起来，抓起红绫转身跑了。"

谭老五说到这里，停住了。

"后来呢？"

"后来，敌人赶快把大妹和夏林押走了，等唐俊清带人追来，人都已经押过了河，听说当天晚上就审，要夏林把队伍带过来投降。夏林一阵乱骂，当时就被推出去打了。那夏三公又带着人来，说大妹都是夏家屋里的人了，要把她接回去，重新嫁人。大妹哭了一天一夜，等夏三公带着人贩子来抬人，才发现她已经吊死在梁上。"

两个人哑坐在屋里，直到曾三姐来喊吃饭，才发现天都快黑了。我没去开门，又问："八儿呢，八儿找到没有？"

谭老五摇摇头，说："没有。只是第二天在河边碰见个老头，说昨晚黑有个几岁的娃娃，沿着河边哭喊，要哪个送他过河，说要去喊人来救他叔叔。老头说这么晚了，哪里还有船，那娃娃哭喊着又跑了。第二天，唐俊清带着人，沿着河打捞，也没捞到八儿。这娃儿历来有心计，恐怕是跑到南部那边，找红军去了。"

我没说什么，什么也不想说，只想起从监里回到山上，八儿抱着我喊妈妈的样子。他的那双清亮的眼睛，那冻得红扑扑的圆脸儿，还有那双长满了冻疮的手……

第二天，我头痛得厉害，请曾三姐到学校去帮着请假。三姐坐在床边，问是不是玉璧出了什么事？我摇摇头，说是我的一个亲兄弟死了，和兄弟媳妇一起，死在新婚之夜。

夏林呀夏林，你太大意了！

十月初的一天，我给学生上完课，一出学校大门就有个又黑又瘦的人朝我直笑，一看是金积成。他嘿嘿地说大姐，你真是做一行是一行，这里的人，都说你教书教得好呢。

金积成几个人和玉璧一起，五月份就到南部去开会，完了又到城口万源去转了一大圈，今天才回重庆。我问开什么会，他神秘地说："这次的会，重要得很，只有七十二个人参加。现在我们的队伍，要成正式红军了，大哥任了总指挥。"

我一听，连忙喊了两部黄包车，和金积成赶回李子坝，玉璧坐在桌边，正和曾三姐说话。几个月不见，他更见黑瘦，见了我只是憨憨地笑。我叹了口气，说："你们这次来，该要多住几天吧？"

他不笑了，摇摇头，说："明天就走。"

我不大高兴，可是话到嘴边又咽回去了。我知道现在不比从前，他担负了这么重要的担子，许多事情都顾不得了。可是又想，要是真的不顾了，他还专门到重庆来吗？正想着，玉璧转过头来，问："你这边的情况怎么样了？"

我把打听来的情况告诉他，说蒋介石的势力要伸入四川，刘湘恐怕还是心有余悸，只是现在很为难。红四方面军打得这么厉害，军阀内部又钩心斗角，尤其是杨森，听说在前线每次打败了，都要和红军签订互不侵犯的秘密条约，还送医送药送军需，让红军腾开手去打刘湘的嫡系。刘湘为此气得不得了，已经下了密令，要邓锡侯以"私通红军"的罪名，解决杨森的廿军。时局这么紧张，看来刘湘投靠蒋介石，最终只是个时间问题，听说刘湘最近要去南京。

玉璧用手轻轻地敲着桌子，不说话。这些年，他的话越来越少，老是爱皱眉头，不过三十一二的人，额头上就起了密密的皱纹，和当初在南京的时候简直是两个人。

"你呢，这次去南部，收获很大吧？"

"当然很大，川北十几个县都归拢来了，我们要把红军的招牌，正式扯出来呢。"

"听说你当司令了？"

"又是金积成说的？嘴巴长。"

"他说的又怎么样，我又不是外人。谈谈吧，开会，都说了些什么？"

他不回答，喊声："积成，你把那两个盒子拿来，让你大姐放好。"

金积成答应着，拿出两个盒子来。盒面镶着玻璃，里面装着糖果。我说糖果嘛，放着干什么？倒出来大家吃。说着就去解麻绳子。玉璧挡住，说："莫忙莫忙，里面有东西。"说着自己动手解开，把糖倒出来，从底下拿出一叠巴掌大的纸，轻轻地摊开来，是一张地图。他指着地图对我说："你看，这是我们会上制定的战略。这里是下川东，这里是川北。伸出的两个箭头这样一包抄，就围住了重庆。这边呢，是川西，再和川北的这一块一联合，就包住了成都。我们要稳住这三个据点，把道路打通，等到时机一成熟，就把这两个城市拿下来，整个四川的问题，就好办了。"

我听了很高兴，说："怪不得你们跑了这几个月，怎么样，要动手了吧？要不要我回去？"

他摇摇头，重新坐下来，说："事情哪有这么简单？最近江西那边的仗打得不好，中央红军已经撤出来了，可能要来四川。可是如果像你刚才说的，刘湘真的和蒋介石勾结起来，事情就很麻烦。四川军阀的力量太大了，我们搞了将近十年，虽然有了很多群众，可是并不稳当，许多人是动摇的。我们现在要紧缩队伍，选出那些坚定的骨干。打胜了，就继续干下去；如果打得不好，就可能和红军一起出川，甚至可能到大西北，到新疆去。你要做好思想准备。"

我只是笑了笑，说："这有什么准备的，走就走吧，跟党中央一起，早就巴望了，再苦也不过像在华蓥山上，怕什么。"

玉璧说："别想得那么严重。再告诉你一个好消息。"玉璧凑近我，轻声说，"组织上已经决定，派你到苏联去学习，学军事，时间也不长，一年半载就回来。"

"真的呀！那你呢？你去不去？"

他瞪着眼说："怎么？又想把我带上啊？我当然想去，可是运气不如你，怎么走得了？已经说好了，等你回来我再去，我们轮流去。你先别声张，等组织上的通知。"

吃饭了，曾三姐摆好桌子，宁儿和亚彬也都回来了，见了玉璧喊了声爸爸，就上桌子抢汤里的粉条肉丸子吃。玉璧干脆放下筷子，不转眼地看着他们，弄得曾三姐直说："你们这两个孩子，怎么一点规矩也没有？"

金积成喝了几口酒，话多得很："大姐，你猜我们跟着大哥，一天走多少路？"

"多少？"

他伸出两根指头："两百多里！我的天，他真不愧是飞毛腿，把我们拖惨了。路不好走，尽是山，城口那边的天气又糟得很，好好的，吼两声，就下雪弹子，这么大一个个的，打得我们顶着石板走路。没有吃的，就摘路边野果子吃，红的黄的都摘，管它有毒没毒。难怪那回夏林从城口回来喊恼火。"

我一听说夏林，手下一抖，把一瓢汤泼在桌子上。玉璧连忙捡起汤瓢，说："这汤，不烫嘛。"

我忙说："是不烫了。韩嫂，快去锅里舀点热的来。"

金积成夹起一大块回锅肉，放进嘴里。我问："老刘政委呢，咋没跟你们一起回来？"

玉璧说:"他留在那边,也许不回来了,组织上派了唐庆余来替代他。我不在,老唐和刁大哥就负责队伍上的事。"

金积成说:"老唐这人,干劲大得很,就是走不得路,有一回我和夏林还抬了他一截。"

又是夏林。我心里一阵难过,放下筷子不吃了。

晚上,叫老金早点睡了,又把两个孩子安排好,夫妻俩关了灯在床上坐着。玉璧突然问道:"怎么刚才说到夏林你就……是不是出了什么事?"

我点点头,把夏林、徐大妹、八儿的事全都说了:"夏林牺牲之后,我们还牺牲了十三个同志,其中有八个党员,五个骨干,杜仁杰、朱老幺都牺牲了。听说杀夏林,也是夏三公勾结夏炯的人干的。"

玉璧沉默着,突然一转身,摸出了枪,哗地上了红槽。我连忙按住他,说:"玉璧,你要冷静,要冷静啊!"

玉璧松开了手里的枪,一拳头砸在自己的腿上,仰天长叹,半天才说:"夏林他跟我,整整十年了啊!"

月光从窗口流进来,照得满屋霜雪。玉璧俯下身来,给两个孩子掖好被子,长叹了口气说:"当初我不该挡着你,要不然八儿今天就睡在这里了。"

"还有徐大妹。我原来说好要带她在身边的。"

玉璧说:"没办法,革命就是这样,形势好的时候,什么人都要来;一有变化,就动摇,就叛变出卖我们。我们都是提着脑袋在干啊,说不定什么时候……"

我连忙捂住他的嘴。他把我的手拿下来,握着说:"怕什么,这话我十年前就跟你说过。记得不,那张照片?那是我在顺庆转组织关系时照的。"

我点点头,说:"那时候我还不懂,现在亲眼看见这么多同志牺牲,你就别说这些不吉利的话了。"

玉璧轻轻地拍着我说:"好吧,说点别的。明天我要赶回华蓥,先安排一下,然后经大竹、邻水、渠县到武胜、顺庆,一路清点队伍。组织上给了我三个月,时间太紧了。要不然,我真想在这里多住几天。"

我看了他一眼:"算了吧,有你的这句话就行了,我不拖你的后腿,你现在是大人物呢。"

第二天,吃了早饭,我送玉璧上路。已经是初冬了,一出门,就是大雾,我们沿着江边慢慢地走,白茫茫的浓雾中,隐隐传来船工的号子声。我说:"重庆就是这雾太讨厌,一到冬天,叫人透不过气来。"

玉璧却说:"雾好呢,我们的好多仗,都是在雾里打的。"

我斜了他一眼:"也不知道苏联有没有这样大的雾?如果没有,那我学回来的本领不是就用不上了吗?"

玉璧听了先是一愣神,接着醒悟过来,笑了笑,用手悄悄点着我的鼻子说:"你呀,就晓得拿我的过错,调皮捣蛋的!"

我叹了一口气:"去苏联以前,我们还要见一面吧?"

"当然,不论是你回华蓥,还是我下来,要到时候再说。如果实在不行,也没关系,组织上会替你安排好,时间也不长,一年半载。"

"那两个孩子呢?是送回去还是留在重庆?"

他想了想说:"算了吧,这么多年来,敌人都闹着要斩草除根,躲都躲不了,还往虎口里送什么,就放在这里,请曾三姐代管吧。只是我没法来照看他们,现在孩子们看见我都不亲热,二天恐怕认不得我这个当爹的了。"

我没说什么,心里只是想:出门由路,如果我也一年半载地回不来,孩子们也会不跟我亲的。

　　太阳出来了,浓雾慢慢散开,我才发现已经到了化龙桥。时间不早,不能再远送了,我喊了两部黄包车,叫金积成和玉璧坐上。车都走了好远了,玉璧突然想起什么,跳下车急急地跑回来,对我说:"记住:在学校不要搞得太红了,随时等候组织上的通知。"

　　我点了点头,看着他跳上黄包车,和金积成一起走了。

第二十七章
纵横商界

冬月间,玉璧还没回来,大队伍又调回山上等着。敌人没有兵来清剿,就派了些便衣特务在乡里活动,路上的卡子也查得紧了,如果要行动,就得变装,穿敌人的军服。谭老五从山上下来,要我想办法打两百套军服出来;还说现在队伍上很困难,上面开会决定我在重庆想办法从商,为队伍筹办军需。

晚上,我翻来覆去地睡不着,看样子苏联暂时去不了了,该不会是场梦吧?无凭无据地去打成百套军服,别人不怀疑吗?再说手边存着的薪水,一共不到两百元,自己要用一点,剩下的最多只能打几十套……我昏昏沉沉地想了一夜,也没想出个十全之计来。

第二天,我一大早就去找徐清浦,把山上要军服的事情说了,希望他能出些主意。清浦满不在乎地说:"这有啥问题,开个服装铺自己做。"

"哪来这么多的本钱啊!"

"要不了好多本钱,佃个铺子就行了。"

两个人就认真地商量起来。徐清浦是个细心人,一个上午下来,连那些细节都设计得周周全全的,然后抱歉地说他要去合川一趟，事情由我先忙着，他回来再帮忙。我说有这些主意，我就开窍了，怪不得人家喊你叫智多星呢。说完兴冲冲地走了。

走到七星岗，就看见一个服装铺里坐了个女工，正在缝纫机上打衣服。我借故与那女工搭上话，没说上几句，就知道了这家铺子的老板姓黄，是女工的哥哥，要去川西那边的眉山县做事，这铺子正想顶出去。我一听，连忙进去找到了黄老板，问他打算要多少钱？黄老板说连租金、押金、机器在内，只要千多块钱。我看铺子上摆着六部机器，铺面两丈多宽，三个套间，两楼一底，地方也还适中，就说："我给你找一个人来顶吧。"接着把自己的地址告诉了他。我急急地告辞出来，走了几步又站住了，在隔壁布店里扯来七尺阴丹蓝布，找黄老板做一件旗袍，给了一块银元的定钱，约定后天来取。

我回来就对谭老五说："你回去告诉你大哥，说的事一定照办，先打上几十套军服没有问题，要是有款子带点下来。"

谭老五说："现在队伍扯得那么宽，到处都要钱，要款子有困难，恐怕要你自己想办法。"

那就自己想办法吧。

离寒假还有十多天，我提前结课考试，领了五十元薪水，一个子儿也不敢花，揣上就往七星岗跑，直到把钱拍在黄老板的柜台上，才松了口气。腊月间，黄老板的账主很多，又要忙过年，这五十块钱虽然为数不大，却是雪中送炭，他点着头说："这铺子一定顶给你，其他的款子好商量，分期付就行。"

铺子有了眉目，还要去讨些见识。趁着学校放假，我就退了聘，天天在城里遍街跑。一天到专门卖缝纫机的机房街盛家公司去，看着满屋子的缝纫机正盘算，公司里的一群女学工下班出来，一个叫徐志群的女孩招呼说："陈老师，你买机器啊？"

我随意回了一句:"是啊,买机器,开个铺子。"

听说要开铺子,女学工们都围拢来,七嘴八舌地打听。我有些意外:"怎么?你们学出来,还要自己找铺子?"

徐志群说:"是呀,不自己找,到哪里去做工?"

"我们快要出师了,就在愁没有地方去呀。"

我一拍巴掌:"愁啥?我们自己开个女子服装店,欢迎你们都来参加。"

我是个急性子,没想到女孩们比我还要急,当下就都不回家了,围在机器边你一言我一语地商量起来。最后决定由我负责找房子,其他的有钱的出钱,有机器的出机器,一百元一股,当时就凑了五六部机器和三四百元钱,完了我招待大家去吃小面。

真是意想不到的收获啊。我一边往回走,一边埋着头打算:这么宽的铺面,又有这么多热情单纯的女孩,除了服装店,还可以组织刺绣、织袜、染色,制化妆用品……这样可以团结许多人,更可以多赚些钱,解决山上的困难。正想得天花乱坠的,听见背后有人喊,我一看正好,是雷忠厚,上去就和他谈起开服装店的事。雷忠厚说:"好事情嘛,我家里还有一部机器空起的,你拿去用就是。"

这样一传十十传百,铺子还没开,要求参加的人就不少了。我到外面商店里找来一些简章作参考,自己拟了一个简章,然后去找一家公司的经理请教。那经理看了说:"后面还要举出社长、经理、出纳、会计、总务、保管等人的名字。"

"要这么多人?"

他笑了笑说:"有这么多事啊,这些人还要领薪水哩。"

我吃了一惊:"才搞起来,哪来这么多钱给薪水?"

"薪水算什么,还有耗损费、水电费、营业税、印花税、所得税、保甲费……一个月要几百块。"

我犹豫了，可女工们不犹豫，说："陈老师，我们开始不要津贴，机器分红的利息低一点，只要够吃饭就行了。"我说那好吧，我们就取个"先声女子实业社"的名字，妇女独立，我们要先行嘛。

我也不在李子坝住了，搬到了七星岗附近太白楼徐志群的家里。大家都出去找活路，探听到川东师范要打一批法兰绒的校服，其他铺子要两块钱一套的工钱，要是把工钱压一点就可以接过来。我一口气跑到七星岗，找黄老板讨教，黄老板算了一下说："这笔货接得，自己买布料套起裁，可以节省很多料子，搞得好，大约要赚七八百元。"

我心里还是没底："一天一部机器能打多少？"

"这是门市货，要做过细点，打得快的一天打五六套，慢的最少要打两三套。"

我算了一下：现在有五部现成机器，一天一部平均打四套，如果加一班，人停机器不停，一天就可以打四十套，十天就是四百套，赚上七八百元，就可以做基金了。看来这生意确实做得。

于是又一趟跑到川东师范，找到总务部路主任，一见了面就说："你们的货给我打吧。"

路主任莫名其妙："陈老师，打什么呀？"

"你们学校不是要打一批法兰绒的衣服吗？"

他盯着我看了半天，摇头摆手地说："开啥玩笑啊？陈老师教书教得那么好，来当裁缝老板？"

"咳，裁缝老板不是人当的呀？"

讨价还价的结果，决定先打四百套，每套工钱比外面少两角钱，另外提五分钱作他的回扣，十天交货。路主任说："陈老师，我先信你这一回，做好了以后还有交道。"说着先给了我五百块定金。

看着哗哗的五百块钱，大家又惊又喜，可是现在连铺子都没正式顶下来，接了定钱怎么办？咳，事在人为嘛，钱都有了，还怕什么？我一口气又跑到七星岗，本想再和黄老板商量，一眼看见他的铺子对面，一个很宽敞的铺面正在装修。我把手里的钱抽出五十块，过去对那老板说，你的房子我要了。

这老板没打算出租房子，说我这房子还没有装好，连壁头都没有糊呢。

我说没有关系，这些你都别管了。说着又把定钱加了十块。当时重庆商业不景气，佃铺子还不困难，那老板也是在年关期间差钱用，看我这么爽快，连忙叫人把屋里的家什收拾收拾，答应了。

房子有了，机器有了，工人也有了，可是头一次做这么大的面子活路，没有一个过硬的裁缝怎么行？还得找个技师。我和徐志群一道，一起去找她的师傅陈树安。

陈树安是在上海学的手艺，技术好，脾气却有点古怪，和好几个老板合不来，正在家里闲着，听说这事一拍胸脯："陈老板你慌什么，要多少工人我都帮你找，机器也不是问题。现在的失业工人多的是，就是怕没有事做。"

我看他很直爽，就问要多少工资。陈树安一摆手："咱们一笔难写两个陈字，我信得过你，先干起来，打了一批货再说。"

说干就干，几个人一起到都邮街华康公司去订了面料，当天下午就到川东师范去量了几十个人的尺寸。第二天，徐志群带来一些盛家公司的女学工，陈树安又找来几个男技工，搬来十五六部机器,安在两间房子里。没有裁剪的案板,就把门板卸下来,女工们还回家去把被单拿来作垫子。陈树安又是比又是裁,一个人忙不过来,就在打工的里边找两个出来帮忙。晚上我租了一盏大煤气灯来,照得屋子里蛮堂亮,大家歇人不歇车,只听见"唰唰唰"的裁剪声和"啪啪啪"的缝纫机声。打到半夜,我叫了几个卖担担面和醪糟开水的,对工人们说:"你们吃多少算多少,我给钱,不扣你们的工资。"

陈树安端起碗,挥着筷子大声说:"我们大家得努把力,才对得起人家陈老板啊。这法兰绒衣服,别处都只给两角钱一套的工钱,这里是三角钱一套还包夜宵,这样的仁义老板哪里去找?"

工人们白日黑夜地做工,我也白日黑夜地陪着。不过四天的工夫,四百套衣服就做完了,用黄包车拉着给川东师范送去,一长串车子停在学校总务室门口。路主任叫人清点了数目,如数开了张支票,临走时说:"陈老师,你做事这样干净利落,又守信用提前交货,以后我们有了什么货,就找你们了,其他学校的活路,也可以帮你介绍。"

我长长地松了一口气,这第一关总算过了,又赶紧去抱了四匹布来,陈树安把布叠好,一剪刀下去就是十几套,当天晚上大家又赶了个工,二百套军服就做了出来。

第三天,金积成来了,还带来一个叫李士民的裁缝,一听说军服打好了,一拍巴掌说:"大姐,真没想到你这么快就白手起了家,真是有办法啊。"

送走了金积成,我一个人慢慢地往回走,一边想着自己打了那么多年的仗,初闯商界就旗开得胜,不免有些得意。不经意走进了一家百货公司,看见很多人拿着漂亮的绣花被面和枕套出来，一问说是上海货，价钱高着呢。我看着那些被面和枕套，心说这样的活路在我的手里算什么，现在重庆那些没事做的绣花女儿多的是，我来画，再找些人来绣，就不信做出来比它差多少。我一转身就去买了各色软缎，拿回去画上时新的花样，分散到三十多个会刺绣的女工手里，不到十天工夫，这些绣好的被面、帐帘和枕套就摆上了柜台。

接着，我们又帮金山饭店印了三百多床床单，帮三峡厂代锁毛巾，帮袜子厂代锁袜颈……人手实在不够，就招了二十个学工。到店铺正式开张时，这个"先声女子实业社"成了全城六十几家同行中，最漂亮、最吃得开的一家。

虽说是付了定金，这样的阵势也让黄老板有些担心，就说自己要走了，来问他的铺子我什么时候接手。徐志群有些发愁，说："陈老师，我们一个铺子都忙不过来，再接一个怎么办？"我正在兴头上，心说忙点累点怕什么，总比在山上好嘛，再说玉璧他们还盼着我赚钱呢，顶下来！第二天我就办了交接，新开的铺子雄心勃勃，取名"中亚实业社"，把李士民、陈树安和几个技工学工都调过来，当天就开始营业。我摸出身上仅有的二十多块钱交给李士民，用作当天的伙食费，自己又出去找钱。这铺子、机器和存货，一共是一千三百多元，分三期付清，第一期就要六百块，眼下一分钱都没有着落。

要找钱，只有接货，几个学校都说才开学，打校服的事情要等段时间才能决定。跑了两天还是两手空空，我只有去找李荣华。李大哥懊悔地拿出钱折子，说："你怎么不早来一天，你看我的钱昨天才存入银行，要到期才取得到。"

我闷闷不乐地出来，路上又遇着雷忠厚，就迎上去说："雷旅长，你看我又开了个铺子，还需要点钱，如果你手里方便，就算是你也入了一股如何？"

雷忠厚爽快地摸出一叠钞票："我这里有三百块，够不够？"

"要六百呢。"

"没关系，喊勤务兵给你送来。再说你开铺子，我也要送点礼，还要照顾你打件衣服。"说着就和我一起到华康公司去买料子，料子刚拿过手，勤务兵就把钱送来了。第二天一早，我把这叠钞票摆到黄老板面前，他一颗心这才放了下来，笑嘻嘻地说："哎呀，陈老师，你真是……"

刚交完钱，李荣华也气喘喘地来了，一见我就问："钱找到没有？"

我故意说："这么多钱，哪里去找啊？"

李大哥有些着急地说："那就找你的先声女子实业社作保，我去取。玉屏，经商不能失信用啊！"

我这才对他说在雷忠厚那里找到了。李大哥松了口气，说："找着就好了，没付的你给我留起，我完全负责。"于是第二期款子又有了着落。

两个铺子开起来费用大，要接大批货才行。我就带着徐志群天天跑学校，川东师范的路主任也着力介绍，把重大、美专、治平中学、树仁中学、江北中学等十六个学校的货全部拉过来，两个铺子日夜两班，歇人不歇车，不久就把黄老板的钱全付清了，又打了一百套军服送上山去了，一切进行得顺顺当当。徐清浦办完事由合川回来，看着这个排场直摇头，说："玉屏啊，你确实神通广大。"我说："哪里哪里，承蒙你的指点。"两个人高高兴兴，到饭馆去吃了一顿。

一天，群生服装社的张经理来告诉我，说军队里要打十万套军服，每套工钱算一元，要是能全部领下来，可以赚十万元。眼下业德厂和中孚服装社在联系，他们吃不下，想再约几家。于是我当下就去串联，第二天十二家服装店的负责人在春秋餐厅聚餐开会。业德厂的经理提出每套军服工钱一元，出包单位要三角的回扣，他自己又要提两角的应酬费，每家铺子的老板再提三角，工人的工资就只有两角了。我听了很有些不以为然，但主动权在别人手里，赚点总比不赚的好，就勉强承认下来。最后决定每家打一万八千套，由我和另外几家去接洽购买布匹，找机器。可是过了几天，我们把布匹的价钱讲好了，机器也找来了，却没有动静，一问才知道业德厂把这几家都甩开了。尽管陈树安说这是商界中常有的事，可我还是很气愤，心想这些有钱的大老板，怎么这样不讲信用，连山野里跑浑滩的袍哥都不如！

我坐在铺子上闷闷不乐，门外来了个军官模样的人，要打一套哔叽制服。我知道这些人大都很难缠，就叫李士民去说："我们铺子上没有哔叽，不做。"

谁知道他一转身，自己去把料子扯了来，我还是不愿意，可是看他那样子非要在这里打不可，说我们这里样式做得好，又是全城工钱最便宜的。陈树安看赖不过，就说："那就把细着点，做错了我负责。"于是接下来，由他和李士民亲自来做。三天后那军官来取货，穿着合身，很满意，可是讲定的十六块工钱，他硬要少两块。我一看果然难缠，偏不让，那人说："你们让一点，我给你们介绍一批货。"

我想这些人不过为了少给两块钱，随便说说而已；但陈树安他们听说能介绍打货，就请他进屋来坐，一边递上茶，问他有什么货介绍。

那人对我说："陈老板，眼下天气热了，我们里边要打十万套衬衣短裤，正在找厂家呢。"

"你们'里边',是哪里啊?"

他一昂头,拿出了一张名片说:"康泽的别动队嘛,我就是中央军验编处的邵处长。"

我没动声色,可是心里却一惊。康泽是蒋介石手下的大特务,他的这个别动队,是一个遍布全国的武装特务组织。最近听说康泽的别动队和贺国光[①]带领的参谋团进川了,一是将蒋介石的势力渗透进来,二是监视川军特别是刘湘等人的活动;最重要的任务,则是清查红军留下的"残部"。这么说来,这个邵处长就是收容和整编壮丁的验编处长了。看来这件生意要做,这个人也不能轻易放手,好在他贪小便宜,对付这种人很简单:我认承事成后送他一件呢子大衣,每套还送他五分钱的回扣作介绍费。

邵处长自然很高兴,当下就一起去左轮街军需部,很快讲好了这笔生意,还签订了一个合同。合同认定半月交货,到期不交货,拖延一天罚一百元,如果事情做完了,我这边十天拿不到工钱,军方也要按货款付息。我当时就打好了主意:即使到期交不了货,一天罚一百元,十天罚一千,我们光工钱就是五万元,有他罚的。

工人们听说又有了大批的活路,人人兴高采烈。我忙着计算,眼下只有十五部机子,要八十部缝纫机日夜不停地打,才可以提前完成任务,还要到外面去找缝纫机子、找人。

陈树安说:"人和缝纫机都由我负责,业德厂可恶,到他厂里去拉。"我当然同意,心想给奸商一点颜色看看也好。

业德厂接了那批军服,工人们正忙着加班,陈树安去说我们

---

① 贺国光,蒋介石控制四川的智囊,时任军事委员会委员长、行营参谋团主任,代表蒋介石入川指导军政。

打衬衣短裤每套工钱三角,可是你们打军服每套才两角。于是工人们就罢工,要求每套军服工资增加到四角,业德厂的经理当然不同意,可是他们厂里的缝纫机多数都是工人自带去的,第二天就扯了六七十部缝纫机子出来到我这里。八十多部缝纫机啊,多大的阵势!一时间重庆最热闹的地方之一的七星岗更加地热火朝天了:街两边的店铺楼上楼下放满了机器,街沿上的行人都得绕着走,我还临时租下隔壁的一间茶铺,还是有好多机器没地方摆,只好叫一些工人把活儿拿回家去做。我干劲冲天,一部机子配上三个人,日夜不停,裁剪的、锁眼的、缝扣子的也跟着加班。每天晚上,我喊来十多起卖汤圆卖担担面的:"你们尽管吃,吃了我付钱。"

新来的工人都面面相觑:"陈老板你这样大方,还赚不赚钱了?"

"咳,钱当然还是要赚的,只不过少赚点。大家这样看得起我,我不能让大家饿着肚子赶活路,只要到时候按质按量交货就行。"

业德厂那边就惨喽,工人走了这么多,赶制的军服只好停下来,眼看到期交不了货,和军方的玩笑可是开不起。经理来扯皮,要我去吃茶评理。我说吃茶?吃官司也不怕,脚是长在工人身上的,他们爱到哪里就到哪里,你要谁自己去喊,喊回去就是。

业德厂的工人们平时就恨那经理刻薄,在大街上一阵地起哄,把他轰走了。业德厂是当时重庆缝纫行中的大厂,败在一个从来没听说过的女流手里,哪里输得下这口气,于是就邀约全城六十几家服装店来要挟,说是没有加入同业公会的店铺,就不准营业。我说入不入会是我的自由,你们看不顺眼就去告我。业德厂的经理再生一毒招，勾结保长来抓店里的工人当壮丁，我把保长臭骂了一顿轰出去。那经理一咬牙，又用高价来收买陈树安和几个最得力的工人，可是陈树安知道他的德行，抱着双手说："我们在你那里受够了气，现在才伸起腰。我们的陈老板好得很，我们在这里不要钱也干。你把洋钱堆齐脑门心，我们也不得来。"

一时间重庆的缝纫行里有些恐慌，说是哪有地皮都没踩热就来挖墙脚抢饭碗的？任她这样八面威风地闹下去，我们大家还吃不吃饭了？我要抓紧时间赚钱，没工夫理睬这些流言，仅仅十天就把货打完了。一个军需官来验收，用卡车把货拖走了，才说你们到成都去拿钱。我早料到他们要赖账，冷笑一声说："我们原先说好是在重庆交货交钱，你要是不给就去告你，告到最高法院。"

那军官阴阳怪气地说："看不出你这个女裁缝，还这么歪呢。"

我在桌子上拍了一巴掌："你看不起裁缝是不是？裁缝不做衣服，你打光条条！早晓得做官这样歪，我也要去做官，不但光宗耀祖，还可以估吃霸赊！"

那家伙的脸一下就红了。我不依不饶，指着他说："你认定法院管不了你，对吧？那我们就一道去找刘湘，找贺国光，他们总管得了你了吧？"

工人们都围了过来，七嘴八舌地哄闹，不交钱就不准他走。我趁这时候跑去找那邵处长，扬言只要少了一分钱的工钱，不但他拿不到回扣，还要把这事的前前后后都捅出去。那姓邵的一听，慌了，连忙亲自出马，四处奔走，最后同意在重庆拿钱。

第二天，我带了十多个工人将款子取回来，当下就把工钱都付清了，个个都欢天喜地的。可是业德厂那边因为没有按时交货，被罚了两千多块钱。他们恨死了我，就到卫戍司令部去密告，说我付的工资高，工人只做八小时，不加入同业公会，工人来历不明……肯定是个共产党！

隔天下午，卫戍司令部就派了几个兵来，说我"通共"。工人们一听，哄地围上来，看样子又要干一场。我一想别的都不在乎，唯有这"通共"的名声，不能闹得满城风雨，再说知道是那几个坏家伙搞鬼，反正没有证据，就摆摆手说："大家各干各的活路，我身正不怕影子歪，去一趟就回来，士民，都交给你了。"然后就跟几个兵走了。

我到卫戍司令部不久，看见李荣华和雷忠厚从里面的办公室出来，跟一个军官握手告别。李大哥对我说："玉屏，你别着急，今晚上就可以出来。"结果不到晚上十二点，连审都没审一下，就放出来了。

第二十八章
生死离别

一天,谭老五从山上下来,兴冲冲地说:"大姐,你打的军服解决大问题了!我们的人穿起这些鬼皮,在广安永兴场打了'德兴正'栈号的张必成,就是那个卖洋碱的大商人,抄了他的小洋楼;后来又在代市场打了恶霸地主方敬贤,硬是过瘾得很。陈伯斋和唐俊清都说,这里面有大姐你的一份功劳。"说着拿出玉璧的信来:"大哥从邻水那边回来了,还要两百套军服和一些药品。"

我心里有些得意,说:"老五,这回好办了,你大姐刚赚了一笔钱,你好好歇两天,衣服打好了就让你带上去。你大哥还说了什么没有?"

"还叫你尽快把缝纫社安排好,万一通知来了,也交得出去。什么通知他没说。"

谭老五当然不晓得,可是我心里明白,是到苏联去。

谭老五在重庆等了几天,二月十九号那天,拿着两百套军服、一些电筒电池和药品,还有八千块钱走了,还捎带上我给玉璧买的一打衬衣。穿衬衣是玉璧学生时代的习惯,这些年在山上没有条件,他就和夏林他们一样穿着粗布衣服滚地铺。虽然这些粗布大都是唐二嫂和那些姐妹们亲手织的，越是洗得旧越是绵软，但我总觉得不如他穿着衬衣那般神气。只是在买的时候我对颜色有些犯难：他最喜欢的白色显然是不合适了，条纹的也太过洋气，颜色深了又不好看，最后买了一打浅蓝色的。我把衬衣捆在军服里，特地向谭老五交代了，还千叮咛万嘱咐地说："听说向廷瑞出了三千块大洋，悬赏捉拿你大哥，让他小心点啊。"

谭老五听了一笑："他们没那么大方，只有六百块，可我们的布告上，捉拿军阀杨森悬赏大洋一万，向廷瑞悬赏大洋八千，布告都贴到岳池、广安城里去了。我们比他们要大方得多呢。"

我也笑了，可是觉得又不能不担这份心，听说红军已经开始紧缩川陕地区的阵地，杨森的部队也撤回来休整，他们又腾出手来了。不过又一想，这一向上面也真的没出什么事情，河东七场至渠河沿岸都还在我们手中，十年里许多艰难的日子都过来了，风平浪静的还能翻了船？可是又觉得，现在不比以前了，玉璧已身担重任，是个重要人物，如果敌人知道了……

过年前后，生意忙，一忙这些事情就想得少了。

一九三五年二月二十四日，我一大早就到了铺子上，刚打开铺门，就有人来买枕套。我站上凳子打开玻璃货柜刚要取货，就看见一个叫化子模样的人疲惫不堪地走上街沿，抬头一见我就定在那里，脸色铁青。仔细一看，这人竟是玉璧的弟弟廖玉喜。

玉喜？他怎么来了？我一脚踩空，从板凳上栽下来，"哗啦"一声，玻璃片打碎了，把我的手划破一大块，血滴到了衣服上。里面的李士民听见响声，跑过来扶起我，直问："大姐出了什么事了？"

我没回答他，挣扎着站起来，玉喜已站在面前，刚喊了声

"嫂嫂",就泣不成声。

我心里全明白了。脑袋里嗡的一声,人就要倒,被士民一把扶住。我定了定神,拉住玉喜进了会客的小屋,反手关上门,盯住他问:"是不是你哥哥遭了?"

他抽泣着点点头:"人被逮了,还没有消息。"

这还有什么好说的!玉璧过去常说,我不被他们拉去罢了,拉去了就只有个死。我眼前一黑,好一阵才醒过来,咬咬牙站起来,对玉喜说:"走,回李子坝去,这里不是说话的地方。"

回到李子坝,我把玉喜带到屋里坐下,问他:"你哥究竟是怎么遭的,在哪里遭的?"

玉喜眼泪汪汪地大哭起来:"在黎梓卫街上遭的。"

"上次来信,不是说河东七场全是我们的吗?"

"守黎梓卫的曾洪泽叛了。"

我又恨又急地在桌上拍了一掌,说:"人拉到什么地方去了,是不是拉进城了?"

"我们的人一听说哥哥遭了,都埋伏在四周,准备在路上把他抢回来,可是等了好久都不见人,不知道他们把人弄到什么地方去了。"

我说不出话来,好一阵才回过一口气来,说:"玉喜呀,你哥哥身边随时都有人,怎么会……"

他点着头说:"哥哥刚从邻水回来,身边随时带着十二个人。"

"十二个人都是死人?"

"我也弄不清楚,他们叫我下来给你报信。"

"谁叫你下来的?上面还有谁?"

玉喜说:"是唐庆余叫我下来的,他们在黎梓卫打了一仗,没抢到人，退出来了，现在正在调队伍，叫你也调人。"他这才把信递上来。我一看，眼前竟是黑乎乎的一片，我闭上眼睛定定神，再睁开一看，上面写着："大哥病在危急，希望快去请医生，设法抢救。"

曾三姐推门进来，看看玉喜，又看看我脸青面黑的样子，全明白了，拉着我就说快去找青成。我说不容易啊，敌人捉了他整整十年，他比不得我啊。可是又想，现在刘湘和蒋介石勾结得很紧，说不定可以缓一缓，就站起来跟着曾三姐走了。刚刚出门，就遇到徐清浦，互相对望了许久，他才哽咽着说："玉屏，你都知道了……"

我的眼泪一下就滚出来了："清浦，你，你是怎么知道的？"

"上面来信了。"

我再也忍不住，哭着说："清浦，我要回去一趟，我马上就走。"

清浦说："你不能动啊，你回去正好中敌人的计，他们也不会放过你甚至孩子。"

"人要送进城去，就晚了。"

"送进城先枪毙的手续也要一星期。"

"不会的，他是敌人悬赏捉拿的对象，是敌人早就知道的华蓥山共产党领导人。这么多年来，敌人处心积虑千方百计地想谋害他，这次捉到了，是不会放过他的。他们当天就要下毒手！"

清浦一听急了，挥着双手在屋里走来走去地说："不，他们要活的，他们不会马上就……"

我也站起来说："不说了，现在远水不能救近火，我要立刻回去。"

"你不能立刻回去！听说敌人布置得很严密，黎梓卫一带整整一团人,罗渡溪也是一团人,你赶快开张条子,调李仲生、周辉同去营救。"

"不行,我非回去不可。清浦,我不能在重庆躲着,我可受不了,我受不了啊……"

清浦坐下来,放低了声音说:"玉屏,你要冷静。为了革命,你绝对不能上去,现在的情况这么复杂,我们不能再牺牲人了啊!"

我的心比刀绞还痛,可是仔细一想,清浦说得也有道理,再说时间不等人,等自己真的从重庆赶回去,恐怕也来不及了。我狠了狠心,就撕了一张纸写条子,调余家场李仲生和山上的周辉同赶快营救。我把条子递给清浦说:"时间很紧,叫玉喜白天黑夜赶路,抄近路回去,一天一晚送到。"

清浦接过条子,沉重地说:"话是那么说,事情恐怕还得两头办,赶快去找雷青成设法。"

我跑到雷青成家,青成见我急得不成样子,忙说:"屏姐啥事?"

我看看前后没人,说:"玉璧在上面遭了。"

"怎么遭的?"

"廿军逮的,进城只有死。"

青成一把拉住我就走,嘴里说着:"快,赶快!我们找刘湘打电报去。"

两个人刚走到七星岗口子上,就碰见徐清浦,他从黄包车上跳下来:"玉屏,你们到哪里去?"

"去找刘湘打电……"

他摇摇头,眼睛看着地下,声音嘶哑地说:"不用了,上面又来了信,人已经遭了,二十三日上午九点钟遭的,人头已经示众了……"

他话还没落音,我一下子感到天旋地转,头一晕就打起偏偏来。徐清浦一把拉住我说:"玉屏,你要站住,要站住啊!"

我咬咬牙,站稳了。雷青成扶着我大声喊着黄包车,我摇摇头说:"青成,你先走吧,清浦扶我回去,歇一会儿……"

我哪里还走得动路啊,站都站不稳。清浦把我扶进街边的一个小旅馆里,开了个小房间,两人面对面地坐着,哭了一阵。清浦说:"玉屏,你要想开一些,这是敌人的阴谋。内部叛了,是大家都没想到的。现在重庆只有我们两个人,玉璧这一死,山上就倒了根擎天柱,上面一时也可能来不了人,敌人很可能要来个大屠杀,形势会很紧张。你现在千万不能倒下去,我们还要报大仇啊!"

我点点头,说:"清浦,我知道,我不急了,人死都死了,我不想他,我要站起来,山上还有那么多队伍……"说着说着又倒在床上,失声痛哭起来。

玉璧的死,很快就有了反响,成都《新新新闻》、重庆《新蜀报》都以大黑体字为标题,登出了《岳池共匪廖玉璧斩决》的消息;岳池、广安的城镇乡间,都贴了行刑时的照片。

二月二十七日,一个叫刘老大的队员到李子坝找到了我,拿出了玉璧临刑前给我写的一封绝笔信:

玉屏吾爱,我已遭不幸,病入膏肓,一无救药,再不能活着来见你了。我为革命鞠躬尽瘁,死而后已,没有完成的任务,望你继续完成。

我粗枝大叶,死于敌人的阴谋陷害,望你们以我为戒,不要蹈我覆辙,更不要仅仅为我,为报仇而盲目行动。我之死,是有代价之死，是为千千万万中国人民求得自由解放而死，也是为爱你而死，无数种死法中，此为最优也。

我的仇会有千千万万的人来报，今日杀我者，他日亦有还我血债之时，你切勿为我而伤其自身。我死之后，宁君、彬儿靠你抚养成人，快带他们往西北方走，他们是继承者，家中母亲，也托你照应。

永别了玉屏。

玉璧于岳池万寿宫狱牢内
民国二十四年二月二十二日夜

我捧着这封信，哭昏了过去。

不知道什么时候，我才醒过来，隐隐约约地觉得身边围着几个人。一个声音哭着说："大嫂，大哥已经不在了，你自己要多多保重啊！"

我猛然想起这人是刘老大，一下子坐起来，拉着他问："你说，老大，你告诉我，这封信是怎么来的？"

刘老大用袖头揩干了眼泪，坐在我身边，慢慢地说了经过：

"那天我下山去买盐，被夏马刀的人捉住了，说我是山上下来的探子，就把我捉进了岳池县里的万寿宫里关起。二十二号那天，一个人上了重镣，五花大绑地被一大群人推了进来，我一看，才知道是廖大哥！那天夜里，阴冷得很，廖大哥坐在那里，跟我聊天。我说大哥呀，你有什么事情，尽管给我说。他们没抓住我什么证据，说不定很快就要被保出去的。只要我一出去，就是拼了这条小命，也要去山上报信，救你出去……

"廖大哥笑了笑，说不用了，他们等不得的，他们抓我这么多年，好容易抓到手了，还会等我们的人来救我？我也没有什么事情麻烦你。要是方便,你给我找支笔来,我写封信。

"我前不久才找人写了保状,纸笔都还放在屋角里,就连忙给他找了出来。可是他的两只手都绑着,只好用嘴含着笔写。我看他写得那么吃力,心里想天下哪有这样的罪,再说深更半夜的,想必那些兵也不会进来,就悄悄地给他把绳子都解了。廖大哥拿起笔,唰唰地只管写,不一会儿就写好了,他把信折成这个样子,然后对我说:我这辈子只求你帮一个忙,请你把这封信交给陈玉屏。当然了,这是要杀头的事情,你要是不愿意可以早说,要拿去向敌人邀功也可以。我忙说廖大哥呀,我刘老大哪里是那样的人,那不遭天打五雷轰吗?好歹我也跟了你这么些年啊。你放心吧,只要有我刘老大在,就会有这封信在!

"没想到,我没想到啊,天一亮,写了这封信没几个时辰,廖大哥就被押出去了,这一去,就再没回来。那两天,牢房里都传遍了,说是廖大哥从牢里一押出去,就由向屠户亲自审问。其实谁都知道,像廖大哥这样的人,有没有口供都要杀的,什么审问不审问,不过是做个样子而已。可是廖大哥自己当成了一回事。听说在大堂上,向屠户问他是不是共产党,他反口问道,你们不是到处出起大布告,要抓我这个共产党员?这么多年了,怎么还没闹明白啊?向屠户又问知不知道为什么要抓你?廖大哥又说怎么不知道?不就是因为悬赏的那几百块大洋吗?……向屠户不耐烦了,就喊押出去!廖大哥知道自己活不了了,一路喊着口号出了衙门。他挺着胸膛,面不改色,一路上高呼着我们的共产党万岁!我们的红军万岁!打倒军阀杨森!苏维埃政府万岁……一直到了刑场上,也没停下来。那天,天气阴冷得很,由监狱到刑场的路上,站满了那么多的群众,一点声音也没有。"

刘老大停住了,过了一会才说:"正街上照相馆的老板,大姐你知道吧？"

我点点头。岂止是知道，还是常来常往的熟人，我和他的女人拜过姐妹，这些年的关系一直不错。

"那天，老板被敌人押到刑场，被枪逼着为大哥照相。他不知道是真的心慌，还是想多拖延时间，照了一张，说没照好，照了第二张，还是说没照好，大哥还在不停地喊口号，敌人把那老板掀在一边，就喊用刑……

"大哥的头，用竹竿穿着，在城里游街示众，后来又挂在南门城门洞上的木笼里。敌人不准收尸，扬言收尸者同罪……"

这一天，是一九三五年的二月二十三日，这时候，是上午九点。

我一会儿天上一会儿地下的，迷迷糊糊地昏睡了不知道多久，每一次醒来，都见到身边有山上下来的人，陆陆续续地告诉我玉璧牺牲前后的情况。

自从敌人发了悬赏通缉玉璧的布告，玉璧身边就配了十六个人，个个都是双枪。廿军又在招兵买马，不久罗渡溪就被敌人占了，玉璧把周辉同调回山上带队伍，还打算把黎梓卫的人也调上山，守黎梓卫的曾洪泽不愿意，赌咒发誓地保证不会出事情。

曾洪泽这个人，我有些印象，新街整军时他就和苏连清是一伙，后来又悔过又检讨，在黎梓卫表现还好，还打过敌军的军船，都认为他改邪归正了。

玉璧这次从邻水回来，已经是二月十几号了。曾洪泽上山来说，向廷瑞派人来讲和，愿意把河东七场划给我们，他们只守河西，两不侵犯，河下行船协商解决。玉璧没理睬。过了两天，曾洪泽又上来，说向廷瑞愿把河东河西资马十二场都给我们，如果还不同意，只要我们同意不攻城，广安、岳池的治安都由我们负责。玉璧还是不同意，唐庆余却被说动了，来和玉璧商量。玉璧说："老唐，你不知道，他们这一套来过几回了，一面谈判一面杀人，其实他们心中也清楚我是什么人，怎么可能互不侵犯？"

唐庆余还是主张谈，说："河东七场都是我们的地盘，最近我们在广安、岳池各个乡场抗丁抗粮闹得很厉害，又在渠河沿岸专打廿军的船，他们在这种情况下要求谈判，是很自然的。另外据说杨森的军队要开拨了，说不定最后这段时间求个平安呢。"

玉璧觉得老刘政委不在，唐庆余又是组织上派来的，不听人家的意见不好，就说那么你先带人下去看看，要谈判也可以，叫向廷瑞的人上山来谈。唐庆余就带了些人下去，其中包括玉璧十六个警卫中的四个，这样玉璧身边就只剩下十二个人了。

唐庆余下山去了两次，回来说我们的条件敌人都同意了，就等你下去拍板。玉璧说叫他们上华蓥山来。唐庆余说人家怎么敢来，还是你下去的好，坝上全是我们的地盘，敌人虽然占着罗渡溪，扑过来还要过河。玉璧还是不放心，说老唐，还是小心好，我们内部想要升官发财的人多的是，已经有不少教训了。

唐庆余当时还不高兴，以为玉璧怕事，说我都下去看了两次，平平安安的，老百姓听说你要回去，连鞭炮都买好了。我们借这个机会在群众中扩大一下党的影响，也好嘛。

玉璧下山那天，曾洪泽带了二十多个人来迎接。周辉同说大哥你多带点人，曾洪泽说不用了，人家只来了一个人，还带上了向司令的亲笔信。玉璧伸手要信，曾洪泽又说那人要亲自交到你手上。走到阳合场，有两个姓左的党员赶场回来，说黎梓卫平平安安的，没事。玉璧这才下山。到黎梓卫街上，都快散场了，玉璧带着人不动声色地悄悄从街背后到了梅林茶馆。当时茶馆的人也不多,一些亲戚熟人见他进来,都亲亲热热起来握手打招呼。

曾洪泽连忙招呼大家坐下,又给玉璧递上一杯茶,十二个人一字排开,站在玉璧的身后。玉璧左右看看,街上的人也不多,就问人呢。这时候旁边过来一个人,双手递上一封信,玉璧站起来,一只手端茶,另一只手伸出去接信,谁知一个趔趄又坐了下去——原来他的长衫被曾洪泽踩着。那家伙趁着玉璧一闪神,两只手又不空,一下子就把他腰间的枪下了。这时候,也不知道从什么地方扑进来那么多敌人,两个三个扭住一个,就在茶馆里打了起来。茶馆里顿时一片混乱,玉璧当即被几个人扭住,动弹不得,他气得一跺脚大声喊道:"曾洪泽你这个叛徒!"

敌人还在不停地涌进来,十二人虽然都是身经百战的双枪手,但毕竟寡不敌众,全被敌人扭住,下了枪,只有陈仁勇挣脱了敌人,从茶馆后门逃走了。

第二十九章
群龙寻首

夜，静极了，我拿着玉璧的信，心里清醒了许多。我想起清浦说的话，想起玉璧死了，其他的人生死不明，山上不能群龙无首。周辉同、金积成都是急性子，要真的拖着队伍去和敌人硬拼，那会坏大事。又想到玉璧死了，现在身首异处，铁马金戈拼战了十年，总不能连个收尸的亲人都没有……我扶着床头挪到桌边坐下，给组织上写了一封信，汇报了玉璧牺牲的情况，要求对今后的工作做个明确的指示。

写完信，才发觉天已经亮了。我梳了两下头，挣扎着站起来，披上衣服就要出去。刚刚把门打开，就撞着徐清浦，他说："这么早，你到哪里去？"

我怔了一下，把他拉进门来，说我正要去找你。就把玉璧的绝笔信和写给组织上的信交给他。等他看完了才告诉他，自己一定要回去看看。

清浦放下信说："你现在更不能走了。我才得到消息，昨天晚上曾洪泽来重庆了，显然是来抓你的，因为这里不是杨森的地盘，他才不敢进城来乱抓人，现在住在千厮门的栈房里。"

我一下子站起来："好哇，曾洪泽！我正要找他！"

清浦拉我坐下:"玉屏你不要冲动,现在不是你找他,而是他带着人在找你。铺子上这几天你不要去了,交给李士民,你要赶快到雷青成家里躲一下。还有,听说玉璧死了之后,敌人已经开始了大屠杀,我们的人现在乱得很,要赶快想个办法。"

上面的情况这么乱,自己不能回去,可又不能不管。我叹了口气,只得又拿起笔来,给周辉同、李仲生写了一封信,让他们赶快把队伍调回山上,凡是在当地扯红了的人都要撤走,没有暴露的要隐蔽好,切不可乱打一气,上敌人的当。写完了,又盖上了我的印章,和写给组织上的信一起,交给了清浦。临分手的时候,我嘱咐他说:"清浦,你也是上了名单的人,要小心哪!"

清浦说:"我不怕,我住在明生家里,他大小还是刘湘的参谋。倒是你一定要小心,叫李士民给你准备点钱,随时好走。"

我起身到店里,李士民一见,连忙把我拉到里屋,说:"大姐,你……是不是大哥他……?"

我咬咬嘴唇,说:"士民,是上面出事了。我要走几天,铺子里的事情都交给你了,一定要做得若无其事的样子,千万不能让大家起疑心。"说完就要走,却被李士民一把拉住,说:"大姐,你不能就这样走,你看看你成了什么样子。"

我走到穿衣镜前,发现才几天的光景,自己已经完全成了另外一个人:皮泡脸肿,脸色发青,连眼睛都深深地凹了下去。我心里说:陈玉屏呀陈玉屏,你不能像这样形露于色呀。你应该是一个大智大勇的人,不能这样陷于个人感情里不能自拔!你还有大仇未报,就是天塌下来,也应该顶住啊!

我用冷水洗了脸,又好好梳了头发,整理好了衣服,就匆匆出来,准备到雷青成家去住几天。一出店门就碰见徐清浦,他皱皱眉头说:"你怎么又跑出来了?"

我没回答,问:"有什么消息吗?"

"上面下来了四个人。"

"在哪里?"

他指了指前面的一个小旅馆。

我跟在清浦后面,到了旅馆楼上的一个房间。把门一打开,我顿时惊呆了:屋里四个人,个个脸色苍白,身上糊满了泥巴,头发像乱草一般,衣裳裤子拖一片吊一片的,呆呆地看着我。我再仔细一看,天哪,原来是金积成、唐俊清和另外两个队员!

四个人齐刷刷地跪在地上,呜呜地大哭起来。店老板听见了连忙跑过来,问是怎么回事。我说:"他们的船打烂了,货全部掉在大河里了,还淹死了人,小孩也淹死了,人家怎么不哭?"

老板摇摇头,转身走了,一边走一边说:"真是天灾人祸啊!"

大家坐在房里哑哭了一场,好一阵我才问:"你们几个人是怎么跑出来的?我们上面的队伍怎样了?"

他们只是哭,我说:"不要哭了,说吧。"

金积成恍恍惚惚地说:"我们对不起大哥,对不起你,对不起党!我们都有枪,没有使,使不出来,我们看着他们把大哥抓走的……"

我叹了口气:"不谈这些了,你们四个人是怎么逃出来的?"

他们泪水长流的,好一阵唐俊清才说:"还是我来说吧。那天,我们十二个人和大哥一起遭的,只有陈仁勇跑脱了。晚上,他们不知道把大哥弄到什么地方去了,却把我们十一个人押在一个大院子里,吊起来。曾洪泽问你在什么地方,两个娃娃在哪里。我们都说不知道。曾洪泽就指着唐老六说:你过去一直跟她跑，你说她在什么地方。唐老六说：老子知道，老子就是不得说，你把老子吊死也不得说！曾洪泽就用棍棒打他，唐老六没有哼一声，说横竖是一死，打死了也不得说！金积成当时也破口大骂，说大姐的地方我晓得，要从我口里掏出一句话来，除非牯牛下儿！曾洪泽就用杠子压他，用刀把他的手脚都戳烂了，他还是骂。

"最后曾洪泽对我们没有办法了，就把我们十一个人绑着拉出来，说是送进城去，可是走到河边就停下来。我看河边一条船也没有，敌人说要等船，却又在搬石头，这明明是要把我们沉河。我就悄悄对大家说快，往河里跳！大家一下都跳到渠河里。敌人拼命地朝我们打枪，我们拼命地往河底下钻。我伏在河底顺着流水冲了很远，才冒起头来，一看，枪声停了，敌人以为我们都被打死了，全走了。

"又冲了一阵，冲到罗家桠口才上了岸，恰好金积成他们三个人也冲过来了。唉，我们四个要不是水性好，也就像那七个同志一样，没有人了。"

屋里没有人说话，只听见金积成的抽泣声。

唐俊清接着说："敌人的卡子封锁得很严，白天不敢走，我们摸到一个岩洞里躲了一天，晚上才敢出来。刚走出不远，在路上碰见一个老头子，他见我们全身浇湿，穿得又单薄，就问我们是哪里来的。让我们快走远些，赶快离开，说黎梓卫、罗渡溪都已经被兵围起来了！我们假装问他出了什么事啊。他哆嗦着说你们还不知道吗？杨森派了一团人，昨晚在黎梓卫捉了很多人，我们的廖大哥都遭了，现在还没得到消息。金积成认出来，他就是牺牲了的朱老幺的老人，就对他说了实话。朱大伯说哎呀，你们不晓得，敌人都穿的便衣，早就埋伏在茶馆周围的，我们遭了好多人啊！现在不知道廖大哥怎么样了，我就在这里守，看敌人把我们的人弄到哪里去，也好送个信嘛。

"我们听说大哥可能还没有被弄走，就要赶回山上调人，朱老伯说这边山崖上也满是敌人，去不得。我们沿着走马岭上了山，听说唐庆余已经带人下去打了一仗，敌人把黎梓卫封锁得很紧，进不去。我们又去找周辉同，照实把当时的情况向他谈了，他就怀疑起来，当时就叫人把我们绑了，气愤地说大哥遭了，我们是保大哥的，为什么还活着？我们都说，我们死了不要紧，赶快调人救大哥啊！他还是不信，最后才说现在大敌当前，暂时不理睬我们。他放我们几个到重庆来，请大姐你回去开会，不然在大姐你这里拿个信转去。现在队伍也不能再由我们带了，关于救大哥的事也不让我们管了。大姐啊，我们带不带队伍都是小事，我们要报仇啊！"

唐俊清说完，摸出周辉同的信，信上写着："唐庆余带人在黎梓卫没能救出大哥，我们准备打岳池劫法场，不知你意如何？"

我拿着信翻来覆去地看了半天：这样的军事秘密，按规矩周辉同不应该写得如此直白。可是眼下他是不信任这几个人的，不可能让他们向我转述。我抬起头来对唐俊清说："这么要紧的事情，为什么一定要等我的信？你们大哥不在的时候，不是老唐一直在上面负责吗？"

"老唐他刚来不久，谁肯听他的？再说这事又是他闯的祸，大家恨他还来不及呢，要不是看他急成那个样子，又立马带着队伍跑去救大哥，有人当时就会把他当成叛徒打了的。现在我们上面的人，只相信你，只有你说的话，现在才管用。"

我找清浦要了根火柴，把信烧了。显然辉同写信的时候，还不知道玉璧牺牲的消息，现在我也不想让这几个人知道。我出来和清浦商量了一阵，觉得他们是有些可疑：这么多天了，玉璧牺牲的消息怎么还不知道？现在非要我回去，岂不是刚好进敌人的圈套？再想想，这几人跟着玉璧十年了，一直都是忠心不二的，可现在是非常时期，又不能不提防，如果他们真的叛变了，回去危害会更大，不如留住几天看看动静再决定。不过时局这么紧张，重庆也不能久住，和清浦商量下来，决定把他们四个送到合川，交给刁大哥。可是当天晚上金积成就大烧大热，说起疯话来，只好叫其他三个先去合川，金积成等病好了以后再说。

唐俊清他们走后的第二天，李仲生下来了，一见我就哭，然后抬起头来说："大姐，你知道当时的情况吗？"

李仲生是二十二日深夜才知道的。那天深夜，曾洪泽手下一个叫王志高的同志从黎梓卫跑到余家场找到他，说曾洪泽叛了，昨天在黎梓卫把大哥卖了，他自己在鲁班庙雷铁匠那里躲了一天一夜，才化装逃出来给李仲生报信。接着陈仁勇又从阳合场赶来，说是唐庆余带了四十多个人到黎梓卫去救人，哪晓得敌人已经把驻在罗渡溪的两百人埋伏在黎梓卫，此时已在场头场尾架起机枪。唐庆余看没办法，只好退了出来，调周辉同和李仲生的队伍一起去打岳池劫法场。唐庆余急得捶胸顿足的，后悔不听大哥的话，是他麻痹大意，害了大哥。还说这不是大哥他们几个人的安危问题，而是关系我们整个队伍的前途生存，拼命也要救出来。大家马上集合队伍，鸡叫头遍出发，准备找机会混进城去打岳池监狱，把大哥救出来。仲生又把玉璧留给他的一件灰布滚衫脱下来，交人拿着马上到合川，去给刁大哥报信，自己带着队伍拼命地跑，赶到离岳池只有三十里路的时候，就听说廖大哥已经被杀了："大姐啊，我们二百多个弟兄，是一路哭着回来的啊……"

仲生泣不成声,我擦干了眼泪,哑坐了一阵,对他说:"同你大哥一起的十二个人当中,除了陈仁勇,又跑脱四个,其余的都绑上石头沉河了,这个情况王志高知不知道?"

李仲生大吃一惊:"谁跑出来了?是怎么跑出来的?陈仁勇说他们不是同大哥一起都被敌人捉住了吗?他们人在哪里?"

金积成躺在小旅店的床上,看见李仲生一骨碌爬起来,抓住他的手说:"仲生,你来了!大哥,大哥呢?"

李仲生没有回答,眼泪长流。金积成死死地盯着他说:"李仲生,你说,大哥呢?"

李仲生颤抖着声音说:"大哥,大哥死了。"

轰的一声,金积成一下就倒在床上。李仲生连忙把他扶起来,不断地喊他,只见他呼噜呼噜地出大气,两脚不断地在床上蹬着,说:"我要杀杨森,我要杀曾洪泽……"

仲生把他抱住,喊着:"积成,积成,你疯了吗?"

金积成大声武气地喊:"我没有疯,我没疯啊!"一下就把衣服撕烂了。他两个眼球充满了血,突然一把抓住李仲生说:"你是敌人派来的走狗,我要打死你!"

老板听见房间里打得乒乒乓乓的,敲着门问:"喂,你们里边怎么了?"

我说:"我们这个病人疯了。"

金积成一见老板进来,就大声地叫:"我没有疯,我没有疯啊!"接着就抓起床上的枕头向老板打去,还扑上去又抓又咬的:"你是杨森派来拉我的,我非打死你不可!"老板看他疯成了这个样子,吓坏了,连忙挣脱逃走了。

我看事情不对,忙去找了个姓刘的医生来,他刚一进门,脸上就挨了金积成扔过来的一只鞋子,徐清浦和李仲生正按住他,手上都是被抓烂的血印。我等刘医生看完了,拉到一边问:"是不是真疯?"

刘医生说:"是真疯了,你看他的眼神不对,眼睛都充血,认不清人了。"说着开了一服药。我把药熬好,几个人按住灌进去,他哇地全都吐了出来。这样闹了整整三天,一点东西也不吃,成天拍着胸脯喊:"我不能吃你们地主军阀的东西,我是个共产党员!"

到旅店来查号的知道他是疯子,也不来过问,可是这样闹下去,一定会出大事!最后还是清浦想了个办法,笑着去对他说:"金积成,金老弟,你看大哥来了。"

金积成就一下爬起来:"大哥?大哥在哪里?"

清浦拍着他的肩膀说:"大哥叫你不要闹,他现在有点急事,隔两天就来看你。"

金积成马上就要下床:"不行,我等不得,我去看他。"

清浦按住他:"你就不怕又把大哥暴露了吗?"接着又在他耳边叽叽咕咕地说了一阵,他才稍微安静下来。可他还是不吃饭,伤心地边哭边说:"大哥啊,我跟你这么多年,从来没有离开过一步,我们受了敌人骗啊!出生入死,我没有私心哪,把我的心挖出来给你们看嘛!"他边说边扯开衣服,双手在心口上乱抓:"我要报仇啊,我到南部去,去找老刘政委……"

刘医生天天守着,他还是不睡觉。最后只好买了些安眠药给他吃。可是药吃得多了点,第二天都还没醒,只见鼻子在微微翕动,浑身都变得僵硬起来。大家有些着慌,刘医生赶紧替他摸脉,说不要紧不要紧,再开点药给他解一下。又过了一夜,金积成才醒转来,喝了两口藕粉,哇地吐了半痰盂,然后两只眼睛转了转,眼泪汪汪地说:"大姐,我的大哥呀!"

刘医生这才松了口气,说他是心里一急,痰迷了心窍,吐出来就好了。

金积成的病还没好,蒋介石就来到了重庆。

前些日子,重庆城遍传刘湘投了蒋介石,马上要开二十万中央军来打共产党,知名人士张澜因此在报上发表了一篇"川人治川"的文章,反对蒋介石进川,大有一呼百应之势。可是蒋介石要是怕了张澜,也就不是蒋介石了。威风凛凛的蒋委员长带着夫人宋美龄在重庆的大街上逛了一圈就住下来,下了一纸手谕:"本委员长已进驻重庆。凡我驻川黔各军,概由本委员长统一指挥,如无本委员长命令,不得擅自进退,务期共同一致完我使命。仰各通令所属遵照。"这份手谕夺走了刘湘的全部权力,开启了蒋介石"改革四川政治、整顿四川军队"的行动。四川被划成了重点"剿匪"省份,康泽的"别动队"在四川省内全面铺开,大肆发展特务,重庆街头又多了一些穿黄呢制服的军官,宪兵白天黑夜地在街上巡逻。不过蒋介石最担心的还不是刘湘,而是红军留下的势力,在亲自指挥围追红一方面军和红四方面军的同时,还着力清除川陕根据地的"匪患",华蓥山的形势,更加严峻了。

一天中午,李仲生慌忙地跑来说:"大姐,我原说下来向你谈谈情况,商量个办法后马上回去,可是昨天突然下来很多人,他们都是从余家场冲出来的。"

"有伤亡没有?"

"有,又牺牲了四个同志。我走后不两天,夏马刀开了一团人包围了余家场。"

"为什么不扯上山去？"

"敌人把山边封锁得很紧，上不去了。"

"来了有多少人？"

"有一百多个。"

"现在什么地方？"

"住在千厮门河边一带。"

我脑袋都大了：整整一百多人，往哪儿放啊？千厮门那里原本有设在船上的一个接头点，还可以安排一些人。问题是现在曾洪泽还住在那里，何况旅馆的查号更严了，盘问时对答若是慢一点，或者发现手上有长期摸枪的茧疤，就要抓去关起来。还有钱呢？光是每人两角伙食费，一天就要几十元。这几个月有点钱就往山上送，现在铺子里热销的门市货，也只够维持工人的伙食，哪里去找钱呢？

想了半天，还是只有去李荣华家，看看他从泸州回来没有。

李大哥上午刚刚回来。看见他，我又想起了玉璧生前和他的友情，忍不住形露于色。李大哥见了忙问："玉屏，出了什么事吗？"

我镇静了一下，看了一眼他的女人，说："没事。"

李大哥打发那女人进了厨房，然后说："听说上面紧得很，我好久没有得到消息了，廖大哥呢？他的情况怎么样？"

"遭了。"

李大哥的脸色一变，正要递过来的茶杯掉到地上，啪的一声打碎了，他跌坐在椅子上，半天没说话。

那女人听见声音跑出来，一见他这样子，忙问出了什么事。李大哥一头冲进屋里，嚎啕大哭。那女人跟着进去没问出个名堂，又跑出来问我："到底是出了什么事？是不是他屋里头哪个穷亲戚死了，报丧来了？"

我厌恶地看了她一眼，顺势说："李大哥的一个老伯死了，衣裳棺木都没有，他侄儿找我来跟李大哥说一声。"

那女人两眼一翻，拍着巴掌说："我说嘛，又是来要钱的，我们这屋头，哪来的这么多钱打发死人？"

有这女人搅和，什么话都不能谈，我就大声说："李大哥，他侄儿在千厮门等着，我们去看看怎么样？"

李大哥听了，走出来，就要和我一起出去，谁知那女人也要去。我知道她是怕李大哥多给了人家钱，只好说："那我先走一步，你们后边来吧。"说着就走出街口，在悦和旅馆对面的一家书店里等着。一会儿，李大哥出来了，我们两个人刚走到七星岗口子上，徐清浦也跟来了。三个人一起到清浦的侄儿徐明生家里，把玉璧牺牲的经过一一谈了，李大哥气得捶胸顿足，泪如泉涌。

我反倒过来安慰他，说："李大哥，事情都到了这个地步了，你也不要过分伤心。你现在还是个立得起的人物，玉璧在的时候，你们情如兄弟，帮了我们不少忙，现在玉璧不在了，你仍然是我们的朋友，许多事情还是得靠你帮忙。现在敌人开始围剿，昨天有百十来个弟兄从余家场撤下来，现在衣食无着，只好找你想点办法，出出主意。"

正说着，仲生也来了。李大哥从身上摸出四百块钱来，说："你们先拿去用，剩下的我再想办法。人嘛，交一部分给我，另外的可能要动员你们的关系，安插到贫民中间，找点下力活路隐蔽起来。仲生，你住到我那里去，就说是我的侄儿，看谁敢动你。"

徐清浦说："这个我们想办法。只是曾洪泽在千厮门住起还没走，还有那个出卖夏林的李仲凯也来了，带着人跟他住在一起，得提防。"

李仲生站起来往桌子上一捶："这两个狗日的，还想干什么？"就带着人到千厮门的旅馆里去查。那曾洪泽听说有人来查他，当天下午就跑了。

金积成的病有了起色，成天闹着要到南部去找老刘政委。我怕他闷在旅馆里病又犯了，早晚要出事情，再想想他确实又跟玉璧多次去过南部，情况熟一些，也就同意了。不过还是叫李仲生派了两个人跟他一起，一来安全一些，二来还是有些不大放心。

金积成走了没两天，一天晚上我正要关铺门，突然跑进一个水淋淋的人来，一看差点没叫出来，是陈亮佐！

我连忙找了套干净衣服叫他换了，又到隔壁饭店里打了半斤酒，端了几个菜来，催他吃了暖暖身子。陈亮佐一仰头喝下了两杯，说："三姐，我这次好险，差点就见不着你了。"

我心疼地点点头说："你慢慢吃，慢慢给我说。"

玉璧牺牲之后，敌人屠杀得厉害，到后来居然信了人心人肝滋补，挖出来强迫饭馆里的师傅炒来下酒。大家都气昏了头，一阵地乱打，伤亡惨重，唐庆余也牺牲了。几个干部按住大家，可是上面的人一等也不来，二等也不来，都忍不住了，就派亮佐下来找我拿主意。在磁器口码头下了船，他抬头就看见曾洪泽、李仲凯两个叛徒，带了十多个人在路边的茶馆里吃茶。只有一条独路，躲是躲不过了，亮佐装作赶路的样子，勾起脑壳往前走，几个家伙就在后面跟着，任他在街上转来转去，就是紧跟着不放。亮佐穿过一个巷子，进到一幢熟楼房，转了一圈从后门出来，没想到几个人就在门边守着，逮了个正着，这天早上把他弄上船，押回广安邀功。

"曾洪泽知道我们在城里有许多人,不敢进城,就一路上来套我,叫我把你和李仲生暗杀了或者骗出来,捉到广安去,不但保我不死,给我三千块钱,还保我在夏马刀手下做官。我当时就想吐他一脸的口水,可是又想,死在这个坏东西手里不值得,还是得跑,只要下水就有办法。我说我要拉肚子,把绳子给我松一下。他们不干。我说你们也是,这船上就我一个犯人,你们怕什么?要不然你就帮我脱裤子!那个守兵烦了,就把绳子解了,我一掌掀了他个仰八叉,然后两足用力向船边一蹬,一下子钻进河里,立即就听到枪响。我钻进一个大漩涡,冲了好远才抬起头来,远处船上的那些家伙像乌龟一样,正伸长脖子在水里找人。我又埋在水里,估计他们看不到了,才浮到水面上来顺水漂着,没想到遇到救济会专捞死人的红船,一见就喊水里有死人,快拿钩来捞。我只好又是一个猛子钻进水里,过了好久才在一个无人的河边上了岸,软绵绵地钻进一个叫化子住的崖洞,一觉醒来太阳都偏西了。我一不做二不休,干脆把衣服撕烂了,装成要饭的,找进城来。"

我屏住气听完了,不觉长长地叹了一口气,说:"你真是'千层浪里翻身转,百尺竿头一命还'。这群叛徒,整死了我们这么多人还不罢休!"

亮佐很气愤地说:"三姐,个人生死都是小事,可是我们不能就这样算了啊。我们革命十年了,死了这么多人,这么多老百姓,难道红旗就这样倒了不成?现在大哥不在了,唐庆余也牺牲了,老刘政委也没回来,大家都不听招呼。尤其是郑涛、郑宁两弟兄,把队伍从叶济那里扯出来了,见土豪就打,见夏马刀、向屠户的人就杀。夏林的那个三公被他们砍成块块,丢下河去了;

李仲凯要不是跑得快,也喂了鱼。这样做倒是一时痛快,可是没有章法,要出大事的。我们要很快找到组织才行啊。"

我说:"亮佐,我们也很着急啊。你看,刘老大去了南部,这么久都没有消息。昨天我又叫了两个人,跟着金积成找老刘政委去了。听说路上卡子很紧,又听说南部的党组织也被破坏了,也不知能不能找到。前几天,仲生也下来了,也是商量这个事。明天我们一起再想想办法吧。偏偏我们的组织关系,又在红四方面军和川陕省委手里,跟重庆的地方党组织没有联系……"

我忙着在铺子里搭个铺,安排亮佐休息,突然想起了什么,就问唐俊清他们到了合川没有?陈亮佐点点头说:"来了,他们的事情我找人调查了,是真的,有那么回事。"

我心里一阵轻松,长长地舒了一口气。

第二天,李士民把徐清浦和李仲生找到太白楼来。陈亮佐一见到仲生,悲喜交加,抱在一起好一阵说不出话来。说到这次遇险,李仲生有些意外,说:"曾洪泽不是被我吓跑了吗?这家伙欠了这么多血债,还敢在这里逛荡?"

陈亮佐说:"他是怕你,可他更怕回去。这样回去不但我们的人不会放过他,夏炯夏马刀也不会饶了他,不然他咋会来套我,叫我来把你和三姐哄出去,让他捉了去向夏马刀交差啊?他以为满天下的人,都和他一样臭狗屎呢。"

谈到找组织的问题,大家都觉得很迫切,可又都拿不出什么好办法。最后亮佐说:"听说中央红军已经到了贵州,南部找不到,我们就到贵州去,直接去找党中央。"

大家都沉默了。贵州离这里几千里,山山岭岭的,光凭走路要走多久啊。再说我们手里没有党的关系,就是找到了,人家也未必肯承认,肯跟你接头。

亮佐见我不开腔，就说："三姐，我也知道这是没有办法的办法，可是现在形势这样紧张，就碰一碰吧。万一找到了，不就多了一条路？"

清浦也觉得可以试试："两头进行嘛，等几天南部没有消息，我们就再派人去；贵州那边，亮佐回去和刁大哥商量，也带些人去。如果找到了党中央，只要说明了情况，想来他们不会不理睬的。"

我又仔细想了想，觉得他们的话也有道理，就同意了。可是光刁大哥去不行。他虽然也是这支队伍的领导人，可是很多事情他毕竟不清楚，如果真的找到了党中央，还得我自己去才说得清楚。第二天，亮佐转回武胜，和刁大哥一起带了四个人来，我把重庆的事情交给清浦，又找李荣华拿了三百块钱，去贵州找党中央去了。

我化装成去贵州做生意的女老板，每过卡子就上滑竿，由刁大哥的四个弟兄轮流抬着，白天黑夜地赶路。我们出重庆往南走，很快就进入了茫茫娄山山脉。好大的山啊，比华蓥山高多了，险多了，也峥嵘多了。常言道春从山上来，这个时节华蓥山上的草木已经吐芽，山风已经和软，可是这里居然还刚刚下了一场大雪，寒气逼人。我们沿着山麓而行，一路上很少人烟，满山都是青黑的大石头。

大家不约而同说出一句话来：真是个打游击的好地方！可是我想的还多了一层。想当初，我的祖辈也是从这条路到的贵州，他们怎么会从川北那样富庶的地方，往这样的大山里走呢？

到了遵义，不敢贸然进城，大家就歇在离城外十多里路的山林里。白天都化装，有的装成做小生意的，有的装成逃难的，我把带来的中药地黄用水泡了，擦在他们的脸上手脚上，弄得黄肿泡泡的，装成叫化子去要饭，打探消息。跑了两天，回来一碰情况，知道红军去年一月在遵义开会，二月就走了。他们一走，国民党就在这里杀人，但凡与红军沾过边的人都要杀，没沾边的人也要杀，杀得遵义城里湘江河里的水都红了，树上到处吊着死人，老百姓都让杀怕了，叫化子上门，连口水都要不到。

从重庆出发的时候，都没有想到遵义会有这么冷，衣服也没带得有多的，下雨天在树林子里连个遮盖的东西都没有，只好背靠背地坐着，大小伙子们冻得发抖。刁大哥和我商量，说："大姐，这样下去不行啊，我们不是本地人，一个个又年轻力壮的，打眼得很，这样撞来撞去，保不准什么时候就撞到了敌人的手里，既然红军已经走了，我们还是回去吧。"

天远地远地来了，就这样空着两只手回去？怎么也得亲自去城里看看才行。现在我既然是做生意的女老板，做买卖是最好的掩护，就叫陈亮佐扮成自己的伙计，跟着到城里去看看。遵义的街头很冷清，到处关门闭户，难得看到个人影，虽然还有些铺子开着，明显生意不好，市场上挂着大片的猪肉，也没人买。两人走到一家小旅馆跟前，看见几个人扛着成片的肉进出，那老板娘四十多岁，操着一口流利的四川话在门口招呼。我一听，就走进她的旅馆，说："老板娘，还有房间没得啊？"

老板娘一见来的是个女客，也是四川话，很亲热地迎上来，说："有啊有啊，先生娘从四川来的么？住几个人？"

我和她攀谈起来，知道她也姓陈，重庆人，嫁到遵义好多年了，眼下和丈夫开个小旅馆过活。我说这就对了，你是从四川来的，我的祖上也是从四川到遵义。来来去去，两人越谈越亲热，就认成了姐妹。我说："二姐，我是来做生意的，只是听说遵义的东西便宜，却不知道做什么好。"

老板娘悄悄地说:"三妹你不晓得,自打去年这里大开杀戒,常常是路断人稀的,哪里有什么客商啊。我这小旅店生意清淡,就租了几个房间给广东来做香肠的师傅。我们这里的猪肉便宜,六七分钱一斤,交通也方便,做成的香肠运到贵阳、云南和重庆去卖,有三四倍的赚头。"

我心里一亮:既然广东人可以来做广味香肠,那我们重庆人为什么不可以来做川味香肠?六七分钱一斤的猪肉,比重庆便宜一半,手里这两百多块钱要买两三千斤,以一斤肉做六两多香肠算,怎么也有一千多斤香肠,可以赚到六到八百块钱,这可是笔不小的数目。再说香肠还得熏干,即使是好天气,也得要六七天,这点时间做什么也够了。我一拍老板娘:"好啊,有二姐你的帮衬,三妹我就做这生意。亮佐,你把东西搁这儿,把伙计们从东门上叫过来,我们住在这里,买肉、请师傅都方便些。"

我就以老板娘的身份,在这个名叫"属通"的小旅馆住下了。我拿出大部分钱去买了猪肉,拿到隔壁去做香肠,刁大哥带着人去做帮工,免得成天在街上逛来逛去引人注意,还可以从工人中间打听点消息。安排停当,我又带着亮佐,和老板娘到街上去逛,这才知道乱世中自己的祖上为什么会来这里。遵义地处川黔边境,先后隶属巴蜀和贵州,算是黔北的重镇。它渐出娄山,地势由西北向东南逶迤,由于上可通重庆,下可去贵阳,货物可达云南和湖南,历来物产际会,商贾云集,是个经商的好地方。或许自己的祖先们,也曾经在这里做过香肠和别的买卖,到过四面八方?尽管眼下风声很紧,可是扮作商人进出,是最不打眼的。我早就听说这里的银耳、杜仲和烟草有名气,也拉着老板娘到处去看看价钱,心里却是想碰碰运气,看能不能出现什么奇迹。可是什么奇迹也没有发生,半天就逛完了大街,回到旅店里拉家常。

我说:"二姐啊,你们这里,怎么都是些老头老娘,看不到年轻人啊?年轻人都到哪儿去了?"

老板娘叹了口气,眼泪汪汪的:"妹子你不知道,我们遵义虽然小,却从来热闹,七十二行做什么的都有,什么时候缺过年轻人啊。可是现在啊,年轻人没有喽。跑的跑了,死的死了,还有的被拉了,拉去当了兵。唉,现在三家五家的大院里,能有一个年轻人就不得了。"

我看看四周:"是不是跟红……"

老板娘猛地捂住我的嘴,把我拖进房间里:"三妹啊,你吃了豹子胆吗?还敢提红军?去年红军一走,这里就杀人,幸亏我和我男人回重庆奔丧去了,要不然今天还有咱们姐妹这一场?可怜我那儿子,都十七八岁的大小伙子了,至今都没有消息,也不晓得是跟红军走了,还是被他们杀了。"

"难道这么多的人就白白让他们杀?这么大的山里,怎么也能够藏下几支队伍,当真被他们杀完了么?"

"怎么没留?红军留下了伤病员,还有医院,还有些警卫队什么的,说是等伤好了就去追队伍,还说要组织穷人保卫苏维埃,可是都被他们杀了!妹子你是没看到那阵势啊,还乡团铺天盖地地回来,见人就杀,还把人半埋在土里,用铁铲子铲脑壳,那血哗地飙出一人多高!红军里有个年轻妹子,是个卫生员,模样是没说的了,一副菩萨心肠,救了好多的穷人啊,还乡团回来,穷人把她藏来藏去的,还是被搜出来,杀了。多好的妹子,死了以后,那坟山上的草啊花啊,连土都救人!老人孩子有个病痛,就到她坟上去烧香,抓把泥土回去泡水,吃了都治病。"

老板娘还告诉我说,现在这里到处都是特务,动不动就拉你去坐班房，打死了扔到荒郊野外，连个声响都没有。我听着这些话，心都冷了半截。看来到遵义来找党，是没什么希望了，红军真的走了，彻底地走了。就像亮佐说的，我们成了无娘的孤儿，没人管了。

几天之后，我带着大家，挑着做好的香肠启程回重庆了。我回头看看被青山绿水包围的小城，突然想起不知埋在何处的祖宗的坟茔。陈家的族谱上规定，但凡参与"匪类"者，逐出祠堂，想来祖宗也会不认我这个"共匪"了。

我们做的香肠在重庆卖了六七百块钱，还了李大哥的钱，还赚了一大笔。

已经过了端午，天气渐渐热起来，各方面消息都证实，中央红军和红四方面军都往川康地区去了。杨森怕刘湘暗算他，干脆投靠了蒋介石，把队伍调到了川南宜宾一带，围阻长征的中央红军去了。华蓥山的形势松动了一些，只是南部那边还没有消息，我把服装店可能抽出来的款子都拿出来，买了一些开山斧、棕绳子、锯子之类的，让同志们上山去砍些木头，由渠河运到重庆来卖，既可掩护，又能赚些钱过生活。还找李荣华买了五百发步枪子弹和二百发手枪子弹，打了五十套军服，还买了一些必需的医药品、电筒和电池，找雷忠厚开了一个路条，由仲生运走。临别时仲生说："大姐，你放心，天垮下来我们顶得住，我们吃泥巴也要活出来。一旦老金那边有回话，送个信来，我们来接你。"

等啊等啊，终于有一天，李士民带了个人到太白楼来，我一看差点没跳起来：是吴绍先！吴绍先是铜梁人，余家场和广安整军时都在，一直带着铜梁的队伍，还是一个支队长，后来随老刘政委一起撤到南部去的。我赶紧把他引进房里，又拿烟又倒茶，说:"天哪,你到底来了!我们望得好苦啊,眼睛都望穿了!"

老吴说:"我们也很着急啊,三月份就想调华蓥山的队伍,和红军一起强渡嘉陵江,打剑门平武,可惜几次派人来,都在半路折回去。敌人在顺庆一带的口子,堵得太紧了,这次我都是从营山、壁山那边转过来的。"

我直顿足,说:"我们也派了几次人,也是走到半路又转回来了。现在金积成又到南部去了,还没有转来,也不知是凶是吉。快说说,那边的情况怎么样了?"

吴绍先听了这话,愣了愣,避开我的目光叹了口气:"那边情况变了。红军已经走了,我们本来打算一起走的,但是没有走成。"

"你们和徐司令不是在一起吗?怎么没跟上?"

吴绍先苦笑着说:"大姐,有的事情你不知道。苏区那边也复杂啊。张国焘这个人,骄横得很,跟徐司令和好多领导都闹矛盾,后来中央开会解决,还叫他作了检讨。这次撤退,听说也是因为他突然改变主张,退得太突然。敌人的卡子又紧,我们过不去,组织上让我们暂缓一下,没想到他们很快就走远了。根据地的干部和队伍,能跟上的全都走了,敌人就掉转来打我们,杀了我们不少的人。我们在南部听说廖大哥牺牲了,大家都很难过,老刘政委当时还哭了,没想到他随后也牺牲了。"

"你是说,老刘政委也牺牲了?!"

"是呀,在一次战斗中,他掩护同志们突围牺牲的。"

老刘政委也牺牲了!我伤心地直摇头,从枕头边摸出一包"大前门",玉璧牺牲后,我也开始抽烟了。

吴绍先接着说:"自从老刘政委牺牲后,领导们都接二连三地牺牲了,我们现在和你们一样,也和组织失掉了联系。大家都觉得现在不能消极地等,要互相联合起来,一边找组织,一边想办法,否则还会被动挨打的。"

仲生和清浦很快就赶到太白楼来,说起这一段时间两边的情况和牺牲了的同志,大家一起掉眼泪。我们几个人谈了个通宵,觉得现在最重要的是要隐蔽人员和枪支。现在的情形,是不能再打了,我们干了十年,好容易积攒了这些火种,要极力说服同志们,人和枪都得想办法保留下来,等待时机。重庆这些回不去的人,一是就地打进贫民区,想办法讨生活,要活下来;二是通过雷忠厚、李荣华的关系,打入范绍增、刘湘的部队,当兵吃粮,潜伏下来。谈完后,李士民带两个人回山上去传达,我到合川去和刁大哥商量,吴绍先到遂宁那边去联络队伍,然后双方再联系。

我送老吴上路,分手的时候他犹豫了半天才说:"大姐,我给你说个事情。金积成找到我们了,还和我们一起打了几仗,表现很不错的。你不该怀疑他。"

我摇摇头,苦笑说:"是啊,积成和夏林一样,是个老同志了,跟着玉璧鞍前马后的十年,一直忠心耿耿的,我是不该怀疑他,可是当时的情况也太复杂。算了,不说了,他的事情现在也弄明白了,如果不怪我,就叫他回来吧。"

吴绍先叹了口气,说:"他不会回来了。"

"他还生我的气?"

吴绍先摇摇头。

"他想留在你那里?"

吴绍先还是摇头。

我盯着吴绍先的脸,不动了。

吴绍先说:"他牺牲了。"

真是平地一声雷，怎么金积成也牺牲了？我还没来得及……我突然抓住老吴的手："他是怎么牺牲的？他是不是疯病又犯了？他还记恨我是吧？我真是，我怎么怀疑起他来了，我怎么对得起死去的玉璧和夏林！"

吴绍先看我捶胸跺脚的，连忙说："大姐，你听我说，积成他没怪你，他只是说他很委屈，他说不清楚，他的确没有做过对不起你和大哥的事，没做过对不起党的事。他一直有些恍惚，口口声声说'不信我死给你们看'，一听见响枪，就没命地往前冲……他的病，时好时坏的。"

转眼就到了冬月，华蓥山上又下起了大雪。山上的同志们情绪不大稳定，仲生和辉同叫李士民带信下来，说一定得请我回去一趟："大家说了，就是要分散隐蔽，也得让大家诉诉苦，出口气，给大哥和那些牺牲了的同志们也得有个交代。否则外面会说我们散伙了，逃跑了，甚至说被军阀彻底消灭了。将来我们还有什么脸，到那头去见大哥？"

是应该回去了。我早就想回去，可是服装店怎么办呢？这两个店本来就是为了筹办军需，开办仅仅一年多的时间，就赚了两万多元，给山上送去的现款一万二千元，军服好几百套，子弹六千多发，同时还新建立了好些关系，丢了不但很可惜，同志们的生活也就没有了来源；可是继续办下去吧，又一时找不到一个合适的人来接手。正在左右为难，徐清浦引来一个人。此人三十四五的年纪，矮胖胖的，团脸，光头，穿一套灰布中山服，说起话来很幽默。他见了我朗朗一笑，露出一口雪白的牙齿，抱拳说："久闻其名，未见其人，今日相见，不胜荣幸。"随后说出他自己的名字：林竹栖①。

林竹栖是清浦在杨森的政治军事学校的同学，生性开朗大度，在官场混了一场，自己两袖清风，连唯一的儿子也养不活，寄在朋友家里，出来给雷忠厚当了参谋长。这个人使得我眼前一亮：这不是接替服装社的最佳人选吗？他生性爽直，活动能力强，社会关系也多，同雷忠厚、李荣华又是老交情，再加上个徐清浦，重庆的事情就完全可以放心了。

腊月，我回李子坝陪两个孩子好好玩了两天，然后起程回华蓥山。

---

① 林竹栖，又名林佩尧，重庆云阳人，曾任云阳县团练局长，受陈联诗等人的影响，于1938年加入共产党，后来成为陈联诗的亲家。

第三十章
宝顶宣誓

正是腊月十几头上,天气冷得很。我穿了一件旧的青布棉袍,头上包了一根青丝帕,装成一个病人坐在滑竿上,由李士民陪着,天黑时赶到了太平场,住到老王家里。

这里是罗平精的老家。谈起罗平精牺牲后的情况,老王只是叹息,说他家里被抄了好几次,手下的人大多上了山,也有少数逃回来的,都被夏马刀的人捉住杀了。问起他的女人和孩子,老王摇摇头,不知道去了哪里。我不由得想起罗平精临刑前的托付,心里怅然若失。

第二天清晨,我们喊来短程滑竿,走一截换一乘,从场背后的小路经过赛龙场、肖家场、罗渡溪——我用铺盖蒙着头,走过这些熟悉的地方——一直到罗渡溪场背后,才把滑竿打发走。我和李士民步行,赶到太阳坪家里,已经夜深了。母亲来开门,一见是我,手抖抖的,哇的一声就哭了。我扶她老人家在桌边坐下,没有流泪,也没有说话。不一会儿,玉喜来了,哑坐了一阵,才引我到了门前的黄桷树下,指着树前的一块平地说:"哥哥的尸体,二姐夫他们几个偷回来了,暂时浅埋在这里,怕敌人知道了,不敢堆坟。"

这哪里是坟,分明是一块刚播下种子的松土。

四周死一样的寂静,腊月的寒风吹着,黄桷树的枝叶沙沙地摇动。我站在这里,就像站在玉璧的面前。我在心里对他说:你拿着枪杆和他们斗了一辈子,难道死了还躲他们不成?

玉璧在我心里微笑,却说玉屏,你终于回来了,我一直在等着你。

我坐下来,捏了一把松软的泥土,就像捏着他温暖而宽厚的手:玉璧,我回来了,我已经把你的那封信刻进了心里,今生今世也不会忘记。

玉璧仍然微笑着,说你成熟多了,你今后的路还很长很长,看见你我就放心了。

想着想着,我一下子扑在他的坟上,喊着玉璧你英雄一世,怎么会死在这姓曾的手里?总有一天,我会提着叛徒的脑袋来见你!

玉璧仍然很平静:你回过头去,看看你身后站了多少人啊⋯⋯

夜已经很深了,寒风吹得更紧,玉喜在我身后轻轻地说:"嫂嫂,莫受凉了,回去吧。"

回到屋里,婆母坐在孤灯前,泣不成声。我说:"妈妈,你别哭了,有我在,就有为玉璧报仇的那一天。"说着收拾了几件衣服,就和李士民一起上山了。下了雪,路上滑溜溜的,黑夜里对面不见人影,可是这条路走了十年,沟沟坎坎都记得清清楚楚。我沿着荆棘丛生的毛狗小路,攀着枯藤,抓着小树,一步一步地往上爬,李士民在后面跟着。

走到半山腰,穿过一片密林,进了乱草丛生的僻静山弯里,忽然听到一阵急促的脚步声,有人在问:"谁?!"

这是李仲生的声音。接着脚步声乱了，还夹杂着笑声和呼喊，李仲生、陈仁勇、范永安带着人上来迎住，七嘴八舌地说："大姐，我们在这里，等了你两天啦！"

　　大家簇拥着我们进了向老大的家里，我却在这"家"门口愣住了。这是什么家啊：几根竹子搭着人字架，上面盖了些杂乱的茅草，屋里只有个石头搭的灶，灶上搁了个半边锅；一个烂箩筐里铺了些棕丝，里面放了一个刚出生不久的婴儿，旁边站着个七八岁的孩子，看着我呆呆的。这不是常和八儿在一起玩的二毛吗？我有了不祥的预感，上去抱起孩子问："向嫂子呢？"

　　向老大脸上掠过一丝悲凉的苦笑，仲生说："敌人把山边的房屋都烧光了，大毛为了去抢一床破铺盖，也被烧死了，一家人只好在这里临时搭起的一个茅草棚住着。前些时候敌人来搜山，向大嫂才生产三天，带着婴儿跑出去躲崖洞，又冷又饿，得了产后寒，前几天也死了，只留下这两个孩子，和老向。"

　　天亮了，一行人沿着弯弯曲曲的小路来到猫儿寺庙前。庙门前两个石狮子的嘴巴，被子弹打烂了；前面那块过去同志们下操的草坪，满是齐人深的杂草。一进庙门，和尚法智跑上前来，连连喊了两声大姐，就不作声了。我望着他，又想起法慧，他们当年就在这个地方练武，法慧从岩上跳下来，吃了一嘴的泥……

　　法智引我到大殿上，指着一根柱头，说："徐老师父就是被绑在这上面，被敌人当靶子打死的。"看那柱头上，还留着无数的枪眼和黑色的血迹。

　　人们在柱头前站了一阵，抬眼望见宝顶上的那一杆大红旗，仍像十年前一样随风飘舞。这旗帜，是夏林到广安买来的一匹大红绸，由我亲手缝制的。当时玉璧看了还说："第一次起义时，叫你缝镶白边的杏黄旗你不高兴，现在这大红旗迎风飘舞，你该满意了吧?"

现在,玉璧牺牲了,夏林牺牲了,还有许多保卫过这面红旗的同志都牺牲了。可是这红旗还在。

庙前庙后的山坡平地上,长起了绿油油的青菜萝卜,在雪地里分外醒目,令人想起了"野火烧不尽,春风吹又生"的诗句。大家继续往前走,来到一片竹林地,陈仁勇站住了,说:"请进屋。"

我四处一看,说屋在哪里呀?

陈仁勇笑笑,领我走进竹林,将面前的一排竹子轻轻拨开,就出现了一个两尺多宽的门洞,里面是足足有两丈多宽的一间竹棚子,两边的竹尖连拢,就成了棚顶,四周都绑上了茅草和竹叶,在密不透风的竹林里,不显山不露水的。棚里的一张小床,也是竹子搭的,上面铺着厚厚的茅草,还有一床草席,一床补丁重补丁的毛蓝布的铺盖,洗得干干净净地放在草席上。

竹棚里燃着一盆火炭,一进来就觉得暖洋洋的,和外面简直是两个世界。陈仁勇说:"怎么样,大姐,这屋子比你在重庆的洋房子舒服吧?热天不用电扇,冬天不用炉子,晒不了太阳,淋不了雨,四面八方都可以开窗子,东南西北风任你吹,空气新鲜,光线充足,早上有麻雀闹林,晚上听虎豹叫吼,要大要小,随你修盖……你看——"他领我从棚子后面出去,这里紧靠一片石崖,"居高临下,易守难攻。前边呢,靠着小路,可进可退,这就是大哥说的……"

有人捅了陈仁勇一下,他突然停住了话头,只是看着我的眼色。

外面闹嚷嚷地来了许多人,谭老五提了双麻窝子草鞋,递过来说:"大姐,快穿起,山上冷,谨防僵脚了。"向老大和唐俊清端来一砂罐焖锅饭，一盆野猪肉萝卜汤和一碗豹子肉，放在面前说："大姐，你好久没尝过山珍野味了吧？这些东西补人得很呢。"

我站起来，拉了这个又拉那个，大家坐成了一圈。谭老五说："同志们听说你要上山，都高兴得不得了。听李仲生说，你在重庆又累又急，身体坏了。大家就商量，你这次上山来，一定要叫你心情愉快，要把你的身体养好。"陈仁勇接着说："我们商量定了，来了一个分工。你看这屋子，是谭老五领着人搞的；床呢，是向老大绑的；吃的野猪肉是范永安打的……"范永安补充说："你这床铺盖，是唐二嫂送来的。"

唐俊清说："提起这床铺盖，又要想起大哥了，这是徐老和尚将他的一床铺盖借给大哥盖的。大哥下山时，是我抱去请唐二嫂洗了，准备大哥回来盖，谁知铺盖洗干净了，大哥不能回来了……"

本来都高高兴兴的，唐俊清这么一说，大家又不说话了，有人长叹一声，背过脸去揩眼泪。

我四处看看："唐二嫂呢？"

彭医生摇了摇头说："大姐，你还不知道，唐二哥一家人死得才惨。今年春天，大哥死了不久，敌人来搜山。唐二哥和他的孩子、父母在家里吃饭，夏马刀的人进来了，把唐二哥拉出去，一句话也不问就杀了，他的父母也被杀了。唉，还有那个三岁的孩子，抱着唐二哥的尸首，也被砍成两块……唐二哥革命十年，一家人都死绝了啊。"

"二嫂呢？她遭没遭？"

"没有，她当时正为一个伤员送药上山来，逃出来了，现在她和唐满妹在服侍伤病员，明天会来看你的。"

我没说话，只觉得身上的血在往头上涌。

晚上，竹林地里燃起了几堆火，老战友都围着火堆，摆不完的龙门阵。自从玉璧牺牲后，敌人就放火烧山，老百姓们死的死，逃的逃，山边成了一片废墟。同志们没粮吃，没柴烧，天寒地冻的，也没有棉衣穿，连吃盐也困难。后来，大家各自捡起了自己的手艺，划腊篾、编背篼、编箩筐、打席子、纺竹绳，有的还用棕丝编蓑衣，用莎草打草鞋。百子洞的炭厂，自从把龚静之撵了之后，一直是自己的人在经营，新近又开了几个炭洞子和石灰厂。山上的草药多，彭医生带头领了一个草药组，自己搞了一个药铺，还弄了很多药下山去卖，这山上的大黄啊半夏啊，又多又好又值钱。

我对几个党员说："这么多同志的生活安排，多亏得你们苦心筹划。"

周辉同说："这倒没啥。只是大哥牺牲后，敌人对我们更加狠毒，我们没有得到上级的指示，想打又不敢打。心里憋闷得慌。"

谭老五接上来说："就是！当时我们要去万源城口，和红四方面军一起打，他们几个头头把我们吼住；后来我又说干脆找中央红军主力部队，他们又说是没有得到指示；我们派了好多人出去联系，可是都没有消息。大哥在时就说我们要成立正式红军，要同红四方面军会合；现在红军走了，大哥死了，组织又没有找到，今后难道就在这山上，蹲一辈子不成？"

李仲生说："我们还有组织管着，心里不安逸还不敢乱说，有些人的怪话可多呢。他们说，我们过去是牛马，革命就要革掉牛马皮，现在军阀和土豪恶霸整我们比以前还凶，难道我们就不革命了吗？我们在山上住竹林钻崖洞，同野兽在一起一年多了，再要守到什么时候？"

我碰碰只顾拨火的范永安："你怎么不开腔？"

永安长长地叹了一口气："大姐，我看到你，就想起了大哥。唉，我们在华蓥山蹲了十年，跟大哥没有分过左右，情如手足。我们过去只晓得不受地主军阀的压迫剥削出来造反，另谋生路，是大哥教我们懂得了许多革命道理。大哥常说我们也会胜利的，哪怕有天大的困难……那天大哥下山时，我们送他，他说不送了，我顶多六七天就会回来的。可惜大哥回不来了，大哥没有看到胜利就死了……"

"永安，不谈这个了，咱们谈谈别的吧。"

范永安接着说："大姐，听说蒋介石进川了。他的人要开到广安来，和刘湘勾结起来整我们，我们就这样等着挨整吗？我们怕什么？只要你大姐站出来，华蓥山上下马上就会涌来成千成万的人。敌人杀了我们的大哥，还有你；杀了我们那么多父老兄弟，还有我们，我们就是种子！这样苦的日子，我们以前也有过，不稀奇。只要你今天说一声，我们明天就敢把队伍扯下去，把龟儿子打个屁滚尿流……"

陈仁勇把范永安往后一扯，挤进来说："老范，你的苦诉完了，该我来说了吧？唱戏嘛，也该一人一板地来嘛。"

仲生瞪了他一眼："你这个快乐神，还是这么吊儿郎当的。"

陈仁勇不服气了："什么叫吊儿郎当？你们都要学学我。我们自己不快乐，岂不是快乐了敌人？我都是差点死过一回的人了，老天爷不收留我，就是留着我跟他们作对！"

大家正说得热闹，山下忽然出现了一溜火把，李仲生高兴地说："一定是刁大哥，他们约好昨天就要来的。"

火把到了跟前，我一下子愣住了：火把下站着刁大哥、陈亮佐、徐清浦,还有林竹栖,而走在最前面的,竟是李荣华李大哥!

大家重新在火堆边坐下。李大哥指着林竹栖对我说:"你一走,店子就被警备司令部查封了,竹栖差点没跑脱,就跟我们来了。至于我嘛,早就该来了。当年我就跟廖大哥说,我要上来,我能和他搭伴。你们这么多人,只有我走路走得过他,一天二百里。我们又谈得拢,打仗的事情也好商量。可是他不同意,他说我有声望,在重庆又有关系,不上来起的作用更大。唉,现在我上来了,可他又不在了。"

我说:"李大哥,你上来,恐怕大嫂她……"

李荣华一摆手:"玉屏,你别大嫂大嫂的,那女人,就像廖大哥常说的,是为了面包问题。她就是为了面包,为了钱才跟我的。她怎么会真心跟我?我为什么又要万事都依着她?我现在只要你们在座的各位弟兄了解我,只要跟你们大家在一起,我就死而无怨。从现在起,我不住重庆了,回广安老家来,有用得着我的地方,你们只管说,我拼了这条命也要帮忙!"

大家一阵掌声。又摆了一阵,眼看快天亮了,仲生、辉同他们和刁大哥说了几句话,刁大哥迟疑了一下,点点头站起来,把我拉到一边。说:"玉屏,大家有点心事,要我来问问你。"

"刁大哥,有什么事情你尽管说。"

他长叹了一口气:"现在廖大哥不在了,你拖着两个娃娃,人又还年轻,你会不会、会不会……"

我一听,什么都明白了:"你是问我会不会再去嫁人?"

刁大哥点点头,支吾说:"我们都晓得这是你自己的自由,你一个寡妇家拖着两个娃娃是艰难,可是大家怕万一你要是嫁了个不跟大家一条心的,会不会……就不革命了?你要晓得,我们这里的这么多人，都是把你当成了廖大哥的人，现在也只有你才统得起来，要是你不管了，这支队伍就真的完了哟！"

我转过身来，火堆边的同志们一个个正看着我，等着我回答。经过这么多年的磨难，他们是不可能回头的了。他们都已经将自己的生命，和革命连在了一起，和他们的廖大哥连在了一起。如今玉璧不在了，他们就这样地看着我，希望我能像玉璧一样，带领他们，把这条路走到底。可是我能担起这个重任吗？就像刁大哥刚才说的，一个才三十五岁的寡妇，还带着两个孩子？我的目光扫过他们的脸，扫过这些满是沧桑的脸。这支队伍，这支由自己和玉璧，还有刘铁，还有许多人一手拉起来的队伍，这支在华蓥山区转战了十年的队伍，这支面临着绝境的队伍，在等待我的回答。

可是，现在红军北上了，领导们走的走了，牺牲的牺牲了，全川的党组织都破坏了，自己都不知道今后该怎么办，长期带着这么大的一支队伍，往哪里走？

篝火熊熊地燃烧着，把每一张脸膛都映得通红。我又想起了当年和玉璧在那只小船上说的话。是的，那个时候，我还年轻，完全没想到会是今天的这个场面，可是我说了，要和玉璧一起在这条路上走到底，不管前面有多么艰难。还说了，我们这一代走不完，还有孩子，我们祖祖辈辈走下去，看谁能斗得过谁。如今玉璧他走在了前头，我呢？我该怎么办？

我咬咬牙，一转身走到大家面前，说："刚才刁大哥跟我说，大家愿意推我出来领这个头，好继承玉璧的事业，和大家一起革命到底。我现在给大家表个态，我这辈子再也不结婚，不嫁人！我要和大家一起，和军阀反动派斗争到底！"

火光中站出了一排排墙一样的身影，爆发出一阵欢呼。

清早起来，我和刁大哥、李荣华、徐清浦一行二十多个人，到宝顶寺前的欢喜坪去参加宣誓。天气很好，漫山遍野都是雪，白得晃眼，长长短短的冰棱子挂在树上，透亮。前面开路的同志已经把雪都铲干净了，露出了清爽的一条路，远远看去，半山腰里飘着一抹云雾，仲生见了，说今天要出太阳。

走到欢喜坪，太阳果然升上了宝顶寺的塔尖，阳光透过云雾，折射出一道隐隐的彩虹，都说这是个好兆头。那面大红旗挂在一根大楠竹上，红旗下是用九张方桌搭成的台子，四棵刚砍来的大柏树立在台的四角上，沿台口还立着一排松枝柏杈。台上的方桌上，点了九支大烛，并排放着三支大香，一把雪亮的马刀系着红绸，放在香的旁边。

唐俊清抱了一大卷白纸上来，压在台口，白纸上密密麻麻写满了烈士们的名字。逐一看去，第一张写的玉壁、老刘政委、刘铁、金华新、唐庆余、王道纯、刘昆仑……都是一些主要领导人；其他几张就是夏林、陈伯斋、僧法慧、僧法能、谭之中、杜仁杰、唐老六、何明轩、李老七、罗平精、徐老和尚……这些名字都是这几天山上的同志们凑出来的，他们有的死在战斗中，有的死在刑场上，有的被沉河，有的被活埋……在他们中间有共产党员，有群众，有世世代代做牛马的长工，有终年辛苦不得一饱的农民，有长年累月在活棺材里劳作的炭厂工人，有在烈日暴雨中拉船的纤夫，有石匠、木匠、泥水匠、染匠、剃头匠，有裁缝和医生，有知识青年，有年轻力壮的小伙子，有六七十岁的老年人，有刚出世的婴儿，有卧病不起的老妈妈，有打富济贫的好汉……

十年了。十年来，我们牺牲了多少人！这密密麻麻的几张大纸，记载的满是血和泪啊！

我转过身来，向山下望去，开会的同志一个个从云雾中走出来，穿着很旧很烂的长袍短褂，还有的披着蓑衣，脚上大都穿的用蒲草打的草鞋。李仲生突然碰碰我，说："唐二嫂来了。"

我连忙拨开众人迎上去，只见唐二嫂扶着一位老太婆，后面还跟着一些披麻戴孝的女人和孩子。唐二嫂一见我就背过脸去，眼泪像珠子一样落下来，浸湿了衣襟。我拉着她冰冷枯瘦的手，不知道说什么才好。二嫂抬起头来，对我吃力地笑笑，把身边的老太婆推到面前说："大姐，这是李老七的母亲。"

李老七是夺了一把马刀，砍死了几个敌人之后才被乱刀砍死的。他的妻子、妈妈和妹子躲在粪坑里才逃出来。她们看见我，都哭，身后的孤儿寡母们，顿时哭成一片。山边的一些老农民和炭厂的工人也来了，五十多岁的张老大走到我面前，很激动地说："大姐啊，廖大哥死了，我们大家屋里都死了人，我们都拥护你，你要带着大家报这个仇啊。"

云雾散开了，太阳照到欢喜坪上。陈亮佐招呼大家安静下来，请烈士家属在前面的几排竹凳上坐着，接着把手一挥："奏乐！"

由陈仁勇临时组织的一支乐队，把庙里拿来的锣鼓家什敲了起来，其中还夹着刚刚砍下竹子做的笛子，一群队员朝天鸣放火药枪，枪声在山谷间荡起回声，惊起一群雀鸟，漫天飞舞。

喧闹声平息了，陈亮佐又喊："全体肃立，向烈士敬礼！向党中央领袖毛泽东、朱德敬礼！向中央苏维埃政府敬礼！向廖大哥、老刘政委和其他死难同志敬礼！"

在场的人都默默地站起来，向着西北方恭恭敬敬地鞠躬。

陈亮佐主持会议，说了些鼓舞人心的话，台上台下口号声响成一片。最后他大声说："同志们，我们的大哥死了，但是大姐回来了,现在我们请她表示态度!"说完就跳下台来。

台下"噼噼啪啪"地鼓起掌来。我走到台口,向烈士名单鞠了一躬,然后站上台去。台下稀稀落落站着两三百人。这支整整战斗了十年的队伍,这支打得罗泽洲、杨森焦头烂额的队伍,如今只剩下这么一点人,其中还包括一大群孤儿寡母。他们衣衫褴褛,面带菜色。他们手中的枪,或许只有一颗打算留给自己的子弹,或许连这最后的一颗子弹也没有。他们都站在这里,像一尊尊雕像,冬天的山风撩起他们草一样的头发,背后是一堆堆燃得熊熊的篝火,火光上空弥散开来的烟雾,将他们身后的山景幻化成迷茫的一片。

我站在那里,停了好一阵才大声说:"同志们!我今天在红旗面前,在死难烈士的面前,在你们的面前宣誓:我带着玉璧留下的两个孩子,孤儿寡母也要闹革命,决不半途而废!我请在座的同志们监督我,今后若有三心二意、背叛革命的行为,就有如此香!"说着拿起马刀,把三根大香一下斩成两段,又指着刁大哥、徐清浦、李荣华他们说:"我请几位大哥监督我,今后若有对不起党、对不起同志、对不起玉璧、对不起后人的行为,也有如此香!"说着又是一马刀,把剩下的三根半截香,也斩成了两段。

刁大哥挥着手大声说:"加香来!加香来!"

陈亮佐抱来一大把香放在桌上。刁大哥向着烈士名单行了三个礼,然后跳上台去,大声说:"……这么多年来,廖大哥、老刘政委和其他许多同志同我们在一道,风里来,雨里去,敌人的刺刀架在颈项上,也是英勇不屈。他们是英雄、是好汉,死得光荣,死得值得!他们死了,我们还在,大姐还在!大家都看到了,大姐是女的,还这样和我们一道同甘苦共患难,我刁仁义也是党员，也决心自始至终革命到底。今天我也在此，对天盟誓：天昏昏，地冥冥，如我今后有反意，做出对不起党、对不起死难的同志、对不起大家的事，也有如此香！"他一马刀斩下去，香头在空中跳得老高。

李荣华脱下身上的毛皮大衣，穿一套呢制服，站在台前大声说："弟兄们，我很惭愧，十年来我只是在后方做些枪弹的供给工作，没有同大家一样，上山打仗。我虽不是共产党员，但我也要革命，我请在座的各位大哥和全体兄弟们监督我，今后我李荣华若是三心二意，不跟共产党走，死无葬身之地！"

李仲生也代表全体战斗员上台宣誓："不管天大的困难，我们决不放下枪杆，就是战斗到最后一个人，也要保住华蓥山的红旗！……"

接着徐清浦、周辉同、陈亮佐他们都一一跳上台去斩香盟誓。

唐二嫂跳上台去，举着拳头高喊："我们要报仇啊！"

台下一个叫邓大爷的老头子站起来，抖着双手颤巍巍地说："你们大家都说要报仇，我也要报仇啊，我一家人被杀光了，我活到八十岁也要把仇报了才死！"

起风了。山风卷动着竹竿上的红旗，满山的松柏竹树，隐雷一样轰鸣。

第三十一章
清人清枪

宣誓的第二天，大家就行动起来，执行我们定下的分散隐蔽计划。范永安和唐二嫂、彭医生一起，带着伤员向大竹后山转移。周辉同和李仲生着手组织山上的同志，一边生产，一边准备对付敌人的清剿。我和刁大哥带着一批人下山，到各县清理失散的人和枪：其中，唐俊清和谭老五去营山、花桥、渠县、转洞桥、大林山一带，陈亮佐去武胜、邻水一带，马福林去顺庆小坝子，林竹栖随李大哥去广安……我和刁大哥、陈仁勇三个人，去渠河沿岸清人清枪。

天气晴和得好，就是冷。李仲生带了十来个人送行，走到山脚下大溪沟和阳合场交界的地方，再往下就是敌人的地盘，不能再送了。仲生有些不放心，四处张望，突然发现身后有个人，一闪就进了竹林里。

自己的人是不会随便到这里来的，李仲生带了几个人追上去，把那家伙按住，将他皮面的破长衫拉开一看，里面穿着一件很好的青哔叽棉袍。再撩开棉袍，搜出了一把一尺长的短刀。

仲生用那刀抵着他的脑袋："说，哪里来的？！"

那家伙趴在雪地上只是磕头，说是广安宪兵团的。

"这么说,你是国民党的人了?"

"是是,我是宪兵团刘营长的人,我们驻扎在罗渡溪,前些天广安那边来人说,廖玉璧死了,可他的老婆陈玉屏还集中了一部分人在华蓥山上,就派了二十多个人出来,要我们上山去侦察情况。"

"你们上山了?"

"没有没有,山上冰天雪地的,又有你们的人在,谁敢去啊。我们四个人成一组,就在这山下转。就我们这一组走得远点,我们是看着你们下山的。"

"还有三个人呢?快说!"

"他们……看你们人多,怕吃亏,就报信去了,两个去了毛垭口,还有一个去了阳合场,要我跟在你们后面,不要让你们跑了。"

看来下山的事情,敌人已经知道了,而且从赛龙场、罗渡溪到岳池、顺庆……到处都布了防。大家研究了一下,决定现在就各自分头行动。我说着说着,觉得有点不对头,转身一看,那俘虏跑了,在雪地里磕磕绊绊地跑出二三十米远。仲生抽出枪来,我按住他说别开枪,开枪就等于给敌人报信,他还跑得过你?

"根本就用不着我去,"仲生说着把从俘虏身上搜出来的短刀递给身边的一个队员,"做干净点,不要给敌人留下痕迹。"

仲生不能再送了。他握着我的手,哆哆嗦嗦的,半天才说:"大姐,你要保重,我们没有了大哥,可不能再……"

陈仁勇一看,又想说笑话,可是话到了嘴边,没说出来,只是伸手摸了摸腰上拴的红绫。每个人不但都带了枪,还都拴了红绫,大家心里都明白,这一去生死未卜,开不得玩笑。

我盯住每个人的脸,一字一句地说:"大家不管遇到什么情况,都必须遵守一个原则:保存力量,不准蛮干!事情办完了之后,到明月场陈明宣的栈房里等我,他那里是个小场,僻静,还没有驻兵。如果本人因为什么事情来不了,委托接头的人一定要拿着红绫。记好了,我们的口令是……如果说不出来,一律不得在我们的地界通过。"

几个人揭去头上戴的破斗笠,脱下了脚上的烂鞋子,变成了另外的一帮人。谭老五和唐俊清还是扮成鸡鸭贩子;刁大哥穿了件质地很好的马褂,还围了一条毛线围巾,成了一个富态的地主;陈仁勇成了我的长年,手上提了个蓝花布包袱,表示就近去走亲戚——这个角色以往都是夏林扮的,现在交给了陈仁勇。我也扮成了一个男人,上穿一件海苍蓝的长衫,下着一双剪口布鞋,头上戴了一顶灰色的博士帽,还拄了根山藤做成的拐棍。我人矮,又面嫩,都说像刁大哥的大少爷。

才到走马岭,打前站的人回来了,说是前面情况很紧张,下不了河。大家决定改走马头溪,去找联络员老杨。

马头溪是赛龙场下面的一个小渡口,老杨在撑渡船,正是逢场天,又靠近年关,买年货的人来来往往,把他的渡船装得满满的。五个人在坡上歇了一阵,眼看天色已晚,才大摇大摆上了最后一船,老杨不动声色,到对岸把船上的客人都下了,才把我们拉到一个僻静的河湾里。我坐在暗处,尽量不说话,让刁大哥和陈仁勇他们去向老杨问情况,老杨说着说着看我一眼,说着说着再看我一眼,把刁大哥拉到一边:"你们那小伙子,我看着有点面熟啊。"

"哦,他叫老马,你不认识。"

老杨是老交通了,知道有些事情不该问,也就不再打听了,继续说情况。这一带是我们的根据地,敌人剿杀得尤其厉害,杀了不少的人，其中就有驻守在肖家场的杜仁杰。老杜在长生寨整军的时候，就是我的副队长，玉璧一牺牲，杜仁杰那恶霸叔叔就勾结军阀，把肖家场和赛龙场的口子都扎起来，抓了我们近百人，杜仁杰也牺牲了。

老杨把大家安置好，就回家去了。我想了又想：老杜牺牲了，可是他的那些枪不知道怎么样了。好几十支枪，都是些好枪啊，怎么也得想办法，去把它们找回来。于是我说还是要去肖家场一趟。那里的事情很重要。

陈仁勇拦住说："大姐这样吧，这事我去。我去你还不放心？"

是啊，陈仁勇去，还有什么不放心的？于是大家在老杨的船上分了手，刁大哥沿着渠河回武胜，去清理金滩、丈八滩一带的船工，唐俊清去了营山花桥一带，我由谭老五护送，到处转了一圈，赶到明月场陈明宣的小栈房里，已经是腊月二十八了。

明月场靠着渠河，是个不惹眼的小场，没有驻兵，那乡长也不惹事，陈明宣本人经营着一家小旅馆，还是场上的税务员，人缘很不错，而他的小旅馆人来人往，也是个很好隐蔽的地方。谭老五把我送到了，当天就去了铜梁。陈明宣夫妇是自己人，可是不认识我，只是听从谭老五的吩咐，把我安排在一个小房间里等人。

晚上，陈仁勇回来了，一进屋直喊着饿坏了，跑进厨房端出两大碗稀饭，稀里呼噜就吃了个风卷残云。我坐在旁边等他吃完了才问："你跑了这么几天，情况怎么样？"

陈仁勇说："杜仁杰的枪都藏起来了，他手下剩下的那些人也都潜伏下来了。我悄悄找人把窖里的五十多支枪都起了出来，找了几个可靠的人运到山脚下，仲生派人来接的。肖家场的同志们都想要跟我们上山,正发展人呢,说要跟着你去报仇。"

"你怎么跟他们说的?"

"哎呀大姐,你莫要考我了,跟了你这么多年,这点原则性还不晓得?我跟他们说,坚决不准乱动,等候上级指示。"接着又小声说了一句,"只是不晓得,这上级的指示好久才来得到哦。"

我没理会他的牢骚,想了想说:"不知道现在罗渡溪那边的情况怎么样了?这一片,可是我们苦心经营了十年的根据地啊。"

"大姐,要不要我回去看看?"

我叹了口气说:"算了吧,你差点在那里死过一回了,不要去了,犯忌讳。"

陈仁勇嘿嘿一笑,说:"大姐,你还是个老'布尔'呢,还迷信!阎王不要命,谁还敢要我的命?留着我跟他们作对呢,这是天意!只是……"

"只是什么?"

他嘿嘿一笑,支支吾吾地说:"只是我的枪丢了。"

"你怎么会把枪丢了?咋不把脑袋丢了?"

"我没办法,要是不丢枪,恐怕只得丢脑袋。大姐你别乱猜,我是看见敌人来了,到处抓人,连那些出门人手腕子上拴的避邪的红丝线都说是共产党的暗号,你说容得我的那支枪?我灵机一动,就把枪丢进了水田里,心想等他们走了再去捞。可是没想到那些龟孙子就是不走,我又不敢不走,等到天黑了摸回去,硬是找不到了……"

我下过死命令:就是丢了脑袋也不能丢枪。这个陈仁勇他……可是又一想,难道真的让他去白白丢了脑袋不成?可是我们的枪,尤其是有子弹的枪这么缺。出来的人,带着枪是很危险,可是少了枪,又怎么行?

陈仁勇一咬牙:"大姐,我保证从他们手里去搞支枪来,将功折罪好不好?"说着一转身,就要往外走。

"回来!"我从腰上抽出一支枪来,掂了掂,递给他说:"这是李大哥当年送给我的一支快慢机,好枪啊,这么多年来一直跟着我,从没离过身。你就先拿去用吧,什么时候有枪了,就还给我。"

陈仁勇接过去,也掂了掂,一下子插进腰里说:"大姐你放心,要不了十天半月的,就会完璧归赵。"

"你听好了,不要大而化之的!这一路敌人都是重兵把守,到处关卡林立,保甲十家连坐,一家人出了问题,十家人都要遭殃,开不得玩笑。你不能走大路,晚上不能住店,就在田边地头,或者是林子里找个地方靠一靠。现在不比我们红火的时候了,人往利边行,见利起心的人多的是,我们不能再吃亏了。"

陈仁勇还是满不在乎地直哼哼,然后一猫腰出了门,哼着小调走了。

这个陈仁勇啊,什么都不当回事,既讨人喜欢,又让人担心。

第二天,是大年初一。吃过了早饭,陈明宣家的老太太邀约我上街去转转。我心里有事,不想去,却禁不起老太太连拉带劝,再说老在屋里待着也闷得慌,这个清清静静的小地方,想来也出不了什么大事,就跟着上了街。

这个场镇,确实小,就一条街,除了两间杂货铺和一家茶馆,只有几间破草房。这一向风声紧,有钱的人都躲进碉楼去了,街上除了穿红着绿的娃娃们,就是些妇女和老人,见我这副打扮，都有些诧异。一个戴毡帽的人问一个老头："张大爷，您看这小伙子，是哪里来的？"

那老头含着叶子烟杆骂了一句："不晓得，倒男不女的样子，活像个怪物。"

我一听这话不对，连忙回到了陈明宣的栈房里。晚上，和陈明宣一家人吃过年饭，夜已经很深了，我和衣躺在床上，翻来覆去地睡不着。想到往年的今天，虽然不一定全家团聚，但总还有个家，总还有个人在；现在玉璧死了，两个孩子托给了别人照管，今后这个家，也就名存实亡了。又想到当年和玉璧恋爱的时候，山盟海誓的，以后这么多年一起出生入死，从来就没想到……我想着想着，眼泪又浸湿了枕头，不禁长叹一声，迷迷糊糊地睡着了。

蒙眬中，觉得好大好大的太阳，晒得浑身燥热，突然又听得几声枪响！我翻身坐起来，发现山墙那边的厨房火红一片，接着噼啪爆响的火苗轰地蹿上了房顶。我急了，抓过帽子扣在头上，就跑去打陈明宣夫妇的门，一边扯开嗓子高声喊："火烧房子啦，快起来救火啊！……"

尖声尖气的喊声惊动了巴掌大的乡场，场头场尾的人都赶来救火，三下两下就把火打熄了。天已经亮了，陈明宣感激得不得了，到处磕头作揖地道谢，怪自己做了年饭没把灶里的火闭好。我却听见有人在一边悄悄地说："这小伙子不就是白天逛街的那个少爷吗？好像在这里住了好几天了。"又有人说："少爷？声音咋这么秀气？"

我心里一惊，连忙退回屋里，才发现事情要弄糟。咋办？走吗？跟大家约好要在这里集合；不走，出了事咋办？要不然改成女装？不行，面貌和声音都没变，别人更要怀疑，等于此地无银三百两……犹豫之中，上午过去了，没有人来；眼看下午又要过去了，还是没人来。

我正在着急，林竹栖来了。

林竹栖是代表我跟着李大哥去的广安，本来要说服同志们隐蔽，可是谁也不听他的。一是大家谁都不认识他，更重要的是广安那边的同志们都很急躁，还在打土豪聚钱粮，说是只要大姐一声令下，就跟着去报仇。

林竹栖苦口婆心，说大姐的意思，是要大家隐蔽下来，转入地下。有人就问他："为什么要转入地下？"

"为了避免更多的牺牲啊，我们已经死了很多……"

"咱们死一个上五个，革命还怕牺牲？是你自己害怕牺牲吧？我看你八成不是个好东西，是个'托派'！"

"托派"是个新名词，大家也不知道是什么东西，只知道是革命队伍中的坏人。一听说林竹栖是"托派"，就有人围过来，要把他装进麻袋丢进河里。幸好当时有李大哥在场，可是大家居然也不听他的，就连郑涛、郑宁两兄弟也不听，还放出话来：除非大姐亲自来，否则就要开打！

林竹栖说："李大哥招架不住，叫你赶快去一趟，晚了说不定就会出大事的。"

"广安的情况现在怎么样？"

林竹栖说："诗姐，广安城里你是不能去啊，满城都在说廖玉璧死了，他的旧部都聚集在你的手下，枪支都成千上万；还说你手舞双枪，日行千里夜行八百，来无踪去无影的，说不定什么时候就打进广安城来。现在城里住着国民党的宪兵，挂着你的通缉令，到处都在抓女人。要去只能绕道去李大哥家里——金家花园。他说好了在家里等着你。"

正在说着，陈明宣一头冲了进来："不好了，保长跑去报了官，说我的栈房里住了个倒男不女的人，还说随时都有人进出，很可能是华蓥山上下来的，现在上面来了一个排的兵，都进了场口了……"

林竹栖一听，忙把枪摸出来，我说："莫慌，往河边跑。"一边给陈明宣交代："我们的人来了，叫他们到合川潘德敏家里来找我，其他的你说统统都不知道。"

冬天白天短，虽说离渠河只有十五里，赶到河边时天已经黑尽了。正是枯水季节，河坝里显露出许多大石头，听见后面追兵来了，林竹栖拉着我往那些大石头后面躲，我一反手，拉他跳上了河坎，躲进了一块麦地里。不一会儿敌人赶到了，举着火把在河坝里的那些大石头边转了半天，才骂骂咧咧地走了。我拉着林竹栖从麦地里出来，看了他一眼："怎么样？"

林竹栖长长地出了一口气，憨厚地一笑："你真是神机妙算，以后我都听你的！"

林竹栖是个胖子，一连跑了好多天，脚上都打起了血泡，走起路来一拐一拐的，疲惫得不得了。我想提起他的兴致来，就逗他："你这个人，怎么才走一百来里路就成了这个样子啊？就你这样还是军事学校出来的，当过团练局长？"

林竹栖有些无可奈何："嘿，当局长是一回事，走路又是一回事。我这局长哪里比得上你们打游击的，个个都是英雄。"

"都是英雄？那我呢？"

他很认真地说："你更是英雄了，女英雄！"

他越是认真，那样子越是让人好笑，这个人，真有点意思。

又走了一截路，才找到了渡口。深更半夜的，我汲取了在旅馆喊人救火的教训，让林竹栖去喊船。他站在岸边的一块大石头上，扯开嗓子喊艄公。

好半天河那边才有人应声:"大过年的,半夜不走!"

林竹栖说:"我是送要紧公事的,耽误不得哟。"

又过了一会,那艄公问:"你们几个人?"

"就我一个。"

艄公不吱声了,一会儿就看见河面上出现一条船,慢慢地摇过来。我躲在石头旁边,没等船停稳,一个箭步就跳上船去,把艄公吓了一大跳。我用枪顶着他的下巴颏,压低嗓子说:"不准喊!到合川。"

艄公一声不响,操起桡片就开船。正月初三的晚上,月黑头,天上只有几颗寒星在闪动,周围一片寂静,河风吹来,透骨的冷。小船顺水往合川去,突然砰的一声,船身一震,艄公说:"不好了,船卡在滩石上了。"

"那怎么办?"

"要人下去推。"

我二话没说,"扑通"一声跳进河滩,河水齐腰深,冷得我当即打了两个寒战。林竹栖大吃一惊,脱口喊了声"诗姐"!我心头火起,一伸手把他也拉下来:"喊什么喊,下来推船!"

林竹栖这才想起我是男装,自己失口了。

两个人和艄公一起使劲,才推了几下,我就感到心慌气紧,满头的冷汗。我好些天没好好睡过一觉了,今天跑了大半夜都没吃东西,寒冬腊月泡在这冰冷的河水里,本来就受不了,还得去推船。可是不推不行啊。我靠在船帮上,大喘了几口气,喊着:"一、二、三!"终于把船从滩石上推开。

林竹栖把我从河里拉上船来。我大半身都湿透了,在水里还好些,上来让河风一吹,骨头都冷得疼。林竹栖看我冻得脸青面黑,浑身瑟瑟发抖,忍不住一把将我抱在怀里,用他自己的体温暖着我。我想要挣脱出来,可是真的累得不行了,一点都动不了,只得故作轻松地笑笑,说不要紧,到了合川就好了。

竹栖泪汪汪地点点头。没想到这个大男人,还这么婆婆妈妈。

天快亮的时候,合川到了。艄公在城外停下来,我从湿淋淋的衣兜里摸出三个大洋来,双手递给他说:"兄弟,冒犯了。"

艄公不接钱,却低下头去对我鞠了一躬,然后抬起头来看了我一眼说:"我知道您是谁了。"说完径自走了。

黎明的风呼呼地吹,我穿着一身湿衣裤,冷得直哆嗦。我带着林竹栖绕到北门外一个大院子门外,听听没什么响动,就让他托着我翻进了院墙,然后给他开了大门。我走到房间门口,轻轻地叫着"德敏",门"哗啦"一下打开了,我站不稳,一头就栽了进去。

我不知道睡了多久才醒过来,德敏正端着一碗热腾腾的姜汤,说:"大姐你醒了,再喝一碗。"

"我……喝过一碗了?"

旁边的林竹栖听我这么一说,嘿嘿地笑起来:"你要是没喝姜汤,能睡到现在?"

屋里暖烘烘的,弥漫着辣辣的姜汤和甜甜的稀饭的味道。我躺在床上,只觉得浑身酸软,动也不想动。德敏说:"大姐,你这是又冷又累,喝点稀饭和姜汤再睡,有事情我会叫你的。"

林竹栖一脸的倦容躺在旁边的躺椅上,亮着一双光脚,脚上满是黑黑的血泡,看样子刚刚用针穿过了。我说:"你也好好睡一觉吧,你没走过这么多的路,辛苦你了。"

林竹栖说:"只要你没事,我就放心了。我这就睡,我要好好地……"话还没说完，鼾声就起来了。

德敏是李荣华李大哥的外甥女，叫李大哥舅舅。前几年俊清跟着我运枪在重庆往来，李大哥看他精干实在，就收他做了上门的侄女婿。德敏是大户人家的独生女儿，有房子有地，家里四合头的大瓦房，前庭后院，古树成荫，人称"潘家花园"，上上下下就缺个当家的男人。可是俊清结婚后，依然成年在外面奔波，德敏一个人在家里守着空房，一点怨言也没有，只是私下对我说，希望能够有个孩子。我多次叫俊清回家住上一段时间，玉璧也说过这话，可是局势一紧再紧，他又是队伍里的骨干，很多事情离不开，也就放下了。

我拉着德敏的手说："德敏，这两年委屈你了。"

德敏低头给火盆添着炭，一张脸映得通红，说："大姐，你这话说到哪儿去了。应该的。"

"德敏，你听我说，这次清人清枪的事情完了之后，大家都要潜伏下来，不知道什么时候才能够东山再起，就让俊清带上你远走高飞，找个地方过上几年清静的日子。你们都还年轻，生上一大群孩子，俊清又是个能干人，保准把这个家治理得有条有理、乐乐和和，多好。"

德敏听了这话，脸上笑开了花，说："大姐啊，到那个时候，我们就接你来，还把宁妹子和亚彬也接过来，咱们一起过。"

唉，歇歇吧，大家都应该歇歇了。这样的日子，什么时候才是个头……

我再次被德敏叫醒，又快天亮了。一睁开眼睛，只见陈亮佐站在面前，我翻身爬起来："刁大哥出事了？"

亮佐点点头："刁大哥刚刚从金滩、丈八滩回到刁家祠堂，就被敌人包围了。除了兵，还有乡丁，足足有一百多人。我们激战两天了，子弹都快没了，刁大哥让我突围出来，找你搬救兵。"

"快！快走！亮佐你能不能集合些人来？"我跳下床去，手忙脚乱地找衣服找鞋。

"人没问题，我已经在朴溪场召集了二十多个人，可是我们只有三四支枪。"

我愣住了。我知道刁大哥手里的枪弹不多，被一百多人围住，肯定是凶多吉少。可是都这个时候了，到哪里去找这么多的枪啊？

德敏在旁边说了一句："找天平寨上的潘福！他手里有枪。"

德敏说的潘福，是这里的大地主，他的寨子建在很高的石崖上，前面是陡坡，后面是悬崖，向来以坚固著名，曾经有土匪打过他的主意，打了好几次都没能攻下来。

天已经大亮了。天一亮，敌人就要对刁家祠堂发起进攻，刁大哥那里力量悬殊，能坚持多久还是个未知数。我心一横："德敏，我想直接去会会这个潘福。"

大家都知道我的意思。这一场要说得下来，问题也就解决了；可是万一说不好，就等于把自己送进了虎口：谁知道这个潘福，是红脸的关公还是白脸的曹操？大家都沉默。林竹栖想了想问德敏："合川这边的形势怎么样？"

德敏说："还好，毕竟离山上远，没有抓人，也没听说杀人。"德敏停了停对我说："潘福是我隔房的叔叔，去会他倒没什么问题。不过他虽然也是袍哥中的人，也听我舅舅的言语，却是极为谨慎的。现在风声这么紧，要借这么多的枪，本身就是一笔钱，如果要追查，会更麻烦。如果只是打我舅舅的招牌，还不知道行不行。"

林竹栖说："那我就再跑一趟，让李大哥——"他的话还没有说完，就被我打断了——时间这么紧张，来不及了。我对林竹栖和陈亮佐说："潘福的寨子里，防范得很紧，你们男人肯定是进不去的，我就带着德敏去。林先生，大家不认识你，你又不是本地口音，在这里活动很危险的。你还是先回重庆去，找到雷旅长借点钱，先把缝纫社恢复起来再说。现在工人和机器都是现成的，就只差两间铺面。我们以后用钱的地方多的是，现在光出不进，没有来源，是个大问题。"

林竹栖看着我，一副不放心的样子，我摸出身上最后的五块钱递给他："你这人，怎么婆婆妈妈的！叫你走就走嘛，继续待下去，要误事的。亮佐，你也走，到朴溪场去集合你的人马，我和德敏这就去找枪。要是今天傍晚还没我的消息，你们就自己想办法。"

他们俩你看看我，我看看你，就是不肯走。我不由分说把他们俩轰了出去，然后关上门，让德敏找出一身体面的女装，装成一个教书的女先生。收拾好了，一起到街上的茶馆里打听潘福的消息，才知道潘福昨天去了重庆，说是今天中午回来。

时间一分一秒地过去，快小晌午了潘福才回来，德敏脚跟着脚地进去，说："大叔，舅舅派人来求见，等了你好一阵子了。"潘福一听，脸没洗烟没烧，就说请进，一见是个女的，愣了一下。德敏赶紧为我介绍。

我上去一抱拳，说："潘大爷，打搅了。李大哥说了，现在事情紧急，只有找你想办法了。"

"既然是李大哥要办的事情，我会尽力的，陈先生你请说。"

"我要借潘大爷几支枪用一用。"

"这个……几支?"

"二十支,长枪。"

潘福站起身来,上下打量着我:"二十支枪,几千块大洋啊,陈先生你又不是我们本地人,拿什么作保?"

"李大哥说了,有借必定有还,让我给你打个借条。"

潘福不说话,我看了德敏一眼,德敏说:"这样吧,万一有什么意外,我先拿我的田抵着,陈先生的钱给我。"

潘福还是不松口:"这个……现在的局势这么紧张,陈先生你要这么多枪做什么?"

"不是我要,是李大哥让我来代他向潘大爷借,他有个弟兄被仇家围了,情况很紧急,请潘大爷看在李大哥的面子上,伸把手。"

潘福在屋子里转来转去,想说什么又不说,我计算着时间,急得不得了,站起来说:"潘大爷,事情很紧急,你老人家有什么难处,请直说。"

潘福不转了,在我面前停下来,不紧不慢地说:"陈先生,我向你打听一个人。"

"请讲。"

"你认不认识华蓥山上的双枪陈大姐?"

话已经说到这个份上,我坦然地说:"我就是。"

潘福哈哈大笑:"我潘福再是个粗人,这点眼力还是有的。"说着挥挥手,让我坐下,说:"陈大姐,我们江湖中人,不服官,不服管,就只服高人。你们的学识人品,我早就如雷贯耳。今天别说你有德敏领路,就是没有,只要说出你的大名,我潘福也会拔刀相助的。你要借枪,行,二十支没有,十六支怎么样?另外派四个带枪的弟兄跟你去,你指到哪里他们打到哪里,赴汤蹈火，在所不辞！"

"你也不问问我拿这些枪去打什么人？"

"管他是什么人，反正不会是好人！"

"好！枪随人走，人还枪还！"

眼看天色不早了，我告辞了潘福出来，把德敏留在家里等俊清。估计俊清不是今天晚上就是明天早上能回来，然后他们两口子一起去广安李大哥那里。

我带着潘福的四个人急忙赶路，傍晚时分到了朴溪场，陈亮佐带着二十个人正等得着急，一看真的带了枪来，一个个都喜出望外。二十多个人分成了两个组，亮佐指挥一个组，我亲自指挥一个组，一边走一边商量，决定从祠堂的左翼包抄，给他来个反包围，为刁大哥创造机会突围。

合川虽然毗邻武胜，可是离刁大哥的刁家祠堂还有一段路，一行人紧赶慢赶，终于到离刁家祠堂还有半里路的地方停下了。已经过了三更，只见寒星闪烁，四周一片静寂，鸡不叫狗不咬，连风也没有，更听不到枪声。我看看亮佐，亮佐也看看我，心里都有些疑惑。

是刁大哥已经突围了，是敌人又在晚上停止了攻打？还是……

刁大哥已经被围了三天了，算来几近弹尽粮绝，拿什么去突围？敌人凭什么在这样的时候放弃进攻？一种不祥之感涌上心头。亮佐说："三姐，你等等，我去找人打听一下。"

亮佐摸进了一家农舍，不一会儿，门"砰"地撞开了，亮佐跑了出来。一大群人跟在他的后面，直朝刁家祠堂奔去，跑到跟前一看，祠堂已经被炸得残垣断壁，里里外外横七竖八躺了一大片尸体，空气里弥漫着浓浓的血腥气……亮佐和弟兄们借着微弱的星光,在死人堆里一个一个地找,突然有人喊了声:"刁大哥!"亮佐一下子扑了上去,抱着刁大哥的尸体放声大哭。

刁大哥是在弹尽粮绝、突围无望的情况下开枪自杀的。我们来晚了一步,就一步啊!

玉璧和刁大哥,第一次起义失败之后就认识了。那时候玉璧在彪子山上发动群众,刁大哥也在那时入了党,算起来是老党员了,只不过身份没有公开。自从华蓥会议之后,刁大哥就直接参加进来,和玉璧一起指挥队伍,算起来也有好几年了。我们一起打过多少胜仗,度过了多少艰难。就在半年前,他还和我一起去遵义找党;十天前,他还和我一起在华蓥山上宣誓,就在五天前,他还和我一起下山,然后分头去清理队伍。他对我说:大家怕廖大哥死了你去改嫁,就不是大家的大姐了,就不会带着大家去闹革命,为廖大哥报仇了。他还说如果他这辈子要是做出对不起党、对不起死难的同志、对不起大家的事情来,就……

现在,不但玉璧走了,连刁大哥也走了,这支队伍的担子,眼看就落到了我一个人的肩上。

第三十二章
晴天惊雷

　　天边泛起鱼肚色，慢慢地变得血红，太阳要出来了。乡亲们忙着埋葬烈士的尸骨，我也该走了。我留下亮佐，让他去安抚刁大哥手下的人马，千万不要因为刁大哥的牺牲，再闹出什么事情来，然后到广安李大哥那里，和自己人会合。我带着潘福的人回去，还了枪，道了谢，一看俊清还没回来，就给他留下了话，然后和德敏一起，打扮成两个农家妇女的样子，到广安去找李大哥。

　　李大哥的家，离广安城不远，我和德敏到了广安城外，叫了两部黄包车，就喊到金家花园。那车夫一声吆喝，就起了脚，一边跑一边问："您二位也是奔丧去的吧？"

　　"奔丧？奔谁的丧？"

　　"李荣华李司令呀。"

　　"李司令？！李司令他怎么啦？"

　　"你们还不知道？大名鼎鼎的李荣华李司令，死啦！就前天的事。"

　　我犹如五雷轰顶："李大哥死了？怎么死的？"

　　"我们也不清楚，听说是……唉，狠毒莫过淫妇心哪。"

我连忙喊住了车夫,愣在那里。是他女人陈素英?一定是这个坏女人干的好事!我早就知道这东西不正经,李仲生在重庆住李大哥家的时候,她就勾勾搭搭的,仲生一气,就搬出来了。李大哥知道了,当时就大发脾气,把她撵回了老家。

车夫莫名其妙:"先生娘,你们走不走啊?"

德敏看着我,嚅嚅地说:"大姐,还是去看看吧,他是我和俊清的舅舅啊,再说俊清也是说好了在那里等的,要是……"

是的,是得去看看,看看到底是怎么回事。李大哥出了意外,我不能不管,何况我们还有那么多的同志。于是我一路催促,赶到了金家花园。

李大哥还躺在床板上,眼睛都没闭上,一脸的怒气。不久前他还在华蓥山上的宝顶寺前和大家一起宣誓的,这才短短几天哪?!

我只觉得天昏地转,一头栽扑在了床板前。

旁边有人把我扶了起来,我擦干眼泪一看,是李大哥的弟弟李荣群。这是个非常忠诚的党员,因为睡觉都睁着一只眼睛,性情又耿直,被大家叫作"小张飞"。荣群把我扶进内屋,一问,果然是他那嫂子陈素英作的孽。那女人从重庆回来之后,就和李大哥的一个隔房侄儿李文清勾搭上了。这次李大哥清理队伍回来,听说了不少闲话,就把她喊来审。她见事情败露,干脆一不做二不休,当时就和李大哥大吵了起来。李家的用人吴妈还听到这贱女人扬言说:"我就是和李文清好,又怎么样?你要是来挡,我们就去告你李荣华通共!"李大哥那性子,怎么听得这样的话,心头一股火起,当时就气得口吐白沫,中了风。第二天,李荣群带了人赶来,他连话都说不出来了,看了他兄弟一眼就断了气。

我不由得仰天长叹："李大哥呀，你英雄一世，豪杰一世，还有多少事情需要你去做，怎么会死在这个贱妇人手里……"

正说着，陈素英进来了。一见我，皮笑肉不笑地说了一声"是玉屏来了吗"，就嗲声嗲气地叫李荣群去给她烧烟泡子。

李荣群一瞪眼睛说："大嫂，大哥尸骨未寒，你还是自重些好！"

那女人一扭腰，白了一眼就要往外走，突然看见德敏，就说："德敏你来，你来给我烧。现在你舅舅不在了，你总不会就认不得我这个舅娘了吧？"

德敏愣住了，看着我，我点点头说："你去吧，她是你舅娘，应该的。"

她们出去了，沉默了一阵，我说："荣群，你打算下一步怎么办？"

荣群说："要按我的脾气，自然是一枪打了这贱货。可是我们商量好了的，要等你来。再说来吊丧的人这么多，事情绝不能闹大了。按乡里的规矩，一般人停丧要停满三天，像我大哥这样有地位的人得停满六天。这六天中我们许多同志要来，如果没有人在这里等，一定要出事的。至于警戒，我带了三十多个人来，步哨一直放到了广安城里，一有什么事情，再撤也来得及。那贱妇，就让德敏看着，只要她敢乱动一下，我就毙了她。"

"要是李文清……"

荣群把"张飞眼"一瞪："他狗日的敢！现在广安城里都在说我哥冤魂不散，正要找他呢！吓得他请了端公道士成天在屋里做道场消灾。"

晚上，几个人关在里屋研究情况。觉得李大哥死了，那李文清一定急着要和陈素英做长久夫妻，只是现在碍着荣群带着这么多人在这里，死人又没入土，不好动手。可是他既然起了这个心，就不会放过这个得人又得财产的机会，如果我们久在这里停留，就会成为他们的眼中钉。看来李大哥的丧事要赶紧办，办完了我们的人就撤，不然会出事，说不定这场丧事，还会给敌人造成一网打尽的机会。

大约起更时分，哨兵引进两个人来。我一看，原来是谭老五，后面跟着周辉同的老丈人马福林，一身衣服挂得稀烂，一见我就老泪纵横地说："老辈子呀，陈仁勇他，他遭了！"马福林直是摇头，有一句没一句地说："都是他看错了人，咋会想到亲亲的堂兄弟，一屋长大的亲骨肉，就看上了他的那支枪，那支快慢机，值三百多块啊。我记得他原先带的不是……"

我听得着急，直说："你别啰唆了，快说到底是咋回事！"

"陈仁勇一到罗渡溪，就住在他那隔房兄弟陈从荣家里。陈从荣看上了他的那支枪，就起了心。先是好好招待，又是酒又是肉的，陈仁勇这几天走得辛苦，吃了点酒，一上床就睡死了。那陈从荣就、就找来一根棕绳子，把他从小在一起长大的兄弟，活活地勒、勒、勒……"

马福林老泪纵横，说不下去，只是摇头。我拍在桌子上一巴掌："陈仁勇那么大的个子，陈从荣怎么可能……"

马福林说："老辈子，我也打听了的，说是那该死的坏东西把绳子一头拴在门柱子上，一头他自己拉着，硬是黑了心地勒呀！听说陈仁勇也惊醒，可是已经迟了，憋着劲地挣扎，那么牢实的床横梁，都蹬断了两根。"

"那陈从荣呢？"

"他也没得好下场，他的女人听见响动，起来一看自己的男人竟然做下这样黑了良心的事情，就拿了把斧头，趁他在屋后的竹林里挖坑埋陈仁勇，一斧头就把他砍死在那坑边。接着他女人也疯了，在屋前屋后又哭又笑地闹，最后抱着那支枪，跳了渠河……"

多日的劳累，加上接二连三的打击，我气急攻心，两眼一黑，什么都不知道了……

第二天，李荣群主持着办丧事。来往的宾客川流不息，祭幛挂满了院里院外，出殡的队伍吹吹打打，拖了好几里路长，引得广安城里城外的许多人都出来看热闹。趁着人多，我安排同志们一个个分散着走出了李大哥家的后门。我和德敏站在门口，目送着他们一个个慢慢消失在大路的尽头。

第三十三章
卖枪救人

根据大家带回来的消息，铜梁那边的情况不大好。有的人见大势已去，叫着要散伙，还想把枪拖走，幸亏谭老五及时赶到，才截了一部分枪下来，现在已经埋好了。马福林跑的顺庆那边看来是完全可以放心的，小坝子游击队毕竟是支很成熟的队伍了，很听招呼。李大哥的广安这边，李荣群和李大哥本来都已经做了不少工作，现在又安排了一些人进厂去烧炭烧窑；郑宁、郑涛两弟兄，总算是说通了，把他们手下那些扯得太红的人，一部分拉到渠县去，一部分拉到梁山去，没有组织上的通知坚决不能乱动。罗渡溪和黎梓卫那边，看来是不能再去人了，好在群众基础还可以，将来一旦有个什么事情，总会有办法的。刁大哥牺牲了，他的人有陈亮佐管着，十有八九是可以放心的。只有唐俊清还没从营山、渠县那边回来，什么原因不知道，我等不得了，决定先走。

可是，下山来这些日子实在太累了，加上这几件意外的刺激，我突然两眼发黑，发冷发热，再也站不起来。李荣群看我这样，赶紧叫德敏拣药，决定再守我一天。

睡到半夜，突然听见一阵嘈杂，接着就是两声枪响。我翻身爬起来，跑出去一看，李荣群站在那里呼呼地出着大气，正指着陈素英大骂："你个荡妇，老子这就打死你！"说着当真又举起了枪。

我一步上前，一把将枪夺了下来，说："荣群，你要冷静啊，在这敌人的眼皮子底下，你怎么敢……"

荣群说："大姐，你不知道，刚才那李文清翻墙进来，被我发现了，就是她挡住我，把那狗日的放了的！"

我一听，心里叫声不好，连忙把荣群拉进屋里说："这里不能待了，要出事。把你的那些人都集合起来，赶快走，不然就晚了！"

正说着，在外面放哨的人一头冲了进来，喊着："不好了，房子都被包围起来了，都带了枪！"

枪声已经噼噼啪啪响起来了，敌人从大门插进来，李荣群一边集合队伍，一边指挥着大家往外冲。我也扶着德敏跟在后面，眼看天都亮了，才在一个僻静的山沟里停了下来。出了一身的汗，反而觉得病轻松了许多，这才发现，自己和李荣群他们已经冲散了。

枪声停了，四周静悄悄的，一个人也没有。两人对望了一阵，德敏突然拉住我说："大姐，俊清还不知道这里的情况，万一他回来，撞在他们手里……"

我心里一阵难过，再说也不知道情况起了什么样的变化，决定回去看看再说。两个人绕过山梁，悄悄爬上李大哥家后面的土坡，看见院子内外全是兵，围着房子转来转去的。我想了想，对德敏说："你赶快到大路上去，拦住俊清。"

一连两天，唐俊清都没音信，我们两人找到一个守夜人的草棚，在土里刨了些没挖干净的红苕烤来充饥。我躺在床上，昏沉沉的。德敏带回来的消息说,那天李荣群和敌人打了一仗,牺牲了两个同志,之后带着队伍撤到天池那边去了。他们会回来找我吗?最好别回来,敌人在这里守得太紧了,回来等于自投罗网。唐俊清到底是怎么回事啊?生不见人死不见尸的,连音信都没有,他那么老练的人,该不会……唉,现在这种时候,还说什么老练不老练的,陈仁勇不老练吗?多少生生死死的关口都冲过来了,最后却……他临走的时候,还在哼小调!……我越想越迷糊,夏林、唐老六、金积成、陈仁勇和许多人一个个从眼前晃过。最后,突然看见唐俊清血淋淋地站在面前,抓住我的手喊了一声:"大姐——"

我惊醒了,一看,却是德敏。她脸色惨白地摇着我:"大姐呀,俊清他遭了!"

唐俊清应该是听到李大哥死了,不知道出了什么事情,不敢走大路,绕着小道来到金家花园,结果没碰上德敏,一头就撞了进去,一进大门就被几个人扭住。他一看事情不对,就说是来给舅舅吊孝的。可是陈素英和李文清躺在床上悠悠闲闲地烧着鸦片烟,口口声声说不认识这个人,于是敌人就认定唐俊清是华蓥山上廖玉璧的残部,把他吊起来打,打得死去活来的。

我咬着牙,问:"现在呢,现在唐俊清怎么样了?"

德敏眼睛都哭肿了,抽抽搭搭地说:"李家的用人吴妈告诉我说,敌人审了他一天一夜,腿都打断了,可他一口咬定是李荣华的外甥,陈素英是后来才接的舅娘,是认不到,其余的什么都没说。敌人看实在是问不出个什么来,今天早上把他送县城了。人都瘫了,昏迷不醒的,还是用滑竿抬走的。"

德敏哭得死去活来的,非要去探监。我想了半夜,也没想出个好办法来,最后心一横,说:"德敏,把胆子放雄点,明天一早就到衙门口去喊冤，告他们。"

德敏吃了一惊："告他们？告谁呀？"

"告李文清和陈素英。"

德敏连忙伸出手来摸我的额头："大姐，你是急糊涂了吧？"

"德敏，你听我说，这样做是有些冒险，可是也不是没可能。现在敌人是很猖狂，可是他们之间也是有矛盾的。蒋介石进川之后，就想削弱甚至吞并刘湘的势力，一直和刘湘在争权，越争越厉害。现在驻军保甲这一摊子已经被蒋介石抓在了手里，派了许多特务，搞了许多培训班，中心任务就是限制刘湘的地方势力，抓共产党，怕的就是我们和刘湘联起手来，我们的弟兄大都是这些家伙勾结起来杀的。可是政府这一摊，像衙门公务之类的，还是属于刘湘管，也办了若干的培训班，中心任务就是反蒋介石的吞并，不管是什么人，只要是反蒋介石的就是朋友。他们现在的矛盾已经激化，到了势不两立的地步。你想，你舅舅是在地方上有声望和势力的人物，还挂着杨森委派的什么司令的头衔，现在他家里出了这样的事情，只要舆论起来了，谁还会去护着那两个不要脸的东西？你德敏一个柔弱女子，去沿街喊冤，告他们栽诬好人，看衙门里怎么说！"

于是我连夜做了一个呈文，里面说明唐俊清是受人陷害，遭了冤枉。还让德敏把李家的老用人吴妈喊上，证明俊清确实是李荣华的亲戚。

第二天上午，德敏前胸挂着这张状纸，后背上贴着一张黄裱纸，上书斗大的一个"冤"字，由吴妈扶着，在县城里的大街小巷一路喊冤。李大哥头天出殡、第二天就被抄家的消息，早已成为广安城里的街谈巷议。现在又听说他的侄女婿被无辜拷打关押，侄女蓬头垢面地出来喊冤，人们议论纷纷地跟着德敏她们赶到了县衙去，要看看这桩冤案到底怎么了断。

果然不出我所料，李大哥之死，引发民情汹汹，当地的士绅们也发声相助，最后那法官居然只判德敏交三百块大洋保释，三天之内交钱。还说了句"三天之后本官概不过问"。

我长长舒了一口气，第一步算是胜利了。可是要三百块大洋啊。三百块现大洋，现在到哪里去找？陈素英和李文清知道德敏把他们告了，一定是不会罢休的，如果一时找不到钱把人保出来，远走高飞，所有的人都很危险。情况这么急，一时又想不出办法来，我气得跺脚，只恨当时不该拦住李荣群，让他一枪毙了那个烂婆娘多好！

我想起了玉璧当年送给我的那对玉镯，那东西倒是管点钱，可是因为带在身上叮叮当当的不方便，碰坏了也可惜，一直放在重庆曾三姐家里。再说一对玉镯能不能卖上三百块大洋，也不一定。我急得唉声叹气，突然碰到了腰上的枪，玉璧留给我的枪。这支漂亮的"德国造"，当年还是我从玉璧手上夺过来的。现在，他不在了，见枪如见人，这枪就是自己的命根子，更何况随身不离的另一支枪，那支李大哥送给我的快慢机，已经随陈仁勇去了。

可是枪再重要，还比得上人重要？现在就只剩下这么几个骨干同志了，自己要是见死不救，玉璧他在天之灵也不会饶恕的。

德敏知道我心里难过，就说："大姐，要不然少当一点钱，以后还可以取出来的。"

我摇摇头："少当一点，那不够的钱又上哪里去找？德敏，我听你舅舅说过，有个什么叫金三少爷的人想买枪，你打听打听。"

德敏想了想说："是有这么个人，只是不怎么正道，公子哥儿一个。"

"现在顾不得那么多了,只要他肯出钱就行。你就说是你的一个亲戚,急着差钱用,托你来问的。如果他要买,叫他明天中午十二点带上钱,到官山上的那棵老槐树下见面。"

德敏点点头,走了。

官山,就是历来由官家划定的免费坟山,穷人埋死人的地方。那里坟包多,地形比较杂,那金三少爷要是起了坏心带了人来,可以不见,要是真的打了起来也好隐蔽。第二天中午,我独自一人到了官山上的一个坟包后面坐着,远远地看着那棵老槐树。过了一会儿,德敏来了,后面跟着一个穿马褂的年轻人,气喘吁吁的,在老槐树下面站住:"人呢?"

德敏说还没到呢,等等吧。

又等了一阵,那金三少爷已经有些不耐烦,我看清了后面确实没有人,才从坟包后面走了出来。金三少爷见我是农家妇女打扮,也没在意,还在一个劲地往山下看,一边对德敏说:"你的那个亲戚,到底来不来啊?"

我走到他面前说:"是你要买枪吗?"

他一愣,说:"是啊。"

我把枪拿出来,当着他的面下了子弹,递过去说:"你看看货吧。"

他的那双眼睛还盯着我这个乡下女人,半天才回过神来看手里的枪,一惊:"哟,德国造!你、你这枪是从哪里来的?"

"你到底要不要?"

"要、要!你喊个价钱。"

"四百块大洋。"

他一笑,一比指头:"四百块?没听说过。我看你这枪,好像有些年辰了？我听说，这方圆远近，有这种枪的人不多哟。"

我伸开手掌，摆弄着手里的子弹说："告诉你吧，我只是个卖枪的，你要，我们就讲价，不要我们就各走各的路。我想你即使忘了李司令的交情，也没有这么快就忘了他的弟弟李荣群，和他手下的那帮兄弟伙吧？"

那家伙哑了，红着脸说："万事好商量嘛，我没那个意思，只是说……实话说吧，我今天，就只带了三百，不不，三百五十元。"

"三百五十元也行，讲价归讲价，不要东说西说的，我们一手交钱，一手交货。"

那金三少爷忙从腰里掏出一个钱袋来说："都在这里，你点数吧。"说着接过枪，就要走人。我说："你等等。"接着就从里面选出了七块假银元来，丢在他脚下说："金三少爷，你这人，就这么不值价吗？"

那家伙的脸一下子红到了耳根子，连忙又摸了七块银元出来，连那些假的也不去捡，就跑了。

我提了个竹篮子，里面装了些吃的用的，一张白布帕子在头上缠得矮矮的，几乎遮住了眉毛，然后和德敏一起揣上那三百五十块钱，去县衙门。广安城里认得我的人很多，两个人沿着城墙边，从南门进城，走进衙门直接往左拐，就进了看守所。那典狱官不让进，我往他手里塞了五块钱。那家伙一招手，就有人把唐俊清扶了出来。

分别才几天，一个壮壮实实的汉子，就让我都认不出来了。唐俊清瘦得皮包骨头，身上到处都是青紫的伤痕，肿得老高的脚上还铐着脚镣。我连忙又给典狱官塞了十块钱说："你老人家行行好，把这脚镣给他取了吧。我这兄弟是遭了冤枉，二天出来见了青天，一定要重重谢你老人家的。"

那典狱官掂着银元一笑,一边叫人下镣子,一边说:"我晓得你们是遇到了青天大老爷了,要给钱现在正好,二天真的出去了,只有骂我的,还重谢?"

俊清眼泪汪汪地说:"大姐,我、我好想你啊……"

我替他抹去眼泪:"俊清,我们也想你啊,你遭了冤枉,大姐不会不管你的。钱我们都找到了,等德敏办完交涉,我们就一起回家去。"

俊清摇摇头说:"不,让德敏在这里陪着我吧,你要赶快走,你要照看、要照看那么一大群儿女,万一要是出了什么事情,我咋个对得起死去的……爹妈。"说着就泣不成声。

我眼睛一湿,泪水也滚了出来,停了好一会才说:"好兄弟,你莫说这样的话,这么多年来你堂堂正正地做人,没有做任何昧良心和对不起爹妈的事情。老天爷有眼的,都看着的……你这次出去做生意,还顺利吧?"

他连连点头说:"顺利,顺利!好多人都说天干饿不死手艺人,这样买卖做不了,就做别的,总会有翻梢的那天。"

正说着,德敏回来了。我看她脸色不大对,问怎么了,她说:"法官说的,管手续的那个什么师爷出城了,要明后天才得回来。"

有人在喊"吃饭了",典狱官一边叫我们快走,一边去吆喝那些犯人。俊清连忙抓住我的手,小声说:"大姐,你一定要赶快走,不能再来了。他们正在追问你的下落,如果万一有什么事情……"

第二天,德敏又到县衙去等,半下午慌慌张张跑回来,语不成声地说:"大姐,不好了,衙门口正在贴布告,指名道姓要抓你,说是昨天有人看见你进了城,一晃就不见了。布告上还说,你是华蓥山上的女'共匪',双手打枪,百发百中,要小心缉拿。"

"俊清的事情有着落了没有?"

德敏手脚麻利地为我收拾,拉起我就走:"那师爷还没回来。大姐,你不能在这里等了,你为俊清已经担了这么大的风险,你的恩德我们今生今世也还不清,万一要是出了事,可就是我的罪过了,俊清就是好好地出来了,也不会饶过我的。你要赶快走,我留下来陪着俊清。他爹娘死得早,我们又没有孩子,我是他在这世上唯一的亲人。他要是出来了,我就和他一起回去,养好伤,还来跟着你;他要是出不来,我就在这牢房外面守着,守他个天荒地老,死也要死在一起!"

德敏边说边哭,哭得我心慌意乱的,把身上的钱全部掏出来给了她,跟她一起出了门。我一路走一路在想,这事到底是谁告的密?说那姓金的吧,不像。他要是去告了,这私自买卖枪支是犯法的,告我等于告他自己;陈素英和李文清吧,也不大像,他们不知道我还在城里……我想起昨天进城去的时候,脸都是遮了的,一定是有人从身影上认出来,却不知道底细。于是就躲在一个角落里,把几件换洗的衣服叠好,用一个布包袱皮拴在腰上,装成一个快要临产的孕妇,坐在一乘滑竿上往城外走。我在滑竿上哎哟连天地叫唤,德敏往轿子上拴着避邪的红布条,急急地对轿夫说:"麻烦你们两位大哥搞快点,她都快要生了,屋里老人突然生病,说是她犯了血光之灾,一定要她到城外的娘娘庙里去生,要是生在路上,冲了你们二位也不好。"

轿夫听了,一路吆喝地跑,到城门口直喊:"快让快让!莫让血光婆冲了,大家都不好!"说着一阵风就出了城,把我们两个人丢在城边的娘娘庙,拿了钱转身就跑。我等他们走远了,才把身上的衣服都解下来,和德敏赶到一个土地庙里过了一夜。分手的时候德敏擦干了眼泪说:"大姐你放心,我的男人我自己来管。我潘德敏一贯软弱,可是这一次大姐你教会了我,这世道,再软弱就没有活路了。"

第二天一大早,我独自收拾上路。从山上下来的时候,还是冰天雪地的,不知不觉就到了仲春时节,虽说清晨的风吹来还冷飕飕的,但是路边的麦苗都已经很深了,挂满了亮晶晶的露水珠儿。不管怎么说,这一次又总算逃出来了,如果真如我们估计的那样没有节外生枝,俊清和德敏在今天,最迟不过明天也会出来的。

正想着,冷不防路边蹿出两个人来,手里的枪一横,就喊:"站住,干什么的?"

"到前面六马铺,走亲戚的。"

那人一摇头:"不对,你的口音不对,不是本地人。"几个人一拥而上,不由分说把我拉到了乡公所的一间房子里,关了起来。

这个地方叫甘鸡场,离广安城不远,现在对我的通缉令正在到处张贴,要是被人认出来了可不是开玩笑。我四处张望,发现这屋里关的都是些女人,其中还有两个显然是做"暗门子生意"的妓女。一个在说:"抓女共党,跟我们有什么相干,我们又没少给他们占便宜。"另一个说:"我以为他们就真的天不怕地不怕了,一个女共党就吓成这样?"

我知道事情不妙,想了想,就问旁边的一个暗门子:"你们这里的乡长姓什么?"

她把嘴一扁:"姓谢。"

姓谢、姓谢……我突然想起有一个很要好的堂姐,叫陈菊君,嫁给了甘鸡场一个叫谢宁西的地主,他父亲曾经当过广安县长，在这一带很有些势力。于是就大起胆子走过去，问看守的乡丁："知道一个叫作谢宁西的人吗？"

看守一惊："怎么不知道？他是乡长的叔爷，我们乡长还是他保举的呢。"

我笑笑，写了一张条子给他，又给了一块钱，叫他赶快送到谢家去。那家伙拿了条子，飞一样跑了。不一会，又气喘喘地跑了回来，说："乡长的大娘来了，坐滑竿来接你来了。"接着就听见有女人大声武气地在外面骂人，一边骂一边喊："三妹啊，你大姐来了！"说着就威风八面地走了进来，后面跟着那个乡长。我一看正是多年不见的菊君大姐，就一脸委屈地迎过去说："大姐呀，你要是再不来，他们就要把我关死在这里了……"

乡长连忙过来，亲自给我开了锁，直是说："对不起，三姨妈，我大娘都骂我了。我已经在屋里吩咐了饭菜，给您老人家赔不是。"

菊君大姐还是气呼呼的，坐在那里发了一阵脾气，最后拿了一件衣服出来，瞪了我一眼说："看你穿些啥子名堂，你不晓得他们这些东西只认得衣裳认不得人吗？"

那乡长忙说："大娘你言过了。你不晓得昨天黑了，我们才接到广安打来的电话，说是要抓一个才从广安城里跑出来的叫陈玉屏的女共产党。"

陈菊君冷笑一声："陈玉屏都叫你们抓到了，还叫陈玉屏吗？三妹，我们走！"

一到谢家，菊君大姐三妹前三妹后地不绝口，一屋人都给我赔不是，吃完了压惊的酒席，我急着要走，菊君大姐把我拉到一边说："你以为我不晓得你是干什么的吗？现在到处都贴起大布告要捉你，出了事怎么办？别忘了你还有两个娃娃！就在这里住两天，等风头过了再说。"

我只好住了下来，第三天无论如何要走了。菊君大姐没办法，叫了几支枪要送。我觉得排场太大，说："这怎么行？"她却反问说："怎么不行？现在大户人家的小姐太太用几支枪送送是常有的事情，又摆了威风又保了安全。我也不问你要到哪里，你自己说个地方好不好？"

我想想也是，就说："那好吧，要送就送到底，你把我送到重庆。"

一晃两个月过去了，一天早晨我刚刚起床，急匆匆走进一个人来，一看是亮佐。我一把将他拉进里屋："亮佐啊，可把你等来了，快说，叫你打听俊清的事情，怎么样了？"

亮佐说："死了。"

"死了？！怎么死的？德敏呢？她怎么样了？"

"也死了。"

"亮佐，你别问一句说一句，你给我说清楚，到底是怎么回事啊？"

"你走了之后，李文清他们到处说这件案子是你在教唆德敏闹，硬说俊清是从华蓥山下来的共产党，是廖玉璧的贴身跟班，那法官就软了。德敏到处磕头作揖说好话，又在衙门口摆地状，敌人抓不住证据，地方上的士绅们又都出来议论纷纷的，最后才把俊清放出来。李文清和陈素英做了亏心事，害怕，就去算命。城里那个叫刘神仙的瞎子故意气他，说他们总有一天要死在仇人手里头。于是他们就一不做二不休，拿钱买通了驻军的连长，在俊清和德敏回合川的路上拦住了他们，把他们打死在、打死在一口堰塘边……"

亮佐抬起头来，说大姐，我还给你说个事，我和荣群把那两个不要脸的东西打了。我们没经过你同意，要惩要罚都愿意。

我挥着拳头大声喊："谁要罚你们了？打得好！要罚就罚我，要不是我当初拦着你们，早就把这两个祸害打了，还能让他们来害人？都是我姑息养奸，是我害了俊清他们两口子，是我害了他们啊……"

亮佐看我直往墙上撞，吓坏了，连忙拉住，眼泪花花地说："三姐啊，你别这样，这不能怪你啊。广安城里那么多的人捉你，你都没跑，你卖了大哥留给你的枪去救俊清，你还冒了那么大的风险到牢里去看他，你是在用自己的命去换他们俩的命啊！"

我越哭越是伤心，仰天大嚎起来："老天爷啊，你不公平啊，俊清和德敏，他们连个孩子都没有啊……"

第三十四章
前路漫漫

一回到重庆,就听说林竹栖到底没把服装店恢复起来,回老家云阳去了。我累坏了,大病一场,刚刚缓过气来,吴绍先就来了。我把清人清枪前前后后的事情给他谈了,问他找组织关系的事有没有着落。

老吴摇摇头说:"现在整个四川的党组织都被破坏了,连原来川西特委军委委员车耀先同志的关系都没接上,都是自己根据党的大方针在行动。几方面的领导都碰了头,有些事情现在来和你商量。"

"你说。"

老吴擦了根火柴,点燃了烟,又接着说:"现在形势起了变化。日本人步步紧逼,从东北打到了华北。党中央已经发出《停战议和一致抗日》的通电,我们党已经把'反蒋抗日'的方针,改成了'逼蒋抗日',现在不能和他们打了。再说他们在统治区的兵力这么强大,我们遭了这么惨重的损失,也没有力量和他们硬拼。"

我没说话,只抽烟。

吴绍先看看我的脸色,停了一下才继续说:"老大姐,这并不是说我们就认输了。我们就这么一点点人了，抛撒不得啊。现在分散开去，好好保存下来，将来一有什么事情，才召集得来。那时候，我们照样要在战场上和他们相见。"

我点点头说："你放心，你大姐这么多年的老党员了，懂。"

吴绍先笑了："晓得你懂，还给你说个事情，你听了要沉住气哟。"

"又出什么事了？"

"廖大哥在的时候，是不是跟你说过到苏联去学习的事？"

"是说过啊，只是后来……"

"后来廖大哥出事了，这件事就放下了，是不是？现在形势平静下来，我们一清理，和这件事有关的人都还在，你就动身吧。希望你到苏联去好好学习军事本领，回来我们还有得仗打的。这月二十四号，你到千厮门新新茶社，有人和你联系。"

"谁？"

"车耀先同志。"

这辈子还能去苏联，这真是做梦也没想到。

那天晚上，我翻来覆去地睡不着，眼前总是晃动着玉璧的身影。当初约好自己先去学个一年半载的就回来，他再去；还说好临走时要见上一面的，要么是我上华蓥去，要么是他下山到重庆来，没想到那次分离，竟成了永诀。记得那个夜晚，月色很好，我们俩相偎在床上，一直谈到天亮，谈到牺牲的同志们，谈到眼前的斗争形势，也谈到了孩子们。我说我走了，孩子怎么办，送回老家去吗？玉璧说这些年来敌人斩草除根，孩子们躲都躲不了，还送回去做什么？还说他成天地不和孩子们见面，孩子见到他都不亲热，将来恐怕会认不得他这个爸爸了。

现在，我要继续他的事业，真的要去苏联了。两个没有爸爸的孩子，眼看又要离开妈妈。这一走，江天浩渺，关山重重，局势如此动荡险恶，什么时候能够回来？我还能够回来吗？我还能够见到我的宁儿和彬儿吗？不知道，真的不知道啊。人云女子本弱，为母则刚；男子本强，为父则柔。就连老母鸡都要为孩子拼命，可是我们却连给孩子一个安定的环境都办不到，让他们跟着担惊受怕，东躲西藏。像我们这样的人，是不是不应该有儿女？

转眼之间，七月二十四号到了。我按照吴绍先的嘱咐，早早到了千厮门新新茶社，等人来接头。我选定一个靠河边的位置坐了下来，按约定的暗号，穿着一件白色上衣，一条青裙子，还放了一把白绸的折扇在面前的桌子上。吴绍先告诉我，会面时间是中午十二点，如果过了时间还没有人来，就不能再等了，两天之后再在原地见面。

刚刚打过十二点，车耀先就来了。他四十来岁的年纪，个子不高，脚有点跛，外穿一件蓝色的长衫子，里面是白色的上衣和裤子。他一手拿了根深色的拐杖，另一手拿了一只没装上烟丝的烟斗，正和要对的暗号相符。我站起身来，正要喊"舅舅"，他却先打招呼："玉屏，你来得早啊。"

茶客们大都回家吃饭去了，茶馆里很清静。我们两人面向河边轻轻地交谈着，一直谈了两个多钟头。说起玉璧，车耀先同志也很难过，长叹一声说："要不是老廖牺牲，你们现在早就到陕北了。"接着又说："玉屏，你的情况我都知道，你是经过多年实际锻炼的老同志了，你在最困难的时候经受住了考验，所以我们才让你去继续完成这个任务。"

我听了这话，鼻子一酸，眼泪一串串地往下掉。

车耀先沉默了一阵，等我冷静下来才转了话头："现在去苏联，从陕北这边走很困难，你只能和一位叫老汪的同志一起，从万县到宜昌换船去上海,然后从海上经朝鲜,再到苏联的西伯利亚。你可以带个小铺盖卷,再带一口皮箱,沿途要尽量少露面,一切都由老汪负责,连船票都不要你管。如果发生了什么情况,马上派人回来联系。"他说着,就从衣包里拿出五十元钱说:"去做几件衣服,最近路上很紧,装成阔太太好掩护。记住,二十八日,老汪会来找你。"

我接过了钱,没说什么,只是点了点头。车耀先又说:"玉屏啊,现在能有这样的机会,不容易哟,我们以后的路还长得很呢,非常需要军事人才,希望你能在短期内学有所成,胜利归来。"

我看着他,说我一定不辜负组织上的期望。他笑了笑:"这几天你要好好准备一下,两个孩子怎么安排?"

我迟疑了一下说:"舅舅你放心,我会安排好的。"

他点点头说:"你放心地走,我们组织上晓得照顾他们的。"说完就出门,坐上一辆黄包车走了。我看着他的背影,不由得又想起了自己那个厚道而又细致的亲舅舅,只觉得眼睛有些发潮。

回到李子坝,宁君已经在门口张望,亚彬见我回来,老远就张开翅膀飞过来,扑在怀里喊"妈妈",还嘟着小嘴,说韩嫂不给他买洋画儿。我拉着他那脏兮兮的小手,轻轻地拍打着:"看你成天在地上拍洋画儿,脏得像个小叫化儿,还不快去洗……"一边却从包里摸出钱来。亚彬见了,一把抢了过去,欢呼着跑了。我一抬头,看见曾三姐倚在门口看着我笑,说:"这么多年了,就这几个月才像个正经当妈的。"

这一夜,我张了几次口,话都没说出来。第二天一晃就过去了,我还是没开腔,曾三姐看我闷闷的,问了几次是不是有什么事，我都岔开了。睡到半夜，一算明天就是二十六号了，万一老汪提前来了，这一去天长地久的，不给三姐说清楚怎么行。正想着，有人把灯拉开了，我一下子爬起来。曾三姐已经站在了床前："玉屏，你有心事没给我说。"

我一把拉她在床边坐下，长叹了一口气说："是有事，我要到上海去一趟，去进点货。"

"不对，进货哪里犯得着这样为难，你是要出远门。又要去干他们男人的那些事情。"

我不说话了，半天，点点头。

两个女人相对无言，好久曾三姐才说："玉屏，我是个妇道人家，不懂你们的那些事，可是我知道你和玉璧都是了不起的好人。现在玉璧不在了，他的那些事还在你心里牵肠挂肚的，既然这样，我就不拦你了，你把两个娃娃都交给我，就放心地去吧。好人总是应该有好报的，老天爷睁着眼，清清楚楚的。"

我一把拉住她的手，喊了一声："三姐！"

二十八号晚上，老汪来了，说是票已经买好，晚上十二点上船。到了十点，两个孩子睡得甜甜的，我不敢惊动他们，轻轻地亲了一下他们的小脸蛋儿，就和老汪一起出门了。走了好远，忍不住回过头去，还看见曾三姐呆呆地站在门口，一动也不动。

七月的重庆，热。船舱里闷热难耐，我到外面船头上去乘凉。好多年以后回想起这个场景，总觉得有些恍惚。之前我和玉璧也是这样坐船去的南京，风也是这样吹着我的还有他的头发。那时候我还是鲜亮的新娘，满脑子都是鲜亮的幻想，可是此时再走此路，我已经成了一个寡妇，身心俱伤。人生很漫长吗？其实很短暂，十年犹如瞬间，我仿佛一下子就从东南大学的荷池小桥，站到了层峦叠嶂的华蓥山上；一下子就从一个小布尔乔亚，成了一个永不回头的革命者。可是人生又多么漫长啊，这些年发生的事情，就如这滚滚江流，令人思之不竭，永远没有尽头。从26岁到36岁，一个女人多好的十年，我打枪，我骑马，和我的玉璧肩并肩手拉手，还有同志们一起成就了华蓥山上最有激情的一段岁月。现在，这一切居然就这样结束了？它和我的玉璧，还有夏林、金积成、唐俊清……还有整个游击队，那些浩浩荡荡的日子，居然都结束了？对了，还有那些军阀，就这么悄悄地隐去了，不见了？他们携带的那个最黑暗、最残酷、最野蛮的时代呢？

雾气在江面上弥漫开来，夜色中只有江风夹杂着涛声，隐隐轰鸣，宛如虚幻的梦境。

一切都是那么令人不可思议。

好多年以后有人问我：36岁的女人，出身大家且风韵犹存，身经百战且处变不惊，你就没有别的路好走吗？仔细想来，以后确实出现过一些机遇，足以让我的人生出现大的转折，让我和我的两个孩子离开那堵危墙，过上安宁的生活。可是冥冥之中总是有一只手将这些机遇悄悄拨去。我终于明白，和玉璧还有我的那些好兄弟一样，要走的路是上天早就注定的，只不过他们没有走到最后，而我却活了下来。

我活下来的目的是什么？就是让我记录这些岁月吗？

可能是的。

为什么要记录？

因为历史的空间过于浩瀚，含纳的内容又过于庞杂，很容易淹没一些意义，需要用记录来告示后人。

为什么要告示后人？

希望他们知道并且牢记。

为什么要他们牢记？这些事情与他们的生活有关系吗？难道我们的初衷不是因为心底的那点正气和青春自带的豪情鲁莽，而是为了让他们牢记？

…………

我回答不出来。

在这个1936年的夏天，全中国都已经感觉到中日两国大战一触即发，我却从这个国家最为安全的地区，逆向而行。我要经过危险的上海，再经过危险的朝鲜，转而到同样处于动荡中的苏联。我能够到达目的地吗？还能够再回来吗？不知道。唯一知道的是要逢山开路遇水架桥，一定要到达自己的终点。

如果达不到呢？

那就听天由命吧。

后　记
三代人一本书

这本书是三代人写成的。

第一代是我的外婆陈联诗，她留下来一部口述回忆录。这部回忆录记录了从她1900年出世至1949年的人生，是她生命中最为重要的经历。

陈联诗在华蓥山下长大，从大革命时期到解放战争时期，她亲身参与了华蓥山区三次革命武装斗争，带着双枪在重庆与华蓥山之间闯荡。重庆刚刚解放，她的故事就流传开来，曾经写过《李勇大摆地雷阵》的著名作家邵子南到重庆担任西南文联副主席后，首先对陈联诗的故事进行记录，要为她"立传"。1954年，邵子南帮忙将陈联诗调到了重庆市文联，这年的夏天连续三个晚上，就在重庆新民街三号文联的院子里为她举行了报告会，文联系统的四五十个创作人员都来听她讲华蓥山游击队的故事，其中就包括后来小说《红岩》的作者之一罗广斌。邵子南因白血病去世前后，时任西南文联主席的老作家沙汀，就提出要将陈联诗的回忆录整理出来，向国庆十周年献礼，且专门组织了西南师范大学中文系的两位同学帮她记录口述资料，还在重庆市对外宣传的画册上，登载了她作画的彩色照片，开始了对她的宣传。几乎就与此同时，沙汀指导下的《红岩》创作也开始了，因为其中的主线——重庆地下斗争和渣滓洞、白公馆监狱斗争，与1948年华蓥山武装起义紧密相连；加上当时认为武装斗争才是中国革命胜利的主要因素，所以陈联诗的故事不仅能够表现她本人的传奇性，还能够提升这本主要反映城市地下斗争小说的"档次"，于是就当然成为书的一部分。可是《红岩》的作者罗广斌、杨益言都是年轻人，其中的杨益言还是个学生。他们对于地下斗争和监狱斗争或许有些体验，可是对于农村的武装斗争就心中无数了。他们在陈联诗身上下了很多"功夫"来弥补这样的缺陷，不但对她进行了多次采访，还专门去华蓥地区陈联诗夫妇战斗过的地方熟悉生活。甚至当《红岩》的责任编辑张羽欲将陈联诗的部分回忆录手稿寄回他所在的中国青年出版社，让三编室的主任江晓天看看能不能整理出版时，罗广斌还让他缓寄几天，把这些资料又仔细地看了一遍——可见罗广斌对于陈联诗故事的看重。可是即使如此，他写作这一段时还是心中无数，又去向联诗大姐请教。陈联诗对罗广斌说：小罗，你就按照生活本身的样子来写。于是在《红岩》的前身《锢禁的世界》中，大段地采用了陈联诗的回忆录。由于对两部作品的期望都很大，沙汀特地指示罗广斌说："联诗大姐的故事另外要写一本书，你们书中关于她的情节不要用得太多了。"沙汀希望《红岩》中的"双枪老太婆"，是一个虽然着墨不多却很受读者喜欢的传奇人物——这一点果然不出他所料。

即使这样，后来写成的《红岩》中，还是保留了陈联诗的许多故事：比如晚辈林梅侠的丈夫陈作仪在渣滓洞大屠杀的突围中牺牲后，林梅侠成天像傻了似的，哭都哭不出来。陈联诗看了难受，就抱着她说："梅侠，你就当着我们亲人的面哭出来吧，哭出来会好受一些。"在小说《红岩》中，这个情节就被写成了"双枪老太婆"和江姐见面的那场戏。陈联诗手上总是戴着一只玉镯，而且她在华蓥山区活动的时候常常坐着滑竿，于是《红岩》中的"双枪老太婆"出现在小茶馆时，就坐着滑竿戴着玉镯。陈联诗还向罗广斌讲过：当年敌人把她关在岳池县的监狱里整整一年，也没有结果，就把她放出来，想"放长线钓大鱼"。谁知道当天晚上她就被山上派下来的二十多个同志秘密接走了，急得县长张俊昌冒着大雪追了她三十里路，后来张俊昌还因为这事情被撤了职。《红岩》中的"双枪老太婆"对警察局长说，"当年我越狱，你冒着大雪追了我三十里……"，这句台词显然是从这件事情演化而来。很多人都证实：电影《烈火中永生》中"双枪老太婆"的造型，是剧组在看过陈联诗的照片以后设计成的短发。

1960年的夏天，我的外婆陈联诗去世，四川省文联将刚刚摘去"右派"帽子的我的父亲林向北和我的母亲廖宁君借调到省文联，正式开始了对陈联诗遗稿的整理工作。与对《红岩》的期望不同，沙汀希望我的父母把陈联诗的生平经历，不是写成罗广斌希望的"四川的《红旗谱》"，而是写成"中国的《战争与和平》"。记得当时还定下了一些写作方式上的设想，比如在体裁上为传记体小说；情节上以"串珠式"（而非"辫子式"）结构；等等。父母先后十多次到家乡岳池县，访问了外婆陈联诗和外公廖玉璧的亲朋好友、邻里乡亲、当年的游击队员和农民、同情与支持过华蓥山游击队的民主进步人士、与之对立的保甲长和反面人物以及有关人士二百多人，收集了上百万字的资料和许多珍贵的文物，然后在沙汀、艾芜等大家的指导下，结合陈联诗的口述回忆录，陆续整理出一些篇章。此时正值全国性大饥荒，也是我们家最困难的时期,父亲错划"右派"之后工资连降五级,不但要负担我们六个子女的生活、医疗和上学的费用,还有他和母亲四处奔走的费用。住房逼仄,父亲只得每天去茶馆写作,泡一碗5分钱的"三花"(即三级花茶末)喝一天,中午吃一个6分钱的锅盔(烧饼)。

这期间,陈联诗的回忆录也引起各家出版社的注意。大约是1961年的秋冬,人民文学出版社的副社长、总编辑韦君宜到四川组稿,经四川省作协推荐看了刚刚整理出来的那些篇章,在四川宾馆约见了我的父母,10岁的我有幸随行。这次约见,韦君宜决定将这部书稿作为该社的重点项目来抓,并指派小说组组长王仰晨做这本书的责任编辑。1962年5月14日,罗广斌给中国青年出版社的编辑写过一封信,信中谈了十个问题,其中谈得最多的,就是关于陈联诗的这部回忆录:

……

陈联诗(《红岩》中的双枪老太婆的原型)的遗稿,现在引起了有关方面的重视(我曾多次各方面鼓吹,也曾向你们谈过),省文联已将陈的女儿廖宁君、女婿林向北二人调出来,专门整理写作,这是一件大好事。

最近,廖、林二人来渝收集资料,也找了我们,我们鼓吹他们认真写好,弄出一部四川的《红旗谱》。林廖均有文化,又是地下党的干部(林后来成为右派,现在脱了帽子),且情况熟悉,是有条件写好的。我只有一点担心:他们求成心切,对困难(指提高作品的思想、战斗力方面)估计略少,但是,很多领导同志的关心,还有沙汀同志在掌舵,问题是不大的,写好的可能性相当大。何况一稿不成可以二稿三稿,直到成功。

……现在人民出版社读了原稿(你们见过的),认为大有搞头,已派王仰晨来川,跟着林、廖在跑,看样子,人家人民出版社准备花点本钱,意在必成。

……

不仅是出版社了。接下来还由文化部主管电影的副部长夏衍拍板决定:拍完由《红岩》改编的电影《烈火中永生》,就拍陈联诗。只是后来因为"文化大革命"很快爆发,夏衍本人和《烈火中永生》都受到批判,此事搁浅。

1964年,我的父母在生活环境极端困难的情况下,终于完成了四十万字的初稿《华蓥风暴》,在四川省文联为这部油印稿组织的讨论会上,许多行家给予了高度的评价和积极的支持,罗广斌做了专题发言,认为这部书稿不但可以在国内出版,而且可以走向世界。

正当各方积极准备将《华蓥风暴》修改出版的时候,"四清"开始了,接着就是"文化大革命",一切都变了调。一个当初参与记录陈联诗口述回忆录的人甚至对此书"反戈一击",令很多人都受到了牵连,沙汀自然是首当其冲,我们全家也因为这本书被"打入另册"。可就在这样的情况下,我的父母却受到了茅盾先生的关怀。先生先是受我父母之托,找到人民文学出版社的韦君宜同志了解书稿的情况,接着又在没有办理退稿手续的情况下,取回了那套完整的《华蓥风暴》并寄到我家。此时我家因为多次被抄,资料散失严重,得到这套书稿真是如获至宝。1975年,我的母亲廖宁君因为忧愤成疾,不幸去世,茅盾先生知道后,立即寄了三十元钱,托人送来花圈,并写来一封非常诚挚的信,信中说:"革命前辈联诗同志玉照英姿飒爽,觉小说《红岩》描写之形象赫然在目,钦仰无限,事业永在,将来历史自有评论,《华蓥风暴》目前未能问世,幸原稿尚完整,正如沙汀艾芜两同志所说,当俟诸他日。所有尊惠照片当珍藏,亦以你家革命家史自勉,且勉励儿孙辈也……"

打倒"四人帮"之后,沙汀曾经多次催促父亲完成此书。1992年7月12日,父亲与胡蜀兴(罗广斌同志的遗孀)和我还有我哥林民涛等人去看望沙汀前辈的时候,他已经双目失明,听说父亲决定带领我们重新整理这部书稿,他很高兴地说:"早就应该这样了。快点搞出来,出版了送一本给我,我让他们念给我听。"接着父亲又带着我们去省医院干部病房看望大作家艾芜,艾芜很感慨地说:"这件事情只有你们自己才能够做好。这些年有人利用陈联诗的故事,胡编乱造了一些东西,弄得不伦不类的,陈联诗如果地下有知,一定会生气的。"基于这样的感慨,他为还没有出版的这本书题词:"把真实的联诗同志介绍给读者。"

此时我在四川人民广播电台做记者编辑,工作之余不仅重读了《华蓥风暴》,还重读了外婆的口述回忆录原始记录本,并参考了大量的党史、文史资料;年逾古稀的父亲日夜兼程,赶写出十多万字的资料,补充了许多鲜为人知的史实;我哥林民涛忙里忙外,承担了大量的辅助工作。两年以后,我终于完成了五十多万字的初稿,1994年借着上京采访的机会,将书稿带到北京,找到了母亲在"孩子剧团"的团友、老作家陈模,由他将书稿推荐到中国青年出版社。中青社时任总编辑陈浩增和副总编辑郑一奇对于书稿非常重视,他们与陈模一起,从全书的立意、人物塑造、情节筛选等方面提出了重要的修改意见,并要求尽快出版。由于我工作繁忙,社里还与中宣部文艺处联系,通过四川省委宣传部向我的工作单位打招呼,给我请了六个月的创作假。六个月之后,我带着修改过的书稿再去北京,住在中青社的地下室里继续改稿；5月，我找到正在脑梗恢复中的韦君宜老人，她欣然为书稿写了序言，详述了当年她与此书的前因后果；接下来我将丈夫叫来北京，一起参与校对……1995年8月，50万字的《"双枪老太婆"：陈联诗自述》终于出版。

此时离我外婆去世，已经35年。

《"双枪老太婆"：陈联诗自述》并没有按照沙汀当初设定的"传记体小说"而是以非虚构的写作方式，披露了陈联诗的真实命运，打动了众多读者，在全国引起了很大的反响——当时就有57家传媒予以报道，数家报刊予以连载。在继后的28年里，媒体对于这个题材紧追不舍，出了四部纪录片，还有大量各种形式的专题采访和文章。一时间屏幕上到处都是手挥"双枪"的女人，恐怕也与此书有些关系。

光阴荏苒，28年又过去了。去年我的父亲以106岁的高龄辞世，我也从中年走到了老年，与中青社重续旧缘，接受了此书的再版工作。想当年，我还是一个奔跑在一线的新闻记者，整理陈联诗的回忆录，不过是扒梳资料，厘清脉络，寻找旁证，繁衍成篇，一心一意只是为了完成外婆的遗嘱、家族的托付，在文字上是很粗疏的。尽管陈联诗一生的经历都很精彩，这次再版，我只是截取了她从少女时代到整个游击队解体、自己只身远赴苏联这一段。这是她一生中最辉煌的时段，故事情节紧凑，人物形象鲜活，命运又跌宕起伏，扣人心弦，很容易引人入胜。可是当那些补充史料、删繁就简之类的技术活完成之后，我却再也改不动了，原因很久找不到，最后恍然大悟：因为这些都是陈联诗亲身的经历，又是她亲口叙述，很多地方都保持了她的原话和当时的社会面貌。这些元素不是来自二十多年前我整理的那部书稿，而是来自一百多年前的社会现实。它们以自己真实的面貌，骄傲地挺立在那里，纹丝不动。这些撼不动的文字，叙述了一支革命队伍在那个年代从诞生到沉寂的过程，以及女主角在这个过程中的成长。它首先能够满足人们最感兴趣的话题：陈联诗是怎么样从一个书香门第的闺阁女子，成长为那个赫赫有名的双枪女人的。但是更有意义的，是这本书会纠正人们对于革命的一些误解，特别是对于革命中人的误解。比如，革命是暴力，但不仅仅是一个阶级推翻另外一个阶级的暴力，而是所有的人联合起来推翻压迫在自己身上的恶势力，所以革命的队伍既浩浩荡荡也形形色色。革命也不全是打打杀杀，其中还有进退，有分合，有人情世故，有利益纠葛，当然也会有权谋。这本书还让我们看到了百年前那个新旧交替的社会环境里，有一种人可以突破所有的界限，受到所有人的尊敬，比如陈联诗。

三代人写成的一本书，穿过百年历史风雨一路走到了今天，限于功底浅薄，我到底没有能够把它写成老作家沙汀所希望的"中国的《战争与和平》"，不过我已经尽力了。值此书再版之际，谨代表我的全家，更代表九泉之下的前辈，向从最初开始所有关怀和帮助它的人们，一一鞠躬致谢。更要感谢中国青年出版社，从二十世纪五十年代的初次接触，到九十年代的初版，再到今天的再版，中国青年出版社的几代领导和编辑都为这个题材付出了巨大的心血。天意玉成，众人抱薪，书中那些牺牲了的人们在天堂俯视，应该是多么的欣慰。

林雪
2023 年 9 月

图书在版编目（CIP）数据

双枪老太婆：陈联诗的传奇人生 / 林雪著. — 北京：中国青年出版社，2024.4
ISBN 978-7-5153-7219-8

Ⅰ．①双… Ⅱ．①林… Ⅲ．①传记文学－中国－当代 Ⅳ．① I25

中国国家版本馆 CIP 数据核字（2024）第 011136 号

责任编辑：秦婷婷
书籍设计：瞿中华

出版发行：	中国青年出版社
社　　址：	北京市东城区东四十二条 21 号
网　　址：	www.cyp.com.cn
电子邮箱：	jdzz@cypg.cn
编辑中心：	010-57350585
营销中心：	010-57350370
经　　销：	新华书店
印　　刷：	山东新华印务有限公司
规　　格：	850mm×1168mm　1/32
印　　张：	15.5
插　　页：	5
字　　数：	370 千字
版　　次：	2024 年 4 月北京第 1 版
印　　次：	2024 年 4 月山东第 1 次印刷
定　　价：	39.80 元

如有印装质量问题，请凭购书发票与质检部联系调换
联系电话：010-57350337